GERALD SEYMOUR

Die Informantin

Buch

Die junge Lehrerin Charlotte Parsons, genannt Charley, hat ihr Leben in einer verschlafenen englischen Kleinstadt ziemlich satt. Deshalb kommt ihr das Angebot, als Kindermädchen bei der wohlhabenden Familie von Giuseppe Ruggerio in Palermo zu arbeiten, sehr gelegen. Auch die Tatsache, daß sich dahinter ein höchst gefährlicher Auftrag des amerikanischen Geheimdienstes verbirgt, kann die couragierte junge Frau nicht abschrecken: Giuseppes Bruder Mario ist nämlich einer der Bosse des internationalen Drogenhandels und der mutmaßliche Kopf der sizilianischen Mafia. Und was dem örtlichen Cheffahnder Tardelli mit seinen Leuten bisher ebensowenig gelungen ist wie Interpol, soll Charley über ihren intimen Kontakt zu der Familie nun vollbringen: den Paten der Cosa Nostra zu enttarnen! Als jedoch Giuseppes Frau Angela Verdacht schöpft und sich fragt, welche Rolle ihr Kindermädchen wirklich spielt, wird die Situation für die Informantin zur tödlichen Bedrohung …

Autor

Der frühere britische Fernsehreporter Gerald Seymour lebte in den letzten Jahren nahe Bath im Westen von England. Durch eine Reihe ausgezeichneter Romane ist er einem breiten Lesepublikum bekannt und hat sich den Ruf eines Großmeisters der britischen Spannungsliteratur erworben.

GERALD
SEYMOUR

Die Informantin

Roman

Aus dem Englischen
von Inge Wehrmann

BLANVALET

Die Originalausgabe erschien unter dem Titel
»Killing Ground« bei Bantam Books, London.

Umwelthinweis:
Alle bedruckten Materialien dieses Taschenbuches
sind chlorfrei und umweltschonend.
Das Papier enthält Recycling-Anteile.

Blanvalet Taschenbücher erscheinen im Goldmann Verlag,
einem Unternehmen der Verlagsgruppe Bertelsmann.

Taschenbuchausgabe Juli 2000

Umschlaggestaltung: Design Team München
Umschlagfoto: Zefa/Boddenberg
Druck: Elsnerdruck, Berlin
Verlagsnummer: 35259
SK · Herstellung: Heidrun Nawrot
Made in Germany
ISBN 3-442-35259-2

1 3 5 7 9 10 8 6 4 2

Die äußerst bedrohliche Aussicht einer einheitlichen internationalen kriminellen Organisation, in der die Methoden von Yakusa, chinesischen Triaden und Cosa Nostra nicht mehr voneinander zu unterscheiden sind, wäre eine Art globaler Mafia, und ich habe keine Vorstellung, wie eine derartige Organisation bekämpft werden könnte …

Richter Giovanni Falcone

(Richter Falcone wurde zusammen mit seiner Frau und drei Leibwächtern am 23. Mai 1992 bei Capaci, im Nordwesten Siziliens, von der Cosa Nostra ermordet.)

Prolog

Noch einmal wurde Wein nachgeschenkt.

Noch einmal Salat gereicht.

Noch einmal wurde um Verständnis für die Verspätung des Gastgebers gebeten.

Es war ein guter Wein, den der Gast trank, und ein guter Salat aus Tomaten, Wiesenchampignons und Fenchel, den der Gast auf seine Gabel spießte, und auch die Entschuldigungen für die nicht vermeidbare Verspätung des Gastgebers klangen gut. Der sprichwörtliche Argwohn des Gastes, eines seiner grundlegendsten Prinzipien, wurde eingelullt. Er trank, er langte mit seiner knochigen Hand über den Tisch nach der Wasserflasche. Er schaufelte sich Pasta zwischen die vertrockneten schmalen Lippen, dann noch ein Stück Tomate, und es liefen ihm etwas Pastasoße und Tomatensaft aus dem Mundwinkel aufs Kinn, wo Saft und Soße in den schlecht rasierten grauen Bartstoppeln hängenblieben. Der Gast wischte sich das Kinn mit der Serviette, die er zwischen seinen ausgezehrten, mageren Hals und den Kragen des Seidenhemdes gestopft hatte. Er war entspannt.

Es war eine schöne Wohnung, in die man den Gast gebeten hatte. Der Eßtisch aus schimmerndem Mahagoniholz stand in einer Nische des Wohnraumes. Zu seinen Füßen befand sich ein glänzend polierter dunkler Parkettboden. Auf dem Weg zum Tisch war er vom Wohnbereich aus über einen dicken Perserteppich gegangen. Nach seiner Einschätzung waren die Bilder hinter ihm und im Wohnzimmer von hoher künstlerischer Qualität und sehr teuer, wenn auch zu modern für seinen Geschmack. Am Eingang der Eßecke stand auf einem Eisendrahtgestell die kopflose Statue einer nackten Frau, vielleicht eine römische oder griechische Antiquität. Der Gast hätte den Unterschied ohnehin nicht erkannt, aber die Form des üppigen Unterleibs weckte gewisse alte Erinnerungen bei ihm. Mit lüsternem Blick musterte er die etwa ein Meter hohe Statue und fragte sich, ob die Augen des fehlenden Frauengesichts wohl einladend wären oder ob sie die Lider scheu und sittsam gesenkt hätte. Ihm gegenüber, auf der anderen Seite des Tisches, saßen zwei ihm unbekannte Männer, von denen er nur wußte, daß sie zu den ausgewählten Gefolgsleuten seines Gastgebers gehörten. Der Gast konnte die Gesichter der Männer kaum sehen, denn die Gardinen hinter ihnen waren zur Seite gezogen, wodurch ihre Gesichter im Schatten lagen. Der Gast erkannte keine Details in den Gesichtern, aber hinter ihnen konnte er die hohen Gebäude der Stadt ausmachen, deren Konturen durch die tiefhängenden Wolken verwischt wurden, die für den leichten Nieselregen auf den Fensterscheiben sorgten und die Kämme der Berge von Pellegrino auf der rechten Seite und von Castellacio in der Mitte und Cuccio auf der linken Seite verschleierten. Es war ein Fehler des Gastes, sich am Tisch einen Platz zuweisen zu lassen, von dem er ins Licht schaute, ein noch schwerwiegenderer Fehler war es, sich bereitwillig mit dem Rücken zur Tür des Wohnbereiches zu setzen. Und für den Gast war es ungewöhnlich, in seinem dreiundsiebzigsten Lebensjahr seinen Argwohn, für den er bekannt war, außer acht zu lassen.

Mit einem Stück Weißbrot nahm der Gast den Rest der Pastasoße aus Sahne, Knoblauch und feinen Schinkenstreifen auf. Er rülpste, wie immer, wenn er gut gegessen hatte. Er rülpste ein zweites Mal, wie immer, wenn er guten Wein getrunken hatte. Er schob den Teller fort. Er hustete. Der Husten kam von ganz unten aus seiner Brust, und sein Gesicht wurde rot vor Anstrengung. Aus der Tiefe kam Schleim nach oben, der sich als schaumiger Speichel auf seinen Lippen sammelte. Wieder wischte er sich den Mund mit der Serviette. Er war beruhigt, er konnte das leise undeutliche Gemurmel seines Enkelsohnes aus der Küche hinter der Tür zum Wohnbereich hören. Er war beruhigt, weil sein Enkelsohn bewaffnet war, genau wie sein Fahrer, der wachsam im Korridor der Wohnung sitzen und die Eingangstür bewachen würde.

Einer der ihm gegenübersitzenden Männer, der jüngere von den beiden, mußte wohl Kellner in einer Pizzeria gewesen sein, bevor er in die Organisation aufgenommen wurde, denn er kam um den Tisch und räumte routiniert und geräuschlos die Pastaschüssel und den Salatteller ab, dann das Geschirr seines Kameraden und schließlich sein eigenes, während der ältere der beiden den Gast auf die aufsehenerregenden Ereignisse weit zurückliegender Zeiten ansprach. Respektvolle Fragen wurden gestellt, die Ereignisse längst vergangener Jahre heraufbeschworen. Bei den ehrerbietigen Fragen wurde dem Gast warm ums Herz. Im Wohnbereich läutete ein Telefon. Hatte er als Kind Cesare Mori gesehen, Mussolinis Mann auf der Insel? Der ältere der Männer ignorierte das Telefon. War er als Teenager womöglich Don Calogero Vizzini begegnet, der den Handel mit den amerikanischen Eindringlingen abgeschlossen hatte? Hatte er als junger Mann von Ehre Giuliano kennengelernt, den Banditen, der vier Jahre lang unzähligen Soldaten und *carabinieri* entkommen konnte?

In kurzen, heiseren Sätzen sprach der Gast von Mori, Don Calo und Giuliano.

Der jüngere der beiden Männer war ins Eßzimmer zurückgekehrt und servierte dem Gast einen Teller mit dünn geschnittenem rohem Kalbfleisch. Der Gastgeber hatte angerufen, noch ein paar Minuten, es konnte nicht mehr lange dauern, sein tiefstes Bedauern. Das Glas des Gastes wurde erneut gefüllt, mit Wein, nicht mit Wasser. Die Gedanken des Gastes wanderten weit zurück in die Vergangenheit …

Ja, einmal hatte er Mori durch Agrigento fahren sehen, schlechte Zeiten, mit einer Eskorte dieser elenden Schwarzhemden, faschistische Schurken. Angeekelt verzog er den Mund …

Ja, er war mehrmals mit seinem Vater nach Villalba gefahren, und er hatte vor der Tür gewartet, hinter der sein Vater mit Don Calogero Vizzini geredet hatte. Er ließ seine Zuhörer wissen, daß Don Calo sich in der Tat meisterhaft darauf verstanden hatte, Menschen zu kontrollieren. Seine Augen leuchteten, als würde er von einem Genie reden …

Ja, zweimal war er in den Bergen oberhalb von Montelepre gewesen, um Giuliano zu sagen, was von ihm erwartet wurde, aber der Mann war ein Dummkopf, und der Mann war arrogant, und irgendwann war der Mann nicht mehr zu gebrauchen gewesen. Er machte eine winzige Handbewegung, bei der er seinen knochigen, nikotingelben Zeigefinger über seine faltige, eingefallene Kehle gleiten ließ …

Er hatte sie alle gekannt. Der Gast stammte noch aus der alten Welt. Es war rechtens, daß er und seine Erinnerungen mit Respekt behandelt wurden. Es war üblich bei der Lebensweise des Gastes, daß er des Nachmittags schlief, nachdem er am Morgen seine Tagesgeschäfte erledigt hatte. Vielleicht lag es am Wein oder an dem guten Essen oder an den Fragen nach der Vergangenheit, durch die er sich geschmeichelt fühlte, daß der Gast keinerlei Groll hegte, als die Tagesgeschäfte auf die Zeit verschoben wurden, zu der er normalerweise schlief. Es war ein wichtiges Geschäft, denn es ging um die Aufteilung der Interessen zwischen ihm, dem Gast, und dem Mann, mit dem er eine Übereinkunft aushandeln wollte, dem Gastgeber. Es war ein wichtiges Geschäft, denn für die Zukunft war es notwendig, daß die Feindseligkeiten der Vergangenheit endlich beigelegt wurden.

Der Gast schlang sein Kalbfleisch hinunter. Er schien nicht zu bemerken, daß die beiden Männer, die ihm gegenübersaßen, ihr Essen kaum anrührten und nur ab und zu an ihren Gläsern nippten. Er redete gern über Giuliano, er freute sich, jüngere Männer vor sich zu haben, die Interesse für frühere Zeiten aufbrachten und nicht allein auf die Gegenwart fixiert waren, er genoß die Chance zu erklären, wie ein Mann schneller aufgestiegen war, als gut für ihn war, was seitens des Gastes als Todsünde dargestellt wurde, da er selbst ein halbes Jahrhundert gebraucht hatte, um die Herrschaft über den südlichen Teil der Insel zu erringen. Er war entspannt, und man erwies ihm aufrichtige Hochachtung, und der Wein wärmte die müden, alten Adern seines Körpers. Er hörte schlurfende Schritte auf dem dicken Teppich.

Der Gast unterbrach seine Rede.

Das entschuldigende Lächeln, das Hochziehen der breiten Schultern, das auf unabänderliche Umstände hinwies, die bedauernde, unterwürfige Geste der geschwollenen Hände. Er winkte ab, die Gabel noch in der Hand, nicht nötig, sich zu entschuldigen. Im Grunde bedauerte er es fast, daß er nun keine Gelegenheit mehr hatte, noch mehr über den Banditen zu erzählen, Salvatore Giuliano, und über den Tod des Banditen, der zu weit gegangen war und dadurch unbrauchbar wurde, vor all den Jahren. Er mußte seinen Kopf zur Seite neigen, um den Bewegungen seines Gastgebers zu folgen, der kaum hörbar durch den Wohnraum ins Eßzimmer kam. Es war vier Jahre her, daß er seinem Gastgeber von Angesicht zu Angesicht gegenübergestanden hatte. Der Mann schien ihm ein wenig kleiner, als er ihn in Erinnerung hatte, und Blässe lag auf Wangen, Oberlippe und Kinn. Die Haut war glatt rasiert und erinnerte an die Haut eines Kindes. Das Gesicht wurde von einem Lächeln erhellt. Er legte seine Gabel hin. Er nahm die Hände des anderen in die seinen, breite und rauhe Hände in seinen dürren, rauhen Händen. Ihre Hände umfaßten sich, die Finger schlossen sich umeinander, und er spürte den kräftigen Druck der Hände, so als wären sie in Freundschaft miteinander verbunden. Es gab einige, die sagten, sein Gastgeber hätte grausame Augen, stahlblau, aber der Gast sah in diesen Augen nichts als Achtung. Sein *consigliere* hatte ihm frühmorgens in der Nähe von Agrigento, bevor sie Canicatti verlassen hatten, gesagt, daß sein Gastgeber die Menschen in einer Art und Weise ansah, die jeden mit Angst erfüllte, ein Blitzen in den Augen, das jeden in seiner Nähe zum Schweigen brachte, worauf er seinen *consigliere* einen Vollidioten geschimpft hatte, und jetzt sah er jene Hochachtung, die ihm seiner Ansicht nach zustand. Der Gast hustete erneut, rülpste nochmals und gähnte, und sein Gastgeber löste den Griff ihrer Hände, und ihre Wangen streiften sich in Freundschaft. Sie waren sich ebenbürtig. Der Gast nahm an, daß die Familie aus Catania ein ähnliches Mahl einnehmen würde. Sie waren sich ebenbürtig, denn beide herrschten sie über Territorien,

Ressourcen und Menschen. Die Zeit von Riinas Alleinherrschaft, die Zeit der Morde und Massaker, die Zeit der Angst war vorüber.

Die Hände des Gastgebers ruhten auf den knochigen Schultern des Gastes, er konnte sein Gesicht nicht mehr sehen, genausowenig wie er die Gesichter der beiden Männer auf der anderen Seite des Tisches im Gegenlicht des Panoramafensters erkennen konnte. Er wollte nicht nach Anbruch der Dunkelheit auf der Straße nach Catania sein. Er wollte das Geschäft abwickeln, die Übereinkunft zwischen den zwei gleichgestellten Partnern besiegeln. Er spürte, wie sich die Hände in seine knochigen Schultern gruben. Bei dem Geschäft, das abgeschlossen werden sollte, ging es sowohl um die Aufteilung von Interessen als auch um die Garantie von Treffen zwischen der Familie von Catania im Osten und der Familie von Agrigento im Süden und der Familie seines Gastgebers im Norden und Westen. Ein Geschäft, das erledigt und besiegelt werden mußte. Die Hände seines Gastgebers lagen nicht mehr auf seinen Schultern. Sie waren nahe bei seinen Ohren. Zuerst streckten sich die Finger, so daß die Gelenke knackten, dann ballten die Hände sich zu Fäusten zusammen, und aus den Augenwinkeln konnte er sehen, wie die Knöchel weiß hervortraten. Er glaubte, daß sowohl die Familie von Catania als auch die Familie seines Gastgebers seinen reichen Schatz an Erfahrungen brauchte. Er glaubte, sie benötigten all die Erfahrungen eines langen Lebens. Er war der Sohn eines Tagelöhners, der nie den Bezug zum Land und zur Armut verloren hatte. Er wurde gebraucht. Er rülpste. Er war so entspannt. Er wollte sich auf seinem Stuhl umdrehen, um seinem Gastgeber in die Augen zu schauen. Er sah nicht die schnelle Bewegung, mit der sein Gastgeber sich bekreuzigte. Er …

Die Finger und die Daumen des Gastgebers hatten sich um den Hals des Gastes gelegt.

Die Männer, die dem Gast gegenübergesessen hatten, erhoben sich von ihren Stühlen.

An den Ohren des Gastes befanden sich die Ärmelaufschläge des Gastgebers. Einfacher Stoff.

Der Gast sah die rauhe Haut auf den Handrücken des Gastgebers. Die Hände schlossen sich um seinen Hals.

Der Gast setzte sich heftig zur Wehr. Er trat mit den Beinen um sich, als ob er sich von dem Griff der Finger, dem Gewicht der Hände und dem Druck der Daumen freistrampeln wollte. Der Stuhl, auf dem er saß, kippte nach hinten. Auf dem Rücken glitt er über den Parkettboden des Eßzimmers, während die Hände um seinen Hals keine Sekunde locker ließen. Sein krächzender Hilferuf wurde sofort abgewürgt, während seine Augen, die bereits hervorquollen, zur Wohnzimmertür starrten, durch die sein Enkelsohn und sein Fahrer jeden Moment mit ihren Maschinenpistolen hereinstürzen würden, aber sie kamen nicht ... Er wußte nicht, als er in Todesangst um sich trat, daß man seinen Enkelsohn in der Küche der Wohnung bereits erstochen hatte und daß sein Fahrer gefesselt und geknebelt im Flur saß. Und er wußte nicht, daß fünf Männer mit seinem Gastgeber in die Wohnung gekommen waren ...

Der Gast kämpfte um sein Leben, bis der Überlebenswille seines alten Körpers gebrochen war.

Er lag auf dem Teppich. Er versuchte nach Luft zu schnappen, und aus seinem Mund quoll ein bißchen Tomatenfruchtfleisch von seinem Salat auf den Teppich. Urin lief ihm die Schenkel herunter und durchnäßte seine Hose. Das Gesicht über ihm, ebenfalls ein altes Gesicht, aber aufgedunsen und schlaff, war von der Anstrengung schweißüberströmt. Um den Mund spielte ein Lächeln, und in den Augen war ein kaltes Blitzen. Einer der Männer von der anderen Seite des Tisches hatte das spärliche Haar des Gastes gepackt, sein Kamerad hockte auf seinen Beinen, beide machten sie die Arbeit für den Gastgeber leichter, dessen Griff sich die ganze Zeit nicht lockerte und dessen Finger sich in die Luftröhre des Gastes bohrten.

Es half ihm nicht im geringsten, daß er als Kind den Faschisten Cesare Mori gesehen hatte, daß er als Teenager Don Calogero Vizzini begegnet war, daß er als junger Ehrenmann dem Banditen Salvatore Giuliano Nachrichten überbracht hatte ... Nichts konnte ihm helfen. Die Warnungen seines *consigliere* im Morgengrauen in den Bergen oberhalb von Canicatti schienen in seinen Ohren widerzuhallen ... Er versuchte seinen Gastgeber als Arschloch, Hurensohn, Bastard zu beschimpfen ... Er wünschte, er könnte den Mann warnen, der sein Freund war, das Oberhaupt der Familie aus Catania ... Er wußte, es konnte zehn Minuten dauern, einen Menschen zu erwürgen. Er wußte es, weil er es getan hatte. Schweißperlen fielen von der Stirn seines Gastgebers in sein Gesicht und in seinen keuchenden Mund, und er glaubte, den salzigen Schweiß zu schmecken. Er versuchte nicht, um Gnade zu flehen. In diesen letzten Augenblicken, bevor er das Bewußtsein verlor, versuchte er nur, seine Würde zu bewahren. Wenn er seine Würde behielt, würde er auch die Achtung behalten ... sein Bedürfnis nach Achtung war so groß. Er sah das Gesicht über sich, er hörte das Gelächter und das angestrengte Stöhnen. Er glitt weg ... Es war rechtens, daß der alte Mann aus Canicatti unter den Händen eines Ebenbürtigen starb. Dies war ein Zeichen für die Achtung, die man ihm erwies. Er war tot ...

Alle Männer, die sich über den reglosen Körper auf dem Perserteppich beugten, lachten und schwitzten und schnappten nach Luft. Es war ein Witz. Es war zum Lachen, wie sie auf den Boden gefallen und über das Parkett gerutscht waren, wie tobende Kinder. Und es war zum Lachen, wie dem alten Bock die Zunge aus dem Hals hing und wie seine Augen aus den Höhlen gequollen waren.

Der Regen schlug gegen die Fenster der Wohnung. Die Berge oberhalb von Palermo verschwanden im Dunst.

Die Leiche des Rivalen wurde auf die übliche Weise verschnürt, so wie man eine Ziege zusammenknüpft, nach Art des *incaprettamento,* damit die Leiche bei Eintritt der Leichenstarre ein handliches Paket war. Dazu wurden Arme und Füße des Toten auf dem Rücken zusammengebunden und dann mit dem langen Ende des Stricks am Hals festgezurrt. Dies war nicht symbolisch, sondern praktisch. Es war praktisch, nach der alten Methode vorzugehen, weil es so einfacher sein würde, die steif gewordene Leiche in den Kofferraum eines

Autos zu hieven … Die Leiche des Gastes würde die Wohnung mit dem Lastenaufzug verlassen, der in die Tiefgarage unterhalb des Hauses führte, genauso würde mit der Leiche des Enkelsohnes verfahren werden und mit dem gefesselten und geknebelten Fahrer. In dessen Augen war Panik, denn er liebte das Leben mehr als seine Würde und die Achtung der anderen.

Als der Aufzug gerufen wurde, als die Männer aus der Küche kamen und die Möbel der geliehenen Wohnung von Fingerabdrücken und forensischen Beweismitteln reinigten, den erbrochenen Tomatenbrei auf dem Teppich beseitigten und die Urinpfützen auf dem Marmorboden im Flur aufwischten, ging der Atem des Gastgebers schwer, so als habe die Anstrengung, einen Menschen zu erwürgen, seine Kräfte bis zum Äußersten strapaziert, und keuchend und stöhnend wiederholte er, was mit dem Fahrer des Gastes gemacht werden sollte. Seinem Gast war lebendig wie tot Achtung erwiesen worden. Der Enkelsohn seines Gastes war eine unvermeidliche Leiche, eine emotionslose Angelegenheit. Der Fahrer seines Gastes, stramm gefesselt und geknebelt, sah einem schlimmen Tod entgegen, wegen einer üblen Bemerkung über einen Mann der Ehre, die er siebzehn Monate zuvor fallenlassen hatte, eine üble Bemerkung, die weitergeleitet worden war und die man nicht vergessen hatte.

Später, als die beiden Leichen und der Gefangene in ein Auto und einen Lieferwagen in der Tiefgarage geschafft worden waren, massierte sich der Gastgeber die Hände, um das taube Gefühl zu verlieren.

Später, als die beiden Leichen und der Gefangene in der feuchtkalten Dämmerung aus den Fahrzeugen zu einer kleinen Barkasse an einem Kai westlich der Stadt getragen wurden, zog der Gastgeber seinen Taschenrechner hervor und jonglierte mit den Summen, Prozenten und Gewinnspannen eines Geschäftes, bei dem siebenundachtzig Kilogramm reines Heroin in die USA verkauft werden sollten.

Später, als man an den beiden Leichen und dem Körper des Gefangenen mit Steinen gefüllte Krabbentöpfe befestigte und sie in das dunkle Wasser des Golfes von Palermo gleiten ließ, erfüllte es den Gastgeber mit Zufriedenheit, daß alle Beweisspuren in der Wohnung beseitigt worden waren. Er schloß die Wohnungstür hinter sich zu und verließ das Gebäude durch den Haupteingang.

Er verschwand in der Dunkelheit, die sich über die Stadt gesenkt hatte, und war bald nicht mehr zu sehen.

Kapitel 1

»Muß dieses verdammte Ding ansein?«

»Mein Gott, du hast ja deine Stimme wiedergefunden. Wie aufregend.«

»Ich will doch nur fragen, ob dieses verdammte Heißluftgebläse ansein muß.«

»Ich hatte mich gerade gefragt, ob unser Herrgott irgendwas Schreckliches mit deiner Zunge angestellt hat, verknotet oder so was – ja, ich will die Heizung gerne anlassen.«

Es war der letzte Märztag. Sie hatten die dreispurige Autobahn längst hinter sich gelassen. Vor geraumer Zeit waren sie von der zweispurigen Straße abgebogen und kurz danach durch einen Ort namens Kingsbridge gekommen. Als ihm der Kerl am Steuer die Straßenkarte auf den Schoß geworfen hatte, mit dem Hinweis, ihm den Weg zu weisen, hatten sie das letzte Stückchen annehmbare Straße verlassen. Der Typ am Steuer nannte das, worauf sie jetzt fuhren, »Weg«, und auf der Karte wurde es als »Nebenstraße« bezeichnet. Der Weg, die Nebenstraße, wand sich um die Felder, die hinter hohen, noch kahlen Hecken lagen, welchen man im vergangenen Herbst mit Schneidwerkzeugen zu Leibe gerückt war. Die hohen Hecken und die Felder dahinter erschienen ihm wie tot. Sie bogen um die Ecken der Felder, folgten dem Weg in Senken hinab und erklommen kleine Hügel, von deren Gipfel aus er in der Ferne das graue Blau der See mit den weißen, windgepeitschten Schaumkronen sehen konnte. Im Moment regnete es nicht. Es hatte geregnet, als sie das Stadtgebiet von London verließen, kurz vor Bristol hatte der Regen nachgelassen und östlich von Exeter ganz aufgehört. Vor vier Stunden waren sie in London losgefahren, und er war so still gewesen, weil er von Anfang an befürchtet hatte, daß der Fahrer sich mit der Entfernung und der Fahrzeit verschätzt haben könnte. Er wollte zu einem ganz bestimmten Zeitpunkt ankommen, am Ende dieser gottverdammten Holperstrecke, und er wollte weder zu spät noch zu früh dort sein.

»Was für ein Nest ist das wohl?« fragte er mürrisch.

Der Mann am Steuer blickte stur geradeaus. »Wie, zum Teufel, soll ich das wissen?«

»War nur 'ne Frage.«

»Hör zu, Mann, nur weil ich in London arbeite, brauche ich doch nicht jeden Winkel des Landes zu kennen – und die Heizung bleibt an.«

Es regnete nicht, und die Teerdecke des schmalen Weges war trocken, aber es war windig. Der Wind ließ auf der graublauen See Schaumkronen entstehen, zerrte an den wenigen Bäumen, die den harten winterlichen Stürmen widerstanden, denen die Küste von Devon ausgesetzt war, und wirbelte die über ihren Köpfen kreischenden Möwen durcheinander. Er hätte selbst dann nicht gefroren, wenn die Heizung nicht eingeschaltet gewesen wäre und sie das Fenster des Cherokee-Jeeps hinuntergekurbelt hätten. Seinen Widerwillen und Protest tat er kund, indem er das Kondenswasser auf dem Seitenfenster und der Windschutzscheibe mit dem Ärmel seines Hemdes abwischte. Er rieb mit viel Kraft und konnte so seinen Streß ein wenig abbauen, aber gegen das Beschlagen der Scheiben konnte er wenig ausrichten, und auf Windschutzscheibe und Fenster blieben Schmierspuren zurück. Er hörte den Fahrer des Wagens verärgert vor sich hin brummen. Er blickte auf die Karte, ohne daraus schlau zu werden. Mit dem Zeigefinger folgte er der dünnen roten Linie des Weges, der durch leeres Terrain auf das blau markierte Meer zuführte. Auf der Karte waren an der Küste Namen wie Stoke Point, Bigbury Bay und Bolt Tail zu lesen. Er schaute auf die Uhr. Scheiße. Wieder schaute er auf die Karte, die immer mehr vor seinen Augen verschwamm, da es bereits zu dämmern begonnen hatte. Der Cherokee-Jeep nahm den ganzen Weg ein, und die gestutzten dunklen Hecken ragten über den Fenstern hoch auf. Mist, verdammter …

Der Wagen wurde abrupt abgebremst. Die Gurte schnitten in seinen Leib. Immer wenn er als Beifahrer in einem Auto saß, das plötzlich abbremste, schnellte seine rechte Hand instinktiv zu seinem Gürtel hinab, aber im Westen Englands, südlich von Devon als Beifahrer über eine Nebenstraße zu fahren bedeutete, daß sein Gürtel leer war, daß er keine Pistole trug. Und immer wenn der Wagen, in dem er mitfuhr, plötzlich abbremste, wirbelte er ebenfalls instinktiv den Kopf herum – wobei sein Haarzopf durch die Luft flog –, um die Strecke hinter dem Auto auf die Möglichkeit einer schnellen Kehrtwendung hin zu prüfen. Er grinste. Seit sie London verlassen hatten, war es das erste Mal, daß er so etwas wie ein Lächeln zustande brachte, ein wehmütiges Verziehen der Lippen, weil er annahm, daß der Junge am Steuer gesehen hatte, wie seine rechte Hand zum Gürtel geschnellt war und er sich umgeschaut hatte. Sie waren über eine Hügelkuppe gekommen. Es folgte eine scharfe Rechtskurve, und plötzlich wurde der Weg durch eine Rinderherde blockiert. Die großen Scheinwerfer des Cherokee-Jeeps blendeten die Augen der vor sich hin trottenden Kühe. Ein kleiner Hund, dessen Bauch über den Boden zu schleifen schien, kam unter den Hufen der Rinder hervorgeschossen. Er sprang bellend und knurrend auf den Kühlergrill des Cherokee-Jeeps zu. Hinter dem Hund, hinter dem Vieh, weiter unterhalb, waren die Lichter des Dorfes zu sehen, das ihr Ziel war, und hinter den Lichtern erstreckte sich die endlose See. Er atmete hörbar ein. Er fragte sich, wann der Briefzusteller in einen Ort wie diesen kommen würde, wann er die Gemeinde dort unten am Meer, am Ende des Weges, erreichen würde – irgendwann im Laufe des Tages, aber nicht in der Frühe, lautete die einzige verläßliche Antwort, die man ihm in London hatte geben können. Und er fragte sich, wann eine junge Frau mit dem Unterricht in der zweiten Klasse fertig war – irgendwann am Nachmittag, aber sie könnte auch noch ein wenig in der Schule bleiben, um Hefte zu korrigieren oder den Unterricht für den nächsten Tag vorzubereiten. Und ebenfalls »irgendwann am Nachmittag« würde sie daheim eintreffen, denn man konnte nicht genau sagen, wie lange sie brauchen würde, um mit dem Motorroller von der Stadt, die sie durchquert hatten, nach Hause zu fahren. Es spielte eine große Rolle, wann der Brief zugestellt wurde und wann die junge Frau heimkam. Er wollte sie erwischen, nachdem der Brief zugestellt worden war, nachdem sie nach Hause gekommen war und ihn gelesen hatte. Das Timing war wichtig, und der Plan, es lag an ihm ... Er war nervös. Er hätte alles gegeben für eine Zigarette, und vor ihm, auf der Klappe des Handschuhfaches, befand sich der »Rauchen verboten«-Aufkleber, der in diesen gottverdammten Zeiten in allen Fahrzeugen der DEA, der Bundesdrogenbehörde, sowohl in den Staaten als auch in Übersee üblich war. Der Zeitpunkt, zu dem er sie erwischte, war von äußerster Wichtigkeit.

Die Rinderherde teilte sich vor dem Cherokee-Jeep. Zu beiden Seiten des Kühlergrills und der Motorhaube und an den Seitenfenstern drängten sich die Rinder, stolperten über den Randstreifen unterhalb der skalpierten Hecken, glitten aus, stießen an das Fahrzeug. Auf der Fahrerseite wurde der Außenspiegel verbogen. Nasse, sabbernde Zungen schleckten über das Fensterglas. Der Cherokee-Jeep wankte unter dem Druck der schweren Tierkörper. Im Scheinwerferlicht sahen sie den Mann, der die Herde trieb, ein unrasiertes, verkniffenes, wettergegerbtes Gesicht. An den lautlosen Bewegungen seines zahnlosen Mundes konnte er die Verärgerung des Mannes ablesen. Sein Geschimpfe war nicht zu hören, weil es durch das gottverdammte Gebläse der Heizung übertönt wurde. Neben sich sah er, wie der Fahrer nach dem Schaltknüppel griff.

»Wo willst du denn hin, verdammt noch mal?«

»Ich setze zurück.«

»Wie viele Meilen willst du denn zurücksetzen? Bleib, wo du bist.«

»Er sagt, ich soll zurücksetzen.«

»Dann sag ihm, er kann uns am Arsch lecken.«

»Kann es sein, daß du etwas gereizt bist?«

Das Gesicht des Viehtreibers war jetzt dicht an der Windschutzscheibe. Der Mund quasselte immer noch vor sich hin. Er sah, daß drei Vorderzähne fehlten. Mit ziemlicher Sicherheit hatte der Alte daheim auf der Farm eine Zahnprothese, die er am Ende des Tages, wenn das Abendessen auf den Küchentisch kam, einsetzen würde. Obwohl ihm zu warm war, stellte er die Heizung des Jeeps noch eine Stufe höher, so daß der Protest des Mannes durch das Rauschen der trockenen, warmen Luft und das Röhren des Motors übertönt wurde. Der Schweiß trat ihm auf die Stirn und rann ihm den Rücken herab, aber zumindest brauchte er sich den Protest des Viehtreibers nicht anzuhören. Der Mann starrte mit zusammengekniffenen Augen durch die Windschutzscheibe zu ihnen herein.

»Als kämen wir aus dem Zoo«, sagte Axel.

Das hätte er nicht sagen sollen, nein. Hätte es nicht sagen sollen, weil Dwight, der Fahrer, Afroamerikaner war. Im Ethikseminar in Quantico wären sie ausgeflippt. Wegen solch einer Bemerkung hätte einer von der Ausbildungsakademie fliegen können. Axel entschuldigte sich nicht, er entschuldigte sich nur selten.

Der Mann, der das Vieh trieb, starrte sie feindselig an. Zwei Typen in einem amerikanischen Cherokee-Jeep, das Lenkrad auf der falschen Seite, merkwürdiges Nummernschild, der eine mit so einem gottverdammten Pferdeschwanz, der andere schwarz wie die Nacht.

»Ich habe das Gefühl, man hat uns bemerkt«, sagte Axel mit bitterem Tonfall.

Daniel Bent, neunundsechzig Jahre alt, Farmer, der wie sein Vater, Großvater und Urgroßvater preisgekrönte Kühe züchtete, verfluchte Axel Moen und Dwight Smythe, sparte weder mit obszönen noch mit blasphemischen Schimpfwörtern, weil er befürchtete, eine seiner Kühe könnte von dem Erdwall zwischen Straße und Hecke abrutschen, unter das schwere Allradfahrzeug geraten und sich ein Bein brechen. Ja, zum Teufel, er hatte die beiden Hurensöhne bemerkt, die er für Amerikaner hielt, und er fragte sich, was sie am frühen Abend auf dem Weg zur Küste zu suchen hatten.

Als das für diesen Weg viel zu große Fahrzeug, ohne sich um die Geschwindigkeitsbegrenzung von dreißig Meilen zu scheren, an ihr vorbeijagte, sah auch Fanny Carthew die beiden Männer. Mrs. Carthew, Landschaftsmalerin, einundachtzig Jahre alt, murmelte Worte des Mißfallens, die ihr selbst die Schamröte ins Gesicht trieben. Auch ihre Glaubensbrüder und -schwestern der Baptist Hall in Kingsbridge wären zutiefst schockiert gewesen, hätten sie ein Mitglied ihrer Gemeinde solche Reden führen hören. Sie reagierte so heftig, weil sie ihren wertvollen Pekinesen von der Straße auf den von Brennesseln überwucherten Randstreifen zerren mußte. Sie erkannte sie sofort als Amerikaner, diesen finster dreinblickenden Weißen mit seinem lächerlichen Pferdeschwanz und den Farbigen, der am Steuer saß. Sie fielen ihr auf, und sie fragte sich, was sie auf diesem Weg, der nach nirgendwohin führte, zu schaffen hatten.

Weil der Jeep seine Fahrt verlangsamte, fast ein wenig zögerlich an den Häusern vorbeifuhr, wurden sie auch von Zachary Jones gesehen. Zachary Jones, dreiundfünfzig Jahre alt, frühzeitig pensionierter Bauarbeiter, arbeitsunfähig, seit ihm nach einem Sturz vom Baugerüst ein Bein amputiert werden mußte, saß am Fenster seines Kottens. Er registrierte alles, was auf dem Weg um die wenigen verstreuten Häuschen, die man nicht als Ort bezeichnen konnte, vor sich ging. Mit seinem Fernglas beobachtete er jeden, der kam oder ging, jeden Besucher, jeden Fremden. Sein Blick durch das Fernglas wanderte vom Gesicht des Weißen zu dem des Schwarzen. Er hatte den Eindruck, als ob sie sich streiten würden, und er nahm an, daß es bei dem Streit um den Weg ging. Dann sah er das Nummernschild des Wagens. Zachary Jones kannte sich mit Nummernschildern von Diplomatenfahrzeugen aus, denn er hatte in London auf dem Bau gearbeitet, bevor er nach seiner Beinamputation zu seiner unverheirateten Schwester gezogen war. Er fragte sich, was zwei Amerikaner dazu bewegen könnte, ihre Botschaft zu verlassen und in diese gottverlassene Gegend am Ende der Welt zu kommen.

Mrs. Daphne Farson sah sie durch ihre Spitzengardinen und verlor sie wieder aus den Augen, als sie an dem »Bed-and-Breakfast«-Schild in ihrem Vorgarten vorbeifuhren. Sie kannte Amerikaner.

Der pensionierte Geistliche, der Hobbygärtner, der Krabbenfischer, die pensionierte Bibliothekarin, die Gemeindeschwester, alle Einwohner des kleinen Küstenfleckens am Ende des Weges sahen, wie der große Cherokee-Jeep über das letzte geteerte Wegstück fuhr, auf dem Parkplatz für Sommergäste anhielt, umdrehte, den Weg zurückfuhr und kurz vor dem Bungalow von Flora und David Parsons stehenblieb. Sie alle hörten, wie der Motor abgestellt wurde, und sahen, wie die Scheinwerfer verloschen.

Alle Augen waren auf den Cherokee-Jeep und auf die Eingangstür von David und Flora Parsons' Bungalow gerichtet. Die Zeit des Wartens … Eine kollektive, spannungsgeladene Erwartungshaltung hielt die kleine Gemeinde in Atem.

»Bist du sicher, daß es hier ist?«

»So ist es mir beschrieben worden. Ein weißes eingeschossiges Haus in einem blöden Kaff«, sagte Axel.

»Wir sind da. Also wann bewegst du deinen Arsch?«

»Sie ist nicht hier.«

»Und woher willst du das wissen?«

»Weil ihr Roller nicht in der Einfahrt steht.«

»Vielleicht hat sie ihn in die Garage gestellt.«

»Der Wagen ihres Vaters steht in der Garage, sie läßt den Roller in der Einfahrt stehen, wenn du's genau wissen willst …«

»Du warst noch nie in dieser Gegend und hast die Frau noch nie gesehen … Wie kommt's, daß du über solche Details Bescheid weißt? Oder willst du mich verscheißern?«

»Ich hab's überprüfen lassen.«

»Du hast überprüfen lassen, ob sie ihren Roller in die Garage stellt oder draußen läßt?«

»Alles überprüft.« Axels Tonfall war scharf, herablassend, so als sei es vollkommen selbstverständlich, ein derartiges Detail zu überprüfen. Die Polizeizentrale von Devon und Cornwall befand sich in Exeter. Ihr dortiger Verbindungsmann hatte den Weg eines Luftpostbriefes durch die städtische Sortierstelle verfolgt, Informationen über die Arbeitszeiten einer jungen Lehrerin beschafft sowie den nächtlichen Parkplatz eines Motorrollers überprüft. Er glaubte an Details. Er glaubte, daß Menschen länger am Leben blieben, wenn sie über Details unterrichtet waren.

Die Idee stammte von Axel Moen. Er hatte den Schlachtplan entwickelt. Was er in diesem Augenblick am meisten wollte, war eine Zigarette. Er öffnete die Beifahrertür, spürte die kühle Luft und den starken Wind vom Kieselstrand her, hörte die Wellen auf die Steine klatschen. Er langte nach hinten und nahm seine Windjacke. Er stieg aus und trat auf den Grasstreifen neben der Straße. Vor ihm, hinter einem niedrigen Zaun und einer exakt geschnittenen Hecke, war der Bungalow. Das Licht über der Eingangstür brannte. Er zündete sich eine Lucky Strike an, inhalierte, hustete und spuckte aus. Er sah die schattenhaften Bungalows und Farmhäuser mit ihren erleuchteten Fenstern. Planlos reihten sich die Gebäude die Straße hinauf, bis zu der Kurve, um die bald die junge Frau mit dem Roller biegen würde. Orte wie dieser waren ihm vertraut. Er fragte sich, wo der Brief sein würde – in ihrem Zimmer, auf dem Bett oder auf dem Frisiertisch, auf einer Ablage im Flur, in der Küche. Er fragte sich, ob sie den Umschlag aufreißen würde, bevor sie ihren Mantel oder Anorak auszog, oder ob sie ihn liegen lassen und zuerst ins Bad gehen würde, um sich die Hände zu waschen oder zu pinkeln. Er hörte, wie Dwight Smythe hinter ihm die Wagentür öffnete und zuknallte.

»Diese junge Frau, weiß sie, daß du kommst?«

Axel schüttelte den Kopf.

»Du marschierst also einfach rein, ohne Einladung?«

Axel nickte, ohne sich umzuwenden.

»Findest du das in Ordnung?«

Axel zuckte die Schultern.

Er schaute die Anhöhe hinauf, von wo aus die Straße zu den Häusern hinabführte. Die Frau mit dem Hund starrte von dort oben auf ihn herunter. Er konnte auch den Mann ausmachen, der sein kleines Fernglas auf ihn gerichtet hatte, und er sah, wie sich die Spitzengardinen der Frühstückspension bewegten. Genau so war es auch für einen Fremden, der eine Straße auf der Door-Halbinsel entlangfuhr, die forschenden Blicke, der Argwohn. Dort, wo die fingerförmige Door-Halbinsel in die Michigan Bay ragte. Und von Egg Harbour und Fish Creek, von Jacksonpot und Ephraim im Norden hätten sie einen in der Dämmerung herannahenden Fremden angestarrt, ihm mit Ferngläsern hinterhergeschaut und ihn durch zugezogene Spitzengardinen beobachtet. In weiter Entfernung, hinter der Kurve, hörte er den Motor. Für Axel Moen klang er wie der Zweitaktermotor einer Heckenschere oder Kettensäge. Er zog ein letztes Mal an seiner Zigarette, warf die Kippe auf den Asphalt, trat sie aus und schob sie auf den Grünstreifen. Hinter der Kuppe, vor der Biegung, sah er den schmalen Lichtkegel auftauchen.

»Du bist ein Mafiamann, stimmt's? Mußt ja schon ein Mafiaspezialist sein, wenn du in Rom stationiert bist. Was ...«

»Mafia ist nur der Oberbegriff. Noch nie was von ›organisiertem Verbrechen‹ gehört?«

»Läßt du jetzt den Klugscheißer raushängen? Übrigens, wenn du's genau wissen willst, ich gehöre zum Bodenpersonal, ich bin Buchhalter, ich mache den Verwaltungskram. Durch Leute wie mich können arrogante Arschgeigen rumrennen und ihre Spielchen machen. Diese junge Frau, was ...«

»Lima Charlie November, LCN, La Cosa Nostra. Ich bekämpfe die Cosa Nostra, wir sagen nicht ›Mafia‹.«

»Entschuldigung, daß ich geboren bin – es tut mir aufrichtig leid. Nach meinen spärlichen Informationen befindet sich die Cosa Nostra, die Mafia, in Sizilien, in Italien, und das ist ja wohl nicht gerade hier in der Nähe.«

»Warum hältst du deinen Schädel nicht vors Gebläse und läßt dein Hirn mal ordentlich durchpusten?«

Der Scheinwerfer des Rollers war klein und warf ein trübes Licht auf den Seitenstreifen der Straße, dann kam er bergab, vorbei an der Frau mit dem Hund, dann schwenkte er und spiegelte sich in den Linsen des Fernglases, dann traf er auf die wogende Gardine des Bungalows mit dem »Bed-and-Breakfast«-Schild. Er sah den Arm der Fahrerin zweimal winken. Der Roller kam den Hügel herab und verlangsamte die Fahrt. Die Bremsen quietschten und klangen wie eine kreischende Katze. Vor dem Bungalow mit dem Willkommenslicht über der Veranda kam der Roller schließlich zum Stehen. Der Motor wurde ausgeschaltet, das Licht gelöscht. Er hatte kein Foto von ihr gesehen. Aus den Akten kannte er nur sehr spärliche persönliche Details über sie. Eigentlich hätte er also keine Vorstellung von ihr haben können, aber als sie vom Roller abstieg, den Helm abnahm und sich durch ihr langes Haar fuhr, als sie den Roller vor die Garage schob, als sie über die Veranda ging, schien sie kleiner, zierlicher zu sein, als er sie sich vorgestellt hatte. Sie schloß die Tür auf und öffnete sie. Das Flurlicht fiel auf eine durchschnittliche junge Frau. Als er sie hallo rufen hörte, konnte er auch an ihrer Stimme nichts Außergewöhnliches finden, eine ganz normale junge Frauenstimme. Dann machte sie die Tür hinter sich zu.

Dwight Smythe übertönte das Gebläse und rief ihm von hinten zu: »Also, wann stürmst du die Bude?«

Axel ging zurück zum Cherokee-Jeep.

»Wann ziehst du ihr den Boden unter den Füßen weg?«

Axel ließ sich wieder auf den Beifahrersitz fallen.

»Was ist, kriege ich jetzt gar keine Antwort mehr?«

»Stell mir keine Fragen. In einer Viertelstunde müßte sie den Brief gelesen haben, oder was meinst du?«

Dwight Smythe zog die Brauen hoch und spreizte die Finger über dem Lenkrad. »Würde mir doch nicht im Traum einfallen, zu fragen, was eine junge Frau aus diesem Nest mit der DEA zu tun hat, mit dem organisierten Verbrechen, mit der Cosa Nostra in Sizilien …«

Der Professor hatte gesagt: »Wenn ihr euch die Hüfte und das

Becken von Italien anschaut und ein bißchen nachdenkt, nun, dann erkennt ihr, daß dieser Teil mit dem übrigen Europa verbunden ist, und in diesem Teil befindet sich die finanzielle Hochburg des Landes, das Eldorado für betuchtere Touristen …«

Wenn die Rekruten nicht in Verbrechenssimulation, Schußwaffengebrauch, Sport, Recht oder Selbstverteidigung unterrichtet wurden, wenn sie sich nicht in der Casino-Schule, der technischen Forschungsstelle oder im forensischen Labor drängten, dann saßen sie im Staatskundeseminar. Es war neun Jahre her, seit Dwight Smythe die Vorlesungen des Staatskundeprofessors gehört hatte.

»Geht ein bißchen weiter nach unten, da habt ihr den Oberschenkel Italiens, mit Landwirtschaft und Industrie. Noch etwas tiefer habt ihr das Kniegelenk, Rom – Verwaltung, Bürokratie, Highlife, die korrupte Regierung. Könnt ihr mir folgen? Wir bewegen uns weiter südlich und kommen ans Schienbein – Neapel, Sorrent – da wird es schon schlimmer. Da ist die Hacke – Lecce. Da ist der Fuß – Cosenza. Da ist der Zeh – Kalabrien. Ich stelle es mir gern so vor, daß dieser Zeh vielleicht in Sandalen steckt und nackt ist, oder daß er höchstens durch den Leinenstoff von Tennisschuhen geschützt ist. Sandalen oder Tennisschuhe, was auch immer, beides ist nicht sonderlich gut geeignet, wenn man einen Stein treten will …«

In Quantico, draußen im Virginia Forest an der Interstate Route 95, auf dem Territorium des FBI und der Marine, wo das Ausbildungsprogramm der Bundesdrogenbehörde dieselbe Achtung erfährt wie Verwandte der falschen Linie, war der Professor eine Legende. Bei Hitze und Kälte trug der Staatskundeprofessor denselben dreiteiligen Anzug aus schottischem Tweed. Der Anzugstoff war ebenso rauh und struppig wie das wilde Bartgestrüpp in seinem Gesicht. Im Vorlesungssaal, mit Landkarten und Zeigestock, lehrte er die Rekruten rudimentäres Wissen über die Länder, die ihre Aktenordner füllen würden, Wissen über die Gesellschaftsformen und die kriminellen Verschwörungen, mit denen sie konfrontiert sein würden. Er machte seine Sache gut, weshalb man sich an ihn erinnerte.

»Die italienische Regierung ist seit hundert Jahren dumm genug gewesen, mit ungeschützten Zehen gegen den Fels von Sizilien zu treten. Ich will Ihnen einen Rat geben. Wenn Sie schon mit nackten Füßen gegen Felsen treten wollen, dann suchen Sie sich welche, die nicht aus Granit oder Feuerstein sind. Sizilien ist ein hartes Mineral, und die Zehen werden bluten und anschwellen. Dieser Fels ist der Punkt, wo Afrika und Europa zusammenkommen, unterschiedliche Kulturen, unterschiedliche Werte. Der Fels, Granit oder Feuerstein, ist durch den Verlauf der Geschichte geformt worden. Sizilien war sehr beliebt bei den Eroberern. Alle sind sie dort gewesen – Mauren, Normannen, Bourbonen, und davor die Griechen, Römer und Karthager und Vandalen. Die Regierung in Rom wird einfach als eine weitere Horde von Freibeutern gesehen, die letzten, die gekommen sind, um mehr abzusahnen, als ihnen zusteht.«

Der Professor stand hinter einem großen Rednerpult, auf das er sich mit seinem ganzen Gewicht aufstützen konnte, und die Stimme aus seinem bärtigen Mund klang wie aneinandergeriebene Kieselsteine.

»Wenn Sie Ihre Muskeln gestärkt haben, wenn Sie mit einer Spitzhacke umgehen können, dann hacken Sie, wenn Sie nach Sizilien kommen, den Boden auf. Vielleicht müssen Sie erst eine Weile suchen, bevor Sie ein Stückchen Erde finden, die kein Fels ist. Suchen Sie das Fleckchen und hacken Sie – die Chancen stehen gut, daß Sie eine Pfeilspitze, eine Schwertschneide oder die eiserne Spitze eines Wurfspeeres ausgraben oder vielleicht ein Bajonett, eine Handgranate oder die Hülse einer Gewehrkugel – die Waffen von Unterdrückung und Folter. Stellen Sie sich vor, dort zu leben und das, was Sie ausgegraben haben, in den Händen zu halten. Wenn Ihre Geschichte aus Enteignung, Ausbeutung, Einkerkerung und Exekutionen besteht, so beeinflußt dies gewissermaßen Ihre Persönlichkeit, formt Ihre Haltung. Jeder neue Eroberer hat die sizilianische Lebensauffassung geprägt. Der Verlauf der Geschichte hat den nachfolgenden Generationen eingehämmert, daß Vertrauen ein Luxus ist, den man sich nur im engsten Familienkreis leisten kann, daß Stillschweigen die größte Tugend ist, daß man so lange warten muß, bis sich die Gelegenheit zur Rache ergibt, die man dann mit Gottes Segen vollstreckt. Während Europa sich vor gut hundert Jahren zivilisiert hat, blieben sie dort unten auf dem Felsen bei Afrika Schurken und Banditen. Das war nicht unser Problem, es war ein italienisches Problem, so lange bis ...«

Dwight Smythe konnte sich genau an ihn erinnern, so als sei es gestern gewesen, und die Rekruten hatten nicht gehustet oder herumgealbert, sondern gespannt dagesessen, als würde ihnen der alte Akademiker die Realität der Arbeit der DEA schildern.

»Zu ihrem Schutz gründeten die Räuber und Banditen eine geheime Gesellschaft. Regeln, Hierarchie, Organisation, Disziplin, all dies war jedoch nur auf Italien beschränkt. Man verschob geschmuggelte Zigaretten, bereicherte sich durch organisierte Erpressung, bis ... Ist es nicht seltsam, wie die kleinen Augenblicke unseres Lebens, die banalen Zufälligkeiten, plötzlich eine weitreichende Bedeutung erlangen? Denn diese Machenschaften blieben so lange auf Italien beschränkt, bis ein türkischer Gentleman namens Musullulu in Italien ins Gefängnis kam, wo er sich eine Zelle mit dem sizilianischen Gangster Pietro Vernengo teilte. Zwei Jahre lang redeten sie miteinander. Diese beiden Jahre in der Zelle, '78 und '79, haben das Gesicht der Gesellschaft geändert und Leuten wie euch etwas zu tun gegeben. Der Drogenhandel, der Handel mit Not und Elend, nahm in dieser Zelle seinen Anfang, durch die Gespräche von zwei Männern ...«

Ganz deutlich hatte Dwight Smythe die Worte des Professors im Ohr. Neben ihm schwieg Axel Moen mit geschlossenen Augen vor sich hin. Dwight kannte die aktuellen Zahlen – der Bundesetat für die Drogenbekämpfung betrug 13,2 Milliarden, von denen der DEA 757 Millionen erhielt, was allgemein für unzureichend gehalten wurde.

»Der Türke kam auf Heroin zu sprechen. Der Türke konnte unbehandeltes Morphin über die Balkanländer nach Sizilien bringen.

Gutes Morphin, aus dem man gutes Heroin herstellen konnte. 1979 öffneten die Italiener die Zellentür, und Mr. Musullulu ging seiner Wege, und seitdem hat ihn kein Vollzugsbeamter mehr zu Gesicht bekommen. Signor Vernengo ging zurück nach Sizilien und erzählte den Jungs von dem Angebot. Glauben Sie ja nicht, daß die sizilianischen Bauern dumm sind, nur weil sie in der Schule keine Noten bekommen. Wenn es um Verschwörung und Mord, Geldschiebereien und Korruption geht, macht ihnen keiner etwas vor. Sie sahen die Gelegenheit und packten sie beim Schopf. Auf ihren Felsen kam nun soviel Heroin und Morphin, daß sie kaum wußten, was sie damit machen sollten, und es gab einen Markt dafür. Der Markt waren die USA. So wurden ihre Geschäfte international. Das Geld floß in Strömen. Die Dollarscheine hingen ihnen aus Ohren, Mund und Nasenlöchern, aus jeder Körperöffnung quollen sie hervor. Sicherlich haben Sie von den Kolumbianern und der japanischen Yakuza und den chinesischen Triaden gehört, auch das sind knallharte Leute, aber sie waren niemals dumm genug, sich mit den Sizilianern anzulegen. Es ist kaum zu glauben, aber von diesem Stück Felsen, das zwischen Europa und Afrika aus dem Meer aufragt, kommen die ganz großen Jungs des organisierten Verbrechens, und alles, was man ihnen entgegenschleudert, scheint von ihnen abzuprallen. Sehen Sie, Gentlemen, Ladies, dort unten tobt ein Krieg ums Überleben, wie seit ewigen Zeiten, es ist ein schlechter Ort für Verlierer, es ist ein Kampf auf Leben und Tod ...«

Es war ein eiskalter, verschneiter Wintermorgen gewesen, als Dwight Smythe diese Worte im Vorlesungssaal von Quantico gehört hatte. Jetzt spürte er kalte Wut in sich hochsteigen. In der darauffolgenden Woche, damals vor neun Jahren, hatte der Professor über den Marihuanaexport aus Mexico geredet, beim nächsten Mal über den Kokaanbau in Bolivien, und bei der letzten Vorlesung war er auf die Opiumproduktion im Dreieck zwischen Burma, Laos und Thailand eingegangen. Dwight Smythe spürte eine kalte Wut, weil die Vorlesungen des Professors in dem Ausbildungskurs nur eine untergeordnete Rolle gespielt hatten. Wie er jetzt im Auto neben dem jüngeren Mann saß, dessen blonder Zopf unter dem Kragen der Windjacke verschwunden war, hatte Dwight Smythe sehr konkrete Vorstellungen von der Realität. Er war weit entfernt von den monatlichen Abrechnungen, die er im fünften Stock der Botschaft bearbeitete, weit entfernt von den Dienstplänen und Urlaubslisten, die er so akribisch führte, weit entfernt von dem ausgeklügelten Ablagesystem, auf das er so stolz war, weit entfernt von der Wartung des Computersystems ... Er stand auf dem Boden der Realität. Der Zorn trieb ihm das Blut in die Wangen, als er sich an Axel Moen wandte.

»Wer, zum Teufel, gibt dir das Recht, für dieses Kind den Herrgott zu spielen, sie in diese Sache hineinzuziehen?«

Als hätte er nicht hingehört, als würde die Anschuldigung für ihn keine Rolle spielen, schaute Axel Moen auf die Uhr, wie um nachzuschauen, ob es bald Zeit war, zur Arbeit zu gehen.

»Aber du bist ja der Mafiaspezialist – entschuldigung, ich meine natürlich der Cosa-Nostra-Spezialist –, und wie ich höre, ist es bei dir mit den Erfolgen nicht weit her. Hängt es dir denn nie zum Hals heraus, daß du niemals gewinnst?«

Kalte, salzhaltige Luft strömte ins Innere des Cherokee-Jeeps, dann wurde Dwight Smythe die Tür vor der Nase zugeschlagen. Er sah Axel Moen mit hochgezogenen Schultern zu dem schmiedeeisernen Tor gehen, dann weiter über den Plattenweg, der zur Tür des Bungalows führte, über der die Verandalampe brannte. Er beobachtete die resoluten Schritte durch das Tor und den Weg hinauf, an dem in der Einfahrt geparkten Roller vorbei, und er dachte daran, wie der Prediger seiner Kindertage von dem Todesengel gesprochen hatte, der Zerstörung und Dunkelheit über die Ahnungslosen brachte. Seiner Meinung nach war es falsch, eine ganz normale junge Frau in diese Sache hineinzuziehen, einfach falsch.

Es war falsch, ohne jede Vorwarnung in ein fremdes Leben einzufallen.

»Tut mir leid, wenn ich störe, ich hoffe, ich komme nicht allzu ungelegen ...«

Er konnte lächeln. Wenn es nötig war, brachte Axel Moen ein breites, offenes Lächeln zustande. Jetzt lächelte er den älteren Mann an, der in der erleuchteten Eingangstür stand.

»Mein Name ist Axel Moen. Ich komme von unserer Botschaft in London. Ich würde gern mit Miss Charlotte Parsons reden. Ich hoffe, ich komme nicht ungelegen ...«

Er konnte charmant sein. Wenn es nötig war, konnte er charmant genug sein, um die abwehrende Haltung seines Gegenübers zu beschwichtigen. Er ging weiter. Der Mann hatte ihn mit keiner Geste zum Betreten des Bungalows aufgefordert, keine Einladung ausgesprochen, trotzdem ging er einfach weiter, und David Parsons trat zur Seite. Er runzelte verwirrt die Stirn.

»Sie wundern sich sicherlich über meinen Namen, Mr. Parsons. Es ist ein norwegischer Name. Ich komme aus dem Nordosten von Wisconsin, und dort gibt es ziemlich viele Einwohner mit norwegischen Vorfahren. Sie haben fast alle als Farmer angefangen und sind vor rund hundert Jahren nach Amerika gekommen. Ich würde jetzt bitte gern Ihre Tochter sprechen, es geht um eine private Angelegenheit.«

Er konnte vom Thema ablenken. Wenn es darauf ankam, konnte Axel Moen Zweifel und Fragen beiseite schieben, indem er eine Antwort gab, die mit der eigentlichen Frage überhaupt nichts zu tun hatte. Die Frage hätte lauten müssen, worum es ihm ging. Aber diese Frage wurde nicht gestellt. Es war ein kleiner Flur, vor kurzem renoviert, jedoch nicht besonders fachmännisch. Er sah, daß die Tapeten an vielen Stellen nicht mustergerecht geklebt waren und daß der Lack auf dem Holz Tränen gebildet hatte. Er hatte einen nüchternen Blick. Es war der distanzierte Blick eines Beobachters. Der Blick eines Mannes, der nichts zu geben hatte. Er sah die kleine Flurkommode mit dem Telefon. Über dem Tisch hing eine gerahmte Fotografie der jungen Frau in akademischer Robe mit schief sitzendem Barett. Der verwegene Sitz des Baretts und das freche Grinsen auf dem Examensfoto gefielen ihm recht gut, er hatte gehofft, einen unabhängigen Geist anzutreffen. Er überragte den Mann in dem schmalen Flur. Er dominierte ihn. Es war das, was er tun mußte und was er perfekt beherrschte, lächeln, charmant sein und dominieren. Außerdem verstand er sich meisterhaft darauf, sich ein schnelles Urteil über das Rückgrat eines Mannes zu bilden, und sein Gegenüber mit der halb zugeknöpften Strickjacke, dem angeschmuddelten Hemd und den abgelatschten Filzpantoffeln war nach seiner Einschätzung ein Feigling.

»Sie trinkt gerade ihren Tee.«

»Es dauert nur zwei Minuten«, sagte Axel. Er konnte sehr tyrannisch sein. Der Mann trat einen Schritt zurück und schlurfte auf die offene Tür am Ende des Flurs zu. Der Fernseher war eingeschaltet. Im Lokalsender lief eine Nachrichtensendung, in der die Geschehnisse einer kleinen Stadt und die Sorgen und Nöte kleiner Leute zur Sprache kamen. Der Mann hatte nicht genug Biß, um seinen Standpunkt zu vertreten, Fragen zu stellen und Antworten zu fordern. Der Mann ging durch die Tür und weiter zur Küche. Axel war in die Privatsphäre einer Familie eingebrochen, hatte eine Mahlzeit gestört, und er hatte keinerlei Schuldgefühle. Der Mann sagte leise zu seiner Frau, die am Herd stand und das Abendessen vorbereitete, daß er ein Amerikaner sei und Charley zu sprechen wünsche. Die Frau warf ihm einen herausfordernden, streitlustigen Blick zu. Axel ignorierte den Mann und seine Frau. Er stand in der Küchentür. Die junge Frau saß am Tisch. Sie wollte gerade in ein Butterbrot beißen. Sie fixierte ihn mit offenem, festem Blick. Sie trug einen wadenlangen Jeansrock und einen sackartigen Pullover mit überlangen Ärmeln. Das Haar hatte sie zu einem Pferdeschwanz zurückgebunden, und sie trug keine Spur von Make-up. Sie duckte sich nicht wie ihr Vater, noch wirkte sie streitlustig wie ihre Mutter, sie sah Axel in die Augen. Vor ihr, neben dem Teller mit den Broten und der Teetasse, war ein aufgerissener Briefumschlag, neben dem zwei handbeschriebene Blätter lagen.

»Miss Charlotte Parsons?«

»Ja.«

»Ich wäre Ihnen sehr dankbar, wenn ich Sie in einer privaten Angelegenheit sprechen könnte.«

»Aber das sind meine Eltern.«

»Es wäre besser unter vier Augen, wenn es Ihnen nichts ausmacht ...«

»Wer sind Sie?«

»Ich bin Axel Moen, von der amerikanischen Botschaft.«

»Ich habe mit Ihrer Botschaft nichts zu schaffen, weder privat noch sonstwie.«

»Es wäre besser unter vier Augen.«

Sie hätte sich querstellen können, aber sie tat es nicht. Er nahm die Schultern zurück, ganz bewußt, denn er wollte die Küchentür so weit es ging ausfüllen. In den Kursen redeten sie immer über Körpersprache und Augenkontakt. Körpersprache drückte Dominanz aus, der Augenkontakt bedeutete Autorität. Sie hätte darauf bestehen können, daß sie nur im Beisein ihrer Eltern mit ihm reden würde ... Sie schob ihren Stuhl zurück, über das Fliesenmuster des Kunststoffbodens. Sie richtete sich zu ihrer vollen Größe auf, dann besann sie sich kurz, stopfte das halbe Marmeladebrot in den Mund, spülte es mit einem Schluck Tee hinunter und wischte sich den Mund mit dem Ärmel ihres Pullovers ab. Sie trat hinter dem Tisch hervor.

Axel sagte: »Sie haben einen Brief erhalten, Miss Parsons. Bitte nehmen Sie ihn mit.«

Sie zuckte unmerklich zusammen. Sie blinzelte. Sie schwankte ein wenig, aber sie tat, um was er sie gebeten hatte, weil er Dominanz und Autorität ausstrahlte. Sie nahm den Brief und den aufgerissenen Umschlag und ging an ihren Eltern vorbei, sie traf ihre eigenen Entscheidungen. Mit starrem Blick ging sie auch an ihm vorbei, als würde es ihn gar nicht geben. Sie führte ihn ins Wohnzimmer, schaltete das Licht an, räumte die Morgenzeitung vom Sofa und forderte ihn mit einer Handbewegung auf, Platz zu nehmen. Sie wählte den Sessel neben dem Kamin. Sie hielt den Brief und den Umschlag fest umklammert. Er versuchte, sie einzuschätzen, zu ergründen, ob es nur gespielte Ruhe oder innere Stärke war, die von ihr ausging.

»Nun?«

»Sie sind Charlotte Eunice Parsons, Lehrerin?«

»Ja.«

»Sie sind dreiundzwanzig Jahre alt?«

»Wieso sollte das von Interesse für die amerikanische Botschaft sein?«

»Ich stelle hier die Fragen, Miss Parsons. Bitte antworten Sie.«

»Ich bin dreiundzwanzig Jahre alt. Müssen Sie auch wissen, daß ich ein Muttermal am Hintern habe und eine Blinddarmnarbe?«

»Im Sommer 1992 haben Sie elf Wochen lang als Haushaltshilfe und Kindermädchen für die Familie von Giuseppe Ruggerio in Rom gearbeitet?«

»Ich wüßte nicht, wieso das wichtig ...«

»Ja oder nein?«

»Ja.«

»Heute nachmittag haben Sie von dieser Familie einen Brief erhalten, in dem Sie erneut eingeladen werden?«

»Wer, zum Teufel, sind Sie?«

Er zog seine zerknautschte Brieftasche aus der Hosentasche. Er klappte sie auf, zeigte seine vergoldete Kennmarke der Bundesdrogenbehörde. Sein Daumen verdeckte die Hälfte der Dienstbezeichnung Special Agent, und die Finger lagen auf dem Bundesadler.

»Mein Name ist Axel Moen, DEA, ich ermittle von Rom aus.«

»Sie sind von Rom hierhergekommen?«

»Unterbrechen Sie mich nicht, Miss Parsons. Entschuldigung, wo kann ich rauchen?«

»Die Antwort können Sie sich denken. Was, um alles in der Welt, machen Sie hier, herumschnüffeln und spionieren?«

Aber um ihre Lippen spielte ein leichtes Lächeln. Sie führte ihn zurück in den Flur, nahm sich eine dicke Jacke vom Haken, dann gingen sie durch das dunkle Eßzimmer. Sie schloß die Tür auf und ließ ihn in den Garten treten. Das Küchenlicht erhellte einen Teil der Veranda, aber sie ging mit ihm in den dunklen Garten zum Schuppen, vor dem sich eine gepflasterte Fläche befand. Sie wandte sich zu ihm um. Der Lichtschein des Streichholzes erhellte ihr Gesicht, als sie zu ihm aufschaute.

»Herumschnüffeln und spionieren, also wie, zum Teufel, lautet Ihre Antwort?«

»Ich arbeite von Rom aus – Sie sollten zuhören, wenn ich etwas sage. Ich arbeite mit den italienischen Behörden zusammen. Ich arbeite gegen die Organisation Cosa Nostra, die ihre Wurzeln in Sizilien hat. Sie waren damals von Giuseppe und Angela Ruggerio eingestellt worden, um nach der Geburt ihrer Tochter auf ihren Sohn aufzupassen. Sie haben Ihnen geschrieben, um Ihnen mitzuteilen, daß sie vor zwei Monaten mit der Geburt eines zweiten Sohnes namens Mauro ›gesegnet‹ wurden – hören Sie zu –, und sie haben Sie gebeten, zurückzukehren und dieselbe Arbeit wie vor vier Jahren für sie zu machen. Sie leben jetzt in Palermo.«

Er warf seine halb gerauchte Zigarette auf den Boden und schickte sich an, sie auszutreten, aber sie bückte sich, hob sie auf und gab sie ihm zurück. Er drückte die Zigarette an der gerippten Sohle seines Stiefels aus und steckte die Kippe in die Streichholzschachtel.

»Sie leben jetzt in Palermo. Woher ich das weiß? Giuseppe Ruggerio wird zeitweise überwacht. Wegen der hohen Kriminalitätsrate gibt es keine ausreichenden Mittel für eine ständige Überwachung. Von Zeit zu Zeit haben wir ihn im Visier. Er wird beschattet, abgehört, seine Post wird eingesehen, elektronischer Firlefanz, es ist Routine. Wir werfen unsere Netze aus. Dabei stießen wir auf den Brief. Angela Ruggerio hat ihn aufgegeben. Der Brief wurde abgefangen, kopiert, erneut verschlossen und wieder in die Post gegeben. In Rom hat man mir die Kopie gezeigt. Wir behielten den Brief im Auge. Von Palermo nach Mailand, wo die internationale Post sortiert wird, von Mailand nach London, von London bis hierher. Diese Arbeit haben wir uns nur gemacht, um meine Reise zeitlich genau abzustimmen, damit ich hier eintreffe, nachdem Sie den Brief erhalten haben, aber bevor Sie ihn beantworten. Das Ganze ist meine Idee, Miss Parsons, ich habe es veranlaßt. Ich möchte, daß Sie nach Palermo gehen und das Angebot annehmen.«

Sie lachte ihm ins Gesicht. Das Lachen wirkte nicht affektiert auf ihn.

»Lächerlich ...«

»Gehen Sie nach Palermo und arbeiten Sie wieder für Giuseppe und Angela Ruggerio.«

»Ich habe einen Job, eine Vollzeitstelle. Damals wollte ich nur die Zeit zwischen Schule und College überbrücken. Es wäre einfach idiotisch. Ein schlechter Witz.«

»Ich möchte, daß Sie das Angebot annehmen und nach Palermo fahren.«

Axel steckte sich eine zweite Zigarette an. Der Wind wehte ihm ins Gesicht und blies durch den dünnen Stoff seiner Windjacke. Sie wirkte jetzt klein und zart, hatte die dicke Jacke eng um den Körper gezogen und die Arme vor der Brust verschränkt, wie um sich zu wärmen.

»Wie werden Sie genannt von Leuten, die Sie kennen?«

»Die meisten nennen mich Charley.«

»Charley, Sie dürfen nicht glauben, daß ich mich nach England und in diese Einöde hier bemüht hätte, wenn es sich nicht um äußerst wichtige Ermittlungen handeln würde, und ich versichere Ihnen, ich hasse nichts mehr, als meine Zeit zu verschwenden. Es tun sich Möglichkeiten auf, vielleicht kommen sie gelegen, vielleicht kommen sie ungelegen. Vielleicht können wir die Möglichkeiten selbst nutzen, vielleicht brauchen wir Hilfe von außen. Wir möchten Sie in Angela und Giuseppe Ruggerios Familie haben.«

In ihrer Antwort schwangen Bitterkeit und Verachtung mit. »Als Spion?«

»Durch Sie hätten wir direkten Zugang.«

»Sie haben mich wie ein Familienmitglied behandelt.«

»Giuseppe ist ein vorsichtiger, cleverer Bastard. Sie sollten das Angebot annehmen und für Giuseppe und Angela Ruggerio arbeiten.«

»Gehn Sie zum Teufel. Machen Sie bloß, daß Sie hier wegkommen.«

Er schnippte die Zigarette ins dunkle Gras und wandte sich zum Gehen.

»Wie Sie wollen. Ich werde nicht betteln. Sie wollen also für den Rest Ihres Lebens hier leben, Sie wollen einfach wegschauen, wenn es etwas gibt, was Sie tun könnten. Bitte schön. Ich dachte, daß Sie ein bißchen mehr Mumm in den Knochen hätten, schade, daß ich mich geirrt habe.«

»Wissen Sie, was Sie sind, Axel Moen? Ein richtiger Mistkerl.«

»Große Worte, nur daß bei Ihnen keine großen Taten folgen. Wenn Sie hier verschimmeln wollen, dann ist das Ihr Problem. Reden Sie mit niemandem über diese Unterhaltung. Wenn Sie darüber reden, könnte jemand zu Schaden kommen.«

Jetzt wurde sie kleinlaut. Aber sie konnte sein Gesicht nicht sehen, und so entging ihr auch das flüchtige zufriedene Grinsen. »Warum brauchen Sie Zugang zu Peppinos und Angelas Wohnung?«

Ohne Sarkasmus, ohne Ironie und ohne Umschweife sagte Axel: »Wenn Sie mitmachen, erfahren Sie es, denken Sie also darüber nach. Und denken Sie auch darüber nach, ob Sie sich für den Rest Ihres Lebens schämen wollen, weil Sie wegschauten und die Verantwortung nicht übernommen haben. Gute Nacht, Miss Parsons. Ich gebe Ihnen ein wenig Zeit zum Nachdenken, dann melde ich mich wieder. Nur keine Umstände, ich finde schon allein hinaus.«

Er ging davon, zurück durch das dunkle Eßzimmer, vorbei an der offenen Küchentür und durch den Flur. Ein letztes Mal schaute er auf die Fotografie von Charley Parsons an der Wand über dem Telefon. Er mochte den selbstsicheren, frechen Gesichtsausdruck auf ihrem Examensfoto. Dann verließ er das Haus durch die Eingangstür.

Manchmal hatte er einen Fahrer, aber meistens fuhr Mario Ruggerio selbst. Ob er nun selbst am Steuer saß oder ob er sich fahren ließ, er benutzte grundsätzlich eine gängige, unauffällige Limousine. Im Leben von Mario Ruggerio gab es keinerlei pompöse Extravaganzen, nichts, wodurch er Aufsehen erregt hätte. Wenn an diesem Abend die *carabinieri*, die *squadra mobile*, die *polizia stradale*, die *polizia municipale*, die *Guardia di Finanze* oder die *Direzione Investigativa Anti-Mafia* an dem Citroën BX, in dem er saß, vorbeigefahren wären, hätten die Polizeibeamten der verschiedenen Ermittlungsabteilungen nichts Auffälliges festgestellt. Am 15. Juni 1960 war er aus dem Ucciardone-Gefängnis unten bei den Docks entlassen worden, und seitdem hatte man ihn nie wieder verhaftet. Jetzt war er zweiundsechzig Jahre alt. Sein Leben wurde von zwei Dingen beherrscht, dem Streben nach Macht und der Furcht vor Verhaftung. Ohne Freiheit gab es keine Macht. Um sich diese kostbare Freiheit zu erhalten, bewegte er sich in der Stadt mit unterschiedlichen Mittelklassefahrzeugen. In einer Warteschlange vor einer roten Ampel oder vor einem Zebrastreifen wäre er jedem Polizeibeamten dieser Abteilungen wie ein gewöhnlicher alter Mann erschienen, der sich müde und erschöpft nach einem langen Leben von seinem Sohn oder Neffen kutschieren läßt ... Dennoch war er, wie er selbst am besten wußte, für jeden Polizeibeamten all dieser Abteilungen der meistgesuchte Mann der Stadt, der gesuchteste Mann im ganzen Land und in ganz Europa. Auf der vom Innenministerium aufgestellten Liste der dreißig gefährlichsten Verbrecher Italiens nahm er seiner Einschätzung nach mittlerweile den ersten Rang ein. Beamte dieser Abteilungen hätten vor der Ampel oder dem Fußgängerüberweg einen alten Mann auf dem Beifahrersitz kauern sehen, einen Meter sechzig groß und gut achtzig Kilo schwer, mit flachem Bauernschädel, schlichtem, kurzgeschorenem, graumeliertem Haar, aufmerksam um sich blickenden Augen, Doppelkinn und nikotinvergilbten Zähnen, breiten, aber gebeugten Schultern. Sie hätten nicht gewußt ... Und sie hätten die kraftvollen, dicken Finger mit den kurzgeschnittenen Nägeln nicht gesehen, weil er die Hände zwischen die Knie geklemmt hatte. Sie hätten seine Augen sehen können, und wenn die Polizeibeamten der Abteilungen seinem Blick begegnet wären, dann hätte Mario Ruggerio aus Respekt vor ihren Uniformen und ihrem Amt den Kopf gesenkt, aber sie hätten nicht seine Hände gesehen, die ständig in Bewegung waren. Er ballte sie zu Fäusten, streckte und beugte Finger und Daumen, massierte die Gelenke, weil seine Hände nach dem anstrengenden Würgegriff noch immer schmerzten, außerdem war das Rheuma in seinen Händen am Ende der feuchten sizilianischen Wintermonate immer besonders schlimm.

Auf seinem Gesicht lag ein friedlicher Ausdruck, während sein Fahrer ihn von ihrem Treffpunkt auf der Südseite der Via Generale di Maria die Via Malspina entlang über die Piazza Vigilio fuhr, aber der ruhige Eindruck täuschte. Aus seinem ständigen Streben nach Macht und Freiheit hatten sich neurotische Züge entwickelt, die aus der Angst vor dem Verlust von Macht und Freiheit resultierten. Gleichzeitig fürchtete er sich ständig vor Verrat. Für Mario Ruggerio war es fast unmöglich, irgendeinem Menschen zu vertrauen. Selbst was seinen Fahrer anbelangte, der seit sieben Jahren für ihn arbeitete, hatte er Zweifel. Aus Furcht vor dem Verlust von Macht und Freiheit wurde sein Leben Tag und Nacht von Sicherheitsvorkehrungen bestimmt. Er hatte die Schlüssel zu sechzehn Wohnungen in der Stadt, die ihm auf unbestimmte Zeit von verschiedenen Vertrauten überlassen wurden. Seine Vertrauten schuldeten ihm Treue, niemandem sonst. Wenn der Fahrer, der seit sieben Jahren bei ihm war, ihn irgendwohin bringen oder irgendwo abholen sollte, teilte er ihm nie die Adresse des Hauses mit, nur eine Straßenkreuzung. Als sie an diesem Abend die bröckelnde Fassade der Villa Filippina passierten und in die Via Balsamo einbogen, hustete er vernehmlich, um dem Fahrer zu bedeuten, rechts ranzufahren.

Ungeschickt und schwerfällig kletterte er aus dem Citroën, und der Fahrer reichte ihm eine kleine Tasche, die aussah wie die Sport- oder Schultasche eines Kindes, und seine graukarierte Mütze. Er blieb auf dem Gehsteig stehen, inmitten von Schmutz und Papierfetzen, setzte seine Mütze auf und schaute dem davonfahrenden Wagen nach. Er empfand es immer als Genugtuung, daß der Wagen verschwunden war, bevor er sich vom Fleck rührte. Seine alten Augen, wach, aufmerksam und immer noch strahlend blau, suchten die Straße ab, überprüften die Gesichter der Autofahrer und Fußgänger. Er kannte die Anzeichen einer Überwachung ... Als er zufrieden war, erst als er sich ganz sicher war, setzte er sich in Bewegung und ging die Via Balsamo hinunter und über die breite Via Volturno, wo die Markthändler wie allabendlich ihre Waren einpackten. Dann verschwand er in das labyrinthartige Straßengewirr des Capo-Distrikts von Palermo.

Der meistgesuchte Mann auf dem europäischen Kontinent, im Lande, auf der Insel, in der Stadt, ging allein und trug selbst seine Tasche durch die fast dunklen Straßen, und um ihn herum Radiogedudel, kreischende Frauen, Männergebrüll und weinende Kinder. Sein Vermögen – nach eigener Einschätzung und jede Woche aufs neue mit seinem Casio-Taschenrechner berechnet – belief sich auf etwa $ 245.000.000, und sein Rechner zeigte ihm in Sekundenschnelle, daß er 637.000.000.000 italienische Lire wert war. Das Vermögen des Mario Ruggerio, der soeben den Capo Distrikt, den Slum von Palermo, durchquerte, steckte in staatlichen Wertpapieren, Devisenkonten, Aktien, die an den europäischen Börsen und in New York Spitzenerträge brachten, und in multinationalen Konzernen und Immobilien.

Er öffnete eine schäbige Tür.

Er stieg eine schlecht beleuchtete Treppe hinauf. Er fand seinen Schlüssel und schloß die Zimmertür auf.

Erst als er die schweren Vorhänge an den Fenstern geschlossen hatte, schaltete er das Licht an. Gequält verzog er den Mund und stöhnte, so sehr machten ihm die Schmerzen in seinen vom Erwürgen überanstrengten Händen zu schaffen. Er packte seine kleine Tasche aus, Schlafanzug, Rasierzeug, ein sauberes Hemd, Unterwäsche und Socken zum Wechseln und die gerahmte Fotografie von den beiden Kindern, die er liebte, und dem Baby.

Giuseppe Ruggerio, von seiner Familie nur Peppino genannt, betrat mit dem schweren Koffer in der Hand als erster die Wohnung, hinter ihm folgten *piccolo* Mario, der sich mit dem Koffer der Kinder abmühte, dann Francesca mit ihren Kuscheltieren und schließlich Angela, die versuchte, den schreienden Mauro zu beruhigen ... das Ende eines viertägigen Kurzurlaubs in Taormina im Fünfsterne-San-Domenico-Palasthotel. Jetzt waren sie zurück in Palermo, und das Baby hatte Hunger.

Aber Giuseppe Ruggerio nahm das hungrige Baby kaum wahr. Trotz des schweren Koffers war er die letzten Stufen vom Fahrstuhl bis zur Wohnungstür fast gerannt, und vor dem Öffnen der Wohnungstür hatte er *piccolo* Mario unsanft zur Seite gestoßen.

Drinnen ließ er den Koffer fallen, schaltete die Lichter ein und ließ einen prüfenden Blick über Fußboden und Wände gleiten – er sah die leichten Putzstreifen auf dem Marmorfußboden im Flur. Im Wohnbereich schaltete er weitere Lampen ein und nahm argwöhnisch das Sofa und die Stühle, wo sie gesessen haben mußten, in Augenschein, dann schaute er ins Eßzimmer, über den gebohnerten schwarzen Parkettfußboden und auf den dunkel schimmernden Mahagonitisch. Die Bilder hingen, wo sie hängen sollten, die Statue war an ihrem Platz. Er wandte sich schnell um und ging in die Küche, schaltete die Leuchtstofflampe ein, die Küche sah genauso aus wie vor ihrer Abreise. Alles war so, wie es sein sollte. Ein schneller Seufzer der Erleichterung. Er verweigerte seinem Bruder keinen Wunsch, keinen einzigen ... Am Morgen in dem Hotel in Taormina hatten sie auf Radio Uno gesagt, daß die Ehefrau eines Mannes aus Agrigento ihren Ehemann, ihren Enkel und den Fahrer ihres Mannes bei den *carabinieri* als vermißt gemeldet hatte.

Der Mann aus Agrigento mußte mit seinem Enkelsohn und seinem Fahrer zu einem Treffpunkt in Palermo gekommen sein, wo ein *picciotto* seines Bruders auf sie wartete, dann mußten sie mit ihrem Wagen zu der Luxuswohnung in der Wohnanlage Giardino Inglese gefahren sein. Weder über Funk noch über Digitaltelefon hatten sie ihren genauen Zielort mitteilen können. Sein Bruder war immer vorsichtig.

»Peppino.«

Hinter sich hörte er Angelas schrille weinerliche Stimme. Er wandte sich um. Angela stand im Wohnzimmer. Angela hatte Baby Mauro auf dem Arm, und sein Gesicht war vom Schreien gerötet. Angela, die Frau, mit der er seit neun Jahren verheiratet war, deutete auf den dicken Perserteppich.

»Was ist das?« Der weinerliche Tonfall ihrer Stimme lag zum Teil an ihrem römischen Akzent. »Das war nicht dort, als wir weggefahren sind.«

Auf den magentaroten Stellen des Teppichs war nichts zu sehen, aber auf einem weißen Stück war ein Fleck.

»Wer ist hiergewesen?« fragte sie vorwurfsvoll. »Wer hat unseren Teppich beschmutzt? Dieser Teppich hat dich siebzehn Millionen Lire gekostet. Er ist ruiniert. Wer ist hiergewesen, Peppino?«

Er schenkte ihr ein zauberhaftes, liebevolles Lächeln. »Ich kann nichts sehen.«

Sie deutete mit dem Zeigefinger auf den Fußboden. »Da, sieh doch ... Hast du jemandem unseren Wohnungsschlüssel gegeben? Hast du jemandem unsere Wohnung überlassen? Wem? Sag es mir!«

Dann erstarb ihre Stimme. Es war, als hätte sie sich vergessen, als hätte sie ihre Lebensumstände und ihre Position vergessen. Als hätte sie vergessen, daß sie nicht mehr in Rom wohnte, vergessen, daß sie jetzt in Palermo lebte. Ihr Zorn war verflogen, und sie ließ die Schultern hängen. Er hatte so sehr gehofft, daß der kurze Urlaub, den er zwischen seinen Reisen nach Frankfurt und London einschieben konnte, ihr nach der schweren Geburt von Baby Mauro wieder auf die Beine helfen würde. Peppino verfluchte seinen Bruder niemals, niemals. Sie war in die Küche gegangen, um das Fläschchen für das

Baby warm zu machen. Er beugte sich über den Teppich, über den Fleck, tief im Gewebe fand er einen trockenen Tomatenkern.

Er ging in die Küche. Sie mied seinen Blick. Peppino legte seine Hand auf ihre Schulter, und mit der anderen Hand streichelte er über das weiche Haar von Baby Mauro.

»Wenn ich in London bin, rufe ich Charlotte an. Sie wird ihn erhalten haben. Ich werde sie überreden zu kommen, ich verspreche es dir.«

Er griff nach dem Telefon des Cherokee-Jeeps und tippte eine Nummer ein. Er wartete. Er hatte Dwight Smythe nicht gefragt, ob er das Telefon benutzen dürfe, nach Verlassen des Bungalows hatte er noch kein einziges Wort gesagt. Er hatte sich wortlos auf den Beifahrersitz fallen lassen und das Zeichen zum Aufbruch gegeben. Sie hatten die Nebenstraßen hinter sich gelassen und fuhren zügig dahin. Axel war stumm geblieben, weil es für ihn keine Veranlassung gab, eine geplante Operation mit einem Typen zu besprechen, der sich um Buchführung und Personalfragen kümmerte, und wenn er sich nicht zum Sprechen veranlaßt sah, schwieg er meist. Er hörte, wie der Hörer abgenommen wurde. Die Verbindung war zustande gekommen.

»Hallo Bill, Axel am Apparat. Wie steht's in Rom? Regen, o Gott. Die Leitung ist nicht sicher. Ich habe Kontakt aufgenommen. Sie ist in Ordnung, nichts Besonderes. Zuerst wollte sie mir einen Tritt geben, dann hat sie drüber nachgedacht. Sie ist berechenbar. Sie wollte mehr wissen, aber sie wird warten müssen, bis sie noch mehr nachgedacht hat. Ich werde bei der örtlichen Polizeizentrale anrufen und etwas arrangieren, das ihr beim Nachdenken hilft. Ich ruf' dich morgen an … Tut mir leid, komm ein anderes Mal … Moment mal, Bill.«

Er langte nach vorn und stellte das Gebläse aus, wodurch es im Inneren des Wagens erheblich leiser wurde.

»Was hast du gesagt, Bill? Vielleicht könnte sie es tun, vielleicht auch nicht, aber sie ist unser einziger Lichtblick. Wir sehen uns, Bill.«

Er hängte ein. Er streckte die Beine aus, ließ sich tiefer in den Sitz gleiten und schloß die Augen.

Ohne den Blick von der Straße abzuwenden, sagte Dwight: »An ihrer Stelle hätte ich dich hochkantig rausgeschmissen. Du bist ein eiskaltes Schwein.«

»Sie hat mich Mistkerl genannt. Das ist dein Problem und ihr Problem, mir ist es ziemlich egal, was Leute zu mir sagen.«

»Und du hast sie geködert? Krempelst du ihr Leben um?«

»Da wo ich herkomme, im Nordwesten von Wisconsin, kann man gut Muskellungen angeln. Kennst du Muskellungen?«

»In Albuquerque sind wir nicht fischen gegangen. In den Bergen gab es wohl Forellen, aber davon konnten schwarze Jungs in Albuquerque nur träumen.«

»Ertrag deine Schmach mit Würde ... Die Muskellunge ist ein schöner großer Fisch, aber er ist ein Killer und häßlich wie die Nacht, seinen Artgenossen gegenüber ist er bösartig und hinterhältig, der Schrecken jedes Schilfgürtels. Die meisten Angler versuchen, ihn mit Ködern und Blinkern zu fangen. Sie fangen auch welche, aber nicht die dicken Brocken. Für die großen Scheusale, die großen Killer, braucht man lebende Köder. Du nimmst einen kleinen Hecht oder einen Zackenbarsch, spießt ihn auf einen Dreizackhaken und befestigst ihn an einem Schwimmer. Wenn der kleine Fisch verrückt spielt und der Schwimmer hin und her gerissen wird, dann weißt du, daß der große Killer in der Nähe ist – das große Scheusal gibt sich die Ehre. Mit anderen Worten, der kleine Fisch verschafft dir Zugang zu einer ausgewachsenen Muskellunge.«

»Ein hartes Geschäft für den kleinen Fisch«, sagte Dwight Smythe mit rauher Stimme.

»Wenn sie geht, versuchen wir sie in Sicherheit zu bringen, wenn wir das Zeichen bekommen – wenn der Schwimmer zu zucken anfängt und wir die Schnur einholen«, sagte Axel leise.

»Kannst du damit leben?«

»Ich mache nur meinen Job.«

Ein großer Lastwagen kam mit aufgeblendeten Scheinwerfern auf sie zu, und Axel sah die Schweißperlen auf Dwight Smythes Stirn, so als hätte man ihn aufgefordert, nach Palermo zu fahren, sich als Spion einzunisten, mit dem Dreizackhaken im Genick.

»Wird sie gehen?«

»Ich denke schon. Sah nicht so aus, als ob sie hier vieles halten würde. Ja, ich denke, sie geht. Sie wird schwimmen, wenn sie ins Wasser gestoßen wird. Entschuldige, aber ich bin ein bißchen müde.«

Kapitel 2

Tracy zankte sich mit Vanessa. Darren stach eine Bleistiftspitze in Vaughans Unterarm. Lee beschmierte Joshuas Schreibblock mit einem Filzstift. Dawn zog Nicky an den Haaren. Rons Stuhl kippte krachend nach hinten, dann Rons Schrei, während Ian zurück an seinen Platz krabbelte …

Dabei wurde die Klasse 2B von der Schulleiterin als die diszipliniierteste und fröhlichste Klasse der ganzen Schule gelobt. Erst drei Wochen zuvor war die Klasse von den Schulinspektoren als Musterklasse gekürt worden. Tracy trat Vanessa. Darren bohrte die Bleistiftspitze so tief in Vaughans Arm, daß es anfing zu bluten. Lee hatte Joshuas sorgfältig ausgefülltes Arbeitsblatt ruiniert. Dawn hatte Nicky ein Büschel Haare ausgerissen. Ian saß mit Unschuldsmiene da, während Ron brüllte …

Am liebsten hätte sie jeden einzelnen verdroschen und wäre ihren Job losgeworden. Am liebsten hätte sie Tracy auf die Finger gehauen, Darren eine geknallt, Lee am Ohr gezogen, Ian geknufft, aber dann wäre sie, ehe sie sich versah, zu einer Anhörung vor den Disziplinarausschuß bestellt worden. Sie stellte sich die anderen Klassenräume vor, in denen es ebenfalls durch die Ritzen zwischen den Betonplatten zog und regnete, die Lehrer der Klassen 1A, 1B, 2A, 3A und 3B und die Schulleiterin, wie sie ihre Kontrollgänge machte, und ihre Überraschung, daß in Klasse 2B offensichtlich das Chaos ausgebrochen war. Es war ihr zweites Jahr an dieser Schule, und zum ersten Mal hatte sie die Kontrolle über die achtunddreißig Kinder verloren. Sie klatschte in die Hände, und vielleicht klang ihre Stimme außer sich vor Zorn, und vielleicht spiegelte sich Verachtung in ihrem Gesicht, aber durch das Klatschen, den Zorn und die Verachtung verschaffte sie sich ein wenig Ruhe. Es war eine schreckliche, verzweifelte Nacht für Charley Parsons gewesen. Kein Schlaf, keine Ruhe. Die Kinder wußten, daß sie mit ihren Gedanken ganz woanders war. Kinder erkannten jede Schwäche und wußten sie sofort auszunutzen. Sie schaute auf die Uhr. Noch fünf Minuten bis zum Läuten der Glocke, bis zum Ende eines beschissenen Tages.

Am Abend zuvor war sie wieder ins Haus gegangen und hatte gehört, wie sich die Eingangstür leise hinter ihm schloß. Sie hatte im Flur gestanden und hatte das schwere Allradfahrzeug davonfahren hören. Sie war zurück in die Küche gegangen. Ihre Mutter, vorwurfsvoll: ob sie wüßte, daß ihr Tee jetzt kalt sei? Ihr Vater verstohlen: ob sie denn noch genug Zeit für ihre Unterrichtsvorbereitungen hätte?

Ihre Mutter: Was sollte das? Ihr Vater: Wer war er? »Ich kann es euch nicht sagen, also stellt mir keine Fragen.«

Ihr Vater: Hatten ihre eigenen Eltern denn kein Recht, es zu erfahren? Ihre Mutter: Sollten denn ihre eigenen Eltern keine Erklärung erhalten, wenn ein Wildfremder einfach so ins Haus kam? »Er hat gesagt, wenn ich über das, was er mir gesagt hat, rede, könnte ich jemandem Schaden zufügen.«

Ihre Mutter: Merkte sie denn nicht, wie beleidigend sie daherredete? Ihr Vater: Hatten sie sich deshalb krummgelegt und gespart und sie aufs College geschickt, nur damit sie dort rüdes Benehmen lernte? »Er ist eine Art Polizist, eine Art Detective. Er arbeitet für die Bundesdrogenbehörde.«

Drogen? Ihre Mutter war sichtlich schockiert. Was hatte sie mit

Drogen zu tun? Ihr Vater öffnete ungläubig den Mund, und sie sah seine Hände zittern. »Ich habe nichts mit Drogen zu tun. Ich kann einfach nicht darüber reden. Ich habe keinerlei Verbindung mit Drogen. Ich kann es euch nicht sagen.«

Sie war aus der Küche gelaufen und durch den Flur in ihr Zimmer. Sie hatte sich auf ihr Bett geworfen. Sie hatte den Bär an sich gedrückt, der ihr schon seit zwanzig Jahren gehörte. Sie hatte die besorgte Stimme ihrer Mutter und das Schimpfen ihres Vaters gehört. Sie hatte weder ihren kalt gewordenen Tee getrunken noch ihren Unterricht für den nächsten Tag vorbereitet. Später hatte sie die Schritte ihrer Mutter und ein leises Klopfen an der Tür gehört, aber sie hatte nicht geantwortet, und noch viel später hatte sie die beiden hinter der dünnen Wand zu Bett gehen hören. Eine ruhelose, abscheuliche Nacht, in der ihre Gedanken von zwei Bildern beherrscht wurden. Was ihr den Schlaf raubte, war die Erinnerung an die warmherzige Güte von Giuseppe und Angela Ruggerio und Axel Moens kalte Gewißheit. Beides ließ sie nicht los, die liebevolle Zuwendung von Giuseppe und Angela Ruggerio und die offenkundige Feindseligkeit Axel Moens. Sie hätte sich nicht auf ihn einlassen sollen, hätte ihm die Tür weisen sollen. Sie hatte das Gefühl, als hätte sie die Wärme, die Freundlichkeit und Liebe von Giuseppe und Angela Ruggerio verraten …

Die ganze Nacht lang war sie unglücklich und verwirrt gewesen. Am Tag war sie erschöpft und geistesabwesend.

Es schien wie ein Moment der Gnade, als die Schulglocke zwischen den Betonwänden des Klassenraums widerhallte. Vielleicht spürten die Kinder der 2B, die Treter, Stecher, Kritzler und Schläger, die Krise und fürchteten sich. Sie warteten auf sie. Jeden Tag am Ende des Unterrichts machte sie ein paar Witze und hielt noch ein fröhliches Schwätzchen mit den Sechsjährigen, aber nicht an diesem Tag. Eilig packte sie ihre Bücher und Notizhefte zusammen und verließ als erste den Raum. Sie wollte heimfahren, sich bei ihren Eltern entschuldigen und so tun, als wäre der große Amerikaner mit dem blonden Haarzopf nie mit ihr im Garten hinter dem Bungalow herumspaziert, als hätte er ihr nie einen Vorschlag unterbreitet und nie von notwendigem »Zugang« gesprochen. Ihre Entscheidung ... Neben einem der Papierkörbe im Flur blieb sie stehen, griff in ihre Tasche, nahm den Einladungsbrief heraus und riß ihn in winzigkleine Fetzen. Die Papierschnipsel und den Briefumschlag stopfte sie zurück in die Tasche. Eine Horde Kinder zappelte um sie herum, als sie zu dem Schuppen ging, wo sie den Roller abgestellt hatte.

»Charlotte? Ist alles in Ordnung mit Ihnen?«

Die schrille Stimme blökte sie von hinten an. Sie drehte sich um. Die Schulleiterin sah ihr ins Gesicht.

»Alles in Ordnung? Ja, natürlich, mir geht's gut, Miss Samway.«

»Ich dachte nur ... Charlotte, da sind zwei Männer, die Sie sprechen wollen. Sie warten am Tor.«

Sie blickte über die rennende, schreiende Kindermeute hinweg zum Tor, das auf die Straße führte. Sie spähte zwischen den Köpfen und Schultern der jungen Mütter hindurch, die rauchend und Kaugummi kauend dastanden. Viele hatten ein Baby auf dem Arm oder waren schon wieder schwanger. Wahrscheinlich regten sie sich wieder über das gestrige Fernsehprogramm auf. Wie zornig sie aussahen, und wie müde. Sie sah zwei Männer, die an einen alten Ford Sierra gelehnt dastanden, es war nicht das letzte, sondern das vorletzte Modell. Die Tür, an der sie ihre Hinterteile platt drückten, mußte erst vor kurzem eingebaut worden sein, da sie nicht zu der zerkratzten, angerosteten Lackierung des Fahrzeugs paßte. Sie waren anders als alle anderen Männer, die sie kannte. Sie trugen alte Jeans und T-Shirts. Der eine hatte sich eine Lederjacke über die Schultern gehängt, und der andere trug einen schmutzigen Anorak. Beide trugen sie kurzgeschorenes Haar, und der etwas Schmächtigere hatte einen silbernen Ring im rechten Nasenflügel. Als der Kräftigere ihr zuwinkte, sah sie eine Tätowierung auf seinem Handrücken.

»Ich weiß nicht, ob das Freunde von Ihnen sind, Charlotte, aber ich möchte nicht, daß solche Leute vor meiner Schule herumhängen.«

Sie nahm die Schultern zurück und ging auf sie zu. Die Schulleiterin würde zusehen, und die Lehrer und die Mütter würden zusehen. Die kleine, hochnäsige Miss Parsons gab sich mit zwei abgewrackten Typen ab, die am Straßenrand auf sie warteten. Ein gutes Gesprächsthema fürs Lehrerzimmer. Und die Mütter mit den Kinderwagen, die ihre Kleinen zurück in ihr elendes Zuhause führten, wo der Fernseher den ganzen Abend auf voller Lautstärke lief und keine Bücher gelesen wurden, sondern höchstens die Zahlen der abgegriffenen Spielkarten ... Verdammt, sie wollte nichts als schlafen.

»Sie wollten mich sprechen? Ich bin Charlotte Parsons.«

Der mit dem Ring im rechten Nasenflügel öffnete blitzschnell seine Faust und ließ seine Polizeimarke aufblitzen. Dann sagte er, daß sein Name Brent sei, und murmelte etwas über eine »Spezialeinheit«, und der mit der Tätowierung zeigte ebenfalls seine Marke und sagte, sein Name sei Ken, worauf er leise »Rauschgiftdezernat« hinzufügte.

»Was wollen Sie?« fragte sie mit schwacher Stimme.

»Das, was Sie wollen, Miss Parsons«, sagte Brent. »Man hat uns gesagt, Sie wollten die große Tour.«

Ken sagte: »Wir haben gehört, Sie bräuchten eine Führung durch unser Revier, damit Sie besser kapieren, was am Ende des Drogenimports steht. Besonders würden Sie sich für Scat und Crack interessieren.«

»Aber Ken, wir sollten Miss Parsons nicht überfordern«, sagte Ken. »Denn ein anständiges Mädchen wie sie kann doch nicht wissen, daß Scat Heroin ist, oder?«

»Wie recht du hast, Brent, und sie weiß bestimmt auch nicht, daß Crack Kokain ist. Wenn Sie bitte hinten einsteigen wollen, Miss Parsons ... Oh, machen Sie sich keine Sorgen, der Hausmeister wird Ihren Roller im Auge behalten. Wir haben mit ihm gesprochen.«

»Wer hat Sie geschickt?«

»Unser Kommissar hat uns geschickt.«

»Der amerikanische Gentleman ...«, sagte Ken.

Sie zuckte zusammen. Ihre Arme und Finger fingen an zu zittern. Ihre Beine und Füße fühlten sich schwer an. »Und wenn ich sage, daß mir das alles am Arsch vorbeigeht?«

Brent sagte: »Man hat uns gesagt, daß Sie zuerst ein bißchen Theater machen könnten …«

»… aber nach dem Gezeter würden Sie lammfromm sein. Miss Parsons, ich bin schon seit mehr als vier Jahren im Rauschgiftdezernat. Wir kommen immer nur an die Subjekte am unteren Ende der Pyramide heran. Nach unseren vagen Informationen haben Sie die Chance, denen an der Spitze eins auszuwischen. Wir wissen nichts Genaueres, nur daß es darum geht, der Spitze der Pyramide einen empfindlichen Schlag zu versetzen. Und wenn Sie sich jetzt beruhigt haben, möchte ich Sie bitten einzusteigen.«

Sie tat, was von ihr verlangt wurde. Sie war lammfromm, wie Axel Moen es vorausgesagt hatte. Gehorsam kletterte sie auf die Rückbank des alten Sierras. Verfluchter Kerl … Der Wagen war eine Täuschung, ein als Rostlaube getarntes, PS-starkes Fahrzeug mit allen Extras. Brent saß am Steuer, und Ken schaute nach hinten, um mit ihr zu reden. Eigentlich war sie müde, aber während der Wagen in Richtung Schnellstraße fuhr, fielen ihr Kens Krähenfüße und Tränensäcke auf. Zuerst hatte sie sich über seine abwaschbare Tätowierung, die er jeden Abend nach Erfüllung seiner Pflicht entfernen konnte, amüsiert, aber der alte Brent machte keine halben Sachen und hatte sich für seinen verdammten Job die Nasenflügel durchstechen lassen. Sie waren anders als alle anderen Polizisten, die ihr je über den Weg gelaufen waren. Auf dem Boden lagen die Abfälle einer Fastfoodmahlzeit, und im Wagen roch es nach Styroportellern. Außerdem nahm sie noch einen muffigen Geruch wahr, der an den schmuddeligen Kleidungsstücken der beiden Männer liegen mußte. Sie rauchten unablässig, ohne sie zu fragen, ob sie damit einverstanden sei. Ken sagte, sie würden sich nicht für Cannabis, Lösungsmittel, Amphetamine und Barbiturate interessieren. Ihr Geschäft sei Heroin und Kokain oder Crack. Sie hörte zu …

Sie erreichten das Stadtgebiet von Plymouth, wo Charley zum Einkaufen hinfuhr, wenn sie etwas Besonderes suchte, ein Kleid für die Hochzeit einer Freundin oder Geschenke für ihre Eltern. Sie redeten von den Straßenpreisen für Snow und Koks. Sie hörte zu …

Nachdem sie das Stadtzentrum durchquert hatten, fuhren sie weiter in Richtung Norden, bis zu der großen Wohnsiedlung hinauf. Der Name der Siedlung war ihr aus den Lokalnachrichten geläufig, aber sie war noch nie zuvor dort gewesen. Leidenschaftslos und nüchtern informierten die Männer sie über weitere Fakten, aber die Zahlen, die sie nannten, überstiegen ihre Vorstellungskraft. Der weltweite Handel mit Narkotika mit einer jährlichen Gewinnspanne von 100 Milliarden US-Dollar. Beschlagnahmung von illegal nach Großbritannien eingeführten Drogen im Marktwert von 1,45 Milliarden Pfund allein im vergangenen Jahr. Wobei an guten Tagen eine von fünf Schiffsladungen beschlagnahmt wurde, an schlechten nur eine von zehn.

»Aber das machen nur die Superasse, wir arbeiten nicht auf dieser Ebene«, sagte Ken. »Wir arbeiten hier unten in der Gosse, da wo der ganze Stoff endet. Hier unten ist der Straßenpreis für ein Kilo Heroin dreißig Riesen. Koks kriegt man für 7.500 Pfund Sterling. Da draußen in der großen Welt geht es um Zigtausende von Kilos, Tonnen – wir hier sind kleine Leute, bei uns geht es um Kilos und Gramm.« Sie hörte zu …

»Als Lehrerin können Sie doch bestimmt gut rechnen, Miss Parsons«, sagte Brent. »Von zehn Gramm ist man nicht besonders lange high, zehn Minuten, wenn man regelmäßig drückt, aber zehn Gramm kosten rund fünfundsiebzig Piepen, und man wird schnell süchtig und braucht viele, viele Gramm. Also braucht man auch jede Menge Geld. Das beschafft man sich mit Einbrüchen, Überfällen, Raub, bis hin zum Mord.«

Sie schaute auf all die Hochhäuser mit ihren unzähligen Wohnungen, und sie sah die Kinder, die nicht viel anders aussahen als ihre Schüler, in Horden durch die Straßen laufen. Sie sah Armut und

Hoffnungslosigkeit ... Sie sah, wie sich ein alter Mann, auf einen Stock gestützt, mühselig vorwärts schleppte. Er wirkte verängstigt, und sie fragte sich, ob er fünfundsiebzig Pfund im Portemonnaie hatte. Sie sah eine alte Frau mit einer schweren Einkaufstasche auf den dunklen Eingang eines Hochhauses zugehen, und sie fragte sich, ob die alte Frau fünfundsiebzig Pfund in der Handtasche hatte oder in einer Dose unterm Bett oder zwischen den Seiten ihres Rentenbuches versteckt, und sie fragte sich, wie viele alte Männer und Frauen in Angst lebten, wegen eines zehnminütigen Highgefühls ausgeraubt zu werden. Ihr wurde übel.

Die Straßenbeleuchtung wurde eingeschaltet. Dort, wo Laternen ausgefallen waren, sah sie dunkle, schattenhafte Gestalten. Brent fuhr sehr langsam. Ken sagte: »Schauen Sie mal da drüben hin, Miss Parsons. Der große Bursche. Er steht fast jeden Abend hier, verkauft etwa hundert Gramm Crack in der Woche.« Brent sagte: »Er kann dir auch Scag besorgen, vielleicht ein bißchen Ecstasy. Er ist nichts Besonderes. Einer von hundert oder mehr. Das Zeug ist hier nicht wegzukriegen. Wenn wir ihn einlochen, gibt es noch neunundneunzig andere.« Sie konnte den Jungen sehen. Er trug teure Reebok-Turnschuhe und Freizeitkleidung von Nike. Die Kappe auf seinem Kopf saß verkehrt herum. Der Handel, den sie beobachtete, verlief schnell und glatt. Der Kunde überreichte das Geld und erhielt dafür die Ware. »Wir können den Konsum nicht mal limitieren. Der Preis geht runter. Er geht immer runter, wenn wir mit dem Zeug überschwemmt werden. Unser junger Freund hier sucht ständig neue Kundschaft, schafft Bedarf. Er macht seine Sache gut.« Sie hörte zu ...

Brent sagte: »Ich hoffe, Sie fangen an zu verstehen, Miss Parsons. Aber Sie dürfen nicht denken, daß es nur hier abgeht. Wir könnten mit Ihnen runter nach Plymstock oder Roborough und bis Goosewell fahren. Es ist überall dasselbe.«

»Ich möchte jetzt bitte nach Hause.«

»Das geht nicht, tut mir leid«, sagte Ken. »Der amerikanische Gentleman hat eine große Tour angeordnet.«

Der zivile Polizeiwagen verließ die Hochhaussiedlung. Ein letztes Mal sah Charley die alten Leute mit ihren Handtaschen und Portemonnaies ängstlich dahineilen, während der Junge mit den Reebok-Turnschuhen und den Nike-Freizeitklamotten auf Kundschaft wartete.

»He, Dwight, wie war der Urlaub an der Küste? Wie ist es gegangen?«

»Ein eiskalter Hund, wenn du meine Meinung hören willst.«

Er hängte seinen Mantel neben den des Country Chiefs an den Kleiderständer.

»Komm doch rein, dann reden wir miteinander.«

Er nahm einen Plastikbecher und füllte ihn mit Wasser aus dem Trinkwasserspender. Er ging durch das verlassene Vorzimmer in das Büro des Country Chiefs. Mittlerweile war es stockfinster geworden, und draußen über dem Platz hingen dicke, schwere Regenwolken. Der Chief deutete auf einen Sessel.

Dwight Smythe zuckte die Achseln. »Ich meine, ich komme mit den meisten Leuten gut aus, Ray. Aber bei diesem Kerl bin ich an meine Grenzen gestoßen. Ist er ein Fanatiker, oder was? Ich dachte, solche Leute würden sie in Quantico aussieben. Er ist rüde, damit kann ich leben. Er ist aggressiv, auch damit werde ich fertig. Womit ich nicht klarkomme ist, daß er sich in das Leben einer arglosen jungen Frau mischt, seine Fäden spinnt, um sie festzunageln, und das alles eiskalt und ohne Emotionen. Ich war für ihn nur ein notwendiges Übel, sein Chauffeur, den er jetzt nicht mehr braucht.«

»Hast du seine Akte gelesen?«

»Nein.«

»Hast du was über ihn gewußt?«

»Nicht bevor ich ihn gestern abgeholt habe.«

»Keine Zweifel an deinem Urteil?«

»Ich stehe zu meiner Einschätzung seiner Person.«

»Meiner Meinung nach bist du ein richtiger Glückspilz, Dwight.«

»Und kannst du mir verraten, wieso ich ein Glückspilz sein soll?«

»Du hast Glück, weil du dich mit Personalfragen, Etat und Urlaubslisten dieser Abteilung beschäftigen darfst.« Der Country Chief musterte Dwight Smythe mit scharfem Blick. »Teufel noch mal, es gibt nichts, worum du dich sorgen müßtest.«

»Das ist nicht fair.«

»Aber es stimmt. Du, mein lieber Dwight, kannst in aller Ruhe auf die nächste Beförderung warten. Du hältst die Urlaubslisten auf dem neuesten Stand, du machst dir nicht die Pfoten schmutzig, du siehst zu, daß die Ausgaben den Etat nicht überschreiten, du behältst saubere Finger, du versorgst uns mit Büroklammern, und du brauchst dir keine Sorgen zu machen, denn das ist der sichere Weg zur Beförderung. Es ist der Weg nach Hause in das große Büro mit dem dicken Teppich. Aber es ist nicht der Weg unseres Freundes.«

»Das ist nicht fair, Ray, denn ohne die Verwaltung ...«

»Ich weiß, ich weiß ... Du redest mit einem Überläufer. Wann hast du zum letzten Mal eine Waffe getragen?«

»Das organisierte Verbrechen ist durch den intelligenten Einsatz aller zur Verfügung stehender Mittel zu bekämpfen, und nicht ...«

»Die Rede stammt von mir, Dwight. Wenn ich über harte, gefährliche Einsätze geredet hätte, wäre ich wohl kaum aufgestiegen, oder was meinst du? Werd endlich erwachsen.«

»Ray, ich kann einfach nicht glauben, was du mir da für einen Müll auftischst.«

»Du kannst dich ja damit trösten, daß Axel Moen und seinesgleichen keinen Zugang zu unserer gottverdammten Karriereleiter haben. Es sind Leute wie du und ich, die Gedenktafeln einheimsen, den warmen Händedruck vom Direktor, all die Lobesreden und diesen oberflächlichen Scheißdreck.«

»Entschuldigung, daß ich meine Meinung gesagt habe.« Dwight Smythe stand auf und leerte seinen Wasserbecher. Er schaute sich um. Die Gedenktafeln dokumentierten erfolgreiche Operationen. Die Fotografien belegten das warmherzige Lächeln des Direktors, der

Beamte für besondere Verdienste beglückwünschte. Die Bronzetafeln mit der eingravierten Goldschrift. »Außerdem sehe ich hier keinen oberflächlichen Scheißdreck.«

»Wolltest du heute abend mit Melanie essen gehen?«

»Ja, warum?«

»Ich will dir einen gutgemeinten Rat geben. Sag ihr, sie soll noch eine Stunde warten. In der Zeit schmeißt du deinen Computer an und wirfst einen Blick in Axel Moens Akte.«

»Warum?«

»Hat er dir gesagt, hinter wem er her ist?«

»Nein.«

»Lies seine Akte, dann verstehst du vielleicht, welche Sorte Mann auf einen der ganz großen Fische angesetzt wird.«

»Vielleicht morgen früh ...«

»Heute abend, Dwight.«

Das war ein Befehl. Der Country Chief, die vier Spezialagenten und die Bürokräfte im fünften Stock der Botschaft waren stolz, daß sie ein harmonisches Team waren, daß es nur selten harte Worte gab und noch seltener Befehle erteilt wurden. Er verließ das Büro und ging zu seinem Schreibtisch. Er rief Melanie an und bat sie, die Reservierung im Curry House in der Edgwar Road eine Stunde zu verschieben. Er schloß seine Schreibtischlade auf und nahm den Merkzettel heraus, auf dem der Eingangscode und das Schlüsselwort verzeichnet waren. Dann öffnete er die NADDIS-Datei und rief die Akte des Mannes ab, den er einen eiskalten Hund genannt hatte.

»Im Moment haben wir nur dieses eine. Letzten Monat hatten wir ein anderes, aber es ist gestorben. Es starb etwa drei Tage, bevor das hier gekommen ist«, sagte die Krankenschwester mit irischem Tonfall. Trotz ihres korpulenten Körperbaus klang ihre Stimme sehr sanft. Sie sprach ein wenig monoton, so als wolle sie nicht zu viele Emotionen in ihre Worte legen. »Ich weiß nicht, wie lange dieses hier noch durchhalten wird. Ich hoffe, nicht allzu lange. Sie wurde schon im Mutterleib geschädigt, von Anfang an, während der ganzen Schwangerschaft. Das passiert, wenn die Mutter süchtig ist. Ihre Mutter ist neunzehn Jahre alt. Fixerin. War ein zauberhaftes Ding, ist es immer noch. Die Kleine ist siebzehn Tage alt, und es ist, als ob sie selbst auf Drogen wäre, wie ihre Mama, so, als ob sie die Spritzen ihrer Mama benutzen würde. Es ist zu schlimm bei ihr, um sie von dem Zeug zu entwöhnen, ihr ganzer Körper ist geschädigt. Darum hoffe ich auch, daß es nicht mehr lange dauert ...«

Charley stand an der Tür. Sie schaute in das Zimmer, Kinderabteilung, Intensivstation. Das Baby schien in dem gläsernen Kasten zu zittern, und die Schläuche in Nase und Mund bewegten sich langsam hin und her. Die Krankenschwester redete, als seien sie allein, als sei die Mutter, »das zauberhafte Ding«, nicht da. Die Mutter saß neben dem Glaskasten. Ausdruckslos starrte sie auf das zitternde Baby. Als Charley sich abwandte, lächelte die Krankenschwester ihr zu und bedankte sich, weil sie sich die Mühe gemacht habe vorbeizuschauen. Das war nichts als eine leere Bemerkung, weil die Schwester nicht wußte, warum Charley gekommen war. Sie wußte nichts von dem Arrangement, das Brent mit dem Verwaltungschef des Krankenhauses getroffen hatte. Charley eilte aus dem Zimmer. Sie glaubte Axel Moen zu hassen.

Brent und Ken waren auf dem Flur. Sie gingen voran, und sie folgte ihnen.

Hinaus in die Nachtluft. Über einen Parkplatz. Sie kamen an eine Tür, über der ein Licht brannte.

Brent klopfte an. Ken läutete. Sie betraten die Leichenhalle des Krankenhauses.

»Der hier war heroinsüchtig, hätte aber auch genausogut auf Kokain sein können. Durchschnittlich kriegen wir drei im Jahr. Sein Vater ist Major a. D. Aber es spielt ja keine Rolle, wer sein Vater war«, sagte der Pathologieassistent. Ein junger Mann mit Hakennase, auf der eine schwere Brille saß. Er sprach, als hätte es mit der Leiche, dem Sohn des pensionierten Majors, nichts Besonderes auf sich.

»Wenn sie damit anfangen, mit Heroin, bringt es ihnen absolute Entspannung. Sie vergessen Streß und Angst. Es muß für sie sein, als könnten sie damit all ihre Probleme in den Griff bekommen, aber sie erhöhen die Dosis, und die Entzugserscheinungen werden von Mal zu Mal schlimmer. Die Abhängigkeit wächst. Dieser hier ist, wie ich gehört habe, in das Haus seiner Eltern eingebrochen und hat den Schmuck seiner Mutter mitgehen lassen. Für das ganze Zeug hat er sich dann einen großen Schuß gekauft. Wahrscheinlich hatte er Zuckungen, Muskelkrämpfe, Schweißausbrüche. Dann war er vielleicht so in Panik, daß er sich eine Überdosis gespritzt hat. Er wurde bewußtlos und fiel ins Koma. Dann kam es zum Atemstillstand, und er ist hier gelandet. Wir leben hier in einer kleinen Stadt, deshalb kriegen wir natürlich nicht so viele.«

Charley schaute auf die Leiche hinunter. Sie hatte noch nie zuvor einen Toten gesehen. Die Haut sah bleich und wächsern aus, und die Haare auf der Brust, unter den Achseln und im Genitalbereich erschienen ihr wie verdorrtes Gras. Der rechte Arm wies eine Verfärbung auf, aber die Einstichlöcher waren nur noch schwach zu sehen. Der Tote mußte etwa in ihrem Alter sein. Sein Gesichtsausdruck wirkte friedlich. Sie wußte nicht und fragte nicht, ob die Leute in der Leichenhalle nachgeholfen hatten oder der friedliche Eindruck im Augenblick des Sterbens von allein entstand.

In dem Flur neben dem Raum, in dem die Leichen in gekühlten Fächern gelagert wurden, rauchte Ken unterdessen eine Zigarette, und Brent schob sich ein Bonbon in den Mund.

Sie brachten sie zurück zur Schule.

Sie läuteten an der Tür des Hausmeisters.

Charley schwang sich auf ihren Roller und ließ den Motor an. Sie bog den Rücken durch, so daß ihre Schulterblätter sich berührten.

»Sind Sie immer so raffiniert? Drehen mich auf wie eine gottverdammte Marionette und machen mich gefühlsmäßig völlig fertig.«

»Tut mir leid, Schätzchen«, sagte Brent. »Wir haben nur getan, was man uns gesagt hat.«

»Ich weiß natürlich nicht, wofür es gut sein soll, Süße, aber der amerikanische Gentleman hat es so angeordnet«, fügte Ken hinzu.

Sie setzte den Helm auf. Charley hatte die Realität gesehen, das, worüber sie jeden Tag in der Zeitung las und was sie im Fernsehen sah. Sie hatte nie darüber nachdenken wollen, daß es um die Realität in ihrem eigenen Hinterhof ging. Sie fuhr durch die Dunkelheit davon, und sie verfluchte ihn, während ihr die Tränen übers Gesicht liefen und vom Wind fortgepustet wurden. Ein Wagen folgte ihr, und dessen Scheinwerfer schienen auf ihren Rücken, aber er holte sie nicht ein und überholte auch nicht. In ihren Gedanken waren diffuse Bilder von Sizilien und Palermo. Die ganze Zeit konnte sie die Scheinwerfer des Wagens im Rückspiegel sehen. Palermo …

Kein Wind, kein Regen, keine Wolke. Die Insel glühte im Schein der Frühlingssonne. Seit dem frühen Morgen nahm die erste Wärme des Jahres der Stadt den Atem. Über der Stadt, auf dem schmalen Küstenstreifen zwischen den Bergen und dem Mittelmeer, lag ein feiner gelblicher Smogschleier von all den Fahrzeugen, die sich auf den Straßen drängten. Via della Libertà, Via Marqueda, Via Francesco Crispi, Via Vittorio Emanuele, Via Tukory … unsichtbar unter dem Dunst waren auch die Kennzeichen eines heimlichen Krieges – elektronische Signale, Hochfrequenzverstärker, Impulse über Telefon und Funk, Aufnahmen versteckter Überwachungskameras, von Abhörwanzen verzerrte Stimmen. In all dem üblichen Kommunikationsgewirr einer modernen Gesellschaft tauchten ab und an codierte und versteckte Botschaften eines geheimen Schlachtfeldes auf. Signale, Impulse, Töne, Bilder, Stimmen von kriegführenden Männern zogen sich unter dem faulig riechenden Dunst über den Dächern von Palermo dahin.

Als sie, den Geschmack des lauwarmen Nescafés noch auf der Zunge, aus dem Lehrerzimmer kam, um die Kinder nach der großen Pause vom Schulhof hereinzuholen, sah sie ihn vor dem Tor in einem geparkten Wagen sitzen. Sie dachte an die Wohnsiedlung, die Verzweiflung und die Armut.

Er glaubte, daß jede Form von telefonischer Kommunikation einen Unsicherheitsfaktor barg.

Mario Ruggerio saß allein in der Wohnung im ersten Stock. Der Lärm des Capo-Distrikts drang durch das geöffnete Fenster und die geschlossenen Läden, die das Sonnenlicht filterten, zu ihm hinauf. Einige Sonnenflecken fielen auf seinen Arbeitstisch und wurden von einem Spiegel reflektiert, so daß auf dem Christusbild an der gegenüberliegenden Wand ein Gitterwerk aus Licht und Schatten entstand. Das Rufen der Straßenhändler, die Wut- und Freudenschreie der Menschen und das Geröhre der Vespa- und Lambrettamotoren mischten sich mit dem Radioprogramm von Radio Uno. Weder der Straßenlärm noch die Stimme und die Musik aus dem Radio störten seine Konzentration. Der Krach auf der Straße und das Radiogeplärre waren unerläßlich für seine Sicherheit. Im Capo-Distrikt, wo Not, Verbrechen und Argwohn zum täglichen Leben gehörten, würde man ein Überwachungsfahrzeug, ein Überwachungskommando sofort bemerken, und auf der Straße würde es still werden. Und wenn einer der *super-latitanti,* einer der großen Fische, festgenommen würde oder wenn es irgendwo eine Razzia gab, würden sie im Radio darüber berichten, und er wüßte Bescheid. Der Straßenlärm und die Musik und die Worte aus dem Radio störten ihn nicht im geringsten, während er die kurzen und rätselhaften Nachrichten mit einem feinen Filzstift auf Zigarettenpapier schrieb.

Mario Ruggerios Schulbildung hatte im Alter von fünf Jahren begonnen und war beendet, als er neun war. Kein Lehrer oder Professor hatte ihn je in die Wissenschaft der elektronischen Kommunikation eingeführt, trotzdem hatte er kein Vertrauen in die Sicherheit des Telefons. Einige hatten geglaubt, sie könnten ungestraft das öffentliche Telefonnetz benutzen, und jetzt saßen sie in einer stickigen Zelle des Ucciardone-Gefängnisses in Palermo. Andere hatten sich auf die Sicherheit der neuen analogen Technologie der Mobiltelefone verlassen, und jetzt schmorten sie hinter den Mauern des Caltanisetta-Gefängnisses auf der Insel oder im Asinara-Gefängnis auf Sardinien. Im vergangenen Jahr hatte man ihn bedrängt, an die vollkommene Sicherheit des neuen digitalen Systems zu glauben, und versprochen, daß es nicht abgehört werden könne, und die Männer, die sich darauf verlassen hatten und ihn mit Versprechungen beruhigen wollten, konnten nur einmal am Tag eine Stunde lang den Himmel betrachten, durch den Maschendraht über dem Innenhof des Ucciardone-, Caltanisetta- oder Asinara-Gefängnisses.

Er legte die auf das Zigarettenpapier geschriebenen Nachrichten auf dem Tisch aus. Er las sie. Dann lehnte er sich zurück und steckte sich eine dünne Zigarre an. Nach dem ersten Zug hustete er und spuckte den Schleim in sein Taschentuch. Er las die Nachrichten ein zweites Mal und legte sie in den Aschenbecher. Er verbrannte das Papier, auf dem sie geschrieben waren. Die Nachrichten, die er sich eingeprägt hatte, betrafen den Weg von acht Millionen Dollar von einer Holdinggesellschaft auf den Bahamas zu einem Casinoprojekt in Slowenien, den Transfer von vier Millionen von einem Wiener Konto nach Bratislava, den Kauf von zweiundzwanzig Apartments in einer Ferienanlage auf Korsika, die Entscheidung über Leben und Tod eines Mannes in Catania, das Problem der hartnäckigen Untersuchungen eines übereifrigen Richters im Palazzo di Giustizia. Fünf Nachrichten, aufgeschrieben, verbrannt und im Gedächtnis behalten, würden nun weitergegeben werden, unter vier Augen, an fünf Männer in fünf Bars über fünf Tassen Kaffee.

Seine Leitsätze waren Vorsicht und Mißtrauen. Durch Vorsicht und Mißtrauen erhielt er sich das, was ihm am wichtigsten war, seine Freiheit.

Später, als die Sonne vor den geschlossenen Läden höher gestiegen war, nachdem er seine zweite Zigarre geraucht hatte, nachdem er in den Radionachrichten gehört hatte, daß die Questura in Agrigento keine Fortschritte bei der Suche nach dem vermißten Mann, seinem

Enkelsohn und seinem Fahrer gemacht hatte, ging er unerkannt durch die Straßen der Stadt und in die fünf Bars, wo seine Leute auf ihn warteten. Seine Leute waren zuverlässige Botschafter, die seine Nachrichten von Mund zu Mund an Baulöwen, Politiker, Leiter des Masons- oder Rotary-Clubs, Bankiers, Polizisten und Kirchenmänner weitergaben, die er gekauft hatte. Alle, denen eine Nachricht von Mario Ruggerio überbracht wurde, führten den Befehl augenblicklich aus, weil er ihre Habgier anstachelte und ihre Angst schürte …

Einen kurzen Moment lang fragte sich Mario Ruggerio, wie es den Kindern und dem Baby ginge, die er liebte. Der Gedanke zauberte ein sanftes Lächeln auf seine Lippen. Das Lächeln verschwand auch nicht, als er die Straße entlangging, mit seiner grauen Wolljacke und der karierten Mütze, die er richtig herum aufgesetzt hatte.

Als sie zum Spielplatz kam, um das Fußballspiel zu beenden, und die Kinder zusammenrief, sah sie ihn rauchend im Auto sitzen und warten. Sie dachte daran, wie der alte Mann in der Wohnsiedlung nach Hause geeilt war.

Vom Balkon aus sah sie ihm nach. Sie hatte das Baby auf dem Arm. *Piccolo* Mario hüpfte aufgeregt auf dem Balkon herum und versuchte, durch die Geranientöpfe einen Blick auf seinen Vater unten am Auto zu erhaschen. Francesca hielt ihre Hand und weinte leise vor sich hin.

Er drehte sich noch einmal um und winkte. Angela erwiderte seinen Abschiedsgruß, indem sie kurz die Hand hob. Sie wartete nicht, bis er ins Auto gestiegen war, und sie sah ihm auch nicht nach, als er das Haupttor durchquerte, das immer von dem uniformierten *portiere* geöffnet wurde. Sie ließ *piccolo* Mario auf dem Balkon zurück und ging mit Francesca in den Wohnbereich zurück, vorbei an der Statue, die sie abscheulich fand, und über den Fleck auf dem Perserteppich, der sich nicht entfernen ließ. Sie haßte Palermo. Für Angela Ruggerio war die Stadt wie ein Gefängnis. Wenn sie noch in Rom leben würden, könnte sie wieder die Universität besuchen, aber hier in Palermo wurde es nicht akzeptiert, daß eine verheiratete Frau allein zur Universität ging. In Rom hätte sie ein Fitneßstudio besuchen können, aber in Palermo konnte eine Frau eine derartige Einrichtung nur in Begleitung einer Freundin besuchen, um den Anstand zu wahren, und sie hatte keine Freundin. In Rom hätte sie stundenweise in einer Galerie oder einem Museum arbeiten können, aber in Palermo war es undenkbar, daß eine Frau aus ihren Kreisen arbeiten ging ... In Palermo konnte sie nicht die Wände ihrer Wohnung streichen, da dies vermuten ließ, daß ihr Mann sich keinen Anstreicher leisten konnte.

Am meisten haßte sie die Stadt, wenn er ins Ausland fuhr. Dann legte er ihr das Haushaltsgeld in die Nachttischschublade, weil es in Palermo nicht üblich war, daß eine verheiratete Frau ein eigenes Konto, eigene Kreditkarten oder eigene Mittel hatte. In Rom, in der schönen Zeit in Rom, hatte er sich am Abend vor einer Geschäftsreise nach London, Frankfurt oder New York mit ihr unterhalten. Jetzt war es anders, denn in Palermo war es für eine verheiratete Frau nicht notwendig, über die Geschäfte ihres Ehemannes Bescheid zu wissen.

Sie ließ sich auf das breite, weiche Sofa fallen. Blätterte lustlos in einer Illustrierten herum, ohne etwas zu lesen ... Der Junge rief etwas. *Piccolo* Mario schrie vom Balkon aus, daß er seinen Onkel gesehen hätte, wirklich, und sie solle sofort kommen. Mißmutig stand sie auf, das Baby fest an sich gepreßt. Sie ging zum Balkon und schaute nach unten, über den Parkplatz hinweg, durch das vergitterte Sicherheitstor zur Straße. Sie sah niemanden, aber *piccolo* Mario schrie, daß er seinen Onkel gesehen habe, schrie, daß sein Onkel am Tor vorbeigegangen sei und ihm zugewinkt habe. Aber sie sah niemanden, den sie kannte. Wie oft kam er, der kleine alte Mann mit den gebeugten Schultern und dem Doppelkinn, in seiner grauen Wolljacke, auf dem Kopf immer dieselbe karierte Mütze? Wie oft ging er an ihrer Wohnung im Giardino Inglese vorbei und schaute hinauf zu den Blumenkästen auf ihrem Balkon? Natürlich wußte sie, was über *piccolo* Marios Onkel im Fernsehen gesagt wurde, hatte alles gelesen, was über Peppinos Bruder im *Giornale di Sicilia* stand … Sie nahm den Jungen an der Hand und führte ihn zurück in die Wohnung. Es war nicht richtig, daß er von seinem Onkel sprach.

In vier Tagen würden sie in die Villa fahren, sie würden am Meer sein, wo sie noch einsamer wäre als in der Stadt. Verzweifelt betete sie, daß Charlotte kommen möge.

Als sie am Ende der Nachmittagspause die Glocke läutete, sah sie ihn mit einer Zeitschrift in der Hand im Auto sitzen. Sie dachte an die alte Frau, die sich voller Angst in ihre Zweizimmerwohnung schlich, wo sie eine Blechdose mit ihren Ersparnissen versteckt hatte, wegen der sie zum Opfer werden konnte.

In dem Zimmer in der Polizeikaserne von Monreale gab es nur zwei Bilder. Ein Foto seiner Tochter und ein Foto von General Carlos Alberto dalla Chiesa. Das lächelnde zehnjährige Mädchen und das militärische Porträt verstärkten Giovanni Crespos Gefühl der Isolation.

Er wählte die Nummer und betätigte den Schalter, durch den der Verzerrer aktiviert wurde.

Isolato, isoliert, war ein grausames Wort für den *carabiniere*-Offizier. Seine Tochter wuchs in Bologna auf. Er lebte isoliert von ihr. Wenn es hoch kam, sah er sie zweimal im Jahr für jeweils drei Tage, und jeden Sonntagabend telefonierte er kurz mit ihr. Das war Isolation. Aber es war der General, der ihn die wahre Bedeutung des Wortes *isolato* gelehrt hatte. Der General, Held der Anti-Terror-Kampagne gegen die Brigate Rosse, Präfekt von Palermo, war lächerlich gemacht, verspottet, durch den Kakao gezogen, isoliert und erschossen worden, achtunddreißig Tage nachdem Giovanni Crespo als Verbindungsoffizier bei ihm angefangen hatte. Sie waren alle isoliert, alles Männer auf der Abschußliste. Wenn er am Leben bleiben wollte, weiter atmen, bumsen und trinken wollte, mußte er sich wohl oder übel mit der Isolation abfinden.

Er hatte eine Geheimnummer in Rom gewählt, die Nummer eines ruhigen Zimmers in einer Seitenstraße der Via Sardegna. Dort befand sich das Büro des DEA Country Chiefs.

»Hier ist Vanni. Geh auf eine sichere Leitung.«

Er wurde gebeten zu warten. Er hörte ein Klicken in der Leitung. Die Stimme seines Gesprächspartners klang nun leiser, metallisch verzerrt. Er könne jetzt sprechen.

»Wollte nur wissen, wie's meinem Freund geht, ob mein Freund zuversichtlich ist ...«

Er erfuhr, daß die junge Frau »okay« sei, »nichts Besonderes«. Er erfuhr, daß sie »berechenbar« sei, daß sie Zeit brauche, »um darüber nachzudenken«.

»Weißt du, daß wir für die Sache nicht mal einen Namen haben, Bill? Es ist lächerlich, aber wir haben nicht mal einen Namen. Also haben wir auch keine Akte, und das ist gut so, und wir haben sie nicht im Computer, und das ist noch besser, aber wir sollten einen Codenamen haben. Meinst du nicht auch?«

Giovanni Crespo, zweiundvierzig Jahre alt, *carabiniere*-Offizier, Mitglied der Reparto Operativo Speciale (ROS) Einheit, mit der Verhaftung von Mario Ruggerio beauftragt, hätte niemals etwas Vertrauliches ausgesprochen, nicht einmal auf einer Leitung, die mit den neuesten elektronischen Mitteln verzerrt wurde. Auf der Insel vertraute er niemandem. Auf der ganzen Welt vertraute er nur einem einzigen Menschen. Er hatte den Brief, der von Angela Ruggerio, Mario Ruggerios Schwägerin, abgeschickt worden war, höchstpersönlich nach Rom gebracht und ihn dem Mann übergeben, dem er vertraute. Seine Leute waren nicht über die Einzelheiten dieser Angelegenheit informiert, weil er ihnen nicht vollkommen vertraute. Nur einem Freund hatte er die Einzelheiten mitgeteilt, den Zusammenhang.

Er wurde gefragt, ob er einen Vorschlag habe.

»Helena. Helena von Troja. Etwas einsetzen, Bill, wenn nichts anderes klappt – in Italien würden wir *uccello da richiamo* dazu sagen. Ihr würdet es, glaube ich, ›Lockvogel‹ nennen, nicht wahr? Der Lockvogel hinter den Mauern. Der Weg durch das Tor. Codename Helena, wenn wir darüber sprechen, Bill. Aber das muß unter uns bleiben. Hast du verstanden, Bill?«

Der Name war in Washington abgesegnet worden. Herb hatte ihn genehmigt. Ja, er kannte Herb. Ihm wurde gesagt, daß sie dichter halten müßten als der Schließmuskel eines Chorjungen, und das metallische Gelächter des Country Chiefs schrillte in seinen Ohren.

»Verschon mich mit deinem Schweinkram, Bill. Aber selbstverständlich müssen wir es absolut geheimhalten. Du rufst mich an, wenn du etwas Neues hast, etwas über Codename Helena. Im Moment ist es unangenehm hier, zu ruhig. Es ist nichts zu packen, nichts zu spüren oder zu sehen. Wenn es so still ist, kriege ich Beklemmungen. Sag ihm, er soll Codename Helena durchboxen, denn ich brauche sie hier, sag es ihm.«

Der einzige Mensch, dem Giovanni Crespo vertraute und für den er sein Leben geben würde, war Axel Moen.

»Bill, er arbeitet sich vor. Hast du gehört, daß der alte Dreckskerl aus Agrigento verschütt gegangen ist? Alte Schule. Der Konflikt ist unvermeidbar. *Lupara bianca,* Mord ohne Blutspur, spurloses Verschwinden. Zwischen ihm und der Spitze ist nur noch der Mann in Catania. Wenn unser Freund die Spitze einnimmt, wird es extrem gefährlich, vielleicht für eine Menge Leute, denn er würde versuchen, sich zu beweisen. Und davor graut mir, Bill. Denn unser Freund kann sich nur beweisen, indem er tötet …«

Als sie den Roller aus dem Schuppen schob, sah sie, wie er aufschaute, den Scheibenwischer betätigte und den Wagen wendete. Sie dachte an die junge heroinsüchtige Mutter auf der Intensivstation.

Sie waren die *ragazzi,* die Kinder, die Jungs. Der Richter nannte sie immer nur *ragazzi,* obwohl drei von ihnen über vierzig waren und einer in zwei Jahren seinen fünfzigsten Geburtstag feiern würde. Der fünfte, Pasquale, war der einzige der *ragazzi*, der wirklich noch jung war. Die Party mit Orangensaft und Schokoladenkuchen fand in der Küche statt. Die Küche diente zum Kochen und als Gemeinschafts- und Ruhezimmer für seine Leute.

Hinter der geschlossenen Küchentür läutete in einem anderen Raum der Wohnung ein Telefon.

Sie feierten, so gut dies mit Orangensaft und Schokoladenkuchen möglich war. Kein Alkohol. Im Dienst beziehungsweise fünf Stunden vor Dienstbeginn war Alkohol verboten. Schokolade war erlaubt, Orangensaft ebenfalls. Das Baby, Pasquales erstes Kind, war im Morgengrauen auf die Welt gekommen, und er war direkt vom Krankenhaus zum Dienst erschienen. Sie juxten und alberten herum wie kleine Jungs. Auf dem Boden war verschütteter Orangensaft, und der Tisch war voller Kuchenkrümel. Die Geburt des Kindes und der stolze Vater wurden gefeiert. Er hatte den Kuchen und den Saft selbst gekauft. Wäre er einer von ihnen gewesen und hätte er wirklich zu ihrem Team gehört, dann hätten sie Geld gesammelt und Kuchen und Saft für ihn bezahlt. Er war zu jung, zu neu, um voll akzeptiert zu werden, und seine Arbeit wurde immer noch als Probezeit betrachtet und argwöhnisch begutachtet. Vielleicht lehnten sie ihn wegen seiner Jugend ab. Im Qualifikationskurs hatte man verlauten lassen, daß man bei jüngeren Männern von schnelleren Reaktionen ausgehen könne als bei älteren … Er versuchte, zum Team zu gehören.

Das Telefon hatte aufgehört zu läuten.

Und diejenigen, die drei, vier oder zwei Kinder hatten, und der *maresciallo*, der als Ältester bereits Kinder im Teenageralter hatte, sie übertrafen sich gegenseitig mit Horrorgeschichten über die Schrecken der Elternschaft, um den armen Pasquale zu ärgern. Genüßlich erzählten sie ihrem jungen Kameraden von schlaflosen Nächten, vollgeschissenen Windeln, Kotzanfällen, verschluckten Kreditkarten, von kleinen Burschen, die auf Stühle kletterten, Kondompäckchen aus dem Badezimmerschrank ergatterten, um sie voller Stolz den entsetzten Großeltern zu präsentieren …

Das Gelächter erstarb. Jeder von ihnen hatte die Schritte vor der Küchentür gehört.

Alle schauten zur Tür, wie *ragazzi*, wie Jungs, die man bei etwas Verbotenem erwischt hatte. Sein Blick wirkte entschuldigend, so als ob er es bedauern würde, sie in seiner eigenen Küche zu stören, in ihrem Gemeinschafts- und Ruheraum. Sie hatten mit der Party begonnen, den Orangensaft geöffnet, den Kuchen geschnitten, weil er ihnen gesagt hatte, daß er an diesem Abend nicht noch einmal in den Palazzo di Giustizia zurückmüsse, jetzt zuckte er in seiner typisch zurückhaltenden Art bedauernd die Schultern, strich sich das grau werdende Haar aus der Stirn und murmelte verlegen, er müsse zurück in sein Hochsicherheitsbüro. Er hielt seine Aktenmappe in der Hand und hatte sich einen Regenmantel übergeworfen.

Im Funkgerät des *maresciallo* war ein Knacken zu hören, als er die Wachposten auf der Straße in Alarmbereitschaft versetzte.

Von einer Beretta M-12S 9-mm-Pistole wurden ein paar Krümel gewischt, vom Lauf einer Heckler & Koch MP-5-Maschinenpistole wurden ein paar Safttropfen entfernt. Die kugelsicheren Westen, die auch leichte Schrapnellgeschosse abhielten, wurden von Pasquale an alle verteilt.

Die Männer bewaffneten sich.

In der Küche blieben schmutziges Geschirr, halbleere Saftgläser und nicht gegessene Tortenstücke zurück.

Sie verließen die Wohnung. Die Frau von gegenüber warf ihnen einen finsteren Blick zu, worauf die Leibwächter sie provozierend angrinsten, weil sie sich schon zweimal in Leserbriefen öffentlich darüber beschwert hatte, daß sie als Nachbarin von Dr. Rocco Tardelli ständig in Gefahr sei. Schnell gingen sie die zwei Stockwerke nach unten, vor ihm, neben ihm, hinter ihm. Er wirkte zwischen ihnen klein und schmächtig und hatte Mühe, Schritt zu halten. Sie waren weder seine Dienstboten noch seine Botschafter noch seine Köche, und sie würden nie seine wahren Freunde sein. Sie hatten sich nicht freiwillig gemeldet, um sein Leben zu schützen, sondern waren von ihren Vorgesetzten mit dieser Aufgabe betraut worden.

Draußen auf der Straße bliesen die Soldaten in ihre Trillerpfeifen, um den Verkehr an den Kreuzungen zu stoppen. Zwei von ihnen hatten die Eingangshalle des Hauses schon verlassen. Sie eilten zu den Wagen und ließen die Motoren an. Mit den Gewehren im Anschlag gingen der *maresciallo* vor und Pasquale hinter ihm und bugsierten ihn in den gepanzerten Alfa Romeo, als sei er ein Paket, das man auf den Rücksitz wirft ... Sirenen heulten. Reifen quietschten. Der Alfa und der Begleitwagen schwenkten nach rechts, und die anderen Autos und Motorroller stoben auseinander, um ihnen Platz zu machen. Sie waren weder die Diener noch die Köche von Dr. Rocco Tardelli, noch waren sie seine wahren Freunde, aber jeder von ihnen war ihm auf seine Weise treu ergeben, diesem schmächtigen, unscheinbaren Mann mit der schweren Hornbrille, der auf dem Rücksitz kauerte und eine Akte zu lesen versuchte, während der Wagen mit quietschenden Reifen um die Kurven jagte. Die anderen Bewachungsteams, die den anderen Untersuchungsrichtern zugeteilt waren, bedauerten Tardellis Männer. Sie waren die Eskorte des Richters, der hartnäckig und stur auf die Festnahme und Verurteilung von Mario Emanuele Ruggerio hinarbeitete. Sie waren die *ragazzi* eines lebendigen Toten.

Vom Rücksitz des Alfas war eine bebende Stimme zu hören. »Wie ich höre, kann man dir gratulieren, Pasquale. Geht es dem Kind und deiner Frau gut?«

Während er über die verschiedenen Verteidigungs- und Abwehrtaktiken nachgrübelte, murmelte Pasquale: »Danke, es geht beiden sehr gut, Dr. Tardelli.«

»Wirst du mich verlassen?«

»Nein, Dr. Tardelli.«

»Ich meine, weil du jetzt ein Baby hast?«

»Bitte, Dr. Tardelli, ich muß mich konzentrieren ...«

Als sie den Roller die Einfahrt hinaufschob und vor dem Garagentor abstellte, als sie ihren Helm abnahm und sich durchs Haar fuhr, sah sie, wie er die Geschwindigkeit seines Wagens drosselte. Sie dachte an das siebzehn Tage alte Baby, das an Schläuchen hing und in seinem Glaskasten zitterte.

»Hast du seine Akte gelesen?«

»Ja, habe ich.«

»Hat dir gefallen, was du gelesen hast?«

»Nicht besonders, wenn du's genau wissen willst.«

Der Country Chief, Ray, stand an der Regalwand, die Dwight Smythes Arbeitsbereich von dem Großraumbüro abteilte. Den ganzen Tag hatte er als Gasthörer auf einem Symposium des britischen Innenministeriums verbracht, wo über internationale Zusammenarbeit zur Bekämpfung des organisierten Verbrechens gesprochen wurde – der Tag war die reinste Zeitverschwendung gewesen, die Referate, die vor dem Mittagessen von einem Russen und einem Spanier gehalten wurden, und der Vortrag eines Briten vom National Criminal Intelligence Service waren bescheuert gewesen. In den Referaten wurden Statistiken von Beschlagnahmungen, Festnahmen und beschlagnahmten Vermögenswerten heruntergeleiert, alles kalter Kaffee. Die Vorträge brachten nichts, weil sie nicht auf den Kern des Problems eingingen, die Hintermänner zu schnappen, die all diese Verbrechen initiierten. Selbstgefälligkeit war in den Augen des Country Chiefs eine der größten Sünden überhaupt, und an diesem Tag hatte er jede Menge davon zu spüren bekommen. Er beneidete Axel Moen, denn er konnte sich nicht vorstellen, daß ein Mann wie er ein häufiger Gast auf langweiligen Symposien war.

»Hättest du Lust, in Bolivien zu arbeiten?«

»Nein.«

»Er war dort. Möchtest du in Schießereien geraten, bei denen man anschließend Leichensäcke braucht?«

»Nein.«

»Er war bei so was dabei. Hättest du Lust, einen üblen Kerl in Miami zu überführen, vor dem Schwurgericht auszusagen und zu erfahren, daß du auf dem Weg ins Gericht gefilmt wurdest? Und dann hörst du, daß die Cali-Leute, die Jungs vom Kartell, den Film haben und dein Gesicht kennen. Darauf wärst du doch bestimmt scharf, oder?«

»Nein.«

»Möchtest du ständig eine Smith & Wesson tragen, weil du jederzeit mit einem Angriff rechnen mußt? Möchtest du nach Palermo?«

»Nein, nein, nein.«

Er konnte sehr leutselig sein, der gute Ray. Konnte auf Weihnachtsfeiern lustige Geschichten zum besten geben. Konnte den Idioten von Kontrolleuren um den Bart gehen. Wenn er wollte, konnte er sehr umgänglich sein. Seine Stimme klang rauh, wie Schritte auf einem gefrorenen Schotterweg.

»All das möchtest du also nicht, Dwight, und deshalb solltest du deine Stänkereien auch für dich behalten.«

»Ich meine doch nur ...«

»Behalt's für dich.«

»Willst du mich denn nicht verstehen, Ray? Ich meine, wir sind Profis, wir wurden ausgebildet und wir werden für unseren Job bezahlt. Und er hat nichts Besseres zu tun, als dieses junge Ding zu ködern. Ich hab' mir gestern abend nicht nur Moens Akte angeschaut, sondern auch die neuesten Berichte über die Cosa Nostra. Ich weiß Bescheid, da unten in Sizilien tobt ein Krieg. Und diese junge Frau ist unerfahren und naiv.«

Die Züge des Country Chiefs wurden plötzlich ein wenig weicher. »Vielleicht unterschätzt du uns ja alle, Dwight. Vielleicht denken wir ja dasselbe wie du. Und vielleicht sollten wir alle in die Hände klatschen, Hymnen singen, auf die Knie fallen und unserem Schöpfer danken, daß er uns dieses Problem erspart hat. Hast du die Zahlen vom letzten Monat? Das Problem ist, der Plan ist gut. Könnte vielleicht funktionieren. Laß den Etat absegnen, bitte.«

Als sie aus dem Fenster schaute, sah sie ihn zurückgelehnt und mit geschlossenen Augen in seinem Wagen sitzen. Sie dachte an einen pensionierten Major, an seine Trauer und seine Selbstvorwürfe.

Jeder, der sie kannte oder mit ihr arbeitete, hätte Mavis Finch als einen schwierigen Menschen beschrieben. Ihre Familie lebte im Norden des Landes, sie hatte keine Freunde in London, und es gab niemanden, der etwas für sie übrig hatte. Hätte man ihre Nachbarn in einem Mietshaus in einem südwestlichen Vorort der Hauptstadt nach ihr gefragt, dann hätten sie von Mavis' ständigen Nörgeleien über die Lautstärke ihrer Fernseher, über ihre Haustiere, ihren Müll, ihre späten Besucher erzählt. Ihre Mitarbeiter in der Bank an der Fulham Road hätten, wenn sie gefragt worden wären, von Mavis Finchs bissigen Kommentaren über verspätet eingereichte Rechnungsabschlüsse, Buchungsfehler, überzogene Mittagspausen, Krankfeiern berichtet.

Von ihren Nachbarn und ihren Arbeitskollegen mochte sie keiner. Die großherzigeren unter ihnen bemitleideten sie, die weniger großherzigen nannten sie boshaft. Das Leben dieser einsamen siebenunddreißigjährigen Frau, die keinen Mann, keine Kinder, keine Freunde und kein Hobby hatte, wurde von einem Regelkatalog bestimmt. Dieser Regelkatalog legte die Lautstärke der Fernseher in den Nachbarwohnungen fest, er bestimmte, welche Haustiere gehalten werden durften, wann der Müll nach draußen gebracht werden mußte, bis wann Besucher an die Türen klopfen durften …

Es lag an Mavis Finchs scharfem Blick auf die Seiten ihres Regelkatalogs, daß Detective Sergeant Harry Compton am frühen Abend in einem Hotel am Portman Square saß und zu Abend aß. Die Verhaltensregeln für ihren Arbeitsplatz in der Bank betrafen nicht nur Vergehen wie Verspätungen, Fehler und Krankheiten. Normalerweise hielten es ihre Vorgesetzten für besser, sie von den Kunden fernzuhalten, aber im vergangenen Juni war es durch Urlaub, Krankheit und Schwangerschaften zu einem Engpaß gekommen, und Mavis Finch wurde am Schalter gebraucht. Weil sie neun Monate zuvor morgens am Schalter gesessen hatte, delektierte sich Detective Sergeant Compton vom Betrugsdezernat im Speisesaal eines Fünfsternehotels an einem Dorschfilet à la Mornay. An jenem längst vergangenen Morgen war Mavis Finch wahrscheinlich die einzige Kundenbetreuerin, die das Gesetz zur illegalen Drogeneinfuhr (1984), die Strafrechtsgesetze (1988 und 1993) und das Gesetz zur Verfolgung der illegalen Drogeneinfuhr (1994) Wort für Wort gelesen hatte. Durch diese Gesetze waren die Banken verpflichtet, verdächtige und umfangreiche Transaktionen zu melden. Natürlich hatte Mavis Finch an jenem Morgen die Einzahlung von 28 000 £ in Fünfzig-Pfund-Noten gemeldet, denn sonst hätte sie sich selbst einer strafbaren Handlung schuldig gemacht. Sie hatte den Namen, Giles Blake, und die Adresse notiert, und sie hatte mit ihrer krakeligen Schrift festgehalten, daß der Kunde einen »ungeduldigen« Eindruck gemacht habe ... Compton beobachtete sein Ziel, nippte an seinem Mineralwasser und hörte zu.

Typisch, daß die Säcke im National Criminal Intelligence Service von Juni bis März gebraucht hatten, um die Beobachtungen der Bank ans Betrugsdezernat weiterzuleiten, dachte Compton. Seiner Meinung nach sollte man den Typen vom NCIS mal gehörig die Hammelbeine langziehen.

Weil seine Zeit knapp war und er sich gut überlegen mußte, welche Prioritäten zu setzen waren, hatte er etwa fünf Stunden am Schreibtisch gearbeitet und einen Abend lang darüber nachgedacht, ob er für Giles Blake eine Akte einrichten oder die bereits existierenden sieben Seiten mit dem Vermerk »keine weiteren Nachforschungen erforderlich« versehen sollte.

Am Schreibtisch hatte sich nichts Greifbares ergeben, kein Beweis für illegale Machenschaften, aber Compton konnte irgendwie riechen, daß Blakes Leben nicht stimmig war. Mr. Blake besaß ein schönes Haus in Surrey, eine hübsche Frau, nette Kinder, Bankkonten, Aktien und war Teilhaber bei verschiedenen Baugesellschaften. Zu viele »schöne« Sachen und zu wenig legale Ressourcen. Compton war als junger Detective von Harrow zum Terrorismusdezernat gegangen und fand die Überwachung irischer »Schläfer« in verrauchten, nach Bier stinkenden Pubs überaus langweilig. Er suchte neue Herausforderungen und fand sie auch, als er sich ins Betrugsdezernat versetzen ließ. Wenn er, was immer seltener geschah, jemanden aus Harrow oder vom Terrorismusdezernat traf, wies er gern darauf hin, daß es beim Betrugsdezernat am meisten zu lernen gab. Abends besuchte er Kurse in Betriebswirtschaft und Rechnungswesen, und wenn er diese Abschlüsse in der Tasche hatte, wollte er Recht belegen. Aber seiner Nase vertraute er noch immer.

Was Harry Compton in die Nase stach, war der Gast, den Giles Blake zum Essen eingeladen hatte.

Die Tische standen nebeneinander. Die Beamten des SO6 brüsteten sich gern damit, daß ihre Überwachungsmethoden die besten seien, besser als bei der Terrorismusbekämpfung, besser als beim Überfallkommando. Ihr Grundsatz war »Nähe«. Sie mußten sich unter die Verdächtigen mischen und das Risiko in Kauf nehmen aufzufliegen. Eine Observierung aus sicherer Entfernung reichte nicht aus, sie mußten ganz in der Nähe sein und zuhören.

In einem Seminar, das in einem völlig überheizten Raum abgehalten wurde, hatte er eines Nachmittags, als seine Augen immer schwerer wurden und er fast eingeschlafen wäre, einen wichtigen Satz gehört, den er nie vergessen würde. »Die Banker sind gefährlicher als die Killer – die Killer, das sind nichts als kleine Ganoven, die Banker bedrohen die ganze Gesellschaft ...« Die fünf Stunden am Schreibtisch, die er sich vorgenommen hatte, waren schon aufgebraucht, und jetzt hatte er mit der Überwachung begonnen, war Giles Blake von seinem Londoner Büro aus bis ins Hotel am Portman Square gefolgt, an die Rezeption, an die Bar, ins Restaurant. Der Gast war hereingekommen, sie hatten sich die Hand gegeben, sich umarmt, Platz genommen.

»Guten Flug gehabt?«

»In Ihren Zeitungen steht nichts darüber, aber jeden Tag, jede Woche streikt bei uns das Flughafenpersonal. Heute waren es zwei Stunden – deshalb hat sich der Start verzögert. Immer dasselbe in Palermo.«

Comptons Nasenflügel fingen zu beben an.

Über der Veranda ging das Licht an. Axel schaltete den Scheibenwischer ein, und einen Moment lang war die Windschutzscheibe wieder klar. Sie kam aus der Tür. Die Scheibe war schon wieder vollgeregnet. Geduckt eilte sie durch das kleine Tor. Sie hatte die Arme vor der Brust verschränkt, wie um sich vor dem Regen zu schützen. Sie klopfte ans Seitenfenster. Er beeilte sich nicht. Er warf sein *Time*-Magazin auf den Rücksitz. Dann zog er den Aschenbecher heraus und drückte die Zigarette aus. Der Regen durchweichte ihr Haar und lief ihr übers Gesicht, und sie trommelte mit der Faust ans Seitenfenster. Er beugte sich zur Seite und öffnete die Tür.

Sie kroch in den Wagen und wischte sich den Regen aus dem Gesicht. Wütend schaute sie ihn an. Ihre Augen funkelten, und ihr Gesicht war vor Zorn verzerrt. Für Moen war es wichtig zu sehen, wie sie mit Zorn umging.

»Danke, herzlichen Dank.«

»Wofür bedanken Sie sich bei mir?«

»Dafür, daß Sie mich im Regen stehenließen, während Sie gelesen und geraucht haben ...«

»Möchten Sie eine rauchen?« Er hielt ihr die Packung hin, Lucky Strike. Im Duty-Free-Shop am Flughafen hatte er sich eine Stange gekauft.

»Eine eklige Angewohnheit ... Danke, daß Sie mich im Regen stehenlassen haben, während Sie lesen und rauchen, bevor Sie endlich die Tür aufmachen ...«

»Sie sind also naß geworden. Wieso ist das ein Grund, mir zu danken?«

»Sind Sie blöd?«

»Manchmal ja, manchmal nein.«

»Das war Sarkasmus. Ich habe mich bei Ihnen bedankt, weil Sie mich naß werden ließen, das nennt man dann Sarkasmus.«

»Ich finde es am besten, immer zu sagen, was ich meine, damit es keine Mißverständnisse gibt, verstehen Sie, Charley?«

Er grinste. Axel grinste, weil sie feuerrot geworden war. Im Schein der kleinen Innenlampe sah er, wie sich die Röte im ganzen Gesicht ausbreitete. Es war gesunder Ärger, der sich noch steigerte. Sie hatte sich umgewandt, um ihm ins Gesicht zu sehen. Es sah aus, als ob sie am Morgen ein wenig Lippenstift aufgetragen, aber die Lippen im Laufe des Tages nicht nachgezogen hatte, und ihre Augen waren ungeschminkt und gerötet, so als hätte sie zwei Nächte hintereinander schlecht geschlafen. Er hatte sie aus dem Gleichgewicht gebracht. Ihre Nerven lagen offen. Es war sehr wichtig für ihn, ihr Wesen einschätzen zu können.

»Also gut«, sagte sie betont ruhig. »Also wir hatten mal eine Terrierhündin. Wenn sie heiß war, kam immer ein großer Labrador aus der Nachbarschaft und setzte sich vors Seitentor. Stundenlang saß er da, mit seinen großen blutunterlaufenen Augen. Wissen Sie was? Dieser Hund, der da die ganze Nacht saß und gewissermaßen weinte, er wurde einfach langweilig.«

»Ich höre, Charley.«

Die Sache fing an, ihr Spaß zu machen. »Ich habe in einer Garnisonsstadt studiert. Die Soldaten saßen in ihren Autos, auf ihren Rädern, auf den Mauern und beobachteten uns Mädchen. Spanner haben wir sie immer genannt. Sie trugen keine alten Regenmäntel und haben uns nicht mit ihren Weichteilen schockiert. Sie waren ziemlich harmlos, aber mit der Zeit fanden wir sie einfach langweilig.«

»Tatsächlich?«

»Sie, hier in Ihrem Wagen, gestern abend, die ganze Nacht ... heute vor der Schule ... jetzt hier ... es wird langsam langweilig. Es wird peinlich. Danny Bent sagt, daß Sie seine Kühe verschreckt hätten. Fanny Carthew sagt, Sie hätten ihren Hund nur knapp verfehlt, als Sie wie ein Irrer an ihr vorbeigerast sind. Zach Jones hat gefragt, ob wir schon die Polizei angerufen hätten. Daphie Farson möchte wissen, ob Sie pervers sind.«

»Warum sagen Sie ihnen nicht, sie sollen sich ins Knie ficken?«

»Das ist ...«

Sie lachte. Offensichtlich hatte sie ihm zeigen wollen, wie schockierend sie ihn fand, aber es gelang ihr nicht, denn sie mußte lachen. Es war nützlich für ihn, sie lachen zu sehen. Wenn sie lachte, war sie hübsch, ziemlich hübsch, nicht sehr hübsch. Ihr Lachen erstarb.

»Wo man mich gestern abend hingebracht hat, das war seelische Erpressung, es war jämmerlich.«

»Ich würde eher sagen, daß wir Ihnen eine Lektion erteilt haben.«

»Mich zu behandeln wie einen Teenager?«

»Ja, es war unverschämt, aber ich glaube nicht, daß es Ihnen geschadet hat.«

»Was wollen Sie von mir?«

»Dasselbe, was ich Ihnen beim ersten Mal gesagt habe. Durch Sie könnte ich mir möglicherweise Zugang zu Giuseppe und Angela Ruggerios Haus verschaffen. Ich brauche diesen Zugang.«

Sie starrte ihn an. Um Augen und Mund waren feine Linien erkennbar. Er hatte sie unter Druck gesetzt. Es war wichtig für ihn zu sehen, wie sie mit Streß fertig wurde. Er wartete. Es war nicht an ihm, sie zu leiten.

Sie zögerte und platzte schließlich heraus: »Wenn ich mich weigere, wenn ich nicht nach Palermo gehe ...«

Axel blickte auf die Windschutzscheibe, auf das herablaufende Wasser, auf den verschwommenen Strand und die dunklen Umrisse der Küstenhügel. »Ich verliere die Möglichkeit, mir Zugang zu verschaffen. Durch Sie hätte ich eine Möglichkeit. Natürlich haben wir die Sache schon durchgespielt: Sie kriegen die Einladung und schreiben zurück, daß Sie leider nicht kommen können, aber daß Sie eine Freundin haben. Die Freundin kommt von der Zoll- oder Steuerfahndung, eine Polizeibeamtin, was auch immer … Sie sind zu vorsichtig da unten, um das zu schlucken. Sie haben Zugang, Charley, Sie allein. Wenn Sie ablehnen, kriege ich keinen Zugang. Glauben Sie nicht, daß es mir Spaß macht, jemanden wie Sie da runterzuschicken, aber ich habe keine andere Wahl.«

Sie wandte sich ab und drehte ihm den Rücken zu. Sie öffnete die Beifahrertür und kletterte aus dem Wagen. Sie sagte ihm, daß sie noch eine Nacht darüber nachdenken wolle, und erklärte ihm, wo sie am nächsten Tag nach der Schule auf ihn warten würde. Sie fragte ihn, ob er gern spazierengehen würde. Plötzlich beugte sie sich herunter und schaute durch die offene Tür zu ihm herein, und es schien ihr nichts auszumachen, daß der Regen ihr auf den Kopf, auf die Schultern und den Rücken tropfte.

»Was würde mit mir geschehen, wenn …?«

»Wenn es schiefgeht? Wenn sie einfach nur unzufrieden mit Ihnen wären, würde man Sie rauswerfen und nach Hause schicken. Charley, ich will versuchen, Ihnen klarzumachen, was ich meine, damit es keine Mißverständnisse gibt. Es ist ein Scheißland, und das sind Scheißkerle. Wenn die Sie ernsthaft in Verdacht hätten, würden sie Sie töten und danach nach Hause gehen und zu Abend essen. Es würde ihnen nichts ausmachen, Sie umzubringen, Charley.«

Er sah ihr nach, wie sie zurück zu der beleuchteten Veranda des Bungalows rannte.

Kapitel 3

Egregio Dottore e gentile Signora.

Sie saß im Klassenzimmer. Sie nahm einen Bissen von ihrem Pausenbrot und trank einen Schluck Cola. In ihrem Rucksack, den man auf den Gepäckträger des Rollers schnallen konnte, hatte sie einen Bogen Briefpapier, im Briefkopf die Adresse von Gull View Cottage.

In der großen Pause war sie zu den Müllcontainern am anderen Ende des Spielplatzes gegangen, hatte einige geöffnet, in der vagen Hoffnung, den Abfall aus dem Papierkorb ihrer Klasse zu finden. Sie hatte die Mülltüte nicht gefunden. Es war ein schöner Tag, die Wolken hatten sich verzogen, und auf der Grünfläche vor dem Klassenzimmer begannen die ersten Krokusse und Narzissen zu blühen. Sie dachte darüber nach, daß der Frühling Hoffnung und Zuversicht symbolisierte, und fragte sich, wie es im Frühling in Palermo sein würde ... Sie versuchte, sich jeden Satz des Briefes in Erinnerung zu rufen, den Angela Ruggerio geschrieben hatte und der dann abgefangen, kopiert und verfolgt worden war.

(Sorry, Dottore, sorry, Signora, aber damit ist mein Italienisch erschöpft – ich kann mich an ziemlich viel erinnern, aber ich hoffe, Ihr werdet mir verzeihen, wenn ich den Rest auf englisch schreibe!!)
Vielen Dank für Eure freundliche Einladung. Und meine allerherzlichsten Glückwünsche zu Mauros Geburt. Es hat mich sehr gefreut zu hören, daß es Mario und Francesca gutgeht.

Sie hatte noch alles vor Augen, ihren Sommer in Rom, 1992. Die Schule war beendet, die Prüfungen geschafft. Die Enttäuschung ihres Vaters, der auf bessere Zensuren gehofft hatte. Die Noten waren zu schlecht für die Universität, aber sie reichten für einen Platz an einer pädagogischen Hochschule. Ihre Mutter hatte damals die Annonce entdeckt, als sie beim Friseur in einer Frauenzeitschrift herumblätterte. Sie hatte die Annonce abgeschrieben und sie ihr gezeigt. Eine italienische Familie aus Rom suchte für die Sommermonate ein »Kindermädchen bzw. Haushaltshilfe«. Zusammen mit ihrer Mutter hatte sie die Bewerbung geschrieben und eine Fotografie beigelegt. Ihr Vater hatte sie gewarnt, daß alle Italiener schmutzige Pokneifer und Diebe seien, denen man nicht trauen könne. Wie immer hatten sie und ihre Mutter ihn ignoriert. Die vier Monate in

Rom im Sommer 1992 waren schlicht und einfach die glücklichste Zeit ihres Lebens gewesen.

> *Ich war sehr überrascht, als ich Euren Brief erhielt, und Ihr werdet verstehen, daß ich lange darüber nachdenken mußte. Denn als ich mein Staatsexamen als Lehrerin abgelegt hatte (!), mußte ich feststellen, daß es sehr schwierig ist, eine Stelle zu finden. Ich glaube, und Dad erinnert mich ständig daran, daß ich wirklich Glück hatte, den Job zu bekommen, den ich jetzt habe.*

Der Sommer 1992 in Rom war für Charley eine herrliche Zeit gewesen. Sie war die Gangway hinuntergestiegen, hatte den Gepäckwagen durch den Zoll geschoben und ihren Paß gezeigt. Dann sah sie Giuseppe und Angela Ruggerio, mit Mario an der Hand seines Vaters und die kleine Francesca auf dem Arm ihrer Mutter. Die beiden hießen sie lächelnd willkommen. In diesem Moment fühlte sich Charley zum ersten Mal in ihrem Leben wirklich befreit. Die beiden begrüßten sie, als würde sie schon zu ihnen gehören. Peppino, wie sie ihn unbedingt nennen sollte, kümmerte sich um ihr Gepäck, und zusammen gingen sie zum Parkhaus und stiegen in seinen eleganten BMW. Sie saß auf dem Rücksitz. Der kleine Junge saß neben ihr, und das Baby hatte sie auf dem Schoß, und als sie in die Tiefgarage der Wohnanlage an der Collina Fleming bogen, fühlte sie sich schon wie eine Freundin der Familie. Damals wurde ihr zum ersten Mal bewußt, wie verknöchert und langweilig ihr Vater in seinen Ansichten war, und auch ihre Mutter erschien ihr selbstgefällig und langweilig. Sie war zum ersten Mal in ihrem Leben von ihnen weg und empfand dies als wahre Befreiung. An den meisten Vormittagen in jenem Juni und Juli ging Peppino mit seinen wunderschönen Designeranzügen lächelnd und nach teurem Eau de Cologne duftend in sein Büro in der Bank, die irgend etwas mit dem Vatikan zu tun hatte. Und fast jeden Vormittag brachte Charley den kleinen Mario hinunter auf die

Piazza, wo er von einem privaten Schulbus abgeholt wurde, der ihn in den Kindergarten der St.-George's-Schule oben an der Via Cassia brachte. Und fast jeden Morgen ging Angela wunderschön gekleidet zum Einkaufen in die Via Corso oder zu ihrem ehrenamtlichen Job im Keats-Museum an der Piazza Espagna. An den meisten Vormittagen, während die *domestica* Betten machte, die Wohnung putzte, Wäsche wusch, bügelte und die Küche aufräumte, saß Charley auf der Terrasse, spielte mit der kleinen Francesca und schaute über die Kübelpflanzen hinweg, die jeden Tag von dem alten *portiere* gewässert wurden, und bewunderte den Ausblick auf die Basilika von St. Peter. Die ganze Stadt lag ihr zu Füßen, und in der Ferne waren die Umrisse der Berge zu erkennen. Es war himmlisch. Auch die Nachmittage waren himmlisch, der Italienischunterricht in einem angenehmen Raum neben einem kühlen Innenhof in der Nähe des Parlaments, und dann die müßigen Spaziergänge durch das *centro storico*. Wenn sie die schmalen gepflasterten Gassen des *centro storico* durchstreifte, hatte sie nie eine Karte dabei, und so wurde jede Kirche, jede alte Piazza, jede alte Galerie, jeder versteckte Garten, jeder verborgene Tempel zu ihrer ganz persönlichen Entdeckung. Das war ihre Freiheit.

Ich habe sorgfältig über Euer Angebot, nach Palermo zu kommen, um auf Mario und Francesca und den kleinen Mauro aufzupassen, nachgedacht. Ich bin mit meinem momentanen Job sehr zufrieden. Wenn ich ein paar Erfahrungen gesammelt habe, würde ich gern an eine größere Schule wechseln. Wenn ich meine Stelle aufgebe, könnte es später sehr schwierig werden, im Herbst eine neue Schule zu finden.

In jenem Sommer 1992 verbrachten Charley, Angela Ruggerio und die Kinder die Monate August und September in einer gemieteten Strandvilla in der Nähe von Civitavecchia.

Wenn er nicht für seine Bank auf Geschäftsreise war, kam Peppino an den Wochenenden zu Besuch. Sieben Wochen lang nichts als Sonnenöl, Sand, Eisbecher, ausgedehnte Abendessen. Sieben Wochen, in denen sie Angela und ihre Kinder mehr und mehr ins Herz schloß. Die teuren Blusen und Röcke aus der Via Corso wurden zu Hause gelassen und gegen Jeans, T-Shirts und Bikinis eingetauscht, und am vierten Tag am Strand nahm Charley all ihren Mut zusammen und legte ihr Bikinioberteil ab. Zuerst schämte sie sich wegen ihrer weißen Brüste und drehte sich schnell auf den Bauch, während Angela oben ohne neben ihr auf dem Rücken lag. Danach zog sie nie wieder ein Oberteil an und stellte sich vor, wie entsetzt ihre Eltern über ihr schamloses Verhalten sein würden. Sie redete mit Angela über Poesie und wußte, daß ihre Mutter nie eine Zeile von Keats, Shelley oder Wordsworth gelesen hatte. Sie hatten über Sozialwissenschaften gesprochen, Angelas Studienfach an der Universität von Rom, während sie daran denken mußte, daß ihr Vater sich zeit seines Lebens für nichts anderes als Schiffsbau interessiert hatte. Es war die Zeit ihrer Befreiung. Und irgendwann ging die Zeit zu Ende ... Sie endete mit Tränen, die sie in ihrem kleinen Zimmer in der Wohnung vergoß, als sie ihre Koffer packte, endete mit Tränen, als sie sich am Flughafen von ihnen verabschieden mußte, endete mit Tränen, als sie allein zum Flugzeug ging. Die wunderbare Zeit war vorbei, war nichts als eine Illusion gewesen. Nach einem Sommer der Befreiung in Rom holte die Realität sie wieder ein, und sie zog in ein elendes Collegenest, wo sie ein langweiliges Lehramtsstudium erwartete.

Basta, genug herumgeredet. Ich denke, Ihr bietet mir eine weitere fantastische Gelegenheit zu reisen – eine Reise, von der ich mit meinem jetzigen Gehalt nicht mal träumen könnte!! – Über Palermo weiß ich nichts, außer daß die Stadt viele historische Schätze zu bieten hat. Ich habe noch keine Vorstellung von Palermo, habe kein bestimmtes Bild im Kopf, und trotzdem habe ich schon Reisefieber.

Normalerweise log sie nicht, aber es war eine Lüge, als sie schrieb, daß sie nichts über Palermo wüßte und keine Vorstellung von der Stadt hätte. Wenn sie an Palermo dachte, kamen ihr Fernsehbilder in den Sinn, die sie im Fernsehzimmer in der Wohnung an der Collina Fleming gesehen hatte. Zwölf Tage bevor sie in Rom eintraf, war Richter Giovanni Falcone ermordet worden, aber der Mord an Richter Paolo Borsellino fand fünfundvierzig Tage nach ihrer Ankunft statt … Sie saß im Klassenzimmer mit ihrer Brotdose und der leeren Coladose, und sie dachte an die Bilder im Fernsehen …

Erst nachdem sie die Bilder gesehen hatte, konnte sie verstehen, warum es so still in der Hauptstadt gewesen war, an jenem Nachmittag, als sie vom Colosseum zum Parthenon geschlendert war. Auch im Bus war es merkwürdig still gewesen, und auf dem Weg zur Wohnung in der Collina Fleming waren die von Pinien gesäumten Straßen wie leer gefegt gewesen. Ihr Gruß im Flur wurde nicht erwidert, und sie war in das kleine Wohnzimmer gegangen, wo ein tragbarer Fernseher stand. Selbst die Kinder waren stumm. Peppino saß da und schaute mit grimmigem Gesicht auf den Fernsehschirm, und Angelas Lippen zitterten leicht. Deshalb war es eine Lüge, als Charley schrieb, sie wisse nichts über Palermo. Noch ganz genau hatte sie jenen Wohnblock vor Augen, die eingestürzten Mauern und das explodierte Auto, in dem man fünfzig Kilogramm Sprengstoff deponiert hatte, und die zerfetzten Gesichter von Richter Borsellino und seinen fünf Leibwächtern. Das war das Bild, das sie von Palermo hatte, und in ihrer Erinnerung waren noch weitere Bilder, denn der Fernsehsender hatte das Programm unterbrochen und sendete Archivaufnahmen von den Morden, die siebenundfünfzig Tage zuvor geschehen waren, Aufnahmen von Richter Falcone, seiner Frau und seinen drei Leibwächtern. Die Aufnahmen zeigten die eingerissene Fassade eines Wohnblocks in Palermo und den durch die Bombenexplosion entstandenen Krater mit den zerbeulten Autos auf der Straße nach Capaci. Peppino und Angela hatten still dagesessen, und Charley hatte bald genug gesehen und sich in ihr Zimmer gestohlen. Sie hatte ein Gefühl, als sei sie in eine Welt eingedrungen, in der kein Platz für sie war, aber es war alles weit weg von Rom unten in Palermo geschehen, und es wurde nie darüber geredet.

Ich freue mich darauf, den Sprung zu wagen. Ich werde mich um eine neue Stelle kümmern, wenn ich zurück bin. Die Chance, die Ihr mir bietet, ist einfach zu verlockend, um sie zu versäumen – ich nehme Eure Einladung an.
Laßt mich bald wissen, wann ich abreisen soll. Ich freue mich schon darauf, von Euch zu hören.
Distinti saluti,
Charley (Charlotte Parsons)

Draußen auf dem Schulhof läutete die Glocke zum Ende der Mittagspause. Sie war dreiundzwanzig Jahre alt. Sie hörte das aufgeregte Gekreische der Kinder, die vom Spielplatz zurückgerannt kamen. Bis auf ihre Reise nach Rom vor vier Jahren hatte sie ihr Heimatland noch nie verlassen. Ihre Hand zitterte. Sie hatte zugestimmt, ihre Beziehung für Ermittlungen zu nutzen. Sie las den Brief noch einmal durch. Sie würde die Familie ausspionieren, die ihr Liebe, Güte und Zuneigung erwiesen hatte.

»Nun kommt schon, Kinder. Beruhigt euch. Laß sie in Ruhe, Dean. Hör auf damit. Schreibhefte raus, bitte. Ja, die Schreibhefte, Tracy. Darren, laß das sein. Hat jeder sein Schreibheft auf dem Tisch liegen?«

Sie faltete den Brief. Sie wußte, daß man sie, wenn man sie ernsthaft in Verdacht hätte, töten würde und daß ihre Mörder danach heimgehen und zu Abend essen würden.

In Palermo Schutz abzulehnen bedeutete, seine Lebenslust aufzugeben.

Unter dem gelblichen Schleier der Autoabgase, der trotz der leichten Brise durch die angrenzenden Berge gehalten wurde, war die

Stadt ein Mosaik von bewachten Lagern. Wie eh und je war Palermo von bewaffneten Männern und sorgfältig ausgewählten Stützpunkten geprägt. Soldaten mit NATO-Gewehren saßen dicht gedrängt in kugelsicheren Unterständen und bewachten die Wohnhäuser von Richtern und Politikern. Polizeiliche Leibwächter in gepanzerten Fahrzeugen eskortierten diese Richter und Politiker unter ohrenbetäubendem Sirenengeheul von einem gesicherten Ort zum anderen, von zu Hause zur Arbeit, von der Arbeit nach Hause. Die Bodyguards der Schwerverbrecher sorgten mit Hilfe von versteckten, jedoch stets griffbereiten Kalaschnikows für die persönliche Sicherheit von Männern, die ganz oben auf den Fahndungslisten von Interpol und Europol standen. Die Stadt wurde von Anspannung und Angst bestimmt, wodurch das Schutzgeschäft florierte. Weder Staatsdiener noch die Bosse der Unterwelt konnten auf Schutz verzichten, alle Gesellschaftsschichten in Palermo waren darauf angewiesen. Wenn einem Richter oder Politiker Schutz verweigert wurde, wenn er isoliert wurde, dann war es, als ob man einen Putzlappen auf der Leine hängen und verrotten lassen würde, er war ein toter Mann. Wenn das Oberhaupt eines Clans die notwendigen Überlebensstrategien mißachtete, dann kamen andere Hechte, um in seinen Pfründen zu jagen. Der Besitzer eines Viersternehotels mußte Schutzgeld zahlen, denn sonst konnte er damit rechnen, daß die Autos seiner Gäste demoliert wurden, daß Gift in seinem Essen landete und er ruiniert war. Er brauchte Schutz. Barbesitzer, die sich keinen Schutz erkauften, konnten damit rechnen, daß es bei ihnen brannte. Bauunternehmer bekamen keine Aufträge und gingen pleite, wenn sie kein Schutzgeld zahlten. Straßenhändler mußten zahlen, wenn sie heile Knochen behalten wollten. Dasselbe galt für das Strichmädchen an der Via Principe di Villafranca, den Taschendieb auf der Via della Libertà, den Taxifahrer vor dem Politeama und den Heroindealer an der Stazione Centrale. Die Suche nach Schutz gehörte zum Leben und wurde kommentarlos hingenommen.

In Palermo Schutz abzulehnen war eine Absage an das Leben.

Seine Hände schmerzten an diesem Tag nicht so sehr. Er konnte die Kaffeetasse halten, ohne etwas von der sirupartigen Flüssigkeit zu verschütten. Wahrscheinlich tat die warme Frühlingssonne seinen Händen gut, hatte er gedacht, als er über die Via Marqueda zu der Bar gegangen war.

In der Bar war der Fernseher eingeschaltet. Über einen Satellitenkanal dröhnte laute Rockmusik auf die Gäste ein. Hier traf sich Mario Ruggerio mit einem Mann und redete über die Strategie des Tötens.

Hätte er mit einem ihm durch Blut oder Freundschaft nahestehenden Mann geredet, hätte er gesagt, daß er die Angelegenheit des Tötens abscheulich fand. Aber niemand, nicht einmal sein jüngster Bruder, stand ihm nah genug, daß er ihm seine geheimsten inneren Gedanken anvertraut hätte. Seine Einsamkeit, sein Vermeiden jeglicher Intimität und Vertraulichkeit, war für ihn der Schlüssel zum Überleben. Seine Abneigung gegen die Strategie des Tötens und gegen das Töten an sich hatte wenig mit Zimperlichkeit zu tun und noch weniger mit moralischen Bedenken, dem Leben eines anderen Gottesgeschöpfes ein gewaltsames Ende zu bereiten. Seine Abneigung gegen das Töten beruhte einzig und allein auf seinem Streben nach Sicherheit und Freiheit.

Während der stockenden, von langen Schweigeminuten unterbrochenen Unterhaltung über einer einzigen Tasse Kaffee, die sie bis auf den Kaffeesatz und die Zuckerreste leerten, wurde der Name des Richters kein einziges Mal genannt.

Es war schwierig, ohne Zeugen zu töten. Es war schwierig zu töten, ohne Spuren zu hinterlassen, die den forensischen Experten der *carabinieri*, der *squadra mobile* und der *Direzione Investigativa Anti-Mafia* als Beweismittel dienen konnten. Es war kompliziert, eine Leiche zu entsorgen, selbst wenn man ein mit Säure gefülltes Ölfaß benutzte oder ein »Betongrab« auf einer Baustelle, oder wenn man den Kadaver als Fischfutter in den Golf warf. All jene, die die Morde an Falcone und Borsellino geplant und ausgeführt hatten, waren verhaftet worden, entweder schmorten sie in ihren Zellen oder man hatte sie *in absentia* verurteilt. Wie dumme Kinder hatten sie Beweismittel um sich verstreut. Zu seines Vaters Zeiten hatte man auf die alte Art getötet, mit der *lupara,* einer kurzläufigen Schrotflinte mit breiter Streuung, aber die *lupara* hinterließ Blutspuren auf Wänden, Straßen, Teppichen und Asphalt. Die Magnum-Handfeuerwaffe mit den explodierenden Projektilen war die Lieblingswaffe der wilden jungen *picciotti,* aber auch damit wurden Spuren hinterlassen, Patronenhülsen, Kugelsplitter, Blut im Rinnstein und auf dem Fußboden. Er zog Erwürgen vor, was ihm jedoch immer schwerer fiel, seit das Rheuma ihn plagte.

Sie redeten direkt unter dem Fernseher, ohne den Namen des Richters zu nennen.

Das Töten eines Mannes erfüllte für Mario Ruggerio einen doppelten Zweck. Das Töten eines Mannes war eine unmißverständliche Botschaft an seine Familie und seine Kollegen. Das Töten eines Mannes beseitigte ein Hindernis, durch das der glatte Ablauf seiner Geschäfte gestört wurde. Die Ermordung des Richters, beim ohrenbetäubenden Lärm der Rockmusik diskutiert, würde als Botschaft dienen und ein Hindernis aus dem Weg räumen. Seiner Überzeugung nach schlug die Cosa Nostra nur zu, wenn sie bedroht wurde, und der Richter stellte in Mario Ruggerios Augen eine Bedrohung seiner Person dar. Die Schrotflinte fiel aus, genau wie die Magnum oder die Kalaschnikow, weil es unmöglich war, nah genug an den Richter heranzukommen. Er verstand nichts von Autobomben oder von ferngezündeten Bomben in Papierkörben, aber der Mann, mit dem er redete, kannte sich mit diesen Dingen aus.

Er hätte eine ruhigere Welt vorgezogen, eine Welt, in der die Interessen des Staates nach und nach verblaßten. Er wünschte sich eine Welt der Koexistenz. Ohne groß nachzudenken, konnte er die Namen zahlreicher Richter und Staatsanwälte im Palazzo di Giustizia aufzählen, die sich ebenfalls nach friedlicher Koexistenz sehnten, aber den Namen jenes Richters, der seiner Ansicht nach eine Bedrohung seiner kostbaren Freiheit darstellte, nannte er während der Unterhaltung in der Bar nicht.

Es wurde beschlossen, daß der Einsatz einer Bombe die beste Methode war. Zunächst sollten die Wege des Richters beobachtet werden, um einen Zeitplan zu erstellen. Und schließlich wurde die Tötung zur Priorität erklärt.

Unauffällig verließ er die Bar, ein alter Mann mit grauer Jacke und karierter Mütze auf dem Pflaster der Via Marqueda. Er erweckte keinerlei Aufmerksamkeit, wie er in der Frühlingssonne dahinschlenderte und sich die Hände massierte.

Der Gefangene war aus seiner Gemeinschaftszelle im dritten Stockwerk des Gefängnisblocks geholt worden. Der Arzt war der Mittelsmann. Er hatte den Gefangenen zu einer Routineuntersuchung auf die Krankenstation bestellt. Der Arzt und ein paar seiner Leute waren schon dreimal vom Richter benutzt worden. Der Richter hätte die Überlebenschancen des Gefangenen sehr gering eingeschätzt, wenn auf den Fluren und Treppenabsätzen des Ucciardone-Gefängnisses bekanntgeworden wäre, daß der Mann, der unter Mordverdacht in Untersuchungshaft saß, um ein Treffen gebeten hatte. Die Bitte um das Treffen, die Bitte eines Gefangenen um eine Unterredung mit Rocco Tardelli, war per Post gekommen. Der unbeholfene, schlecht leserliche Brief war an den Palazzo di Giustizia geschickt worden. Er nahm an, daß der Brief vielleicht von der Mutter des Gefangenen geschrieben worden war. Viele Insassen des Ucciardone-Gefängnisses, die der Kollaboration verdächtigt wurden, waren gestorben, manche geräuschlos durch Erwürgen, andere laut schreiend nach einer Vergiftung, wieder andere blutig, wenn man sie niedergeknüppelt hatte. Es durfte auf keinen Fall im Gefängnis bekanntwerden, daß ein Gefangener um eine Unterredung mit dem Richter gebeten hatte, dessen oberstes Ziel es bekanntermaßen war, Mario Ruggerio zu fassen. Als die Gefängniswärter, die den Gefangenen zur Krankenstation gebracht hatten, wieder weg waren, hatten zwei von Tardellis eigenen

Männern ihn übernommen, eine Decke über seinen Kopf gehängt, um ihn vor den neugierigen Blicken seiner Mitgefangenen zu schützen, und ihn über den Hof zu dem Besuchszimmer des Richters geführt.

Tardelli fand ihn jämmerlich.

Die Zigarette des Gefangenen war fast aufgeraucht, als der Mann schon wieder sehnsuchtsvoll auf die Schachtel blickte, die auf dem Tisch lag. Tardelli rauchte nicht, aber er hatte immer eine fast volle Packung dabei, wenn er ins Ucciardone-Gefängnis kam. Er schob sie dem Gefangenen hin und forderte ihn mit einem Kopfnicken auf, sich zu bedienen. Mit zitternden Händen zündete der Gefangene sich an der Glut der Kippe eine neue an.

Tardelli fand ihn erbärmlich.

Sie saßen sich in einem kahlen Zimmer an einem kahlen Tisch gegenüber, und auch die Wände um sie herum waren völlig kahl. Es gab kein Fenster, und der Raum wurde von einer Neonröhre erleuchtet, in deren Schein der Zigarettenrauch des Gefangenen hin und her waberte. Seit er die Nachricht aus dem Palazzo di Giustizia erhalten hatte, die Nachricht von der nicht unterschriebenen Bitte um eine Unterredung, die Nachricht, wegen der die Orangensaft- und Schokoladenparty unterbrochen worden war, hatte Tardelli fast zwei ganze Tage darauf verwandt, die Akte des Gefangenen zu studieren. Bevor er sich mit einem Gefangenen traf, bereitete er sich aus Prinzip immer so gründlich wie möglich vor.

Der Gefangene sprach den Namen Mario Ruggerio aus.

Er verabscheute Publicity und überließ die Interviews seinen ehrgeizigeren und intriganteren Kollegen, aber es war unvermeidlich, daß Rocco Tardelli als der Richter bekannt wurde, der hinter Mario Ruggerio her war. Etwa sechsmal im Jahr sagte man ihm, daß ein Gefangener eine geheime Unterredung mit ihm wünsche. Sechsmal im Jahr kroch ein Gefangener für die Freiheit, die das *pentito*-Programm versprach, vor ihm zu Kreuze, für die Möglichkeit, Informationen gegen Freiheit zu tauschen. Wenn er Glück hatte, hörte Tardelli einmal im Jahr etwas, das seine Ermittlungen vorantrieb und ihn näher zu dem von ihm gejagten Mann führte. Sie kamen und wanden sich und wechselten die Seiten. Sie verurteilten sich selbst zum Tode, falls man ihnen auf die Schliche kam und sie ausfindig machte. Denn sie hatten das gottgegebene Gesetz Siziliens gebrochen, das Gesetz der *omertà*, des Schweigens.

Der *pentito* Contorno hatte das Gesetz der *omertà* gebrochen, und dreißig seiner Verwandten waren dahingeschlachtet worden, um weitere Informationen zu verhindern. Die Bauern der Inseln hatten eine Redensart: »Ein wirklicher Mann gibt nichts preis, selbst wenn er erstochen wird.« Der *pentito* Buscetta hatte den Kodex des Schweigens gebrochen, woraufhin siebenunddreißig seiner Verwandten ihr Leben lassen mußten. Eine weitere Redensart der sizilianischen Inseln lautete: »Ein Mann, der taub ist und blind und stumm, lebt hundert Jahre lang in Ruhe und Frieden.« Der *pentito* Mannoia lebte nun in Angst und Schrecken, vegetierte mit Hilfe von Valiumtabletten vor sich hin. Er hatte gehört, wie eine Frau ihren *pentito*-Bruder als »Verwandten meines Vaters« bezeichnet hatte. Es war ein erdrutschartiges Ereignis in ihrem Leben, wenn sie ihr Schweigen brachen. Jedes Jahr war einer der Gefangenen, die an dem kahlen Tisch zwischen den kahlen Wänden saßen, für den Richter von Nutzen. Die fünf anderen waren elende arme Säcke.

Es war ein Sparringkampf für Tardelli und den Gefangenen.

»Warum wollen Sie das Zeugenschutzprogramm in Anspruch nehmen?«

Der Gefangene starrte auf den vollen Aschenbecher. »Ich habe beschlossen zu kollaborieren, weil die Cosa Nostra nichts weiter ist als ein Bande von Feiglingen und Mördern«, stammelte er.

Er konnte gemein sein. Rocco Tardelli, dieser sanftmütige Mann mit den schmalen Schultern, konnte boshaft sein.

»Meiner Meinung nach ist es wahrscheinlicher, daß Sie kollaborieren wollen, weil Sie eine lebenslange Haftstrafe hier im Ucciardone vor sich haben.«

»Ich habe mich von der Cosa Nostra losgesagt.«

»Vielleicht wollen Sie sich ja nur von einem lebenslänglichen Aufenthalt im Ucciardone lossagen.«

»Ich habe Informationen …«

»Wie lautet die Information?«

»Ich kenne den Aufenthaltsort von Mario Ruggerio.«

»Wo wohnt er?«

Der Gefangene schnaubte und schaute verstohlen zu dem Richter auf. »Wenn Sie mir besonderen Schutz garantieren …«

»Gehen Sie zurück in Ihre Zelle und überdenken Sie das Ganze noch einmal. Ich lasse nicht mit mir handeln. Gehn Sie zurück und denken Sie nach.«

»Ich kann Ihnen sagen, wo Mario Ruggerio sich aufhält.«

»Wenn Sie es mir gesagt haben, dann denken wir über das Zeugenschutzprogramm nach. Ich werte Ihre Informationen aus und schreibe meine Empfehlung für das Komitee. Entweder Sie reden, oder Sie gehen zurück in Ihre Zelle. Sie können mir keine Bedingungen stellen.«

Für den Richter war es entscheidend, gleich im ersten Gespräch die Regeln festzulegen. Etwa tausend Männer waren in das Zeugenschutzprogramm aufgenommen worden. Das Budget war erschöpft, die sicheren Häuser überfüllt, Baracken der *carabinieri* und des Militärs platzten aus allen Nähten von all den *pentiti* und ihren Familien. Die meisten waren nutzlos. Die meisten hatten lange Gefängnisstrafen gegen veraltete Informationen eingetauscht. Für einen passionierten Ermittler wie Rocco Tardelli war es ein fauler Handel, wenn die Freiheit mit überholten Informationen erkauft wurde.

»Aber ich bin zu Ihnen gekommen …«

»Und Sie haben mir nichts gesagt. Bedenken Sie Ihre Lage.«

Tardelli erhob sich. Die Besprechung war beendet. Die wahren Führer der Cosa Nostra wurden von Tardelli mit Respekt behandelt. Oft verwirrte es ihn, daß sich derart begabte Männer in ihrem Streben nach Würde der Kriminalität bedienten. Weil ein *pentito* seine

Würde verloren hatte, fiel es Tardelli schwer, Achtung vor ihm zu haben. Der Gefangene, der wieder die Decke über dem Kopf hatte, wurde zurück zur Krankenstation gebracht. Dort würde der Arzt ihn von Gefängniswärtern zurück in seine Gemeinschaftszelle im dritten Stockwerk des Blocks bringen lassen. Der Richter ergriff seine Aktentasche, nahm seinen Mantel vom Haken und steckte die Zigarettenschachtel ein. Zusammen mit seinen Bewachern eilte er durch den Flur.

Draußen schien ihnen die Sonne ins Gesicht.

»Siehst du, Pasquale, junger Vater, ich muß ihn zappeln lassen. Er hat den ersten Schritt gemacht, aber er hat gedacht, er kann mich manipulieren. Ich muß ihm zeigen, daß er das nicht kann. Er wollte mir Informationen anbieten, häppchenweise, um sich Privilegien zu verschaffen. Darauf kann ich mich nicht einlassen. Ich muß mich vergewissern, daß er mir alles sagt, was er weiß. Ich muß Geduld haben …«

Sie blieben vor dem Auto stehen, dem gepanzerten Alfa. Sie gaben der Wache am Tor ein Zeichen. Motoren heulten auf. Das Tor öffnete sich. Die Gewehre und Maschinenpistolen wurden entsichert.

»Ist er eine Perle, Pasquale, oder ein falscher Fuffziger?«

»Bitte sprechen Sie mich nicht an, wenn wir fahren.«

Er lehnte sich hinter den getönten Scheiben des Wagens zurück. Der junge Pasquale saß vor ihm, der *maresciallo* fuhr.

Er beugte sich wieder nach vorn und umfaßte die Rückenlehne des jungen Mannes. Es war für ihn ein Zwang, sich jemandem anzuvertrauen. Er hatte niemanden zum Reden als die *ragazzi*. Er verachtete sich dafür, aber der Wunsch zu reden war wie eine Sucht.

»Wißt ihr, wenn ich Angst hätte, wenn ich die Furcht nicht länger ertragen könnte, könnte ich ein Zeichen geben. Gewisse Leute im Palazzo di Giustizia, in der Questura oder in den Baracken der *carabinieri* würden eine Botschaft weiterleiten. Ich müßte nur, ganz im Vertrauen, sagen, daß ein Gefangener nach mir gefragt hätte. Ganz im Vertrauen würde ich dann den Namen des Gefangenen nennen.

Ganz im Vertrauen könnte ich dann sagen, daß ich das Informationsangebot des Gefangenen abgelehnt hätte. Damit hätte ich meine Angst signalisiert. Die Botschaft würde weitergegeben und verstanden werden. Es würde bedeuten, daß ich keine Bedrohung mehr darstelle. Wenn ich dieses streng vertrauliche Signal geben würde, dann könnte ich wieder ins Restaurant, ins Kino, in die Oper am Politeama und zum Friseur gehen …«

Der junge Mann, Pasquale, saß vor ihm und schaute starr geradeaus.

»Ich muß daran glauben, daß ich mit der Angst leben kann«, sagte der Richter traurig.

»Hab' gehört, wir haben Ihnen den Nobelfraß versaut. Erwarten Sie bloß kein Mitleid von mir, Harry. Meine Frau war nicht da, da gab's für mich Würstchen, Backofenpommes und Bohnen.«

»Hab' mich ganz schön rangehalten, Sir«, sagte Harry grinsend. »Fünf Gänge hab' ich geschafft, zwei Gins als Aperitif, eine Flasche Roten, eine Flasche Weißen, einen Brandy zum Runterspülen …«

»Haben wir Ihnen die Tour vermasselt?«

Der Hauptkommissar führte den Detective Sergeant aus dem Büro des Seniorchefs, durch den Flur und dann zur Eingangstür hinaus, die Stufen hinunter und auf den Parkstreifen, wo sie den Ford Transit abgestellt hatten. Harry trat zurück, damit sein Vorgesetzter dem an der Ladefläche wartenden Polizeibeamten seinen Pappkarton als erster überreichen konnte. Sie hielten kurz inne und rieben sich die Hände, die Kartons waren verdammt schwer.

»Ich war gerade auf den Geschmack gekommen. Nicht schlecht der Schuppen, für ein Hotelrestaurant, meine ich.«

»Bis wir Sie gestört haben. Kommen Sie, lassen Sie uns die nächste Ladung holen.«

Sie gingen in das Gebäude an der Regent Street zurück, schauten stur geradeaus und ignorierten die blassen Juniorpartner und die Sekretärinnen mit ihren zerknüllten Taschentüchern, an die sie sich verzweifelt klammerten, als könnten sie sich dadurch vor dem Zusammenbruch ihrer kleinen Welt schützen. Was am Abend zuvor geschehen war, hatte nicht vermieden werden können. Es lag an der schwachen Besetzung des SO6, wodurch die Prioritäten ständig neu gesetzt werden mußten. Während er Giles Blakes Ausführungen über die Zukunft des Aktienmarktes zuhörte und möglichst lange an seinem Kabeljaufilet mümmelte, weil die beiden am Nebentisch sich mit dem Essen Zeit ließen, wurde die einschläfernde Musik aus dem Lautsprecher plötzlich von einer Durchsage unterbrochen: »Mr. Harry Compton möchte bitte zur Rezeption kommen. Ein Telefongespräch. Mr. Harry Compton, bitte zur Rezeption.« Zuerst ließ er einen Richter in seinem Club ausrufen und zurück ins Amt beordern, dann rief er seine Frau an und entschuldigte sich bei ihr für den verdorbenen Abend. Als der Richter eingetroffen war, ging er mit ihm die Beweislage durch und bat ihn um die Unterzeichnung der Vorladungen. Schließlich legte er ihm noch einen Hausdurchsuchungsbefehl vor, den der Richter nur mit Widerwillen unterschrieb, weil der Mann, dessen Büroräume sie am nächsten Morgen durchsuchen würden, Notar war, Jurist, ein Kollege sozusagen. Harry Compton hatte all die ermittlerische Drecksarbeit geleistet, die nötig war, um diesen Mistkerl zu stellen, der die Ersparnisse seiner Kunden veruntreut hatte, diesen geldgierigen Hund, der Treuhandfonds ausgehöhlt hatte, den Notar, der das Vertrauen seiner Klienten ausgenutzt hatte. Aber es war der Auftritt des Hauptkommissars, und er hatte seinen Detective Sergeant im Fünfsternerestaurant ausrufen lassen und seinem Spesendinner ein abruptes Ende bereitet. Der Hauptkommissar hatte derart überstürzt gehandelt, weil er aus sicherer Quelle erfahren hatte, daß der Seniorchef eine Reise ins Ausland plante, ohne seinen Partnern einen Termin für seine Rückkehr zu nennen. Dank des Hausdurchsuchungsbefehls hatten sie alle Akten und Papiere beschlagnahmen können. Man hatte alles fein säuberlich in Pappkartons gepackt, die nun zur genaueren Durchsicht ins SO6-Büro hinter der Holborn-Polizeistation gebracht wurden.

Harry Compton war todmüde. Um Mitternacht war Schluß seiner Unterredung mit dem Richter, um halb eins eine kurze Teambesprechung, dann nach Hause, und nach drei Stunden Schlaf nach Essex, zum Haus des Seniorpartners, wo es dann zur Festnahme kam. Jetzt trottete er die Stufen hinauf, um die nächsten Aktenkartons zu holen.

»Wie weit sind wir gekommen?« Der Hauptkommissar blieb auf dem Treppenabsatz stehen und keuchte vor Anstrengung.

»Gestern abend? Nirgendwohin und irgendwohin, in gewisser Weise. Unser Spezi trifft einen Typen, sie essen zusammen, reden über Finanzen. Nichts Außergewöhnliches. Wie dem auch sei, das NCIS-Material über unseren Spezi war ziemlich vage, nicht viel mehr als eine mittlere Bareinzahlung in einer Bank, 28 000 £, dazu ziemlich heftige Kontenbewegungen, häufige Einnahmen und Abhebungen, wobei man sich fragen muß, woher das Geld eigentlich kommt, ohne direkte Hinweise auf illegale Geschäfte. Das meine ich mit nirgendwohin.«

Mittlerweile standen sie wieder im Büro des Seniorpartners. Nur noch wenige Pappkartons mußten abtransportiert werden. Aber im Sekretariat und in den Büros der Juniorpartner warteten noch ganze Aktenberge auf sie, und dann noch das verdammte Archiv im Keller.

»Jetzt kommen Sie endlich zur Sache. Warum lassen Sie mich so lange schmoren, Sie Mistkerl. Das Beste heben Sie sich immer bis zum Schluß auf. Sie haben gesagt, daß Ihre Spur doch irgendwohin führt, also wohin, Harry?«

Der Detective Sergeant grinste und freute sich über das indirekte Kompliment seines Chefs. »Es ist klar wie Kloßbrühe. Der Gast, exklusive, teure Klamotten, Italiener, sehr geschmackvoll ... und dreimal dürfen Sie raten, woher er kam ... Palermo.«

»Sie wollen mir doch nicht etwa weismachen, mein lieber Harry, daß jeder Geschäftsmann aus Palermo ein Mafioso ist!«

Harry Compton erwiderte augenzwinkernd: »Da unten haben alle mit der Mafia zu tun – ich würde jede achtzigjährige Oma, jedes fünfjährige Kind aus Palermo wegen ›organisiertem Verbrechen‹ einlochen. Palermo, das hat so einen ganz bestimmten Klang, finden Sie nicht auch?«

»Wir können ihn überprüfen.«

»Ich habe seinen Namen nicht, wurde ans Telefon gerufen, bevor der Ober mit dem Nachtischbuffet kam. Ich finde den Namen schon heraus.«

»Aber zuerst kümmern Sie sich um diesen Mist hier, verstanden?«

Aus den Büros trugen sie siebenundvierzig Pappkartons, aus den Archiven würden noch neunundzwanzig Plastiksäcke hinzukommen, und all das mußte überprüft werden, bevor er im Hotel am Portman Square nach dem Namen eines Gastes fragen konnte. Es war alles eine Frage der Prioritäten.

Sie reichte ihm den Brief, aber der Amerikaner machte keine Anstalten, ihn zu ergreifen. Er sah sie an.

»Wer hat diesen Brief sonst noch gelesen?«

»Niemand«, zischte sie ärgerlich.

»Sie meinen also und sind sich ganz sicher, daß niemand den Brief hier zu Gesicht bekommen hat?«

»Natürlich nicht.«

Sie schaute zu, was er tat. Er nahm ein Taschentuch aus der Tasche, entfaltete es und nahm den Brief entgegen. Das Taschentuch schützte den Brief vor der Berührung seiner Finger.

Charley erschien es lächerlich, den Brief mit einem Taschentuch zu halten. »Warum machen Sie das?«

»Damit es nicht so aussieht, als hätten Sie ihn herumgezeigt, und damit keine Fingerabdrücke von mir darauf sind.«

»Meinen Sie, der Brief wird so genau untersucht?«

»Wir machen es auf meine Weise, ist das klar?«

Er war gelassen. Er redete mit ihr, als sei sie ein lästiges Kind. Er wandte sich von ihr ab, um den Brief zu lesen, den er mit seinem Taschentuch festhielt. Zum Teufel mit ihm. Charley hatte es für klug gehalten, ihm den Treffpunkt in den Klippen vorzuschlagen. Es dämmerte bereits, als sie mit ihrem Roller den Parkplatz vor dem Fußweg zur Küste erreicht hatte. Bis auf seinen Mietwagen war der Platz leer. Er wartete an der Stelle, die sie ihm beschrieben hatte. Zu seinen Füßen lag ein Haufen Zigarettenkippen, was darauf schließen ließ, daß er schon seit Stunden hier war, lange vor dem verabredeten Zeitpunkt. Von diesem Platz aus konnte man die großen Seevögel beobachten. Möwen, Papageientaucher und Tölpel kreischten um die Wette und ließen sich im Wind treiben, bevor sie sich auf den Felsen niederließen, an denen sich ein Stück weiter unten die Brandung brach. Es war einer ihrer Lieblingsplätze, den sie manchmal aufsuchte, wenn ihr Elternhaus sie zu ersticken drohte. Hierher kam sie und dachte nach, wenn sie sich von den neugierigen Fragen ihrer Eltern bedrängt fühlte. Es war ein Ort des Friedens und der Wildheit. Sie hatte es für klug gehalten, sich in den Klippen mit ihm zu treffen und sich mit ihm auf die Bank aus groben Holzplanken zu setzen. Hier würde sie sich in der Gewalt haben. Er gab ihr den Brief zurück, steckte das Taschentuch wieder ein und nahm sich eine Lucky Strike.

»Wollen Sie mich nicht fragen, warum ich mich entschieden habe?«

»Spielt für mich keine Rolle.«

»Ob ich es aus Abenteuerlust oder Pflichtgefühl mache …«

»Mir egal.«

Sie biß sich auf die Lippe. Sie ließ ihre Zunge an der Oberlippe entlanggleiten. Sie hatte ruhig bleiben wollen. Ihr Herz raste. »Ja, zum Teufel, wie konnte ich auch denken, daß Sie sich für meine Belange interessieren. Sie sind der größte Rüpel …«

»Wenn Sie sich entschlossen haben, sollten Sie ihnen morgen früh ein Fax schicken.«

Sie mußte um Fassung ringen. »Aber … aber ich habe die Faxnummer nicht.«

»Die Faxnummer stand auf dem Brief«, sagte er mit schleppender, gelangweilter Stimme.

»Aber ich hab' ihn doch zerrissen, nicht wahr? Ich wollte doch nicht gehen, schon vergessen? Ich hab' den Brief zerfetzt und es mir dann anders überlegt.«

Er hätte sie fragen sollen, warum sie ihren Entschluß geändert hatte. Er tat es nicht. Er langte in die Innentasche seiner Windjacke und zog ein Blatt Papier heraus. Von der Fotokopie des Briefes schrieb er die Nummer auf einen Notizblock. Er riß den Zettel ab und reichte ihn ihr. Seine Stimme klang grimmig. Er erschien ihr eiskalt. »Schreiben Sie die Nummer auf die Rückseite des Briefes«, befahl er.

Sie tat, was er sagte. Er nahm den Zettel seines Notizblocks und riß ihn in winzig kleine Fetzen. Er warf sie in die Luft, und sie wurden vom Wind davongewirbelt, hinunter zu den großen Vögeln, die mittlerweile zur Ruhe gekommen waren. Weit draußen, noch hinter Bolt Head und Start Point sah sie den ersten Lichtstrahl eines Leuchtturmes.

»Ist es notwendig, daß wir so vorsichtig sind?«

»Ja.«

»Und das muß ich also lernen?«

»Am besten, Sie lernen es schnell.«

Sie zitterte. Ihr war kalt geworden. Seine Windjacke war sehr dünn und nicht gefüttert wie ihr Anorak, trotzdem schien ihm die Kälte nichts auszumachen, und er zitterte nicht. Sie fühlte sich klein und machtlos. Betont langsam sagte sie: »Ja, Mr. Moen. Richtig, Mr. Moen. Was immer Sie wünschen. Morgen früh schicke ich das Fax ab.«

»Erzählen Sie mir was über sich.«

»Entschuldigen Sie, aber sollten Sie nicht derjenige sein, der redet? Ich will wissen, wer und was Sie sind. Wohin gehe ich. Warum?«

Er schüttelte den Kopf. »Wer oder was ich bin, geht Sie nichts an.«

Sie schnaubte verächtlich. »Einfach toll.«

Sie spürte die Kälte, den Wind in ihrem Rücken, den Nachtwind, der durch ihren Anorak pfiff. »Wohin soll ich gehen und warum?«

»Alles zu seiner Zeit. Und jetzt zu Ihnen.«

Sie holte tief Luft. Er beobachtete sie. Sein Gesicht war im Schatten, aber auch wenn es vom Lichtstrahl des Leuchtturms auf Start Point angestrahlt worden wäre, hätte sie keine Spur Ermutigung darin entdecken können, dessen war sie sich ganz sicher. So, als würde sie manipuliert, als wäre sie eine der Marionetten, die sie im Schrank hinter ihrem Tisch im Klassenraum der 2B aufbewahrte …

»Ich bin Charlotte Eunice Parsons«, platzte sie heraus. »Alle nennen mich Charley. Ich bin ziemlich durchschnittlich …«

»Machen Sie sich nicht kleiner als Sie sind, und erwarten Sie keine Komplimente.«

»So blöd bin ich nun auch wieder nicht … Ich bin Einzelkind. Meine Eltern sind David und Flora Parsons. Dad war Ingenieur an der Marinewerft in Plymouth. Bei ihm drehte sich immer alles um seine Arbeit – und um mich –, bis man ihn vor zwei Jahren freigestellt hat, in ›gegenseitigem Einvernehmen‹, wie man so schön sagt. Wir wohnten damals in Yelverton, am Heiderand, nördlich von Plymouth. Er fürchtete, daß er es sich nicht leisten könnte, dort zu bleiben, deshalb packten sie ihre Sachen und zogen um. Sie ließen Bowling- und Tennisclub, Kinos und Geschäfte hinter sich. Ich glaube, er hat panische Angst davor, irgendwann mittellos dazustehen, pleite zu sein. Also hat er den Bungalow gekauft und ist in dieses kleine Nest gezogen und lebt jetzt zwischen diesen boshaften, neugierigen Waschweibern. Der Himmel weiß, warum meine Mutter sich darauf eingelassen hat. Ihr jetziges Leben ist langweilig, traurig und öde. Finden Sie mich gemein?«

»Spielt keine Rolle, was ich denke.«

Sie schaute aufs Meer hinaus, auf die dunklen Wassermassen, auf die Gischt, wo die Wellen sich an den Felsen brachen, hinüber zu den rotierenden Scheinwerfern von Start Point. Sie fand, sie hatte die Wahrheit gesagt, und daß die Wahrheit für Axel Moen wichtig war.

»Ich kann mir keine eigene Wohnung leisten, mein ganzes Geld ist für den dummen kleinen Roller draufgegangen. Wenn ich versetzt würde, einen besseren Job bekommen würde, wenn ich mehr Erfahrung hätte, dann könnte ich von hier weggehen und mir eine eigene Wohnung nehmen. Aber jetzt noch nicht. Ihr Leben ist langweilig, traurig und leer, und deshalb brauchen sie einen Star, zu dem sie aufsehen können. Und ich passe in diese Rolle. Es ist immer so gewesen, aber jetzt ist es noch schlimmer. An manchen Tagen könnte ich laut schreien – glauben Sie nicht, mir macht es Spaß, ein eingebildetes Luder zu sein –, und manchmal schäme ich mich für mich. Ein Star zu sein bringt Probleme mit sich. Als Kind lernt man, die Rolle auszunutzen, und spielt das kleine Prinzeßchen. Früher hatte ich keine Probleme damit, aber jetzt finde ich mich selbst manchmal zum Kotzen. Sie wollten ein Tennisas aus mir machen, aber ich spielte nur durchschnittlich, und Dad wollte das nicht einsehen. Wär's nach ihnen gegangen, hätte ich zu den Klassenbesten gehört, und als es nicht so war, lag es in ihren Augen natürlich an den Lehrern und nicht daran, daß ich eben ein ganz normales, durchschnittlich begabtes Kind war. Sie wollten mich auf die Universität schicken, und als ich die entsprechenden Noten nicht bekam, sagte Dad, daß die Prüfer einen Fehler gemacht hatten. Was mich gerettet hat, mir irgendwie die Augen geöffnet hat, war meine Reise nach Rom und das Zusammensein mit Giuseppe und Angela. Sie waren wirklich nett, unbeschreiblich nett. Aber Sie wollen, daß ich sie ausspioniere?«

»Ich möchte Zugang, ja.«

Sie spähte nach vorn. Er hatte es bestimmt nicht bemerkt. Sie schaute die Klippen hinunter bis zu einem Felsvorsprung. Ein Falke zupfte mit seinem tödlichen Schnabel an den Federn unter seinen Flügeln. Der Vogel war ihr vertraut. Manchmal, wenn sie herkam, sah sie ihn, manchmal hörte sie den Ruf des weiblichen Vogels. Wenn er kam, erkannte sie ihn an seinem schnellen Flügelschlag und seinem stolzen Profil, wenn er auf dem Felsvorsprung landete. Der Vogel gehörte ihr, hatte nichts mit ihm zu tun. Er flog davon. Sie verlor ihn aus den Augen.

»Als ich aus Rom zurückkam, ging ich aufs Lehrercollege. Ich war wohl ein ziemlich dummes Ding, meine Eltern hatten mich nach

Strich und Faden verwöhnt, und ich bildete mir sonst was ein, weil ich in Rom gewesen war. Ich hielt es nicht für nötig, mir Freunde zu suchen. Ehrlich gesagt, fand ich die anderen Studenten ziemlich kleinkariert, und sie hielten mich für eine eingebildete Ziege, wissen Sie, was das bedeutet? Ich hatte keinen Freund, jedenfalls keinen von den Studenten, aber mit einem der Dozenten hatte ich eine kurze Bettgeschichte. Hinterher hat er sich immer entschuldigt und über seine verständnislose Frau gestöhnt, aber wenigstens hat er mir gute Noten gegeben. Sind Sie verheiratet?«

»Nein.«

»Waren Sie mal verheiratet, Mr. Moen?«

»Nein.«

»Warum nicht?«

»Bleiben Sie bei Ihrer Geschichte, Charley.«

»Wie Sie wollen. In meinem Leben habe ich nur ein einziges Mal etwas wirklich Sinnvolles gemacht. Sehen Sie, wenn man erst den Bogen raus hat und die gebratenen Tauben einem ins Maul fliegen, wenn man bekommt, was man will, ohne sich dafür anzustrengen, dann wird man leicht selbstzufrieden und gibt sich keine Mühe mehr. Aber letzten Sommer bin ich nach Brightlingsea gefahren, das ist eine kleine Hafenanlage an der Ostküste. Dort gab es Proteste gegen den Export von Kälbern nach Europa. Sie schifften die Kälber rüber, um sie zu mästen und zu schlachten. Ekelhaft, dieses Kalbfleischgeschäft. Ich war einen Monat lang da, habe gebrüllt und protestiert und versucht, die Lastwagen aufzuhalten. Ja, das fand ich sinnvoll. Kommen Sie aus der Stadt oder vom Land?«

»Nordwesten von Wisconsin.«

»Ist das ländlich?«

»Sehr ländlich.«

»Oh, dann kümmert Sie das Elend der Tiere wohl nicht. Die Farmer müssen schließlich leben, und die Menschen müssen essen, und Tiere können sowieso keine Angst und keinen Schmerz empfinden. Denken Sie so?«

»Es spielt keine Rolle, was ich denke.«

»Himmel noch mal. Was wollen Sie sonst noch wissen? Die Farbe meiner Schlüpfer, wann ich meine letzte Regel hatte? Sie sind wirklich ein elender Langweiler, Mr. Moen.«

»Ich glaube, ich habe genug gehört.«

Sie stand auf. Das Haar hing ihr im Gesicht. Der Wind hatte zugenommen, und da sie ihm nun nicht länger direkt ins Ohr sprach, mußte sie gegen tosende Brandung anschreien.

»Könnten wir nicht einen kippen, einen Drink, meine ich?«

»Ich trinke nicht, keinen Alkohol«, murmelte er.

»Scheiße, nicht mal saufen kann man mit Ihnen. Aber wissen Sie was? Ich trinke, und Sie schauen mir zu. Und während ich trinke, können Sie mir erklären, ob das, was ich tun werde, Sinn hat – oder haben Sie auch dazu keine Meinung?«

Charley drehte sich um und machte sich auf den Weg zum Parkplatz. Es war ihr großer Abgang. Entschlossen stampfte sie über den Pfad durch die Klippen. Sie ging schnell, ein gutes Stück vor ihm. In der Dunkelheit stolperte sie über einen Stein. Sie fiel ... »Verdammt!« Sie strauchelte und versuchte, sich zu fangen ... »Mistkerl!« Er faßte sie am Arm und half ihr auf, sie schob seine Hand weg und stürmte weiter.

»Ja, Dr. Ruggerio ... Natürlich, Dr. Ruggerio, selbstverständlich sage ich Charlotte, daß Sie angerufen haben, ich richte ihr alles aus, was Sie gesagt haben ... Es ist schwierig, Dr. Ruggerio, sie hat im Moment eine sehr gute Stelle, aber ... Ja, Dr. Ruggerio, wir freuen uns, daß Sie und Ihre Gattin soviel von Charlotte halten ... Ja, sie ist eine zauberhafte junge Frau ... Wie Sie schon sagen, wir sind sehr stolz auf sie ... Ich weiß, daß sie über Ihr Angebot nachdenkt. Im Augenblick ist sie nicht zu Hause, eine Konferenz in der Schule, glaube ich ... Sie soll in Palermo anrufen oder ein Fax schicken, gleich morgen früh, ich werd's ihr sagen ... Das ist wirklich sehr freundlich von Ihnen, Dr. Ruggerio ... Ja, ja, ich bin sicher, daß sie sich bei Ihnen wieder sehr wohl fühlen wird … Ja, meiner Frau geht es gut, ich werde sie von Ihnen grüßen … War nett, mit Ihnen zu plaudern. Vielen Dank. Gute Nacht.«

Er legte den Hörer auf die Gabel. David Parsons warf einen kurzen Blick auf das Examensbild seiner Tochter, das an seinem Ehrenplatz im Flur hing. Dann ging er ins Wohnzimmer. Flora Parsons schaute von ihrer Stickerei auf. Sie arbeitete an einer neuen Kissenhülle.

»Mein Gott, was bist du nur für ein Feigling.«

»Was du nicht sagst.«

»Frißt ihm aus der Hand und läßt dich von ihm einseifen.«

»Er läßt dich herzlich grüßen.«

»Kaum hat sie den Brief bekommen, steht dieser Amerikaner vor der Tür. Das halbe Dorf will wissen, wer er ist. Und wo ist Charley jetzt? Ich hab' keine Ahnung. Wo ist sie? Ich mache mir Sorgen um sie.«

»Sobald sie zurück ist, werde ich mit ihr sprechen.«

»Wirst du nicht, du bist ein Feigling.«

Sie zog ihre Show ab, und als sie fertig war, hatte sie nur noch ein bißchen Kleingeld übrig. Sein Angebot, die zweite Runde zu zahlen, lehnte sie strikt ab. Einen Krug Exmoor vom Faß und einen Whisky für sich und eine zweite Tasse koffeinfreien Kaffee für Axel Moen, mit Milch aus einem Plastikdöschen und Zucker aus einem Papiertütchen.

Während sie ihren ersten Halben und ihren ersten Whisky getrunken und er an seiner ersten Tasse Kaffee genippt hatte, war sie auf die Geschichte des alten Pubs mit der niedrigen Decke und den verräucherten rohen Holzwänden zu sprechen gekommen. Angeblich hatte er vor über hundert Jahren als Umschlagplatz für Schmuggelwaren gedient, außerdem sollte hier während der Monmouth-Revolte ein Richter logiert haben, dem die Todesurteile allzu leicht über die Lippen gegangen waren, und …

Er wirkte gelangweilt und desinteressiert. Er zündete sich eine weitere Zigarette an. »Also gut, hören Sie zu. Was Sie auf Ihrer Rundfahrt gesehen haben, das Territorium der Pusher, Kleinkram …«

Sie fiel ihm ins Wort. »Ich würde ein heroinsüchtiges Baby mit Krämpfen nicht als ›Kleinkram‹ bezeichnen, genausowenig wie die Leiche eines jungen Mannes, der sich eine Überdosis gespritzt hat. Für mich …«

»Seien Sie still und hören Sie zu. Was Sie gesehen haben, waren nur die Symptome eines strategischen Problems. Zu viele Polizeibeamte vergeuden ihre Zeit und ihre Mittel bei der Jagd auf Diebe, Straßenräuber und Pusher, weil das einen guten Eindruck macht und es so aussieht, als würden sie etwas Sinnvolles tun. Aber sie gehen das Problem von der falschen Seite an. Ich will es erklären. Nehmen wir ein großes Unternehmen, einen der großen internationalen Konzerne. Sagen wir Exxon, General Motors oder Ford, das sind die drei größten amerikanischen Konzerne. Ihre Umsätze betragen nach den letzten Zahlen 330 Milliarden Dollar – behalten Sie diese Summe im Hinterkopf –, aber der Mann, den Sie zu Gesicht bekommen, ist der Verkäufer im Ausstellungsraum von General Motors oder Ford, und bei Exxon ist es der Mann, bei dem Sie an der Tankstelle bezahlen. Der Verkäufer oder der Mann an der Kasse, das ist die Ebene der ›Diebe, Straßenräuber und Pusher‹. Die Umsätze des Drogenhandels betragen nach den letzten Zahlen genausoviel wie die Einnahmen von General Motors, Ford und Exxon, es geht also um horrende Summen – können Sie mir noch folgen? –, aber das organisierte Verbrechen besteht nicht nur aus Drogenhandel. Hinzu kommen die Profite aus Geldwäsche, Waffenhandel, Erpressung illegaler Einwanderer, Kreditgaunereien, Kidnapping, Flugzeugentführungen und Wucherei. Was dabei weltweit zusammenkommt, sind Summen, deren Größe man sich nicht vorstellen kann, aber wir versuchen es trotzdem. Die Summe wird auf drei Trilliarden geschätzt. Und damit sind die Topkonzerne weit abgeschlagen … Können Sie mir immer noch folgen?«

Sie nahm einen großen Schluck Bier. Er saß ihr gegenüber und rauchte eine Zigarette nach der anderen. Seine Stimme klang ruhig, und sie hing an seinen Lippen, so als hätte er ihr eine Tür geöffnet, durch die sie auf einen endlosen Ozean blickte.

»Ja, ich kann Ihnen folgen, aber nur, wenn ich mein Gehirn verrenke.«

Er schenkte ihr ein kurzes Lächeln, wurde jedoch sofort wieder ernst.

»Der Verkäufer von General Motors oder Ford zählt genausowenig wie der Typ an der Kasse der Exxontankstelle, sie sind etwa so wichtig wie die Diebe, Straßenräuber und Pusher. Nur eines ist wichtig, und das ist das Vorstandsbüro. Nehmen Sie den Aufzug ins Vorstandsbüro, steigen Sie nicht bei den Buchhaltern und Anwälten aus, auch nicht bei den Marketing- und Public-Relations-Leuten, bleiben Sie im Fahrstuhl und fahren Sie weiter nach oben, vorbei an den Vizepräsidenten für Verkauf, Finanzen, internationale Beziehungen und Imagepflege, Forschung und Entwicklung, bleiben Sie so lange drin, bis der Aufzug stehenbleibt oder den Himmel berührt. Dann sind Sie, Charley, im Büro des Firmenpräsidenten. Er ist ausschlaggebend. Was er beschließt, betrifft die Leute. Er ist ein Gott. Er entwirft die Strategie.«

Sie fühlte sich zwergenhaft klein. Das Whiskyglas war leer, nur im Bierglas war noch ein kleiner Rest.

»Es gibt Mafiaverbände in Italien, in den Vereinigten Staaten, in Japan und Hongkong, in Kolumbien und Brasilien, in Rußland. Jede dieser Mafiaorganisationen hat ihren eigenen Präsidenten, einen Mann, weil es in der Mafia oder in einem Konzern keinen Platz für Teambesprechungen gibt. Dieser Mann handelt im Prinzip wie der Präsident von General Motors, Ford oder Exxon. Er bestimmt die Richtlinien, er plant für die Zukunft, er hat den Überblick, und wenn es größere Probleme gibt, dann krempelt er die Ärmel auf und geht eigenhändig ans Eingemachte. Jetzt komme ich zu den Unterschieden. Der Mafiapräsident lebt in einem Loch, ist auf der Flucht, er hat kein dreißigstöckiges Hochhaus voller Mitarbeiter, hat keinen IBM-

Computerpark. Ihr Konzernboß würde ohne seine Mitarbeiter und seine Computer auf die Schnauze fallen ... nicht so sein Mafiagegenstück. Der Mafiachef lebt mit einem Wolfsrudel. Wenn er überleben will, muß er gefürchtet sein. Wenn er die kleinste Schwäche zeigt, wird er in Stücke gerissen. Er bleibt gerissen und skrupellos. Jetzt kommen wir der Sache näher, Charley, noch einen Moment Geduld ...«

»Meine grauen Zellen müssen heute wirklich Schwerstarbeit leisten.« Sie hatte gehofft, ihn zum Lachen zu bringen, ein weiterer gottverdammter Irrtum. Sie glaubte nicht, daß er diese Dinge zuvor schon einmal durchgegangen war, es klang nicht auswendig gelernt. Nach Charleys Meinung war es keine heruntergerasselte, vorgefertigte Geschichte. Vom Whisky und der Vorstellung, daß er sie nicht mit einem abgedroschenen Bericht abspeiste, wurde ihr warm ums Herz.

»Es ist allgemein bekannt, daß die Mafiaverbände in Italien und in den USA, in Japan und Hongkong, Kolumbien und Brasilien und Rußland alle großen Respekt vor der Mafia Siziliens, der Cosa Nostra, haben. Die Cosa Nostra hat ihren Ursprung in Palermo und in den armseligen kleinen Bergdörfern der Insel. Sie ist die Geburtsstätte des internationalen Verbrechens. Hier hat alles angefangen, hier treibt es seine Blüten. In Italien nennt man es *la piovra,* Tintenfisch. Die Tentakel erstrecken sich über ganz Europa, in Ihr Land, in die ganze Welt, in mein Land. Hackt man einen Fangarm ab, wächst ein anderer nach. Man muß den Kopf dieses Dings kriegen, den Kopf zerstören, und der Kopf befindet sich in den kleinen sizilianischen Bergdörfern und in Palermo.«

Sie zitterte. Ihre Handflächen lagen auf dem Tisch. »Was wollen Sie von mir?« flüsterte sie.

»Durch Sie könnten wir uns Zugang zum obersten Chef der Cosa Nostra verschaffen. Deshalb bin ich zu Ihnen gekommen.«

Kapitel 4

Sie saß allein auf der Klippe, an ihrem Platz.

Die Schulleiterin hatte gesagt: »Es sind damals vierhundert Bewerbungen auf Ihre Stelle eingegangen, davon allein achtzig aus diesem County. Hätten wir geahnt, daß Sie uns einfach mir nichts dir nichts verlassen würden, dann hätten wir Sie nicht mal zum Vorstellungsgespräch eingeladen. Haben Sie denn gar kein Verantwortungsgefühl gegenüber den Kindern? Fühlen Sie sich denn nicht Ihren Kollegen verpflichtet, die Sie hier so herzlich aufgenommen haben? Wenn Sie von Ihrem idiotischen kleinen Ausflug zurückkehren, glauben Sie bloß nicht, daß der Job noch für Sie frei sein wird. Und ich bezweifle, daß man Sie an einer anderen Schule nehmen wird, mit dem Vermerk, den ich Ihrer Akte hinzufügen werde. Sie haben mich enttäuscht, mich, Ihre Kollegen und die Kinder ...«

Während der großen Pause hatte sie im Lehrerzimmer ihren Abschied verkündet, und sie hatte gesehen, wie die Neugierde während der Ausführungen der Schulleiterin zu Feindseligkeit wurde. Das hämische Grinsen des geschiedenen stellvertretenden Schulleiters, der sie immer angestarrt hatte, als wollte er ihr an die Wäsche. Die zornige Ablehnung des jungen Mannes, der die 3A unterrichtete, die Bibliothek betreute und am Wochenende mit einer Pfadfindergruppe loszog und sie jeden Tag sehnsuchtsvoll angeschmachtet hatte. Der blanke Neid der Klassenlehrerin der 1A, die drei kleine Kinder hatte und von ihrem Mann verlassen worden war, was zur Folge hatte, daß ihr Leben von Babysittern und Kindergartenterminen bestimmt wurde. Charley hatte die Schultern gezuckt und gemurmelt, daß ihr Entschluß feststünde. Sie hatte keinen Sinn darin gesehen, ihnen zu sagen, daß sie sie alle jämmerlich und beschränkt fand, kleingeistig und gefangen in ihrer Welt.

Von der Bank auf den Klippen sah sie den Falken, wie er mit dem Schnabel an seinen weißen Brustfedern zupfte.

Axel hatte gesagt: »Ihre Rechte auf dieser Welt sind kein gottgegebenes Geschenk. Wenn Sie Rechte haben, müssen Sie auch die Schattenseiten in Kauf nehmen. Sie müssen Ihre Verpflichtungen annehmen. Wer als Bürger Rechte hat, der hat auch Pflichten. Sie sind der Bürger, Charley. Pech gehabt. Sie können nicht immer anderen Leuten Ihre Verpflichtungen aufbürden. Sie können nicht einfach auf die andere Straßenseite gehen, können nicht wegschauen. Ich muß Ihnen nicht auf Knien danken für das, was Sie tun werden, ich werde Ihnen nicht sagen, wie dankbar wir Ihnen sind. Ich bedanke mich nicht bei Ihnen, wenn Sie nichts weiter tun als das, was Ihre Bürgerpflicht ist. Hoffentlich haben Sie keine schöne Rede erwartet.«

Sie hatten in seinem Mietwagen gesessen, den er am Straßenrand etwas abseits des Ortskerns geparkt hatte. Danny Bent war vorbeigekommen, hatte durch die beschlagenen Scheiben gespäht und auf den Boden gespuckt. Es stimmte, sie hatte eine schöne Ansprache gewollt. Sie hatte sich stolz und geschmeichelt fühlen wollen, und seine ruhige, kalte Stimme gab ihr nichts von alledem. Sie hatte das Fax abgeschickt. Drei Tage später, als sie aus der Schule heimgekommen war, hatte der Umschlag des Londoner Reisebüros auf der Flurkommode im Gull View Cottage gelegen, unter ihrem Examensfoto. Im Umschlag steckte ein Ticket über Rom nach Palermo. Kalt und emotionslos hatte er ihr aufgetragen, was sie am nächsten Morgen in die Faxnachricht schreiben sollte, warum sie zwei Tage in Rom bleiben wollte, wann sie in Palermo eintreffen würde. In schroffem Tonfall hatte er sie wissen lassen, wo man ihr in Rom ein Zimmer reservieren würde und wann sie sich treffen würden. Als sie aus dem Auto gestiegen war und den Roller anließ, hatte Fanny Carthew sie beobachtet. Als sie zu Hause angekommen war und den Roller durch die Einfahrt geschoben hatte, war Zach Jones mit seinem Fernglas ans Fenster gegangen, um ihr nachzuspionieren. Sie kehrte ihnen allen den Rücken zu, und sie wußte so wenig über den Mann, nach dessen Pfeife sie tanzte.

Dort, wo die See an die Felsen schlug, hockte ein Tölpel und spreizte seine Flügel, um sie zu trocknen. Es war ihr Platz.

Ihr Vater hatte gesagt: »Als der Italiener anrief, hätte ich vielleicht ein wenig härter bleiben sollen. Vielleicht hätte ich ihm ganz direkt sagen sollen: ›Sie kommt nicht. Es ist ausgeschlossen, daß sie nach Palermo fliegt.‹ Leute wie er denken, daß sie sich alles kaufen können, nur weil sie Geld haben. Dein Job ist futsch, und Gott weiß, ob du jemals einen anderen findest. Und was sollen wir deiner Meinung nach denken, deine Mutter und ich? Aber wahrscheinlich sind wir dir ohnehin egal. Nach allem, was wir für dich getan haben, behandelst du uns wie den letzten Dreck. Was sollen deine Mutter und ich uns bloß denken? Du holst diesen Amerikaner ins Haus und drückst dich mit ihm im Garten herum. Du kommst nach einer Kneipentour mit ihm nach Haus, aber natürlich erfahren deine Mutter und ich kein Wort, und du stinkst nach Alkohol. Mr. Bent und Miss Carthew haben dich beide gestern abend mit dem Amerikaner gesehen, aber du sagst uns nichts. Alles, was wir zu hören kriegen, ist: ›Wenn wir darüber reden, könnten wir daran schuld sein, daß jemandem etwas zustößt.‹ Was ist denn das für eine Antwort? Schließlich sind wir deine Eltern, die dich liebhaben und sich um dich sorgen.«

In diesem Moment hatte sie eine abgrundtiefe Traurigkeit empfunden, die sich in ihrem Gesicht widerspiegeln mußte, denn ihr Vater hörte plötzlich mit seinen Vorwürfen auf, und ihre Mutter kam aus der Küche und nahm ihre Tochter in die Arme. Es war das erste Mal, seit der Amerikaner aufgetaucht war, daß sie am liebsten losgeheult hätte. Von der Schulter ihrer Mutter schaute sie ihrem Vater in die verwunderten Augen und beteuerte, wie leid ihr alles tue, aber daß sie ihnen einfach nicht mehr sagen könne. Danach ging sie in ihr Zimmer und legte die Sachen aufs Bett, die sie mit nach Palermo nehmen wollte. Sie hatte ihnen nichts von der feindseligen Stimmung im Lehrerzimmer und ihrer inneren Genugtuung erzählt. Genausowenig hatte sie den kurzen freudigen Augenblick beschrieben, als Axel Moen ihr jenes flüchtige, schiefe Lächeln geschenkt hatte. Und vor allem hatte sie ihnen nicht die teuflische Erregung geschildert, die sie bei der Vorstellung überkam, die sicheren, vorgegebenen Bahnen ihres beschränkten Lebens zu verlassen. Sie hatte nicht gesagt: »Ich will hier raus, verdammt noch mal, ich will leben.« Sie war in ihr Zimmer gegangen, hatte ihre Reisetasche hervorgekramt. Sie legte die Sachen zurecht, die sie mitnehmen wollte: ihre beste Jeanshose, zwei Jeansröcke, ihre Lieblings-T-Shirts, ihre Unterwäsche von Marks and Spencer's, zwei Paar Turnschuhe, ihre besten Pumps, Sandalen, das schlichte Baumwollnachthemd, das sie von ihrer Mutter zu Weihnachten bekommen hatte, ihr Schminktäschchen und Waschzeug, zwei Kleider für den Abend, ihren Teddybär, der seit zwanzig Jahren in ihrem Bett lag und der noch immer das gelbe Band für die sichere Rückkehr der Beiruter Geiseln trug, das Foto von der Silberhochzeit ihrer Eltern mit dem Lederrahmen und das Flugticket. Nach einem letzten prüfenden Blick auf die herausgelegten Sachen hatte sie angefangen zu packen.

Als sie den Falken auf seiner Klippe und den Tölpel auf dem überspülten Felsen nicht mehr sehen konnte, als sie die Dunkelheit umgab, fuhr sie nach Hause, zurück in ihr kleines Zimmer, wo ihre gepackte Tasche stand, und der Bungalow schien ihr wie ein Grab.

Es regnete. Der Wind peitschte den Regen gegen die Fenster. Charley machte es sich auf ihrem Platz bequem. Sie schaute nicht zurück, sie versuchte nicht zu sehen, ob ihre Eltern noch auf dem Bahnsteig von Totnes standen und winkten. Vielleicht war sie ja ein richtiges Luder, und vielleicht dachte Axel Moen deshalb, daß er mit ihr arbeiten konnte. Eine Meile hinter dem Bahnhof von Totnes, als der lange Zug Geschwindigkeit aufnahm, glitten die Welt, die sie gekannt hatte, und das Leben, zu dem sie scheinbar verdammt gewesen war, zurück und wurden immer verschwommener. Hinter ihr lagen die erstickende Enge daheim, ihr kleiner Platz in den Klippen, die nervtötende Routine des Schulalltags. Sie hoffte, wieder zu leben anzufangen. Der Zug donnerte weiter in Richtung Reading, von wo aus sie den Pendelbus zum Heathrow-Flughafen nehmen wollte. Sie spürte einen Adrenalinstoß. Endlich hatte sie das Gefühl einer Herausforderung.

Von seinem Schreibtisch aus konnte Dwight Smythe den Mann durch den Raumteiler und die offene Tür sehen. Axel Moen räumte den Schreibtisch, der ihm nach seiner Ankunft aus Rom zugewiesen worden war. Dwight Smythe konnte sehen, wie er jedes einzelne Blatt aus den Schreibtischladen nahm und es überflog, um es dann in den Reißwolf zu stecken. Jedes einzelne Blatt, gelesen und in feine Streifen geschnitten, damit er, wenn er an Bord ging, nichts bei sich hatte. Es waren handgeschriebene Zettel und getippte Seiten, Notizzettel, und all das wurde fein säuberlich beseitigt. Dwights Telefon läutete. Ray rief ihn zu sich. Nach vier Tagen hatte Ray es endlich geschafft, die Zahlen durchzusehen.

Er verließ seine Schreibtischnische und durchquerte das Großraumbüro. Axel Moen saß in eine Akte vertieft auf seinem Schreibtisch und schien ihn nicht zu bemerken. Er mußte sich mühselig an ihm vorbeischlängeln, aber Axel Moen machte ihm keinen Platz. Auf dem Fußboden neben dem Schreibtisch stand eine kleine Reisetasche, und ein Alitalia-Ticket lag neben der Akte, in der Axel Moen gerade las.

Ray haßte Abrechnungen. Er ging die Zahlen durch, als würden sie beißen, kritzelte seine Unterschrift auf jedes Blatt und schien nicht zu wissen, was er unterschrieb. Ray schob die Abrechnungsblätter zurück.

»Das war gute Arbeit, danke. Ist er bald soweit?«

»Hab' ihm das Ticket und ein bißchen Bargeld gegeben.«

»Wann fliegen sie?«

Dwight Smythe spähte durch die offene Tür ins Großraumbüro, wo Axel Moen noch immer mit seiner letzten Akte beschäftigt war.

»Aber sie reisen doch nicht zusammen, wo denkst du hin? Er hält dem armen Kind doch nicht die Hand. Sie fliegt mit British Airways, und für ihn sollte ich bei Alitalia buchen. Sie bekommt kein bißchen Zuspruch. Man sollte meinen ...«

»Hast du in seine Akte geschaut?«

»Ich hab' getan, was man mir gesagt hat.«

»Einen Teil der Akte hast du nicht gesehen. Der ist gesperrt.«

»Zu Teilen der Akte habe ich also keinen Zugang. Bestimmte Dinge soll ein Verwaltungsarsch wohl nicht wissen, was?« sagte Dwight bitter.

»Ich hab' mich eingeklickt, mein Codewort wird nicht blockiert.«

»Das ist ein Privileg, dem man nacheifern sollte, das gibt meinem Dasein ein neues Ziel.«

»Entschuldige meine Offenheit, Dwight, aber du hast die seltene Gabe, mir den letzten Nerv zu rauben. Er war in La Paz, Bolivien.«

»So weit war ich auch schon – hast du sonst noch was, was du mir mitteilen willst, Ray?«

Der Country Chief tippte Dwight Smythe mit dem Zeigefinger an die Brust und sagte mit gesenkter Stimme: »Er war in La Paz, Bolivien, von '89 bis '92. Nur die Besten werden runter nach Kolumbien, Peru und Bolivien geschickt. Nur die wildesten Burschen werden für drei Jahre dorthin abkommandiert.«

Dwight grinste zynisch. »Meinst du Cowboys?«

»Nicht so ungeduldig. Sie dringen in Kokaland vor, wo die *campesinos* das verdammte Zeug anbauen. Dort gibt es abgelegene *estancias* mit kleinen Rollfeldern, die die Kartelle benutzen, um die Kokablätter zur Weiterverarbeitung nach Cali oder Medellín zu schaffen. In La Paz findet das Leben hinter Stacheldraht und Mauern statt, mit einer Kanone unterm Kopfkissen, und jeden Morgen muß man unters Auto schauen. Weiter im Landesinneren sitzt du erst recht in der Scheiße. Unsere Leute haben geheime Informanten da draußen, von denen sie erfahren, wann der nächste Transport stattfindet. In dem Moment stürmen sie das Rollfeld. Wir müssen mit bolivianischen Militärs fliegen. In Bolivien verdient ein Hubschrauberpilot etwa achthundert Dollar im Monat, und viele Piloten scheuen sich nicht vor Korruption, aber du mußt ihm sagen, wo du hinfliegen willst, du mußt ihm trauen. Du kannst nicht damit rechnen, immer mit den eigenen Leuten zu fliegen. Du mußt ihm trauen. Du weißt nicht, wie das ist, Dwight, unter derartigem Druck zu leben und immer mit Verrat rechnen zu müssen, und Gott gebe, daß du es nie erfährst. Sie waren in der Nähe der brasilianischen Grenze, heiße Nachricht einer geheimen Informantin, zwei Hubschrauberladungen bolivianische Spezialeinheit, Axel Moen und ein anderer Agent. Als sie das Rollfeld erreichten, wurde die Propellermaschine gerade beladen – so steht es in seinem Bericht in der Akte. Verstehst du, wenn du mit dem Hubschrauber einen solchen Einsatz fliegst, dann drehst du nicht noch ein paar Ehrenrunden, sondern gehst sofort zum Angriff über. Es war ein verkorkster, schlecht geplanter gottverdammter Einsatz. Dein Freund Axel Moen bekam eine Kugel aus einer Schnellfeuerwaffe in den Bauch, einer der Hubschrauber ging zu Bruch, drei Bolivianer kamen ums Leben und sechs weitere wurden verwundet, und insgesamt waren es nur zweiundzwanzig arme Schweine gewesen.«

»Ich hatte noch nie eine besondere Schwäche für Kriegsgeschichten.«

»Wart's ab. Auf die Kugel im Bauch konnte keine Rücksicht genommen werden. Es blieb ihnen nichts anderes übrig, als das offene Rollfeld zu überqueren und Schutz hinter den Gebäuden zu suchen. Es war eine ganz schöne Ballerei. Als sie die Schuppen erreicht hatten, trafen sie auf die Informantin. Konnten nicht großartig mit ihr reden. Sie war tot. Nach mehrfacher Vergewaltigung hatten sie ihr die Kehle durchgeschnitten und sie dann an die Tür genagelt. Hast du das gehört? Die Welt da draußen ist grausam. Da draußen sollte man keine emotionale Bindung zu geheimen Informantinnen eingehen. Da draußen ist es besser, wenn man ein eiskalter Dreckskerl ist.«

»Vielen Dank, daß du die Abrechnungszahlen durchgesehen hast, Ray.«

Hinten im Großraumbüro steckte Axel Moen gerade das letzte Blatt Papier in den Reißwolf und dann noch ein Foto. Dwight Smythe konnte nur einen flüchtigen Blick darauf werfen.

Das Foto zeigte einen schmächtigen, harmlos wirkenden Mann mittleren Alters, vielleicht auf einer Hochzeit oder einem Empfang, denn alle, die um den kleinen Mann herumstanden, dessen Kopf mit einem Rotstift eingekreist war, trugen Anzüge. War er die Zielperson? Scheiße, der Kerl sah nach nichts aus und wäre ohne den roten Kreis um seinen Kopf nicht aufgefallen. Als Dwight Smythe den Arbeitsbereich durchquerte, überprüfte Axel Moen gerade den Sitz seines Zopfes, dann steckte er sein Flugticket ein und ergriff seine kleine Tasche.

Axel Moen nickte Ray flüchtig zu und ging zur Tür.

Dwight Smythe nahm sich vor, eine gehörige Portion Raumspray im Büro zu versprühen, sobald der Eindringling fort war. Er hatte keine Ahnung von der Welt der geheimen Informanten und der Bauchschüsse, und er betete zu Gott, daß er niemals mit diesen Dingen konfrontiert würde. Und er dachte an das unschuldige Mädchen aus dem kleinen Bungalow.

»Bis irgendwann mal«, grummelte er, »guten Flug. Vielleicht sehen wir uns ja, wenn …«

»Ja, wenn ich eine Unterschrift für meine Spesenabrechnung brauche.«

Damit verschwand er, ohne die Tür hinter sich zuzumachen.

Nach dem Start des Flugzeugs blieb Charley angeschnallt in ihrem Sitz und hatte sich mutlos und schwach gefühlt. Wieder kam sie sich vor wie die kleinste der Marionetten in dem verschlossenen Schrank hinter dem Lehrerpult der 2B, an dem nun jemand anderer saß.

Nach Erreichen der Flughöhe hatte sie benommen das neben ihr sitzende, frisch verheiratete Pärchen wahrgenommen. Die beiden nahmen keine Notiz von ihr, und als sie den wüsten Knutschfleck auf dem Hals der jungen Braut sah, wußte Charley, daß es keinen Sinn hatte, ein Gespräch mit ihnen anzufangen. Sie hatten bestimmt nicht die geringste Ahnung, was es bedeutete, eine Einladung anzunehmen, die den Ermittlern Zugang zu verdächtigen Personengruppen verschaffte. So saß sie einfach stumm da, lehnte das Flugzeugessen ab und blätterte desinteressiert im Informationsheft der Fluggesellschaft.

Als der Flieger holpernd auf dem Rollfeld aufsetzte, dachte Charley einen Moment daran, wie elegant und sicher die Seevögel auf den wellenumspülten Felsen gelandet waren. Das lag hinter ihr. Hätten sich die beiden Frischvermählten während des Landemanövers nicht ängstlich aneinandergeklammert, dann hätten sie gesehen, daß Charleys Gesicht einen entschlossenen, unerschrockenen Ausdruck angenommen hatte. Es war das, was sie wollte, die Chance, auf die sie gewartet hatte. Als das Flugzeug zum Stillstand kam, als die Musik eingeschaltet wurde, als sie ihren Sicherheitsgurt gelöst hatte, ging sie leicht beschwingt durch den Gang. Sie wurde gebraucht, und es war lange her, seit sie sich bedeutend und wichtig gefühlt hatte, verdammt lange …

Mit forschem Schritt verließ Charley das Flugzeug.

»Ist die Leitung sicher, Vanni?«

»Moment mal … Bist du noch dran, Bill? Gut, jetzt können wir reden.«

Bill Hammond, Country Chief der Bundesdrogenbehörde, saß in seinem Büro in der Via Sardegna, einer Seitenstraße der Via Veneto, und umklammerte den Telefonhörer mit schwitzenden Händen. Er war ein alter Veteran und konnte auf eine erfahrungsreiche Karriere zurückblicken. Die Bürowände waren übersät mit Würdigungen, Fotos, auf denen ihm vom Direktor gratuliert wurde, und Bildern von erfolgreichen Einsatzteams. Sein Schreibtisch war mit Papieren übersät, Verfügungen aus Washington, Hinweisen von Kollegen aus London, Frankfurt und Zürich, Berichten der italienischen Ermittlungsbehörden … und der Akte, die er mit der Aufschrift CODE-

NAME HELENA versehen hatte. Er hatte feuchte Hände, wie immer zu Beginn einer neuen Operation.

»Wie steht's unten bei euch?«

»Was soll der Amismalltalk?« Die Stimme klang hart und metallisch.

»Scheint die Sonne? Hier oben sieht's nach Regen aus, zu Ostern regnet's oft.«

»Hör auf, mich vollzulabern.«

»Wollte dich schon gestern abend anrufen. Hast du wieder herumgehurt? In deinem Alter! Denk an dein schwaches Herz ...«

»Jetzt sag endlich, was Sache ist, Bill.«

Er holte tief Luft und grinste. »Sie kommt. Sie müßte soeben gelandet sein.«

»Ich fass' es nicht ...« Ein metallisch verzerrter Seufzer zischte durch die Telefonleitung. »Wie hat er sie dazu gekriegt? Wie hat er sie überredet?«

»So ist er, mein Goldjunge. Wie er es geschafft hat? Hab' ihn nicht gefragt.«

»Ist sie nicht bei Trost? Weiß sie, worauf sie sich einläßt?«

»Reg dich ab, Vanni. Träum weiter von dicken Titten und geilen Ärschen, oder wovon ihr *carabinieri*-Mistkerle so träumt. Mein Mann ruft dich an. Mach einfach deinen Kram und paß auf dich auf. Ich weiß nicht, ob sie dumm oder schlau ist ...« Damit legte er auf und schaltete den Verzerrer aus.

Der Country Chief arbeitete seit zwei Jahren mit Axel Moen und glaubte, ihn besser zu kennen als jeder andere in seiner Behörde. Er wußte nicht, mit welchen Mitteln Axel Moen die junge Frau, Charlotte Parsons, überredet hatte, aber er hatte nicht eine Sekunde lang daran gezweifelt, daß sein Mann die junge Frau, durch die sie sich Zugang erhofften, mit nach Italien bringen würde.

Er konnte von sich behaupten, alles Wesentliche über Axel Moens Laufbahn zu wissen.

Bill Hammonds Wissen über Axel Moens Vorgeschichte gründete

auf verschiedenen Informationsquellen. Er hatte seine vertrauliche Akte studiert und mit dem Country Chief gesprochen, dem er in Bolivien unterstellt gewesen war. Auf Symposien in Washington hatte er mit Moens Vorgesetzten aus New York und Miami geredet. Er kannte die Vorgeschichte.

Sein Mann, Axel Moen, war achtunddreißig Jahre alt. Von norwegisch-amerikanischer Abstammung. Aufgewachsen bei Großvater und Stiefgroßmutter auf der Door-Halbinsel in Wisconsin. Vater arbeitete auf den Ölfeldern in Texas, und Mutter starb an Lungenentzündung. Einsame Kindheit, weil sein Großvater sich vor dem zweiten Weltkrieg hatte scheiden lassen und aus Europa eine zweite Frau mitbrachte, eine Sizilianerin. Aber auf der Door-Halbinsel hielt man nichts von Scheidung, und die fremde Frau wurde gemieden. Isolation. Studium an der University of Wisconsin, mittelprächtiges Examen in Madison. Dann zur Polizei, später Bewerbung bei der Bundesbehörde. Zweifel an seiner Grundeinstellung beim Einführungskurs in Quantico, wurde trotzdem übernommen, weil die DEA damals gerade Leute brauchte. Zuerst in New York eingesetzt, wo er aufgrund seiner fließenden Italienisch- bzw. Sizilianischkenntnisse die Telefongespräche der Pizza Connection abhören konnte. Dann nach Bolivien beordert, in Streßsituationen bewährt, gute Kontakte zu den Einheimischen, bei einer Teamoperation mehr oder weniger versagt, leicht verwundet. Zurück nach New York, Schreibtischjob, von Kollegen als »Nervensäge« bezeichnet. Runter nach Miami geschickt, gute Arbeit als verdeckter Ermittler, aufgeflogen, von Kartellen gejagt. Nach Rom geschleust ... Er kannte die Vorgeschichte. Bill Hammond, der nur selten log, hätte offen zugegeben, daß er nicht die geringste Ahnung von Axel Moens Beweggründen hatte.

Er selbst war von Anfang an bei der DEA gewesen. Und jetzt kam für Bill Hammond bald der Moment, den er schon immer gefürchtet hatte. Ständig erinnerte ihn der Jahresplaner an der Wand daran, daß der Tag seiner Pensionierung unaufhaltsam näher rückte. Man würde ihm eine Standuhr oder eine Sherrykaraffe überreichen, Reden halten, ein letztes Gruppenfoto machen. Er war bei seinen Kollegen sehr beliebt, aber pensionierte Bullen waren schnell vergessen. Er würde Zeit haben, sich um die Enkelkinder zu kümmern. Mehr als vierzehn Jahre lang hatte er sich mit den Biographien von mehreren hundert Agenten befaßt – Männern und Frauen, die er einschätzen und beurteilen konnte. Aber er kannte nicht die treibende Kraft, die Axel Moen motivierte. Zugegeben, wenn es nach ihm ging, dann wollte er sich bis zu jenem gefürchteten Datum auf seinem Jahresplaner mit der Organisation einer spektakulären Verhaftungsserie brüsten können, die ihm ein letztes Mal den persönlichen Dank des Direktors einbringen würde. Deshalb hatte er den Plan CODENAME HELENA autorisiert, von dem er sich einen glorreichen Abschluß seiner Karriere erhoffte, aber …

Aber …

Aber jetzt war dieses Kind am Fiumicino-Flughafen aus dem Flugzeug gestiegen. Jetzt war sie durch den Zoll gegangen und fuhr mit dem Taxi ins Zentrum.

Aber …

Jetzt gehörte das Mädchen, die junge Frau, Axel Moen. Und er, Bill Hammond, hatte es autorisiert. Bill Hammond hatte das gottverdammte Empfehlungsschreiben unterzeichnet, das auf dem Schreibtisch von Herb Rowell in Washington gelandet war. Und niemand anders als Bill Hammond hatte sich so begeistert über das Vorhaben geäußert, daß Herb den Plan vor der Kommission, die gefährliche Aktionen absegnete, durchboxte. Und Bill Hammond hatte Herb gedrängt, bei der technischen Abteilung eine Liste mit Bestellungen einzureichen. Und jetzt war Bill Hammond dafür verantwortlich, daß die junge Frau mit einem Taxi ins Stadtzentrum von Rom fuhr. Vielleicht war es der ruhmreiche Höhepunkt seiner Karriere, vielleicht würde es ihm zeitlebens ein schlechtes Gewissen bereiten …

Er war alt, zu alt. Er war müde, zu müde … Als die Tasche mit einem dumpfen Knall auf den Boden gestellt wurde, riß er die Augen auf.

»Wie war der Flug, Axel?«

»Wie immer.«

»Ist sie eingetroffen, Miss Parsons?«

Sein Gegenüber strafte ihn mit einem vernichtenden Blick. »Das war gerade eine unverzeihliche Nachlässigkeit, Bill.«

Er fühlte sich zu Unrecht getadelt und brauste auf. »Mein Gott noch mal, Axel! Wo sind wir denn? Als ob wir hier nicht reden könnten. Wo hier ständig alles überprüft wird ...«

»Du benimmst dich wie ein Anfänger. Wenn du hier den Namen sagst, rutscht er dir vielleicht woanders auch raus. Solche dummen Fehler können leicht einreißen.«

»Tut mir leid.«

»Ich möchte diesen Namen nicht noch einmal hören.«

»Ich habe mich bereits entschuldigt ... Vanni hat sie *uccello da richiamo* genannt. Lockvogel. Wir haben über das Trojanische Pferd geredet. Das Pferd hatte Zugang. Für Vanni ist sie Codename Helena. Bist du damit einverstanden?«

»Wird schon gehen«, sagte Axel und zündete sich eine Zigarette an.

»Wo ist sie?«

»Sie müßte jetzt im Hotel sein. Hast du mein Päckchen gekriegt?«

Er zog seinen Schlüsselbund aus der Tasche und schloß die unterste Schreibtischschublade auf. Er nahm den gepolsterten Umschlag heraus. Der Umschlag war mit einem Militärflieger gekommen. Absender war die Technische Forschungsabteilung in Quantico. Ein Marinekurier hatte ihn von Neapel nach Rom gebracht.

»Danke. Ich will gleich weiter.«

Axel Moen hielt das Päckchen einen Moment lang in der Hand und stopfte es dann in seine kleine Tasche. Er wandte sich zum Gehen.

»Warte. Heather hat angerufen. Beim Verteidigungsattaché gibt's heute abend eine Party. Ich hab' Heather gesagt, daß du nicht kannst.«

»Warum denn?«

»Weil ich annahm, daß Miss Codename Helena, von dir als ›durchschnittlich‹ und ›berechenbar‹ beschrieben, vielleicht ein wenig gestreßt ist und ein paar Streicheleinheiten braucht, bevor sie da runter geht«, sagte Bill emphatisch. »Willst du nicht mit ihr essen gehen?«

»Nein.«

»Solltest du nicht mit ihr essen gehen?«

»Es ist gut für sie, allein zu sein«, sagte Axel. »In Palermo kann ich ihr auch nicht die Hand halten und sie bemuttern. Sie muß lernen, allein zu sein.«

Es war genau wie in ihrer Erinnerung, wie die Erinnerung, an die sie sich die letzten vier Jahre geklammert hatte.

Auf der Piazza Augusto Imperatore, vor dem kaiserlichen Grabmal, hätte Charley am liebsten vor Freude geschrien. Auf der Piazza Popolo, umgeben von Autos, Lastwagen und Motorrädern, hätte Charley ihre Rückkehr am liebsten lauthals kundgetan.

Ein wildes, rauschhaftes Glücksgefühl überkam sie, fast als hätte sie Drogen genommen. Obwohl sie ständig mit den Zehen an die unebenen Pflastersteine stieß und sich alle Mühe geben mußte, nicht in Hundekot oder sonstigen Unrat zu treten, war es für Charley ein triumphaler Abend. All die wundervollen Menschen, die exklusiven Boutiquen und Möbelläden, das sanfte Ockergelb der rissigen Fassaden. Es war wie der Neubeginn einer Liebesbeziehung. So, als würde sie nach langer Trennung einen Mann wiedersehen und ihm in die Arme laufen. Sie hatte nur diesen einen Abend, und sie genoß ihn in vollen Zügen. Wie im Sommer 1992 suchte und fand sie die kleinen Höfe an der Via della Dataria und die Kirchen mit den hohen Türen in der Nähe des Corso, die Stufen an der Piazza Espagna, wo junge Araber billigen Schmuck verkauften, den Bernini-Springbrunnen auf der Piazza Navona. Sie stand vor der Gedenkstätte des Vittorio Emanuele und schaute die lange, prächtige Straße hinunter bis hin zum angestrahlten Kolosseum, das in der Ferne schimmerte. Charley fühlte sich wie im Himmel ... Drei Stunden lang streifte sie durch die verwinkelten Gassen des *centro storico* und war wieder glücklich. Als sie müde wurde und ihr die Füße weh taten, wäre sie fast aus alter Gewohnheit zur Bushaltestelle am Corso oder den wartenden gelben Taxis gegangen, um die Wohnung an der Collina Fleming anzusteuern. Mehrmals war ihr, als hätte sie eine jüngere Frau gesehen, die mit Angela Ruggerio einen Einkaufsbummel machte und ihr die Taschen trug, eine jüngere Frau, die zu Giuseppe Ruggerio aufblickte und über seine Scherze lachte, eine jüngere Frau mit dem kleinen Mario Ruggerio an der Hand, der sie liebevoll anlächelte ...

Sie aß in einem *ristorante* zu Abend, hatte einen Tisch für sich allein, und das Menü aus Pasta, Lammfleisch und Spinat wurde ihr von zwei ernsten Kellnern serviert. Sie leerte die Flasche Mineralwasser und trank fast einen ganzen Liter von dem Hauswein. Am Ende zahlte sie ein fürstliches Trinkgeld und kam sich ganz großartig vor.

Vom *ristorante* aus schlenderte sie gemächlich zu dem Hotel, wo man ein Zimmer für sie reserviert hatte. Es lag an der Via della Scrofa, in der Nähe vom Parlament. Draußen vor der schmalen Tür des Hotels, auf der anderen Straßenseite, plärrte ein Radio in einer offenen Werkstatt, wo ein Mann mit ölverschmierter Weste und fadenscheinigen Jeans ein Motorrad reparierte. Sie sah ihn an und zwinkerte ihm zu, so als sei sie hier zu Haus. An der Hotelrezeption bat sie den *portiere* auf italienisch um Kaffee zum Frühstück und um eine *La Stampa*, worauf er herablassend auf englisch antwortete und sie wissen ließ, daß sie selbstverständlich Kaffee und eine Zeitung bekommen würde, was sie mit einem kindischen Lachanfall quittierte.

In ihrem winzigen Zimmer war es heiß und stickig. Aus Gewohnheit schaltete sie den Fernseher ein und ließ ihre Kleidungsstücke achtlos aufs Bett und auf den Boden fallen. Dann stellte sie sich unter die Dusche und wusch sich den Schmutz der römischen Straßen ab. Sie nahm ein Handtuch und rubbelte sich trocken. Sie wollte nackt schlafen. Sie war allein und sie war frei, sie hatte ihr Schicksal selbst in die Hand genommen, und sie würde verdammt noch mal nackt schlafen, und sie sah nackt verdammt gut aus, fand sie. Sie stand vor dem Spiegel, verdammt gut sah sie aus und …

Im Spiegel, rechts hinter ihrem, ihrer Meinung nach verdammt gutaussehenden, nackten Körper, spiegelte sich das Fernsehbild. Eine Leiche auf der Straße, ein Polizist, der vergeblich versuchte, die Fotografen fernzuhalten. Die Hosen der Leiche waren bis zu den Füßen heruntergezogen, die Unterhose bis zu den Knien, die Leistengegend war genauso nackt wie ihr eigener Körper und blutverschmiert, die nackte Brust der Leiche war mit Schnitten übersät, im Mund der Leiche steckten die abgeschnittenen Hoden und der Penis des Toten. Sie preßte sich das Handtuch an den Körper, als wolle sie ihre Nacktheit vor dem Spiegel und dem Fernsehbild verbergen. Der Nachrichtensprecher sagte, daß es sich bei der Leiche um einen Tunesier handelte, einen Pusher, der versucht hatte, hinter dem Hauptbahnhof von Palermo Heroin zu verkaufen.

Charley lag im Bett. Der Alkohol hatte seine Wirkung verloren. Überdeutlich strömten die Geräusche der nächtlichen Stadt auf sie ein, jeder Schrei, jede Sirene, jedes Motorengeknatter. Dort unten im Süden lag jener Felsen, den Axel Moen *la piovra* genannt hatte, das Herz der riesigen Krake mit den gierigen Fangarmen. Palermo.

Konnte ein einzelner etwas ändern? Ja oder nein …

Konnte ein einzelner Mensch die Situation beeinflussen? Ja oder nein …

Sie wußte es nicht, Teufel noch mal, sie wußte es nicht.

Sie schaltete das Licht aus. Zusammengekrümmt lag sie da und umklammerte ihre Schultern, als wolle sie ihren nackten Körper schützen.

Auch in Palermo war es Nacht. Der Journalist aus Berlin gähnte. Unten auf der Straße waren nur noch wenige Autos unterwegs, deren Motorengeräusche durch die geschlossenen, kugelsicheren Wohnungsfenster, herabgelassenen Rolläden und schweren Vorhänge gedämpft wurden. Der Journalist gähnte, weil er sich nicht vorstellen konnte, daß das Interview zu dieser späten Stunde sich in den Artikel einfügen ließ, den er für seine Zeitung schreiben sollte.

Der Senator sagte: »Ihr Ausländer, ihr seht die Cosa Nostra in Sizilien als ›Schreckgespenst‹, ihr seht sie als eine Romanfigur von Ian Fleming. Eure Naivität bringt mich zum Lachen. In Wahrheit ist sie ein Zentaur, die eine Hälfte ein Ritter in schimmernder Rüstung, die andere eine Bestie. Die Cosa Nostra existiert, weil die Leute wollen, daß es sie gibt. Sie ist ein fest verwurzelter Teil ihres Lebens und ihrer Seele ... Wenn ein Junge mit neunzehn die Schule verläßt und in die regierende Familie seines Ortes aufgenommen wird, bekommt er drei Millionen im Monat, Sicherheit, feste Strukturen, Kultur, und er bekommt eine Pistole. Der Staat dagegen kann ihm keine sichere Arbeit verschaffen, kann ihm nur die Kultur der Fernsehshows bieten. Der Staat bietet ihm Legalität, aber davon kann er nicht leben. Das Wichtigste, was ihm die Cosa Nostra bietet, ist Selbstachtung. Wenn Sie als Ausländer vom ›Schreckgespenst‹ der Cosa Nostra sprechen, dann glauben Sie wahrscheinlich, daß die Verhaftung einiger Spitzenmafiosi das Ende der Cosa Nostra wäre. Aber Sie täuschen sich, und Sie lassen den einzigartigen Charakter des sizilianischen Volkes außer acht. Als Fremder glauben Sie wahrscheinlich, die Cosa Nostra regiert durch Angst, aber Einschüchterung spielt für die Stärke der Organisation nur eine untergeordnete Rolle. Haltet uns nicht für eine unterdrückte Gesellschaft, die um die Befreiung von ihren Ketten fleht. Pitre schrieb: ›Die Mafia verbindet auf geniale Weise die Ideale Schönheit, Erhabenheit und Heldenmut – Kühnheit ja, aber Überheblichkeit niemals.‹ Die meisten pflichten ihm bei. Für die meisten Leute, für die meisten Sizilianer, ist die Regierung in Rom der wahre Feind. Sie haben mich gefragt, ob die Festnahmen von Riina, Santapaola und Bagarella die Macht der Cosa Nostra beeinträchtigt haben. Leider muß ich Ihnen sagen, daß es viele jüngere, ebenso charismatische Männer gibt, die nur darauf warten, in ihre Fußstapfen zu treten. Habe ich Sie enttäuscht? Dies ist kein Krieg mit einer militärischen Lösung, wie Sie es sich vorstellen.«

Der Journalist kniff die Augen zusammen und versuchte sich auf die Ausführungen seines Gegenübers zu konzentrieren und alle Informationen zu notieren.

Im Capo-Distrikt, jenem Gewirr von schmalen Gäßchen und verfallenden Gebäuden, wo sich einst die ganze Pracht der maurischen Stadt entfaltet hatte, war es still. Die Bars und Cafés waren geschlossen, und die Motorräder standen angekettet am Straßenrand. Durch die geöffneten Fenster strömte eine warme Brise in die Häuser. In seinem Zimmer lag Mario Ruggerio in traumlosem Schlaf, und wenige Zentimeter von seiner schlaff herabhängenden Hand entfernt lag eine geladene 9-mm-Pistole auf dem Boden. Nachdem er den ganzen Tag gerechnet, gehandelt und Anordnungen getroffen hatte, war er völlig erschöpft eingeschlafen. Er schlief wie ein Toter, denn seines Wissens gab es keinerlei Anzeichen für eine bevorstehende Verhaftung. Einsam, ohne seine Frau, ohne die wenigen Menschen, die er liebte, die Pistole in Reichweite und den Taschenrechner noch auf dem Tisch, verschlief Mario Ruggerio laut schnarchend die nächtlichen Stunden.

Zeit des Wachwechsels ... Pasquale eilte an den Soldaten auf der Straße und an dem Beamten am Haupteingang vorbei und hielt ihnen seinen Ausweis hin.

Pasquale mußte sich beeilen, weil seine Schicht schon vor drei Minuten begonnen hatte. Eigentlich sollten sie mindestens zehn Minuten vor Beginn der achtstündigen Schicht in der Wohnung erscheinen. Er war so spät dran, weil er seine Frau und das Baby am Tag zuvor vom Krankenhaus abgeholt hatte. In dieser ersten Nacht lag er drei Stunden lang hellwach neben ihr und fand keinen Schlaf. Das Baby lag ruhig in seinem Stubenwagen am Fußende des Bettes. Seine Frau war vor Erschöpfung sofort eingeschlafen. Als sein Wecker läutete, schaltete er ihn sofort aus, um seine Frau und das Baby nicht zu wecken. Sie wachten auch nicht auf, als er aus dem Bett schlüpfte, sich anzog und auf Zehenspitzen aus dem Schlafzimmer schlich.

Die Tür wurde aufgesperrt. Der *maresciallo* war sichtlich verärgert. Pasquale murmelte ein paar entschuldigende Worte über die erste Nacht mit dem Baby und hoffte, die Verärgerung des *maresciallo* zu zerstreuen, weil der ältere Mann als hingebungsvoller Vater und Kindernarr Verständnis haben würde. Statt dessen erntete er einen weiteren mißbilligenden, vorwurfsvollen Blick und flüsterte eine weitere Entschuldigung, mit dem Versprechen, daß so etwas nie wieder vorkommen werde.

Sie wußten, an welchen Stellen der gebohnerte Holzfußboden im Flur knackte, und mieden die losen Dielen. Lautlos schlichen sie an der Tür vorbei, hinter der der Untersuchungsrichter schlief. Manchmal hörten sie, wie er nachts aufschrie, und manchmal hörten sie, wie er sich rastlos hin und her warf.

In den sieben Wochen, die Pasquale beim Richter war, hatte er einiges über dessen Leben erfahren. Am traurigsten fand er, daß Tardellis Frau ihn verlassen und seine drei Kinder mitgenommen hatte. Der *maresciallo* hatte ihm davon erzählt. Einen Tag nach dem gewaltsamen Tod Borsellinos, einen Monat nach dem Mord an Falcone, hatte Patrizia Tardelli geschrien: »Sizilien ist es nicht wert, daß ein ehrenhafter Mann auch nur einen Blutstropfen dafür vergießt. Sizilien ist eine einzige Schlangengrube ...« Sie hatte die drei Kinder genommen und war gegangen, wie der *maresciallo* Pasquale erzählt hatte, und der Richter hatte nicht mit ihr gestritten, sondern ihr geholfen, die Koffer in den Wagen zu tragen, und die *ragazzi* hatten ihn vom Bürgersteig zurück ins Haus gezerrt, weil es draußen zu gefährlich für ihn war. So konnte er nicht einmal dem Wagen nachschauen. Nachdem sie fort waren, hatte Tardelli nicht geweint, sondern war wieder an die Arbeit gegangen. Es war das Traurigste, das Pasquale je gehört hatte.

In der Küche, wo wie immer kugelsichere Westen und Maschinenpistolen herumlagen, setzte Pasquale Kaffeewasser auf. In der Spüle stand noch das ungewaschene Geschirr von Tardellis Abendessen. Er goß für sich und den *maresciallo* Kaffee auf. Später wollte er die Teller abwaschen. Er und die anderen *ragazzi* waren weder die Diener des Richters noch seine Boten oder seine Köche, noch würden sie je seine wahren Freunde sein, aber keiner von ihnen hätte es ertragen können, ihm beim Geschirrspülen oder beim Kochen seines Essens zuzusehen.

Pasquale fragte nach den Plänen für den kommenden Tag.

Der *maresciallo* zuckte beiläufig die Schultern.

»Ins Ucciardone?«

Wieder zuckte der Ältere mit den Schultern, als ob es einerlei sei, ob sie wieder zum Gefängnis fuhren.

Verwirrt zog Pasquale die Stirn kraus. Es war dasselbe, was ihn am Abend zuvor verwirrt hatte, als er sich im Fernsehen die Spätnachrichten angeschaut hatte, nachdem seine Frau mit dem Baby schlafen gegangen war. Er verstand es einfach nicht.

»Er ist ziemlich hart mit dem Mann umgesprungen, der sich als *pentito* angeboten hat. Ja, ich weiß, wir sollen unsere Ohren auf Durchzug stellen, aber man kann nicht vermeiden, daß man hört, was gesagt wird. ›Ich kann Ihnen sagen, wo Mario Ruggerio sich aufhält.‹ Nichts geschieht. Es bleibt einfach im Raum stehen. Warum? Ruggerio ist der dickste Fisch, Ruggerio steht auf Tardellis Liste auf Platz eins, Ruggerio wird international gesucht. Ich versteh' das einfach nicht, oder bin ich nur zu dumm?«

»Dumm und naiv. Du hast noch viel zu lernen.« Der *maresciallo* wirkte abgespannt. Er hielt die Kaffeetasse mit beiden Händen, als hätte er Angst, etwas zu verschütten. »Es gibt hier auf der Insel eine Redensart: ›Ein gewarnter Mann ist ein geretteter Mann‹. Dr. Tardelli wurde schon vor langer Zeit gewarnt, und er hat diese Warnung ignoriert. Aber er wurde nicht nur von der Cosa Nostra gewarnt, sondern auch von jenen, die seine Kollegen sein sollten. Er ist durch und durch ehrlich, und diese Art von Ehrlichkeit ist für seine Kollegen wie eine Demütigung. Es wird nicht ernsthaft gegen den Feind vorgegangen, seine Kollegen halten sich im Hintergrund und schauen von einem sicheren Punkt aus zu, und sie warten darauf, Tardelli auf den Arsch fallen zu sehen. Wie viele der Herren im Justizpalast sorgen dafür, daß Ermittlungen über die Cosa Nostra erst gar nicht auf ihren Tischen landen? Glaub mir, es sind viel zu viele. Man wirft ihm Personenkult vor, Gerichtskommunismus, Rufschädigung Siziliens. Er wird von ehrgeizigen, eitlen und neidischen Menschen beschuldigt, für die Ehrlichkeit ein Fremdwort ist. Welchem Richter kann er trauen, welchem Staatsanwalt, welchem Untersuchungsrichter, welchem *carabiniere,* welchem Polizisten? Kann er dir trauen, Pasquale?«

»Das ist ja irrsinnig.«

»Irrsinnig? Glaubst du das wirklich? Ein Richter in Kalabrien wird verhaftet, Zusammenarbeit mit der Mafia. Der Chef der *squadra mobile* wird verhaftet, Verbindung zur Mafia. Wie hoch ist dein Preis, Pasquale, wenn man deine Frau bedroht oder dein Baby? Wenn sich ein Premierminister kaufen läßt, wie hoch ist dann der Preis eines jungen Polizisten mit Frau und Baby? Überall haben diese Schweinehunde ihre Finger im Spiel. Ein hochrangiger Mitarbeiter des amerikanischen Justizministeriums, der Leiter der Abteilung für internationale Angelegenheiten, wurde verhaftet, weil er mit den Kolumbianern zusammengearbeitet hat. In Deutschland hat sich die Korruption in weiten Teilen des öffentlichen Lebens ausgebreitet. Vielleicht traut er uns, weil wir immer an seiner Seite sind und mit ihm sterben würden. Seinen Kollegen traut er jedenfalls nicht.«

»Kannst du mir das erklären?«

»Jedesmal wenn er einem *pentito* Schutz gewährt, muß er von seiner Aufrichtigkeit überzeugt sein. Er könnte es mit einem Lockvogel oder einem Lügner zu tun haben. Wenn er Steuergelder auf einen Lockvogel oder einen Lügner verschwendet, wird seine Position geschwächt. Wenn er geschwächt wird, ist er isoliert. Wenn er isoliert ist, ist er so gut wie tot. Deshalb hat er keine andere Wahl. Er ist gezwungen, kleine vorsichtige Schritte zu machen, denn er bewegt sich auf einem Minenfeld. He, was wär' dir lieber, Junge? Würdest du lieber in Mailand den Verkehr regeln?«

Pasquales Kaffee war eiskalt geworden. Er stand auf. Er zog die Jacke aus, krempelte sich die Ärmel hoch, ließ heißes Wasser in die Spüle laufen und wusch das Geschirr des Richters.

Nach zwei Uhr morgens ... Der Hotelmanager, der in dieser Nacht Bereitschaftsdienst hatte, reagierte ziemlich unwirsch, als der Nachtportier an seiner Bürotür klopfte und ihn aus seinem Nickerchen riß. Er schaute auf den Computerbildschirm.

»Nicht leicht, Ihnen zu helfen, Sergeant. Nach fast einer Woche. Seit dem Abend hatten wir 827 Gäste. An dem betreffenden Tag haben hier 391 Leute übernachtet. Haben Sie Mitleid mit mir. Kann die Sache wirklich nicht bis morgen früh warten?«

Aber nachdem Harry Compton sich einen weiteren Abend lang durch die Akten und das Archiv des Notars geackert hatte, war ihm in den Sinn gekommen, im Hotel am Portman Square vorbeizuschauen. Er sah darin eine winzige Chance, seine Vermutungen zu untermauern. Am nächsten Morgen erwarteten ihn schon wieder die Papiere des Notars, und deshalb konnte die Sache auf keinen Fall warten.

»Nun, von den 391 Hotelgästen hatten einundzwanzig einen italienischen Paß. Einen Moment, ich schau' mir die Liste genauer an ... Wohnhaft in Palermo, sagten Sie. Tut mir leid, aber keiner der Gäste hat als Wohnort Palermo angegeben. Sie sind ziemlich wortkarg. Könnten Sie mir sagen, warum das Betrugsdezernat um diese Uhrzeit hier aufkreuzt?«

Es war, als hätte man ihm einen Schlag in den Magen versetzt. Er stieß einen leisen Fluch aus.

»Sind Sie sicher?«

»Wie ich schon sagte, mein Freund – keiner wohnhaft in Palermo auf Sizilien.«

»Was ist mit der Essensrechnung? Tisch zwölf im Restaurant, hat einer von den beiden unterschrieben?«

»Da kann ich Ihnen nicht weiterhelfen. Das ist Sache des Restaurants. Das Restaurant ist seit neunzig Minuten geschlossen. Sie müssen morgen früh noch mal kommen.«

»Schließen Sie auf.«

»Wie bitte?«

Harry Compton, Detective Sergeant des SO6, fand den lahmarschigen kleinen Mistkerl auf der anderen Seite der Rezeptionstheke immer unsympathischer. »Ich sagte, schließen Sie auf.«

Sie betraten das spärlich beleuchtete Restaurant. In der Küche saß einer der Beiköche und rauchte. Eine Schublade wurde aufgeschlossen. Quittungen und Bestellzettel wurden hervorgeholt. An dem betreffenden Abend hatten dreiundachtzig Gäste im Restaurant gegessen. Er nahm die Bestellungen und Quittungen, ging damit zu einem der Tische und ließ sich ein Bier bringen …

Der Zettel für Tisch zwölf befand sich natürlich ganz unten im Stapel. Auf dem Ausdruck war eine unleserliche Unterschrift und die Zimmernummer des Gastes. Er stürzte sein Bier hinunter. Mit dem Zettel in der Hand ging er zur Rezeptionstheke und läutete energisch nach dem diensthabenden Manager.

»Zimmer 338. Das Anmeldeformular des Gentleman bitte.«

»Sind Sie ermächtigt, derartige Informationen einzuholen?«

»O ja – und ich bin ebenfalls ermächtigt, dem Gesundheitsamt mitzuteilen, daß ein mieser kleiner Kerl in Ihrer Küche geraucht hat.«

Er erhielt einen Ausdruck der Rechnung und eine Kopie der Anmeldekarte mit den persönlichen Daten des Gastes, der in Zimmer 338 übernachtet hatte. Es war nur so ein Gedanke. War im Grunde nichts als Routine, aber er war so verdammt müde. Der diensthabende Manager wollte schon wieder in seinem Büro verschwinden.

»Ach, und ich brauche noch eine Liste der Telefonnummern, die von diesem Zimmer aus angerufen wurden. Sofort bitte.«

»Sind Sie dahin zurückgegangen, wo Sie früher waren?«

»Ja.«

»Zurückgehen lohnt sich nicht. Im Grunde bedeuten einem die Dinge nichts mehr, und alles wirkt banal.«

»Ich bin von der Wohnung aus am Tennisclub vorbeigegangen und weiter zur Piazza Fleming. Da ist der kleine Mario immer in den Schulbus gestiegen.«

»Zurückgehen ist Zeitverschwendung, sentimentales Getue.«

»Sonst noch was zu kritisieren? Schießen Sie los, tun Sie sich keinen Zwang an, bringen wir's hinter uns, Mr. Moen. Ihre ewige Nörgelei geht mir langsam auf die Nerven.«

Er mochte sich über Charley ärgern oder sich über sie amüsieren, aber er ließ sich nichts anmerken. Sie standen auf der Fußgängerbrücke, hoch über dem Fluß, gegenüber der Sant'-Angelo-Festung. Sie war zur verabredeten Zeit dort gewesen und hatte gewartet. Nach zehn Minuten hatte sie ihn lässig heranschlendern sehen. Er ließ sie wissen, daß er sie in diesen zehn Minuten beobachtet habe und beruhigt sei, daß ihr niemand gefolgt war. Es war eine sachliche Feststellung, aber der Gedanke an einen möglichen Verfolger reichte aus, um Charley zu beunruhigen. Sie schaute hinab auf das träge dahinfließende grünlich braune Wasser.

»Wollen Sie mich nicht fragen, was ich gestern abend gemacht habe?«

»Nein.«

Charley erzählte Axel Moen also nicht von ihrem Spaziergang durch das *centro storico,* wo sie in ihren Erinnerungen geschwelgt hatte. Sie erzählte ihm auch nichts von ihrem üppigen, einsamen Abendessen, zu dem sie sich einen Liter Hauswein gegönnt hatte. Sie erzählte ihm nicht, daß sie nach der Dusche nackt aus dem Bad gekommen war und in einem Fernsehbericht aus Palermo die Leiche eines jungen Mannes gesehen hatte, dem das Geschlechtsteil abgeschnitten und in den Mund gestopft worden war. Und sie erzählte ihm nichts von ihrer schrecklichen, schlaflosen Nacht.

»Und was haben Sie gestern abend gemacht?«

»War auf einer Party.«

»Hätten Sie mich nicht mitnehmen können?«

»Bin mit jemand anderem hingegangen.«

Er stand neben ihr und hielt einen großen, gefütterten Umschlag in der Hand. Die Adreßaufkleber waren abgerissen. Sie sah hinab auf das Gewirr von Baumstämmen und Astwerk, das nach den winterlichen Fluten zwischen den Brückenpfeilern hängengeblieben war. Sie schaute hinauf zur Sant'-Angelo-Festung. Im Sommer 1992 war sie dort gewesen, war allein durch die schmalen Gänge gegangen und die abgetretenen Stufen hinaufgestiegen und hatte die Kunst der Architekten bewundert, denen es Jahrhunderte zuvor gelungen war, dem Bauwerk eine derart perfekte runde Form zu geben. Damals war es ihr wie ein freundlicher, heiterer Ort erschienen.

»Ich bin hier, Sie sind hier, wie soll's jetzt weitergehen?«

»Sind Sie dabei?«

»Ja, zum Teufel.«

»Sie wollen also nicht aussteigen?«

Sie stellte sich gerade hin. Er sah sie nicht an. Er schaute in die Ferne, wo die Kuppel des Petersdoms auszumachen war. Sie packte ihn am Ärmel und riß ihn herum.

»Was soll der Blödsinn – ich bin doch gekommen, wie verabredet.«

Er zögerte, als sei er besorgt. Dann legte er los. »Terrorismus ist spektakulär, Charley. Terrorismus sorgt für Schlagzeilen. Sie wissen von den Bombendrohungen in London, von Oklahoma City, dem World Trade Center und von Flugzeugentführungen. Sie kennen das Charisma eines Che Guevara, eines Carlos oder Adams oder einer Ulrike Meinhof, weil die Ideologie und die Porträts dieser Leute im Fernsehen breitgetreten werden. Sie zählen nicht. Trotz all der Kräfte, die wir ihnen entgegensetzen, sind sie kleine Fische. Den Namen eines international gesuchten Verbrechers kennen Sie nicht, Charley. Es ist dasselbe wie mit AIDS und Krebs. AIDS, also der Terrorist, erfährt Beachtung und wird mit allen Mitteln bekämpft, während Krebs, der Gangsterboß, dem Staat ernsthaften Schaden zufügt, aber im stillen. Mit einer Ideologie, die nur auf Habgier beruht, ist das organisierte Verbrechen das Krebsgeschwür, das an unserer Gesellschaft nagt, und es sollte an der Wurzel herausgeschnitten werden. In der Ideologie der Habgier gibt es keine Gnade, wenn sich ein Hindernis – jemand wie Sie, Charley – in den Weg stellt ...«

Ein kurzes, schwaches Lächeln. »Wollen Sie mir Angst einjagen?«

»Wenn Sie allein sind, wenn Sie sich fürchten, dann sollten Sie wissen, worauf Sie sich eingelassen haben. Unten in Sizilien laufen Hunderte von Ermittlungsaktionen, mit Hunderten von Spitzeln. Sie sind eine von denen. Sie können sich also selbst ausrechnen, welche Bedeutung Sie haben. Sie bieten eine Chance von eins zu hundert, der Zielperson einen Schritt näher zu kommen. Sie sind Codename Helena, das ist der Name der ...«

Sie schnaubte verächtlich und bekam wieder etwas Farbe. Sie lachte. »Helena? Helena von Troja? Das Trojanische Pferd? Wie originell! Welches Genie hat sich das denn ausgedacht?«

»Das ist Ihr Name, Codename Helena.« Er wurde rot.

»Was ist hinter den Mauern? Wer versteckt sich in Troja?«

»Machen Sie keine Witze, Charley, ich bitte Sie. Es gibt eine Familie in dem kleinen Ort Prizzi, landeinwärts von Palermo. Ein elendes Nest auf dem sizilianischen Felsen. Wie dem auch sei, in Prizzi ist die Familie eines *contadino* zu Hause. Der *contadino* ist Rosario, und er ist jetzt vierundachtzig. Seine Frau Agata ist dreiundachtzig. Rosario und Agata haben sechs Kinder bekommen. Mario, der Älteste, ist dreiundsechzig ... Salvatore, sechzig, sitzt im Gefängnis ... Carmelo, neunundfünfzig, schwachsinnig, lebt bei seinen Eltern ... Cristoforo wäre jetzt siebenundfünfzig, ist tot ... Maria, einundfünfzig, verheiratet und alkoholsüchtig ... der Jüngste, Giuseppe, zweiundvierzig, der große Altersunterschied kam zustande, weil der alte Rosario von 1945 bis 1954 im Ucciardone-Gefängnis gesessen hat. Der Name dieser Familie aus Prizzi ist Ruggerio ...«

Er holte sein Lucky-Strike-Päckchen hervor und nahm sich eine

Zigarette. Sie blickte starr geradeaus in Richtung Petersdom, als würde sie sich vom Anblick der dunstverhangenen mächtigen Kuppel Kraft erhoffen.

»Die Familie ist *mafiosi,* bis ins Mark, bis in die Wurzel. Aber nichts ist so, wie es scheint. Die Familie hat ein langes Spiel gespielt, ganz im Stil der Cosa Nostra, ein langes, geduldiges Spiel. Giuseppe, ein kluges Bürschchen, wurde von seinem ältesten Bruder aus Prizzi fortgeschickt, fort aus Sizilien, nach Rom an die Universität. Dann nach Genf an eine Schule für Wirtschaftsmanagement. Dann an eine italienische Bank in Buenos Aires. Es gab Verbindungen, Gefälligkeiten wurden eingefordert, dann Rom, eines dieser kleinen diskreten Bankhäuser, die die Gelder des Vatikans verwalten. Kam Ihnen Giuseppe wie der Sohn eines *contadino* vor? Hat er Ihnen von seinem bäuerlichen Elternhaus erzählt? Hat er?«

Charley antwortete nicht. Sie biß sich auf die Lippe.

»Wie ich sagte, die Familie versteht es, auf Zeit zu spielen. In Palermo wissen nur sehr wenige, daß Giuseppe der Bruder von Mario Ruggerio ist, in Rom weiß es niemand. Ich weiß nicht, über wie viele hundert Millionen Dollar Mario Ruggerio verfügt. Ich weiß nur, was er braucht. Mario Ruggerio braucht einen Banker, einen Broker, einen Investitionsmanager, dem er absolut vertrauen kann. Da unten ist alles eine Sache des Vertrauens. Und Vertrauen gibt es nur innerhalb der Familie. Die Familie braucht einen Mann, der ihr Geld wäscht, ausspült und trocknet. Die Familie ist alles. Die Familie trifft sich und fürchtet untereinander keinen Betrug. Dann macht die Familie einen Fehler, was selten vorkommt. Der Fehler ist ein Brief, geschrieben von Angela Ruggerio an ein früheres Aupair oder Kindermädchen – ich habe einen Freund da unten, sein Name oder seine Dienststelle braucht Sie nicht zu interessieren, und wie in Sizilien üblich, läßt er seine Kollegen über das, was er in Erfahrung bringt, im ungewissen. Dieser Freund kam also hinter die Verbindung von Giuseppe und Mario Ruggerio und ließ den hübschen kleinen Giuseppe zeitweise überwachen, was zu dem glücklichen Zufall führte, daß jener folgenschwere Brief abgefangen werden konnte. Ich weiß nicht, wie oft die Familie zusammenkommt, keine Ahnung. Aber ich weiß, daß sich die Familie trifft, und ich weiß, daß Mario Ruggerio, weil er Sizilianer ist, ein tiefes Bedürfnis nach dem Schoß seiner Familie hat. All diese bösartigen, herzlosen Dreckskerle haben diese sentimentale Schwäche für ihre Familie. Sie sind dort, Charley, Sie sind Teil der Familie, Sie sind die kleine Maus, die niemand bemerkt, Sie sind am anderen Ende des Zimmers, kümmern sich um die Kinder und sorgen dafür, daß sie ruhig sind, Sie haben Zugang …«

Immer noch starrte sie auf die Kuppel des Petersdoms, der für sie ein heiliger, sicherer Ort war, und sie mußte daran denken, wie sie an einem Sonntagmorgen auf dem riesigen Platz gestanden hatte, überwältigt von der Liebe der unzähligen Pilger zu ihrem Heiligen Vater, der vom Balkon aus seinen Segen über sie sprach.

»Ein Mann aus Agrigento ist verschwunden. Er stand einer der drei mächtigsten Familien der Cosa Nostra vor. Man nimmt an, daß er tot ist. Dann ist da noch ein Mann aus Catania, die größte Macht im Osten der Insel. Und Mario Ruggerio. Die Sizilianer teilen sich die Macht nicht, sie kämpfen darum, wie Ratten um einen Kadaver. Mario Ruggerio ist nur einen Schritt von der absoluten Vormachtstellung in der Cosa Nostra entfernt. Einen Schritt entfernt vom Rang des *capo di tutti capi.* Nur noch ein Mord, und er wird zur einflußreichsten Figur des internationalen organisierten Verbrechens. Die Zielperson von Codename Helena ist Mario Ruggerio.«

Sie fühlte sich schwach, bemitleidenswert. »Ist es möglich – hören Sie mir gefälligst zu –, kann ein einzelner, kann ich überhaupt irgend etwas bewirken?«

»Wenn ich das nicht glauben würde, dann hätte ich Sie nicht hierhergeholt.«

Er nahm ihre Hand. Ohne zu fragen, ohne jede Erklärung, löste er den Verschluß ihrer Armbanduhr. Es war eine goldene Uhr. Sie war das Wertvollste, was sie besaß. Ihr Vater hatte sie ihr zum einundzwanzigsten Geburtstag geschenkt, kurz bevor er von seiner vorzeitigen Pensionierung erfahren hatte. Achtlos steckte er die Uhr in die Hosentasche, als sei sie völlig wertlos. Immer noch hielt er ihre Hand mit starkem Griff, ohne jedes Gefühl. Er legte den Umschlag auf die Steinbrüstung der Brücke. Aus dem Umschlag holte er eine größere Uhr, eine Männeruhr, wie junge Männer sie gern tragen, eine Taucheruhr. Er riet ihr, sich eine Geschichte zurechtzulegen, für den Fall, daß sie darauf angesprochen würde. Er streifte das dehnbare Metallarmband über ihr schmales Handgelenk. Er zeigte ihr Schritt für Schritt die Funktionen der Uhr, welcher Knopf den Alarm auslöste ... Er teilte ihr sogar die Lebensdauer der Cadmiumbatterie mit. Er erklärte ihr die Signale, die sie aussenden sollte. Er nannte ihr die Reichweite des Alarmsignals. Er sagte ihr, daß die Senderfrequenz von Palermo aus rund um die Uhr abgehört wurde. Er sagte ihr, wann sie ein Testsignal geben sollte. Er ließ ihre Hand fallen.

»Wenn er kommt, um seine Familie zu besuchen, dann geben Sie das Zeichen. Sie dürfen es nur in einem einzigen anderen Fall geben – wenn Gefahr für Ihr Leben besteht. Haben Sie verstanden?«

»Wo werden Sie sein?«

»Nah genug, um zu reagieren.« Sie sah die Stärke in seinem Gesicht, das kräftige Kinn, den selbstsicheren Mund. Sie begriff, daß ihr Leben von seiner Stärke abhing.

»Versprochen?«

»Versprochen. Ich wünsche Ihnen eine gute Reise.«

Sie brauste auf, hatte genug davon, das kleine, bemitleidenswerte Mädchen zu spielen. »Moment mal, Mr. Axel Bloody Moen, wie oft treffen wir uns?«

»Immer mal wieder«, sagte er beiläufig.

»Das reicht mir nicht. Wo treffen wir uns?«

»Ich werde Sie finden.«

Er ließ sie stehen und ging davon. Sie schaute ihm nach, wie er über die Brücke ging und weiter in Richtung Sant'-Angelo-Festung. Sie spürte das stramme, kalte Metallarmband an ihrem Handgelenk.

Kapitel 5

In Devon hatte er gesagt, daß sie von Rom nach Palermo mit dem Zug fahren sollte. Mit nüchternen, abgehackten Worten hatte er sie darauf hingewiesen, daß ein Agent in der Phase des Übergangs, kurz vor Beginn seiner Spitzeltätigkeit, am verwundbarsten sei. Mit dem Flugzeug wäre sie von Rom aus in einer Stunde in Palermo. Es sei besser, sagte er, die Übergangszeit ein wenig auszudehnen. Es sei besser, zwölf Stunden Zeit zu haben und die Überquerung des Golfs und den Übergang in eine andere Welt bewußt zu erleben und darüber nachzudenken.

Charley hatte sich für den Abendzug entschieden. Verbissen bahnte sie sich den Weg durch die überfüllte Bahnhofshalle. Sie hatte ein Einzelabteil im Schlafwagen gebucht und sich nicht darum geschert, was es kostete, da die Ruggerios bezahlen würden. Sie schleppte ihre Reisetasche durch den Gang und hievte sie in das kleine Abteil. Auf den anderen Gleisen standen schon die Züge, die in Richtung Wien und Paris fahren würden. Ohne großen Appetit knabberte sie an einem Schinkenbrötchen und trank lauwarmes Mineralwasser dazu.

Sie dachte nach, wie Axel Moen es ihr geraten hatte.

Seine distanzierte Art gab ihr Rätsel auf. Sie wußte nichts von dem, was hinter seiner äußeren Fassade war, nichts über seine Gedanken. Niemals zuvor war sie einem derart verschlossenen Menschen begegnet. Vielleicht war er ja so distanziert, weil er ein klein wenig Angst vor ihr hatte. Diese Vorstellung richtete sie auf, denn sie wollte glauben, daß sie wichtig für ihn war. Das letzte Puzzlestück, das die Ermittlungen möglicherweise zum Erfolg führte. Ein schöner Gedanke. Und während sie allein in ihrem Abteil saß und der Zug unerbittlich durch die Dunkelheit in Richtung Süden ratterte, fühlte sie Stolz. Sie war ausgewählt worden, sie wurde gefordert, sie wurde gebraucht. Sie lag auf dem schmalen Bett und fühlte sich erregt und beflügelt. Sie wurde gebraucht. Sie war wichtig … Sie schlief, als hätte eine Welle aus Überheblichkeit und Ignoranz sie davongetragen.

Sie verschlief die ganze Überfahrt und bekam nichts davon mit, als der Zug in Villa S. Giovanni an der kalabrischen Küste auf die Fähre gezogen wurde und in Messina weiterfuhr. Es war ein tiefer, traumloser Schlaf.

Charley erwachte erst, als es an ihrer Abteiltür klopfte. Sie hatte in T-Shirt und Slip geschlafen, trotzdem wickelte sie sich in ihre Decke, bevor sie die Tür öffnete und das Frühstückstablett entgegennahm. Sie machte die Tür wieder zu und schloß ab. Nachdem sie das Tablett abgestellt hatte, ging sie zum Fenster und öffnete das Rollo. Charley sah Sizilien.

Der Journalist aus Berlin war früh wach. Er brauchte einen klaren Kopf. Er hielt es für wichtig, die wesentlichen Informationen des Interviews so schnell wie möglich aus seinem Notizbuch in den Laptop zu übertragen. Er hatte sich früh wecken lassen, noch bevor die Stadt zum Leben erwachte, weil er zuerst all die Notizen, die er beim Abendessen und zwei Flaschen Marsala hingekritzelt hatte, sortieren mußte, ein wirres Durcheinander von Informationen. Er hatte mit dem Bürgermeister einer kleinen Stadt an der Westküste nahe von Palermo gegessen. Er hatte damit gerechnet, daß der Mann, dessen Vater ermordet worden war, weil er einen Verbrecher angezeigt hatte, nach einem vernichtenden Schlag gegen die Cosa Nostra schreien würde. Jetzt saß er im Schlafanzug und mit schmerzendem Kopf auf dem Bett und schaute sich seine Notizen an.

»Pirandello: Man muß unterscheiden zwischen Schein und Sein, zwischen Fiktion und Realität – Fiktion sind die Aktivitäten von Polizei, Ministern, Polizisten und Untersuchungsrichtern, wie sie im Fernsehen gezeigt werden, Gefangene, die vor der Kamera posieren, die Behauptung, daß die Mafia geschwächt ist: FIKTION. Die Mafia ist nicht geschwächt, sie ist stärker als je zuvor, das ist die REALITÄT.

Der Staat geht nicht ernsthaft gegen die Mafia vor – stellen Sie sich vor, wie es ist, Sizilianer zu sein, von der Nationalregierung im Stich gelassen, ohne Unterstützung, allein. Es ist kein großer Sieg möglich – weiße Tücher an den Balkonen nach dem Mord an Falcone als Ausdruck der öffentlichen Abscheu, aber die Abscheu verringert sich, die kollektive Wut ist verflogen. Die Mafia zieht sich wie ein roter Faden durch alle Institutionen, durch jeden Lebensbereich – als Fremder muß man sich stets klarmachen, daß man nie weiß, mit wem man redet – ein Mafioso kann zur oberen Gesellschaftsschicht gehören, er muß kein blutrünstiger Killer sein. Niemand – NIEMAND – kennt das Ausmaß der Mafia-Infiltration des öffentlichen Lebens. Als Fremder muß man JEDE SEKUNDE AUF DER HUT SEIN …«

Der Country Chief fuhr Axel Moen zum Fiumicino-Flughafen, wo er den ersten Flieger nach Palermo nehmen wollte. Nachdem er geparkt hatte, brachte er seinen Mann zum Abflugschalter.

Zusammen gingen sie durch die Flughalle; der Flug sollte in einigen Minuten aufgerufen werden. Sie hätten im Wagen reden sollen, aber der Verkehr war so mörderisch, daß der Country Chief seine volle Konzentration brauchte, um keinem der unverschämten Kerle, die sich ständig vordrängelten und dann abrupt abbremsten, in die Karre zu fahren. So konnten die ernsteren Dinge erst in der Abflughalle zur Sprache kommen.

»Alles in Ordnung?«

»Ja, mir geht's gut.«

»Was ist mit deinen archäologischen Kenntnissen …?«

»Werden schon ausreichen, geb' mir alle Mühe.«

»Die Knarre kriegst du von Vanni?«

»Ja, Vanni sagt, er hat eine für mich.«

Zu alt und zu müde war er, führte sich auf wie eine alte Glucke. »Nur Vanni ist eingeweiht, sonst niemand.«

»Vielleicht sollten wir auch den Untersuchungsrichter einweihen. Diesen Rocco Tardelli. Ein guter Mann.«

»Er ist ein Freund, ein nützlicher Freund, aber ich glaube nicht … Ich sag' das nicht gern, aber steck doch mal zehn italienische Ermittler in ein Zimmer und weih sie in irgendwas ein. Wenn man jemanden einweiht, dann sollte man ihm vertrauen. Aber weißt du denn alles über sie? Weißt du, wer von ihnen einen angeheirateten Vater hat, der hinter einem Bauauftrag für eine Schule her ist und vom örtlichen Mafiaboss einen Gefallen braucht? Deshalb kannst du niemandem trauen. Das hasse ich, das mangelnde Vertrauen. Es macht einen argwöhnisch, immer auf der Hut. Aber man darf keine Risiken eingehen.«

»Ich weiß, Bill.«

»Ihr Leben steht auf dem Spiel.«

Er schaute Axel Moen ins Gesicht, das wie eine Mauer aus Granit war. Jedes Gefühl blieb dahinter verborgen.

»Das ist mir klar.«

»Weißt du, was ich will?«

»Mach's kurz, Bill.«

»Ich will diesen Schweinehund, ich will Mario Ruggerio. Und ich will, daß wir ihn schnappen. Keine gemeinschaftliche Operation, sondern unser alleiniger Erfolg. Wenn wir ihn schnappen, müssen sie ihn wahrscheinlich ausliefern, haben sie in der Zentrale gesagt. Ich will ihn in die Staaten schaffen und dann ab ins Supermax. Er soll die liebliche Luft von Colorado zu schnuppern kriegen. Er soll in einem dieser Betonlöcher schmoren. Er soll büßen, daß er all diesen Mist in unser Land geschleust hat. Ich will …«

»Ich bleib' in der Nähe, Bill.«

»Paß auf das Mädchen auf, verdammt noch mal. Du mußt sie schützen, notfalls mit deinem Leben.«

Axel zuckte die Schultern und ging zum Abflugschalter.

Sie hatte keine Ausbildung und kein Training. Aber sie hielt sich nicht für dumm.

Charley war angezogen. Sie stand an dem schmierigen Abteilfenster, während der Zug sich weiter voranquälte. Sie blickte auf die öde Landschaft. Sie brauchte keine Ausbildung, um sich vorzustellen, wie in diesem Land eine Leiche verschwinden oder ein Flüchtiger unentdeckt bleiben konnte. Alle paar hundert Meter sah sie eine der zahllosen tiefen, mit Gras überwachsenen Regenwasserrinnen, die sich die Berge hochzogen. Am Tag zuvor, nachdem er grußlos fortgegangen war, hatte sie sich in dem englischen Buchladen an der Via Babuino einen Reiseführer für Sizilien gekauft. In einem Kapitel wurde die Geschichte der Insel behandelt. In den Rinnen könnte sich die Leiche eines maurischen Freibeuters befinden oder die eines bourbonischen Soldaten, die eines faschistischen Funktionärs oder die eines römischen Polizisten, ohne jemals entdeckt zu werden, als Futter für Ratten und Füchse. Zwischen dem Buschwerk befanden sich kleine dunkle Höhlen, und es gab Ruinen von Bauernhäusern und die Überreste von Stallungen, wo einstmals Ziegen oder Schafe gehalten wurden, und solche Ruinen und Unterstände dienten Flüchtlingen von jeher als Versteck. Oberhalb der Regenrinnen, der Höhlen und Ruinen, hinter den Hügeln, ragten steile Berge bis in den Himmel, durch die nur wenige schmale Straßen führten. Ein unbarmherziges und hartes Land ... Würde jemand eine Leiche, ihre Leiche, in eine der Rinnen werfen, so würde sie niemals gefunden werden.

Während sie an ihrer schweren Armbanduhr herumfingerte, murmelte sie vor sich hin. »Besser du lernst schnell, Charley, verdammt schnell.«

Sie trat vom Fenster weg, putzte sich die Zähne, packte ihre Tasche und dachte nach, wie Axel Moen es ihr geraten hatte.

Sie hatten Catania umkreist, um im morgendlichen Dunst zu landen. Im Westen konnte er die Ausläufer des Gebirges erkennen. Die Spitze des Ätna lag jedoch in den Wolken.

Er hatte ihr gesagt, daß es Zeitverschwendung sei, wenn man zurückging, sentimentales Getue.

In Palermo war er viele Male gewesen, aber es war einundzwanzig Jahre her, seit Axel Moen am Fontanarosa-Flughafen von Catania gewesen war. Sie waren jetzt alt und lebten auf der Door-Halbinsel, zwischen Ephraim und Sister Bay, wo sie sich durch ihre letzten Monate, Wochen und Tage quälten. Es war einundzwanzig Jahre her, seit sein Großvater und seine Stiefgroßmutter mit ihm am Flughafen von Catania gewesen waren. Der Flughafen war kaum wiederzuerkennen. Man hatte neue Gebäude, einen neuen Tower und neue Rollfelder gebaut. Nachdem Arne Moen sich zur Ruhe gesetzt hatte, war er mit seiner Ehefrau Vincenzina und seinem Enkelsohn nach Sizilien geflogen. Es spielte keine Rolle, daß er nicht daran denken wollte … Auf die meisten Empfindungen war Axel vorbereitet und hatte sie unter Kontrolle. Aber als er durch den Flughafen von Catania ging, machten seine Gefühle ihm dennoch zu schaffen und taten ihm weh. Arne Moen war 1943 nach Sizilien gekommen, als Captain in George Pattons Invasionstruppe. Eines Abends hatte er sich dermaßen vollaufen lassen, daß er auf dem Heimweg zu der beschlagnahmten Villa bei Romagnolo in die Gosse gefallen war und sich seinen gottverdammten Arm gebrochen hatte. Die Armee rückte weiter aufs italienische Festland vor, und Arne Moen durfte zurückbleiben und seinen Gipsarm pflegen. Die Militärregierung der Alliierten gab ihm einen Verwaltungsjob. Er hatte die Aufsicht über die Benzinversorgung und den Gütertransport zwischen Corleone und der Kreuzung bei Piana degli Albanesi. Durch diese Machtposition ergab sich eine »Gelegenheit«, wie sein Großvater es ausdrückte. Die Geschichte dieser »Gelegenheit« wurde ihm voller Selbstmitleid und mit feuchten Augen am Flughafen von Catania erzählt, bevor es wieder heimging, als sei es unbedingt notwendig, daß ein Siebzehnjähriger die Wahrheit erfährt.

Die Gefühle waren schmerzlich für Axel, weil die »Gelegenheit« Korruption bedeutete. Er erinnerte sich so ungern daran, weil die »Gelegenheit« nichts weiter war als Schwarzmarkthandel mit Benzin und das Annehmen von Bestechungsgeldern für die Erlaubnis, Lastwagen nach Palermo durchzulassen. Das Geld aus Korruption, Schwarzmarkt und Bestechung war heim auf die Door-Halbinsel geflossen, und mit diesem schmutzigen Geld hatte Arne Moen das Studium seines Enkelsohns an der Universität in Madison finanziert und es in die Felder und Obstwiesen zwischen Ephraim und Sister Bay gesteckt. Eines Tages, und vielleicht würde es nicht mehr allzu lange dauern, denn Arne Moen war nun vierundachtzig und Vincenzina Moen war achtundsiebzig Jahre alt, eines Tages würde er sich überlegen müssen, was er mit diesem Erbe aus schmutzigem Geld anfangen sollte ... Nach einer Reise zu den Schlachtfeldern, auf denen beschämend wenig gekämpft worden war, nach dem Besuch des Hauses, von dem aus sein Großvater die miesen Schiebereien betrieben hatte, und nach dem beklemmenden Besuch bei Vincenzinas bäuerlicher Familie, als die Reise schon fast zu Ende war, wurde die Geschichte der einmaligen »Gelegenheit« erzählt.

Axel konnte sich noch ganz genau daran erinnern. Er hatte zwischen seinem Großvater und seiner Stiefgroßmutter in der Abflughalle des Catania-Flughafens gesessen. Sein Großvater hatte einen rührseligen Bericht seiner kriminellen Machenschaften zum besten gegeben, während seine Stiefgroßmutter starr nach vorn geblickt hatte, als würde sie nichts hören und nichts wissen. Das Anhören dieser Korruptionsgeschichte hatte seiner Unschuld ein Ende gesetzt, dachte er, während er an diesem Morgen durch den Flughafen von Catania ging. Damals hatte er sich mit all der Ernsthaftigkeit seiner siebzehn Jahre geschworen, sich nie wieder aufgrund von Gutgläubigkeit täuschen zu lassen ... Dort, wo er einundzwanzig Jahre zuvor zwischen seinem Großvater und seiner Stiefgroßmutter gesessen hatte, befand sich nun eine neue Gepäckhalle. Als die Zeit seiner Unschuld zu Ende war, hatte er gelernt, keinem Menschen zu trauen, da selbst ein Mann, den er liebte, seinen Preis hatte. Mist, verdammter ...

Axel Moen ging zum Avis-Schalter und mietete einen Leihwagen.

Charley sprang hinunter auf den Bahnsteig. Sie drehte sich um und zerrte ihre Reisetasche aus der Tür. Im Strom der aussteigenden Menschen wurde sie vorwärts gedrängt. Suchend schaute sie sich um und erspähte sie. Sie erkannte Angela Ruggerio, insgesamt ein wenig voller geworden, immer noch schön, mit dem neuen Baby auf dem Arm, an der Hand die kleine Francesca, die in jenem glücklichen Sommer 1992 ein Baby gewesen war. Jetzt beugte sie sich hinab, um Klein-Mario etwas ins Ohr zu flüstern und ihn nach vorn zu schieben. Der Junge flitzte auf sie zu, und Charley stellte ihre Tasche ab und schloß ihn in die Arme. Sie umarmte den Sohn des Mannes, der das Geld wusch, schleuderte und trocknete, den Neffen eines bösartigen, skrupellosen Verbrechers. Sie war eingetroffen, sie hatte Zugang gewonnen. Klein-Mario befreite sich aus ihrer Umarmung, schnappte sich die Griffe ihrer Reisetasche und schleifte sie über den Bahnsteig. Charley gab Angela Ruggerio den Judaskuß, und ihre Hände wurden gedrückt. In Angelas Augen sah sie verzweifelte Liebe, als sei sie eine wirkliche Freundin, eine Retterin in der Not. Lachend kniff sie Francesca in die Wange, und das kleine Mädchen kicherte und schlang seine Arme um Charleys Hals.

»Pünktlich auf die Minute, Charley.«

Unwillkürlich schaute sie auf ihre Armbanduhr, die schwere Taucheruhr. Der Minutenzeiger stand direkt über dem Alarmknopf.

»Wir brauchten überhaupt nicht zu warten.«

Axel wählte die *autostrada,* die quer über die Insel führte. Er war ruhig. Gemächlich fuhr er mit dem kleinen Fiat über die Schnellstraße A19 durch die Berge, vorbei an kleinen Weingärten, die man dem kargen, steinigen Boden mühselig abgetrotzt hatte, vorbei an Herden magerer Ziegen und dünnbeiniger Schafe, die von Männern mit ledrigen Gesichtern und von rastlosen Hunden gehütet wurden. Er machte halt in der alten Bergstadt Enna, wo er einen kurzen Blick auf die gelb, orange und ocker schimmernden Gebirgszüge im Norden warf und eine Tasse starken, heißen Kaffee trank. Weiter, hinunter zur Küste. Er ließ sich von Lastern und Autos überholen, ohne jeden Ehrgeiz, schneller zu fahren. Als er die Küste erreicht hatte und den blauen Schimmer des Meeres sehen konnte, fuhr er in Richtung Westen nach Termini Imerese und von dort aus weiter nach Palermo. Zwischen Straße und Küste waren Orangen- und Zitronenhaine, Ferienanlagen, die jetzt vor Saisonbeginn noch geschlossen waren ... Ein Staatsanwalt hatte von einem »Machtsystem, einer Manifestation von Macht, einer Machtsymbolik, einer Machtpathologie ...« geredet. Die Sonne brannte auf die Straße und wurde vom Asphalt reflektiert, so daß er geblendet wurde. Weit draußen auf dem Wasser schwammen kleine Boote, auf denen einsame Fischer standen und ihre Netze auswarfen, und auf den grauen Kiesstränden sah er alte Männer mit langen Angelruten dahintrotten ... Ein Richter hatte von »einer weltweiten, einheitlichen, streng kontrollierten, vertikalen Struktur, von oben nach unten von einer *cupola* regiert, mit absoluter Macht über Politik, Geld, Leben und Tod ...« gesprochen. Er war ganz ruhig, weil der Friede der Berge und die idyllische Küstenlandschaft ihn nicht täuschen konnten. Er fuhr durch Bagheria und Villabate und weiter über die Umgehungsstraße zum Süden der Stadt, wie um die dichtstehenden Wohntürme Palermos zu ignorieren, und dann fuhr er die Serpentinen hinauf, die nach Monreale führten. Er war fast am Ziel.

In der Wohnung am Giardino Inglese wurde der Morgen damit verbracht, Angelas Kleider und die Sachen der Kinder zu packen.

Man erzählte ihr von Mondello und einer Villa am Meer, dem Feriendomizil für den Sommer. Angela Ruggerios Beschreibung der Ferienvilla war knapp, und Charley entdeckte im Gesicht und in den Gesten ihrer Chefin eine gewisse Mattigkeit und Abwesenheit. Es war schwierig für Charley, ihre Stimmung einzuschätzen, aber die Frau war ein anderer Mensch geworden: die Zuversicht und der Humor von vor vier Jahren waren verschwunden, so als hätte sie allen Schwung verloren. In Charleys Augen war es, als hätte sie eine Mauer um sich errichtet. Den größten Teil des Morgens verbrachte sie in den Kinderzimmern, wo sie Kleidungsstücke aus den Schubladen und Lieblingsspielsachen von den Regalen nahm, aber als sie ohne anzuklopfen ins Elternschlafzimmer ging, sah sie, wie Angela zwei Tablettenröhrchen aus der Nachttischschublade nahm, und sie glaubte einen kurzen Anflug von Panik wahrzunehmen, weil die Tabletten bemerkt worden waren. Schließlich ließ Angela sie in eine Tasche gleiten. Charley lächelte beschämt und sagte etwas Belangloses über die Anzahl von Hemden, die Klein-Mario brauchen würde, und damit war der peinliche Moment vorbei.

Charley und Klein-Mario erhielten die Aufgabe, die vollgestopften Taschen und Kisten mit dem Aufzug in die Tiefgarage zu bringen. Als sie wieder nach oben kam und die exklusiv ausgestattete Wohnung betrat, stand Angela in der Mitte des Wohnbereichs und starrte stirnrunzelnd auf einen Fleck auf dem Perserteppich. Sobald sie Charley erblickte, lächelte sie angespannt.

Die letzten Taschen wurden herausgetragen. Die Tür wurde verschlossen. In der Tiefgarage wurden die Taschen und Kisten in den großen Kofferraum eines Mercedes geladen.

Charley saß auf dem Rücksitz und hielt das Baby auf dem Schoß. Francesca schmiegte sich an sie, als seien sie schon die besten Freunde. Sie hatten die Stadt mit ihren Wohntürmen hinter sich gelassen und fuhren am Fuß des mächtigen Pellegrino-Massivs entlang, vorbei an den ersten Huren des Tages, die in engen Miniröcken und ausgeschnittenen Blusen auf Freier warteten, als es Charley plötzlich auffiel. Er war nicht erwähnt worden. Über Dr. Giuseppe Ruggerio war kein einziges Wort gefallen. Es war nicht an ihr, Fragen zu stellen. Sie sollte nicht nachfragen, hatte man ihr gesagt, sie sollte nicht drängen oder Neugierde zeigen.

Langsam fuhren sie über die sanft geschwungene Straße, die um den Strand von Mondello führte. Sie durchquerten die schmalen Straßen der alten Stadt. Vor einem großen, schwarz gestrichenen Eisentor, das den Blick auf das dahinterliegende Grundstück verwehrte, hielten sie an. Angela drückte auf die Hupe. Das Tor wurde von einem alten Mann geöffnet, der ehrerbietig den Kopf senkte. Angela fuhr eine versteckte Einfahrt hinauf, vorbei an Blumen und Büschen. Vor der Villa bremste sie abrupt ab.

Sie war eingetroffen. Codename Helena war an Ort und Stelle. Sie hatte sich Zugang verschafft. Sie war das Trojanische Pferd, sie war die Verräterin. Angela hatte das Baby auf dem Arm und ging mit abwesendem, ernstem Gesicht voraus. Auf der Veranda fischte sie die Schlüssel aus der Tasche. Klein-Mario und Francesca rannten ihrer Mutter nach. Charley öffnete den Kofferraum und begann, das Gepäck der Familie auszuladen. Am Tor stand der alte Mann, der Gärtner. Er stützte sich auf seinen Besen, mit dem er Laub gefegt hatte, und beobachtete sie ... Sie fühlte sich klein und einsam und völlig allein gelassen.

»Es hat sich nichts geändert.« Der Richter zuckte scheinbar desinteressiert die Schultern. »Sie sagen mir, was Sie wissen. Und wenn Sie es mir gesagt haben, werde ich Ihre Informationen bewerten und eine Empfehlung schreiben. Und dann wird die Kommission entscheiden, ob Sie in den Genuß des Zeugenschutzprogramms kommen ...«

Pasquale hatte sich an die Tür gelehnt. Die 9-mm-Beretta war an seiner Hüfte, und die Maschinenpistole hing an einem Riemen, der ihm in die Schulter schnitt.

»Ich brauche eine Garantie.«

Der Gefangene saß gebeugt am Tisch, ängstlich schaute er von einer kahlen Wand zur anderen, mit zittrigen Fingern führte er seine Zigarette zum Mund. Vor der Tür, hinter dem langen betonierten Korridor, waren die gedämpften Rufe der Männer zu hören, die auf dem Parkplatz Fußball spielten, während der Richter, den sie bewachten, eine Unterredung im Ucciardone hatte. Von seinem Platz an der Tür aus spitzte Pasquale die Ohren, um die Antwort zu hören. Der Richter zuckte wieder die Achseln. »Wenn Sie mir nicht sagen, was Sie wissen, bekommen Sie lebenslänglich wegen Mordes. Ich kann Ihnen keine Garantie bieten.«

Der Gefangene hatte um die zweite Unterredung gebeten. Wieder war die Nachricht weitergegeben worden. Wieder hatte man den Gefangenen auf geheimen Umwegen in den kahlen, fensterlosen Raum gebracht. Der Elendswurm zitterte. Pasquale kannte den Eid, den er geleistet hatte. In einem verschlossenen Raum voll mit bereits eingeschworenen Männern der Ehre, bei einem geheimen Treffen in der Dunkelheit der Nacht: »Bist du bereit, der Cosa Nostra beizutreten? Ist dir klar, daß es kein Zurück geben wird? Du trittst mit deinem eigenen Blut in die Cosa Nostra ein, und du kannst sie nur verlassen, wenn mehr von deinem Blut vergossen wird.« Pasquale dachte, der Elendswurm würde nun zittern, weil er dann gefragt worden war, in welcher Hand er eine Pistole halten würde, und der Abzugsfinger dieser Hand wurde mit einem Dorn eingeritzt, bis er anfing zu bluten, dann wurde das Blut auf ein Bild von Mariä Verkündigung geschmiert, und das Papier wurde angezündet und dem Elenden brennend in die Hand gelegt, und er hatte den Eid wiederholt und sich selbst verdammt, falls er ihn brechen würde – »Möge mein Fleisch brennen wie dies heilige Bildnis, wenn ich der Cosa Nostra untreu werde.« Damit war der Schwur des Elenden besiegelt gewesen, mit Blut und mit Feuer, und jetzt saß er da und wand sich.

»Für Ruggerio, für Mario Ruggerio wird mir Schutz garantiert ...?«

Der Richter trommelte nervös mit den Fingern. Pasquale beobachtete ihn. Die hängenden Schultern, das schlaffe Kinn, nichts an diesem Mann deutete auf innere Stärke, aber der *marcsciallo* hatte einmal seinen Mut gepriesen und die Worte des toten Falcone zitiert, die auch für Tardelli zutrafen: »Der Mutige stirbt nur einmal, der Feigling stirbt jeden Tag tausend Tode.« Pasquale lauschte. Wenn sie nah an Mario Ruggerio dran waren, wenn sie die Freiheit Mario Ruggerios bedrohten, dann waren sie alle in Gefahr – nicht nur Rocco Tardellis Leben stand auf dem Spiel, sondern auch das Leben der *ragazzi*, die vor und neben und hinter Tardelli standen.

»Wenn Mario Ruggerio durch Ihre Hilfe verhaftet werden sollte, dann würde ich empfehlen, Ihnen die Privilegien des Zeugenschutzprogrammes zu gewähren.«

Zwischen den kahlen Wänden war es totenstill. Im kalten Licht der Neonröhre kräuselte sich der Zigarettenrauch. Weil Pasquale den Eid kannte, den der Elendswurm geschworen hatte, jenen mit Feuer und Blut besiegelten Eid, lief ihm ein kalter Schauer über den Rücken. Der *maresciallo*, der hinter dem Elendswurm saß, beugte sich vor, um besser hören zu können. Der Richter kratzte sich einen Mitesser am Nasenflügel auf, als ob ihm die Sache nicht besonders wichtig sei. Der Gefangene hatte Tränen in den Augen.

»Er ist im Capo-Distrikt von Palermo ...«

»Jetzt, heute?«

»Ich hab's vor kurzer Zeit gehört, Mario Ruggerio ist im Capo-Distrikt.«

»Was heißt ›vor kurzer Zeit‹?«

»Vor ein paar Monaten, im Capo-Distrikt.«

Der Tonfall des Richters wurde härter, er beugte sich vor, ohne sich um den Zigarettenrauch zu scheren. »Vor wieviel Monaten?«

»Vor einem Jahr.«

Pasquale sank in sich zusammen. Der *maresciallo* lächelte sardonisch. Rocco Tardelli tat es ihnen nicht gleich, weder sackte er zusammen noch lächelte er. Er schaute dem Gefangenen direkt in die Augen.

»Wo im Capo-Distrikt war Mario Ruggerio ›vor einem Jahr‹?«

»Er benutzte eine Bar ...«

»Wo im Capo-Distrikt war die Bar, die von Mario Ruggerio als Treffpunkt benutzt wurde?«

»Er benutzte eine Bar in der Straße zwischen der Via Sant'Agostino und der Piazza Beati Paoli. Er war mehrmals in dieser Bar. Aber einmal hat er dort Mandelkuchen gegessen und sich den Magen verdorben. Wie ich hörte, hat er gesagt, es sei eine Scheißbar, wo man Scheißmandelkuchen serviert bekäme.«

»Das hat man dir erzählt?«

»Ja ...«

Der Gefangene hatte den Kopf gesenkt. Ein Schwur war gebrochen, ein mit Blut und Feuer besiegelter Eid war verletzt worden. Der Elendswurm weinte.

Gelassen sagte der Richter: »Darf ich wiederholen, was Sie gesagt haben? Es ist wichtig, daß wir Ihre Information richtig verstehen. Für achtzehn Millionen Lire im Monat, für Ihre Freiheit und für die Einstellung des Verfahrens gegen Sie wegen einer Mordanklage, für all das bieten Sie mir die Information an, daß Mario Ruggerio nach einem Barbesuch im Capo-Distrikt eine leichte Lebensmittelvergiftung hatte?«

»Wenn er eine Bar im Capo-Distrikt benutzt hat, dann hat er auch bestimmt dort gewohnt«, platzte der Gefangene heraus.

»Vor einem Jahr«, erwiderte Tardelli geduldig. »Ist das alles?«

Der Gefangene hob den Kopf. Er schaute dem Richter direkt ins Gesicht und wischte sich die Tränen von den Wangen. »Es reicht aus, um getötet zu werden.«

Später, nachdem der Gefangene mit verhülltem Gesicht über den Hof zur Krankenstation gebracht worden war, nachdem sie das Fußballspiel auf dem Parkplatz beendet hatten, in den Alfa und das Begleitfahrzeug gestiegen waren, den sicheren Bereich des Ucciardone-Gefängnisses verlassen hatten und mit heulenden Sirenen durch den dichten Verkehr gebraust waren, beugte Rocco Tardelli sich vor und flüsterte dem *maresciallo* leise etwas ins Ohr. Pasquale fuhr, konzentrierte sich aufs Bremsen, Schalten und Lenken und hörte zu.

»War es wichtig, oder war es unwichtig? Ich habe meine eigene Meinung, aber ich möchte gern deine hören. Oder ist es unfair von mir, dich zu fragen? Ich glaube ihm. Ich glaube tatsächlich, daß Mario Ruggerio in einem Rattenloch im Capo-Viertel hausen würde. Er braucht keinen Luxus, keine goldenen Wasserhähne, seidenen Bettlaken oder Armanianzüge. Er ist ein *contadino*, und der Bauer kann sich nicht ändern. Er wäre dort zufrieden, er würde sich sicher fühlen. Aber es war vor einem Jahr. Ein Sommer ist seitdem vergangen, ein Herbst und ein Winter. Und jetzt muß ich entscheiden, ob ich aus unserem ohnehin sehr begrenzten Etat Gelder für Ermittlungen bereitstellen soll aufgrund von Informationen, die möglicherweise überholt sind. Wir müssen uns an jeden Strohhalm klammern, an jedes noch so kleine Detail … Es ist unfair, dich zu fragen, ich muß meinen eigenen Weg gehen.«

Sie traten einen Schritt zurück und schauten zu.

Der Schwung war gut, und der Schlag war gut, und der Flug war gut. Der Ball schoß durch die Luft. Bevor der Ball aufschlug, bückte Giuseppe Ruggerio sich nach dem Tee, dann ging er weiter und hob die sauber herausgerissene Rasenplagge auf, die aussah wie ein heruntergefallenes Toupet. Er blickte auf und schaute zum Sandstück des Fairway, wo sein Ball gelandet war. Dann machte er kehrt, um die Plagge wieder in den Rasen zu setzen.

Während sie zuschauten, unterhielten sie sich leise miteinander.

»Er ist wirklich brauchbar, das muß man ihm lassen.«

»Brauchbar ist er, aber das weiß er auch …«

»Wo hast du ihn kennengelernt, Giles? Wo haben sich eure Wege gekreuzt?«

Giles Blake hob seine Golftasche auf. Der Italiener, sein Gast, marschierte bereits weiter über den Grasweg zwischen der vertrockneten Winterheide und dem verschrumpelten Farnkraut. »Ich kenne Peppino schon ewig … Es gibt einfach zu viele Vorurteile über Italiener. Wenn du einen guten erwischst, ist das wie sechs Richtige im Lotto. Er ist wirklich ein prima Typ. Er ist entscheidungsfreudig und weiß, was er will. Keinerlei Liquiditätsprobleme, Investmentfonds ohne Ende. Wurde ihm in Basel vorgestellt, damit fing es an …«

Sie sprachen leise miteinander und bemühten sich, außer Hörweite des Italieners zu bleiben.

»Was will er von uns?«

»Das frage ich mich auch, Giles. Das Mittagessen war vom Feinsten. Natürlich habe ich nichts gegen eine Runde Golf und ein anständiges Essen, aber was steckt dahinter?«

»Er ist wirklich sehr nett, aber warum sind wir hier, Giles?«

Giles Blake konnte jederzeit überzeugend und aufrichtig lächeln. »Was seid ihr nur für eine mißtrauische Bande. Also gut, er hat Vermögen. Er sucht nach Investitionsmöglichkeiten. Wie jeder andere Banker. Er ist ständig auf der Jagd nach irgendwelchen Details, um seine Kunden und Aktionäre zufriedenzustellen. Zu seinen Kunden müssen ein paar schwerreiche Leute gehören, Leute, denen Diskretion über alles geht ... Nein, nein, nicht was ihr jetzt denkt, ich rede nicht von zweifelhaftem Geld, eher von stillen Vermögenswerten. Gott bewahre, es ist keine heiße Ware oder so was. Glaubt mir, er kann kein Wässerchen trüben.«

»Was haben wir damit zu tun?« fragte der Banker.

»Hätte er mir etwas anzubieten, das interessant für mich wäre?« fragte der Anlageberater.

»Was könnte für mich dabei rausspringen?« fragte der Immobilienmakler.

»Wie lange kennen wir uns nun schon, Jungs? Ich glaube, bei uns sind es vierzehn Jahre, Barrie. Kevin seit '85. Seit neun Jahren machen wir nun schon Geschäfte, Don. Ich denke, ihr habt alle keinen Grund, euch zu beklagen. Glaubt ihr denn allen Ernstes, ich würde euch übers Ohr hauen? Was hätte ich davon? Ich will ganz offen sein. Etwas Besseres, als Giuseppe Ruggerio kennenzulernen, hätte mir gar nicht passieren können. Glaubt mir, es war mir wirklich eine Freude, ihn mit euch bekannt zu machen.«

Vor ihnen war der Italiener bei seinem Ball stehengeblieben. Sein Ball mußte mindestens vierzig, fünfzig Meter von ihren Bällen entfernt liegen. Der Banker war kein Golfer, hatte keine eigenen Schläger, sah das Spiel als Spaziergang ...

Barrie, der Banker, fragte: »Was will er?«

Kevin, der Anlageberater, fragte: »Die Sache stinkt doch wohl nicht?«

Don, der Immobilienmakler, fragte: »Wie soll's jetzt weitergehen?«

Alle drei waren sie gute Freunde von Giles Blake, und er konnte sich auf sie verlassen. Ihre Freundschaft spielte sich sowohl auf beruflicher als auch auf gesellschaftlicher Ebene ab. Sie trafen sich in Twickenham zum Rugby, zum Kricket in Lords, besuchten gemeinsam die Oper und gingen gemeinsam auf die Jagd. Sie verschafften sich gegenseitig Aufträge und verdienten eine Menge Geld. Sie verkörperten die neue Elite, liebten den Erfolg und haßten Komplikationen.

»Laß es mich erklären, Barrie – er will nichts weiter als Vermögenswerte ins gute alte England transferieren, wo sie weitaus größere Gewinne erzielen könnten als dort, wo sie jetzt sind. Wir reden hier über Geld, Kevin, richtiges Geld. Meinst du im Ernst, ich würde mich auf irgendeine zweifelhafte oder schmutzige Sache einlassen? Das glaubst du doch wohl selber nicht. Don, soweit ich weiß, hast du dir ein ziemlich kostenfressendes Projekt in Manchester an den Hals geladen, bei dem die letzten sieben Stockwerke fehlen, und die Geldgeber haben den Hahn zugedreht. Für den Anfang hat er die bescheidene Summe von fünfundzwanzig flüssig. Fünfundzwanzig Millionen geteilt durch drei plus Provision ... geht schon mal von einem netten Sümmchen aus, als Zeichen der Dankbarkeit. Diese Aussicht müßte euch doch eigentlich genausogut munden wie der ausgezeichnete Chardonnay zum Lunch. Ich verbürge mich für ihn. Ihr wißt doch, wie Italiener sind. Sie fürchten die Steuer im eigenen Land und investieren ihr Geld gern woanders. Und sie legen Wert auf Diskretion und Verschwiegenheit. Könnt ihr damit denn nicht leben?«

»Es gäbe Provision?«

»Aber natürlich gibt es Provision, Kevin – das ist ihre Art, Geschäfte zu machen. Wenn ihr aber kein Interesse habt, Jungs ... es war nur ein Vorschlag.«

Giles Blake ging zu seinem Ball. Er wollte seine Freunde nicht weiter bedrängen. Er hatte getan, wofür er bezahlt wurde, nämlich diskrete Kontakte für Mario Ruggerio zu schaffen, den ausländischen

Spieler, der ständig nach neuen Leitungen suchte, durch die er Geld pumpen konnte. Er war ständig auf der Suche nach Kontaktmännern, die großzügig darüber hinwegsahen, wenn sich gewisse Ungereimtheiten bei der Vertragsabwicklung ergaben. Er wagte zwar nicht, danach zu fragen, aber er ging davon aus, daß er einer von vielen war, die Ruggerio bei der Geldwäsche und der Legalisierung der dubiosen Vermögenswerte behilflich waren.

Er machte seinen Schlag und schaute zu, wie Giuseppe Ruggerio seinen Ball weit ins Grün beförderte. Mit leiser Stimme rief er den Italiener zu sich.

Sie standen am Rande des Fairways. Der Banker, der Anlageberater und der Immobilienmakler waren ins Gespräch vertieft.

»Sie schnappen nach dem Köder, weil sie gierig sind und das Geld brauchen. Zu drei gleichen Teilen. Sie brauchen es, deshalb haben sie angebissen«, sagte Giles Blake leise.

»Verschwiegene Leute?«

»Sie werden schweigen wie ein Grab, wenn sie ihre Provision eingestrichen haben.«

»Denn wenn sie nicht schweigen ...«

Die Stimme verstummte. Giles Blake und Giuseppe Ruggerio gingen weiter die Spielbahn entlang, ein gutes Stück vor ihren Gästen. Es war eine schöne Golfbahn, auf der mehrmals im Jahr Turniere stattfanden. Bevor Blake dem Italiener begegnet war, hätte er nie und nimmer die Mitgliedsbeiträge für den exklusiven Club aufbringen können. Genausowenig hätte er sich das teure Haus leisten können oder die Pferde oder die Privatschulen der Kinder. Er war Eigentum des Italieners ...

Die Drohung stand im Raum, obwohl die Stimme verstummt war. Giuseppe Ruggerio mußte die Drohung nicht aussprechen. Blake hatte von einem Banker gehört, der die Finanzen der Cosa Nostra mangelhaft verwaltet hatte, woraufhin man ihn erwürgt und an einer Londoner Brücke aufgehängt hatte. Er wußte von einem New Yorker Broker, der den letzten internationalen Börsensturz nicht prognostiziert hatte. Am Tag darauf war seine Leiche auf dem Pflaster unter seinem Balkon gefunden worden. Dann war da noch der Import-Export-Manager in Toronto, den man im Rotlichtviertel erstochen aufgefunden hatte, den Mund mit Dollarnoten vollgestopft. Er wußte von all jenen, die gestorben waren, nachdem sie die Cosa Nostra enttäuscht hatten, weil Giuseppe Ruggerio ihm von ihnen erzählt hatte.

»Was für ein schöner Tag, Giles. Ich amüsiere mich wirklich prächtig. Bevor unsere Gäste kamen, haben wir über Investitionsmöglichkeiten im Antikmöbelbereich geredet ...«

Jeden Tag rutschte die Akte über Giles Blake im Ablagekorb des Detective Sergeants ein wenig tiefer. Doch die Sache hatte Methode. Jeden Tag wurde die unterste Akte des Korbes aus der Versenkung geholt und nach oben gelegt. Als Giles Blakes Akte wieder ans Licht kam, hätte Harry Compton ihr Aufmerksamkeit schenken sollen, aber sie erstickten noch immer im Papierkram des verfluchten Notars. Wenn die Papiere des verdammten Dreckskerls nicht bald etwas Konkretes ergaben, war die Kacke am Dampfen, und sie mußten mit Vorwürfen wegen unrechtmäßiger Verhaftung und Belästigung rechnen. Bei einem matschigen Sandwich und einem Plastikbecher mit lauwarmem Tee blätterte er eilig in der obersten Akte herum, während er leise fluchte und sich ärgerte, daß er fast eine ganze Woche untätig hatte verstreichen lassen. Dann kritzelte er eine Nachricht.

AN: Alfred Rogers, DLO (Drugs Liaison Officer), Britische Botschaft, Via XX Settembre, Rom, Italien.
VON: SO6, D/S H. Compton.

Alf, störe nur ungern Dein ruhiges Leben, an das Du Dich sicher schnell gewöhnt hast, und hoffe, Deine wohlverdiente Siesta nicht mit dieser Nachricht vorzeitig zu beenden. Aber vergiß nicht, daß einige von uns für ihr Geld arbeiten müssen und sich keinen lauen Lenz machen können, Du alter Glückspilz! Wenn Deine italienischen Kollegen endlich in der Lage sein sollten, einen Computer zu benutzen (wenn!), sag ihnen, sie sollen Bruno Fiori, Apt. 5, Via della Liberazione 197, Milano, überprüfen. Muß Dir gestehen, daß ich nicht so recht weiß, wonach ich suche – aber so ist es wohl immer. Er hat letzte Woche im Excelsior Hotel, Portman Square, London W1, übernachtet. Siehe beigefügte Kopie des Anmeldeformulars (Paß, Papiere usw.). Bin in Eile. Hier hat sich nichts geändert, nichts als Ärger und Frust. Wohl auch kein Zuckerschlecken in Rom, nehme ich an.

Mit neidischen Grüßen, Harry.

Er strich sich die Krümel vom Hemd, wischte sich den Mund, reichte Miss Frobisher den Zettel und die Kopie und wies sie an, beides nach Rom zu faxen. Dann stolperte er zurück zu dem Zimmer, in dem die Dokumente und Akten des Notars aufgestapelt waren.

Ihr letztes Treffen hatte vor einem Jahr stattgefunden, und sie waren im Streit auseinandergegangen.

Es gab keine Sympathie zwischen Mario Ruggerio und dem Mann aus Catania.

Eine ganze Woche zogen sich die Verhandlungen hin, bis endlich eine Zusammenkunft arrangiert werden konnte. Schließlich einigte man sich auf einen Treffpunkt im Niemandsland im Madonie-Gebirge. In einem abgelegenen Bauernhaus an einem holperigen Feldweg zwischen Petralia und Gangi sprachen sie über die Zukunft. Sie waren wie zwei Skorpione, die sich gegenseitig argwöhnisch beobachteten.

Sympathie oder Vertrauen existierte zwischen den beiden Männern nicht. Beide hatten sie am Tag zuvor Männer auf die Anhöhe hinter dem Bauernhaus geschickt, von wo aus sie die umliegenden

Felder und die Schaf- und Ziegenweiden im Auge behalten sollten. Weder Mario Ruggerio noch der Mann aus Catania fürchteten sich vor den *carabinieri* oder der *squadra mobile.* Sie hatten vielmehr Angst vor einer Falle, in die sie von dem anderen gelockt wurden. Der Mann aus Catania war als erster gekommen. Er wurde in einem Mercedes gefahren, gefolgt von einem anderen Wagen mit weiteren Bewachern. Mario Ruggerio schien es klug, dem anderen den Vortritt zu lassen, damit er warten mußte ... Er hatte seine Erklärung abgegeben, hatte zwei BMW-Limousinen mit seinen Männern vorausgeschickt, denen er in einem alten Autobianchi folgte, einem Armeleutewagen, einer Bauernkutsche.

Vor dem Gebäude bildeten die beiden Gruppen bewaffneter Männer eine Gasse. Jedem einzelnen mußte klar sein, daß sie sich im Falle eines Krieges zwischen beiden Familien ganz schnell entscheiden mußten, ob sie die Stellung halten oder versuchen sollten, zum Gegner überzulaufen. Wenn es zum Krieg kam, dann ging es auf Leben und Tod. Man sagte – und die Wächter, die einen Meter entfernt voneinander dastanden, mußten davon gehört haben –, daß tausend Männer des gegnerischen Lagers ihr Leben lassen mußten, als Riina sich den Weg zur absoluten Herrschaft freigeschossen hatte. Für Verlierer gab es keine Gnade ... Einige der Männer hatten Maschinenpistolen, andere waren mit Automatikgewehren bewaffnet, wieder andere tasteten immer wieder an ihren ausgebeulten Taschen herum, wie um sich zu beruhigen. Eine Teilung der Macht war innerhalb der Organisation nicht vorgesehen.

Die beiden Skorpione umkreisten einander. Sie saßen an einem rohen Holztisch und redeten. Ruggerio legte seine Vorstellung von der Zukunft dar, wobei er besonderes Gewicht auf das Vordringen in legale, internationale Finanztransaktionen legte. Der Mann aus Catania dagegen war der Meinung, daß die Organisation ihre Fangarme einziehen und ihre Aktivitäten weitgehend auf die Insel beschränken solle. Sie redeten in hastigen, stark dialektgefärbten Worten und rauchten während der langen Gesprächspausen.

In den Gesprächspausen lächelten sie sanft. In den Gesprächspausen übermittelten sie einander Nettigkeiten und Komplimente, und beide grübelten darüber nach, ob es zum Erreichen der Vorherrschaft notwendig sein würde zu kämpfen. Wenn es darum ging, die Körpersprache seines Gegenübers zu deuten, war Mario Ruggerio ein wahrer Meister. Dem stechenden Blick seiner kalten, leuchtend blauen Augen entging nicht die geringste Schwäche. Aber die Zeit des Angriffs war für den Skorpion noch nicht gekommen. Er schaute den Mann aus Catania an und fand, daß sein Kinn Schwäche ausdrückte.

Von der Veranda des Bauernhauses aus sah Mario Ruggerio die drei Wagen in Richtung Catania davonfahren. Seine Männer ließen ihn nicht aus den Augen und warteten auf ein Zeichen. Franco sah es, und Tano und Carmine sahen es. Sie sahen, wie Mario Ruggerio den Staubwolken, die hinter den Autos aufgewirbelt wurden, nachstarrte, und sie sahen, wie er auf den Boden spuckte, und sie wußten, daß sich ein Mann geweigert hatte, den zweiten Rang einzunehmen, und daß dieser Mann zum Tode verurteilt war.

Die Touristen fuhren mit dem Bus die schmale, gewundene Straße hinauf, die von der Innenstadt zum Dom von Monreale führte. Ihre aufgeregten Stimmen erfüllten den *duomo* mit französischen, deutschen, japanischen und englischen Klängen. Ahnungslos blinzelnd stiegen sie aus dem Bus, um die Kathedrale und das Benediktinerkloster zu besichtigen, mit deren Bau der Normannenkönig Wilhelm II. neunhundert Jahre zuvor begonnen hatte. Andächtig betrachteten sie seinen Sarkophag und die kunstvollen Mosaike. Während sie die Kreuzgänge durchstreiften, bewunderten sie die wunderbare Lage oberhalb von Palermo. Wenn sie zurück zu ihren Bussen gingen, um Monreale wieder zu verlassen, hatten die Touristen aus Frankreich, Deutschland, Japan, England und Amerika nur etwas über die Vergangenheit erfahren, von der Gegenwart wußten sie nichts. Kein Führer hatte ihnen erzählt, daß das Wasser, das man ihnen angeboten hatte, Eigentum der Cosa Nostra war, genau wie das *ristorante*, in dem sie gegessen hatten, und der Laden, in dem sie sich mit religiösen Souvenirs eingedeckt hatten. Kein Führer hatte ihnen von den Priestern erzählt, die flüchtigen Cosa-Nostra-Männern Unterschlupf gewährten, oder den Priestern, die vor Gericht Meineide schworen, um den Mafiosi Alibis zu verschaffen, oder den Priestern, die den *super-latitanti* ihre Mobiltelefone überließen, oder von den Priestern, die behaupteten, daß durch die Cosa Nostra weitaus weniger von Gottes Kindern ums Leben kämen als durch die modernen Abtreibungspraxen. Kein Führer erzählte den Touristen von der neuen Polizeikaserne in der Stadt, von wo aus die Ermittlungen der Reparto Operativo Speciale koordiniert wurden. Niemand zeigte ihnen das Gebäude der *polizia municipale*, wo eine Gedenktafel für den von Mafiosi getöteten D'Aleo an der Wand hing. Genausowenig wurden sie auf den Gedenkstein für den Polizeihauptmann Emanuele Basile hingewiesen, der von drei Mafiakillern erschossen worden war. Die Touristen schwelgten in der Vergangenheit. Von der Gegenwart wußten sie nichts und wollten auch nichts darüber wissen.

Er hatte eine Mansardenwohnung im Hause einer Witwe gefunden.

Sie war eine große, elegante Frau und trug Schwarz, wie es Tradition war, obwohl ihr Ehemann, der Inspektor, bereits gut sechs Jahre tot war, wie sie Axel Moen wissen ließ. Sie zeigte ihm die Wohnung – Schlafzimmer, Wohnzimmer, Küche und Bad –, und in jedem Raum strich sie über die Möbel, wie um nicht vorhandenen Staub wegzuwischen. Er stellte sich ihr mit seinem richtigen Namen vor und zeigte ihr den frisierten Paß, den er zusammen mit der Taucheruhr aus Washington erhalten hatte. Er sagte ihr, er sei Professor für Archäologie an der Universität in Madison, Wisconsin. Sie war höflich, hatte jedoch kein Interesse an der Vergangenheit. Die Frau machte einen äußerst gebildeten, würdevollen Eindruck auf ihn, aber sie hatte keine Einwände, als er ihr die Miete für drei Monate im voraus in Dollarscheinen auf den Tisch blätterte. Er wußte nicht, ob die

Dollarnoten auf ein Schweizer Bankkonto oder in eine Blechbüchse unter ihrem Bett wandern würden, aber er war sich völlig sicher, daß sie nicht versteuert würden. Der Augenblick des Bezahlens war ihr anscheinend ein wenig peinlich, und sie zeigte ihm eilig den Rest der Wohnung. Sie erklärte ihm, wie die Dusche funktionierte und zu welcher Tageszeit der Wasserdruck besonders hoch war. Schließlich führte sie ihn auf einen kleinen Balkon, von dem aus man einen herrlichen Blick auf die Stadt und die dahinterliegenden Berge hatte, und sagte ihm, es gehöre zu seinen Pflichten, die Topfblumen zu wässern. Sie gab ihm einen Haus- und einen Wohnungsschlüssel. Vielleicht im Hinblick auf seine Jeanshosen und das abgetragene Hemd oder den langen Haarzopf erklärte sie ihm kühl, daß sie von jedem »Gast« in ihrem Hause erwarte, sich abends und nachts ruhig zu verhalten, da sie einen leichten Schlaf habe und nicht gestört werden wolle. Ihr Name war Signora Nasello. Sie verließ die Wohnung und machte die Tür hinter sich zu. Er war allein.

Er hatte auf dem Stuhl neben der offenen Balkontür gesessen und nachgedacht, als Vanni Crespo kam.

Sie umarmten sich und küßten sich auf die Wange.

Sie waren wie zwei Kinder, wie Blutsbrüder.

»Gefällt's dir?«

»Ganz gut.«

»Nicht leicht, in Monreale was zu finden …«

»Hast du gut gemacht.«

Er hatte nicht viele Freunde. Normalerweise suchte Axel Moen keine Freundschaften. Freundschaft hieß geben …

»Du schäumst ja richtig über vor lauter Dankbarkeit, Mr. Moen.«

Bei der italienischen Polizei oder im DEA-Büro auf der Via Sardegna wäre niemand auf die Idee gekommen, Axel Moen auf die Schippe zu nehmen.

In seiner Kindheit hatte er gelernt, ohne Freunde zu leben. Nachdem seine Mutter gestorben und sein Vater ins Ausland gegangen war, hatte man ihn im Alter von acht Jahren zu seinen Großeltern mütterlicherseits geschickt, wo er fünf schreckliche Monate verbrachte. Sie lebten im Süden von Wisconsin, in der Nähe von Stoughton. Sie waren eifrige Lutheraner und betrieben einen Eisenwarenladen. Leider hatten sie vergessen, wie man die Liebe eines verlassenen Kindes gewinnt. Nach fünf Monaten, in denen es nichts als Schimpfereien und Schläge gegeben hatte, setzten sie ihn in den Bus und verfrachteten ihn wie ein Faß Heringe oder einen Sack Tabak nach Norden zum Vater seines Vaters und dessen »ausländischem Teufelsweib«. Auf der kleinen Farm zwischen Ephraim und Sister Bay hatte es auch keine Freunde gegeben. In der homogenen norwegischen Gemeinde wurden sein Großvater und seine zweite Frau von allen gemieden. Als Kind lebte er wie ein Ausgestoßener. Er mußte lernen, ohne Freund im Schulbus nach Sturgeon Bay zu sitzen und sich ohne Freunde auf den langen Weg nach Green Bay zu machen, wo die Packers spielten. Vincenzina aus dem weit entfernten Sizilien war katholisch und dunkelhaarig und wurde wie eine Hexe behandelt. Ihre Anwesenheit wurde als Bedrohung empfunden, und so lebte sie ganz auf sich gestellt und brachte dem kleinen Axel bei, die Isolation zu ignorieren. Da Vincenzina nie richtig Englisch gelernt hatte, sprachen sie miteinander italienisch beziehungsweise den sizilianischen Dialekt ihres heimatlichen Bauerndorfes. Sie waren gezwungenermaßen sich selbst genug. So hatte Axel wenig Vertrauen in Freundschaften.

Vanni nahm eine Beretta-Pistole aus dem Holster und zog zwei mit 9-mm-Patronen gefüllte Schachteln aus der Hosentasche. Er reichte sie Axel.

»Die Wohnung ist in Ordnung. Ich bin Archäologe und grabe nach Antiquitäten. Ich unterrichte an der Universität von Wisconsin und verbringe hier ein Forschungssemester. Schreib dir das hinter die Ohren.«

Axel grinste, und Vanni mußte lachen.

Axel kannte Giovanni Crespo seit zwei Jahren. Als er mit Bill Hammond eine erste Erkundungsreise nach Palermo gemacht hatte, war ihnen der große *carabiniere*-Offizier mit dem kantigen Gesicht als Führer zugeteilt worden. Bill hatte gesagt, und es war seine Überzeugung, daß jeder italienische Polizeibeamte als mögliches Sicherheitsrisiko behandelt werden sollte. Zwei Tage lang flüsterten die beiden Amerikaner verstohlen miteinander, bis sie am letzten Abend, nach Ende der offiziellen Tour, in Vannis Wohnung eingeladen wurden, wo Vanni und Bill sich mit einer Flasche Jack Daniels vollaufen ließen, während Axel wie immer Kaffee trank. Nie zuvor war Axel ein Italiener begegnet, der wie Vanni der Meinung war, daß die Soziologen Scheiße laberten, wenn sie über die Cosa Nostra redeten, und daß die Dreckskerle nichts weiter als einfache Kriminelle seien. Vanni konnte man trauen, das wußte er, schließlich war er es gewesen, der Riina die Pistole an den Kopf gehalten hatte. Salvatore Riina, *capo di tutti capi,* in einer Straße im Süden von Palermo umzingelt. Mit vollgeschissenen und naßgepißten Hosen hatte er in der Gosse gelegen, mit Vannis Pistole an der Schläfe, als man ihm Handschellen anlegte und seinen Kopf mit einer Decke verhüllte. Wenn ein Mann Salvatore Riina die Pistole an den Kopf hielt, diesem skrupellosen Killer, dann hatte man es mit einem Mann zu tun, der keine Kompromisse machte. Vanni trank, Vanni bumste eine Staatsanwältin aus Trapani, und zwar in der Regel auf dem Rücksitz eines Wagens. Vanni redete zuviel und konnte sich oft nicht den Rücken freihalten. Sie hätten unterschiedlicher nicht sein können. Sie waren die besten Freunde.

»Sie ist hier?«

»Sie ist hier, und sie ist Codename Helena.«

»Das war meine Idee, das hab' ich mir ausgedacht.«

Axel kniff Vanni in die Wange. »Weißt du, was sie gesagt hat? ›Wie originell – welches Genie hat sich das denn ausgedacht?‹ Das hat sie gesagt.«

Axel beschrieb Vanni die Funktionen der Armbanduhr mit dem Funk-Alarmsignal, und er nannte ihm dessen Reichweite.

Vanni hatte die Karten von Mondello an der Küste und den Gipfelstationen Monte Gallo, Monte Castellacio und Monte Cuccio und von Monreale. Mit schwarzem Filzstift markierten sie die Punkte, an denen die Empfänger plaziert werden sollten.

»Was hast du ihr gesagt?«

»Wann sie das Signal geben soll – nur wenn sie Kontakt mit Mario Ruggerio hat oder wenn Gefahr für ihr Leben besteht.«

»Und sie akzeptiert das?«

»Ich glaube schon.«

»Du glaubst es? Herrgott noch mal. Axel, weiß sie denn, was sie tut, weiß sie, wohin sie geht und zu wem?«

»Ich hab's ihr gesagt.«

»Und ist sie in der Lage, das zu tun, was von ihr verlangt wird?« fragte Vanni leise.

»Ich hab' ihr gesagt: ›Glauben Sie nicht, daß es mir Spaß macht, jemanden wie Sie da runterzuschicken, aber ich habe keine andere Wahl.‹ Und ich hab' ihr gesagt, daß man sie töten würde, wenn sie in Verdacht geriete, und ich hab' ihr auch gesagt, daß sie, nachdem sie sie getötet hätten, in aller Ruhe zu Abend essen würden.«

Vanni war sichtlich erstaunt. »Aber du hast doch gesagt, daß sie ein durchschnittliches Mädchen ist?«

»Sie ist durchschnittlich und berechenbar.«

»Hast du kein schlechtes Gefühl dabei, sie dazu zu drängen – hast du überhaupt keine Gefühle?«

»Es ist ihre Stärke, daß sie durchschnittlich ist«, sagte Axel ruhig. »Und sie hatte Langeweile, das war mein Glück. Sie hatte keine Perspektive. Sie war unterfordert und hatte das Gefühl, ihre Zeit mit Belanglosigkeiten zu verschwenden. Sie sehnt sich nach Anerkennung, sie sehnt sich nach Abenteuern ...«

»Dann versuch bloß nicht, mit ihr zu bumsen, womöglich schläft sie dabei ein.«

Sie lagen sich in den Armen. Lachten, bis ihnen die Tränen kamen. Sie hielten sich in den Armen und lachten und lachten.

Schließlich sagte Vanni atemlos: »Du bist ein eiskalter Drecksack,

Axel Moen, absolut herzlos. Was denkt sie, wie weit entfernt du von ihr bist?«

»Ich habe gesagt, daß ich nah genug sein werde, um zu reagieren.«

»Aber das ist doch ein Witz, das kannst du doch gar nicht, jedenfalls nicht immer, und das weißt du auch.«

»Es ist das beste für sie, wenn sie glaubt, daß ich immer nah genug bin, um zu reagieren.«

Es war, als hätte das Lachen ihre Freundschaft aufs neue besiegelt, und während es langsam dunkel wurde, redeten und redeten sie. Sie besprachen die genaue Plazierung der Empfänger und die Codes, die Codename Helena möglicherweise benutzen würde. Sie redeten von dem Bereitschaftsteam, das notwendig war, und besprachen, wer ins Vertrauen gezogen werden sollte und wer nicht. Später verschwand Vanni für eine Weile und kehrte mit heißen Pizzas zurück. Die halbe Nacht redeten sie eindringlich aufeinander ein, als läge ein Menschenleben in ihren Händen.

Sie trat einen Schritt zurück. *Piccolo* Mario machte sich nervös an den Schlössern und Ketten der Tür zu schaffen. Angela stand vor dem Spiegel und strich sich das Haar glatt, dann schnippte sie sich eine unsichtbare Fluse von der Bluse. Francesca kam aus ihrem Zimmer gerannt. Charley stand im hinteren Teil des Korridors.

Er hatte etwas grauere Schläfen bekommen. Vielleicht hatte er auch ein paar Pfund zugenommen. Ansonsten war er noch genau so, wie sie sich an ihn erinnert hatte.

Er war mit Taschen, Geschenken und Blumen beladen. Das breite Lächeln, als er Angela auf die Wange küßte und die Kinder durch die Luft wirbelte.

Dann kam er auf sie zu und strahlte bei ihrem Anblick. Schüchtern hielt sie ihm die Hand entgegen. Er nahm sie und küßte sie, worauf sie errötete.

»Wunderbar, daß du kommen konntest, Charley. Herzlich willkommen in unserem bescheidenen Zuhause.«

»Ich freue mich sehr, hier zu sein … vielen Dank«, stammelte sie.

Der Mann, der Geld wusch, dessen Bruder nur noch einen Mord davon entfernt war, der einflußreichste Mann des internationalen Verbrechens zu werden, ließ ihre Hand wieder los. Sie war hier, so hatte man ihr gesagt, weil die Familie einen »Fehler« gemacht hatte. Angela, Klein-Mario und Francesca folgten dem Ritual seiner Heimkehr, an das sie sich gut erinnern konnte, und fingen an, ihre Geschenke zu öffnen.

»Wie ich höre, warst du in Rom, Charley?«

»Ja.«

»Warum warst du dort?«

»Aus Sentimentalität … weil ich dort so glücklich war … es war die schönste Zeit meines Lebens. Es war eine gute Gelegenheit, mal wieder hinzufahren«, platzte sie heraus und war recht zuversichtlich, weil sie glaubte, überzeugend gelogen zu haben.

Eine Diamantbrosche für Angela, ein Computerspiel für Mario und ein Kuscheltier für Francesca …

»Ich habe den direkten Flug verpaßt, mußte in Mailand eine andere Maschine nehmen – Verspätung, wie immer – und natürlich Nebel. Ihr hättet zu Bett gehen sollen. Ihr brauchtet nicht so lange auf mich zu warten.«

Instinktiv schaute Charley auf die Uhr, die schwer an ihrem Handgelenk hing. Sie schaute auf die Uhr und den Alarmknopf. Sie huschte davon. Sie sollte sich nicht aufdrängen. Sie ging in ihr Zimmer. Im Bett preßte Charley die Uhr gegen ihre Brust und spürte das kalte Metall, und sie fragte sich, wo er war, wo Axel Moen wartete.

Kapitel 6

Er war früh aufgestanden.

Durch eine Glastür hatte er Signora Nasello in ihrer Küche gesehen. Sie trug einen buntgemusterten Morgenmantel. In ihren eigenen vier Wänden hielt sie es offensichtlich nicht für nötig, Schwarz zu tragen. In einer Bar hatte er sich Kaffee und Gebäck bestellt und war dann zum Treffpunkt gegangen.

Er war unrasiert. Er trug alte Jeans und ein altes Hemd und hatte sein Haar wie immer zu einem Zopf zusammengebunden.

Axel wartete an der verabredeten Stelle und hielt eine Plastiktüte ans Bein gepreßt. Unter seinem Hemd steckte die Beretta-Pistole im Hosenbund. Er war in der Nähe der Hauptstraße, die hinunter zur Piazza und zur Kathedrale führte. Er war im oberen Teil der Stadt, nicht weit entfernt von dem steil aufragenden Felsmassiv des Gebirges. Er stand neben einem Gemüsestand, und während er wartete, feilschten die Hausfrauen um Bohnen, Artischocken, Zitronen, Orangen und Kartoffeln. Einige wurden erst handelseinig, wenn sie damit drohten, woanders hinzugehen. Der Transporter näherte sich von hinten. Axel hatte ihn nicht bemerkt und schreckte zusammen, als Vanni Crespo einen schrillen Pfiff ausstieß. Es war ein typischer Handwerkerbulli, wie ihn Anstreicher gern fahren, klein, schmutzig und mit zahllosen Roststellen. Vanni öffnete die Tür für ihn, und er stieg ein. Auf dem Boden standen Plastikeimer und Dosen mit Farbe, so daß er kaum Platz für seine Füße hatte. Außerdem mußte er sich ducken, da eine Trittleiter von der Ladefläche zwischen den beiden Vordersitzen hindurchragte. Die Plastiktüte hielt er auf dem Schoß.

»Gefällt er dir?«

»Ordnungsgemäß angemeldet, nehme ich an?« Axel grinste.

»Angemeldet und sogar versichert. Hast du gut geschlafen?«

»Ja, ja, ganz gut.«

»Hast du was geträumt?«

»Nein.«

»Du hast also nicht von ihr geträumt, von Codename Helena?«

Axel schüttelte den Kopf. »Du setzt Informanten ein, benutzt sie, und wenn du mit ihnen fertig bist, schaffst du sie dorthin zurück, woher sie gekommen sind. Das ist alles.«

»Und du hast nicht von Ruggerio geträumt?«

»Nein.« Axel versetzte seinem italienischen Freund einen ziemlich unsanften Stoß in die Seite. »Muß die Frau aus Trapani es etwa mit dir in dieser Rostlaube machen, du häßlicher Vogel?«

»Gott sei's gedankt hat sie einen eigenen Wagen.«

Sie schwiegen. Mittlerweile hatten sie eine vierspurige Straße unterhalb der Stadt erreicht. Plötzlich fühlte er sich glücklich und beschwingt, wie nach einer Dosis Ephedrin oder einem Adrenalinstoß. Seit Axel Moen erwachsen war, hatte sich sein Leben in gute und schlechte Zeiten aufgeteilt. Es gab nur schwarz und weiß, keine Grauzonen.

Das Studium in Madison war eine schlechte Zeit: keine Freunde, starke Abneigung gegen das Campusleben und die in seinen Augen unreifen Studenten, einsames Büffeln für gute Noten. Die Arbeit auf dem Polizeirevier war eine gute Zeit, von Anfang an interessant und noch besser, als er Detective wurde und man ihn einem Überwachungsteam zuteilte. Die Bundesdrogenbehörde benutzte ihn bei einer Fahndung in Madison als Verbindungsmann und verdeckten Ermittler. Auch das war eine gute Zeit. Als er dann den Sprung wagte, in Madison aufhörte und zur DEA ging, um sich in Quantico ausbilden zu lassen, wo man Zweifel an seiner Grundeinstellung hegte und er Mühe hatte, bei der Stange zu bleiben, war das eine schlechte Zeit.

Ohne Vorwarnung riß Vanni das Steuer herum. Am Tor wurden sie von einem schmucken uniformierten *carabiniere* überprüft. Die Schranke öffnete sich, und sie wurden hineingewunken. Sie waren zwei Handwerker, die in der größten Polizeikaserne der Insel ein paar kleinere Ausbesserungsarbeiten ausführen sollten. Er schaute Vanni an und nickte anerkennend. Mit ziemlicher Wahrscheinlichkeit wurde registriert, wer das *carabiniere*-Hauptquartier betrat und verließ … Sie parkten ein wenig entfernt von den glänzend polierten Streifenwagen, in der Nähe des Mahnmals für die Jungs, die bei ihrer Dienstausübung getötet worden waren. Und noch immer konnten sie beobachtet werden. Vanni drückte deshalb Axel einen Eimer in die Hand und klemmte sich selbst die Stehleiter unter den Arm. Dann gingen sie zu einer Seitentür. Er mochte Vanni, weil dieser Kerl wirklich keinem über den Weg traute.

Sein erster Einsatz bei der DEA in New York City war eine schlechte Zeit gewesen. In seiner Akte stand, daß er einen sizilianischen Dialekt beherrschte, und der Prozeß um die Pizza Connection stand kurz bevor. Stundenlang mußte er Gespräche abhören und notieren. Wochen und Monate saß er mit Kopfhörern in einem kleinen, abgedunkelten Raum und hörte sich die Bänder an …

Als Vanni den Code eintippte und sie einen Korridor betraten, ließen sie Eimer und Leiter stehen.

La Paz, Bolivien, war eine gute Zeit gewesen. Er hatte mit einem kleinen Team gearbeitet, mit seinen eigenen Informanten. Er war mit Hubschraubern über den Dschungel geflogen und hatte sich daran gewöhnt, eine schußsichere Weste zu tragen und ein M16 am Gürtel zu haben. Trotz der Schießerei und seiner Verwundung am Ende empfand er seinen Einsatz in Bolivien im nachhinein als gute Zeit.

Sie gingen den Flur entlang, vorbei an einem Arbeitsbereich mit Schaltkonsolen und Funkgeräten, bis zu einem Pausenraum, in dem Männer in Freizeitkleidung herumsaßen. Auf den Tischen türmten sich Waffen, kugelsichere Westen und Helme neben schmutzigem Geschirr. Bei den Männern handelte es sich nach Vannis Aussage um das Bereitschaftsteam des Reparto Operativo Speciale. Falls das Alarmsignal ertönen sollte, würden sie zur Stelle sein. Jemand hatte ihm einen Gefallen geschuldet und ihm das Team zugewiesen, mehr wollte Vanni nicht dazu sagen.

Zurück nach New York, drei weitere Jahre dort, das waren

schlechte Zeiten gewesen. Bei der DEA und dem FBI und bei der Staatsanwaltschaft sagten sie, daß die Cosa Nostra auf dem nordamerikanischen Kontinent am Ende sei. Tommaso Buscetta, der Abtrünnige, der *pentito*, hatte sie alle ins Staatsgefängnis in Marion, Illinois, gebracht. Alles vorbei. Im offiziellen Bericht schrieben die Arschlöcher, daß der Mythos der unbesiegbaren Mafia einen schweren Schlag erhalten habe. Ein Staatsanwalt behauptete, das sizilianische Drogenkartell sei zerschmettert worden. Die Mittel für das Sonderdezernat zur Bekämpfung des Drogenhandels und des organisierten Verbrechens wurden gekürzt. Drei Jahre lang stritt man sich mit dem FBI um Ermittlungsprioritäten und schob Berichte von einem Schreibtisch auf den anderen. Drei Jahre lang mußten sie sich anhören, daß die Sizilianer, verglichen mit den Kolumbianern, kleine Fische seien. Gleichzeitig fragten sich alle, warum in Chicago, Philadelphia, Atlanta, Los Angeles, New York und Washington nur wenige Blocks vom Polizeipräsidium entfernt Heroin in Hülle und Fülle angeboten wurde. Es waren schlechte Zeiten, bis er nach Rom versetzt wurde ...

Sie gingen eine Treppe hinauf, durch einen anderen Flur und durch eine Tür, die sich nur mit einem Code öffnen ließ, in Vannis Büro. Axel schaute sich um.

»Das ist also dein zweites Zuhause. Du lieber Himmel ...«

Das Zimmer wirkte wie eine Mönchszelle auf ihn. Ein kahler Raum, mit kahlen Wänden, bis auf das Porträt eines Generals in Paradeuniform und das Foto eines lächelnden kleinen Mädchens. Ein kahler Tisch mit Plastikplatte, davor ein harter Stuhl, ein kahles Bett mit ordentlich aufgefalteten Decken auf dem Kopfkissen.

Axel holte den zweiten Empfänger, den er mit nach Sizilien gebracht hatte, aus der Plastiktüte. Die Schachtel war ein klein wenig länger als ein Taschenbuch, aber genauso dick. Er zog die Antenne heraus. Er zeigte Vanni den Knopf zum Ein- und Ausschalten. Auf einem Zettel notierte er die UHF-Frequenz, auf die die von Codename Helena getragene Armbanduhr programmiert worden war.

Vanni sagte: »Ich bin nur für den Notfall da, um das Signal entgegenzunehmen. Du bist für sie verantwortlich.«

»Das weiß ich.«

»Du kannst das Signal in Mondello empfangen, wenn du in der Nähe bist, was aber nicht vernünftig wäre. Du kannst es in Monreale empfangen, das ist zwar besser, aber du bist ziemlich weit von ihr entfernt. Auf der Straße in Palermo bist du außer Reichweite.«

»Auch das ist mir klar.«

»Im Funkraum wird die Frequenz aufgezeichnet. Die Geräte sind rund um die Uhr besetzt, aber ich kann ihnen nicht im Detail erklären, wie wichtig das Signal ist, ich kann ihnen nur sagen, daß es Priorität hat. Wie man's auch dreht, Axel, die Verantwortung liegt bei dir.«

»Ich hab' ihr gesagt, sie soll heute nachmittag ein Testsignal geben.«

»Heute nachmittag? Aber das ist idiotisch. Die Empfänger sind noch nicht installiert.«

»Dann sieh zu, daß du in die Gänge kommst.«

»Meinst du, ich habe nichts anderes zu tun?«

Axel lächelte still vor sich hin. »Du hast Salvatore die Pistole an den Kopf gehalten – ich bin überzeugt, du würdest dein rechtes Ei opfern, um Mario Ruggerio deine Kanone an den Kopf zu halten.«

Vanni ergriff den Telefonhörer. Er wählte, er redete, er fluchte, er erklärte, er nannte seinen Dienstgrad, er erteilte Befehle, er legte auf und sah Axel direkt in die Augen.

Mit distanzierter, ruhiger Stimme sagte Vanni: »Für sie wird es sein wie ein Licht am Ende eines langen, dunklen Tunnels ...«

Sie erwachte, als Francesca unter ihre Bettdecke kroch. Es dauerte einen kurzen Moment, bis sie wußte, wo sie war. Richtig wach wurde sie erst, als *piccolo* Mario ihr den Teddybär aus den Armen zerrte. Sie schaute auf ihre Uhr und holte sich lachend ihren Bär zurück. Wie spät es schon war ... Sie hörte ein Radio, und das aufgeregte

Kreischen der Kinder vertrieb ihre Müdigkeit. Immer noch etwas benommen ging sie ins Bad. Sie wusch sich, putzte sich die Zähne und ging in die Küche.

Auf dem Küchentisch lag ein Zettel.

Charley, du hast geschlafen wie ein Engel. Giuseppe ist ins Büro gegangen. Ich kaufe was fürs Mittagessen ein. Mauro schläft. Wenn er wach wird, gib ihm ein Fläschchen. Bis später, Angela.

Ihr ganzes Leben war eine Lüge. Die Lüge hatte offensichtlich funktioniert, denn man hatte ihr für den Morgen die Verantwortung für die Kinder und die Villa übertragen. Sie wurde akzeptiert, sie hatte sich Zugang verschafft … Sie ging hinaus auf die Terrasse. Die Morgenluft war noch recht frisch, und die Fliesen fühlten sich kalt an unter ihren nackten Füßen. Durch die Lücken zwischen den Bäumen und Büschen, hinter der hohen Mauer konnte sie die Dächer anderer Villen ausmachen, und dahinter lag die Bucht. Wo war er? Beobachtete er sie? War er in der Nähe? Aber sie sah nur die einzementierten Glasscherben auf der Mauer, die Dächer und das verschwommene Blau des Meeres in der Ferne.

Die Kinder folgten ihr in die Küche. Sie öffnete den Kühlschrank, nahm sich Saft und ein altbackenes Croissant und machte sich eine Tasse Kaffee.

Charley fand die Architektur der Villa ziemlich beeindruckend, aber es war ein Haus für den Sommer. Große Räume mit hohen Decken, der Fußboden entweder gefliest oder aus Marmor. Von jedem Zimmer führte eine Terrassentür auf die Veranda. Die Einrichtung paßte allerdings nicht zu dem großartigen Gebäude, genausowenig wie das Wetter. Angela hatte sich fast für die funktionalen, schlichten Möbel entschuldigt, die im Vergleich zu der exquisiten Inneneinrichtung der Wohnung in Palermo beinahe schäbig wirkten. Mit gesenktem Kopf hatte Angela gesagt: »Ich habe das Haus natürlich schon vor einer Woche auslüften lassen, aber es ist für Sonnenschein gebaut, nicht für die nassen Wintermonate. Die Möbel kann ich kaum ertragen. Wir haben einen Mann eingestellt, der ständig nach dem Rechten sieht. Er verlangt sage und schreibe hunderttausend im Monat. Trotzdem wurde im vergangenen Winter zweimal eingebrochen. Im Winter kann man nichts Wertvolles hierlassen. Hier wird alles gestohlen, was nicht niet- und nagelfest ist …« Sie spülte Tasse, Teller, Glas und Messer ab. Sie wanderte umher.

Sie war allein. Barfuß ging sie den gepflasterten Weg entlang. Sie bückte sich, um an den ersten Frühlingsrosen zu schnuppern. Es war so still. Der Baumwollstoff ihres Nachthemds schmiegte sich durch eine leichte Brise an ihren Körper. Sie hockte sich nieder und streichelte über die zarten Blütenblätter einer feuerroten Geranie. Sie kam an einem kleinen Springbrunnen vorbei und ließ sich das kalte Wasser über die Hand laufen. Die Uhr hing schwer an ihrem Handgelenk. Sie versuchte zu glauben, daß es für einen einzelnen Menschen, für Charlotte Eunice Parsons, möglich war, etwas zu verändern … sie mußte daran glauben. Wenn sie nicht glaubte, etwas ändern zu können, wäre sie besser daheim geblieben, um tagaus, tagein mit dem Roller zur Schule und abends wieder heimzufahren. Sie hätte, verdammt noch mal, bleiben sollen, wenn sie nichts verändern konnte. Jetzt hatte sie eine mit Wicken berankte Pergola erreicht.

Er beobachtete sie.

Dieser elende Spanner hatte doch tatsächlich die Frechheit, sie anzustarren.

Der Mann, der das Tor öffnete, Laub fegte und die Kübelpflanzen goß, schaute zu Charley herüber. Sie wurde sich bewußt, daß sie unter dem dünnen Nachthemd völlig nackt war. Sie hatte geglaubt, sie sei allein … Er hatte ein altes sonnenverbranntes, wettergegerbtes Gesicht, und er starrte sie an, stützte sich auf seinen Besen und starrte sie an. Sie hörte das Baby schreien. Der alte Mann mit dem alten Gesicht und den alten Händen beobachtete sie. Sie lief über das grobe Pflaster des Gartenweges zurück zur Villa und dem schreienden Säugling. In sieben Stunden sollte sie das Testsignal geben.

Wo war er? Beobachtete er sie? War er in der Nähe?

Mit einem generatorbetriebenen Bohrer trieben sie Löcher in den Fels, damit die Stützen genügend Halt hatten und der Wind über dem Monte Gallo ihnen nichts anhaben konnte. Als die Pfeiler gesichert waren, wurde die Antenne des Hochfrequenzempfängers daran befestigt sowie der Verstärker, um den Impuls eines Alarmsignals fünf Kilometer weiter zum höher gelegenen Monte Castellacio zu tragen.

Erst wenn die Sonne über der Stadt ihren höchsten Punkt erreicht hat, dringen ihr helles Licht und ihre Wärme auf das Kopfsteinpflaster und die eingerissenen Asphaltdecken des Capo-Distrikts. Die meiste Zeit des Tages prägen Düsternis und Argwohn das Bild des Stadtteils, in dem sich in früheren Zeiten die Quartiere der maurischen Sklaven befanden. Hier stand die Wiege der modernen Cosa Nostra. Im heruntergekommenen, grauen Herzen des Capo-Distrikts liegt die Piazza Beati Paoli, wo, wie man sagt, alles begann … Auf der Piazza steht eine Kirche und ein kleiner, von hohen Gebäuden umschlossener, offener Platz. Die Hauswände sind feucht und rissig, und über den Balkongeländern hängen morgens Kissen und Bettdecken. Die Historiker, die sich über den edlen Charakter der sizilianischen Anarchie ergehen, berichten, daß die Piazza als Schlupfwinkel für die Beati Paoli diente, jene geheime Organisation, die vor mehr als achthundert Jahren gegründet wurde. Die Männer der geheimen Gesellschaft forderten das Recht, die Armen gegen die fremden Herrscher der Insel zu schützen. Sie verstanden sich als »Stimme des Volkes, Stimme Gottes«. Sie trafen sich in den Höhlen und Gängen unter der heutigen Piazza. Tagsüber führten sie ein ganz normales Leben und gingen regelmäßig zur Kirche. In der Nacht durchstreiften sie die dunklen Gassen, in lange Mäntel gehüllt, unter denen sie Rosenkränze und Messer verbargen, und vollzogen ihre Bestrafungs- und Tötungsrituale. Die Männer des Geheimbundes Beati

Paoli prägten ein Wort: »Mafia«. Einige glauben, daß der Begriff auf das alte italienische Wort *maffia* zurückgeht, das einen wahnsinnigen, tollkühnen, mächtigen, überheblichen Menschen bezeichnet. Andere leiten es aus dem altfranzösischen *maufer* her, womit der Gott des Bösen gemeint ist. Wieder andere glauben, es hat seinen Ursprung im altarabischen *mihfal,* was soviel heißt wie ein Zusammenschluß von vielen Menschen. Die Kinder jeder nachfolgenden Generation wurden in der Mythologie der geheimen Vereinigung unterwiesen und erfuhren von ihrem Kampf gegen die Verfolgung der Unschuldigen, von der Bestrafung der Unterdrücker, womit jegliche Verbrechen bis hin zum Mord gerechtfertigt wurden. Was vor acht Jahrhunderten begann, hat sich von der grauen Piazza über die ganze Stadt ausgebreitet, über die ganze Insel und übers Meer in andere Länder und Kontinente, aber angefangen hat es im Capo-Distrikt von Palermo.

»Der Capo-Distrikt, ich verstehe. Dr. Tardelli, Sie möchten also den gesamten Capo-Distrikt kontrollieren lassen ... Einen Moment, Dr. Tardelli, ich habe Sie eben auch ausreden lassen. Sie wollen den Capo-Distrikt mit einer Kette aus Überwachungsposten umgeben, weil – entschuldigen Sie, aber ich muß Ihren Vorschlag noch einmal rekapitulieren – weil Sie von einem anonymen Informanten, den Sie uns nicht nennen können, erfahren haben, daß Mario Ruggerio vor einem Jahr ein Stück Mandelkuchen gegessen und sich den Magen verdorben hat. Wirklich ein interessanter Vorschlag, Dr. Tardelli.«

Der älteste von Palermos Staatsanwälten lächelte grimmig. Er zuckte die Schultern und schüttelte belustigt den Kopf.

»Ich benötige die Zustimmung für diese Überwachung.«

»Ich bin leider nicht in der Lage, meine Ermittlungen auf die Verfolgung eines einzigen Menschen zu beschränken.« Der Sarkasmus des Richters war sprichwörtlich. Er war groß und schlank, fast asketisch. In der Hand hielt er eine unangezündete Zigarette. In aller Ruhe schaute er von einem zum andern der um den Tisch Sitzenden, bevor er sich Rocco Tardelli zuwandte. »Auf meinem Schreibtisch stapeln sich die Fälle, die alle meine Aufmerksamkeit fordern. Auch ich brauche Mittel und Beamte. Aber auf der Grundlage einer Information, die zweifellos mindestens genauso alt ist wie jener besagte Mandelkuchen – glauben Sie nicht, daß ich mich über die Sache lustig machen will, Dr. Tardelli –, wollen Sie also die Überwachung des Capo-Distrikts verstärken. Wenn ich mich nicht irre, gibt es vierzehn Zugänge zu diesem Stadtteil. Sollten wir etwa an jedem Zugang eine Überwachungskamera anbringen? Damit es überhaupt einen Sinn hat, müßten rund um die Uhr acht Leute an jedem der Punkte sein. Mathematik ist zwar leider nicht meine Stärke, aber wegen der notwendigen Schichtwechsel ergibt sich nach meiner Rechnung, daß jeweils vierundzwanzig Männer von ihren sonstigen Aufgaben enthoben werden müßten. Wenn man noch einen Schritt weiterdenkt, muß man sich fragen, ob nicht gewährleistet sein muß, daß die acht Männer an den einzelnen Posten jederzeit Verstärkung anfordern können. Zusätzlich müßten noch die Überwachungskameras kontrolliert werden. Nach den Worten Ihres Informanten hat Mario Ruggerio vor einem Jahr einen Mandelkuchen schlecht vertragen, und deshalb sollen wir eine ganze Armee bereitstellen …«

»Ich bitte um das, was erübrigt werden kann.«

»Ich bitte um Nachsicht, Dr. Tardelli … Meine Arbeit ist alles andere als spektakulär. Ich ermittle gegen den erpresserischen Betrug der öffentlichen Versorgungsanstalten. Ihnen wird meine Arbeit ohne Zweifel belanglos erscheinen. Sie müssen es so sehen, ich mache eben Jagd auf viele Katzen und nicht nur auf einen Tiger. Der Tiger könnte mittlerweile natürlich ein zahnloser, ungefährlicher Krüppel sein, aber das steht auf einem anderen Blatt. Ich versichere Ihnen, auch die Katzen haben Krallen und Zähne und können töten.« Der Staatsanwalt war jünger als Rocco Tardelli. Es war sein erstes Jahr in Palermo, zuvor hatte er in Neapel gearbeitet. Seine Versetzung war für ihn nichts weiter als ein weiterer Schritt auf der Karriereleiter. Er würde nicht lange in Sizilien bleiben. »Sie wollen also eine teure, gut ausgebildete Überwachungseinheit einsetzen, aber wissen Sie denn überhaupt, wie er aussieht, der schwer zu fassende Mario Ruggerio? Vielleicht bin ich ja ein bißchen dumm, aber ich kann mir nicht vorstellen, wie ein Überwachungsteam arbeiten soll, wenn das einzige Foto von Mario Ruggerio, das wir haben, zwanzig Jahre alt ist. Ich will ja nichts sagen, aber …«

»Das Foto, das man bei der Verhaftung seines Bruders sichergestellt hat – es zeigt ihn bei der Hochzeitsfeier seiner Schwester im Jahre 1976 –, wurde durch Computersimulation verändert. Wir haben Mario Ruggerio zwanzig Jahre älter werden lassen.«

»Bitte mißverstehen Sie mich nicht, Dr. Tardelli. Ich denke nicht wie gewisse Leute, das versichere ich Ihnen, aber es gibt ein paar Leute, die Ihnen gegenüber alles andere als großzügig wären. Einige, und ich zähle mich ausdrücklich nicht dazu, würden eine fragwürdige Motivation hinter Ihren Forderungen sehen. Möglicherweise könnten einige bei Ihnen den Wunsch nach einer höheren Position vermuten. Ich denke das nicht, glauben Sie mir …« Der Richter, der dies gesagt hatte, war älter als Tardelli. Er war nicht so grau im Gesicht, weil er nicht hinter zugezogenen Gardinen und heruntergelassenen Rolläden leben mußte. Er war ein wenig dicker, weil er häufig in den Restaurants der Stadt aß. Der Richter hatte schon vor langer Zeit ein Signal gegeben, das sich schnell herumgesprochen hatte und empfangen worden war. Er tat seine Arbeit, mit äußerster Akribie und Pünktlichkeit, aber immer gehörten die Verhafteten, Angeklagten oder Gefangenen zur Verliererseite. »… Ich persönlich halte Ruggerio für irrelevant, aber seine Gefangennahme würde im Fernsehen hohe Einschaltquoten garantieren und für Schlagzeilen in der Presse sorgen. Der Mann, der diese Gefangennahme ermöglicht hätte, würde vom unwissenden Volk als Held gefeiert werden. Vielleicht würde er nach Rom gerufen? Vielleicht würde er die rechte Hand des Ministers. Vielleicht würde er ja auch nach Washington gehen, um FBI und DEA zu instruieren, oder nach Köln zum BKA, zum Scotland Yard. Würde er uns allen hier in Palermo den Rücken kehren und uns weiterhin unsere gefährliche Arbeit tun lassen? Einige könnten das vielleicht sagen ...«

»Faßt man einen Mann in Mario Ruggerios Position, wird die gesamte Organisation in ihren Grundfesten erschüttert – das ist erwiesen.«

Sie waren seine Kollegen, und sie machten sich über ihn lustig. Er schaute von einem zum anderen. Man warf ihm vor, hinter seinem Rücken, bei Gesprächen auf stillen Korridoren, daß er »karrieresüchtig« sei, auf der Jagd nach »Handschellen für Schlagzeilen«. Er mußte an eine Beschreibung des toten Falcone denken, »ein einsamer Kämpfer, dessen Armee aus Verrätern bestand«. Einige von ihnen, dachte er, waren umgekippt, weil sie Feiglinge waren und sich nach einem normalen Leben sehnten. Aber ... aber vielleicht hätte er mehr Toleranz für Feiglinge aufbringen sollen. Nicht jeder konnte ein solches Opfer bringen wie er, in starrsinniger, rechtschaffener Pflichterfüllung. Nicht jeder konnte Frau und drei Kinder ziehen lassen und dann die totenstille Wohnung verlassen und mit einem gepanzerten Wagen zum Hochsicherheitsbüro fahren. Weder *squadra mobile* noch *Reparto Operativo Speciale* noch die *Direzione Investigativa Anti-Mafia* hatten bei ihren wöchentlichen Zusammenkünften eine offizielle Erklärung abgegeben. Die Sprecher dieser Einheiten blieben im Hintergrund, während sich Staatsanwälte und Richter miteinander herumstritten.

Tardelli sammelte die Papiere zusammen, die er vor sich auf dem Tisch liegen hatte. Er wirkte traurig und niedergeschlagen, und auf seinen gebückten Schultern schien die ganze Last der Enttäuschung zu liegen. Er sprach mit der ihm eigenen Schüchternheit. »Vielen Dank, daß Sie mich angehört haben, meine Herren. Vielen Dank für Ihre höfliche Rücksichtnahme. Ich danke Ihnen dafür, daß Sie mir die Dummheit meines Strebens und die Absurdität meiner Forderung vor Augen geführt haben ...«

Er erhob sich und steckte die Papiere in seine Aktentasche. Es war nicht anders gewesen für Falcone und Borsellino, für Cesare Terranova und »Ninni« Cassara, für Giancomo Montalto, Chinnici und Scopellitti, alle hatte man lächerlich gemacht, alle waren isoliert gewesen, alle waren tot. Er war auf ihren Beerdigungen gewesen.

»In einer Stunde werde ich eine Pressekonferenz einberufen. Ich werde der Welt mitteilen, daß ich eine Spur habe, eine schwache Spur, einen Hinweis auf das Versteck das *super-latitanti* Mario Ruggerio. Ich werde sagen, daß meine Kollegen im Justizpalast – ich werde Namen nennen – diese Angelegenheit nicht für wichtig genug halten, um mir die nötigen Mittel zur Verfügung zu stellen. Ich werde sagen ...«

Um ihn herum erhob sich aufgeregtes Gemurmel.

»Das wäre unkollegial ...«

»Unfair ...«

»Wir haben doch nur auf die Schwierigkeiten hingewiesen ...«

»Selbstverständlich gibt es Mittel ...«

Als er auf den Flur trat, als der ganze Haß hinter der geschlossenen Tür zurückblieb, als sich seine *ragazzi* mit ihren Waffen, die sie selbst im oberen Stockwerk bereithielten, um ihn sammelten und ihn fragend anschauten, zeigte der Richter keinen Triumph. Falcone hatte geschrieben: »Für gewöhnlich stirbt man, wenn man allein ist, weil man nicht die richtigen Verbindungen hat, weil man keine Unterstützung erhält«, und Falcone, seine Frau und seine *ragazzi* waren tot.

Während sie zügig über den Flur gingen, sagte er zum *maresciallo:* »Ich habe neun Männer der *squadra mobile* zur Überwachung des Capo-Distrikts bekommen, drei Mann für jede der drei Schichten, und keine zusätzlichen Kameras. Ich muß hoffen. Ich habe neun Männer für zehn Tage. Wenn sie nichts finden, bin ich isoliert. Wir sollten sehr vorsichtig sein, mein Freund.«

Trotz des kalten Windes schwitzten sie. Sie waren achthundertneunzig Meter über dem Meeresspiegel. Der Wind war stärker geworden und ließ die Arme der Masten hin und her schwanken. Nur mit

Mühe konnten sie die Antenne festhalten, als die Schrauben angezogen wurden. Vom Monte Castellacio aus hatte man einen klaren Blick über die Straße von Palermo nach Toretta, zu dem noch höher gelegenen Gipfel des Monte Cuccio.

In einem neuen Gebäudekomplex, mit Blick auf die Mole, wo die großen Fähren aus Livorno, Neapel und Genua festmachten, befand sich Peppinos Büro. Die Ausstattung war luxuriös, mit teuren italienischen Designermöbeln. Der großzügige Raum hatte ein Panoramafenster mit Blick auf den Hafen. Das Büro war sein zweites Zuhause. All der Komfort war nötig, denn Peppino verbrachte hier jeden Tag fünfzehn Stunden, an sechs Tagen in der Woche, das Telefon zwischen Ohr und Schulter geklemmt, am Faxgerät, am Computer, der ihn über die aktuellen Kurse von New York, Frankfurt, London und Tokyo informierte. Er hielt nach dem Essen keine Siesta, wie es jeder andere Geschäftsmann im Rotaryclub oder in der Loge tat, die er an jedem dritten Donnerstag des Monats besuchte. Er verkniff sich den Luxus einer Siesta, weil er ganz allein, jedes Jahr, im Auftrag seines älteren Bruders mehr als vier Milliarden amerikanische Dollar anlegen und investieren mußte.

In der gesamten Organisation und insbesondere von seinem älteren Bruder wurde es so gehalten, daß man alle finanziellen Dinge innerhalb der Familie regelte. Deshalb war er von Rom zurück nach Palermo gerufen worden. Sein ganzes Leben wurde von der Notwendigkeit bestimmt, Geld zu »säubern«. Er war Mario Ruggerios vertrauter Waschmann und verstand sich meisterhaft auf seine Arbeit, auf die Konsolidierung und Unterbringung von Kapital, aufs Verschwindenlassen, aufs Sortieren, auf den Hauptwaschgang, auf die Rückführung, die Integration, aufs Spülen und Trocknen. Was Angela im Hauswirtschaftsraum neben der Küche tat, machte Peppino in seinem Büro im Neubau an der Via Francesco Crispi. Angela wusch und trocknete in der Woche ein Dutzend Hemden, ein Dutzend Paar Socken und sechs Garnituren Unterwäsche. Peppino wusch und trocknete mehr als vier Milliarden amerikanische Dollar im Jahr. Das Büro war sein Zuhause. Er konnte im Büro kochen und essen. Er konnte im Büro duschen und sich umziehen. Wenn die Geschäftsmänner des Rotaryclubs und der Loge ihren Mittagsschlaf hielten, konnte er seine Sekretärin auf die schwarze Couch vor dem Panoramafenster rufen.

Wenn das Büro sein Zuhause war, wenn er durch seine Arbeit immer häufiger von der Wohnung im Giardino Inglese und der Villa in Mondello ferngehalten wurde, was blieb ihm anderes übrig, als seine Sekretärin auf die Couch zu rufen? Sein Bruder Mario hatte ihm eingeschärft, daß man eine Ehefrau nie in Verlegenheit bringen darf ... Hätte es Angela gekümmert? Wenn ihr seine Kondome vor die Füße gefallen wären, hätte Angela es überhaupt bemerkt? Nicht seit sie in Palermo war. Angela würde nicht durch eine Indiskretion seiner Sekretärin in Verlegenheit gebracht werden, weil der Vater der jungen Frau an einem Karzinom litt, und Peppino zahlte für die Behandlung durch den führenden Spezialisten. Immer häufiger kam es mit Angela zum Streit. Sie lebten in körperlicher Nähe, aus psychologischer Sicht trennten sie jedoch Welten. Sie konnte alles haben, was sie wollte, bis auf die Scheidung. Eine Scheidung war undenkbar ... Wie schön war es doch in Rom gewesen, so anders. Sie wahrten den Schein. Sein Bruder hatte ihn darauf hingewiesen, wie wichtig es sei, den Schein aufrechtzuerhalten.

Die Füße auf der Glasplatte seines Schreibtisches, saß er weit zurückgelehnt in seinem Ledersessel. Er besprach die letzten Details einer geplanten Freizeitanlage in Orlando mit der Bank in New York und dem Geschäftsführer des Bauunternehmens in Miami. Mit zwei Telefonhörern am Ohr und ohne Verzerrer, weil das Geld aus New York sauber war, führte er seine Verhandlungen.

Und so wie er für seinen Bruder Geld wusch, so hatte Mario Ruggerio seinen jüngeren Bruder Peppino eingeweicht, gewaschen und getrocknet. Peppino war von seinem Bruder von Prizzi fortgeschickt worden, fort von seiner Mutter und seiner Familie, weit weg ins Ausland. Die Geschäftsmänner, die er aus dem Rotaryclub und der Loge kannte, die Treuhänder des Politeama Garibaldi, die ihn in finanziellen Dingen um Rat fragten, das Waisenhaus in Bagheria und die Priester im *duomo* in Palermo, die ihn um Unterstützung baten, wußten nichts von der Identität seines älteren Bruders. Möglicherweise wußten ein paar Polizisten Bescheid. Es gab einen Richter, der es wußte. Eine Befragung, eine Aufforderung, in die Zentrale des Servizio Centrale Operativo von Rom zu kommen. Der Richter, ein kleiner, jämmerlicher Wicht aus Palermo, hatte ihm unterwürfig und schüchtern ein paar Fragen gestellt. Er war zum Angriff übergegangen. Wollte man ihm die Schuld an seiner Geburt geben? Sollte er sein Blut wie ein Kreuz tragen? Wegen seines Bruders hatte er sein Zuhause verlassen, die Insel verlassen – was hätte er denn sonst noch tun sollen, um die Verbindung abzubrechen? War er wegen seines Blutes und seiner Geburt verpflichtet, sich das Büßerhemd anzuziehen? Würde man ihn deswegen verfolgen? Der Richter, Rocco Tardelli, war offensichtlich ein unbedeutender Mann, denn er war bei seinem Angriff sofort in die Defensive gegangen. In Rom wurde er kein zweites Mal befragt, auch nicht, seit er mit Angela und den Kindern nach Palermo zurückgekehrt war. In jener Sitzung mit den Richtern in der Zentrale des SCO war es wichtig gewesen, die Ermittlungen gegen ihn im Keim zu ersticken. Er kannte ihre Arbeitsbedingungen, wußte, wie begrenzt ihre Mittel waren. Hinter überladenen Schreibtischen lechzten sie nach Informationen, die sie weiterbringen würden. In seiner Vorstellung war die Niederschrift der Befragung, bei der er keinerlei Informationen preisgegeben hatte, in irgendeinem Kellerarchiv neben zahllosen anderen nichtssagenden Protokollen abgelegt und vergessen worden. Wenn sie nicht vergessen worden wäre, dann hätte man ihn bei seiner Rückkehr nach Palermo erneut verhört. Er fühlte sich sicher, aber das war kein Grund, seine Wachsamkeit abzulegen. Er war immer auf der Hut, so wie sein Bruder es von ihm forderte.

Der Handel war abgeschlossen. Die Anwälte würden die Papiere auf Herz und Nieren prüfen, dann würde die Bank in New York das Geld transferieren, und die Bauarbeiten konnten beginnen. Peppino ließ seinen Gesprächspartner wissen, wann er das nächste Mal nach New York kommen würde ... ja, zum Dinner. Er bedankte sich bei ihm.

Peppino schaute auf die Wanduhr und fluchte. Angela konnte einfach nie pünktlich sein, und sie mußten in die Oper. Als Treuhänder durfte er bei der ersten Frühlingsvorstellung der Politeama nicht fehlen.

Er drückte die Taste des Vorzimmers, und seine Sekretärin nahm den Hörer ab. Sie sollte doch bitte bei Angela anrufen und sie daran erinnern, um wieviel Uhr sie in die Stadt fahren und auf der Piazza Castelnuovo auf ihn warten sollte. Ein kühles Lächeln spielte um seine Lippen. Angela hatte keine Entschuldigung, nicht zu kommen, weil er ihr alles gab, wie die Diamantbrosche, die sie an diesem Abend tragen würde, und er hatte ihr die kleine englische Maus gebracht, die auf die Kinder aufpassen sollte.

Charley hielt das Baby auf dem Arm, als wäre es ihr eigenes. Sie kam von der Veranda in die Küche, als Angela den Hörer auflegte.

»Angela, ich würde später gern einen kleinen Spaziergang machen, wenn es dir recht ist.«

»Wohin?«

Zum Sarazenerturm unten am Hafen. »Einfach ein bißchen in die Stadt.«

»Warum?«

Um den Alarmknopf zu drücken und einen Probealarm auszulösen. »Weil ich noch nicht in der Stadt gewesen bin. Ich würde auch gern ein bißchen am Strand entlanggehen.«

»Wann?«

In einer Stunde und zehn Minuten soll ich das Signal geben. »So in einer Stunde, dachte ich.«

»Kannst du nicht jetzt gehen?«

Der Zeitpunkt war von Axel Moen festgelegt worden. »Es ist noch zu warm. In einer Stunde ist es bestimmt angenehmer.«

»Ein anderes Mal. Ich muß mit Peppino in die Oper. In knapp zwei Stunden muß ich los. Ein anderes Mal.«

Sie würden in einer Stunde und zehn Minuten darauf warten, daß sie das Signal sendete, mit Kopfhörern würden sie an ihren Empfängern sitzen und warten. »Ich bin hier, wenn du ausgehst.«

»Charley, die Kinder und Mauro müssen ihr Essen haben. Sie müssen gebadet und ins Bett gebracht werden.«

»Das kann ich doch machen, mach dir keine Gedanken. Ich nehme *piccolo* Mario, Francesca und Mauro einfach mit. Sie gehen bestimmt lieber spazieren, wenn es nicht mehr so heiß ist. Du brauchst dich wegen ihnen nicht zu sorgen. Deshalb bin ich doch hier, um dir zu helfen.«

Charley lächelte und versuchte Angelas Traurigkeit zu verscheuchen. Sie wußte nicht, warum sie so niedergeschlagen war. Sie war nicht mehr die Frau, die Charley in Rom kennengelernt hatte, die Frau, die lachte und plauderte und oben ohne am Strand lag. Sie erkannte die Frau nicht wieder.

»Vielleicht …«

»Warum ruhst du dich nicht aus? Leg dich doch ein Stündchen hin. Mach dir keine Gedanken wegen der Kinder, das ist meine Aufgabe, deshalb bin ich hier.« Sie war hier, um Alarmsignale zu geben, um zu spionieren und um das Leben einer Familie zu zerstören …

Sie waren oberhalb der Abhänge, auf denen die Hirten ihre Schafe und Ziegen weiden ließen. Vom Monte Cuccio hatten sie einen direkten Blick auf den Monte Castellacio und weiter zum Monte Gallo, und als sie ihren Blick von der schwankenden Antenne abwandten und den steinigen Pfad hinunterschauten, weiter bis zum Ende des Weges, wo sie den Jeep zurückgelassen hatten, konnten sie die graugelbe, felsige Kammlinie oberhalb von Monreale ausmachen. Eine weitere Antenne auf diesem Bergkamm, und sie hätten die Verbindung von Mondello bis zur Antenne auf dem Dach der Polizeikaserne hergestellt.

Erschöpft von dem anstrengenden Aufstieg fragte Vanni Crespo keuchend: »Hat es geklappt?«

»Wenn ein Signal von Mondello aus auf der Frequenz gesendet wird, die Sie mir genannt haben, dann wird man es in Monreale empfangen«, erwiderte der Techniker leicht pikiert.

Vanni eilte die Geröllhalde hinunter, geriet ins Stolpern und fiel, und als er wieder auf den Beinen war, rannte er weiter zum Jeep.

Mario Ruggerio runzelte besorgt die breite Stirn. Unermüdlich tippte er Zahlen in seinen Taschenrechner.

Die Zahlen, die Liresummen, waren schlechter als im Jahr zuvor.

Die Verluste standen bei vierzig Milliarden im Monat, die Gewinne waren seit dem vorangehenden Jahr um siebzehn Prozent heruntergegangen. Dies waren die Bilanzen, die ihm im Kopf herumgingen. Die geschätzten Ausgaben lagen bei einundzwanzig Prozent. Jedesmal wenn er die Zahlen eintippte, erschien dasselbe unangenehme Ergebnis.

Er saß an seinem Tisch in dem schäbigen Zimmer im ersten Stock des Hauses im Capo-Distrikt. Die Zahlen waren Schätzungen, die ihm ein Buchhalter aus Palermo genannt hatte.

Gelegentlich schrieb er ein paar Worte auf und daneben Zahlen. Er schrieb »Rückgang der Gewinne aus öffentlichen Baumaßnahmen«: Die neue Regierung in Rom stellte keine weiteren Gelder für den Ausbau der sizilianischen Infrastruktur mehr zur Verfügung, also wurden auf der Insel weniger Straßen, Dämme und Verwaltungsgebäude gebaut. Er schrieb »Gerichtskosten«. Schätzungsweise befanden sich etwa viertausend Männer der Ehre aus allen Schichten der Organisation in Haft, darunter Mitglieder der *cupola, sotto capi, consiglieri* und *capodecini,* sowie die Rangniedrigsten, die *picciotti.* Sie alle brauchten die beste juristische Unterstützung, und wenn sie die nicht bekamen, wenn ihren Familien nicht geholfen wurde, dann bestand die Gefahr, daß sie ins Lager der elenden *pentiti* überwechselten und anfingen zu plaudern. »Verluste durch Beschlagnahmungen« hatte er geschrieben, und die ordentlich geschriebene Zahl belief sich auf 3.600 Milliarden für die staatliche Beschlagnahmung von Immobilien, Wertpapieren und Konten. Nachdem er den Rechner unermüdlich addieren, multiplizieren, dividieren und subtrahieren lassen hatte, summierten sich die »Verluste durch Beschlagnahmungen« in den ersten Monaten des Jahres auf achtundzwanzig Prozent. »Narkotika« hatte er geschrieben, und hier war die Zahl rückläufig, weil die Konsumgewohnheiten der Abhängigen sich gewandelt hatten. Viele waren zu den modernen synthetischen Drogen und Tabletten übergegangen, und die Organisation hatte keine Kontrolle über LSD-Produkte und Amphetamine. »Kooperation« stand da, die jährlichen Zahlungen an Politiker, Polizisten, Richter und Steuerfahnder, und die Zahl neben dem Wort betrug fünfhundert Milliarden. Seiner Ansicht nach waren die Worte und Zahlen das Ergebnis einer Tendenz, die sich drei Jahre zuvor abgezeichnet hatte. Der Niedergang hatte mit der Verhaftung von Salvatore Riina begonnen und setzte sich fort, während andere sich die Augen auskratzten oder sich gegenseitig umbrachten in dem Bestreben, ihm als *capo di tutti capi* zu folgen. Wenn er die Macht innehatte, die vollkommene Macht über die Organisation, würde der Niedergang gestoppt werden.

Er zündete sich eine Zigarre an, hustete und hielt sein Feuerzeug an den Zettel, auf dem er Worte und Zahlen notiert hatte. Er räusperte sich und versuchte, den zähen Schleim in seinem Hals abzuhusten.

Axel hatte sie gesehen.

Er saß auf dem warmen Beton der Kaimauer und schaute über die Bucht zu dem dunkelgrauen Turm, von dem er nach seiner Schätzung etwa vierhundert Meter entfernt war.

Er sah sie, und in seiner Vorstellung war sie Codename Helena. Sie hatte keine andere Identität. Während er über die Bucht hinweg zu ihr hinüberschaute, sah er sie nicht als Individuum mit eigener Persönlichkeit. Sie war die geheime Informantin, die er benutzte.

Axel saß da und ließ die Beine lässig über die Kaimauer baumeln. Unter seinen Füßen plätscherte das Wasser leise vor sich hin. Um ihn herum waren kleine Fischerboote und Männer, die ihre Netze reparierten oder sich an den Außenbordmotoren zu schaffen machten. Er ignorierte ihre ernsten, durch Salzwassergischt und sengendes Sonnenlicht walnußfarben gegerbten Gesichter. Er beobachtete sie.

Der kleine Junge rannte vor ihr her, sobald sie über die Straße waren und sie seine Hand losgelassen hatte. Ein kleines Mädchen hielt sich am Kinderwagen fest, den Codename Helena schob. Ein bunter Schirm schützte das Baby vor der grellen Spätnachmittagssonne. Alles schien so normal. An jeder Bucht der Insel, auf jeder x-beliebigen Strandpromenade hätte Axel dasselbe sehen können. Ein Kindermädchen, das einen Kinderwagen schob und von zwei größeren Kindern begleitet wurde. Er hatte gute Augen, brauchte keine Brille, und er sah ihr Gesicht wie einen hellen verschwommenen Fleck. Mit einem Fernglas wäre er möglicherweise aufgefallen, ohne Fernglas konnte er ihre Gesichtszüge nicht erkennen und wußte nicht, ob sie ruhig oder nervös war.

Auf Axels Schoß befand sich, durch die Windjacke vor den Augen der auf dem Pier hin und her laufenden Fischer verborgen, das Gerät mit der Bezeichnung CSS 900. Das quarzgesteuerte Zweikanalfunkgerät, das beste und empfindlichste, das man in der Zentrale auftreiben konnte, hatte kein Mikro und konnte nur einen Impulston empfangen. Im Gehörgang des rechten Ohrs trug er einen unsichtbaren, drahtlosen Induktionsempfänger. Das Gerät und der Induktionsempfänger wurden nur aktiviert, wenn ein Impulston gesendet wurde. Aus seiner Windjacke ragte die herausgezogene Antenne des Empfängers, ebenfalls unsichtbar, da er mit dem Rücken zum Pier saß. Er wartete.

Sie mußte den Kopf gesenkt haben, denn einen Moment lang war der weiße Fleck ihres Gesichts verschwunden. Er glaubte, sie würde vielleicht auf die Uhr schauen, und fragte sich, ob sie die Uhr im Laufe des Tages nach der Zeitansage im Radio genau eingestellt hatte, so wie er es getan hatte, so wie sie es hätte tun sollen. Er blickte die Küste hinunter, dann zum Turm, der vor Jahrhunderten von den Mauren zur Verteidigung errichtet worden war, zur Piazza, wo die Jugendlichen mit ihren Motorrollern und Coladosen herumlungerten, über die Dächer hinweg, bis zur letzten Villenreihe vor den zerklüfteten grauen Felsen der Klippen. Später, an einem anderen Tag, würde er sich die Villa ansehen. Sie stand vor einer Eisbude, und er sah, wie sie dem Jungen und dem kleinen Mädchen ein Eishörnchen reichte. Sie selbst aß kein Eis.

Das war Axel Moens Leben. Sein Leben bestand daraus, auf geheime Botschaften seiner Informanten zu warten. Während er dort saß, mit den Füßen über dem bunt schillernden, ölverschmutzten Wasser, in dem Plastiktüten und tote Fische herumschwammen, machte er sich keine besonderen Gedanken über die geheime Informantin, Codename Helena. Sein Leben und seine Arbeit … Scheiße. Er hatte keine Gefühle für sie, die er hätte benennen können, sorgte sich nicht darum, ob sie ruhig oder gestreßt war. Unwillkürlich zuckte er zusammen.

Der Impulston schrillte in seinem Ohr. Ganz klar, drei kurze Töne. Sie hallten in seinem Kopf wider. Er spürte eine leichte statische Spannung, und der Impulston wurde wiederholt. Es war, als bringe er seine Schädeldecke zum Vibrieren. Das Signal kam noch einmal, ein letztes Mal, drei kurze Töne.

Die statische Spannung war verschwunden. Es war wieder still.

Von weitem sah es aus, als würde sie sich umschauen. Wahrscheinlich suchte sie nach irgendeinem Zeichen. Er sah, wie sie sich langsam umdrehte und über die Straße, hinauf in die Stadt und zum Meer blickte. Es war gut, daß sie allein war, und gut, daß sie es wußte. Er schob die Antenne zurück und ließ sie unter seiner Windjacke verschwinden.

Axel stand auf. Im Stehen konnte er besser sehen. Sie ging fort, mit den Kindern und dem Kinderwagen. An der Straße wartete sie, und als sich eine kleine Lücke im Verkehrsfluß zeigte, eilte sie los. Er sah sie nicht auf der anderen Straßenseite, weil ein Laster ihm die Sicht versperrte.

Er schlenderte davon.

Vanni gab dem Techniker die Kopfhörer zurück. Plötzlich mußte er sich auf den Stuhl stützen, denn er fühlte sich völlig erschöpft. Sein Sturz auf der Geröllhalde auf dem Monte Cuccio hatte Spuren hinterlassen. Gesicht, Hände, Hosenboden und Hemd starrten vor Schmutz. Er holte tief Luft …

Sie hatten das Signal ganz deutlich empfangen, und er hatte gesagt, es würde für sie sein wie ein Licht am Ende eines langen, dunklen Tunnels. Es könnte möglicherweise Erfolg bringen … Er fragte sich, wo sie war, ihr Codename Helena, ob sie den Schauder der Isolation spürte … Er schrieb die Nummer seines Mobiltelefons auf einen Zettel und wies den Techniker an, daß man ihn jedesmal anrufen sollte, wenn auf dieser Frequenz gesendet wurde. Er heftete den Zettel mit der Nummer an das Empfangsgerät des Technikers.

»Haben Sie verstanden? Jedesmal – ob es der dreifache kurze Impulston oder der viermal wiederholte lange Impulston ist –, zu jeder Tages- und Nachtzeit, wenn das Signal kommt …«

Der Techniker zuckte lakonisch die Schultern. »Ja, gut, warum nicht.«

Er packte den Techniker an den Schultern, seine Finger gruben sich ins Fleisch. »Macht bloß keinen Scheiß. Der Frühdienst, der Spätdienst und der Nachtdienst, egal welcher *cornuto* hier sitzt, er ruft mich an. Wenn du nicht machst, was ich sage, brech' ich dir jeden einzelnen Knochen im Leib.«

»Man wird Sie anrufen.«

Er lockerte seinen Griff. Er zitterte. Er hatte einen Schrei aus der Dunkelheit gehört. Er fühlte sich plötzlich so schwach, weil er zum ersten Mal das Gefühl hatte, daß der Plan funktionieren könnte. Seit sie vor drei Jahren Baldassare di Maggio zum Reden gebracht hatten und er ihnen verraten hatte, wo sie nach Salvatore Riina suchen sollten, waren sie nie wieder so nah dran am Herzen der Organisation gewesen. Sie würden sie umbringen. Wenn sie ihr auf die Schliche kamen, würden sie sie umbringen.

Ein Zettel ... Ein Zettel mit einer Telefonnummer ...

In den Büroräumen wurde gefeiert. In all den Kisten und Plastiktüten, die sie aus dem Haus des Notars geschleppt hatten, wurde schließlich ein Stück Papier gefunden, das alles platzen ließ, eine Telefonnummer auf der Rückseite eines Überweisungsformulars war der Auslöser für diese Party. Der Notar mußte die Zahlungsanweisungen eines Untergebenen überprüft haben, dann hatte er herumtelefoniert und eine Telefonnummer auf das nächstbeste Stück Papier gekritzelt. Das Dumme war, daß es sich um die Nummer eines kleinen, diskreten Zürcher Bankhauses handelte. Dumm war auch, daß Schweizer Banken auch nicht mehr das sind, was sie mal waren. Man hatte kalte Füße bekommen, und die kleine diskrete Zürcher Bank mochte nicht gegen den kürzlich verabschiedeten Artikel 305 11 des Strafgesetzbuches verstoßen, der besagt, daß Bankdirektoren, die illegale Investitionen decken, mit strafrechtlicher Verfolgung rechnen müssen. In der Akte des Notars stand nun die Kontonummer auf der ersten Seite, und es bestanden kaum noch Zweifel, wo die Gelder der Kunden abgeblieben waren. Damit hatte die Party begonnen.

Ein paar Sixpacks aus dem Pub gegenüber, drei Flaschen Wein und eine Flasche Scotch, von dem der Hauptkommissar ganz schnell über den Jordan sein würde, und Musik aus dem Kofferradio. Ein solches Glück hatten sie nur selten.

Harry wurde gerufen.

Harry Compton wurde aus den Räumen, in denen die Party stattfand, ins Sekretariat gerufen. Miss Frobisher, in deren Urlaub hier regelmäßig alles aus den Fugen geriet, war gegen das Trinkgelage, aber sie war geblieben, um aufs Telefon aufzupassen. Wahrscheinlich hatte sie die geheime Nachricht gelesen, denn sie machte ein finsteres Gesicht, als sie Harry den Zettel reichte.

AN: Det. Sgt. H. Compton, SO6, London.
VON: Alf Rogers, DLO, Rom.

Herzliche Grüße, Harry. Habe jemanden auf Deinen unbedeutenden Wurm angesetzt. Keine Spur in Mailand. Auch sonst nirgendwo gemeldet, dein BRUNO FIORI. Die Adresse in der Via della Liberazione existiert nicht. Der ganze Straßenabschnitt wurde vor sechs Jahren abgerissen. Heute steht da ein städtisches Hallenbad. Die Angaben auf dem Anmeldeformular des Hotels sind offensichtlich frei erfunden. Ich lass' Dich jetzt zurück zu Deinen Tin Gonics. Wir haben hier wichtige Arbeit zu erledigen und können uns nicht mit unnützen Recherchen aufhalten.

In Liebe, Alf.

Harry brachte den Bogen zu seinem Schreibtisch und schloß ihn weg. Dann ging er zurück zur Party. Der Hauptkommissar hatte angefangen, Witze zu erzählen, und sonnte sich im Interesse seiner Zuhörer. Harry hielt es nicht für klug, ihm die Pointe zu vermasseln. Die Sache mußte bis zum Morgen warten, bis sie mit Kopfschmerzen an ihre Schreibtische zurückgekrochen kamen. Er hatte einen guten Riecher, das war sein Problem, und sein Riecher sagte ihm, daß etwas stank, aber es war besser, erst am nächsten Morgen darüber zu reden.

Kapitel 7

»Wie lange?«

»Ich weiß es nicht.«

»Wenn Sie nicht wissen, wie lange Sie brauchen, Harry, sollten wir es der örtlichen Polizei überlassen.«

Vielleicht wäre es gestern besser gewesen, vielleicht hätte er seinen Chef lieber beim Witzeerzählen unterbrechen sollen. Zu spät, Harry Compton hatte diese Chance sausen lassen.

»Das möchte ich nicht.«

»Habe ich richtig gehört? Sie ›möchten‹ es nicht? Erzählen Sie mir nicht, was Sie ›möchten‹, junger Mann.«

Am Morgen danach sahen die SO6-Räume aus wie ein Schlachtfeld. Miss Frobisher war natürlich schon vor sieben dagewesen und hatte Plastikbecher eingesammelt, Aschenbecher geleert und die Tische abgewischt, aber es stank noch immer nach kaltem Rauch und Alkohol, und sie hatten Kopfschmerzen. Die Kopfschmerzen des Hauptkommissars waren anscheinend besonders schlimm, denn seine Laune war im Keller.

»Lassen Sie es mich erklären …«

»Zügeln Sie sich, junger Mann. Was Sie mir ›erklären‹ wollen, ist, daß Sie für zwei Tage aufs Land möchten. Das würde wohl jedem von uns gefallen, nicht wahr?«

»Wir sollten der Sache nachgehen.«

»Das können die von der örtlichen Polizei machen.«

Harry stand im Büro des Hauptkommissars. Sein Chef hing über dem Schreibtisch und trank bereits die zweite Tasse Kaffee. Auf der Untertasse lagen Tabletten gegen Sodbrennen. Er hielt Alf Rogers' Nachricht in der Hand, das Anmeldeformular des Hotels und den Ausdruck des Nachtportiers über die Telefonanrufe aus dem Zimmer, das von Bruno Fiori, alias wem auch immer, bewohnt worden war. Langsam drohten die Sicherungen bei ihm durchzubrennen.

Seine Frau, Fliss, hatte zu meckern angefangen, sobald er zur Tür hereingekommen war. Hatte er vergessen, daß sie sich eine neue Polstergarnitur aussuchen wollten? Hätte er nicht wenigstens anrufen können? Er hätte schließlich eine Steuerrechtsprüfung vor sich, und nach einem abendlichen Einkaufsbummel hätte er gut noch ein bißchen lernen können, statt sich mit seinen Kollegen vollaufen zu lassen. Warum hatte er die Katze nicht rausgelassen? Die Katze war in der Küche eingesperrt und hatte auf den Boden gemacht …

»Die Ermittler da unten sind nutzlos, sie kennen sich höchstens mit Parktickets aus.«

»Sie haben nichts, nichts, das mich überzeugen könnte, zwei Tage auf Sie zu verzichten.«

»Die Sache ist es wert.«

»Wie viele Akten liegen auf Ihrem Schreibtisch?«

»Auf diese Frage habe ich gewartet.«

»Was nervt Sie denn so, Harry?«

»Auf meinem Tisch liegt nichts als belangloser Mist. Korrupte kleine Zwerge, die mit den mickrigen Ersparnissen von Hausfrauen und Pensionären herumtricksen.«

»Diese Pensionäre und Hausfrauen, diese kleinen Sparer, sind zufälligerweise die Leute, die Steuern zahlen, junger Mann. Mit den Steuern werden Sie bezahlt. Spielen Sie sich also nicht so auf. Vergessen Sie nicht, woher Ihr Geld kommt.«

Harry schloß einen Moment lang die Augen. Er kniff die Lider zusammen und holte tief Luft.

»Könnten wir noch einmal von vorn anfangen?«

Der Hauptkommissar wischte sich den Mund. »Also bitte. Aber fassen Sie sich kurz.«

»Lassen Sie mich erklären. Wir haben eine Spur. Giles Blakes Bank hat uns über eine größere Bareinzahlung informiert. Wir überprüfen seine Konten. Nichts Besonderes, nichts Weltbewegendes, außer, daß nicht recht klar ist, woher sein Vermögen kommt. In neunundneunzig von hundert Fällen würden wir die Sache auf sich beruhen lassen, die Akte ablegen und vergessen. Aber Sie genehmigen eine abendliche Überwachung, und der saubere Mr. Blake geht mit einem Italiener essen, und sie reden über nichts Illegales. Der Italiener sagt, daß er aus Palermo kommt. Aber der Italiener hat im Hotel einen falschen Namen angegeben und eine falsche Adresse. Wir wissen nicht, wer er ist. Aber auf der Liste seiner Telefonate ist ein Anruf bei einer Fluggesellschaft verzeichnet, bei der er den Rückflug nach Mailand bucht, zu der nicht existierenden Adresse. Dann hat er noch einen Wagen zum Flughafen bestellt und dabei ebenfalls den falschen Namen benutzt. Aber dann hat er noch ein weiteres Mal telefoniert. Er hat eine Privatnummer in Devon angerufen. Der Name des Teilnehmers ist David Parsons. Und deshalb will ich nach Devon, um Mr. David Parsons einen Besuch abzustatten.«

»Warum kann die dortige Polizei …?«

»Verdammt, ich glaube, Sie wollen mich nicht verstehen.«

»Ganz ruhig, junger Mann.«

»Verstehen Sie das denn nicht? Ich sag's noch einmal, was wir tun, ist Kleinkram. Kleinkram ist gut für die Statistik. Wir überführen genügend zweitrangige Leute, wegen zweitrangiger Gaunereien, und Sie werden zum Commander befördert und ich zum Inspektor, und wir lassen uns zusammen vollaufen. Jeden Mist schaffen wir. Aber keine Sorge, alles ist völlig easy und der Erfolg ist garantiert. Sind wir nicht verflucht clever?«

Es war ein Balanceakt. Noch einen Schritt weiter, und er bekam einen Anschiß wegen Frechheit und einen Vermerk in seiner Akte. Vielleicht lag es an dem nächtlichen Saufgelage, vielleicht war es die Müdigkeit oder der Streit mit Fliss. Anscheinend war es Harry Compton einerlei, daß er kurz davorstand, sich Schwierigkeiten einzuhandeln.

»Dann stolpert man plötzlich über eine Sache, die interessant sein könnte. Man kann's nicht einschätzen und weiß nicht, worauf es hinauslaufen wird. Vielleicht sitzt man ein, zwei Wochen oder einen ganzen Monat daran, und vielleicht kommt auch nichts dabei heraus.

Nein, das ist nichts für die Provinzpolizei, es ist unsere Sache, und ich möchte nach Devon fahren.«

Der Chef zögerte. So war es immer bei ihm, denn er war ein Maulheld. Wenn man ihm vor die Schienbeine trat und ihm weh tat, dann gab er normalerweise nach, soviel hatte Harry schon gelernt. »Ich weiß nicht …«

»Ich glaub', ich habe verstanden. Das Betrugsdezernat kann geldgierige kleine Schurken überführen, die ihre langen Finger nach Pensionskonten und Sparverträgen ausstrecken, aber für die internationale Szene sind wir nicht schlau genug. Die großen Fische sind zu komplex fürs SO6, wenn's brenzlig wird, kriegen wir kalte Füße. Ich habe schon verstanden.«

»Also gut, zwei Tage, aber erst muß Ihr Ablagekorb wenigstens zur Hälfte geleert sein«, sagte der Detective Superintendent säuerlich. »Und jetzt machen Sie, daß Sie hier rauskommen.«

Vier Tage waren verstrichen, und ihr Leben war alles andere als aufregend. Vier Tage lähmende Routine, aufstehen, die Kinder wecken und anziehen, den Kindern Frühstück machen, Klein-Mario in die Schule und Francesca in den Kindergarten bringen, Baby Mauro die Windeln wechseln. Vier Tage Routine, und Charley langweilte sich. Sie saß am Klapptisch auf der Veranda und schrieb ihre ersten Ansichtskarten.

Vor vier Tagen war sie in die Stadt gegangen, hatte beim Sarazenerturm gestanden, den Knopf ihrer Armbanduhr betätigt und vergeblich nach ihm Ausschau gehalten. Das war der letzte aufregende Moment gewesen. Verdammt noch mal, sie war doch nicht nach Sizilien gekommen, um die Kinder zur Schule und zum Kindergarten zu bringen, vollgeschissene Windeln zu wechseln und Angela Ruggerios Dienstmagd zu sein. Sie war hergekommen, um die Verbindung zu schaffen, die zur Festnahme von Mario Ruggerio führen sollte. Wer? Wozu? Warum? Eine Ansichtskarte an ihre Eltern, eine an ihren Onkel und eine an Klasse 2B. Die ganze Woche war Peppino in Palermo gewesen und nicht nach Mondello gekommen, und Angela sagte, ihr Mann habe zuviel Arbeit in der Stadt und könne abends nicht zu ihnen nach Hause kommen. Aber das war einfach lächerlich, denn mit seinem schnellen Bonzenschlitten brauchte man von Palermo bis Mondello höchstens zwanzig Minuten.

Auf die Ansichtskarten schrieb Charley nichts über ihre Langeweile. Amüsiere mich prächtig – herrliches Wetter – bald warm genug zum Schwimmen, alles Liebe, Charley. Das gleiche an ihre Eltern, den Onkel und die 2B.

Sie war gekommen, weil sie das Gefühl hatte, zu Hause in der Falle zu sitzen, eingezwängt in die starren Strukturen ihrer Schule. Aber hier passierte auch nichts, sie hütete die Kinder, wechselte Windeln und fegte die gottverdammten Fußböden. Mein Gott. Komm schon, raus mit der verdammten Wahrheit: Charley Parsons war nach Sizilien gekommen, weil Axel Moen es ihr befohlen hatte. Mit fahriger Hand schrieb sie die Adressen auf die Karten. Zum Teufel mit Axel Moen. Was bedeutete er für sie? Nichts. Sie warf den Kugelschreiber auf die Tischplatte. Mein Gott, nur ein einziges Mal hätte er etwas Nettes sagen können, ihr so etwas wie ein Lob aussprechen und ein bißchen gottverdammtes Mitgefühl zeigen können.

Sie war gekommen, weil das Abenteuer sie gelockt hatte. So wie sie zum ersten Mal zum Haus des Collegeprofessors gegangen war und gewußt hatte, daß seine Frau nicht zu Hause war. Mit der hauchdünnen Bluse ohne BH. Sie hatte seinen Wein getrunken und sich vor dem offenen Kamin ausgezogen. Dann war sie auf ihn gestiegen, wie sie es im Film immer machten. Das war aufregend gewesen, bis dieser langweilige Trottel zu weinen angefangen hatte. Auch als sie zu dem Wohnwagen am Rande des Campingplatzes von Brightlingsea gegangen war, wo die Langzeitaktivisten wohnten, die jeden Tag versuchten, die Polizeiketten zu durchbrechen und die Lastwagen mit dem Schlachtvieh zu stoppen, hatte sie das Abenteuer gesucht. Mit dem Pessar in der Hosentasche ging sie zu Packys Wohnwagen, weil die anderen Mädchen von seinem riesigen Schwanz geschwärmt hatten. Das war aufregend gewesen, bis dieser blöde Wichser abspritzte, bevor er überhaupt in ihr drin war. Wach auf, Mädchen, aufregende Abenteuer gibt es nur in Büchern. Die Villa war wie ein Mausoleum, wo man vor Langeweile starb.

Es war der dritte Tag, an dem *piccolo* Mario und Francesca in der Schule beziehungsweise im Kindergarten waren, und Charley schien es, als seien sie wie eine Stütze für ihre Mutter. Sie wurde gleichsam schwächer, wenn sie die Kinder nicht um sich hatte. Charley hatte weiß Gott ihr Bestes getan. Ihre Versuche, eine Unterhaltung anzufangen oder Angela ein wenig aufzumuntern, waren kläglich gescheitert. Morgens fuhr Angela nach Palermo oder blieb in ihrem Zimmer. Nachmittags ging sie mit den Kindern spazieren, oder sie sonnte sich in einem abgelegenen Teil des Gartens. Sosehr sich Charley auch bemühte, sie kam einfach nicht an Angela heran. Charley kicherte und erinnerte sich an das Gesicht ihrer alten Geschichtslehrerin, als sie ihnen die Daten des amerikanischen Bürgerkriegs einbleute, obwohl ihr Ehemann sie tags zuvor wegen eines neunzehnjährigen Jungen verlassen hatte. Gott, war sie herzlos, aber genauso wirkte jetzt das Gesicht von Angela Ruggerio auf sie, krampfhaft bemüht, den Schein zu wahren, gequält … Charley gab sich Mühe, versagte und versuchte es erneut. Sie war besessen, wie …

Der Gärtner beobachtete sie. Immer wenn Charley draußen war, machte sich der Gärtner in ihrer Nähe zu schaffen. Mit dem Gartenschlauch bei den Sträuchern, mit dem Besen auf dem Weg, mit der Harke im Beet, immer in der Nähe, damit er sie sehen konnte. Eines Tages, darauf konnte er Gift nehmen, eines Tages würde sie sich ins Gras legen, dann sollte der Spanner etwas zu sehen kriegen, daß ihm die Augen aus dem Kopf fielen. Eines Tages …

»Charley, weißt du, wie spät es ist?«

Sie wandte sich um und schaute zur offenen Terrassentür.

»Alles in Ordnung, Angela, ich hab' die Zeit nicht vergessen, in zehn Minuten geh' ich los und hole sie ab.«

Angela Ruggerio stand in der Tür. Es machte Charley traurig, sie zu sehen, das verhärmte Gesicht, das gequälte, aufgesetzte Lächeln. Da war keine Liebe, dachte Charley, ganz anders als damals in Rom. Aber das brauchte sie nicht zu kümmern.

»Ich hab' nur ein paar Karten geschrieben, an Freunde und Familie ...«

Angela wiederholte das Wort, schmeckte es auf der Zunge. »Familie ...?«

»Na ja, meine Eltern und der Bruder meiner Mutter. Er wohnt im Norden von England. Wir sehen ihn kaum ... In England ist es anders als in Italien, die Familie wird nicht so wichtig genommen. Aber ...«

Angelas Stimme klang plötzlich bitter, und ihre Maske war einen Moment lang verschwunden. »Hinter jedem Sizilianer steht eine Familie.«

Sie durfte keine Neugierde zeigen, niemals drängen, hatte Axel gesagt. »Ach ja?«

»Als du bei uns in Rom warst, hast du da gewußt, daß Peppino Sizilianer ist?«

»Nein.«

»Ein Sizilianer hat immer Familie. Die Familie ist wichtiger als alles andere ...«

Sie war fort. Angela verschwand so leise, wie sie gekommen war.

Charley schrieb die Adressen zu Ende. Sie ging in die Villa und wollte Angela nach den Schalterstunden der Post fragen. Barfuß ging sie über den Marmorboden des Wohnzimmers und die Fliesen des hinteren Flurs. Lautlos näherte sie sich dem Schlafzimmer. Angela lag auf dem Bett. Charley sah sie durch die offene Tür. Angela lag auf dem Bauch, und sie weinte und schluchzte so heftig, daß ihr Körper geschüttelt wurde. Sie wußte von der Familie. Die Familie, das waren Rosario und Agata in Prizzi, Mario, der gejagt wurde, Salvatore, der im Gefängnis war, Carmelo, der geistesschwach war, Cristoforo, der tot war, Maria, die trank, und Giuseppe, der das Geld wusch. Sie wußte über die Familie Bescheid, weil Axel ihr davon erzählt hatte. Charley sah die Frau weinen und schluchzen. Sie war beschämt.

Sie verließ die Villa, das Gefängnis, und ging mit dem Baby im Wagen in die Stadt, um Klein-Mario und Francesca abzuholen.

»Möchten Sie einen Kaffee?«

»Ja, gern. Einen Espresso bitte.«

»Dreimal Kaffee, bitte, Espresso.«

Der Polizeibeamte nickte. Er war ein alter, müder Mann, mit schlotternder Uniform. Hier in den oberen Stockwerken des Palazzo di Giustizia gehörte er zum lebenden Inventar. Ähnliche Männer hatte er auch in den oberen Stockwerken des Headquarters gesehen. An seiner Hüfte baumelte eine Pistole, aber sein Job bestand in erster Linie darin, Gästen Kaffee zu bringen.

Der Richter ließ Vanni und Axel den Vortritt durch die äußere Tür. Sowohl an der äußeren als auch an der inneren Tür standen Wächter. Beide Türen waren mit Stahlplatten versehen. Auf den Mauern um das Hauptquartier in La Paz waren Stacheldrahtspiralen angebracht gewesen. In Bolivien hatten sie immer eine Pistole an der Hüfte und mußten ständig auf der Hut sein. Sie bewegten sich mit äußerster Vorsicht und vermieden Nachtfahrten. Der Sicherheitsbereich um den Richter Rocco Tardelli, sogar im obersten Stockwerk des Palazzo di Giustizia, erschütterte Axel, und er versuchte sich vorzustellen, wie es wohl war, wenn man ständig unter Bewachung stand. Etwas Extremeres hatte er noch nie gesehen, auch nicht bei seinen früheren Reisen nach Palermo. Die innere Stahltür wurde hinter ihnen geschlossen, und die grimmigen, argwöhnischen Gesichter der Wächter verschwanden aus seinem Blickfeld. Der Raum wurde von einer tief hängenden Deckenlampe beleuchtet, und er mußte blinzeln. Hinter den heruntergelassenen Jalousien befanden sich mit ziemlicher Sicherheit kugelsichere Fensterscheiben … was für ein Scheißleben.

Der Mann war klein und gebückt. Während er die nötigen Höflichkeiten sagte, blieben seine Augen argwöhnisch und wachsam. Axel hatte von den »lebenden Toten« gehört. In Rom konnte er über die »lebenden Toten« makabre Witze machen, aber jetzt, da er mit der Realität konfrontiert wurde, blieb ihm das Lachen im Halse stecken. Sein Country Chief schätzte Dr. Rocco Tardelli und lud ihn zum Essen ein, wenn er in Rom war. Das Headquarter schätzte Dr. Rocco Tardelli, flog ihn einmal im Jahr zur Andrews USAF Base und ließ ihn vor den armen Säcken der Spezialteams sprechen. Der Country Chief und das Headquarter bezeichneten Dr. Rocco Tardelli als Juwel – aber er war ihnen nicht wertvoll genug, um ihn in ihre Operationen einzuweihen … Der arme Kerl wirkte auf Axel wie ein Tier im Käfig.

Es klopfte. Das Kaffeetablett wurde auf den Tisch gestellt, und die Maschinenpistole des jungen Wächters stieß gegen die Tischplatte. Scheiße, das verdammte Ding war entsichert, und der Richter zuckte unmerklich zusammen.

»Sei doch bitte vorsichtig, Pasquale.«

Sie waren allein.

Die leise Stimme. »Die DEA ist also nach Palermo gekommen. Darf ich so impertinent sein und Sie fragen, in welcher Mission Sie hier sind?«

»Wir haben mit einer Operation begonnen, Zielperson ist Mario Ruggerio«, erwiderte Axel.

»Dann sind Sie einer von vielen. Was bezwecken Sie mit Ihrer Operation?«

»Wir hoffen, ihn aufzuspüren. Wenn wir ihn aufgespürt haben, rufen wir die Kavallerie zur Hilfe.«

»Wahrscheinlich gehen Sie davon aus, daß auch wir gewisse Pläne für die Festnahme Ruggerios haben.« Tardelli lächelte sanft. »Welchen Umfang hat die Operation, von der sich die DEA Erfolg verspricht, während wir hier im dunkeln tappen?«

»Dies hier ist eine Art Höflichkeitsbesuch, wenn Sie so wollen. Wir haben nur eine sehr begrenzte Ausrüstung. Unser Freund Vanni hat alles organisiert. Er wahrt hier unsere Interessen.« Axel fühlte sich sichtlich unbehaglich. »Ich würde es vorziehen, nicht ins Detail zu gehen.«

Der Richter lächelte jetzt offen, und seine Augen strahlten. »Sie brauchen sich nicht zu entschuldigen – ich bin genau wie Sie. Ich traue nur sehr wenigen Leuten. Sie können nicht erwarten, daß ich Ihnen mitteile, wo sich unsere Überwachungsposten befinden, die Wanzen und die Kameras, mit denen wir nach Ruggerio Ausschau halten ... Sie können nicht erwarten, daß ich Ihnen verrate, welche Informationen ich von den *pentiti* erhalten habe. Aber ohne Vertrauen ist es ein trauriges Spiel.«

»Es ist nicht persönlich gemeint.«

»Warum sollte es? Wir sind also Konkurrenten. Sie möchten das erreichen, was wir nicht schaffen. Sie möchten dem italienischen Volk zeigen, daß die Macht der Vereinigten Staaten von Amerika so groß ist, daß ihr Erfolg habt, wo wir versagen.« Das Lächeln war längst verschwunden. Er hatte den Blick starr auf Axel gerichtet. »Wenn Sie Erfolg haben, wo wir versagen, dann würden Sie Ruggerios Auslieferung fordern, nehme ich an. Sie würden ihn in Ketten legen und ihn bei euch zu Hause vor Gericht stellen, so wie ihr es mit Badalamenti gemacht habt.«

»Ruggerio steht auch bei uns unter Anklage. Es wäre ein Denkzettel, denn wir würden ihn zeitlebens nicht mehr rauslassen.«

»Viele hier würden diese Entwicklung gutheißen und sich hämisch die Hände reiben, wenn der ehrgeizige Tardelli auf diese Weise gedemütigt würde. Haben Sie einen Agenten nach Palermo geschleust?«

Nach dem, was er gehört hatte, wurden die Ermittlungen durch Eifersüchteleien, Ehrgeiz und Neid unter Kollegen mehr beeinträchtigt als durch die Cosa Nostra. Der Mann flehte um ein Rettungsseil. Axel mied seinen Blick. »Ich würde lieber nicht darüber sprechen.«

»Ich vermute, Signor Moen, daß Sie einen zweitrangigen Agenten nach Palermo geschickt haben. Ich möchte Sie nicht beleidigen, aber wenn es sich um einen bedeutenden Agenten handeln würde, wäre

Bill persönlich hergekommen, statt dessen sind nur Sie hier ... Haben Sie von Tom Tripodi gehört?«

Axel kramte in seinen Erinnerungen. »Ja, hab' ihn aber nicht kennengelernt, er war schon weg, als ich zur DEA gekommen bin. Habe von ihm gehört. Warum fragen Sie?«

»Er war im Sommer 1979 hier. Das ist zwar schon eine Weile her, aber ich würde Ihnen trotzdem gern von seinem Einsatz erzählen, denn die Geschichte könnte sehr lehrreich für Sie sein. Er war ein Staragent aus Washington, und er arbeitete mit *vice questore* Boris Giuliano zusammen. Er gab sich als Drogeneinkäufer aus und schaffte es, Badalamenti, dem damaligen *capo di tutti capi*, vorgestellt zu werden. Die Leute in Washington, die sich den Plan ausgedacht hatten, stellten sich alles wahrscheinlich ganz einfach vor. Ein Agent an Ort und Stelle, der erreichen würde, was die Italiener nicht schafften. Das Traurige war aber, daß Badalamenti nicht anbiß. Am Ende rannte Tripodi um sein Leben, wurde von Boris Giuliano zu den Docks gebracht, mit Polizeieskorte und Hubschrauber. Am einundzwanzigsten Juli 1979 haben wir einen hohen Preis bezahlt, vielleicht wegen Tripodi, vielleicht aber auch nicht. Ein paar Tage nachdem Tripodi aus Palermo geflohen war, ging *vice questore* Giuliano in seine Stammkneipe, wo er jeden Morgen seine erste Tasse Kaffee trank. Er hatte keine Chance, seine Waffe zu ziehen. Aber in Washington hat man sicherlich die Gefahr für Ihren Agenten, Ihre Mitarbeiter und Sie selbst sorgfältig abgewogen, nicht wahr, Signor Moen?«

Der Blick des Richters war kalt, und in seiner Stimme schwang Sarkasmus mit.

»Wir haben die Aktion gründlich durchdacht.«

»Ich will ganz offen sein, Signor Moen, ich habe keinen Agenten in Ruggerios Nähe, und ich will auch keinen Agenten in der Nähe dieses Mannes haben. Ich könnte es nicht mit meinem Gewissen vereinbaren, das Leben eines Menschen derart in Gefahr zu bringen. Es sei denn, Ihr Agent ist der letzte Abschaum aus der Gosse, dessen Leben nicht viel zählt ...«

Axel stand auf. »Vielen Dank, daß Sie uns Ihre Zeit geopfert haben. Bill läßt Sie grüßen. Es war nur ein Höflichkeitsbesuch.«

Als sie die Tür des inneren Bürobereichs hinter sich schlossen, saß der Richter schon wieder über seinen Papieren. Obwohl er sich weiß Gott nichts sehnlicher wünschte, als diesen gottverdammten Raum zu verlassen. Ihm war, als müsse er in der abgestandenen Luft ersticken.

Die Wächter sahen ihnen nach, zogen lässig an ihren Zigaretten und unterbrachen ihr Kartenspiel. Axel ging voran, den langen Flur entlang, vorbei an dem alten Polizeibeamten, der ihnen Kaffee gemacht hatte. Sie warteten nicht auf den Aufzug, sondern eilten die breite Treppe hinab.

Raus aus dem gottverdammten Gebäude an die frische Luft. Der große grauweiße Bau lag hinter ihm, faschistische Architektur und ein beschissenes Symbol für die Allmacht des Staates. Er schritt durch die hohen Säulen, die errichtet worden waren, um dem einfachen Volk Ehrfurcht einzuflößen, vorbei an der eindrucksvollen Reihe der gepanzerten Wagen.

»Ich verstehe nicht ...«

»Du verstehst nicht, warum Tardelli bei seinen Ermittlungen Ruggerios kleinem Bruder Giuseppe so wenig Beachtung schenkt. Ich sag' es dir. Er arbeitet allein. Er traut keinem Mitarbeiterstab. Er arbeitet von frühmorgens bis spätnachts. Er ackert alle Papiere allein durch, weil er niemandem traut ... Vor längerer Zeit hat er in Rom mit Klein-Giuseppe gesprochen und gab sich zufrieden mit dem, was ihm erzählt wurde. Was meinst du, wieviel Kilo Papier seitdem über seinen Schreibtisch gegangen sind? Er muß Prioritäten setzen, und was er vor vier, fünf Jahren zu den Akten gelegt hat, spielt für ihn heute keine große Rolle mehr. Natürlich sollte er die Familie im Visier haben, jeden Zweig der Familie, aber sein Kopf ist zu, sein Kopf ist müde, er hat die ferneren Zweige der Familie aus den Augen verloren. Wirfst du mir vor, daß ich ihm nicht helfe? Wir sind nicht die wunderbare DEA, Axel, wo man den Kollegen vertraut und zusammenarbeitet. Wir sind nichts weiter als gefühlsduselige Italiener. Das denkst du doch, oder? Wir bestätigen all deine Vorurteile, nicht wahr?«

Er schaute nicht zurück. So sah er weder die Truppe mit den Maschinengewehren auf dem Flachdach noch die Truppe, die am äußeren Zaun patrouillierte, er ignorierte die Wachposten am Tor, die die Unterseite seines Wagens auf Bomben überprüften. Vanni mußte laufen, um mit ihm Schritt zu halten. Sobald sie das Tor und die Wachen passiert hatten, drängelte Axel sich in den fließenden Verkehr, was ein empörtes Hupkonzert zur Folge hatte. Nach ein paar Minuten fuhr Axel rechts ran und packte Vanni am Kragen.

»Warum hat er das getan? Warum hat er mich behandelt wie den letzten Dreck?«

Vanni lachte. »Er geht zu allen Beerdigungen. Vielleicht ist er zu beschäftigt, um zu deiner oder Codename Helenas Beerdigung zu kommen. Vielleicht wollte er dich bitten, vorsichtig zu sein, weil er keine Termine mehr frei hat.«

Er dachte an sie, wie sie am Sarazenerturm gestanden hatte, allein, vergeblich nach ihm Ausschau haltend.

Die kleine Tasche mit dem festgezurrten Regenmantel in der Hand, verließ Mario Ruggerio den Capo-Distrikt.

Mit ausdruckslosem Gesicht ging er hinter dem Palazzo di Giustizia entlang, vorbei an einer riesigen Baustelle, wo neue Bürogebäude für Staatsanwälte und Richter aus dem Boden schossen. Ein alter Mann mit karierter Mütze und grauer Tweedjacke über den breiten Bauernschultern erweckte kein Interesse bei den Soldaten des *bersagliere*-Regiments auf dem Dach, an den Toren, neben dem Zaun und an den Straßenecken. Vor dem Palazzo trat ein Polizeibeamter wichtigtuerisch auf die Fahrbahn, blies gebieterisch in seine Trillerpfeife und gebot Autos und Lastern anzuhalten, damit der alte Mann die Via Goethe sicher überqueren konnte. Er ging siebenhundertfünfzig Meter die Via Constantino Lascaris und die Via Giudita entlang, und er wandte sich nicht um, als sich hinter ihm eine Polizeisirene näherte. Er ging, bis er außer Atem war und seine Beine müde wurden. Die ganze Zeit hatte er die Zahlen auf dem Taschenrechner vor Augen, er konnte an nichts anderes denken. Seine Konzentration auf die Zahlen wurde nur unterbrochen, wenn er vor einem der Ladenfenster stehenblieb und sich ausruhte, wenn er sich umdrehte, um zu sehen, ob ihm jemand folgte. In der Nähe der Kreuzung Via Giudita und Via Giuglielmo il Buono, hinter einem großen Mietshaus versteckt, war die Werkstatt.

Am Tor der Werkstatt, das oben mit Stacheldraht versehen war, drehte er sich noch einmal prüfend um.

Der Cousin des Werkstattbesitzers hatte vier Jahre zuvor im Ucciardone-Gefängnis eine Zelle mit Salvatore Ruggerio geteilt. Der Cousin hatte von Salvatore Schutz erhalten. Vier Jahre später wurde die Gegenleistung für diesen Schutz eingefordert.

Die Werkstatt war ein guter Treffpunkt. Er überquerte den vollgeparkten vorderen Hof und betrat die geschäftige Halle, wo man bei lauter Radiomusik, dem Geklapper der Schraubenschlüssel und dem Zischen des Schweißgerätes sein eigenes Wort kaum verstehen konnte. Er ging mit seiner Tasche in eines der hinteren Büros. Sobald der Besitzer ihn sah, sprang er von seinem Schreibtisch auf und wischte einen Stuhl für ihn ab, als sei soeben ein Kaiser gekommen. Er wurde gefragt, ob er Kaffee oder Saft wünsche, und er schüttelte den Kopf. Dann saß er auf dem gesäuberten Stuhl und wartete.

Es war ein guter Ort für ein Treffen mit Peppino. Im vergangenen Jahr hatte Peppino hier immer seine Autos warten lassen. Er zündete sich eine Zigarre an. Er nahm an, daß Peppino gelegentlich überwacht wurde, obwohl er dies immer verneinte.

Als Peppino kam, umarmten sie sich.

»Geht's dir gut?«

»Bestens.«

»Gute Reise gehabt?«

»London war ein großer Erfolg für mich, für uns.«

Sie redeten übers Geschäft. Peppino erzählte seinem Bruder alle Einzelheiten von dem Bau der Ferienanlage in Orlando, Florida. Peppino sprach von dem Geld, das von Wien auf das Konto von Giles Blake in London überwiesen werden sollte, zur weiteren Investition durch einen Banker, einen Anlageberater und einen Immobilienmakler, der Mittel brauchte, um die letzten sieben Stockwerke eines Bürohochhauses in Manchester fertigzustellen. Er erklärte, welche Arrangements man für den Besuch des Kolumbianers aus Medellín getroffen hatte, der den Weitertransport des Stoffs nach Europa organisierte. Schließlich waren da noch die Russen, mit denen er in der kommenden Woche in Zagreb verabredet war.

Und Mario freute sich über das, was sein Bruder zu berichten hatte. Nur selten unterbrach er ihn. Wie hoch war die Kommission für Giles Blakes Klienten? Wo sollte das Treffen mit dem Kolumbianer stattfinden? Wieviel Prozent würden die Russen zahlen? Er liebte den jüngeren Mann, der so anders war als er selbst, und jeden Unterschied hatte er sorgfältig geplant, so als hätte er jede Phase von Peppinos Leben modelliert und vorgeformt. Er konnte Peppinos Körperpuder riechen und die Gesichtslotion. Anzug, Hemd, Krawatte und Schuhe seines Bruders waren vom Feinsten. Mario war der ironische Aspekt sehr wohl bewußt. Peppino hatte Reichtum und Erfolg für sich gepachtet. Ihre Eltern lebten mit Carmelo in einem alten verwinkelten Häuschen in Prizzi. Salvatore schmorte im Gefängnis von Asinara. Cristoforo war tot. Den Kontakt zu Maria hatten sie abgebrochen, weil sie durch ihre Trinkerei zu einer Gefahr geworden war. Seine Frau, Michela, und seine Kinder Salvo und Domenica waren in Prizzi, wo Michela sich um ihre alte Mutter kümmerte. Nur Peppino kam in den Genuß des guten Lebens.

Nichts wurde aufgeschrieben, alles behielten sie im Kopf. Er erzählte Peppino, was der Buchhalter gesagt hatte, nannte die Höhe der Gewinneinbußen und die der gestiegenen Ausgaben.

»Du solltest nicht auf ihn hören. Wenn du ein kleiner Mann wärst, wenn du nur auf Investitionen und Geschäfte hier auf der Insel angewiesen wärst, dann hätten diese Zahlen möglicherweise mehr Gewicht. Aber deine Geschäfte sind international. Du bist besser dran ohne ihn.«

»Es gibt ein paar Leute, die sagen, daß ich mich nicht genug für die Möglichkeiten hier auf Sizilien interessiere.«

»Ich denke, in Catania sagen sie das, wo ein kleiner Mann an der Macht ist – ebenso klein wie der Mann aus Agrigento ...«

Für Giuseppe Ruggerio war dies die Bestätigung einer Todesstrafe. »Ein kleiner Mann wie der aus Catania kann den Fortschritt möglicherweise aufhalten. Wenn ein Baum vom Sturm umgeknickt wird und die Straße blockiert, dann muß man die Säge holen, den Baum absägen und ihn verbrennen.«

»Ihn anstecken und verbrennen.«

Sie lachten. Peppinos Lachen war sanft und leise, Marios Gelächter dagegen klang wie ein heiseres Knurren. Sie lachten, als das Todesurteil gesprochen war.

Auf dem faltigen Gesicht des alten Mannes lag noch immer ein sanftes Lächeln, als er fragte: »Und wie geht's meinem kleinen Engel?«

»*Piccolo* Mario ist wie sein Onkel, ein richtiger kleiner Frechdachs.«

»Und Francesca und das Baby?«

»Wunderbar.«

»Ich hoffe sehr, sie bald zu sehen. Ich habe ein Foto von ihnen. Ich trage es immer bei mir. Von deiner Schwägerin und von Salvo und Domenica habe ich kein Bild in der Tasche, aber das von Francesca und dem kleinen *birichino* gebe ich nicht aus der Hand. An dem Tag, als du nach London gefahren bist, war ich beim Giardino Inglese. Ich hab' den kleinen Wildfang gesehen. Hab' doch sonst so gut wie keine Freuden. Und Angela, wie geht's deiner Frau, wie geht's der römischen Dame?«

»Sie schlägt sich durch.«

Der kühle Ton der Antwort war ihm nicht entgangen. Er schüttelte den Kopf. »Das ist nicht gut, Peppino. Manchmal gibt es Probleme, wenn die Frau eines Mannes in deiner Position nicht glücklich ist, manchmal führt das zu unnötigen Problemen.«

»In Rom hatten wir ein Mädchen, das Angela mit den Kindern geholfen hat. Angela mochte sie sehr gern. Ich habe sie nach Mondello in die Villa eingeladen, um Angela glücklicher zu machen.«

Der alte Mann zog irritiert die Brauen hoch. »Hältst du das für klug?«

»Sie ist ein Mädchen vom Lande. Ein einfaches Mädchen, aber so hat Angela ein bißchen Gesellschaft.«

»Bist du sicher mit ihr?«

»Ich denke schon.«

»Du solltest dir aber ganz sicher sein. Wenn sie sich bei dir zu Hause frei bewegen kann, sollte es keine Zweifel geben.«

Nachdem sie sich verabschiedet hatten, ging Mario Ruggerio von der Werkstatt zur Kreuzung Via Giuglielmo il Buono und Via Normanini. Er hatte genug Zeit, sich im Tabakladen drei Päckchen von seinen Zigarren zu kaufen, und während er an der Straßenecke wartete, blieb ihm auch noch Zeit, an den kleinen Mann aus Catania zu denken, ein Baum, der die Straße blockierte und den man absägen und verbrennen mußte, und dann blieb ihm immer noch Zeit, an die Familie zu denken, die er liebte, und an den kleinen Frechdachs, der nach ihm benannt worden war. Der Citroën BX kam um die Ecke gefahren. Der Fahrer beugte sich herüber und öffnete die Beifahrertür. Er stieg ein und wurde davongefahren. Ein Zahnarzt war von Palermo nach Turin gezogen, und seine Wohnung an der Via Crociferi, die nun leer stand, würde Mario Ruggerio für eine Woche sicheren Unterschlupf bieten. Zumindest würde er dort schlafen können und dem elenden Lärm des Capo-Distrikts für eine Weile entkommen.

Er konnte nicht schlafen. Er stand am Fenster. Hinter ihm war das Bett, in dem seine Frau friedlich schnarchte – er hatte es ihr nicht gesagt. Vor ihm lagen die Lichter von Catania, und draußen auf dem

Meer näherten sich die Lichter der Autofähre aus Reggio. Er konnte mit seiner Frau nicht über solche Dinge sprechen. Während ihrer zweiunddreißigjährigen Ehe hatte er diese Dinge kein einziges Mal angesprochen, und deshalb wußte sie nichts von seiner Angst und schlief und schnarchte. So war er mit seiner Angst allein, konnte sie mit niemandem teilen. Wegen der Angst hatte sein Sohn sein eigenes Heim verlassen und schlief nun im angrenzenden Zimmer. Die Angst hatte ihn seit dem Treffen mit Mario Ruggerio im Madonie-Gebirge im Griff. Außer seinem Sohn wußte er jetzt niemanden mehr, dem er vertrauen konnte. Es konnte zum Krieg kommen, zum Kampf auf Leben und Tod, zwischen seiner Familie und der Familie von Mario Ruggerio, und jeder Mann seiner Familie traf nun zu Hause in seinem Bett die Entscheidung, auf welcher Seite er kämpfen würde. Er kannte Mario Ruggerios Methoden. Er wußte, auf welche Weise er aufgestiegen war. Mario Ruggerios Dreckskerle würden einen der Männer seiner eigenen Familie so lange in die Zange nehmen, bis er nachgab.

Einer seiner eigenen Männer würde ihn in den Tod führen, er wußte nur noch nicht welcher. Die nächtliche Angst fraß an seiner Seele.

»Ich will weder Pietro Aglieri noch Provenzano oder Salvatore Minore noch Mariano Troia. Wenn ihr einen von ihnen trefft, gebt ihm Feuer, bietet ihm einen Kaugummi an, aber ansonsten laßt ihr ihn in Ruhe.«

In seinem Büro erklang leises, nervöses Gelächter. Rocco Tardelli hatte alle Mitglieder des Überwachungsteams zur Einsatzbesprechung gerufen. Er leierte die Namen der *super-latitanti* herunter und grinste bescheiden. Sie hielten ihn bestimmt für einen Idioten. Sie standen vor seinem Schreibtisch, sieben und nicht neun, weil einer Urlaub hatte und ein anderer krank gemeldet war. Er nahm das Foto vom Schreibtisch und zeigte es ihnen.

»Ich will ihn. Ich will Mario Ruggerio. Aglieri, Provenzano, Minore, Troia sind alles Männer von gestern. Ruggerio ist der Mann von morgen. Euer Team ist zu klein. Wir haben nicht mehr Kameras als vorher. Wir wissen nicht, wo wir die Abhörgeräte plazieren sollen. Das Foto ist vor zwanzig Jahren gemacht worden, aber das Gesicht wurde durch eine Computersimulation älter gemacht. Ich weiß nicht, ob Ruggerio einen Schnurrbart hat, ich weiß nicht, ob er eine Brille trägt, ich weiß nicht, ob er sich die Haare gefärbt hat. Ihr geht in den Capo-Distrikt, das ist der Stadtteil Palermos mit der höchsten Kriminalitätsrate, schlimmer noch als Brancaccio oder Ciaculli, glaube ich. Die Chancen, eure Tarnung zehn Tage lang aufrechtzuerhalten, sind minimal, und das wißt ihr besser als ich. Die Information, die ich habe, besagt, daß Ruggerio in einer Bar zwischen der Via Sant' Agostino und der Piazza Beati Paoli einen Mandelkuchen gegessen hat, von dem er die Scheißerei gekriegt hat. Aber das ist auch schon wieder ein Jahr her.«

Die Männer des *squadra-mobile*-Überwachungsteams lachten über die Worte des Richters. Genau das hatte Rocco Tardelli beabsichtigt. Die Überwachungsteams von ROS, DIA, Guardia Finanze oder *squadra mobile* waren in seinen Augen die Crème de la crème. Sie sahen schrecklich aus, jenseits von Gut und Böse – wie Straßendiebe, Zuhälter oder Dealer. Sie sahen aus wie der Abschaum der Stadt. Aber sein *maresciallo* kannte sie alle und hatte für jeden seine Hand ins Feuer gelegt. Sie sollten ihn auslachen. Sie sollten denken, daß sie einen Wahnsinnseinsatz vor sich hatten. Andere hätten sie belehrt, andere hätten die Probleme heruntergespielt. Rocco Tardelli stachelte ihren Ehrgeiz an.

»Und ihr dürft natürlich nicht vergessen, daß ihr nicht als einzige hinter Ruggerio her seid. Jedes Dezernat, jeder Geheimdienst hat einen Plan für seine Gefangennahme. Gestern war sogar ein Ausländer hier, um mir einen Höflichkeitsbesuch abzustatten und mir mitzuteilen, daß auch er Jagd auf *il bruto* macht. Euch spricht man die geringsten Chancen zu, ihr seid ganz unten auf der Prioritätenliste, ihr seid einem besessenen, neurotischen und eitlen Ermittler zugeteilt worden, nämlich mir.«

Sie schauten ihn an. Die Zeit des Lachens war vorüber.

»Wenn er dort ist – wenn, dann weiß ich, daß ihr ihn findet. Ich danke euch«, sagte er ruhig.

Peppino war spät nach Hause gekommen, sehr spät.

Während sie für Francesca und Klein-Mario Frühstück machte und die Milch für Baby Mauro erwärmte, hörte Charley die Geräusche der Liebe aus dem Elternschlafzimmer der Villa. Sie versuchte, sich auf die Frühstücksflocken für die Kinder und die richtige Temperatur der Milch zu konzentrieren, und die ganze Zeit hörte sie das Flüstern der Liebe. Es war acht Monate her, seit sie das letzte Mal Sex hatte, als dieser Schlappschwanz sie im Wohnwagen bumsen wollte, aber schon gekommen war, bevor er überhaupt in ihr drin war ... Sie stellte das Radio lauter. Die Eisenbahner und Fluglotsen streikten mal wieder, ein Mann war in Misilmeri erschossen worden, in Rom wurde für höhere Renten demonstriert, und bei Erdarbeiten in Sciacca waren die Skelette von vier Männern gefunden worden, und der Stadtkämmerer von Mailand war verhaftet worden, weil er Schmiergelder genommen hatte, und ... Teufel noch mal, es war besser, sich den Sex anzuhören. Während die Kinder ihre Cornflakes löffelten, während Charley sich eine Apfelsine schälte, während sie dem Baby die Flasche gab, hörte Charley die ganze Zeit das Geflüster der Liebe.

Als sie soweit war, die Kinder zur Schule und zum Kindergarten zu bringen, als sie Baby Mauro in den Kinderwagen gelegt hatte und sich das Haushaltsportemonnaie aus der Schublade und Angelas Einkaufsliste vom Tisch genommen hatte, hörte sie das Rauschen der Dusche. Sie machte sich nicht bemerkbar. Es hatte nach gutem Sex geklungen, nach dem Sex, mit dem die blöden Ziegen im College immer geprahlt hatten, nach der Art von Sex, wie ihn Charley weder mit dem verlogenen Collegeprofessor noch mit dem Waschlappen im Wohnwagen erlebt hatte, nach der Art von Sex, wie ihn Charley nie aus dem Schlafzimmer ihrer Eltern gehört hatte. Sie ging hinunter nach Mondello, lieferte Francesca im Kindergarten ab und gab Klein-Mario vor der Schule ein Abschiedsküßchen.

Sie bog in die Straße hinter der Piazza ein, wo die Bars hinter den geschrubbten Bürgersteigen geöffnet waren, wo man in den Trattorias und Pizzerias frische Tischtücher auflegte und die Fußböden kehrte und sich für den Tag bereit machte. Sie kaufte das Gemüse für den Salat an einem offenen Stand, Käse, Milch und Olivenöl in der *alimentari* und ein bißchen frischen Schinken. Nach und nach hatte sie alle Posten auf Angelas Liste abgehakt.

Jeden Morgen, wenn sie die Kinder zur Schule und in den Kindergarten brachte und einkaufen ging, hielt sie nach ihm Ausschau, ohne ihn jemals zu sehen.

An diesem Morgen hielt sie sich nicht länger in der Stadt auf. Die Einkäufe hatte sie erledigt. Sie schob den Kinderwagen mit dem schlafenden Baby zurück, den Hügel hinauf, vorbei an den Bauarbeitern, die defekte Abflußrohre erneuerten, vorbei an den herumspringenden, bellenden Wachhunden, zurück zur Villa. Am Tor stieß sie einen schrillen Pfiff aus, so als hätte sie etwas zu sagen, und wie immer kam der elende Spanner, der abstoßende alte Kerl, der Gärtner, auf ihr Pfeifen angerannt und öffnete ihr das Tor, um es nach ihrem Eintreten wieder zu verschließen. Sie ließ den Kinderwagen mit dem schlafenden Baby auf der schattigen Veranda stehen. In der Küche packte sie Salat, Käse, Milch und Schinken in den Kühlschrank und das Olivenöl in den Schrank. Dann ging sie ihr Buch holen.

Sie stieß fast mit ihm zusammen.

Ihre Zimmertür stand offen. Peppino stand im Flur neben der Tür.

Er sagte, daß er nach ihr gesucht hätte. Er trug nichts weiter als einen kurzen Bademantel. Seine Beine und seine Brust waren dicht behaart. Er war noch unrasiert. Er habe nicht gewußt, daß sie sich schon mit den Kindern und der Einkaufsliste auf den Weg gemacht hatte. Schließlich wollte sie ihn nicht stören. Wäre ihr doch nicht im Traum eingefallen, den guten Fick zu unterbrechen. Sie solle doch bitte Blumen für ihn kaufen, frische Schnittblumen. Aber selbstverständlich, Sex und Blumen, um Angelas Niedergeschlagenheit zu vertreiben, kein Problem, selbstverständlich würde sie ein zweites Mal in die Stadt marschieren und Blumen kaufen. Sein Haar war noch feucht vom Duschen, und die Locken auf der Brust waren mit Puder bestäubt. Anscheinend hatte er seinen Spaß daran, sie als seine Botin loszuschicken und Besorgungen erledigen zu lassen. Sie fragte sich, ob Angela in ihrem Schlafzimmer lächelte oder weinte, ob ein Fick ihr Leben veränderte, ob Blumen ihre Laune aufhellen würden.

Sie nahm das Portemonnaie aus der Küchenschublade. Zurück über den Weg zwischen den Blumenbeeten, vorbei am Gärtner, zurück durchs Tor, das sie hinter sich zuknallte. Wieder an den wütenden Hunden vorbei, vorbei an den Bauarbeitern, die sie mit ihren Blicken auszogen. Zurück zur Piazza …

Dein Wunsch sei mir Befehl, Giuseppe Ruggerio. Teure Blumen. Am Strand nahm sie einen Fünfzigtausend-Lire-Schein aus dem Haushaltsportemonnaie. Das reichte noch nicht. Sie nahm einen Hunderttausend-Lire-Schein und reichte ihn dem Händler. Was die *Signorina* wünsche? Sie zuckte die Achseln, sie wollte das, was sie für vierzig Pfund bekommen konnte, und er sollte die Blumen aussuchen. Sie nahm den Strauß entgegen, Chrysanthemen und Nelken, und ging damit fort.

»Gehen Sie runter zur Strandpromenade.«

Die Stimme war direkt hinter ihr.

»Sehen Sie sich nicht um, lassen Sie sich nichts anmerken.«

Charley gehorchte. Sie schaute nicht zurück, um Axel anzusehen. Sie schaute starr nach vorn zum Sarazenerturm und dem Pier. Sie nahm an, daß er ihr folgte. Sein amerikanischer Akzent hatte scharf und knapp geklungen. Sie ging über die Piazza. Sie wartete einen Moment und überquerte die Straße. Sie stand neben einem alten Mann, der auf einem Klappstuhl saß. Vor sich hatte er eine Kiste mit frischem Fisch in zerstoßenem Eis. Er hatte einen uralten schwarzen Regenschirm aufgespannt, um den Fisch vor der Sonne zu schützen.

»Gehen Sie langsam weiter, und drehen Sie sich auf keinen Fall um.«

Charley ging. Die See war blaugrün, die Boote dümpelten träge in ihren Vertäuungen.

Sie spürte, daß er ganz nah war, nah genug, um sie zu berühren. Die Stimme hinter ihr fing wieder an zu murmeln.

»Wie läuft's?«

»Es passiert nichts.«

»Wenn etwas geschieht, irgend etwas, dann geht es schnell, plötzlich. Gibt es Anzeichen für Mißtrauen?«

»Nein.« Sie schaute nach vorn auf die See und die Boote und versuchte, ihm ihre Verachtung zu zeigen. »Ich gehöre zur Familie, es ist nur eine verdammt unglückliche Familie, es ist ...«

»Hören Sie auf zu jammern ... und lassen Sie sich niemals gehen. Werden Sie nicht selbstgefällig.«

»Wollen Sie's mir nicht sagen?«

»Was soll ich sagen?«

»Der Test? Hat's funktioniert?«

»Es war okay.«

Sie war wütend, sie spuckte auf die Erde, aber sie beherrschte sich und schaute sich nicht um. »Nur okay? Wunderbar. Ich hab' mir bald in die Hose gemacht. Falls Sie es nicht wissen sollten, es ist meine Verbindung. Mein Weg nach draußen. Da drinnen ist es wie in einer Leichenhalle. Ich fühl' mich soviel besser, jetzt wo ich weiß, daß Ihr Gerät funktioniert, okay. Nicht großartig, nicht unglaublich, nicht wunderbar.«

»Es war okay. Merken Sie es sich, werden Sie nicht gleichgültig, das ist wichtig. Gehen Sie weiter.«

»Wann seh' ich Sie wieder?«

»Weiß nicht.«

»Sie Dreckskerl, wissen Sie, wie das ist, mit der Lüge zu leben?«

»Gehen Sie weiter.«

Sie konnte ihn riechen, und sie hörte seine leisen Schritte hinter sich. Sie ging weiter mit den Blumen im Arm. Tränen traten ihr in die Augen. Sie hatte förmlich um ein paar anerkennende Worte gefleht, warum mußte er so verdammt grausam zu ihr sein?

Sie konnte ihn nicht länger riechen, nicht länger hören. Sie fragte sich, ob ihm genug an ihr lag, um ihr nachzuschauen. Sie wischte sich die Tränen fort. Sie brachte die Blumen zurück zur Villa. Zum Teufel noch mal. In einer guten Stunde mußte sie schon wieder in die Stadt, um die Kinder abzuholen. Peppino war mittlerweile angezogen. Lächelnd bedankte er sich bei ihr. Er versicherte ihr nochmals, wie willkommen sie sei und wie sehr sie ihre liebevolle Fürsorge für die Kinder zu schätzen wüßten, und sie habe seit ihrer Ankunft noch keinen freien Tag gehabt, und sie solle morgen mit dem Bus nach Palermo fahren und sich ein paar schöne Stunden machen. Damit zog er einen Packen Geldscheine aus der Brusttasche seines Jacketts, drückte ihr einige davon in die Hand und erzählte ihr von einer Boutique in der Via della Libertà, mit schicken Sachen für junge Mädchen. Er war ganz zauberhaft zu ihr. Dann nahm er die Blumen und brachte sie zu Angela ins Schlafzimmer. Charley ging ihr Buch holen.

Ihr Buch, auf dem Tischchen neben dem Bett, neben dem Foto ihrer Eltern, war verschoben worden.

Ihr wurde plötzlich kalt.

Es war nur ein klein wenig verschoben, aber sie wußte noch genau, wo es gewesen war, ein klein wenig über der Tischkante.

An ihren Sachen im Schrank konnte sie nichts feststellen. Sie wußte nicht mehr genau, wo ihre Reisetasche auf dem Schrank gelegen hatte.

Sie dachte, daß sie ihre BHs auf die Höschen gelegt hätte; als sie nun die Kommodenschublade öffnete, lagen die BHs unten.

Charley stand in ihrem Zimmer und atmete schwer.

»Ist das alles, was du gesagt hast?«

»Ich sagte, daß die Testsendung okay war, ich hab' ihr eingeschärft, sich nicht gehenzulassen, sie solle nicht selbstgefällig werden, nur weil bis jetzt noch nichts geschehen ist.«

»Das ist alles?«

»Sonst gab es nichts zu sagen.«

Der Archäologe hockte auf einer Steinplatte, mit dem Rücken zu dem reich verzierten Sockel einer Kreuzgangsäule. Er zeichnete zügig. Um seine Arbeit möglichst detailgetreu zu gestalten, benutzte er ein Maßband, um die genaue Höhe und Breite und den Durchmesser der Säule zu ermitteln. Wenn ein Experte zum *duomo* kam, um die Geschichte und Architektur des Bauwerks zu studieren, war es ganz natürlich, wenn er von neugierigen Besuchern ausgefragt und gestört wurde. Es war so natürlich, daß keiner der Touristen, Priester oder Fremdenführer Notiz von dem Archäologen und seinem Zuschauer nahm. Der Archäologe hatte eine Tasche dabei, aus der eine herausgezogene Chromantenne ragte, aber die Antenne befand sich zwischen dem Rücken des Archäologen und dem Sockel der Säule und wurde weder von den Touristen noch von den Priestern oder den Stadtführern bemerkt.

Vanni sagte: »Du machst es ihr schwer, sehr schwer.«

Axel schaute nicht von seinem Zeichenblock auf. »Sie muß ihre eigene Stärke finden.«

»Du hast ihr keinen Mut zugesprochen.«

»Das ist Unsinn.«

»Habe ich dir schon die Geschichte von dalla Chiesa erzählt?«

»General dalla Chiesa ist tot.«

Vanni grinste. »Ich möchte nicht unverschämt werden, mein Freund und würdiger *archeologo*. Deine Tarnung ist übrigens perfekt, du hast dich erfolgreich um Authentizität bemüht. Ich muß dir recht geben, du bist wirklich alles andere als gleichgültig und selbstgefällig. Aber als *archeologo* lernt man aus der Vergangenheit, und General dalla Chiesa gehört der Vergangenheit an und bietet einiges an Lehrstoff.«

»Es ist schwierig, Details festzuhalten, wenn man ständig von dem langweiligen Gerede eines Fremden unterbrochen wird, findest du nicht auch?«

Vanni ließ sich nicht beirren. »Es gab eine Geschichte, die der General aus seiner Zeit als junger *carabiniere*-Offizier in Sizilien erzählte, einige Jahre bevor es ihm gelang, die Brigate Rosse zu zerschlagen. Er erhielt einen Anruf von einem ihm unterstellten Hauptmann, der verantwortlich für die Stadt Palma di Montechiaro in der Nähe von Agrigento war. Der Hauptmann teilte dalla Chiesa mit, daß er vom *capo* der Stadt bedroht werde. Er fuhr in die Stadt und traf sich mit dem Hauptmann. Er nahm den Arm des Hauptmanns, und so gingen sie durch die Hauptstraße von Palma di Montechiaro und wieder zurück. Sie gingen langsam, so daß jeder in der Stadt sehen konnte, daß er den Arm des Hauptmanns hielt. Vor dem Haus des *capo* blieben sie stehen. Schweigend standen sie vor dem Haus, so lange, bis unmißverständlich klar war, daß der Hauptmann nicht allein war. Hörst du mir noch zu, mein Freund und *archeologo?*«

Ohne von seinem Zeichenblock aufzuschauen, sagte Axel: »Ich höre.«

»Jahre später kam General dalla Chiesa nach Palermo, um die Leitung der Präfektur zu übernehmen. Er wurde von allen geschnitten und in seiner Arbeit behindert. Man machte sich über ihn lustig. Er war allein. Jede Aktion, die er gegen die Cosa Nostra plante, wurde durch korrupte Regierungsbeamte vereitelt. In seiner Verzweiflung bat er den amerikanischen Konsul in der Stadt um ein Treffen. Ich fuhr ihn hin, zu Ralph Jones. Ich war bei dem Treffen dabei. Der General flehte Jones an, eine Intervention der amerikanischen Regierung zu veranlassen, ›eine Aktion auf höchster Ebene‹. Am Ende des Treffens erzählte der General die Geschichte von Palma di Montechiaro und sagte: ›Alles, worum ich bitte, ist, daß jemand meinen Arm nimmt und ein Stück mit mir geht.‹ Ich fuhr ihn zurück zur Präfektur. Am Ende des Tages entließ er mich. Seine Frau kam, um ihn abzuholen. In dieser Nacht wurde er ermordet, auf der Via Carini, zusammen mit seiner Frau. Er wurde getötet, weil er allein war, weil niemand seinen Arm genommen hatte und ein Stück mit ihm gegangen war.«

»Was willst du von mir?«

Vannis Stimme war nah an seinem Ohr und klang rauh. »Solltest du nicht ihren Arm nehmen, Codename Helenas Arm, und mit ihr gehen, wenn sie allein ist, und sie trösten?«

»Ich kann ihr keine Kraft geben. Sie muß sie in sich selbst finden.«

Der müßige Zuschauer entfernte sich und überließ den Archäologen seinen Forschungen.

»Nein.«

»Tut mir leid, Mr. Parsons, aber ich brauche eine klare Antwort. Meine Frage lautet, sind Sie vor einer Woche von einem Bruno Fiori angerufen worden?«

»Nein, wie ich schon sagte.«

Sie saßen vor dem Kamin, Harry Compton ihnen gegenüber. Sie wirkten völlig verängstigt auf ihn.

»Und Sie kennen keinen Italiener mit diesem Namen?«

»Nein.«

»Würden Sie sich das hier bitte ansehen, Mr. Parsons?«

Er saß auf einem unbequemen Sessel in dem kleinen vorderen Wohnzimmer. Jetzt zog er die Liste der Telefongespräche aus der Aktentasche. Die Frau saß dicht neben ihrem Mann und starrte auf die Karte, die er ihnen gegeben hatte. Seine Karte hatte immer diese Wirkung – »Kriminalpolizei London, Betrugsdezernat, Harry Compton, Detective Sergeant, Wirtschaftsprüfer«. So etwas jagte den Leuten eine Höllenangst ein. Der Mann schaute auf die Liste der Anrufe aus dem Hotelzimmer, zwei Londoner Nummern und seine eigene.

Der Mann schaute ihn herausfordernd an, als wolle er zeigen, daß er keine Angst hatte. »Ja, das ist meine Nummer.«

Ohne ihren Blick von der Visitenkarte abzuwenden, sagte die Frau: »Dr. Ruggerio hat angerufen.«

Der Mann schaute kurz zu seiner Frau. »Wir wurden von Dr. Giuseppe Ruggerio angerufen. Dürfte ich vielleicht erfahren, auf was Sie hinauswollen?«

»Es ist besser, wenn ich die Fragen stelle. Warum hat dieser Giuseppe Ruggerio bei Ihnen angerufen?«

»Ich sehe überhaupt nicht ein, warum ich mich ohne jede Erklärung ausfragen lassen sollte, noch dazu in meinem eigenen Heim.«

»Bitte, Mr. Parsons, bringen wir's hinter uns.«

Er machte sich ein paar Notizen in Kurzschrift. Er hörte den Namen des einzigen Kindes, Charlotte.

Von seinem Sessel aus konnte er durch die offene Wohnzimmertür in den Flur schauen. Er konnte die Fotografie einer jungen Frau mit Examensrobe und schief aufgesetztem Barett sehen. Er hörte von einem Sommerjob, 1992. Und ein Brief war angekommen mit einer Einladung und der Bitte, abermals auf die Kinder aufzupassen. Charlotte hatte ihre Stelle aufgegeben und war jetzt in Sizilien. Die Ehefrau war in die Küche gegangen und kam mit einer Adresse zurück, und Harry Compton notierte und unterstrich die Worte »Giardino Inglese«.

Der Vater sagte: »Dr. Ruggerio rief an, aber Charlotte war ... sie war ausgegangen. Ich habe mit ihm gesprochen, er sagte nur, wie sehr sie sich freuen würden, wenn sie sich entschließen könnte zu kommen. Ich war dagegen. Sie hat eine gute Stelle dafür aufgegeben. Gott weiß, was sie tun wird, wenn sie zurückkommt. Die Jobs sind schließlich nicht mehr auf der Straße zu finden.«

Die Mutter sagte: »Es ist eine sehr nette Familie. Er ist ein Gentleman, Dr. Ruggerio, sehr erfolgreich, Bankier oder so was. Für David besteht das Leben nur aus Arbeit, und was hat er nun davon? Rausgeschmissen haben sie ihn ohne ein Dankeschön, weil er überflüssig war. Ich hab' ihr gesagt, daß sie nur einmal jung ist. Sie gehört dort richtig zur Familie. Wäre sie nicht gegangen, hätte sie sich hinterher geärgert und sich zu Tode gelangweilt, so wie wir.«

Er klappte sein Notizbuch zu und steckte es in die Tasche. Er stand auf. Nochmals wurde er gefragt, warum er sich für Dr. Giuseppe

Ruggerio interessierte, worauf er nur kühl lächelte und sich für die Gastfreundschaft bedankte, obwohl sie ihm nicht mal eine Tasse Tee angeboten hatten. Er trat in den Flur. Er schaute sich das Foto der jungen Frau an und murmelte etwas von einem hübschen Mädchen. Er nahm seinen Mantel vom Haken. Der Mann hielt ihm die Tür auf. In der abendlichen Dunkelheit hörte er nichts als das Rauschen der See unten am Kiesstrand. Auf der anderen Straßenseite war eine alte Frau, die einen kleinen Kläffer an der Leine hatte und ihn anstarrte, als er unter dem Verandalicht stand. Gegenüber sah er einen Mann, der geduckt am Fenster saß und ihn durch einen Feldstecher beobachtete. Hinter einem »Bed-and-Breakfast«-Schild bewegte sich eine Gardine. Gott, was für ein trostloses, argwöhnisches Nest. Er machte sich auf den Weg zum Tor.

Dann hörte er, wie die Frau flüsterte: »Willst du's ihm nicht sagen?«

»Es geht ihn nichts an«, erwiderte der Mann flüsternd.

»Du solltest es ihm sagen.«

»Nein.«

»Du solltest ihm von dem Amerikaner erzählen …«

Harry Compton blieb stehen und wandte sich um. »Was sollte ich wissen? Was war das für ein Amerikaner?«

AN: Alfred Rogers, DLO, Britische Botschaft, Via XX Settembre, Rom.
VON: D/S Harry Compton, SO6.

Bitte nimm einen Moment lang die Pfoten von den schönen Frauen und laß die Flasche stehen, die Du bestimmt gerade aufmachen wolltest. Ich möchte, daß Du jemanden für mich überprüfst, aber SCHNELL: Dr. GIUSEPPE RUGGERIO, Apt. 9, Giardino Inglese 43, Palermo, Sizilien. Ruggerio soll Finanzexperte oder Banker sein. Er interessiert mich, weil er sich als BRUNO FIORI ausgegeben hat. Krieg jetzt bloß keinen Herz-

infarkt, weil ich Dir die Chance gebe, ausnahmsweise mal etwas Nützliches zu tun. Gib mir die Infos, dann lade ich Dich bei Deinem nächsten längeren Besuch ins Ferret and Ferkin auf eine Halbe ein.

Beste Wünsche, Harry.

Er hatte die Witterung aufgenommen. Er reichte den Bogen Miss Frobisher, die ihn nach Rom faxen sollte, wohin es diesen Glückspilz verschlagen hatte. Verdammt guter Job, da machte man sich bestimmt nicht kaputt. Sein Chef war nicht im Hause. Die Sache würde also warten müssen, aber sein Gang war schon recht beschwingt. Am selben Tag, als Charley Parsons die Einladung nach Palermo erhielt, lauerte ein Amerikaner von der Botschaft auf sie, von der Bundesdrogenbehörde, genauer gesagt. »Er sagte, wenn ich über die Dinge reden würde, die er mir erzählt hat, dann könnte ich jemandem Schaden zufügen.« Koste es, was es wolle, er würde der Sache nachgehen. Diese Amerikaner schreckten offensichtlich vor nichts zurück. Trieben sich im Ausland herum und rekrutierten Leute ohne jede Ausbildung. Charlotte Parsons' Vater hatte gesagt, daß seine Tochter zu dieser Reise gedrängt worden sei. Der Chef würde seine helle Freude haben. Harrys Chef war im letzten Sommer bei einer Europolkonferenz in Lyon vom FBI ganz schön durch den Wolf gedreht worden. Er war ziemlich angeschlagen aus Frankreich heimgekehrt. Bei einem der Seminare hatte er laut darüber nachgedacht, ob das internationale Verbrechen nicht am Ende ein Produkt der amerikanischen Phantasie sei. Daraufhin hatte man ihn vor versammelter Mannschaft blamiert und gesagt, daß er Unsinn daherrede und daß die Briten auf diesem Gebiet ohnehin nur Amateure seien. Der Inspektor, der als Begleiter des Hauptkommissars nach Lyon gereist war, hatte Harry davon erzählt. Wenn die Amerikaner ein englisches Mädchen bedrängt und in eine gefährliche Sache hineingezogen hatten, dann würde sein Chef nur allzugern davon erfahren.

Kapitel 8

In zwei, höchstens drei Jahren würde er das Geld für eine Pizzeria zusammenhaben.

Jedesmal wenn er mit amerikanischen Dollarnoten bezahlt wurde, schickte er das Geld an seinen Sohn. Er hatte bereits genug angespart, um eine Pizzeria in Palermo zu kaufen, fast genug für eine Pizzeria in Mailand oder Turin. Aber wenn man eine Pizzeria in Hannover kaufen wollte, in Bahnhofsnähe, mußte man schon mehr auf den Tisch legen. Sein Sohn, seine Schwiegertochter und seine Enkelkinder lebten in Hannover. Sie gehörten in Deutschland zur Unterklasse der Gastarbeiter, was ihn in seiner Ehre kränkte. Sein Sohn arbeitete abends in der Küche einer *trattoria* in Hannover. Morgens ging seine Schwiegertochter in die *trattoria,* um sauberzumachen und die Tische zu decken. Wenn sie das Geld zusammenhatten, würde sein Sohn sich eine eigene Pizzeria kaufen, und er würde mit seiner Frau und seiner Tochter nach Hannover gehen und seine letzten Jahre dort verbringen. Die Pizzeria in Hannover war sein einziger Traum. Er würde sich mit seiner Frau, seiner Tochter und seiner Schwiegertochter an der Kasse abwechseln. Als Gegenleistung für das Geld, tausend amerikanische Dollar im Monat, lieferte er Informationen. Das Geld bekam er jeden Monat, ob seine Informationen nun wichtig oder unwichtig waren. Er konnte sich auf den Erhalt des Geldes verlassen, und genauso verläßlich mußte er seine Informationen weitergeben. Er saß in der Falle. Ein korrupter Polizeibeamter, der einmal im Monat frühmorgens vor dem Palazzo Reale stand, die Mütter mit ihren Kinderwagen beobachtete und auf seinen Kontaktmann wartete. Er kannte den Namen des Mannes nicht, der zu ihm kam, genausowenig wußte er, an wen die Informationen weitergeleitet wurden. Jeden Monat berichtete er an einem Morgen alles, was er gesehen und gehört hatte, aus dem Gedächtnis, nichts wurde notiert. Dann verließ er den Park, schlenderte die Via Papieto entlang und ging zur Post, um Briefmarken für Deutschland zu kaufen, und schickte das Geld ab. Am Palazzo di Giustizia zeigte er seinen Ausweis, ging an den Soldaten vorbei, die breite Treppe hinauf, in den Umkleideraum, wo er seine Uniform aus dem Spind nahm und sich umzog, und dann ging er zur Waffenkammer und holte sich Holster und Pistole, und dann nahm er den Aufzug zur oberen Etage, wo er Augen und Ohren offenhielt und Richtern und Staatsanwälten kleine Espressotäßchen brachte. An einem Morgen im Monat rückte sein Traum von der Pizzeria in Hannover ein kleines Stückchen näher.

Ein Mann stand neben ihm und bat ihn höflich um Feuer für seine Zigarette. Dann unterhielten sie sich wie zwei ganz normale Männer im Park, während sie die Mütter mit ihren Kindern und Babys beobachteten.

Der Polizist sagte: »... Er sprach italienisch, aber mit amerikanischem Akzent. ›Ja, gern. Einen Espresso bitte.‹ Er war kein Italoamerikaner, denn er hatte helle Haut und blondes Haar. Seinen Begleiter habe ich erkannt, das war Giovanni Crespo, vom ROS in Monreale. Er war kein amerikanischer Journalist, weil Tardelli nie mit Journalisten redet, und als ich den Kaffee brachte, haben Tardellis Bewacher mir nicht erlaubt, das Tablett selbst hineinzubringen. Einer von Tardellis Männern hat es mir abgenommen und ins Zimmer gebracht. Ich weiß noch, letzten Winter, da ist auch ein Amerikaner bei Tardelli gewesen. Damals durfte ich den Kaffee auch nicht reinbringen, und dann hab' ich die Wachen sagen hören, daß es der Country Chief des DEA aus Rom war. Der Amerikaner war etwa fünfzehn, zwanzig Minuten bei Tardelli. Über Crespo weiß ich, daß er zu einer ROS-Spezialeinheit gehört, die nach dem *super-latitanti* fahndet. Der Amerikaner war sehr lässig gekleidet, nicht wie man es erwartet, wenn jemand sich mit einer hochgestellten Persönlichkeit wie Tardelli trifft. Jeans und offenes Hemd, das hat mich überrascht. Er hatte auch keine Aktentasche dabei, nur einen kleinen Beutel. Ich kann's nicht mit Gewißheit sagen, aber ich glaube, er hatte eine

Waffe, aber unter dem Hemd. Ich schätze, er wiegt etwa achtzig Kilo und ist so eins achtzig, eins fünfundachtzig groß. Er hatte lange Haare, wie ein Hippie, mit einem Gummiband zusammengehalten, blondes Haar. Ich hab' mich gefragt, wieso ein solcher Mann bei Tardelli vorgelassen wurde ... Außerdem hat Tardelli sich noch mit einem Team der *squadra mobile* getroffen. Sie trugen abgerissene Kleidung, wahrscheinlich verdeckte Ermittler. Wieder durfte ich den Kaffee nicht ins Zimmer bringen. Auf dem Flur erzählt man sich, daß Tardelli sich mit den Staatsanwälten und Richtern gestritten hat, ich weiß nichts Genaueres, vielleicht war es nur Klatsch ...«

Ein Briefumschlag wechselte den Besitzer. Der Polizist erzählte noch, was er in den vergangenen Monaten bei den anderen Richtern und Staatsanwälten aufgeschnappt hatte.

Auf seinem Weg zur Post träumte er von der Pizzeria in Hannover, dann ging er weiter zum Palazzo di Giustizia.

Ihre Mutter hätte gesagt, sie hätte das Geld nicht annehmen sollen, und ihr Vater hätte gesagt, es wäre undankbar gewesen, es zurückzuweisen. Ihre Mutter hätte gesagt, es läge nun mal in der menschlichen Natur, in die Schubladen von Gästen zu schauen, und ihr Vater hätte gesagt, sie hätte wahrscheinlich vergessen, wohin sie ihr Buch gelegt hatte oder ob ihre Schlüpfer über oder unter den BHs gelegen hatten.

Charley hatte das Geld, und sie hatte sich den Riemen ihrer Handtasche schräg über die Schulter gehängt. Sie wußte es nicht.

Sie konnte es nicht wissen, und die ganze Nacht hatte sie hin und her überlegt, ob die veränderte Lage ihres Buches und ihrer Kleider ein Zeichen des Verdachts gegen sie war oder harmlose Neugierde oder ob sie sich alles nur einbildete. Der Taxifahrer in Mondello hatte zwanzigtausend berechnet, so ein Schlitzohr. Mit dem Bus war sie dann über die Straße unterhalb des Monte Pellegrino gefahren, weiter am La-Favorita-Park entlang, wo einige Huren bereits auf Kundschaft warteten, dann über die von hohen Häusern gesäumte Hauptstraße. Wo die Via della Libertà in die Piazza Crispi mündete, bahnte Charley sich den Weg zur Tür.

Sie sollte sich wohl besser einreden, daß ihre gottverdammte Phantasie mit ihr durchgegangen war. Aber hatte dieser elende gesichtslose Kerl, während er hinter ihr herschlich, nicht gesagt: »Lassen Sie sich niemals gehen, werden Sie nicht selbstgefällig?« Sie hatte ein Gefühl von Freiheit, als wäre sie einem Gefängnis entkommen. Sie ging die Via della Libertà entlang. Hier gab es wunderschöne Läden, um Klassen besser als die Läden in Plymouth oder Exeter. Es mußten schon über zwanzig Grad sein, und die Frauen hatten sich ihre Pelzmäntel locker über die Schultern gehängt, und die Männer trugen ihre besten Lodenmäntel. Obwohl sie nur Jeans und eine Bluse trug, war ihr schon verflucht warm. Ihre leichte Strickjacke hatte sie längst ausgezogen und in die Tasche gestopft. All diese aufgetakelten Leute um sie herum. Die Frauen waren mit Schmuck behängt – Ringe, Armreifen, Ketten –, als wollten sie auf eine große Feier und nicht nur ein wenig bummeln. Charley trug nur das dünne Goldkettchen, das ihr Onkel ihr zum achtzehnten Geburtstag geschickt hatte … Zum Teufel mit Axel Moen, diesem eiskalten Hund … Ihr Gang war beschwingt, sie hatte alles unter Kontrolle. In Exeter oder Plymouth gab es keine Straße wie die Via della Libertà. Drei Fahrspuren in beide Richtungen, dazwischen eine breite, baumbestandene Rasenfläche mit Bänken. Für Charley Parsons war dies ein kleines Stück Himmel. Sie hörte laute Stimmen. Sie schaute über die Autos und die Rasenfläche hinweg in eine Seitenstraße, wo keine Autos parkten und ein Soldat wild mit dem Gewehr gestikulierte. In einem mit Baumaterialien beladenen Kleinlaster saß ein untersetzter Mann und stellte sich dumm. Sie beobachtete, wie der schreiende Soldat und der halsstarrige kleine Mann sich gegenseitig Beleidigungen an den Kopf warfen. »Komm schon, alter Junge, zeig's dem eingebildeten Drecksack«, so wie sie es damals den Polizisten in Brightlingsea gezeigt hatten. Damals hatten sie sich frei gefühlt, als sie die Polizeikette durchbrachen und versuchten, die Schlachtviehtransporte nach Europa zu verhindern. Am liebsten hätte sie applaudiert, weil der untersetzte kleine Mann sich durchgesetzt hatte. Der Soldat fuchtelte zwar immer noch wütend mit dem Gewehr herum, aber er durfte seinen Laster parken und seine Zementsäcke abladen. Grinsend ging sie weiter. Ihre Mutter hätte ihr mangelnden Respekt vor der Staatsgewalt vorgeworfen, ihr Vater hätte sie eine miese kleine Anarchistin gescholten … Sie hielt ihre Tasche fest unterm Arm, weil Angela sie dazu ermahnt hatte.

Nicht die Via Siracusa, sondern die darauffolgende Stichstraße der Via della Libertà. Nie zuvor hatte sie soviel Bargeld in der Tasche gehabt. Sie sah die Boutique, die Peppino ihr genannt hatte. Sie war aufgeregt, ein wenig ängstlich. Mein Gott, soviel Geld für sich selbst auszugeben. Was würde der kalte Hund wohl dazu sagen? Vor dem Schaufenster der Boutique blieb sie stehen. Sie schaute sich um. Unwillkürlich hielt sie Ausschau nach Axel Moen. Aber sie sah ihn nicht. Genausowenig wie sie den jungen Mann sah, der nicht allzuweit entfernt bei laufendem Motor auf seinem Motorrad saß und wartete.

Die Preise neben den Schaufensterpuppen waren einfach unglaublich, aber sie hatte schließlich genügend Geld in der Tasche. Hereinspaziert, Madam. Sie öffnete die Ladentür. Na los, Charley. Sie sah nicht, wie der junge Mann auf dem Motorrad das Visier seines Helmes herunterzog.

Leise Musik. Die Beleuchtung war sehr schmeichelhaft. Das war was anderes als der British Home Store in Exeter und Marks and Spencer's in Plymouth … Sie probierte vier Blusen an und rechnete die Lirepreise insgeheim in Pfund um. Du lieber Himmel, Charley … Sie holte tief Luft und entschied sich für eine leuchtend blaue Bluse aus herrlich weichem Material. Sie probierte drei Röcke an, kurze Minis, die noch besser aussehen würden, wenn sie erst ein paarmal am Strand gewesen wäre und ein bißchen Farbe bekommen hätte. Schließlich wählte sie einen flaschengrünen Rock. Sie zog ein paar Scheine aus der Rolle und bezahlte. Sie nahm die Tüte mit den Sachen entgegen. Scheißegal, woher das Geld kam. Scheißegal, wenn Giuseppe Ruggerio Geld wusch. Sie hatte noch genug für ein schönes Halstuch und eine Sonnenbrille dabei. Sie verließ den Laden und bemerkte nicht die hochmütigen Gesichter der Verkäuferinnen, die sie wahrscheinlich für eine *ingenua* hielten. Sie stand auf dem Bürgersteig und genoß den Augenblick. Ihre Mutter hätte es kriminell gefunden, soviel Geld für Kleider auszugeben, ihr Vater hätte sie ein verwöhntes Gör genannt. Sie sah nicht, wie der junge Mann mit dem Motorrad, dessen Gesicht durch den Sturzhelm verdeckt wurde, langsam näher kam.

Auf dem breiten Bürgersteig der Via della Libertà ...

Versonnen schlenderte sie an einem Schuhgeschäft vorbei ...

Sie hatte weder etwas gesehen noch gehört, als der Schlag sie traf.

Als würde ihre Brust zerrissen. Der Schulterriemen der Handtasche schnitt sich in Brust und Rücken.

Sie umklammerte den Riemen. Versuchte zu schreien und wirbelte herum, das röhrende Motorrad war neben ihr, über ihr war der schwarze Helm.

Sie fiel, der Stiefel trat ihr ins Gesicht. Hinter dem Stiefel war ein feuerrot lackierter Benzintank, und auf dem Tank konnte sie einen Adlerkopf erkennen. Der Stiefel trat nach ihr. Noch immer umklammerte sie den Schulterriemen und wurde übers Pflaster geschleift. Noch ein Tritt, und sie ließ den Riemen los und hielt sich die Hände vors Gesicht.

Sie lag auf dem Pflaster, die stinkenden Auspuffgase des Motorrads stiegen ihr in die Nase und nahmen ihr den Atem. Die Hand mit dem Handschuh langte nach unten, mit grober Gewalt wurde ihr Goldkettchen, das Geschenk ihres Onkels, abgerissen und in die Gosse geschleudert.

Charley lag auf dem Pflaster, und unter ihrem Körper war die Einkaufstüte. Heulend und schluchzend lag sie auf dem schmutzigen Bürgersteig.

Das Motorrad war fort.

Ein Mann ging an ihr vorbei und wandte den Blick ab. Sie schluchzte und fluchte. Zwei aufgedonnerte, hochnäsige Frauen beschleunigten ihre Schritte. Kinder liefen mit ihren Turnschuhen an ihr vorbei und machten einen Bogen um sie. Danach klapperten hohe Pumps neben teuren Männerschuhen daher. Sie heulte vor Schmerz und fluchte vor Wut. Sie hatte Schmerzen in der Brust, im Gesicht, an Ellbogen und Knien. Ihre Wut galt all den miesen Drecksäcken, die achtlos vorbeigingen. Sie versuchte, sich hinzuknien, Gott, wie weh das tat, denn ihre Knie waren aufgeschürft, weil sie übers Pflaster geschleift worden war. Und auf der anderen Seite der Via della Libertà konnte sie einen Soldaten mit schußbereitem Gewehr an der Ecke stehen sehen, und er kam nicht zu ihr, um zu helfen. Es war, als hätte sie die Pest, Lepra, AIDS oder wer weiß was für eine elende, ansteckende Seuche. Alle eilten sie an ihr vorbei, all diese gemeinen Arschlöcher. Sie hatte sich hochgerappelt und taumelte auf einen Passanten zu. Entsetzt starrte er sie an und stieß sie von sich. Sie fiel erneut und lag wieder auf dem Pflaster.

»Alles in Ordnung?«

»Saudumme Frage, natürlich ...«

Sie schaute zu ihm auf.

Er hatte sich gebückt und war ganz nah bei ihr. »Sie sind Touristin, stimmt's? Aus England oder Deutschland?«

»Aus England.«

Er war jung, vielleicht ein paar Jahre älter als sie. Sein Gesicht strahlte Besorgnis aus, Ernsthaftigkeit, Mitleid.

»Keiner hat mir geholfen, keiner hat versucht, ihn aufzuhalten.«

»Die Leute hier haben Angst, sie fürchten, in etwas hineingezogen zu werden.«

»Feige Schweine.«

»Sie haben Angst, sich einzumischen. Es ist anders als in England, es tut mir leid.«

Wie freundlich er war. Er war groß. Er hatte ein schmales Gesicht mit starken Wangenknochen. Er strich sich eine Haarsträhne aus der Stirn.

»Ich hab' mir nichts gebrochen. Ich bin nur so wütend. Ich möchte ihn kriegen. Treten. Auf der anderen Seite stand ein Soldat, mit einem verdammten Gewehr, hat sich nicht gerührt, der Kerl.«

»Er konnte Ihnen nicht helfen. Es hätte ein Ablenkungsmanöver sein können. In Palermo muß man mit allem rechnen. Sie sind Ausländerin. Sie können das nicht verstehen. Kann ich Ihnen helfen? Nehmen Sie meine Hand. Der Soldat wäre bestraft worden, wenn er seinen Platz verlassen hätte, um Ihnen zu helfen. Vielleicht war es ein Ablenkungsmanöver, und das Haus, das er bewacht, wäre angegriffen worden. So ist das hier in Palermo.«

Er nahm ihre Hand. Er hatte lange, schlanke Finger. Er half ihr auf. Ihre Wut war verflogen. Sie wollte in den Arm genommen werden und sich ausweinen. Er hob ihre Einkaufstüte auf.

»So was passiert jeden Tag in Palermo. Sie haben's auf Touristen abgesehen.«

»Ich bin keine Touristin, ich bin wegen einem Job hergekommen. Es war mein erster Ausflug nach Palermo. Ich arbeite in Mondello. Tut mir leid, daß ich geflucht habe. Ich heiße Charley Parsons.«

Er grinste verlegen. »Aber das ist doch ein Männername.«

Sie lächelte. »Charlotte, aber jeder nennt mich Charley.«

»Ich bin Benedetto Rizzo. Aber die meisten sagen Benny zu mir. Sind Sie sicher, daß Sie sich nichts gebrochen haben?«

»Ich muß nicht ins Krankenhaus. Verdammter Mist noch mal. Tut mir leid. Ich danke Ihnen.«

»Ich war ein Jahr lang in London. Die Leute dort waren sehr nett zu mir. Ich habe bei McDonald's in der Nähe vom Paddington-Bahnhof gearbeitet. Tut mir leid, daß dies Ihr erster Eindruck von Palermo war.«

»Dummerweise hab' ich das Gefühl, als wär's meine eigene Schuld. Man hat mich gewarnt, vorsichtig zu sein, und ich hab' wie ein Idiot vor mich hin geträumt und nicht mehr dran gedacht. Eine Frage noch. Sie sagten doch eben, daß die Leute in Palermo Angst haben, in irgend etwas hineingezogen zu werden, und sich nicht einmischen mögen. Aber Sie hatten keine Angst.«

»Es ist unsere Stadt, unser Problem. Man sollte die Verantwortung nicht von sich schieben, sondern sich den Problemen stellen. Wenn niemand etwas tut, wird sich nie etwas ändern. Das ist meine Überzeugung.«

Sie sah ihm ins Gesicht. »Kleine Leute können etwas bewirken, glauben Sie das?«

»Ja, das glaube ich.«

Er bückte sich. Zwischen all dem Unrat in der Gosse zog er das zerrissene Goldkettchen hervor. Er schien zu wissen, daß Charley daran hing. Vorsichtig hob er das Kettchen auf und legte es ihr in die Hand.

»Entschuldigung, aber ich bin Lehrer, ich …«

»Ich habe zu Hause auch als Lehrerin gearbeitet.«

»Dann wissen Sie ja, wie es ist – ich muß gleich zurück sein. Meine Klasse wartet auf mich in der Grundschule hinter der Piazza Castelnuovo.« Er grinste. »Wenn ich nicht pünktlich da bin, machen die Kinder einen Aufstand, vielleicht kommt dann die Polizei mit Tränengas.«

Ihr Gesicht war geschwollen, ihre Ellbogen waren aufgeschürft, unter der zerrissenen Jeans hatten ihre Knie angefangen zu bluten.

Charley schnitt eine Grimasse. »So wie ich aussehe, könnte ich ohnehin in keine Bar gehen. Ich bin Ihnen wirklich sehr dankbar, Sie waren sehr nett. Wenn ich wiederhergestellt bin, würde ich Sie gern auf einen Drink einladen. Sind Sie einverstanden?«

Er schrieb ihr seine Adresse und Telefonnummer auf.

»Ist wirklich alles in Ordnung, Charley?«

»Keine Sorge, Benny. Nur meine verdammte Würde hat einen ordentlichen Knacks bekommen.«

Mit schmerzverzerrtem Gesicht humpelte Charley mit ihrer Plastiktüte zur Bushaltestelle. Erst als sie dort wartete, bemerkte sie, daß der Schweinehund ihr nicht die Uhr weggerissen hatte, die Armbanduhr war nach wie vor an ihrem Handgelenk.

Axel sah den Bus kommen. Er sah, wie sie sich unter Schmerzen in den Bus schleppte. Als der Bus in Richtung Mondello abfuhr, konnte er ihr Gesicht einen Moment lang am Fenster sehen. Sie war leichenblaß, bis auf den Bluterguß, wo der Stiefel sie erwischt hatte, und offensichtlich stand sie unter Schock.

Er stand auf dem Bürgersteig, nur wenige Meter vom Bus entfernt, nah genug, um die Wunden in ihrem Gesicht zu sehen.

Axel hatte alles gesehen. Er hatte sie gesehen, Codename Helena, wie sie aus der Boutique kam, mit der Tüte in der Hand, fröhlich und unbeschwert, und er hatte das Motorrad gesehen, wie es aus der Seitenstraße auf sie zukam, sich durch die parkenden Autos auf den Gehweg schlängelte. Jede Einzelheit des Überfalls hatte er beobachtet, das Wegreißen der Tasche, das Wegschleifen mit dem Motorrad, das Anhalten des Motorrads und den Fußtritt ins Gesicht, das Grapschen nach der Kette und das Wegfahren des Motorrads über den Bürgersteig, bevor es in einer Seitenstraße verschwand.

Er hatte nicht versucht einzuschreiten.

Er wäre eingeschritten, wenn es eine lebensbedrohliche Situation gewesen wäre. Hätte er sich eingemischt, hätte er seine Waffe benutzt, die Polizei wäre gekommen, seine Deckung wäre geplatzt.

Von seinem Beobachtungsposten an der Seitenstraße hatte er von dem Moment an, als das Motorrad auf sie zufuhr, gewußt, worauf die Situation hinauslief. Handtaschenraub, Alltag in Palermo. Kein Grund, seine Tarnung aufs Spiel zu setzen. Er beruhigte sich damit, daß die Situation vergleichsweise harmlos war. Ein junger Mann hatte ihr geholfen, und er sah zu, wie sie weinte und fluchte und sich von seinem Mitleid besänftigen ließ. Auch die wehmütige Grimasse war ihm nicht entgangen. Sie hatte ihn nicht gebraucht.

Axel pfiff auf die klugscheißerischen Reden von Dwight Smythe, dem Bürohengst in der Londoner Botschaft. Bill Hammond auf seinem sicheren Posten an der Via Sardegna und Vanni und dieser Richter – alle hatten sie nichts Besseres zu tun, als ihn an seine Verantwortung zu erinnern. Sollten sie ihn doch in Ruhe lassen …

Er war jeden Morgen in Mondello gewesen. Jeden Morgen hatte er sie mit den Kindern aus der Villa kommen sehen. Er hatte sie verfolgt, unsichtbar, jeden Morgen. Überwachung war Axel Moens Spezialgebiet. Immer war er hinter ihr, auf der Straße, auf der Piazza, im Park. Jeden Morgen folgte er ihr, Codename Helena, blieb in ihrer Nähe. Er brauchte keine händeringenden Schlappschwänze, die ihn an seine Verantwortung erinnerten. Da war dieses Mädchen, das man an eine Tür genagelt hatte, und er hatte Zange und Klauenhammer aus dem Werkzeugkasten des Hubschrauberpiloten geholt und die Nägel aus ihren Handflächen gezogen. Ihn brauchte niemand an seine Verantwortung zu erinnern.

Er ging davon. Er trug eine Kappe, unter der sein Haarzopf verschwand, und eine Sonnenbrille. Die Windjacke, die er trug, hatte sie noch nie an ihm gesehen.

Sie hätte in Panik geraten und den Alarmknopf ihrer Armbanduhr betätigen können. Sie hatte sich gut gehalten. Er war sehr zufrieden mit ihr und kam gar nicht auf die Idee, daß sie die Armbanduhr mit dem Alarmauslöser ganz einfach vergessen hatte. Er betrat einen Laden und kaufte einige Zeichenbleistifte mit weicher Mine. Er steckte sie in seine Tasche zu Zeichenblock, Maßband und dem CSS-900-Empfänger. Dann machte er sich auf den Weg zu seinem Auto. Gegen Mittag würde er zurück im Kreuzgang des *duomo* in Monreale sein und seine Tarnung aufrechterhalten. Er benutzte Menschen, das wußte er verdammt genau, benutzte sie, preßte sie aus und ließ sie fallen.

Zwischen Scheibenwischer und Windschutzscheibe klemmte ein Parkzettel. Er schaute ihn kurz an und riß ihn in kleine Fetzen. Es würde Wochen dauern, bis das Büro, in dem die Durchschriften der Strafzettel gesammelt wurden, sich bei dem Mietwagenverleih am Flughafen von Catania melden würde, und bis dahin wollte Axel Moen längst wieder im Büro an der Via Sardegna sein. Es konnte nicht länger als einen Monat gehen, seiner Einschätzung nach konnte sie das Leben mit der Lüge nicht länger durchhalten. In wenigen Wochen würde er den Spitzel Codename Helena ausgenutzt, ausgepreßt und fallengelassen haben.

Die Schicht war beschissen gewesen, aber die nächste würde noch schlimmer sein. Die Frühschicht von sechs bis zwei war schwierig, aber zumindest waren in dieser Zeit im Capo-Distrikt Verkaufsbuden aufgebaut, und Giancarlo konnte zwischen den Ständen umherwandern, wo er Zitronen, Birnen und Äpfel in Augenschein nahm. Die Schicht von zwei Uhr nachmittags bis zehn war noch beschissener, weil die Stände abgebaut wurden und es ungleich schwerer war, die Tarnung aufrechtzuerhalten. Bisher war er noch nicht für die Nachtschicht von zehn bis sechs Uhr morgens eingeteilt worden. Dies mußte die mieseste Schicht sein, und er fragte sich, wie er seine Tarnung aufrechterhalten sollte, wenn es dunkel wurde in dem elenden Viertel, wenn die Leute ängstlich von Haus zu Haus huschten, wenn die *bambini* mit ihren Motorrollern übers Pflaster preschten.

Ein Mann streifte ihn an der Schulter.

»Gibt's was?«

Ein sardonisches Lächeln. Giancarlo zog an seiner Zigarette und mußte husten. Er sprach fast ohne die Lippen zu bewegen. »Das soll wohl ein Witz sein. Willst du noch einen besseren hören? Gestern hab' ich drei Zitronen, eine Birne, ein Viertel Käse und eine Artischocke mit nach Haus gebracht. Heute bringe ich eine Zitrone, drei Äpfel und einen Blumenkohl mit.« Er hielt die Plastiktüte hoch. »Gestern abend hat meine Frau mir vorgeworfen, daß ich mich in ihre Haushaltsführung einmische. Statt sich zu freuen, daß ich für sie einkaufe.«

»Aber *il bruto* hast du nicht nach Haus gebracht?«

»Das Foto ist zwanzig Jahre alt. Er könnte unerkannt an mir vorbeimarschieren.«

»Wir brauchen *buona fortuna*.«

»Ich glaube, wir brauchen mehr als nur Glück. Ich müßte eine Vorliebe für Zitronen entwickeln.«

Ein kurzes Lächeln. Man hatte die Überwachungsbeamten der *squadra mobile* wegen ihrer Geduld ausgewählt. Die Geduld spiegelte ihre Einstellung zur Arbeit. Sie konnten tagaus, tagein in eine Wohnung gehen, die als Beobachtungsposten angemietet worden war, sie konnten wochenlang in einem Auto oder einem geschlossenen Lieferwagen sitzen, immer an derselben Stelle, und nach einem bestimmten Gesicht Ausschau halten. Sie waren weder gereizt noch gelangweilt, das war ihnen bei ihrer Ausbildung in Fleisch und Blut übergegangen.

Giancarlo verließ den Capo-Distrikt. Die Sonne schien ihm nun ins Gesicht, und der üble Geruch nach Hundekot, vergammelnden Lebensmitteln und überlasteten Gullys war nicht mehr in seiner Nase. Man mußte Geduld haben. Die Jungs vom DIA hatten acht Wochen lang einen Laden observiert, bevor Bagarella gestellt wurde, und das ROS-Team der *carabinieri* hatte elf Wochen lang eine Straße beobachtet, bevor Riina gesichtet wurde. Er ging zur Bushaltestelle.

Als normaler Fahrgast machte er sich auf den Heimweg. Seine Arbeitskleidung kaufte er bei den Kleiderstellen der Kirche. Er war siebenundvierzig Jahre alt und war seit achtzehn Jahren bei der *squadra mobile*. Vor vier Jahren hatte er sich freiwillig zu einem Spezialüberwachungsteam gemeldet. Damals waren sie umgezogen. In dem Mietshaus, wo sie vorher gewohnt hatten, war bekannt, daß er Polizeibeamter war. Als er seine Überwachungstätigkeit aufgenommen hatte, waren sie ausgezogen. Die neuen Nachbarn hielten ihn für einen der vielen *disoccupati* der Stadt, was seine Frau als sehr belastend empfand. Sollten sie ruhig denken, er sei arbeitslos ... Er hatte seiner Frau versprochen, daß sie in spätestens einem Jahr wieder umziehen würden. Es war schwer für seine Frau. Sie mußte mit der ständigen Präsenz seiner Pistole und des Funkgerätes leben, das er unter seiner Kleidung auf der nackten Haut trug, wenn er Dienst hatte. Sie mußte die Früchte, das Gemüse und die ewigen Zitronen tolerieren, die er kaufte und ihr mitbrachte, um seine Tarnung zu wahren.

Selbst im Bus beobachtete er die Gesichter. Aber das Foto, das Giancarlo mit diesen Gesichtern verglich, war zwanzig Jahre alt. Gesichter im Bus, Gesichter auf dem Gehsteig, Gesichter in Autos.

Wieder war ein Arbeitstag vorbei. Bei manchen Aufträgen rechneten sich Giancarlo und die Jungs im Team gute Erfolgschancen aus, bei anderen dagegen …

Klein-Mario rannte ins Haus zurück und rief nach seiner Mutter.

Francesca stand wie angewurzelt auf der Veranda und preßte ihr Stofftier an sich.

Sie schleppte sich die Einfahrt hinauf, dann weiter über den Weg zwischen den Blumenbeeten und hoch zur Veranda. Als Angela in der Tür erschien, schnitt Charley eine Grimasse. Sie sah, wie Angela vor Schreck ganz bleich wurde. Angela lief sofort auf sie zu und nahm sie in den Arm. Charley weinte. Charley warf sich Angela in die Arme, als sei sie eine wahre Freundin. Angelas Seidenbluse wurde an der Schulter feucht von den Tränen. Es würde Flecken geben. Als Charley sich deswegen entschuldigen wollte, winkte Angela ab und hielt sie weiter im Arm. Es war ein Moment der Verbundenheit. Die Tränen liefen Charleys Wangen hinab. Klein-Mario wollte es seiner Mutter gleichtun und umschlang ihre Taille, und Francesca umklammerte Charleys Bein und weinte mit ihr. Zusammen gingen sie ins Haus. Charley fühlte sich, als würde sie von Angela, Klein-Mario und Francesca beschützt. Sie führten sie durch den Flur, und in dem großen Spiegel sah sie ihr staubiges, zerzaustes Haar, den Bluterguß im Gesicht, die aufgeschürften Ellbogen und die zerrissene Jeanshose. Sie bugsierten sie auf einen Stuhl in der Küche. Als Angela sie losließ, um Wasser heiß zu machen und den Verbandskasten zu holen, hielten die Kinder sie immer noch in den Armen. Charley versuchte, die Tränen zurückzuhalten. Sie trug die Armbanduhr. Sie spionierte gegen ihre Liebe.

»Hat man dich bestohlen?«

»Ich fürchte ja.«

»Bist du schlimm verletzt?«

»Wahrscheinlich nicht. Ich bin nicht ins Krankenhaus gegangen, war nicht nötig.«

»Ich rufe den Arzt. Hat man dir die Handtasche gestohlen?«

Angela legte Pflaster, Salbe und Verbandswatte zurecht und wartete, bis das Wasser kochte.

»Als ich aus dem Laden kam, den Peppino mir empfohlen hat – die Sachen hab' ich übrigens noch, sie sind toll – ich hab' ihn einfach nicht kommen sehen. Er muß mich beobachtet haben. Als ich losgehen wollte, kam er von hinten.«

»Ein schrecklicher Ort.«

»Ich hatte den Riemen der Tasche quer über der Schulter, und als er sich die Tasche schnappte, hat er mich mitgeschleift ...«

»Eine einzige Räuberhöhle, diese Stadt. Was wurde geklaut?«

»Nichts Lebenswichtiges. Mein Taschenkalender, das ist ärgerlich. Eine Kreditkarte, langweilig. Make-up. Gott sei Dank hatte ich fast alles ausgegeben, was Peppino mir gegeben hatte. Er hat nicht viel gekriegt.«

Angela goß das kochende Wasser in eine Schüssel und säuberte vorsichtig die Wunden.

»Er hielt das Motorrad an. Er trat mir ins Gesicht. Da hatte ich meine Tasche schon losgelassen. Er mußte mich nicht treten, er hatte die Tasche ja schon. Dann langte er nach unten und hat mir die Kette zerrissen.«

Sie holte die zerrissene Kette aus der Tasche und legte sie auf den Tisch. Sie wirkte billig und lächerlich im Vergleich zu Angelas schwerer Goldkette, die vor ihren Augen hin und her schaukelte, während Angela sich über sie beugte und ihr das Gesicht mit heißem Wasser abtupfte.

»Ich schäme mich für das, was passiert ist. Hat dir jemand geholfen?«

»Die meisten sind vorbeigegangen. Aber einer nicht. Er war sehr freundlich, ein Lehrer.«

»Es tut mir so leid, Charley. Ich rufe gleich Peppino an. Es ist ein schlimmer Ort, Charley, wohin man schaut, Verbrechen und Gewalt. Eine Stadt, in der man Angst haben muß. Ich fühle mich so schuldig.«

»Aber das brauchst du nicht«, sagte Charley.

»Du wirst doch wegen dieser Sache nicht zurück nach England gehen ...?« flüsterte Angela verzweifelt.

»Nein.«

Angela gab Charley einen Kuß. Die Kinder hielten sie in den Armen. Sie würde nicht heimfahren, weil sie eine Spionin war. Die Armbanduhr erschien ihr wie ein Talisman ihres Verrats. Sie wurde kontrolliert von Axel Moen, diesem eiskalten Dreckskerl, der nicht in der Nähe gewesen war, der sie nicht beschützt hatte. Es war nicht der Straßendreck in ihrem Haar, der sie schmutzig machte, sondern die Uhr an ihrem Handgelenk.

Das Baby schrie, als Pasquale nach Hause kam, und Pasquale war todmüde. Schon um vier hatte der Wecker ihn aus seinen unruhigen Träumen gerissen. Auch davor hatte er nicht viel Schlaf bekommen, weil das Baby geweint hatte. Und er wußte nicht, ob das Gesicht seiner Frau wegen des Babygeschreis so müde aussah oder wegen seines Ärgers bei der Arbeit. Ihre Mutter war in der Küche und versuchte vergeblich, das Baby zu beruhigen. Er wollte nicht vor ihrer Mutter mit ihr reden, deshalb ging er ins Schlafzimmer, legte sich aufs Bett und starrte an die Decke. Er wollte seiner Frau nicht im Beisein ihrer Mutter sagen, daß er vom *maresciallo* scharf kritisiert worden war. »Wenn du müde bist, dann bist du nutzlos, wenn du herumläufst wie ein Zombie, bringst du uns alle in Gefahr. Glaub bloß nicht, du bist der einzige, der ein Baby gezeugt hat, das nachts schreit.« Er sollte sich zusammenreißen und nicht vergessen, daß er Teil eines Teams war. Der *maresciallo* schickte Pasquale mit Tardellis Erlaubnis nach Hause, da der Richter an diesem Nachmittag zu Hause arbeiten würde. Ausnahmsweise konnten sie auf ihn verzichten. Würde Pasquale noch ein einziges Mal herumgähnen und vor Müdigkeit nicht aus den Augen sehen können, dann wäre er raus aus dem Team, hatte der *maresciallo* gesagt. Beschämt war er nach Hause gegangen, und jetzt lag er auf dem Bett und konnte nicht schlafen.

Seine Frau kam ins Schlafzimmer und brachte ihm ein Glas Saft.

»Keine Überstunden heute? Du bist früh zurück.«

»Sie haben mich nach Haus geschickt.«

»Warum?«

»Ich wäre zu müde, haben sie gesagt. Ich wäre ineffektiv und würde das Team gefährden.«

Er wußte nicht, ob die feinen Linien um ihren Mund und die Tränensäcke unter ihren Augen durch Erschöpfung oder Besorgnis entstanden waren. Schwand ihre Schönheit seit der Geburt des Babys oder seit er in das Team eingetreten war, das einen »wandelnden Leichnam« beschützte?

»Wollen sie dich loswerden?«

»Ich weiß es nicht.«

»Wenn sie dich rauswerfen würden ...«

»Dann könnte ich vor der Questura patrouillieren und Schulkindern über die Straße helfen. Ich könnte auf dem Gehweg stehen und den Autos der Bewachungsteams nachschauen.«

»Was willst du tun?«

»Ich will bei ihm sein und ihm zur Seite stehen.«

Der Richter war gerade im Wohnzimmer der Wohnung, als der *maresciallo* Pasquale ermahnt hatte. Das Wohnzimmer war sein Büro. Der Schreibtisch, an dem er vor dem Computer saß und arbeitete, stand in der äußersten Ecke des Raums, so weit wie möglich von den kugelsicheren Fensterscheiben entfernt. Wegen der geschlossenen Fensterläden und der zugezogenen Vorhänge war es immer düster im Zimmer. Als er gegangen war, als man ihn nach Haus geschickt hatte, war er an der Wohnzimmertür vorbeigekommen und hatte den Richter vor dem Computer hocken sehen, den Tisch voller Papiere. Auf dem Fußboden und den Stühlen lagen aufgeschlagene

Aktenordner herum. Er war beschämt, denn das ganze Team wußte, daß der Richter im Morgengrauen bei seiner Frau in Udine angerufen hatte. Aber der Hörer war nicht von Patrizia Tardelli abgenommen worden, auch nicht von den Kindern, sondern von einem Mann. Das ganze Team hatte den armen Kerl mit einem Mann herumstottern hören, den er nicht kannte, im Haus seiner Frau im Morgengrauen. Eine schlechte Tageszeit, um zu erfahren, daß eine Ehe zerbrochen war, daß seine Frau von einem Fremden gevögelt wurde.

»Und was ist mit mir? Willst du mir nicht zur Seite stehen? Und deinem Baby?«

»Das ist dummes Gerede.«

»Dann bin ich eben dumm. Aber jeden Tag, wenn du mich verläßt und zur Arbeit gehst, frage ich mich, ob ich dich wiedersehe.«

»Er fragt jeden Tag nach dir, und er fragt nach dem Baby. Jeden Tag denkt er an dich.«

»Ich hab' jeden Tag solche Angst, Pasquale.«

»Er erkundigt sich immer nach dir, als ob er sich die Schuld an deiner Situation geben würde.« Pasquale setzte sich auf. Seine Worte klangen bitter. »Was sollen wir denn deiner Meinung nach tun? Sollen wir ihn im Stich lassen?«

»Ist er denn so hartnäckig?«

»Er hat Angst, wir alle haben Angst. Er macht Witze über die Angst, er hat gelernt, damit zu leben. So wie ich es versuche, so wie du es versuchen mußt. Hartnäckig? Soll er sich denn der Angst beugen? Er ist hartnäckig, und er läßt sich von der Angst nicht beirren.«

»Ist die Gefahr sehr groß?«

Er wich ihrem Blick aus und ließ sich wieder aufs Bett sinken. Er schaute hinauf zur Deckenlampe. Sie saß neben ihm und hielt seine Hand. Vielleicht versuchte sie, ihre Angst und die Angst des Teams gegeneinander abzuwägen.

»Du hast ein Recht, es zu erfahren. Wir dürfen eigentlich mit niemandem darüber sprechen, nicht einmal zu Hause, aber du hast das Recht, es zu wissen. Er könnte einen Kompromiß machen, er könnte unbehelligt leben, er könnte harmlosen Papierkram bearbeiten, er könnte sich frei in der Stadt bewegen und sich sicher fühlen, und wir als seine Begleiter wären in Sicherheit. Der *maresciallo* sagt, daß ein Mann wie Tardelli erst dann wirklich in Gefahr ist, wenn er für diese Leute zu einer ernsthaften Bedrohung wird.«

»Bitte ...«

»Ich sollte es dir nicht erzählen. Im Ucciardone-Gefängnis gibt es einen Gefangenen, der vom Zeugenschutzprogramm profitieren will. Deshalb hat er Informationen über Ruggerio preisgegeben, auf den Tardelli es abgesehen hat. Die Information taugt nicht viel, aber wenn man ihr nachgeht, könnte Ruggerio sich bedroht fühlen.«

»Ich verstehe.«

»Ein Amerikaner, ein Agent der DEA, ist von Rom hergekommen, um mit Tardelli zu reden. Sein Besuch bei Tardelli wird sofort mit Ruggerio in Verbindung gebracht werden, und die Drohung wird verstärkt.«

»Erzähl weiter.«

»Da ist noch ein dritter Faktor, sagt der *maresciallo*. Tardelli schwebt in großer Gefahr. Ruggerio strebt nach der absoluten Vormachtstellung, will *capo di tutti capi* werden. In Agrigento gibt es einen Rivalen, er ist verschwunden; dann die Familie in Catania, aber sie wird zerstört werden. Wenn Ruggerio die absolute Kontrolle erreicht hat, dann wird er seine neue Macht demonstrieren wollen, sagt der *maresciallo*, und zwar mit einem Angriff gegen das Herz des Staates. Ein Anschlag auf Tardelli wäre dann sehr wahrscheinlich, weil er derjenige ist, der ihn am meisten bedroht ... Du wolltest es ja unbedingt wissen.«

»Ich habe gefragt ...«

»Jetzt weißt du Bescheid. Geht's dir jetzt besser?«

Sie ließ Pasquales Hand los und ließ ihn in dem schwach beleuchteten Raum zurück. Er schlief ein und fing sofort an zu träumen. Später würde er aufwachen, und sie würde neben ihm liegen und schlafen, und das Baby würde in seiner Wiege am Fußende des Bettes liegen. Er würde duschen und sich anziehen und den Pistolengurt umschnallen. Dann würde er in die Küche gehen und sich einen Kaffee aufbrühen, und er würde den kleinen Blumenstrauß auf dem Tisch finden und die Karte seiner Frau. »Bitte, gib ihm die Blumen und danke ihm, daß er sich jeden Tag nach mir und dem Baby erkundigt. Gott schütze dich.« Dann würde Pasquale zur Arbeit gehen.

Der Junge wurde auf einen Stuhl gesetzt.

Seine Arme waren hinter dem Rücken zusammengebunden, und der Strick schnitt in die Haut. Die Fußgelenke des Jungen waren an den Stuhlbeinen festgebunden. Der Knebel würgte ihn. Er verstand es nicht ... Er stammte aus dem Brancaccio-Distrikt, aus einem der heruntergekommenen Wohntürme. Er hatte noch nie gearbeitet, genausowenig wie sein Vater. Er klaute, um seine Familie zu ernähren, klaute die Handtaschen der Touristen.

Er verstand es nicht ... Jeden Monat bezahlte er den Männern der Ehre von Brancaccio seinen *pizzo*. Treu und brav vergaß er niemals, ihnen ihren Anteil von dem erbeuteten Geld zukommen zu lassen.

Er verstand es nicht ... Man hatte ihm gesagt, daß er vielleicht eines Tages in die Reihen der *picciotti* aufsteigen würde. Die letzte Entscheidung darüber sollte fallen, wenn er alle gestellten Aufgaben erfüllt haben würde.

Er verstand es nicht ... Eine Aufgabe war ihm gestellt worden. Er hatte die Handtasche gestohlen. Er hatte die Handtasche zu der Adresse gebracht, die man ihm genannt hatte. Dort wurde ihm eine Pistole an den Hals gepreßt, und er wurde an den Stuhl gefesselt. Jetzt lag die Handtasche vor ihm auf einem nackten Holztisch.

Er verstand es nicht ... Das Geld aus der Handtasche lag in einem ordentlichen Stapel auf dem Tisch. Zwei Männer schauten sich den Taschenkalender aus der Handtasche genau an. Sie trugen durchsichtige Plastikhandschuhe. Sorgfältig prüften sie jede Seite des Kalenders.

Der Junge war zum Tode verurteilt. Sie hatten ihm keine Kapuze übergestülpt und ihm nicht die Augen verbunden. Er hatte ihre Gesichter gesehen. Er konnte nicht wissen, ob sie ihn erwürgen, erstechen oder erschießen würden, ob sie ihn in Säure oder Beton versenken oder ihn einfach im Schutz der Dunkelheit auf die Straße werfen würden. Sie schienen nicht zu bemerken, daß er sich vor Angst in die Hose pißte und unkontrolliert zitterte. Er verstand es nicht …

Als Kind hatte er von seinem Vater Rosario eine alte sizilianische Weisheit gelernt. »Es gewinnt immer derjenige, der allein handelt.«

Jedes für seine persönliche Sicherheit wichtige Detail wurde Mario Ruggerio mitgeteilt. Er allein entschied über die Relevanz der Information. Die Nachricht kam durch eine mündliche Mitteilung in die Wohnung in der Nähe der Via Crociferi. Tardelli hatte sich unter Geheimhaltung mit Capitano Giovanni Crespo vom ROS-Spezialteam getroffen, und der *capitano* hatte einen unbekannten Amerikaner mitgebracht. Allein stand er in der Küche, kochte sich seine Lieblingspasta, zu der es Tomatensoße geben sollte. Eine Frau war am Tag vor seinem Einzug in die Wohnung gekommen. Sie hatte saubergemacht und den Kühlschrank mit einfach zuzubereitenden Mahlzeiten gefüllt, mit denen er sich eine Woche lang versorgen konnte. Dann würde er wieder verschwinden, und die Wohnung würde wieder geputzt werden. Er hatte ein erstaunliches Erinnerungsvermögen. Trotz all der Grübeleien über finanzielle Transaktionen, Investitionen, zukünftige Strategien und Zugehörigkeiten wußte er sofort Bescheid, um wen es sich bei Giovanni Crespo, ROS, handelte. Er konnte die Gedanken an die Pläne eines Sprengstoffexperten beiseite schieben. Ebensowenig dachte er in diesem Moment an einen gewissen Handtaschendieb oder an das Treffen mit einem Kolumbianer, der sich auf den Transport von Kokain nach Europa spezialisiert hatte, oder an die Verhandlungen mit den neuen Verbindungsmännern aus Rußland.

Er erinnerte sich an den Namen Giovanni Crespo. Außerdem war im *Giornale di Sicilia* das verschwommene Foto eines bleichen, angespannten Gesichts abgebildet gewesen, gleich neben dem mit einer Decke verhangenen Kopf von Salvatore Riina, nach dessen Festnahme. Die Erinnerung wurde abgehakt. Er dachte über das nach, was man ihm über den Amerikaner erzählt hatte, armselig gekleidet, namenlos, vielleicht bewaffnet, in den inneren Teil von Tardellis Büro vorgelassen. In Gedanken klopfte er die Informationen ab und versuchte sie zu deuten. Wenn die Amerikaner in Palermo eine Operation starteten, wenn ein Agent bei Tardelli hereinschaute, dann konnte es seiner Meinung nach nur um seine Person gehen.

Das Wasser im Topf sprudelte um seine Pasta. In einem zweiten Topf köchelte die Tomatensoße. Er nahm sich eine Flasche Perroni-Bier aus dem Kühlschrank. Er konnte bald essen. Zuweilen sehnte er sich nach Michelas Küche und nach seiner ganzen Familie, und er sehnte sich danach, den kleinen Jungen, seinen Neffen, den Wildfang, der nach ihm benannt worden war, auf den Schoß zu nehmen ... Es gab so vieles zu bedenken ... Er goß die Pasta ab, ließ sie auf einen Teller gleiten und löffelte Tomatensoße darüber. Er schenkte sich ein Glas Bier ein. Er schien sich vorzustellen, daß seine Frau Michela ihm das Essen servierte. Das war ein Teil seines Lebens. Sein ganzes Leben spaltete sich in verschiedene, voneinander scharf abgegrenzte Bereiche auf, und darin lag das Geheimnis seiner Kraft. Er erlaubte es drei Männern, Carmine, Franco und Tano, in seiner Nähe zu sein. Dies hatte er auf seinem Weg nach oben gelernt. Es sollten immer drei sein, weil zwei Männer sich absprechen und eine Verschwörung aushecken konnten, niemals drei. Die drei Männer wetteiferten miteinander um seine Gunst, wobei sich keiner von ihnen je sicher sein konnte. Carmine würde sich um den *carabiniere*-Offizier Giovanni Crespo und seine Verbindung zu dem Amerikaner kümmern. Franco war für die Sicherheit beim Treffen mit dem Kolumbianer verantwortlich. Tano hatte Verbindung zu dem Sprengstoffexperten aufgenommen. Er teilte ihnen verschiedene Aufgaben zu und beherrschte sie. Er mußte stark sein.

Es gab noch ein sizilianisches Sprichwort, das ihm sein Vater Rosario beigebracht hatte. »Ein Mann, der sich zum Schaf macht, wird vom Wolf gefressen.«

Der Arzt, ein eleganter älterer Herr, hatte Charley mit weichen, kühlen Händen vorsichtig untersucht. Nachdem er sich ihre Abschürfungen und Blutergüsse angeschaut hatte, erklärte er lächelnd, daß es sich um zweifellos schmerzhafte, aber ansonsten oberflächliche Verletzungen handele. Charley stellte sich vor, wie es in England gewesen wäre. Bestimmt hätte sie stundenlang in einer überfüllten Ambulanz oder im schäbigen Wartezimmer eines praktischen Arztes warten müssen. Der sizilianische Arzt hatte sie beruhigt. Sie lag im Bett.

Es klopfte, und Peppino stand lächelnd in der Tür.

»Geht's dir schon besser?«

»Ich komme mir schon vor wie eine Simulantin.«

»Angela hat mir erzählt, wie tapfer du warst.«

»Ich wünschte nur, ich hätte ihm die Augen auskratzen und in die Eier treten können. Tut mir leid, ich meine nur, er hätte auch was abkriegen sollen, damit er mich so schnell nicht vergißt.«

Peppino lachte mit ihr. »Das wäre nicht schlecht. Entschuldige, daß ich nicht sofort kommen konnte. Hast du die Sache der Polizei gemeldet?«

»Dazu konnte ich mich noch nicht durchringen.«

»So was passiert ständig in Palermo, jeden Tag. Diese Verbrechen besudeln die Schönheit unserer Stadt und ihr reiches kulturelles Erbe, und die Polizei kann kaum etwas tun. Wenn du zur Polizei gehst, fühlen sie sich nur in ihrem Büroalltag gestört, und glaub mir, ihre Mühlen mahlen langsam.«

»Aber bräuchte ich nicht einen Beleg von der Polizei, für die Versicherung, meine ich.«

Er saß am Fußende des Bettes, freundlich, aber distanziert.

»Was genau hast du verloren?«

»Mein Portemonnaie. Ich hab' das meiste ausgegeben, was du mir gegeben hast … Willst du's sehen?«

Sie schwang sich aus dem Bett. Sie nahm die Bluse und den Minirock aus der Tasche und hielt sich beides abwechselnd vor. Sie dachte, daß es das war, was man von ihr erwartete, was man von einer Spionin erwartete. Er nickte anerkennend.

»Wenn wir mal ausgehen, mußt du das unbedingt anziehen. Was war in deiner Handtasche?«

»Nicht viel. Mein Portemonnaie und dreißig- oder vierzigtausend, Lippenstift, Puder, Lidschatten, ein paar Schlüssel. Da war auch noch meine Visakarte, aber die kann ich sperren lassen, und mein Notizbuch mit Telefonnummern und Adressen.«

»Weißt du, Charley, dieser Abschaum interessiert sich nur für Bargeld, wahrscheinlich für Drogen. Manchmal nehmen sie sich das Geld und werfen die Tasche in einen Müllcontainer in der Nähe der Questura. Es ist möglich, daß deine Tasche gefunden wird. Ich kann dir natürlich nichts versprechen. Und du solltest dir keine Sorgen wegen der Karte machen. Ich kümmere mich darum. Angela sagte noch etwas von einer Halskette.«

»Er wollte sie mir wegnehmen, dabei ist sie zerrissen. Sie ist nicht besonders wertvoll. Ich hänge nur daran, weil ich sie von meinem Onkel bekommen habe.«

Sie zeigte auf das glänzende Goldkettchen. Die Kette lag auf dem Nachttisch neben dem Buch, das ihrer Meinung nach nicht an seinem alten Platz gewesen war.

Und an der gegenüberliegenden Wand stand die Kommode mit ihrer Unterwäsche, die anscheinend ebenfalls inspiziert worden war. Vielleicht bildete sie es sich auch nur ein. Vielleicht war es nur eine von Axel Moens boshaften Lügen. Vielleicht. Sie war eine Spionin in ihrem Haus.

Jetzt schaute er sie fragend an. »Du weißt nicht, wie froh Angela ist, daß du hier bist. Es ist hier nicht leicht für sie. Das kulturelle Umfeld ist ganz anders als in Rom. Die sizilianische Gesellschaft erlaubt ihr nicht annähernd so viele Freiheiten, wie sie in Rom hatte. Deine Freundschaft ist für sie so wichtig. Mit anderen Worten, wir hoffen beide, daß du nach diesem Zwischenfall nicht sofort nach England zurückwillst.«

»Das hatte ich nicht vor – und die nächste Kreatur, die mir ans Leder will, kann sich auf was gefaßt machen.«

Er bat sie, die Handtasche zu beschreiben. Er erzählte von einem Bekannten bei der Questura, dem er den Diebstahl der Tasche höchstpersönlich melden wollte. Einen Moment lang lag seine Hand auf Charleys frisch verbundenem Knie.

»Wir alle bewundern deine Tapferkeit, Charley.«

Der Hauptkommissar grinste Harry Compton augenzwinkernd an. Er hatte den Telefonhörer zwischen Ohr und Schulter geklemmt, damit er die Hände frei hatte, um sich eine Zigarette anzuzünden.

»... aber natürlich weiß ich, daß Sie ein vielbeschäftigter Mann sind, Ray. Wenn Sie einen kleinen Moment Zeit für mich hätten ... Ich weiß, daß ihr beim DEA immer alle Hände voll zu tun habt. Ich halte Sie nicht lange auf, mir ist da nur etwas in die Quere gekommen, das ich gern klären würde. Ich richte mich nach Ihnen. Hier unten im SO6 ist es ein bißchen ruhiger, längst nicht so stressig wie bei euch. Ob's ein paar Tage warten kann? Nun, ich denke schon ... O ja, die Konferenz in Bramshill, das wäre wunderbar. Wir sehen uns dort. Sehr nett von Ihnen, Ray, daß Sie sich ein wenig Zeit für mich nehmen wollen. Ich weiß das sehr zu schätzen. Bis dann, Ray ...«

Kapitel 9

»... damit komme ich auf das internationale organisierte Verbrechen zu sprechen. Die internationale Szene entwickelt sich mit rasender Geschwindigkeit, und wir sind gezwungen, darauf zu reagieren.

Grenzen fallen, der Handel weitet sich aus, finanzielle Märkte und Dienstleistungen werden mehr und mehr integriert. Kurz gesagt, wir sind keine Insel mehr, die durch das Meer vor unliebsamen Einflüssen geschützt wird …«

Sie haben's also endlich verstanden, Sir, wurde aber auch Zeit. Der Country Chief lehnte sich entspannt in seinem Sessel zurück. Es gehörte zu seinen Pflichten, sich die kunstvollen Reden des Londoner Polizeichefs anzuhören. Aber er würde ein gutes Mittagessen kriegen, und beim Essen würde er Gelegenheit haben, mit ein paar Leuten zu reden, die nützlich für ihn sein konnten, und er kam endlich einmal aus der Stadt heraus. Jetzt im Frühjahr waren die Anlagen des Bramshill College, wo die Kurse der ranghöheren Beamten stattfanden, besonders schön.

»… Wir dürfen keinen Moment daran zweifeln, daß die organisierte Kriminalität jede Gelegenheit ausnützen wird, sei es eine technische Neuerung oder irgendeine Schwachstelle, um sich weiter auszubreiten. Dem organisierten Verbrechen mit seinen internationalen Verknüpfungen und quasikorporativen Strukturen haben wir es zu verdanken, daß unsere Straßen mit gefährlichen Drogen überschwemmt und finanzielle Systeme unterminiert werden. Und allein durch die ungeheuren finanziellen Ressourcen und die immer umfassender und komplizierter werdenden Strukturen wird das internationale organisierte Verbrechen mehr und mehr zu einer ernstzunehmenden Bedrohung für unseren Rechtsstaat …«

Wie gut, Sie im Ausschuß zu haben, Sir. Der Country Chief schaute aus dem Fenster und genoß den Blick auf die mit Krokussen und Narzissen übersäten Rasenflächen. Der Typ vom National Criminal Intelligence Service saß teilnahmslos da und hörte zu. Er war es, der Ray vor einem Jahr versichert hatte, daß es im guten alten England kein Problem mit der sizilianischen Cosa Nostra geben würde. Es wurde langsam Zeit, daß sie aufwachten und sich den Realitäten stellten.

»… Es stellt sich die Frage, welche Rolle der Security Service dabei spielt, inwieweit er sich in Zukunft in Belange einmischen soll, die traditionsgemäß in den Verantwortungsbereich der Polizei fallen. Es würde sehr zur Effizienz der Ermittlungen beitragen, wenn wir die Erfahrung, die Methoden und Möglichkeiten der verschiedenen Stellen miteinander kombinieren könnten. Die alles entscheidende Frage dabei ist, wie diese Vielfalt zu nutzen ist, ohne Verwirrung zu stiften …«

He, kommen Sie nach Washington, Sir. Kommen Sie und erleben Sie die »Verwirrung«, wenn FBI, CIA, DEA, ATF, Steuer- und Zollfahndung sich auf dieselbe Fährte begeben. Kommen Sie und sehen Sie sich an, wie die verschiedenen Ermittlungsabteilungen sich die Augen auskratzen, wenn sie hinter derselben Sache her sind. Er kannte den Mann vom MI5, ein wirklich cooler, ewig gelangweilter Typ, der in der Reihe hinter dem NCIS-Mann saß. Ständig auf der Suche nach neuem Terrain. Wenn Sie meinen Rat hören wollen, Sir, dann halten Sie sich diese Drecksäcke vom Leib.

»… Die Zeit arbeitet gegen uns. Unsere derzeitigen Strukturen erlauben es meiner Meinung nach nicht, mit voller Kraft zuzuschlagen, und im kommenden Jahrhundert reicht unser Status quo erst recht nicht mehr aus. Unsere europäischen Partner, unsere Partner auf der ganzen Welt werden die Geduld verlieren, wenn wir nicht endlich anfangen, mit ihnen an einem Strang zu ziehen. Ich hoffe, wir werden eine geeignete Strategie entwickeln, die dieser enormen Herausforderung gerecht wird. Ich danke Ihnen, meine Damen und Herren.«

Wie ein Mann gesprochen, Sir, denn der Geduldsfaden wurde tatsächlich immer dünner. Aber offen gestanden empfand Ray die Ausführungen seines britischen Kollegen als ziemlich blauäugig und selbstgefällig. Er hätte diverse Spezialeinheiten der Polizei nennen können, deren Mittel rigoros gekürzt worden waren, dann all die Zoll- und Steuerfahnder, die nur für die Statistiken arbeiteten, und die Finanzinstitute der Stadt, die das Vorhandensein von schmutzigem Geld schlicht und einfach ignorierten. Er applaudierte höflich.

Kaffeepause.

Er stand in der Schlange und plauderte mit einem Mann vom Rauschgiftdezernat.

»Guten Morgen, Ray.«

Der Mann vom SO6 stand neben ihm.

»Sie wollten mich sprechen? Wie geht es Ihnen?«

»Der Kaffee ist hier meist unter aller Kritik. Machen wir einen Spaziergang, dann redet sich's besser.«

Der Country Chief hatte gute Ohren, und der spöttische Unterton des Hauptkommissars war ihm nicht entgangen.

»Sie können auch ohne mich gehen, wenn Sie wollen. Ich trinke einen Kaffee.«

So blieb er in der Schlange stehen, ließ sich eine Tasse Kaffee einschenken und ging damit zur Tür, wo der Hauptkommissar auf ihn wartete. Sie durchquerten den breiten Flur und traten auf die Einfahrt hinaus, vorbei an den wartenden Chauffeuren in ihren albernen Karren. Er redete immer gern von der »Arbeitermentalität« der DEA, und schwarze Autos mit Fahrern paßten einfach nicht zu seiner Arbeitsethik. Jetzt hatten sie den Park erreicht und gingen weiter über den mit Frühlingsblumen bewachsenen Rasen.

»Schön hier um diese Jahreszeit. Was kann ich also für Sie tun?«

Der Hauptkommissar lächelte, aber es war ein böses Lächeln. »Es geht um etwas, das zufällig auf meinem Tisch gelandet ist. Sie haben einen Agenten namens Axel Moen in Ihrer Truppe ...?«

»Falsch.«

»Wie bitte?« Das Lächeln war verschwunden, die Gesichtszüge wirkten härter.

»Gut, ich will es Ihnen in einfachen Worten erklären.« Der Country Chief sprach betont langsam, wie zu einem zurückgebliebenen Kind. So gewann er Zeit zum Nachdenken. »Ich habe niemanden mit diesem Namen in meiner Mannschaft. Ist Ihr Problem damit gelöst?«

»Ein DEA-Agent namens Axel Moen.«

»Wir haben um die zweitausendfünfhundert Spezialagenten, die kann ich unmöglich alle kennen.«

Er log nie. Er konnte ablenken, unterbrechen, ins Lächerliche ziehen, aber er log nie. Sein Stellvertreter, der in Lyon dabeigewesen war, hatte ihm von jenen eindrucksvollen zwanzig Minuten der Europolkonferenz erzählt, als Garcia, der FBI-Mann aus Moskau, den Briten vom SO6 niedergemacht hatte. Jetzt mußte der Mann wieder schlucken, und die Adern an seinen Schläfen traten deutlich hervor.

»Wußten Sie, daß ein Spezialagent, Axel Moen, vor etwas mehr als zwei Wochen nach Devon gefahren ist?«

»Vielleicht.«

»Wo ist er stationiert?«

»Geht Sie das was an?«

»Hör'n Sie auf, mich zu verarschen.«

»Rom, wenn Sie's unbedingt wissen wollen.«

»Arbeitet mit Ihren Systemen?«

»Vielleicht.«

»Mit Ihrem Wissen?«

»Vielleicht. Hören Sie, ich möchte den nächsten Vortrag nicht verpassen.« Der Country Chief kippte seinen letzten Schluck Kaffee ins Gras. Der Rasen zwischen den Narzisseninseln und Krokusteppichen war gerade zum ersten Mal geschnitten worden. Der Tau hinterließ feuchte Flecken auf seinen Wildlederschuhen. »Worum geht es denn?«

»Er ging zum Haus eines jungen Mädchens, einer Lehrerin.«

»Tatsächlich?«

»Sie hatte eine Einladung erhalten, für eine sizilianische Familie zu arbeiten.«

»Soso.«

»Ihre Eltern sagen, daß Ihr Mann, Axel Moen, sie gedrängt hat, die Einladung anzunehmen.«

»Sagen sie das?«

»Der Mann, der ihr einen Job angeboten hat, ist vor kurzem unter falschem Namen nach England gereist.«

»Tatsächlich?«

»Gut, ich will Ihnen sagen, was wir denken. Wir denken, es geht um eine Anti-Mafia-Geschichte. Und wir glauben, ihr habt nach jemandem gesucht, der die Drecksarbeit für euch erledigt, und dann habt ihr ein armes junges Ding in die Finger gekriegt.«

»Das denken Sie also.«

»Ihr arroganten Kerle habt ein unschuldiges Kleinstadtmädchen unter Druck gesetzt und nach Palermo geschickt, für irgendeine elende Operation, die ihr euch in euren kranken Hirnen ausgedacht habt. Von wem habt ihr die Sache absegnen lassen?«

»Segen von Ihresgleichen brauche ich nicht.«

»Ihr habt ein naives junges Ding, mit nichts als Flausen im Kopf, in Palermo plaziert. Also das finde ich ...«

»Sie hätten bei der Rede Ihres Oberbosses besser zuhören sollen. Ihre Partner in aller Welt werden bald die Geduld verlieren. Vielleicht haben sie sie schon verloren.«

Ihm kamen Dwight Smythes Worte in den Sinn. »Er mischt sich in das Leben einer arglosen jungen Frau, spinnt seine Fäden, um sie festzunageln, und bei allem ist er eiskalt, ohne jegliche Emotionen.« Und er erinnerte sich auch an seine eigenen Worte: »Vielleicht sollten wir alle in die Hände klatschen, Hymnen singen, auf die Knie fallen und unserem Schöpfer danken, daß er uns dieses Problem erspart hat.« Er schaute in das vor Zorn gerötete Gesicht des Engländers.

»Haben Sie die Folgen durchdacht? Übernehmen Sie die Verantwortung für die Folgen?«

»Sie sollten Ihre Nase da nicht reinstecken.«

»Kommen Sie mir nicht mit dem Quatsch, das ist keine Antwort.«

»Eine andere Antwort bekommen Sie nicht, lassen Sie's also gut sein.«

Damit ließ der Country Chief seinen Gesprächspartner stehen und ging zurück ins Gebäude, wo er seine Tasse bei einer Serviererin abgab.

Ihm stand nicht der Sinn nach der Vorlesung des italienischen Attachés über die Präventionsmaßnahmen der Banco d'Italia zur Offenlegung größerer finanzieller Transaktionen. Auch die Lust aufs Mittagessen war ihm vergangen, und auf die für den Nachmittag angekündigten Ausführungen des Polizeichefs aus St. Petersburg konnte er erst recht verzichten. Er fühlte sich unwohl, er wollte einfach nur weg. Er fühlte sich schlecht, weil er selbst gesagt hatte, daß es ein guter Plan sei, ein Plan, der möglicherweise funktionieren könnte. Er ging zur Garderobe und ließ sich seine Jacke geben. Verdammt, das arme Kind …

Am Tag zuvor war sie in der Villa geblieben und hatte sich von Angela bemuttern lassen, hatte in der Sonne gelegen, während der Gärtner in ihrer Nähe arbeitete, aber am Morgen hatte sie sich durchgesetzt. Ja, sie fühlte sich stark genug, um Klein-Mario in die Schule und Francesca in den Kindergarten zu bringen. Ja, sie konnte die täglichen Einkäufe erledigen. Ja, sie konnte die Kinder zur Schule und in den Kindergarten bringen und einkaufen, bevor es laut Wettervorhersage anfangen würde zu regnen.

Bloß kein Drama wegen dieses elenden Zwischenfalls.

Sie legte das Baby in den Kinderwagen und ging mit den beiden Kindern nach Mondello hinunter. Während ihrer ganzen Kindheit hatte sie immer im Mittelpunkt gestanden und gelernt, aus Krankheiten oder Verletzungen Vorteile zu schinden. Vielleicht lag es an ihrer Reise nach Rom im Sommer 1992 oder an ihrem einsamen Leben im College, aber sie fand es jetzt widerwärtig, sich von anderen bemitleiden zu lassen. Sie erkannte nun, daß ihr Vater seine Entlassung zum Anlaß für endlose Jammereien genommen hatte. Ihre Mutter dagegen klagte ständig über Geldmangel. Mein Gott, vielleicht war sie deshalb von zu Hause fortgegangen. Im Grunde waren ihre Eltern nichts weiter als zwei elende Jammerlappen, die sich ständig über ihr ungerechtes Schicksal beklagten, lautete ihr gnadenloses Fazit.

Halt die Klappe, Charley, laß es gut sein. Und Axel Moen, was war für ihn ein Drama, wie lautete seine Definition einer Krisensituation? Und wo war er? Schnauze, Charley, vergiß es …

Sie lieferte Klein-Mario am Schultor ab, beugte sich hinunter, damit er ihr einen Kuß geben konnte. Wie jeden Morgen rannte er über den Spielplatz zu seinen Freunden, die ihn freudig begrüßten. Er war ein fröhlicher, süßer kleiner Junge. Wenn der Plan funktionierte, Axels Plan, dann würde das Unglück über dieses Kind hereinbrechen. Mit der Verhaftung seines Vaters und Onkels würde das Drama seinen Lauf nehmen. Diese Vorstellung tat ihr sehr weh. Mit welcher Umsicht sie sich doch um diese Kinder kümmerte, verlogene kleine Hexe, die sie war. Jetzt richtete sie das Schirmchen des Kinderwagens neu aus, damit Baby Mauro nicht der immer stärker werdenden Sonne ausgesetzt war, und Francesca wies sie an, in ihrem Schatten zu gehen. Der Wetterbericht von Radio Uno hatte Regen angekündigt, aber den Rest der Woche sollte es klar bleiben. In ein paar Tagen würde es warm genug für den Strand sein. Dann konnte sie endlich ein bißchen Sonne auf ihre weißen Beine und Arme und auf die Blutergüsse und Schürfwunden scheinen lassen. Schreib's dir auf, Charley, Sonnencreme. Die Kinder würden Spaß haben am Strand. Sie brachte Francesca in den Kindergarten.

Nun zur Einkaufsliste. Tomaten, Gurken, Salami, Magermilch, Kartoffeln, Orangen, Äpfel ... Nach und nach hakte sie alle Lebensmittel ab. An der Straße unterhalb der Piazza, in der Nähe des Sarazenerturms, gab es eine *farmacia.*

Sie fragte sich, ob man sie im Ort mittlerweile kennen würde, weil sie jeden Morgen mit den Kindern und dem Baby zur Schule und zum Kindergarten ging und danach zu den Läden an der Piazza. Der alte Mann, der bei seinen Fischen unter einem schwarzen Regenschirm saß, nickte ihr mit ernstem Gesicht zu, und sie schenkte ihm ein Lächeln. Angela kaufte immer nur Freitag morgens Fisch, und dann im Laden. Falls Angela eines Tages zum Mittagessen nicht zu Hause sein sollte, wollte Charley für sich und die Kinder Fisch bei dem alten Mann mit dem schwarzen Schirm kaufen, das hatte sie sich ganz fest vorgenommen. Sie war auf dem Weg zur *farmacia,* um Sonnencreme zu kaufen, als sie das Foto sah.

Am Zeitschriftenstand, auf der ersten Seite des *Giornale di Sicilia* war das Foto, in Farbe.

Das Foto sprang Charley förmlich ins Gesicht, würgte sie. Wie betäubt stand sie vor dem Zeitschriftenstand.

Auf dem Foto, in grellen Farben …

Eine alte Frau mit dicken Beinen und ausgeleierten Strümpfen in schwarzer Witwenkleidung. Sie saß auf einem kleinen Küchenstuhl. Sie hatte den Kopf in den Nacken gelegt und die Arme nach oben gestreckt, als stieße sie einen Entsetzensschrei aus. Hinter ihr war ein Priester, hinter dem Priester standen Männer, Frauen und Kinder im Halbkreis und schauten zu, hinter den Zuschauenden war die gleichförmige Front eines riesigen Wohnhauses auszumachen. Im Vordergrund stand das Motorrad auf seinem Ständer. Vor dem Motorrad mit dem roten Benzintank und dem Adlerkopf war die Leiche. Ganz vorn auf dem Foto war der Kopf der Leiche zu sehen. Auf dem Boden war Blut.

Sie schwankte. Die Frau hinter der Theke des Zeitschriftenstandes blinzelte sie mißtrauisch an.

Es war ein junger Kopf. Sie hatte den blutigen Kopf vorher noch nicht gesehen. Der Kopf war von dem Helm mit dem dunklen Visier verdeckt gewesen. Ein junger, schmalgesichtiger Kopf, mit wuscheligen dunklen Locken, war klar auf dem Foto zu erkennen. Charley kannte das Motorrad. Als der Stiefel sie trat, als sie den Riemen ihrer Tasche losließ, als der Handschuh nach ihrer Kette grapschte, hatte sie nach oben geschaut und das Motorrad gesehen.

Ihre Worte, die Worte, die Charley zu Giuseppe Ruggerio gesagt hatte. »Ich wünschte nur, ich könnte ihm die Augen auskratzen und in die Eier treten.«

Ihre Worte, die sie gesagt hatte, um das große, tapfere Mädchen zu spielen. »Er hätte auch was abkriegen sollen, damit er mich nicht so schnell vergißt.«

Sie wandte sich ab. Sie hatte das Gefühl, sich erbrechen zu müssen, wenn sie noch eine Sekunde länger auf das grelle Farbfoto geschaut hätte. Sie erinnerte sich an das Motorrad, es gab keinen Zweifel. Charley ging an dem alten Fischverkäufer unter dem schwarzen Schirm vorbei. Sie schob den Kinderwagen über den Pier, wo die Fischer ihre Netze und Boote instand setzten. Sie starrte hinaus aufs Wasser. Welcher Friede. Ein Ort, wie geschaffen für Dichter und Liebende. Vereinzelte Wolken warfen türkisfarbene Schatten auf das leicht gekräuselte Wasser. Bei Gott, sie hatte verstanden. Um sie befand sich die Macht des Lebens und die Macht des Todes. Axel hatte ihr von der Macht erzählt. Um sie waren keine Dichter, keine Liebenden. Um sie waren Männer, die einen Jungen töteten, ihm die Kehle durchschnitten, ihn mit seinem Motorrad vor das Haus seiner Mutter warfen und anschließend zum Abendessen gingen.

»Keine Sorge, Axel Moen«, murmelte sie, »ich lerne schnell. Ich lerne, daß es keine Liebe gibt, keine Güte. Zufrieden, du eiskalter Mistkerl? Ich lerne, eine verlogene Hexe zu sein. Ich lerne zu überleben. Dieser Junge, Axel Moen, hatte ein einigermaßen anständiges junges Gesicht, und da, wo er herkam, hatte er wahrscheinlich keine Möglichkeit, etwas zu lernen oder zu arbeiten, wie ich sie hatte. Also ist er jetzt tot, und ich lerne. Ich lerne, daß jede Art von Gefühl nur ein Luxus für Jammerlappen ist. Ich verspreche, ich habe Angela Ruggerios Güte und die Liebe ihrer Kinder vergessen. Ich mach' sie fertig, tue mein Bestes. Das ist es doch, was du wolltest, stimmt's? Du wolltest, daß ich eine verlogene kleine Hexe werde. Bist du jetzt zufrieden?«

Sie schob den Kinderwagen in die *farmacia* und kaufte die Sonnenmilch für den Strand. Dann schob sie den Kinderwagen in eine Bar, in der es ein Telefon gab, und rief Benedetto Rizzo an, um ihm zu sagen, wann sie das nächste Mal freihatte, und sie redete nicht von Liebe und Güte. Charley konnte sich nicht vorstellen, daß sie das farbige Zeitungsfoto jemals vergessen würde. Als die ersten Regentropfen fielen, schob sie den Kinderwagen wieder den Hügel hinauf zurück zur Villa.

So wie Schnecken und Würmer nach dem Regen aus ihren Löchern kriechen und schleimige, glänzende Spuren auf dem Asphalt hinterlassen, die sich miteinander verbinden und kreuzen und umeinanderschlängeln, so bewegten sich auch die Überwachungsteams.

Der Mann aus Catania wurde zuerst von einem Taxifahrer verfolgt, als er zu seinen Brüdern fuhr, um sich ihrer Loyalität zu versichern. Als sich der Mann aus Catania mit demselben Anliegen zu den Brüdern seiner Frau aufmachte, wurde er von drei *picciotti* auf Motorrädern beobachtet. Der Fahrer eines Brotauslieferungswagens beschattete den Mann aus Catania, als dieser mit dem großen Mercedes, der wegen des Gewichts der kugelsicheren Scheiben und der stahlgepanzerten Türen schwer auf der Straße lag, zur Reparaturwerkstatt seines Cousins fuhr, und meldete ein Treffen mit seinem *consigliere.* Ein Student der medizinischen Hochschule beobachtete im Ognina-Distrikt der Stadt das Haus eines *capodecino,* dem der Mann aus Catania einen Besuch abstattete. Jeder der Männer, der Taxifahrer, die drei *picciotti,* der Fahrer des Brotwagens und der Student, wurde von dem Mann aus Catania bezahlt. Und jeder von ihnen verriet ihn und leitete alle seine Schritte an Tano weiter, der zu Mario Ruggerio gehörte.

Schnecken und Würmer kriechen nach dem Regen aus ihren Verstecken hervor, hinterlassen Spuren, ignorieren die Gefahr von giftigen Blättern, kriechen weiter, um jene Gewächse zu vertilgen, die sich nicht schützen können.

Schnecken krochen auf ihren Bäuchen dahin … Eine Frau, die in den Quartieren der Polizeikaserne in Monreale saubermachte, hatte sich vor ihrem langen, mühseligen Weg zur Arbeit mit Carmine getroffen. Der Sohn eines Cousins ihres Mannes aus Gangi im Madonie-Gebirge saß im Ucciardone in Untersuchungshaft und wartete auf seine Verhandlung … In ihrer Unbedenklichkeitsbescheinigung zum Putzen der Stuben war die Blutsverwandtschaft nicht verzeichnet, aber die Überprüfung war nicht besonders streng gewesen, da sie bei ihrer Arbeit keinen Zugang zu den heikleren Bereichen des Gebäudes hatte. Sie lag auf den Knien und schrubbte den Fußboden. Zwei Paar Füße standen vor ihr, warteten darauf, daß sie den Putzeimer zur Seite rückte. Als sie aufschaute, sah sie den uniformierten *carabiniere*-Offizier und seinen Kollegen, der wie ein Anstreicher gekleidet war. Widerwillig schob sie den Eimer weg. Sie gingen an ihr vorbei, als hätten sie sie nicht bemerkt. Sie kannte die Namen all dieser Offiziere, zu deren Büros sie keinen Zutritt hatte. Auch die Tür von Giovanni Crespo war ihr verschlossen. Als sie das Ende des Korridors erreicht hatte, von wo eine Tür auf den hinteren Parkplatz führte, konnte sie den kleinen Handwerkerbulli im Regen stehen sehen, mit der Leiter auf dem Dach und der Trittleiter zwischen den Vordersitzen. Die Putzfrau hatte ein schlechtes Gedächtnis. Mit einem Bleistift kritzelte sie die Autonummer auf ein Stück Papier. Ohne die Hilfe eines guten Anwalts würde der Sohn des Cousins ihres Mannes die nächsten acht Jahre seines jungen Lebens im Ucciardone-Gefängnis verbringen.

Schleimige Schnecken unterwegs … Der Leiter des *squadra-mobile*-Überwachungsteams hatte die Berichte der im Capo-Distrikt eingesetzten Männer gelesen. Es waren jämmerlich kurze Berichte. Mit diesen Berichten ging er zur Wohnung des Richters. Drei Tage waren vergangen, sieben Tage blieben noch, und bislang keinerlei Hinweise auf Mario Ruggerio. Der Richter bedankte sich lächelnd. Anscheinend hatte er nichts anderes erwartet, denn ihm mußte klar sein, daß bei einer zehntägigen Überwachung durch drei Teams, mit je drei Männern, kaum mit Erfolg zu rechnen war. Der Leiter des Überwachungsteams wunderte sich, weil das Arbeitszimmer des Richters an diesem Tag nicht ganz so trostlos wirkte wie sonst. Dies lag an einem bunten Blumenstrauß. Wie jeder andere wußte er, daß die Frau des Richters mit den Kindern nach Norden gegangen war, aber die Blumen waren von einer Frau ausgewählt worden. Der Strauß stand auf dem Schreibtisch des Richters, neben seinem Computer. Er sagte dem Richter, daß seine Männer die besten seien und äußerst pflichtbewußt. Aber Zeit und Mittel würden einfach nicht ausreichen. Als er den Richter verlassen hatte, ging er durch die Küche, wo die Bodyguards rauchten, Karten spielten und Kaffee tranken. Er fragte nach seinem Freund, dem *maresciallo*. Aber sein Freund war auf einer Schulung. Jetzt gab es nichts mehr, was ihn in der Wohnung hielt. Er verließ die Wachen und den einsamen, isolierten Mann. Durch den strömenden Regen eilte er zum Capo-Distrikt, um seinen Dienst anzutreten. Es grauste ihm schon davor, sich bei diesem Hundewetter im Labyrinth der düsteren Gassen herumzudrücken.

Es war drei Jahre her, daß Peppino Ruggerio nach Castellammare del Golfo fahren mußte. Damals hatte er mit seinem Bruder und einem Ausländer zu Abend gegessen. Auch heute sollte er wieder mit seinem Bruder essen und einen Ausländer kennenlernen. Drei Jahre zuvor hatte Mario ihn als Spanisch-Übersetzer gebraucht, genau wie heute … Der schnellste Weg von Palermo nach Castellammare führte über die *autostrada* in Richtung Trapani. Es gab auch eine Landstraße. An diesem Tag entschied er sich für die Nebenstrecke, die sich zwischen Monte Cuccio und Monte Saraceno in vielen Serpentinen dahinwand.

Seit dem frühen Morgen waren von Westen her dunkle Wolken aufgezogen. Als er Montelepre erreicht hatte, klatschten die ersten Regentropfen gegen die Windschutzscheibe. Erst als sich die Tore der Villa hinter seinem großen Wagen geschlossen hatten, beschloß er ganz spontan, auf seinem Weg nach Castellamare del Golfo einen Abstecher nach Montelepre zu machen. Er kam als Pilger in diesen Ort, der zwischen den schroffen Gebirgsfelsen zu hängen schien. Er kam heute nach Montelepre, um sich den Heimatort von Salvatore Giuliano anzusehen. Er kam als Pilger, um aus Leben und Tod des Banditen zu lernen. Nichts änderte sich auf Sizilien. Die Lehren blieben dieselben und waren für Peppino und seinen Bruder genauso zutreffend wie fast ein halbes Jahrhundert zuvor für Salvatore Giuliano. Er kam als demütiger Pilger, um die Lehren besser zu verstehen.

Peppino parkte seinen Wagen vor der Pizzeria Giuliano im oberen Teil der Stadt, wo die Dächer bereits in den Regenwolken verschwanden. Er schaute sich um. Er hatte sich einen Regenmantel umgehängt, um Kopf und Schultern vor der Nässe zu schützen. Die Regentropfen klatschten aufs Kopfsteinpflaster und hinterließen Spritzer auf seinen Schuhen und Hosenbeinen.

Es gab kein Geld in der Stadt, keine Chancen, keine Arbeit. Das Regenwasser schoß die steilen Gassen um die Chiesa Madre herab. Die flachen Häuser mit ihrem rissigen ockerfarbenen Putz schienen vor seinen Augen zu zerfallen. Lektion Nummer eins: In der Stadt hatte es Geld gegeben, als Salvatore Giuliano, der Bandit, hier lebte, aber mit seinem Tod war es verschwunden. Lektion Nummer zwei: Salvatore Giuliano war von Tausenden von *carabinieri* und regulären Armeetruppen gejagt worden, und er sollte für den Tod von mehr als vierhundert Menschen verantwortlich sein, und man hatte ihn zerstört, als er nicht mehr von Nutzen war. Er wußte nicht, in welchem Haus Giuliano gelebt hatte, er wußte nicht, von welcher Piazza aus Giuliano die Schießtrupps organisiert hatte, die Männer wegen »Respektlosigkeit gegenüber den Armen« exekutieren sollten. Lektion Nummer drei: Giuliano war ein meisterhafter Taktiker gewesen, ein Experte in der Kunst der Guerilla-Kriegsführung, und er war ein Engel für die Armen der Stadt, und er war der gutaussehende Schwarm aller jungen Frauen, und nichts konnte ihn retten. Lektion Nummer vier: Weit weg von zu Hause, im Stich gelassen von denen, die behaupteten, seine Freunde zu sein, in Castelvetrano, unten im Süden, erhielt Giuliano von dem Verräter Gaspare Pisciotta den Judaskuß. Lektion Nummer fünf: Ein Mann, der ein König gewesen war, wurde wie ein Hund in der Gosse niedergeschossen. Peppino schlenderte über die steilen Straßen von Montelepre, und der Regen lief ihm in die Schuhe, durchweichte seine Socken und die Hosenbeine. Es war ihm wichtig, sich die Lektionen noch einmal an Ort und Stelle vor Augen zu führen. Die Macht endete, wenn die Nützlichkeit erlosch. Ein Mann stieg schnell auf, wollte zu hoch hinaus, dann kam der schnelle Fall. Dem vertraulichen Kuß folgte eine Kugel. Er fühlte sich besser, als wäre er durch die Weisheiten, die ihm auf seiner Pilgerfahrt deutlich geworden waren, klüger und vorsichtiger geworden.

Alte Männer eilten an ihm vorbei, geduckt unter schwarzen Regenschirmen. Bestimmt hatten sie applaudiert, wenn Salvatore Giuliano auf der Piazza erschienen war, und bestimmt hatten sie verächtlich aufs Pflaster gespuckt, als sie die Nachricht von seinem unwürdigen Tod in der Gosse erreichte. Ein Mädchen beobachtete ihn. Sie hatte ein junges, reizloses Gesicht und dicke Beine. Sie trug ein schlichtes Baumwollkleid und hatte keinen Mantel gegen den Regen. Sie stand vor einem Laden und hielt eine Plastiktüte in der Hand. Bestimmt hatten ihr Vater und Großvater von dem Schicksal des Mannes erzählt, der zu schnell aufgestiegen war, seinen Nutzen verlor und dann verraten wurde. Ihre Mutter und ihre Großmutter hatten ihr bestimmt von der Schönheit Salvatore Giulianos erzählt. Er fragte sich, ob das Mädchen wohl von dem Banditen träumen würde. Wenn die Frühjahrsregenschauer vorbei waren, wenn die Abende wärmer wurden, ging sie dann zum kühlen Gras unter den Olivenbäumen, suchte sie nach ihm? War Salvatore Giuliano für sie lebendig, als Phantasie zwischen ihren Schenkeln? Verehrte sie ihn, rief sie ihn zu sich, stellte sie sich vor, wie er in ihren Schoß kam, wenn sie allein in der Dunkelheit war? Er mußte innerlich lachen, als er der jungen Frau ins Gesicht sah, ein grimmiges Lachen. Es war lächerlich. Das mochte für Amerikaner angehen, für irgendwelche verrückten Elvis-Freaks … Lektion Nummer sieben: Nach dem Judaskuß und dem Tod in der Gosse gab es vielleicht keine andere Erinnerung als die Phantasie eines reizlosen Mädchens mit dicken Beinen. Er ging zurück zu seinem Wagen. Es gab noch eine letzte Lektion für den wißbegierigen Pilger in Montelepre: Gaspare Pisciotta, der Vertraute und Stellvertreter Giulianos, der ihn verraten hatte, war in der Krankenstation des Ucciardone-Gefängnisses elendig zugrunde gegangen, nachdem jemand ihm Strychnin ins Essen gemischt hatte. Es war wichtig, die Lektionen der Vergangenheit zu lernen.

Er bog in die schmale Serpentinenstraße ein und ließ Montelepre mit seinen regendurchweichten, ärmlichen Häusern und der Legende Salvatore Giulianos hinter sich.

Er fuhr durch Partinico und Alcamo, wo sich die erste Raffinerie für türkische Mohnpaste befunden hatte. Der Anteil seines Bruders an den Gewinnen der Raffinerie in Alcamo war der Beginn des Geldsegens, der ihm den Besuch der Universität in Rom und der Managementschule in der Schweiz ermöglichte. In Alcamo stank es nach Schwefeldämpfen, die seit dem letzten Erdbeben durch Risse im Erdreich austraten. Das Geld, das in den Anlagemärkten in New York und London investiert wurde und stetige Gewinne einbrachte, stammte aus der Raffinerie in Alcamo.

Er fuhr hinunter in Richtung Küste.

Er hätte es nie gewagt, seinen Bruder zu fragen, ob er jemals innehielt und sich auf die Lehren besann, die man aus dem Leben und Sterben von Salvatore Giuliano ziehen konnte. Niemals hätte er Mario gefragt, ob er zu schnell aufgestiegen war, ob seine Nützlichkeit erlöschen könnte, ob er sich vor dem Judaskuß fürchtete, ob er glaubte, daß auch er wie ein Hund in der Gosse erschossen werden könnte. Er hatte dieselbe Furcht vor seinem Bruder, die jeden Mann überkam, der mit Mario Ruggerio zusammentraf.

Er bog in die Straße ein, die in weitem Bogen um die alte Stadt und den Hafen führte.

In Gesellschaft seines Bruders war Peppino immer auf der Hut. Er wurde ebenso auf Distanz gehalten wie Carmine, Franco und Tano und die anderen Familienmitglieder und die Logenbrüder. Wenn sein Bruder lächelte und ihn lobte, dann spürte Peppino wie jeder andere eine warme Woge der Erleichterung. Wenn sein Bruder ihn zornig anfunkelte, dann fühlte Peppino dieselbe Angst wie jeder andere. Er konnte die Persönlichkeit seines Bruders nicht ermessen, konnte sein Wesen nicht einschätzen, und wie jeder andere errötete er bei einem Lächeln vor Erleichterung und wand sich vor Angst bei einer kritischen Bemerkung. Sein Bruder hatte Macht über ihn, Macht über jeden. Peppino wußte, daß er sich niemals von seinem Bruder lösen konnte.

Er hielt in einer Parkbucht oberhalb der Stadt. Unterhalb der Leitplanke und des Teppichs aus gelben Wildblumen lag der Hafen. Von hier aus waren in den guten Zeiten die Fischerboote zu den Thunfischgründen ausgelaufen, aber der Thunfisch war mittlerweile fast ausgerottet. In den besseren Zeiten waren dieselben Boote vom selben Hafen aus des Nachts ohne Beleuchtung losgefahren und hatten die herumschwimmenden Bündel mit Opiumpaste aufgefischt, die von Handelsschiffen ins Wasser geworfen worden waren, aber jetzt gab es keine Raffinerien mehr auf der Insel. Die kleine regenverhangene Stadt, auf die Peppino von seinem Aussichtspunkt herabblickte, mit ihren guten und besseren Zeiten, war fest in den Händen der Organisation, über die sein Bruder uneingeschränkt herrschen wollte. Es hieß, daß während eines einzigen Jahrzehntes, von 1900 bis 1910, einhunderttausend Emigranten von diesem kleinen Hafen aus ins gelobte Land losgefahren waren und den Grundstein für die amerikanischen Organisationen legten, mit denen Mario zusammenarbeitete. Wie es hieß, waren in Castellammare del Golfo in den vierziger Jahren vier von fünf erwachsenen Männern im Gefängnis. In den fünfziger Jahren, während des ersten großen Krieges zwischen den Familien, soll jeder dritte erwachsene Mann mindestens einen Mord begangen haben. Heute wurde nichts mehr über Castellamare del Golfo erzählt, die große Zeit der Stadt gehörte der Vergangenheit an. Peppino wartete ... Häufig schaute er in den Rückspiegel und in die Außenspiegel, aber nichts deutete auf eine Überwachung hin.

Franco saß am Steuer des Wagens, der sich von hinten näherte.

Auf dem Rücksitz kauerte ängstlich und verunsichert der Kolumbianer, der eine lange Reise hinter sich hatte.

Tano war mit weiteren Männern im zweiten Wagen.

Franco gab Peppino ein Zeichen, ihm zu folgen. Er blinkte und verließ die Parkbucht. Langsam folgte er ihnen den steilen Hügel hinunter. Franco und Tano kannten dasselbe Glücksgefühl, wenn sie von seinem Bruder gelobt wurden, und dieselbe verzweifelte Angst überkam sie, wenn er sie zornig anfunkelte.

In der Nähe des normannischen Schlosses, an den Piers, bei den blaugestrichenen Booten, die längst nicht mehr auf Thunfischfang gingen, lag das *ristorante.* An der Eingangstür des *ristorante* hing ein Schild mit der Aufschrift CHIUSO.

Schnell liefen sie durch den strömenden Regen von den Autos zum *ristorante,* und Peppino sah, wie sich der Kolumbianer nervös umschaute. Carmine kam ihnen entgegen, und sie gingen an den leeren Tischen vorbei zu einem Hinterzimmer. Auf dem Boden sah Peppino den Kasten mit dem Störsender. Das Hinterzimmer war mit ziemlicher Sicherheit am Abend zuvor ausgefegt worden und am Morgen noch einmal. Überall, wo Mario Ruggerio Geschäfte machte, mußte zuerst saubergemacht werden, um seinen Ansprüchen zu genügen.

Sein Bruder erhob sich hinter dem gedeckten Tisch. Sein Bruder lächelte freundlich und streckte dem Kolumbianer die Hand entgegen, bedeutete ihm, Platz zu nehmen, und rückte ihm persönlich einen Stuhl zurecht.

Peppino saß Mario und dem Kolumbianer gegenüber, so konnte er sich ein wenig vorbeugen und den sizilianischen Dialekt ins Spanische übersetzen und das Spanische in die einzige Sprache, die Mario verstand.

Weil der Kolumbianer, der Vasquez hieß, lustlos in seinem Essen herumstocherte, verspeiste Mario Ruggerio alles, was auf seinem Teller war. Tano blieb die ganze Zeit im Hinterzimmer, Franco holte das Essen aus der Küche. Weil der Kolumbianer die Krümel auf seinem Teller hin und her schob, aß Mario langsam. Weil der Kolumbianer den Marsalawein herunterstürzte, trank Mario nur Wasser. Er gab sich respektvoll, spielte den warmherzigen Gastgeber, aber er bestimmte, wo es lang ging. Peppino schaute ihm bewundernd zu. Der Kolumbianer Vasquez war nach Sizilien gekommen, hatte die lange Reise auf sich genommen, weil Mario Ruggerios Sachverstand gebraucht wurde. Peppino war in gewisser Weise stolz auf seinen Bruder, der die Insel noch nie verlassen hatte. Marios Fragen, in liebenswürdigem Ton formuliert und von ihm ins Spanische übersetzt, waren die Fragen einer Schlange.

»Sind Sie nicht sehr müde nach Ihrer Reise?«

Der Kolumbianer war von Bogota nach Caracas geflogen, von Caracas nach São Paulo, von São Paulo nach Lissabon, von Lissabon nach Wien und von Wien nach Mailand. Von Mailand nach Genua war er mit einem Mietwagen gefahren und hatte dann die Fähre von Genua nach Palermo genommen.

»Ist es denn so problematisch, wenn Sie reisen?«

Es gab viele Probleme.

»Was ist der Grund für die Probleme?«

Die Amerikaner waren das Problem.

»Inwiefern machen die Amerikaner Probleme?« Weil die DEA in Kolumbien war.

Als sei er ein alter, etwas verwirrter Mann, als seien die Amerikaner kein Problem, das ihm auf Sizilien Sorgen machte, schüttelte Mario Ruggerio staunend den Kopf.

»Ich habe gehört, daß die Amerikaner die Ernte zerstören lassen, ist das richtig?«

Die Amerikaner bezahlten Piloten, damit sie die Kokafelder aus der Luft besprühten.

»Und ich habe gehört, daß Gilberto Rodriguez Orejuela verhaftet worden ist, stimmt das?«

Er wurde verhaftet.

»Und sein Bruder, Miguel Rodriguez Orejuela, ist er auch verhaftet worden?« Beide Brüder saßen in Untersuchungshaft.

»Und Henry Loaiza Ceballos?«

Auch er wurde verhaftet.

»Und der Schatzmeister des Kartells?«

Er hatte sich gestellt.

»Waren sie unvorsichtig? Wie ist es möglich, daß so viele leitende Männer verhaftet wurden?«

Sie waren verhaftet worden, weil sie Telefone benutzt hatten, die von der DEA abgehört worden waren.

Mario Ruggerio lächelte traurig, als würde er aufrichtiges Mitgefühl haben. Gleichzeitig machte er eine Geste, die andeutete, daß er selbst nie so unvorsichtig gewesen wäre, ein Telefon zu benutzen. Peppino übersetzte. Sein Bruder untermauerte seine dominante Position, indem er den Kolumbianer dazu brachte, die Schwäche seiner Organisation zuzugeben.

»Ist Ihre Organisation zerschlagen?«

Die Geschäfte gingen weiter, aber es war sehr schwierig.

»Welches Gewicht können Sie liefern?«

Fünf Tonnen.

»Raffiniert?«

Fünf Tonnen, raffiniert.

»Wo ist die Übergabe?«

Auf dem europäischen Festland.

»Und der Preis?«

Der Preis war 6.000 Dollar das Kilo.

Während er die Frage stellte und Peppino Frage und Antwort übersetzte, hatte er seinen Taschenrechner hervorgeholt. Einen kurzen Moment lang war sein Finger über dem Einschaltknopf. Er hörte sich die von Peppino übersetzte Antwort an. Er lachte. Er steckte den Rechner zurück in die Tasche. Mit seiner rauhen Hand umfaßte er den Arm des Kolumbianers und kicherte.

»Ich hoffe, Sie haben eine gute Heimreise. Und ich hoffe, daß Sie vorher jemand anders finden, mit dem Sie Geschäfte machen können, und ich hoffe, Sie haben unsere bescheidene Gastfreundschaft genossen. Es gab da einen lieben Freund in Agrigento. Mit ihm hätten Sie vielleicht einen Handel abschließen können. Dummerweise ist er verschwunden. Es gibt noch einen anderen lieben Freund in Catania, aber wie ich höre, hat er keinen Mumm mehr für solche Geschäfte. Wenn Sie eine kugelsichere Weste und einen Panzer für die Reise haben, dann könnten Sie natürlich auch nach Moskau fahren.

Wenn Sie mit mir Geschäfte machen, dann wissen Sie, daß es ehrlich zugeht. In anderen Ländern gibt es viele Leute, die sich für das interessieren würden, was Sie anzubieten haben. Aber Sie müßten sicher sein, daß man Sie nicht übers Ohr haut. Wenn Sie mit mir Geschäfte machen, gibt es keinen Betrug.« Welchen Preis konnte er anbieten?

Der Taschenrechner lag wieder auf dem Tisch. Das Zahlenfeld leuchtete. Marios dicke Finger ruhten nicht mehr auf dem Arm des Kolumbianers, sondern tippten Zahlen ein.

»Viertausend das Kilo, Lieferung im Laufe von sechs Monaten, über Rotterdam und Hamburg. Schaffen Sie das?«

Auch das war akzeptabel.

»Ich zahle bei Lieferung. Sie verstehen, daß ich nicht für das bezahlen kann, was in Hamburg und Rotterdam vom Zoll beschlagnahmt wurde?« Das wurde verstanden.

»Wie wünschen Sie die Bezahlung? Ich kann Ihnen Heroin schicken, für den Verkauf in Nordamerika. Sie können auch ein Flugzeug bekommen, eine 707 oder was auch immer, zum Weiterverkauf. Ich kann Ihnen Bargeld überweisen, Aktien oder Schatzbriefe, egal welche Währung. Wie möchten Sie's?«

Der Kolumbianer, Vasquez, wollte Bargeld, in Europa investiert.

»Für Geld, das wir für Sie in Europa gewaschen und investiert haben, berechnen wir zehn Prozent Provision. Sind Sie damit einverstanden?«

Das Angebot wurde akzeptiert.

Peppino brauchte keinen Taschenrechner. Er überschlug die Summen im Kopf. Für fünf Tonnen Kokain, raffiniert und über Hamburg und Rotterdam geliefert, würden die Kolumbianer zwanzig Millionen Dollar bekommen. Fünf Tonnen Kokain brachten beim Weiterverkauf an Pusher und Dealer mindestens fünfundvierzig Millionen ein. Wenn die Dealer und Pusher den Stoff auf den Straßen von London, Frankfurt, Barcelona und Paris feilboten, würde der Wert auf siebzig Millionen steigen. Der Profit würde bei minimalem Risiko mindestens fünfundzwanzig Millionen Dollar betragen, und der kleine kolumbianische Dreckskerl wußte wahrscheinlich, daß der alte Mann an seiner Seite vielleicht der einzige in Europa war, dem er vertrauen konnte. Plus zwanzig Millionen für die Investition, bei einer Gewinnspanne von jährlich etwa acht Prozent, für absolute Sicherheit. Ein weiteres Einkommen von 0,16 Millionen ... Es hatte kein Geschrei und kein peinliches Geschacher gegeben. Es war in Peppinos Augen eine Demonstration von Überlegenheit und Autorität. Das Geschäft wurde per Handschlag besiegelt, wobei die feingliedrige Hand des Kolumbianers in Mario Ruggerios breiter Pranke verschwand. Für die weitere Kommunikation sollte ein Postfach auf den Cayman Islands dienen.

Der Kolumbianer wurde aus dem Raum geführt.

Mario zündete sich eine Zigarre an und hustete. Peppino stellte die Rechnung auf. Beim Geschäft seines Bruders würden fünfundzwanzig Millionen Dollar herausspringen, plus Kommission für die Investition, und sein Bruder hatte keine Verwendung für das Geld. Er war nicht auf Luxus aus, hatte keine Möglichkeit, das Geld auszugeben. Das Geld diente einzig und allein als Symbol seiner Macht. Als wolle er Peppino mit seinem teuren Anzug ärgern, spuckte sein Bruder auf den Boden und lachte.

Und dann bückte Mario sich plötzlich, hob eine Plastiktüte vom Boden auf, legte sie auf den Tisch und schob sie zu Peppino. Die Plastiktüte enthielt eine Handtasche. Jede Naht der Tasche war aufgeschnitten worden, jedes Fach war aufgeschlitzt. Bei der Handtasche waren Geldbörse, Schlüssel, Kosmetika, eine Kreditkarte und ein Notizbuch sowie eine dünne Strickjacke.

»Sie ist ein einfaches Mädchen, wie du gesagt hast. Aber man muß immer vorsichtig sein.«

Peppino fuhr über die *autostrada* zurück nach Palermo. Als er an der Ausfahrt nach Montelepre vorbeikam, verlangsamte er seine Fahrt und schaute zu den Bergen hinauf. Er konnte das in die Felsen gebaute Dorf nicht sehen, weil die Regenwolken zu tief hingen. Was ihn an seinem älteren Bruder immer wieder erstaunte, war seine Fähigkeit, selbst kleinste Details nicht aus den Augen zu verlieren. Hatten sie gerade noch ein Geschäft mit einer Gewinnspanne von fünfundzwanzig Millionen Dollar ausgehandelt, so kam er im nächsten Moment auf die Handtasche einer Hausangestellten zu sprechen. Er war an diesem Morgen nach Montelepre gefahren und hatte sich in den engen Gassen naßregnen lassen, um nach Erkenntnissen zu suchen. Als er die Ausfahrt passiert hatte, beschleunigte er wieder. Sein Bruder beherrschte alle Lektionen, die es zu lernen gab.

Der Journalist aus Berlin mußte laufen, um mit ihr Schritt zu halten, und ihr kleiner, buntgemusterter Regenschirm schützte lediglich ihren Kopf und die Schultern. Der Regen fiel auf seinen Kopf und lief ihm in den Nacken. Dem Journalisten erschien es ziemlich absurd, daß ein in seinen Augen wichtiges Interview mit der Frau, die sich damit brüstete, die ersten Anti-Mafia-Schulungsgruppen in Palermo gegründet zu haben, bei strömendem Regen auf der Straße stattfand. Eine Woche lang hatte er auf das Interview gewartet. Dreimal war es verschoben worden. Sie war eine grazile Frau in mittleren Jahren, gut gekleidet. Ständig zog sie ihren Schal zurecht, um ihren Schmuck zu bedecken. Während sie redete, während sie ihm das Interview gab, brüllte sie unaufhörlich in ihr Mobiltelefon. Der Journalist aus Berlin war ein renommierter Korrespondent seiner Zeitung, er hatte über den Einmarsch der Russen in Tschetschenien berichtet, über den Golfkrieg und Beirut. Palermo machte ihn fertig. Er konnte die Mafia nicht sehen, konnte sie nicht fassen oder spüren. Und diese Frau, dieses Interview, auf das er so viel gesetzt hatte, brachte ihn keinen Schritt weiter. Ein vorbeifahrendes Auto rauschte durch eine Pfütze, und seine Hose wurde klatschnaß.

»… Ich gründete die Anti-Mafia-Gruppe in dieser Stadt zur Zeit von Falcones Maxiprozeß, im Jahre 1986. Ich glaubte, die Verurteilung von vierhundert Mafialeuten würde einen Wendepunkt bedeuten. Ich war Systementwicklerin bei Fiat im Norden und habe meine gutbezahlte Stelle aufgegeben, um nach Palermo zurückzukehren. Ich genieße große Unterstützung in einigen der elendsten Stadtviertel, besonders in Brancaccio bin ich sehr bekannt. Ich kann meinen Audi an jeder Ecke in Brancaccio abstellen, ohne daß er beschädigt wird … Ich muß akzeptieren, daß die Mafia jungen Leuten mehr bieten kann als der Staat, aber es ist möglich, durch Bildung voranzukommen … Ich muß mich damit abfinden, daß der Fortschritt sehr langsam ist. Die Kultur der Mafia ist sehr stark, aber mein Pflichtbewußtsein treibt mich zum Weitermachen … Ich kann Sie nächste Woche nach Brancaccio mitnehmen. Dann können Sie dabeisein, wenn ich mit Müttern von Jungen zusammentreffe, die möglicherweise von der Mafia angeworben werden könnten, das wäre interessant für Sie … Wie bitte? Ob die Kriminellen uns als Bedrohung für ihre Lebensweise ansehen? Natürlich sind wir für sie eine Bedrohung, durch die Schulungen und die Gruppentreffen … Wenn ich eine Bedrohung bin, warum man mich dann nicht zum Schweigen bringt? Sie sind impertinent. Ich glaube, Sie sind nicht wirklich interessiert …«

Charley saß auf der Veranda.

Der Regen war vorbei und hatte die Luft klarer und frischer gemacht. Die Sonne stand tief und verwandelte das Wasser der Bucht in einen blutroten Teppich. Sie hätte diesen Anblick bewundern sollen, sie hätte diese einzigartige Aussicht genießen sollen, aber sie war allein und sah nicht die Schönheit des Sonnenuntergangs über der Bucht von Monreale. Sie hatte den Kindern ihr Essen gegeben, sie waren jetzt in ihren Zimmern. Später wollte sie ihnen noch etwas vorlesen. Angela hatte das Baby mit ins elterliche Schlafzimmer genommen. Fast den ganzen Tag war Angela im Schlafzimmer gewesen. Vielleicht hatte sie ja genug Gesellschaft an dem schlafenden Baby und den Tablettenschachteln. Der römische Sommer war durch Angela Ruggerios Gesellschaft so schön gewesen, und jetzt war die Frau in sich gekehrt und bedrückt. Ein einziger flüchtiger Hinweis auf die verdammte Familie, sonst nichts. Wie sie so dasaß in der frischeren, klareren Luft und über die Situation nachdachte, erschien ihr Axel Moens Annahme, Mario Ruggerio könne die Villa besuchen, einfach lächerlich. »Hast dich ganz schön verschaukeln lassen, Charley«, murmelte sie vor sich hin. Ihr Finger lag auf dem Alarmknopf der Armbanduhr. Würde er sie hören? Würde er zu ihr rennen? Es würde so schnell gehen, den kurzen Code einzutippen. Draußen über der Bucht verlor die Sonne langsam an Kraft. Sie war so verdammt allein …

Der Wagen kam.

Das Tor wurde geöffnet.

Der Wagen fuhr die Einfahrt hoch. Das Tor wurde mit lautem Knall geschlossen, wie das Tor eines Gefängnisses.

Der Wagen blieb vorm Haus stehen.

Peppino war zurück. Er hatte die Veranda schon halb durchschritten, als er sie entdeckte. Er blieb stehen und lächelte, wie immer, wenn er sie sah.

»Ganz allein, Charley – geht es dir besser?«

Ganz allein, damit sie besser über die Realität nachdenken konnte, nicht unvorsichtig wurde und die Lüge besser durchstehen konnte. »Es war ein langer Tag, wollte nur die Stille genießen.«

»Wo ist Angela?«

In der Villa war es dunkel. Angela war in ihrem Zimmer, vielleicht weinte sie, vielleicht schluckte sie gerade ein paar Tabletten. »Sie ruht sich ein bißchen aus.«

»Ich habe eine gute Nachricht für dich.«

Die gute Nachricht konnte darin bestehen, daß er ein Rückflugticket für sie hatte, daß sie nach Haus geschickt wurde und zurückkehrte in ihr Zimmer im Bungalow, in einen Klassenraum in der Schule. »Was denn?«

Als wolle er mit ihr spielen, sich über sie lustig machen. Er legte seine Aktentasche auf den Gartentisch. Er ging zur Tür und schaltete das Verandalicht ein. Die helle Lampe ließ alles um sie herum im

Dunkel versinken. Er öffnete die Aktentasche und lächelte, die Liebenswürdigkeit in Person.

»Ich hab' dir doch gesagt, daß deine Handtasche möglicherweise weggeworfen wurde. Du hast großes Glück gehabt. Sie wurde in der Nähe der Questura gefunden. Beschädigt, aber mit all deinen Sachen.«

Er war ihr so nah, seine Hüfte, seine Leiste neben ihrem Kopf und ihrer Schulter. Er holte die Handtasche und die Strickjacke aus der Aktentasche. Jedes Fach der Handtasche war aufgeschlitzt, und er sagte, daß der Dieb wahrscheinlich nach einem Geheimfach mit wertvollem Inhalt gesucht hätte. Damit legte er die Handtasche auf den Tisch. Er gab ihr die Schlüssel, den Lippenstift, die Puderdose, die Kreditkarte und das Notizbuch und sagte, daß Diebe nur an Bargeld interessiert seien. Dann reichte er ihr das leere Portemonnaie.

»Es tut mir so leid, daß du so eine schreckliche Erfahrung machen mußtest, Charley«, sagte Peppino.

»Er ist tot«, platzte sie heraus. »Der Junge, der mich beklaut hat, er ist tot.«

Er kniff die Augen zusammen. Sie spürte, wie sich sein Körper anspannte. »Woher willst du das wissen?«

Axel Moen hätte sie in den Hintern getreten. Axel Moen hätte sie getreten. Einen Augenblick lang hatte sie die clevere Hexe gespielt. Sie war hinaus auf die schattige Veranda gekommen, in die klarere, frischere Luft, um einen klaren Kopf zu bekommen, und jetzt war sie mitten reingetreten. Sie zögerte. »Vielleicht spinne ich ja. Aber in der Zeitung war ein Foto. Ein toter Junge auf der Straße in Brancaccio.«

»Aber du hast doch sein Gesicht gar nicht gesehen, du sagtest doch, daß er einen Helm trug«, sagte er beruhigend.

»Ich dachte, ich hätte das Motorrad erkannt.«

»Solche Jungs sind Abschaum, Charley. Sie nehmen Drogen, damit sie den Mut aufbringen, junge Mädchen und alte Frauen auszurauben. Sie klauen viele Taschen am Tag, damit sie genügend Geld für ihre Wünsche haben. Bevor er dich bestohlen hat, hat er vielleicht ein junges Mädchen oder eine Frau bestohlen, deren Vater oder Söhne Einfluß haben. Sie leben sehr gefährlich. Einmal haben ein paar junge Burschen, nicht älter als sechzehn, die Tasche einer Frau gestohlen, die mit einem Mafioso verheiratet war. Dieser Kriminelle hat die Jungs wiedererkannt und ließ sie erwürgen und ihre Leichen in einem Brunnen versenken. Du bist sehr mitfühlend, Charley, aber du solltest dich nicht mit dem Leben und Sterben von solchem Abschaum belasten.«

»Vielleicht habe ich mich mit dem Motorrad auch geirrt. Ich bin dir sehr dankbar für deine Mühe.«

Sein Bauch und seine Leistengegend berührten ihre Schultern. Immer dieses Lächeln auf seinem Gesicht. Er holte eine andere Handtasche aus weichem Leder aus seinem Aktenkoffer und überreichte sie ihr.

»Da deine alte Tasche ruiniert ist, war ich so frei, sie zu ersetzen. Mach sie bitte auf, Charley. Ich habe auch nicht vergessen, daß deine Kette zerrissen ist. Den emotionalen Wert, den sie für dich hatte, kann ich zwar nicht ersetzen, aber ich habe mein Bestes getan, um dich über den Verlust hinwegzutrösten.«

Angela stand in der Tür. Ihr Haar war vom Schlafen ein wenig zerzaust. Die Bluse hing aus dem Rockbund, und sie war barfuß. Angela beobachtete die beiden.

In der Handtasche war eine flache Schmuckschachtel. Charley öffnete sie. Sie enthielt eine schimmernde Goldkette. Sie nahm sie in die Hand und spürte das Gewicht der schweren Goldglieder. Als sie die Kette anlegen wollte, half Peppino ihr mit sanften Händen beim Einhaken des Verschlusses. Angela wandte sich ab.

»Danke«, sagte Charley. »Das war wirklich lieb von dir.«

Peppino bat sie, ihn zu entschuldigen. Er müsse am nächsten Morgen früh los und noch packen.

Sie saß unter der Verandalampe, allein, und schaute hinaus in die Dunkelheit. Gott, wie sie sich danach sehnte, geliebt und im Arm gehalten zu werden …

AN: D/S Harry Compton, SO6.
VON: Alf Rogers, DLO, Rom.

GIUSEPPE RUGGERIO, Apt. 9, Giardino Inglese 43, Palermo, interessanterweise haben die hiesigen carabinieri-*Helden keine Akte über ihn, Guardia di Finanze ebenfalls Fehlanzeige, ABER eine Frau vom SCO ist offenbar scharf auf meinen Körper. RUGGERIO ist ein Finanzhai, beim SCO mit Adresse in Rom aufgeführt, Via Vincenzo Tiberio. Keine Vorstrafen. (Die hiesigen Ermittlungsstellen haben nichts über ihn – Überarbeitung, überzogene Mittagspausen und unzureichende Ausrüstung.) ABER, jetzt kommt's, er ist der jüngere Bruder von MARIO RUGGERIO (hochrangiger Mafiachef). Weil ich überarbeitet und unterbezahlt bin und mich lediglich auf meinen unwiderstehlichen Charme stützen kann, ist es schwer für mich, mehr rauszukriegen. DEA/FBI (Rom), unterbelastet und überbezahlt, sitzen auf großen Dollarbergen und haben daher bessere Möglichkeiten als ich – soll ich fragen, ob sie weitere Informationen über GIUSEPPE RUGGERIO haben?*

Zwei Halbe im Ferret and Ferkin, bitte.

Alles Liebe, Alf.

Harry Compton schaute Miss Frobisher über die Schulter, als sie die Antwort tippte, die er nach Rom schicken wollte. Ihr Mißfallen war unübersehbar. In ihrer Jugend, in der guten alten Zeit der Brieftauben, hatten noch gewisse Normen für die schriftliche Kommunikation geherrscht, die heutzutage sträflich vernachlässigt wurden. Aber es kümmerte ihn nicht, was sie dachte, denn er war in Hochstimmung.

AN: Alfred Rogers, DLO, Britische Botschaft, Via XX Settembre, Rom.
VON: D/S Harry Compton, SO6.

Freu Dich auf zwei Halbe. Dein Körpereinsatz mit der Frau vom SCO bereitet uns Sorge – schon mal was von postkoitalem Streßsyndrom gehört? Die Therapiekosten sollen enorm sein. Was unsere Yankeevettern angeht, KEIN WORT über unser Interesse an GIUSEPPE RUGGERIO, dasselbe gilt für die italienische Polizei.

Bis bald, Harry.

Kapitel 10

»Muß ich das wirklich wissen?«

Die Geschichte über ein »ausgenutztes« junges Mädchen aus Devon machte ihren Weg nach oben. Von Detective Sergeant Harry Compton an dessen Hauptkommissar. Vom Hauptkommissar an den Leiter des SO6. Vom Leiter des SO6 an den stellvertretenden Polizeichef (Sonderdezernat). Mit jedem Schritt verstärkte sich der Groll.

»Ich denke schon, Fred – und ich würde gern hören, was die Kollegen dazu sagen.«

An dem runden, blankpolierten Tisch in einem sonnendurchfluteten Zimmer des neuen Scotland-Yard-Gebäudes waren die Männer versammelt, die den in ihren Augen bestgeschulten Spezialteams der Londoner Polizei vorstanden. Gegen Ende ihres monatlichen Treffens saßen hier die Leiter des Anti-Terror-Kommandos, die Leiter der Abteilungen zur Bekämpfung des internationalen organisierten Verbrechens, des Überfallkommandos, des Sonderdezernats, der Sondereinheit für den Schutz des Königshauses und der diplomatischen Einrichtungen und des SO6 zusammen.

Der stellvertretende Polizeichef war aufgestanden, um Kaffee nachzuschenken. »Also gut, schießen Sie los.«

»Hat jemand von euch gewußt, daß unsere amerikanischen Freunde von der DEA in diesem Land Mitarbeiter rekrutieren?«

Allgemeines Kopfschütteln und Achselzucken. Niemand am Tisch schien sonderlich schockiert zu sein. Der Leiter des Überfallkommandos sagte, daß er nur sehr selten mit den Amerikanern zu tun habe, und wenn, dann mit dem FBI, manchmal sei ihm eben nach einer guten Mahlzeit auf Spesen, hahaha. Die Männer vom internationalen organisierten Verbrechen erklärten, es gebe derzeit keine gemeinsamen Operationen mit dem DEA.

»Kommen Sie bitte zur Sache.«

»Natürlich, Fred. Ich fühle mich sehr unwohl bei der Sache. Amerikanische Ermittlungsstellen sind in diesem Land stationiert unter der Vorgabe, daß sie nur mit unserem Einverständnis handeln dürfen. Und dies bedeutet, daß sie kein Recht haben, eigenständige Operationen durchzuführen. Ein DEA-Agent ist ohne unser Wissen von Rom aus hierhergeflogen, nachdem in Palermo ein Brief abgeschickt wurde an eine Miss Charlotte Parsons, Lehrerin, erste feste Anstellung, dreiundzwanzig Jahre alt, ein naives junges Ding. In dem Brief wurde Miss Parsons von einer sizilianischen Familie nach Palermo eingeladen, als Kindermädchen. Die DEA wollte das Mädchen in dieses Haus bringen, sie haben sie unmäßig unter Druck gesetzt. Ein Mann aus meinem Team hat herausgefunden, daß sich ein paar von den örtlichen Beamten aus Devon und Cornwall auf Geheiß der DEA wie grobschlächtige Cowboys aufgeführt haben. Sie haben das arme Ding ins Junkieviertel geschleppt, in eine Leichenhalle, wo sie ihr einen gezeigt haben, der an einer Überdosis gestorben ist, und ins Krankenhaus, um ein heroinsüchtiges Baby zu besuchen. Das ist ein Fall von widerwärtiger Beeinflussung.«

»Bis jetzt habe ich noch nichts gehört, das ich wissen muß.«

»Wir glauben, daß sich Miss Parsons nun in großer Gefahr befindet. Ob Sie es nun wissen wollen oder nicht, Sir, Sie werden es gleich hören. Tut mir leid, aber so was geht mir eben auf die Nerven. Es ist nicht einfach irgendeine stinknormale Familie, nein, es handelt sich um eine ausgewachsene Mafiafamilie. Miss Parsons wurde von der DEA in den Ruggerio-Clan gebracht. Sie arbeitet für den jüngeren Bruder von Mario Ruggerio.«

Der Leiter des SO6 machte eine Pause, um seinen Worten mehr Gewicht zu verleihen. Aber weder der Leiter der Sondereinheit zum Schutz des Königshauses und der diplomatischen Einrichtungen, der seine Fingernägel inspizierte, noch der Leiter des Anti-Terror-Kommandos, der den Kaffeerest in seiner Tasse hin und her schwenkte, noch der Chef des Sonderdezernats wußten, wer Mario Ruggerio war. Der Leiter des Überfallkommandos starrte an die Decke und versuchte, sich an den Namen zu erinnern. Er schaute hilfesuchend zum Vertreter der Einheit gegen das organisierte Verbrechen.

»Ja, ich kenne den Namen. Er taucht ständig in den endlosen Berichten unserer italienischen Kollegen auf. Mario Ruggerio ist auf dem besten Wege, das Machtvakuum auszufüllen, das nach der Verhaftung von Riina und Bagarella entstanden ist. Vom selben Kaliber wie Liggio oder Badalamenti oder Riina – ein Bauer, der's bis ganz oben geschafft hat.«

»Und ein Killer?«

Der Leiter des internationalen organisierten Verbrechens schnitt eine Grimasse. »Das gehört zu seinem Job. Riina hatte einhundertfünfzig Morde auf dem Gewissen, vierzig davon hat er selbst begangen. Die meisten hat er mit eigenen Händen erwürgt. Das ist nichts Besonderes.«

»Tötet ohne zu zögern, tötet jeden, der ihn bedroht?«

»Davon kann man ausgehen.«

Der stellvertretende Polizeichef knallte seinen silbernen Kugelschreiber auf die Tischplatte. »Wie soll's weitergehen?«

»Als er auf die Sache angesprochen wurde, hat der hiesige Country Chief uns eiskalt abblitzen lassen. Ich sage Ihnen, was los ist. Die DEA, die Amerikaner, haben diese unschuldige junge Frau ohne jede Ausbildung, ohne die leiseste Ahnung von verdeckter Ermittlung in eine der wichtigsten und bösartigsten Mafiafamilien gesteckt. Wahrscheinlich erhoffen sich die Amerikaner, durch sie Zugang zu gewinnen. Himmel, da unten können die Italiener nicht mal ihre eigenen Richter und Staatsanwälte schützen, obwohl sie ständig von schwerbewaffneten Bodyguards umringt sind – welche Art von Schutz können sie dieser jungen Frau bieten? Gar keinen.«

Der stellvertretende Polizeichef verzog die Lippen. »Höre ich da ein bißchen verletzten Stolz heraus? Gab es da nicht eine kleine Kabbelei bei der Europolkonferenz letztes Jahr in Lyon? Eine Kabbelei, bei der einer Ihrer Leute vor allen anderen zur Schnecke gemacht wurde? Ich will doch sehr hoffen, daß wir hier keinen Rachefeldzug aushecken sollen.«

»Das verbitte ich mir.«

Der stellvertretende Polizeichef lächelte eisig. »Aber eigentlich stehen wir doch auf derselben Seite, oder irre ich mich?«

»Das Ganze könnte Folgen haben. Deshalb habe ich mich verpflichtet gefühlt, die Sache zur Sprache zu bringen. Eine naive, unter Druck gesetzte junge Frau wird in gefährliches Terrain gebracht. Wenn wir vom Schlimmsten ausgehen, wird sie umgebracht. Unsere kleine Miss Parsons aus Süd-Devon, Lehrerin, endet in einem Graben, mit durchgeschnittener Kehle und Foltermalen am ganzen Körper. Die italienischen Medien halten ihre Kameras auf ihre Leiche, und unsere Zeitungen würden die Story aufnehmen. Wir werden versuchen, unsere Hände in Unschuld zu waschen, nicht wahr? Sollen wir etwa sagen, daß man sie direkt unter unseren Augen in diese gefährliche Situation gebracht hat und wir nichts Besseres zu tun hatten, als wegzuschauen? Ein Lamm auf der Schlachtbank, und wir haben nichts getan. Würden Sie, meine Herren, hier so ruhig auf Ihren Hinterteilen hocken, wenn es Ihre Tochter wäre? Natürlich nicht, Sie würden Himmel und Hölle in Bewegung setzen.«

»Was wollen Sie?«

»Fragen Sie mich lieber, was ich nicht will«, sagte der Leiter des SO6. »Ich will nicht, daß irgendwelche Amerikaner in unserem Land herumrennen und unschuldige Menschen rekrutieren, ohne die Folgen zu bedenken.«

»Ich habe Sie gefragt, was Sie wollen.«

»Ich will Charlotte Parsons da rausziehen. Sie sagen, wir stehen mit den Amerikanern auf einer Seite. Das bedeutet aber Kooperation. Sie haben aber nicht kooperiert. Ich möchte den Amerikanern einen Denkzettel verpassen. Ich will Charlotte Parsons nach Hause holen.«

»Dann ist die Kacke am Dampfen«, ließ das Sonderdezernat verlauten.

»Wäre schlecht für die zukünftige Zusammenarbeit«, meldete sich die Sondereinheit zum Schutz des Königshauses.

»Die Amerikaner sind schlechte Freunde, wenn sie eingeschnappt sind. Sie würden keine Einmischung tolerieren«, murmelte das Überfallkommando.

»Ich bin von ihrer Unterstützung abhängig, würde sie nicht gern in Verlegenheit bringen«, räumte das Anti-Terror-Kommando ein.

»Ich stimme SO6 zu, man würde uns lynchen, wenn's schiefgeht, wenn sie im Zinksarg nach Hause käme«, meldete sich der Vertreter der Abteilung Organisiertes Verbrechen zu Wort.

»Ich will sie nach Haus holen, bevor ihr ein Unglück geschieht.«

Es wurde still. Der stellvertretende Polizeichef starrte aus dem Fenster. Bei ihm lag die Verantwortung. Unwillkürlich tippte er mit seinem silbernen Kugelschreiber auf den ordentlichen Papierstapel, der vor ihm lag. Der Leiter des SO6 beobachtete ihn. Er selbst konnte nicht weiter aufsteigen, aber der stellvertretende Polizeichef war fünf Jahre jünger als er und schielte bestimmt nach dem obersten Posten und dem Ritterschlag. Er wand sich, nicht wahr? Grübelte über die möglichen Folgen nach. Rutschte auf seinem Stuhl herum. Der Leiter des SO6 fühlte sich jetzt besser, weil er die Last der Verantwortung mit seinem Vorgesetzten und seinen Kollegen geteilt hatte ...

Aber der Schweinehund wollte sich offensichtlich um das Problem herumdrücken.

»Bevor wir uns mit der DEA anlegen, will ich weitere Informationen über Mario Ruggerio.«

»Wollen Sie wissen, was er zum Frühstück ißt oder welche Farbe seine Socken haben?«

»Ganz ruhig, mein Freund – ich brauche einfach detailliertere Informationen über Mario Ruggerio. Nächste Woche um diese Zeit habe ich ein bißchen Luft, dann können wir beide noch mal unter vier Augen reden. So lange kann die Angelegenheit bestimmt noch warten. Wir wollen doch nichts überstürzen. Und damit ich unsere weiteren Schritte besser abwägen kann, möchte ich mehr über dieses Mädchen wissen.«

»Hallo – es war ganz einfach zu finden.«

Sie hatte wieder gelogen, aber das Lügen war ihr mittlerweile zur Gewohnheit geworden. Charley hatte Angela vorgemacht, daß es für sie wichtig sei, wieder nach Palermo zu fahren. Eine vernünftige Lüge, die ihr flüssig über die Lippen ging. »Es ist dasselbe wie nach einem Autounfall, Angela, danach muß man sich auch so schnell wie möglich wieder hinters Steuer setzen. Dein Angebot, mich zu begleiten, ist wirklich nett, aber ich muß allein sein, denn bei dem Überfall war ich ja auch allein. Ich will niemanden dabeihaben. Ich will allein durch die Straßen gehen, ich muß die Sache loswerden. Weißt du was, Angela, ich nehme nicht die wunderschöne Tasche, die Peppino für mich gekauft hat. Ich kauf' mir eine von diesen Gürteltaschen, wie die Touristen sie tragen. Ich weiß nicht, wann ich zurück bin ... Ich muß das jetzt für mich tun, ich muß darüber wegkommen.«

Der Gärtner hatte ihr das Tor geöffnet, der elende Spanner. Sie hatte es kaum erwarten können, die Villa zu verlassen, und mußte sich beherrschen, nicht die Straße hinabzulaufen. Peppino war längst fort, hatte sich schon auf den Weg gemacht, als sie noch schlief. Sie hatte die Kinder bereits in die Schule und zum Kindergarten gebracht. Das Baby schlief. Als sie mit Angela gesprochen, gelogen hatte, war ihr, als hätten Angela die großen Geständnisse auf der Zunge gelegen. Die kleine Charley konnte manchmal ein bösartiges kleines Luder sein, und in diesem Augenblick hatte sie keinerlei Verlangen nach tränenreichen Geständnissen. Bleib bei deinen Pillen, Angela, schluck sie runter. Sie mußte rennen, um dieses gottverdammte Mausoleum hinter sich zu lassen …

»Geht es Ihnen gut? Haben Sie sich erholt?«

»Seh' ich schrecklich aus?«

»Der Bluterguß ist weg, und die Schürfwunden sind gut verheilt.« Er war so verdammt ernst. »Sie sehen nicht schrecklich aus.«

»Wollen Sie mich nicht reinbitten?«

Sie grinste, sie fühlte sich übermütig. Er war so verdammt ernst und so verdammt schüchtern. Höflich trat er zur Seite.

»Ein ziemliches Durcheinander, tut mir leid.«

»Macht nichts.«

Sie war früh dran. Weil sie so gut gelogen hatte und so schnell zum Hafen geeilt war, hatte sie einen früheren Bus nach Palermo erwischt. Sie trug ihre engen Jeans und das ärmellose T-Shirt mit dem tiefen Rückenausschnitt. Sie trat durch die Tür. Sie hatte mehr Zeit als üblich auf ihr Make-up verwendet, und sie fragte sich jetzt, als Benny sie in seine Wohnung führte, ob Angela wohl aufgefallen war, wie sorgfältig sie sich geschminkt hatte. Vielleicht war es ein Fehler gewesen, sich so lange mit Lippenstift und Lidschatten aufzuhalten, denn Angela hätte leicht Verdacht schöpfen können, und Axel Moen hätte sie deswegen womöglich zur Schnecke gemacht. Die Wohnung bestand nur aus einem einzigen großen Raum, Altbau. Eine kleine Kochstelle in einer dunklen Ecke neben dem Waschbecken, in dem sich schmutziges Geschirr türmte, ein Schrank und eine Kommode, ein ungemachtes schmales Bett, auf dem ein zerknautschter Schlafanzug lag, ein mit Zeitungen bedeckter Tisch, ein Stuhl, ein Sessel, auf den er verschiedene Kleidungsstücke geworfen hatte. An den Wänden hingen Poster.

»Ich wollte saubermachen, aber Sie sind früher gekommen als verabredet.« Es klang wie eine Entschuldigung, nicht wie Kritik.

»Die Wohnung ist himmlisch. Genau das, was mir fehlt …«

Sie sehnte sich nach einer eigenen Wohnung, nach einem Ort, wo sie nicht als Kind im Haus ihrer Mutter oder als bezahlter Gast von Angela Ruggerio lebte.

Sie war eine verlogene kleine Hexe und eine tyrannische kleine Hexe. Sie hatte sich in sein Leben eingeladen. Sie ging zum Waschbecken und ließ das Wasser laufen, bis es heiß war. Sie fragte ihn nicht, ob er seine Teller und Tassen gespült haben wollte, sie tat es einfach. Sie ignorierte ihn, und er drückte sich unsicher hinter ihr herum. Das Poster über dem Waschbecken zeigte eine riesige Blutlache auf einer Straße. Darunter stand nichts weiter als »*Basta!*« Als sie mit dem Abwaschen fertig war, ging sie zum Bett und schlug die Decke zurück. Sie sah die leichte Vertiefung, wo sein Körper gelegen hatte. Sorgfältig zog sie Decken und Laken zurecht, wie sie es von ihrer Mutter gelernt hatte. Seinen Schlafanzug faltete sie zusammen und legte ihn unters Kopfkissen. Es war ein schmales Bett, eine Mönchspritsche, und sie fragte sich, ob das Bett quietschte, wenn er sich umdrehte. Das Poster über dem Bett zeigte einen Schwarm auffliegender weißer Tauben. Sie sah ihn nicht an, das war ihr Spielchen mit ihm. Beim Sessel fing sie an, die herumliegenden Kleidungsstücke zusammenzulegen. Als sie die Sachen in den Schrank packte, fand sie schmutzige Hemden, Socken und Unterhosen. Wahrscheinlich fuhr er einmal in der Woche mit einem Sack voll schmutziger Wäsche zu seiner Mutter. Sie wandte sich um. Neben der Tür hing ein Poster, auf dem ein langer, sich windender Trauerzug abgebildet war. Sie stemmte die Hände in die Hüften und grinste unverfroren.

»Noch ein sizilianischer Junge, der eine Frau braucht, die sich um ihn kümmert. Wie, zum Teufel, konnten Sie in London überleben?«

Sie hatte ihn in Verlegenheit gebracht. »Ich hab' mit mehreren Leuten zusammengewohnt. Ich hab' immer die übriggebliebenen

Pommes und Hamburger mitgebracht, wenn wir bei McDonald's zumachten – die Sachen wären sonst weggeworfen worden. Ich hab' den Frauen was zu essen gebracht, dafür haben sie meine Wäsche gewaschen und mein Zimmer geputzt.«

»Wie bedauerlich, daß der alte Machogeist auch in London noch blüht und gedeiht.«

Er verstand nicht, was sie meinte. Verlegen stand er da. Was ihr an ihm besonders gefiel, war seine verdammte Verletzlichkeit.

»So, das war meine Art, mich zu bedanken. Danke, Sie waren großartig, Sie haben mir geholfen, als alle anderen vorbeigegangen sind. Aber ich bin sehr fleißig gewesen und habe den Reiseführer studiert. Ich möchte den *duomo* sehen, die Quattro Canti an der Marqueda, den alten Markt in Vucciria. Ich möchte zum Palazzo Reale und mir die Cappella Palatina ansehen. Den Palazzo Sclafani müßten wir auch noch vor dem Mittagessen schaffen. Ich freu' mich schon auf ein großes Essen, mit einer guten Flasche, wenn wir dann noch Lust haben ...«

»Es tut mir leid ...«

»Was tut Ihnen leid?«

»Sie haben mir nicht Ihre Telefonnummer gegeben. Ich konnte Sie nicht erreichen.« Er ließ den Kopf hängen. »Ich habe keine Zeit für einen Stadtbummel in Palermo.«

Charley blinzelte. Gab sich lässig, versuchte zu verbergen, wie sehr sie sich auf diesen Tag, auf die Flucht aus der erdrückenden Villa gefreut hatte, seit dem Tag, als sie ihn angerufen hatte. »Jetzt haben Sie also ein sauberes Zimmer und kommen um die Stadtführung herum, Sie alter Glückspilz. Damit wären wir wohl quitt.«

Er kratzte sich unsicher am Kopf. »Ich habe heute einen freien Tag und wollte Ihnen die Stadt zeigen. Aber neben der Schule habe ich noch ein anderes Leben, eine andere Arbeit. Für diese andere Arbeit muß ich dringend ein paar Sachen abliefern.«

»Ich komm' einfach mit.«

»Ich glaube, Sie würden sich langweilen, Charley.«

Es sah aus, als wolle er sie loswerden. Scheiße. Am liebsten wäre ihm wohl, sie würde sich umdrehen und die Wohnung verlassen, so als sei sie ein ungebetener Eindringling.

»Das käme auf einen Versuch an. Was ist das für ein anderes Leben? Ich habe nichts anderes vor. Und der *duomo* steht schließlich schon fast tausend Jahre, da kann er wohl noch eine Woche warten. Wo müssen Sie hin?«

»Nach San Giuseppe Jato, und dann weiter nach Corleone …«

»Von Corleone hab' ich schon gehört. Ganz interessant, oder? Den anderen Ort kenne ich nicht. Ist das auf dem Land?«

»Ja.« Er schien zu zögern. Sie schaute in seine mandelfarbenen Augen. Komm schon, Benny, zier dich nicht so. Sie konnte ihm nichts von der bedrückenden Atmosphäre der Villa erzählen, der sie einen Tag lang entfliehen wollte. »Ich bin Lehrer, aber ich habe auch eine andere Arbeit. Ich muß Leute in San Giuseppe Jato und in Corleone aufsuchen, und ich glaube, das wäre nicht besonders interessant für Sie.«

»Dann warte ich im Auto.«

»Bei meinem anderen Job arbeite ich für die Anti-Mafia-Koordinationsgruppe von Palermo – warum sollten Sie sich dafür interessieren? Können wir nicht einen anderen Tag ausmachen?«

Sie mußte schlucken. Axel Moen hätte ihr geraten, schleunigst das Weite zu suchen und Fersengeld zu geben. Die Uhr war an ihrem Handgelenk. Seine ineinander verhakten Finger waren feingliedrig und sanft, wie die Hände eines Pianisten. Sie sollte sich niemals gehenlassen. Sein Gesicht war schmal und kantig, aber nicht bedrohlich. Jetzt verstand sie die Bedeutung der Poster in seinem Zimmer. Sie forderte ihn heraus.

»Ich denke, das könnte interessanter sein als der *duomo*. Vielleicht könnte ich dort mehr über Sizilien lernen als von den Quattro Canti und der Cappella Palatina, nicht wahr?«

Statt ihr zu antworten ging er zur Tür und nahm seinen Anorak vom Haken. Er schaute sich um, als sei sein Zimmer überfallen worden, als sei er herumgestoßen und kommandiert worden, als sei er zu höflich gewesen, um sich zu beklagen. Er schaute vom Waschbecken mit den gespülten Tellern und Tassen zum Sessel, von dem man seine Sachen entfernt hatte, zum Bett, das gemacht worden war. Er führte sie aus der Wohnung, und sie traten in das alte, ausladende Treppenhaus. Seine Wohnungstür war mit zwei Sicherheitsschlössern versehen, die er sorgfältig verschloß.

»Sicherer als Fort Knox.«

»Tut mir leid, aber das verstehe ich nicht«, sagte er höflich.

»Das sagt man nur so dahin, vergessen Sie es. Benny, warum arbeiten Sie gegen die Mafia?«

»Weil die Mafia meinen Vater ermorden ließ. Sie haben ihn erschossen, als er mich mit dem Auto von der Schule abgeholt hat«, sagte er nüchtern und ging zur Treppe.

Pasquale hatte den halben Kilometer von der Bushaltestelle zum Haus des Richters im Laufschritt zurückgelegt. Er stürzte durch die Eingangstür und wartete nicht auf den Aufzug, sondern rannte die drei Stockwerke hoch. Keuchend stand er nun vor der Wohnungstür und wartete, daß ihm jemand aufmachte. Er war drei Minuten zu spät. Er hatte nicht verschlafen, er kam zu spät, weil sein Auto nicht angesprungen war. Die Batterie hatte ihren Geist aufgegeben, und der Nachbar mit dem Überbrückungskabel war nicht zu Hause ... Er wurde hineingelassen. Himmel, alle warteten auf ihn, und sie trugen ihre Westen und hatten ihre Waffen angelegt. Der Richter, Tardelli, saß in Hut und Mantel auf einem Sessel im Flur, die Aktentasche zwischen den Füßen. Er schaute zu Pasquale auf, und sein Blick wirkte mitleidig. Der Fahrer des Begleitfahrzeugs machte ein grimmiges Gesicht und schaute strafend auf die Uhr. Sein Beifahrer schaute zur Decke, als wolle er sich aus der Auseinandersetzung heraushalten. Der Mann, der immer auf der Rückbank des Begleitfahrzeugs saß, starrte ihm gnadenlos ins Gesicht.

Der *maresciallo* sagte: »Wir wären ohne dich gefahren, aber das würde gegen die Vorschriften verstoßen. Dr. Tardelli mußte auf dich warten.«

»Wagen nicht angesprungen – Batterie im Eimer – entschuldigen Sie, *Dottore* – eine Minute, eine Minute …«, keuchte Pasquale.

Ihm war übel. Er fühlte sich wie ein Stück Dreck. Er stolperte in eines der ehemaligen Kinderzimmer, in dem noch immer die Möbel der Kinder standen, obwohl sie mit ihrer Mutter längst nach Norden gegangen waren. Neben dem leeren Kleiderschrank stand der Stahlschrank mit den Waffen. Während er nervös nach seinen Schlüsseln für den Stahlschrank suchte, spürte er den zornigen Blick des *maresciallo* im Nacken. Mein Gott, der falsche Schlüssel. Endlich der richtige Schlüssel. Die Heckler & Koch raus, ein Magazin knallte auf den Holzfußboden. Gesegnet seist du Maria, er hatte das Magazin am Abend zuvor gefüllt. Das Magazin mußte am Ende jeder Schicht herausgenommen werden. Schnell die 9-mm-Beretta mit dem Schulterholster vom Haken und weitere Magazine für die Beretta und eine Schachtel mit Munition für die Beretta, deren Magazine er nicht gefüllt hatte. Er bückte sich und durchwühlte den Kleiderhaufen nach seiner Weste. Er stand auf. Zuerst mußte er seine Jacke ausziehen und sich das Schulterholster der Beretta umschnallen. Dann die schwere Weste über den Kopf. Dann die Jacke wieder anziehen. Die Schachtel mit Munition für die Beretta in die Jackentasche, und die leeren Magazine. Er schob ein Magazin in die Maschinenpistole, und der *maresciallo* ließ ihn nicht aus den Augen. Dem Himmel sei Dank vergaß er nicht zu überprüfen, ob sie gesichert war. Er atmete schwer. Gesegnet seist du, Jungfrau Maria. Er trat zurück in den Flur, und alle starrten ihn an. Keiner stand auf und ging zur Tür. Es gab noch etwas in der Wohnung zu erledigen. Der Richter schaute ihn mitleidig an und zuckte die Schultern, als würde er bedauern, daß er sich nicht einmischen durfte.

Der *maresciallo* winkte ihn zu sich, ein Befehl, dem er Folge leisten mußte. Der *maresciallo* deutete mit dem Zeigefinger unter die Spüle. Die Blumen, die seine Frau gekauft hatte, die bunten Blumen, die er dem Richter in seine Wohnung mitgebracht hatte, lagen im Mülleimer. Sie waren noch schön und keineswegs verblüht, und trotzdem hatte man sie fortgeworfen.

»Pasquale, du bist Leibwächter, zumindest tust du, als ob du einer wärst. Du bist nicht Dr. Tardellis Diener und auch nicht sein Freund. Ob er dir sympathisch ist oder nicht, du tust deine Arbeit, und du kriegst dein Geld, und du gehst nach Hause. Was du auf jeden Fall vermeiden mußt, ist jegliche Gefühlsduselei. Ich dulde keinen Mann in meinem Team, der auch nur ansatzweise gefühlsmäßig engagiert ist. Ich komme nach einem dreitägigen Seminar zurück und muß feststellen, daß kleine Aufmerksamkeiten, daß Blumen geschenkt wurden. Dein Job ist es, Dr. Tardelli zu schützen. Du sollst nicht Freundschaft mit ihm schließen. Er ist eine Zielscheibe der Mafia, einer der meistgefährdeten Männer, und man kann ihn am besten schützen, wenn man sich von seiner Persönlichkeit distanziert. Wir fahren nicht Tag für Tag mit einem Freund durch die Gegend, sondern mit einem *pacchetto*. Für dich sollte er einfach nur ein Paket sein, das sicher von A nach B gebracht werden muß. Du solltest nicht versuchen, das Paket mit Schleifen zu verzieren. Du bist noch in der Probezeit, und ich vergesse nichts. Wenn du jetzt fertig bist, können wir dann bitte fahren?«

Pasquale stolperte in den Flur. Er hatte seiner Frau erzählt, wie sehr sich der Richter, dieser arme, einsame Mann, über ihre Blumen gefreut hatte. Waffengeklapper war zu hören und das metallische, abgehackte Sprechen der Funkgeräte. Sie brachten das *pacchetto* runter auf die Straße zu den Autos.

»Willst du im Auto warten oder mit reinkommen?«

»Ich glaube, ich würde mich lieber ein bißchen in der Stadt umschauen – ich meine, sie ist doch irgendwie berühmt, oder?«

»Du solltest nicht allein in der Stadt herumlaufen«, sagte Benny ernst. »Wenn du willst, führe ich dich später herum. Aber jetzt solltest du entweder mit mir ins Haus kommen oder im Auto bleiben.«

Charley erwiderte mürrisch: »Wenn ich ohne Begleitung nicht durch die Stadt gehen kann, dann gehe ich mit dir.«

Sie wand sich aus dem winzigen AutoBianchi. Sie streckte sich und spürte die warme Sonne. Natürlich hatte sie von Corleone gehört – im College hatte sie den ersten Film mit Marlon Brando in der Hauptrolle gesehen, und sie hatte auch Der Pate III mit Al Pacino gesehen. Sie parkten in der Nähe der Polizeikaserne. Corleone sah aus wie irgendein stinknormales blödes Kaff. Sie waren über eine breite Straße von San Giuseppe Jato, wo Benny einen Kopierer abgeholt hatte, nach Corleone gekommen. Sie hatte ihm von den Falken in den Klippen von Devon erzählt, als er sie plötzlich unterbrach und sie ziemlich schroff bat, still zu sein. Er bremste ab, und dann sah sie die Militärblockade. Sie wurden durchgewunken, wie langweilig ... Wenn Sizilien ein Schlachtfeld war, wenn es ein Kriegsschauplatz war, wie Axel Moen behauptete, dann hatte sie das bisher an einer einzigen, langweiligen Straßenblockade gemerkt. Sie waren über eine breite Straße ins Zentrum von Corleone gefahren und kamen an einem Markt vorbei, wo es anscheinend alles zu kaufen gab, Kleidung, Möbel, Gemüse, Obst, Fleisch ... Keine Soldaten, keine Polizei, nichts, was sie an die Fernsehbilder aus Belfast erinnerte. Die Sonne schien ihr auf den Rücken, und sie ging hinter Benny her, der den Kopierer unter dem Arm hatte.

Er hatte sich ihre Gesellschaft aufzwingen lassen, dann sollte er sich jetzt mit ihrer Anwesenheit abfinden, verdammt noch mal. Trotzig folgte sie ihm.

Sie gingen an einer Schule vorbei. Durch die offenen Fenster waren Kinderstimmen zu hören. An der Schulwand war eine Gedenktafel mit auffliegenden Friedenstauben, nicht besonders groß oder auffällig. »AI MARTIRI DELLA VIOLENZA« las sie – kaum ein Mahnmal des Krieges oder ein Hinweis auf ein Schlachtfeld. Er ging durch die offene Tür eines Hauses. Mit einer schroffen Geste deutete er auf einen Stuhl im Flur. Dann ließ er sie allein und ging weiter in eines der Zimmer. Sie hörte aufgeregte Frauenstimmen und sah, wie

Benny von zwei Frauen umarmt wurde. Dann trug er den Kopierer weiter ins Zimmer und verschwand aus ihrem Blickfeld. Sie hörte nur noch ihre Stimmen. Sie fühlte sich ausgeschlossen – scheißegal. Sie stand auf und ging zur Tür. Die beiden Frauen beugten sich über den Kopierer, und Benny lag auf den Knien, um den Stecker einzustecken. Ihr Gerede verstummte. Sie war ausgeschlossen, weil sie eine Fremde war. An den Wänden hingen dieselben Poster wie in Bennys Zimmer in Palermo. Benny errötete. Er erklärte den Frauen, daß Signorina Parsons aus England komme, daß er sie kennengelernt habe, nachdem sie auf der Straße überfallen worden sei, daß er ihr eine Stadtführung versprochen habe, und dann sei der Fotokopierer dazwischengekommen.

»Sie kommt also als Touristin nach Corleone?«

»Dann ist sie also gekommen, um die Gewalttätigkeit von Corleone zu erleben? Vielleicht will sie ja auch ein paar Ansichtskarten verschicken.«

Charley ärgerte sich über ihre spöttischen Bemerkungen. Sie wandte sich trotzig ab und ging zurück zu ihrem Stuhl. Sie konnte hören, wie im Zimmer gelacht wurde.

Vielleicht zogen sie Benny auf, weil er eine Touristin mitgebracht hatte. Er wirkte ein wenig abwesend, als er aus dem Zimmer kam, und beide Frauen machten viel Aufhebens um ihn und küßten ihn mehrmals auf die Wangen. Charley hatte das Gefühl, daß die Höflichkeit, mit der sie sich von ihr verabschiedeten, gespielt war. Ob er sie wohl bumste? Bumste er überhaupt mit irgendwem auf seinem schmalen Mönchsbett? Und was war mit Axel Moen? Fickte er mit irgendwem auf irgendeinem Bett? Sie verbarg ihre Gedanken hinter einem Lächeln.

Draußen auf der Straße fragte sie unschuldig und naiv: »Was tun die beiden?«

»Sie müssen ein Rundschreiben verteilen, aber der Kopierer war kaputt. Sie schreiben Informationsblätter für die Anti-Mafia-Koordinationsgruppe von Corleone.«

»In großer Auflage?«

Auch er war unschuldig und naiv, aber bei ihm war es keine Lüge. »Sehr klein, nur ein paar Leute. Deshalb sind unsere Möglichkeiten auch so bescheiden, ein Zimmer, ein Kopierer, zwei Frauen. Corleone ist die Brutstätte der Mafiakultur, aber äußerlich ist davon nichts zu merken. Hier schlägt das Herz der Mafia – von Corleone nach Palermo, von Palermo über die ganze Insel, von der Insel zum Festland, vom Festland nach Europa und über den Atlantik bis nach Amerika. Deshalb spricht man auch von einem Kraken mit unzähligen Tentakeln, aber das Herz befindet sich hier. Das *sindicato* redet gegen die Mafia, die Priester denunzieren die Mafia von der Kanzel aus, aber das ist nichts weiter als Politik und Religion und ändert nicht das geringste.«

»Wann wird sich etwas ändern?«

Er lächelte, unschuldig und schlicht. »Wenn wir zwei oder drei Kopierer brauchen, dann weiß ich, daß sich etwas verändert hat.«

»Erzähl mir was über Corleone. Zeig es mir.«

Er schaute sie an. Wegen der grellen Sonne mußte er blinzeln. Sein Blick war ganz ernst, als fürchte er, sie würde sich über ihn lustig machen wollen. »Verzeih, aber willst du wirklich Ansichtskarten kaufen und dich bei deinen Freunden großtun, weil du in Corleone warst?«

»Laß uns einen Spaziergang durch die Stadt machen, bitte.«

»Warum?«

Axel Moen hätte ihr in den Hintern getreten, hätte ihr vorgeworfen, daß sie die Preisgabe ihrer Tarnung riskierte, daß sie sich aufführen würde wie eine selbstgefällige Vollidiotin. »Bis jetzt habe ich nichts weiter gesehen als eine Straße, einen Markt, eine Schule, Mietshäuser und die Kaserne hier. Ich kann mir nicht vorstellen, gegen was du hier kämpfst.«

»Ich glaube, es würde dich langweilen.«

»Ich möchte es verstehen.«

Sie gingen zur Piazza. Unter den Markisen der Bars saßen alte

Männer und beobachteten sie. Im Schatten der Palmen hingen Jugendliche mit ihren Motorrollern herum und schauten ihnen nach. Die Sonne brannte auf Charleys Schultern.

»Es ist die Stadt von Navarra, dann kam Liggio, dann Riina und dann Provenzano. Jetzt ist es Ruggerios Stadt. Du bist fremd hier und wirst nichts Besonderes an dieser Stadt finden. Es ist eine einzigartige Stadt in Sizilien, weil kein Geschäftsmann hier *pizzo* bezahlt, wörtlich ist damit der Schnabel des kleinen Vogels gemeint, der nach ein wenig Futter pickt, aber auf der Insel bedeutet *pizzo* das Erpressen von Schutzgeldern. In den vierziger Jahren, nach der Befreiung vom Faschismus, ereigneten sich hier pro Kopf mehr Morde als an jedem anderen Ort der Welt. Das wäre doch eine tolle Geschichte für deine Freunde zu Hause.«

»Du brauchst dich nicht über mich lustig zu machen, Benny, als wäre ich eine dumme Touristin«, sagte Charley leise.

Wo die Altstadt begann, mit ihren dunklen Gassen, die links bergauf und rechts bergab führten, spendierte Benny ihr ein überbackenes Baguette mit Schinken und Ziegenkäse und einen Kaffee. Seine Stimme war nur noch ein Murmeln. »Ich werde dir eine Geschichte erzählen, und vielleicht wirst du dann etwas mehr verstehen. Es ist nicht die Geschichte Navarras, der Arzt hier war. Die Eltern eines zwölfjährigen Jungen brachten ihren völlig verstörten Sohn zu ihm und sagten, daß er gesehen hatte, wie ein Mann ermordet wurde. Navarra gab dem Jungen eine ›Beruhigungsspritze‹, an der er starb, und entschuldigte sich anschließend für seinen Fehler. Es ist auch nicht die Geschichte von Liggio, der ein Viehdieb war, bevor er den Heroinhandel der Mafia übernahm. Auch nicht die Geschichte von Riina, der den tapfersten aller Richter töten ließ und den Mord anschließend mit Champagner begoß. Es ist auch nicht die Geschichte von Provenzano, den man hier *trattore* nennt, den Traktor, wegen der Brutalität seiner Morde. Es ist nicht die Geschichte Ruggerios. Komm jetzt.«

Sie schluckte den letzten Bissen herunter und wischte sich die Krümel vom T-Shirt. Sie folgte ihm auf die Straße.

»Überall in Sizilien hört man die Geschichten von Navarra, Liggio, Riina und Provenzano, und vielleicht redet man auch über Ruggerio. Über Placido Rizzotto wirst du nichts hören, aber seine Geschichte wird dir helfen zu verstehen.«

Sie gingen die schmale Straße hinab, über Kopfsteinpflaster. Die Häuser auf beiden Straßenseiten hatten Balkone mit schmiedeeisernen Geländern, die wie ein schwarzer Tunnel wirkten. Beobachtet von einem alten Mann, beobachtet von Kindern, die ihr Fußballspiel unterbrachen, beobachtet von einer Frau, die stehenblieb und ihre schweren Einkaufstaschen einen Moment lang abstellte. Kein Sonnenstrahl drang in die enge Gasse.

»Zuerst war er in der Armee, dann ist er zu den Partisanen übergelaufen. Danach kehrte er zurück nach Corleone, wo sein Vater ein kleines Licht bei der Mafia war. Placido Rizzotto kehrte zurück und war ein anderer. Seine Erfahrungen auf dem Festland hatten ihm die Augen geöffnet. Er wurde Gewerkschafter. Die Mafia verachtete die Gewerkschaften, weil sie die *contadini* mobilisierten und gegen die Beherrschung der Armen durch die Mafia kämpften. In den Augen der Kirche war er ein Kommunist. Für die Polizei war er ein Agitator. Aber anscheinend waren Mafia, Kirche und Polizei nicht auf der Hut, denn Rizzotto wurde zum Bürgermeister von Corleone gewählt. Langweile ich dich, Charley?«

Sie hatten die Kirche erreicht und blieben stehen. Eine Glocke läutete, und schwarzgekleidete Frauen eilten zur Tür und blickten eilig über die Schulter, um sie beobachten zu können. Vor ihnen war eine Bank. Ein dickbäuchiger Wachmann lehnte an der Eingangstür. Seine Daumen hatte er locker hinter den Pistolengurt gehakt. Er beobachtete sie.

»Zehn Uhr abends, eine Sommernacht. Ein Freund ruft Placido im Haus seines Vaters an, verabredet sich mit ihm für einen Spaziergang. Alle Männer der Stadt schlendern über die Via Bentivegna und die Piazza Garibaldi. Er wurde von seinem Freund verraten. Sie gingen die Straße entlang, sein Freund war an seiner Seite, im nächsten

Moment war er verschwunden … Alle Männer, die an diesem Abend über die Via Bentivegna und die Piazza Garibaldi schlenderten, sahen, wie Rizzotto eine Pistole in den Rücken gehalten wurde. All diese Männer, alle, die ihn gewählt und ihm bei seinen Reden zugejubelt hatten, sahen zu, wie er weggeführt wurde, als wäre er ein Hund, den man ans Wasser führt, um ihn zu erschießen. Langweilst du dich, Charley?«

Vor ihnen erhob sich die Schlucht. Wasser stürzte herab und floß über dunkle, rundgewaschene Steine. Oberhalb der Schlucht, auf dem Gipfel einer schroff abfallenden Felswand, stand eine verfallene Festung aus gelbem Sandstein. Sie standen jetzt allein vor der Schlucht und der Festung. Die Beobachter waren hinter ihnen.

»Die Leute gingen nach Hause. Sie verschwanden von den Straßen, schlossen die Tür hinter sich und gingen zu Bett. Sie hatten sich ergeben. Und Rizzotto hat die Mafia nicht einmal bedroht oder die Kirche oder die Polizei, für sie alle war er nur lästig. Das war 1948. Zwei Jahre später wurde seine Leiche von der hiesigen Feuerwehr gefunden. Sein Vater konnte ihn anhand seiner Kleidung identifizieren und wegen seinem Haar, das von den Ratten verschont worden war. Einer der Männer, die zugeschaut hatten, als Rizzotto weggeführt wurde, sagte später: ›Er war unser Held, und wir haben ihn ziehen lassen. Wir hätten nur eines tun müssen, wir alle: Jeder von uns hätte nur einen einzigen Stein von der Straße aufheben müssen, dann hätten wir den Mann mit der Pistole leicht überwältigen können. Wir haben keinen Stein aufgehoben, wir sind nach Hause gegangen.‹ Das war im Jahre 1948, und auch heute noch herrscht dasselbe Gesetz der Angst. Langweilt dich meine Geschichte, Charley, oder kannst du nun besser verstehen?«

Ihr Vater war drei Jahre alt gewesen, als Placido Rizzottos Leiche in die Schlucht geworfen wurde. Ihre Mutter war ein Jahr alt gewesen. Sie war dieselbe Straße entlanggegangen wie der Mann mit der Pistole im Rücken, war über dieselben Gehsteige geschlendert, wo die Zuschauer gestanden hatten, war an denselben Türen vorbeigekommen, die sie hinter sich verschlossen hatten, an denselben Fenstern, hinter denen sie die Lichter gelöscht hatten. Charley Parsons, dreiundzwanzig Jahre alt, starrte in die Schlucht unterhalb des Festungsfelsens, und sie hatte das Gefühl, den Gestank einer verwesenden Leiche in der Nase zu haben, und sie glaubte den Geruch des Bösen riechen zu können. Ja, bei Gott, sie hatte verstanden.

»Woher kommt Ruggerio?«

»Er ist hier aus der Nähe.«

»Zeigst du mir, wo er herkommt?«

»Und warum?«

Leicht gingen ihr die Lügen über die Lippen. »Wie du sagst, ist Ruggerio die Gegenwart. Ich bin doch nur eine dumme Touristin, die sich dir heute aufgedrängt hat, stimmt's? Dann laß uns das tun, was Touristen so tun, laß uns den Geburtsort einer berühmten Persönlichkeit anschauen. Wenn du nicht möchtest …«

»Es ist kein Problem.«

Jeden Nachmittag, nachdem der Steinbruch geschlossen wurde, nachdem die Fahrer der großen Kipplaster fort waren und die Preßlufthämmer schwiegen, erfolgte die Sprengung, damit genug Bruchstein für den nächsten Tag vorhanden war.

Der Steinbruch lag in den Bergen über dem Fluß zwischen San Giuseppe Jato und San Cipirello. Hier testete der Sprengstoffexperte alle Explosionsvorrichtungen, die er entwarf.

Auf dem offenen Gelände, weit genug vom Felsabhang, in den die Dynamitstangen gesetzt wurden, hatten der Experte und Tano die Autos geparkt. Der Wagen, den der Experte gefahren hatte, war ein Mirafiori. Der Wagen, den Tano gefahren hatte, war ein Mercedes mit stahlverstärkten Türen. Die Entfernung zwischen den Autos war vermessen worden, weil der Experte sagte, daß es beim Umgang mit Sprengstoff auf jedes Detail ankäme.

Die beiden Explosionen waren fein aufeinander abgestimmt. Genau in dem Augenblick, als das Dynamit in der Felswand detonierte, tippte Tano die letzte Ziffer einer sechsstelligen Zahl in sein Mobiltelefon; damit war die Verbindung zu dem Empfänger in der Bombe hergestellt, die auf dem Rücksitz des Mirafiori plaziert war.

Die Leute in San Giuseppe Jato und in San Cipirello konnten die Explosionen zweifellos hören, aber es war das, was sie jeden Tag um diese Uhrzeit hörten, und das Echo der ersten Detonation vermischte sich mit der zweiten Explosion.

Die große Staubwolke über dem Felsen hatte sich kaum gesetzt, als der Experte und Tano auch schon nach vorn gingen. Von dem Mirafiori war fast nichts mehr wiederzuerkennen. Sie interessierten sich in erster Linie für den Mercedes. Er war exakt in zwei Teile gebrochen, und beide Teile brannten lichterloh.

Sie lachten, der Experte und Tano. Sie standen am Abhang und bogen sich vor Lachen.

Bis zum Morgen, lange bevor die Arbeit im Steinbruch begann, würden die Trümmer des Mirafiori und die ausgebrannten Hälften des Mercedes am Rand des Steinbruchs unter Geröll verschwunden sein.

»Hast du einen Fotoapparat?«

Sie zuckte zusammen, sie war in Gedanken gewesen. »Einen Fotoapparat? Warum ist das so wichtig?«

»Charley, ich habe dich gefragt, ob du einen Fotoapparat hast«, sagte er schnippisch, und sie spürte, daß er Angst hatte.

»Nein.«

Die Landschaft war einmalig gewesen. Die Berge waren höher als die in Dartmoor, es war auch grüner als in Dartmoor, aber genauso zerklüftet. Einmal hatte sie ihn gebeten anzuhalten. Sie war ausgestiegen, hatte sich an den Wagen gelehnt und über eine Wiese voller Wildblumen geschaut. In einiger Entfernung sah sie einen Schäfer mit seiner Herde und seinem Hund. Die Szene wirkte wie eine Abbildung in einer Kinderbibel, ein idyllisches Bild der Geborgenheit, sie lauschte den Glocken der Schafe und hörte den Schäfer singen, wahrscheinlich ein altes Lied, von Generation zu Generation weitergereicht, ein Liebeslied. Der Schäfer bemerkte sie nicht, während er sang. Benny hatte neben ihr gestanden, dicht neben ihr. Ein Ort wie aus ihren Träumen ... Und über ihnen lag die Stadt, und er wurde zunehmend nervös.

»Ich habe keinen Fotoapparat. Warum fragst du das?«

»Da wo wir hinfahren, solltest du nicht fotografieren – das ist alles.«

Über eine gewundene Straße fuhr Benny nach Prizzi. Er parkte den Wagen in einer Haltebucht. Vor ihnen erstreckte sich die Stadt, ein dichtes Gewirr aus gelben und ockerfarbenen Dächern zog sich den Berg hinauf.

Benny schaute sich um und verschloß den AutoBianchi. Er nahm ihren Arm und trieb sie zur Eile.

Sie gingen die Straße hinauf. Das Schaufenster eines *macellaio* erweckte ihre Aufmerksamkeit, und sie wunderte sich über die seltsamen dünnen Fleischstücke. Er zog sie weiter.

Die Straße war gerade breit genug für ein Auto. Auf beiden Seiten standen dreistöckige Wohnhäuser dicht an dicht, Holztüren unter niedrigen Stürzen, Balkone und heruntergelassene Rolläden, gelb-, orange- und rosafarbener Putz an den Wänden. Er ging schnell, und sie hatte Mühe, mit ihm Schritt zu halten.

»Du darfst nicht stehenbleiben und herumstarren.« Seine Lippen bewegten sich kaum beim Sprechen, und sein Flüstern klang ängstlich. »Es ist das sechste Haus hinter der schwarzgestrichenen Regenrinne. Siehst du es? Schau nicht zur Seite. Das ist das Haus, das mit den übereinanderliegenden Balkonen. Da wohnen die Eltern von Mario Ruggerio mit seinem Bruder, der geistesschwach ist. Siehst du's?«

Er blickte stur geradeaus. Charley sah eine Katze davonlaufen.

Nichts bewegte sich auf der Straße, nur diese Katze. Die Sonne schien auf das Haus, das ihr beschrieben wurde. Die Haustür stand offen, und sie hörte ein Radio. Der Geruch von gekochtem Gemüse stieg ihr in die Nase. War das alles? Das sollte das ganze Anwesen sein? Kein Mercedes, keine goldenen Wasserhähne, keine dicken Havannazigarren, keine Rottweiler, keine Gardinen von Harrods, Teufel noch mal ... Sie beachtete seine Anweisungen nicht. Charley blieb vor der offenen Haustür stehen und verrenkte den Hals, um einen Blick ins Innere zu erhaschen. Er hätte ihr fast den Arm ausgekugelt, als er sie mit sich riß. Nur das Geplärre des Radios und der Essensgeruch. Als sie drei Häuser weiter waren, ließ er ihre Hand los.

»Mußte das sein?«

»Was glaubst du eigentlich, wo du hier bist? Meinst du, du bist in Stratford-upon-Avon? Meinst du, hierher kommen Reisebusse voller Japaner? Bist du dumm?«

»Du mußt doch nicht gleich grob werden.«

»Ich bin nur grob, weil du dich so dumm verhältst.«

Sein Atem ging schwer. Seine Lippen zuckten vor Nervosität. Er ging schnell. Sie kamen zum Ende der Straße, von wo aus sich weitere ebenso häßliche Straßen den Hügel hinaufwanden. Wo waren bloß die Menschen? Wo waren die Kinder?

»Es tut mir leid, Benny, tut mir leid, daß ich dumm bin. Erklär's mir, fang mit der Kamera an.«

Eilig ging er über das Kopfsteinpflaster. »Du siehst hier nichts, aber du wirst beobachtet. Irgendwo auf der Straße sind Polizeikameras, aber das ist nicht so wichtig. Weil du niemanden siehst, heißt das nicht, daß du nicht beobachtet wirst. Hinter den Türen, hinter Jalousien, hinter Fensterläden und Gardinen sind überall Leute, die uns beobachten. Hier ist das Zuhause von Mario Ruggerios Familie, und Mario Ruggerio hat viele Menschen auf dem Gewissen. Ein solcher Mann versucht mit allen Mitteln, seine Familie vor der *vendetta*, der Blutrache, zu schützen. Weil du nichts siehst, heißt dies nicht, daß niemand da ist. Wenn du eine Kamera hättest und das Haus fotografieren würdest, wäre es sehr wahrscheinlich, daß uns jemand verfolgen und sich meine Autonummer notieren würde. Diese Leute sollen nicht wegen deiner Dummheit durch meine Autonummer auf meinen Namen kommen. Für einen Mann wie Mario Ruggerio ist die Familie das Wichtigste in seinem Leben, nur bei seiner Familie ist er entspannt. Wir sollten nicht länger hierbleiben.«

»Wo ist Ruggerios Frau?«

»Zwei Straßen von hier entfernt. Warum fragst du, was sollen all diese Fragen?«

»Ach, das ist so meine Art. Ich rede immer zuviel.«

»Wenn man als Fremder herkommt, ist es nicht ratsam, vom Haus von Ruggerios Eltern direkt zum Haus seiner Frau zu gehen.«

»Ich hab' ja nur gefragt …«

Er ging zurück zum Wagen, Charley folgte ihm.

»In der Geschichte, die du mir erzählt hast, wurde Placido Rizzotto ermordet, weil er lästig war. War dein Vater auch lästig?«

»Er war keine Bedrohung, er war nur lästig, was schon genug ist.«

»Durch die Arbeit, die du tust, Benny, bist du da nicht auch lästig?«

»Wie soll ich das wissen. Du weißt es erst, wenn du die Waffe siehst.«

»Benny, verdammt noch mal, bleib jetzt endlich mal stehen. Sag mir, wovon du träumst, Benny.«

Er blieb stehen und schloß einen Moment lang die Augen. Charley nahm seine Hand. Sie ließ ihm Zeit. Leise sagte er: »Ich sehe ihn dastehen, mit vor Scham gesenktem Kopf, mit Handschellen, und er ist ganz allein, ohne seine Schläger, ohne die Gewehre, ohne die Säurefässer und ohne seine Drogen. Er ist ein alter Mann, und er ist ganz allein. Um ihn herum sind die Kinder aus Sizilien und Italien, aus Europa und Amerika. Die Kinder fassen sich an den Händen und bilden einen Kreis um ihn und tanzen um ihn herum, und sie lachen ihn aus und verspotten ihn. In meinem Traum tanzen die Kinder um ihn herum und haben keine Angst vor ihm.«

Peppino hatte die Dollars. Sie hatten die Bank.

Er hatte die Russen nie zuvor gesehen, und er fand sie ziemlich abstoßend.

Peppino hatte die Dollars in Wien deponiert. Sie besaßen eine Bank in St. Petersburg.

Sein erstes Treffen mit den Russen fand in einem Hotelzimmer in Zagreb statt, ganz in der Nähe des Bahnhofs. Die beiden Russen trugen dicke Goldringe an den Fingern und goldene Armbänder, wie Huren. Ihre Anzüge waren von Armani, was Peppino einen kurzen Augenblick lächeln ließ. Nur dieses eine kurze Lächeln, denn er hielt sie nicht für Leute, die man auslachen sollte, und selbst die locker geschnittenen Armanianzüge verbargen nicht ihre kräftigen Muskeln an Schultern, Armen und Beinen. Er nahm an, daß sie bewaffnet waren und daß ein einziger Schwinger mit ihren goldberingten Fäusten ihn für den Rest seines Lebens verunstalten würde.

Bei dem Handel, den sein Bruder anstrebte, sollten fünfzig Millionen US-Dollar von einem Wiener Konto auf ihre Bank in St. Petersburg überwiesen werden, zur weiteren Investition in der ölproduzierenden Industrie Kasachstans. In gutturalem Englisch brüsteten sie sich damit, den Minister für Ölförderung und Marketing in Alma Ata in der Tasche zu haben. Sein Bruder meinte, daß man die Russen nicht ignorieren könne und eine Zusammenarbeit mit ihnen anstreben müsse. Diese Kooperation wäre mit der Investition in Kasachstan besiegelt, und im Gegenzug sollte Peppino den Russen Möglichkeiten zur Geldwäsche anbieten. Peppino hatte nur Sinn für Geld. Sein Bruder dagegen hatte Sinn für Strategie. Die Strategie seines Bruders bestand in wasserdichten Übereinkünften zwischen der Cosa Nostra und diesen russischen Schlägertypen. Nach der Überzeugung seines Bruders würden diese ungehobelten ordinären Leute innerhalb von fünf Jahren das größte Opiumanbaugebiet der Welt sowie die größten Waffenfabriken der Welt kontrollieren und konnten deshalb nicht ignoriert werden.

Sie machten Peppino angst.

Außerdem war er nervös, weil sie sich anscheinend nicht um ihre persönliche Sicherheit sorgten. In Zagreb, der kroatischen Hauptstadt, tummelten sich Schieber und Erpresser, aber auch FBI und

DEA. Er zweifelte, daß ihr Hotelzimmer auf Wanzen überprüft worden war. Nach Betreten des Raums hatte er das Satellitenschrottprogramm eingeschaltet und auf volle Lautstärke gestellt. Er setzte sich direkt neben den Fernsehlautsprecher, und sie hatten Mühe, ihn beim Geplärre der stumpfsinnigen Gameshow zu verstehen. Persönlich war er gegen eine Zusammenarbeit mit diesen Leuten, aber er hätte seinem Bruder niemals widersprochen.

Er schaute auf die Uhr und machte eine bedauernde Geste. Er entschuldigte sich. Er mußte zum Flughafen, seine Maschine flog bald ab. Es gab nichts Schriftliches und keine Unterschrift. Er mußte ihnen vertrauen. Er gab ihnen eine Faxnummer in Luxemburg und erklärte ihnen langsam, als hätte er es mit Schwachsinnigen zu tun, welche codierten Botschaften sie benutzen sollten. Als er sich von ihnen verabschiedete, wurde seine Hand fast zerquetscht.

Er stand auf.

Der eine Russe sagte: »Wenn Sie Mario Ruggerio sehen, richten Sie ihm unsere besten Wünsche aus. Wir haben großen Respekt vor ihm.«

Der andere Russe sagte: »Mario Ruggerio ist unser Vorbild, wir haben von ihm und seinen Erfahrungen gelernt.«

Seine schmerzende Hand reibend eilte Peppino den Hotelflur entlang. Sie hatten voller Ehrfurcht von seinem Bruder gesprochen und hielten ihn offensichtlich für einen großen Mann. Was bedeutete ihr Respekt vor seinem Bruder? Mit schnellen Schritten durchquerte er die Eingangshalle des Hotels, trat ins Freie und wies den Türsteher an, ihm ein Taxi zu rufen. Diese in seinen Augen grobschlächtigen, vulgären und brutalen Männer zollten seinem Bruder Bewunderung. Er stieg ins Taxi und lehnte sich zurück. Er fühlte sich wie ein Botenjunge seines ebenso grobschlächtigen, vulgären und brutalen älteren Bruders, dessen Eigentum er war.

Das Telefon läutete. Charley war seit einer Stunde zurück. Das Läuten war schrill. Charley hatte die Kinder in die Badewanne gesetzt und alberte mit ihnen herum. Mein Gott, wieso ging Angela denn nicht ans Telefon? Charley spritzte die Kinder naß und brachte sie zum Lachen, aber ihr ausgelassenes Gequieke konnte das Klingeln des Telefons nicht übertönen. Angela hatte den zweiten Telefonapparat neben dem Bett stehen – diese verdammten Tabletten. Charley trocknete sich die Hände ab. Sie eilte in den Flur, vorbei an der geschlossenen Tür von Angelas Schlafzimmer.

»*Pronto.*«

»Hier ist David Parsons. Kann ich bitte mit meiner Tochter Charlotte sprechen?«

»Ich bin's. Hallo, Dad.«

»Ist alles in Ordnung, Charley?«

»Woher hast du die Nummer?«

»Auslandsauskunft – ist alles in Ordnung bei dir?«

»Habt ihr meine Karte nicht bekommen?«

»Bis auf diese eine Karte hast du nichts von dir hören lassen. Wir haben uns Sorgen gemacht.«

»Es besteht kein Grund zur Sorge, mir geht es prächtig.«

»Deine Mutter wollte, daß ich dich anrufe. Du weißt, wie besorgt sie immer ist. Charley, ein Mann von der Polizei war hier, aus London, er hat nach dem Amerikaner gefragt. Wir ...«

»Sprich nicht darüber«, schnitt Charley ihm das Wort ab.

Sie hatte das Klicken des Telefons gehört und Angelas Atem.

»Wir wollten nur wissen ...«

»Ruf mich hier nicht noch einmal an. Ich kann hier ganz schlecht Anrufe entgegennehmen. Mir geht es gut, und ich bin sehr glücklich. Ich will versuchen, öfter zu schreiben. Falls du es vergessen hast, ich bin ein großes Mädchen, Dad. Ruf mich also nicht mehr an. Grüß Mum, ich wünsch' euch beiden alles Liebe.«

Sie hörte den Atem.

»Charley, wir wollten doch nur wissen ...«

Sie legte den Hörer auf. Sie berührte die Uhr an ihrem Handgelenk und fühlte sich wie eine grausame, bösartige Hexe. Sie konnte sich genau vorstellen, wie ihr Vater dastand und das Freizeichen hörte. Dann würde er weggehen, weg vom Telefon auf der Kommode unter ihrem Examensfoto in das kleine Wohnzimmer, wo er ihrer Mutter sagen mußte, daß ihre Tochter ihn gedemütigt hatte, wie eine bösartige, grausame kleine Hexe hatte sie ihn kaltschnäuzig abblitzen lassen … Sie war Axel Bloody Moens Marionette. Eines Tages würde sie ihrem Vater vielleicht von dem Traum erzählen, von Bennys Traum, in dem die Kinder um einen alten Mann in Handschellen tanzten und ihn mit ihrer Verachtung demütigten, eines Tages …

Angela stand verschlafen in der Schlafzimmertür, ganz benommen von den Tabletten.

»Tut mir leid, wenn du wach geworden bist, Angela«, sagte Charley mit gespielter Fröhlichkeit. »Es war nur mein Dad. Ich war ein bißchen schreibfaul, und er wollte nur wissen, wie's mir geht.«

Sie ging zurück und nahm die Badetücher vom Haken. Wenn ihr Vater in Handschellen dastehen würde und ihr Onkel, würden Klein-Mario und Francesca zusammen mit den Kindern aus Bennys Traum tanzen? Sie begann, sie abzutrocknen.

»Ich hab' ihn nicht gleich wiedererkannt – es war der Typ, der ihr geholfen hat, als sie überfallen wurde.«

»Dann wollte sie sich bei ihm bedanken – warum also dieses Theater?«

»Sie war den ganzen Tag mit ihm zusammen.«

»Sieht so aus, als wär' sie einsam. Vielleicht war es ihr freier Tag.«

»Ich könnte ihr in den Arsch treten, und zwar mit Anlauf. Vanni, sie sind in San Giuseppe Jato gewesen, und das ist ein Dreckloch. Dann ging's weiter nach Corleone, ein übles Nest, wie du weißt. Und wo geht sie hin? Ausgerechnet zur Anti-Mafia-Koordinationsgruppe, trifft sich mit diesen idiotischen Schlappschwänzen.«

»Das sind mutige Leute, Axel, engagierte Leute.«

»Die nichts erreichen, diese alten Wichser. Willst du wissen, wo sie danach war? Ausgerechnet in Prizzi. Der Junge sah aus, als würde er sich jeden Moment in die Hose machen.«

»Na und, ist doch eine schöne Stadt.«

»Prizzi ist das Letzte – keine schöne Gegend, keine Geschichte, keine Architektur. Sie hatte nichts Gutes im Sinn. Teufel noch mal, sie hatte nichts Besseres zu tun, als mitten durch die kleine Scheißstraße zu marschieren, wo die Eltern des Oberbosses wohnen. Stell dir vor, sie spaziert direkt an Rosario und Agata Ruggerios Haus vorbei. Hältst du das etwa für klug?«

»Sie hat Mut.«

»Da, wo bei anderen das Gehirn sitzt, hat sie ein Vakuum.«

»Du traust ihr nicht?«

»Wenn sie sich so aufführt, fällt es mir ziemlich schwer.«

»Aber du mußt ihr vertrauen, Axel. Das ist dein Problem, das sind deine Magenschmerzen, stimmt's? Sie ist alles, was du hast. Deine Kritik kannst du dir sparen. War es ein interessanter Tag?«

»Einfach toll. Hab' ich mir schon immer gewünscht, in San Giuseppe Jato, Corleone und Prizzi herumzuspazieren.«

»Aber du bist dort gewesen, nicht wahr? Als Anstandswauwau.«

»Das ist mein Job. Sie hat sich in Gefahr gebracht – und sie hätte mich in Schwierigkeiten bringen können. Was, zum Teufel, soll daran komisch sein?«

Zurück nach Corleone, zurück an den Ort, den er als Teenager mit seinem Großvater und seiner Stiefgroßmutter besucht hatte. Dort, wo sein Großvater die »Gelegenheit« in Form von Bestechungsgeldern für Benzingutscheine und Passierscheine beim Schopf gepackt hatte. Bei ihrer Verfolgung passierte er die Straße, wo ihm sein Großvater einst das AMGOT-Büro aus Kriegszeiten gezeigt hatte. Er folgte Charley und kam an dem Haus vorbei, wo er als Teenager die Familie seiner Stiefgroßmutter kennengelernt hatte, und er schwitzte vor Angst, daß man ihn wiedererkennen könnte. Diese Furcht war lächerlich. Trotzdem lief ihm der Schweiß den Rücken hinunter.

»Wer ist der Mann?«

»Er hat sie in der Stadt abgesetzt. Gott sei Dank war sie nicht so blöd, ihn rauf zur Villa zu schleppen. Sie ist dann direkt nach Hause gegangen. Ich bin zu seiner Wohnung und hab' mich ein bißchen umgehört.«

»Und dann kommst du zu mir, als würdest du gleich einen Herzinfarkt kriegen.«

»Er heißt Benedetto Rizzo, Ende Zwanzig, ein dürrer Wursthaken, ein Nichts. Stell dir vor, nach ihrem Spaziergang durch die Ruggerio-Straße stand sie mit ihm mitten in diesem gottverdammten Prizzi. Sie hat seine Hand gehalten und ihn angesehen, als wäre sie heiß auf ihn.«

»Könnte es vielleicht sein, daß du eine Frau brauchst, Axel?«

»Red keinen Scheiß.«

Aber Axel Moen hatte immer eine Frau gebraucht. An der Uni hatte es eine Frau gegeben, eine lockere Beziehung ... Als er bei der Polizei in Madison war, gab es eine Frau. Sie war sehr nett, arbeitete bei einem Makler in Stoughton, und er schenkte ihr Blumen und Pralinen. Sie war norwegischer Abstammung, und sie brachte Arne Moen zum Lachen, als Axel sie mit auf die Door-Halbinsel nahm. Es war zu Ende, als er ihr sagte, daß man ihn bei der DEA angenommen hatte und er nach Quantico gehen würde, wohin sie ihm nicht folgen wollte ... Auch in New York hatte es eine nette Frau gegeben, Margaret, die für ein Verlagshaus in der dreiundfünfzigsten Straße arbeitete, während er in seinem dunklen Zimmerchen hockte und Gespräche abhörte. Nach einiger Zeit konnte er sie überreden, mit ihm in ein Wochenendhaus im Norden des Staates zu fahren. Sie machten lange Wanderungen und sie liebten sich, und es war vorbei, als er ihr sagte, daß er nach La Paz, Bolivien, geschickt wurde ... Auch in La Paz hatte es eine gute Frau gegeben, der absolute Wahnsinn, sich mit einer Informantin einzulassen. Sie war sehr liebevoll und hatte Mut, und es war vorbei, als er sie fand, nachdem man sie in der Nähe einer Dschungellandebahn an eine Tür genagelt hatte ... Zurück in New York, mit einem Bauchschuß als Souvenir, war er wieder mit

Margaret zusammengewesen. Sie liebte es, über seine Narbe zu streichen, als sie wieder gemeinsam zum Wandern fuhren, aber es war nicht mehr dieselbe Liebe wie zuvor, und es war endgültig vorbei, als er ihr von seiner Versetzung nach Rom erzählte … Auch in Italien gab es eine sehr nette Frau, Heather, aus dem Büro des Verteidigungsattachés, aber sie war klüger als die anderen und hielt ihn auf Distanz. Beiden kam es gelegen, wenn sie auf Partys und offiziellen Veranstaltungen zusammen gesehen wurden, denn so konnten sie den ewigen Verkupplungsversuchen ihrer Kollegen einen Riegel vorschieben. Es gab keine Liebe und nichts, das vorbei sein würde … Und es gab eine weitere gute Frau, Charlotte Eunice Parsons …

»Sie macht also einen Fehler, geht eine Straße entlang, ist unvernünftig. Vielleicht war es ihr ja bewußt, vielleicht wird sie es nie wieder tun. Sie ist einsam, sie hält die Hand eines Mannes, dem sie dankbar sein muß. Weißt du, was ich glaube?«

»Nein.«

Vanni kicherte leise und flüsterte: »Ich glaube, du bist eifersüchtig auf diesen ›Wursthaken‹, ich glaube, du bist eifersüchtig auf ihn.«

»Du hast eine blühende Phantasie.«

Axel stand auf und ließ den besten Freund, den er in Sizilien hatte, in dem dunklen Kino sitzen.

Ein leeres Kino, in dem ein unbekannter französischer Film im Original gezeigt wurde, war ein guter Treffpunkt.

Er trat durch den Seitenausgang ins Freie, eine Vorsichtsmaßnahme, die ihm in Fleisch und Blut übergegangen war.

Er wußte nicht, daß der vor dem Kino abgestellte Anstreicherbulli von einem unauffälligen Mann beobachtet wurde.

AN: Alfred Rogers, DLO, Britische Botschaft, Via XX Settembre, Rom.
VON: D/S Harry Compton, SO6.

Hier werden die Truppen formiert, Aktion in Vorbereitung.

Große Politik ... Das höchste Tier muß beeindruckt werden, deshalb brauchen wir DRINGEND neueste Info über MARIO RUGGERIO, inklusive Klatsch und Tratsch, Dein Spezialgebiet. Es bleibt bei meinem letzten Befehl. Die Pepsi- und Erdnußbutterbrigade braucht nichts zu wissen. NICHTS. Hoffe, ich bringe Deinen Freizeitkalender nicht durcheinander. Denk an Königin und Vaterland, wenn Du Deinen fetten Körper opferst.

Beste Wünsche, Harry.

Kapitel 11

Miss Frobisher überreichte dem Detective Sergeant die kurze Nachricht.

AN: D/S Harry Compton, SO6.
VON: Einwanderungsbüro (EU-Einreisende), Terminal 2, Heathrow Airport.

BRUNO FIORI (Ihre Nachfr.: 179/HC/18. 4. 96) aus Zagreb eingetroffen, Montag, 18:35. Konnte bedauerlicherweise nicht festgehalten werden.

Barnes, Dawn, Supervising Officer.

Er las die Nachricht fünfmal, dann rief er Dawn Barnes, Supervising Officer, an. Sie hatte eine kühle, effizient klingende Stimme. Ja, der italienische Paßinhaber »Bruno Fiori« war am Abend zuvor mit der Maschine aus Zagreb gelandet. Ja, er war am EU-Passagierschalter kontrolliert worden. Ja, es hatte ein Ersuchen des SO6 vorgelegen, den Paßinhaber »Bruno Fiori« festzuhalten – ob der Detective Sergeant sich vorstellen könne, wie viele EU-Angehörige um diese Uhrzeit in Heathrow eintrafen? Ja, er war zweifelsfrei identifiziert worden, aber der Einwanderungsbeamte, eine neue Kraft, hatte erst nach Rückgabe des Passes geschaltet. Ja, der Beamte hatte seinen Schalter geschlossen und war zur Zollabfertigung geeilt, konnte den italienischen Paßinhaber »Bruno Fiori« aber nicht mehr finden … »Derartige Vorwürfe sind nicht angebracht, Mr. Compton. Wir tun unser Bestes. Wenn Sie damit nicht zufrieden sind, schlage ich vor, Sie wenden sich ans Innenministerium und fordern zusätzliche Mittel für die Einwanderungsbehörde Heathrow. Ich wünsche Ihnen einen schönen Tag.« Der Dienstag fing mal wieder verflucht gut an. Giuseppe Ruggerio war zurück in England. Er hatte gehofft, daß man ihn bei seiner Rückkehr wegen irgendeiner Paßunstimmigkeit festhalten würde, um ihn anschließend einer gründlichen Zolluntersuchung zu unterziehen, lange genug, um einen Beschatter auf ihn anzusetzen. Und in Heathrow hatten sie alles vermasselt. Er stapfte den Flur entlang und platzte ins Büro des Hauptkommissars.

Er berichtete.

»Scheiße.«

Er zeigte ihm die Faxnachricht.

»Verdammter Mist.«

»Und was soll ich jetzt tun?« fragte Harry Compton in seiner dummdreisten Art. Er stand vor seinem Boß und versuchte ein unschuldiges Gesicht zu machen. Er wußte, welche Bahnen bei den Ermittlungen eingeschlagen worden waren, vom Leiter des SO6 zum stellvertretenden Polizeichef (Sonderdezernat). Er wußte, daß die Rangelei mit den Amerikanern auf höchster Ebene stattfand.

»Ich habe es nicht mehr in der Hand.«

»Und was schlagen Sie jetzt vor? Sollen wir's vergessen?«

»Reden Sie nicht so unverschämt daher.«

»Ich möchte wissen, was ich jetzt tun soll. Für den Anfang könnten wir Blake rund um die Uhr überwachen lassen. Wir sollten ihm ordentlich auf den Zahn fühlen.«

»Ohne Befugnis darf ich meine Nase da nicht reinstecken, wir müssen abwarten, bis wir was aus Rom hören, dann schick' ich Sie zurück nach Devon ...«

»Meine Frage ist, soll ich etwas tun, oder soll ich wieder Jagd auf kleine Betrüger machen, die sich an den Sparguthaben kleiner Rentner bereichern?«

Harry Compton dachte, der Kugelschreiber, den sein Boß mit seinen dicken Fingern bearbeitete, würde gleich durchbrechen. »Sie sind ein cleveres Bürschchen, Harry. Versetzen Sie sich in meine Lage, mir sind die Hände gebunden. Machen Sie einen halbwegs vernünftigen Vorschlag.«

»Es ist anzunehmen, daß Ruggerio, alias Fiori, seinem alten Freund einen Besuch abstatten wird. Ich kundschafte die Sache aus und prüfe seine Papiere – und ich mache Alf Rogers die Hölle heiß, bis er endlich mit den Informationen überkommt.«

»Also gut, aber machen Sie mir keinen Ärger, denn sonst können Sie demnächst alten Frauen über die Straße helfen.«

Er ging zurück in sein Büro. Er rief den Fuhrpark an und die Ausrüstungsstelle und sagte, was er brauchte. Er kritzelte eine Nachricht. Dabei pfiff er leise vor sich hin, denn er fühlte sich gut. Dann übergab er den Zettel Miss Frobisher mit der Bitte, ihn nach Rom zu faxen.

AN: Alf Rogers, DLO, Britische Botschaft, Via XX Settembre, Rom.
VON: Harry Compton, SO6.

Das wichtigste Wort in meinem letzten Fax war »dringend«. Hör auf, an Deinen Pickeln herumzuquetschen, und fang an zu ARBEITEN. Wir brauchen so schnell wie möglich die Biographie von MARIO RUGGERIO, auf dem neuesten Stand, versteht sich. Welche Verbindungen gibt es zu seinem Bruder GIUSEPPE? Ich will, daß endlich was passiert. Zwischen Deinen

Weibergeschichten und all den Bars, für deren Umsatzsteigerung Du ständig sorgst, müßten sich doch ein paar freie Minuten für Nachforschungen finden. BITTE …

Beste Wünsche, Harry.

PS: Weiß nicht, worauf die Sache hinausläuft, könnte aber sehr pikant werden.

»Möchtest du mitkommen, Angela?« Nein, Angela wollte nicht mitkommen, weil sie Kopfschmerzen hatte und in ihrem Zimmer bleiben wollte.

»Kann ich Mauro hierlassen?« Ja, Angela würde auf Mauro aufpassen, weil das Baby in ihrem Zimmer schlief.

Und Charley würde aufpassen, daß es für Mario und Francesca nicht zu kalt würde. Mein Gott, draußen waren weit über zwanzig Grad. Charley war schon bei eisiger Kälte am Strand von Bigbury, Thurlestone und Outer Hope schwimmen gegangen und vollkommen blaugefroren aus dem Wasser gestiegen. Sie dachte, es würde Klein-Mario nicht schaden, sich im Wasser abzustrampeln, weil er noch nicht schwimmen konnte. Nach Charleys Meinung wurde Mario langsam aber sicher ein widerwärtiger kleiner Sizilianer. Manchmal stand er schon vor dem Spiegel und strich sein Haar zurück, und bisweilen behandelte er sie, als sei sie nichts weiter als eine Hausangestellte. Im Laufe der Woche war es ihr mehr und mehr aufgefallen, wie der Junge sich verändert hatte. Täte ihm gut, ein bißchen Wasser zu schlucken, notfalls konnte sie ja etwas nachhelfen. Es war nicht die Schuld des Jungen, es lag an der sizilianischen Kultur … »Ich pass' schon auf, daß sie nicht frieren.«

Mehrmals am Tag mußte Charley sich in den Arm kneifen und die Fingernägel in die Handflächen pressen, um sich die Realität ins Bewußtsein zu rufen. Ihr Leben in der Villa war eine Lüge, die sich durch die Uhr an ihrem Handgelenk manifestierte. Sie hatte die

Handtücher und die Schwimmsachen der Kinder in eine Badetasche gepackt. In der Tasche war noch die Sonnencreme und ihre Unterwäsche, weil sie ihren Bikini bereits angezogen hatte. Sie hatte auch die bunten Schwimmreifen der Kinder dabei. Francesca hatte noch ein Bötchen vom letzten Sommer gefunden, und Klein-Mario hatte seinen Fußball unterm Arm.

Angela vergewisserte sich nochmals, ob es auch wirklich nicht zu kalt für einen Badeausflug sei. »Sie werden sich schon nicht erkälten, Angela. Hoffentlich bist du deine Kopfschmerzen bald los …«

Der Gärtner öffnete ihnen das Tor. Sie konnte sich nicht vorstellen, daß er was vom Schwimmen verstand. Der Gärtner stank. Wahrscheinlich verstand er auch nichts vom Waschen. Eines Tages würde sie es tun, sich im Bikini in den Garten legen und das Oberteil ausziehen, damit der alte Lustmolch die ganze Nacht wach liegen konnte. Sie gingen den Hügel hinunter, Francesca hielt ihre Hand und hüpfte fröhlich herum, und Klein-Mario ließ seinen Fußball hüpfen. Sie fragte sich, wo er war, wo Axel Moen war. Während sie tagaus, tagein ihren langweiligen Pflichten als Kindermädchen nachkam, genoß sie das prickelnde Gefühl der Lüge. Zweimal schaute sie sich möglichst unauffällig um, aber sie sah ihn nicht, sah weder sein Gesicht noch seinen blonden Zopf. Es wäre schön, mit ihm am Strand zu sein, ohne die Kinder, auf einem Badetuch im Sand, und im Wasser … Sie überquerten die Piazza, wo sich die Teenager mit ihren Motorrollern und Mofas versammelt hatten, vorbei an den Läden, die nach der Mittagspause wieder öffneten. Rolläden wurden hochgezogen und Markisen heruntergelassen. Als sie zwischen dem Zeitschriftenkiosk und dem Sarazenerturm die Straße überqueren wollten, ermahnte sie Klein-Mario streng, den Ball festzuhalten. Es hätte wunderbar sein können, dachte sie, so durch Mondello zu schlendern und an den Strand zu gehen, wäre da nicht diese elende Uhr an ihrem Handgelenk. Außerdem mußte sie ständig daran denken, wie sie ihrem Vater übers Maul gefahren war und wie sie den jungen Mann, Benny, verspottet hatte. Es hätte ein Traum sein können, im warmen Sonnenschein an den goldgelben Strand und ins leuchtend blaue Wasser zu gehen, wäre ihr Leben nicht eine einzige Lüge. Sie preßte die Fingernägel in die Handfläche, um die Lüge zu zerstören.

Nachdem sie die Straße überquert hatten, gingen sie die Strandpromenade entlang und genossen den Schatten der Pinien. Es war gerade Ebbe, und der Sand war goldfarben und sauber. Der Müll würde später kommen, in den folgenden beiden Monaten, wenn ganz Palermo in Mondello einfiel. Der Strand erschien ihr einzigartig schön, wie die Strände von Thurlestone und Bigbury vor dem Ansturm der Touristen. Charley führte die beiden Kinder hinunter an den Strand. Sie streifte ihre Turnschuhe ab und hüpfte erschrocken herum, weil der Sand so heiß war, worauf die Kinder lachen mußten. Klein-Mario trat kräftig vor seinen Fußball, und sie rannten lachend und schreiend hinterher, bis hinunter zur Flutlinie, wo der Sand nicht mehr blaßgelb, sondern ockerfarben schimmerte. Charley hatte den Ball als erste erreicht. Da sie nie gelernt hatte, einen Fußball zu schießen, driftete er nach rechts ab, und der Ball rollte zu einem Pärchen hinüber. Die beiden küßten sich, der Junge lag unter dem Mädchen. Glück muß man haben, dachte sie. Sie ging hinüber zum Ball, ohne daß die beiden Notiz von ihr nahmen. Dann bückte sie sich und nahm den Ball mit, als sei sie ein sittsames kleines Fräulein. Ein paar Meter hinter ihr waren vier Jungs mit einem Kofferradio. Sie pfiffen ihr nach, aber nur einmal, denn Charley drehte sich um und zeigte ihnen den Mittelfinger, worauf sie eine anzügliche Bemerkung machten. Es war noch ein weiteres Paar am Strand. Sie lagen ein wenig entfernt in der Nähe des Piers und blätterten in Illustrierten herum.

Sie stellte ihre Tasche ziemlich nah beim Wasser ab.

Vor ihr lag die sanft geschwungene Bucht. Weiter draußen waren die kleinen Boote der Fischer, und am Horizont tauchte die Autofähre nach Palermo auf. Die Stadt selbst lag hinter den steilen Abhängen des Monte Pellegrino verborgen. Sie holte eine Plastikplane aus der Tasche, auf der sie zwei Handtücher ausbreitete. Die heiße

Sonne, das glitzernd blaue Meer und der goldschimmernde Strand machten sie ganz benommen. Sie wickelte ihr großes Badelaken um Francesca, zog sie aus und half ihr in den Badeanzug, was die Kleine offensichtlich sehr lustig fand. Mit Klein-Mario machte sie es genauso, mußte allerdings allerlei Tricks anwenden, damit er seine Scham überwand. Sie legte die Kleider der Kinder sorgfältig zusammen und packte sie in die Tasche. Francesca pustete einen der Schwimmringe auf, und Klein-Mario dribbelte den Ball um die Handtücher. Charley streifte die Bluse ab und knöpfte ihren Rock auf, ohne sich darum zu scheren, ob die Jungs mit dem Kofferradio sie noch beobachteten. Die Sonne wärmte ihre weiße Haut. Es hätte perfekt sein können, wäre da nicht die Lüge gewesen. Francesca zerrte an ihrem Arm und wollte zum Wasser. Klein-Mario zerrte am anderen Arm und wollte mit ihr Fußball spielen.

»Nein, mein Schatz. Mario, du kannst nur im Wasser schwimmen lernen. Wenn du am Strand bleibst und Fußball spielst, lernst du es nie. Also gut, wie du willst. Dann spiel Fußball und lern nicht schwimmen.«

Die Lüge traf sie wie ein schwerer Schlag. Durch die Lüge würde die Welt des kleinen Jungen zerstört, der Fußball spielen wollte, sie würde das kleine Mädchen, das schwimmen lernen wollte, in tiefste Verzweiflung stürzen. Sie löste die Uhr vom Handgelenk und ließ sie in die Tasche gleiten. Die Uhr war angeblich wasserdicht. Die Uhr war die Lüge.

»Dann geh Fußball spielen, Mario. Wenn du nicht schwimmen lernen willst, bitte schön.«

An ihrem Handgelenk war ein weißer Streifen. Es war, als hätte sie die Lüge abgestreift. Sie ging mit Francesca ans Wasser. Es war wunderbar. Sie streckte sich. Sie spürte die Strahlen der Sonne am ganzen Körper. Es war einfach herrlich.

An den zwei vergangenen Tagen hatte er seinen *consigliere* aufgesucht. Es war ziemlich wahrscheinlich, daß er auch an diesem Tage kommen würde. Tano wartete. Es war anzunehmen, daß der Mann aus Catania an diesem Nachmittag wiederkommen würde, um sich die Unterstützung seines *consigliere* zu sichern, denn er war durch die Krise isoliert. Das Haus des *consigliere* war sehr stattlich und stand auf einem fünftausend Quadratmeter großen Grundstück, das von einer Mauer umschlossen wurde. Oben auf der Mauer ragten spitze Glasscherben aus dem Zement. Das Anwesen lag am Ende eines Privatweges. Tano hatte alles im Auge. Von seinem Beobachtungsposten aus konnte er das Haus des *consigliere* nicht sehen – er befand sich auf der öffentlichen Straße, ein Stück entfernt von der Einfahrt in den Privatweg –, aber er hatte freie Sicht auf einen geparkten Wagen, der in der Nacht zuvor, von einer Straße in Acireale, nicht weit entfernt von der Kirche San Pietro e Paolo, hierhergeschafft worden war. Wenn der Mann aus Catania mit seinem Mercedes kam, mußte er an dem geparkten Wagen vorbeifahren. Tano hielt das Funktelefon in der Hand.

Tano war ein vorsichtiger Mann. Zwölf Jahre zuvor hatte er über den Atlantik zurückkommen können, weil er vorsichtig war. Als sich das Netz über seinen Freunden, Kollegen und seiner Familie zusammenzog, als das FBI die Falle in New Jersey zuschnappen ließ, tauchte sein Name nicht in den Ermittlungsakten der Pizza Connection auf. Als die *squadra mobile* nach seiner Rückkehr auf die Insel im Auftrag des Mistkerls Falcone über vierhundert Mafiosi verhaftete, blieb sein Name wieder ungenannt. Es war nur logisch, daß er sich Mario Ruggerio anschloß, denn Mario Ruggerio war der vorsichtigste Mann, mit dem er je zusammengearbeitet hatte. Tano war nicht nur vorsichtig, sondern auch absolut loyal.

Er hielt sich für Mario Ruggerios Liebling, und in den vergangenen Monaten hatte er immer häufiger das Gefühl gehabt, daß er vielleicht eines Tages Mario Ruggerios Nachfolger werden könnte – nicht in diesem Jahr, es würde noch viele Jahre dauern, aber eines Tages ... Er hielt sich für bevorzugt, weil Mario Ruggerio ihm die Vorbereitung, Planung und Explosion der Bombe anvertraut hatte.

Wenn diese Bombe explodiert war, würde er eine zweite Bombe planen und detonieren lassen, womit er sich endgültig als Liebling Ruggerios etabliert haben würde – nicht Carmine, der ein Brett vor dem Kopf hatte, oder Franco, den er für ziemlich beschränkt hielt. Seine Zukunft war auf Gedeih und Verderb mit Mario Ruggerios Zukunft verknüpft. Sie stiegen gemeinsam auf, er selbst immer eine Sprosse niedriger, aber sie waren zusammen. Er mochte sich nicht vorstellen, einen Fehler zu machen, von der Leiter abzurutschen. An den eiskalten Zorn Mario Ruggerios wollte er nicht denken. Aber ein Lob Mario Ruggerios konnte er sich sehr gut vorstellen und ausmalen, jene halb ausgesprochene Wertschätzung seiner Leistungen ließ ihn vor Freude erröten. Für ein Lob von Mario Ruggerio hätte Tano alles getan, *alcuna cosa,* ohne jemals über seine Taten nachzudenken. Tano hatte seelenruhig geschlafen und sich keine Sekunde schlaflos hin und her gewälzt, nachdem er einem Straßendieb mit seinem scharfen Messer die Kehle von einem Ohr zum anderen aufgeschlitzt und die Luftröhre durchtrennt hatte.

Er sah den Mercedes kommen.

Mit festem Griff hielt er das Funktelefon, sein Zeigefinger schwebte über der letzten Ziffer der Zahl, die in den Funkempfänger einprogrammiert worden war. Der Empfänger befand sich im Dynamitsprengkörper, der von einem Kugellager umschlossen wurde.

Er hatte die knochigen Beine des Mannes aus Agrigento gehalten, während Mario Ruggerio ihn keuchend und schwitzend erwürgt hatte. Zusammen erklommen sie die Leiter, immer höher hinauf. Er tippte die letzte Ziffer ein … Ein greller Blitz. Der donnernde Hall der Explosion. Der Mercedes wurde hochgeschleudert und flog über die Straße, knallte vor eine Mauer, die durch die Wucht des Aufpralls zusammenkrachte. Blaugrauer Rauch stieg auf, Flammen … Sie waren an der Spitze der Leiter angekommen.

In seiner Phantasie sah er das erfreute Lächeln Mario Ruggerios, und ihm war, als spüre er bereits, wie ihm Mario Ruggerio anerkennend auf die Schulter klopfte. Er war sein Liebling …

Der Mercedes war ein einziges Flammenmeer.

Tano ging davon.

Der Journalist aus Berlin lehnte sich in seinem Sitz zurück, als das Flugzeug über dem Meer in Schräglage ging, um dann seinen endgültigen Kurs aufzunehmen. Auf der linken Seite erstreckte sich das Stadtgebiet von Catania, durch das rechte Fenster konnte er die Küste und Berge des Festlandes sehen. Er bückte sich und zog seinen Laptop aus der Tasche. Er flog nicht gern und fühlte sich wohler, wenn er während des Flugs arbeitete, weil er sich so von seiner Flugangst ablenken konnte. Da er laut Vertrag immer erster Klasse flog, konnte er bequem arbeiten. Er war nicht eitel, aber wie viele Journalisten hatte er seinen Laptop mit Aufklebern von Städten beklebt, aus denen er berichtet hatte. Die Aufkleber kündeten von Besuchen in Beirut, Dhahran, Hanoi, Belfast, Grozny, Sarajewo und Kabul. Er fing an zu tippen, mit zwei Fingern. Er kam gut voran und war ganz vertieft in seine Arbeit, bis er von seinem Sitznachbarn angesprochen wurde.

»Wie ich sehe, sind Sie Journalist, aus Deutschland. Und Sie waren in Sizilien, um über die *malvagità* unserer Gesellschaft zu schreiben – haben Sie diese Bösartigkeit gesehen? Sie haben einen seltsamen Zeitpunkt für Ihre Abreise gewählt, ausgerechnet heute. Ich bin Arzt, meine Patienten sind Kinder, ich kriege nie ausländische Journalisten zu Gesicht, sie kommen nicht in meine Praxis. Ich nehme an, Sie haben sich mit unseren illustren Politikern getroffen, unseren Sozialarbeitern und Richtern. Sind Sie verwirrt? Ich habe mal einen englischen Ingenieur kennengelernt, der hier an einem Kanalsystem mitgearbeitet hat. Der Ingenieur sagte, das Böse in unserer Gesellschaft sei ein Produkt der Phantasie, ein Diskussionsthema wie das Wetter in England. Er hat mir auch erzählt, daß es in der Nähe seines Wohnortes einen großen See gibt, in dem angeblich ein riesiges Ungeheuer lebt, ein prähistorisches Wesen, das immer verschwindet, sobald Wissenschaftler versuchen, es aufzuspüren. Aber der Ingenieur hat gesagt, daß viele Leute an die Existenz des Ungeheuers glauben wollen, selbst wenn es keinerlei Beweis dafür gibt, daß es tatsächlich vorhanden ist. Jetzt erinnere ich mich, er sprach von dem Ungeheuer von Loch Ness. Der Ingenieur sagte, daß es in Wahrheit nicht existiert, und seiner Ansicht nach verhält es sich mit der Cosa Nostra genauso, es gäbe sie nur in unserer Phantasie. Wenn Sie Sizilien heute verlassen, ziehen Sie wahrscheinlich dieselben Schlüsse wie der englische Ingenieur. Ich bot ihm an, mich zu den runtergekommenen Mietskasernen von Brancaccio in Palermo zu begleiten, wo ich arbeite. Aber natürlich hatte er keine Zeit. Er hätte sich die Kinder ohne Hoffnung ansehen sollen, die unter der Knute der Cosa Nostra dahinvegetieren, die essen, wenn die Cosa Nostra sagt, sie sollen essen, deren Eltern arbeiten, wenn die Cosa Nostra sagt, sie sollen arbeiten. Und ich riet ihm zu einem Abstecher nach Mailand und Rom. Dort könnte er sich ein Bild machen von der politischen und wirtschaftlichen Korruption, die ebenfalls auf das Konto der Cosa Nostra geht. Aber er hielt meine Ausführungen für Hirngespinste, wie das Ungeheuer von Loch Ness. Sie fahren jetzt heim? Auf der Fahrt zum Flughafen habe ich im Autoradio gehört, daß es in Catania wieder einen Bombenanschlag gegeben hat. Es überrascht mich, daß Sie abreisen, wenn es einen neuen Beweis für die Bösartigkeit unserer Gesellschaft gibt. Es tut mir leid, daß ich Sie bei Ihren wichtigen Gedanken gestört habe. Entschuldigen Sie bitte, verzeihen Sie mir …«

Der Impuls erreichte die Antenne auf dem Monte Gallo, wurde weitergeleitet zu den Antennen auf dem Monte Castellacio und dem Monte Cuccio und von dort zu der Zentrale, für den Empfang des UHF-Signals.

In seinem Kopf überschlugen sich die Gedanken, weil es jetzt tatsächlich passierte …

Er hatte den Kreuzgang verlassen und sich an einem Kiosk eine

Packung Saft geholt. Dann war er in den schattigen Park hinter dem *duomo* geschlendert und hatte sich auf eine der Steinbänke gesetzt. Die hohen Mauern waren mit üppig blühenden Clematisranken bewachsen, und der Ausblick auf Palermo und das Meer war atemberaubend.

Der Impuls wurde vom quarzgesteuerten CSS-Zweikanalfunkgerät zum drahtlosen Induktionsempfänger in Axels Ohr weitergeleitet und hallte in seinem Kopf wider. Seine Hand fing an zu zittern. Unwillkürlich preßte er den Saftkarton zusammen, so daß Saft aus dem Plastikstrohhalm auf sein Hemd und seine Hose spritzte. Der Impuls hämmerte seinen codierten Rhythmus in alle Windungen seines Hirns.

Es war das, wovon sie im Laurel-Ausbildungslager in Maryland gesprochen hatten: »Mein Gott, jetzt passiert es wirklich.« Sie warnten die Jungs vom Geheimdienst, die Bodyguards, daß sie erstarren würden, unfähig zu handeln, wenn der Fall X tatsächlich eintrat. Als der Attentäter dicht neben dem Präsidenten war und schoß, hatte man einen der Geheimdienstmänner fotografiert, wie er die Arme in die Luft warf und seine Waffen hochhielt, nutzlos und wie gelähmt. Der Junge hatte wahrscheinlich jedes Simulationstraining absolviert, das in Camp Laurel angeboten wurde, sowie zahlreiche Wiederauffrischungskurse. Aber als der Moment gekommen war, hatte er nichts weiter getan als zu schreien: »Mein Gott, jetzt passiert es wirklich.«

Einen Moment lang war auch Axel Moen wie gelähmt.

Es war das Alarmsignal, das ein zweites und ein drittes Mal ertönte. Scheiße. Er wühlte in der Tasche zu seinen Füßen herum, wobei sich der Saft über seine Schuhe ergoß. Er hatte das Mobiltelefon in der Hand und tippte die Nummer ein. Er schaltete das verdammte Ding aus, konnte sich nicht auf die richtigen Zahlen konzentrieren. Axel mußte Vanni Crespo erreichen. Axel brauchte Vanni Crespo, weil er zwar einen Impulston auf dem CSS-900-Funkgerät empfangen konnte, aber nicht die elektronische Ausrüstung zur Ortung des

Signals mit sich herumschleppte. Scheiße. Die verdammte Nummer war besetzt, war einfach besetzt.

Mein Gott, es passierte wirklich, und er benahm sich wie ein gottverdammter Idiot, als wäre er ausgerastet. Er saß ganz still da. Er schaltete das Mobiltelefon auf Empfangsbereitschaft. Vanni saß in der Zentrale und hatte Verstärkung. Wahrscheinlich wurde Vanni gerade von der Funkzentrale angerufen, und die gottverdammte Nummer war deshalb besetzt. Sie würden die Ortung des Alarmsignals durchgeben, und Vanni würde ihn anrufen, und er mußte auf seinen Anruf warten. Scheiße. Er war in Panik geraten und ärgerte sich über sich selbst. Er wartete. Er fragte sich, wo sie war, wie es ihr ging, und es war so verdammt schwer, einfach dazusitzen und auf den Anruf zu warten.

Er riß dem Techniker den Zettel mit den verschiedenen Codes aus der Hand. Der Techniker sagte, er hätte das Signal nicht sofort gehört. Er war gerade im Flur, um die Kaffeemaschine anzustellen, aber als er die Kontrollampe des Empfangsgeräts aufleuchten sah, war er sofort hingelaufen. Der Techniker entschuldigte sich, weil er so lange gebraucht hatte, um die gesendeten Signale mit dem Codesystem zu vergleichen, aber das System lag im Safe, und er konnte sich zuerst nicht an die Zahlenkombination des Schlosses erinnern. Vanni schnappte sich den Zettel und stürzte zur Tür hinaus und in den Korridor.

Der Techniker rief ihm nach: »Aber es ist ziemlich verwirrend – hören Sie doch bitte. Drei Alarmsignale, dann eine Pause, zwei Minuten, dann wieder zwei Alarmsignale …«

Vanni rannte. Er blieb nicht stehen, um zuzuhören.

Der Techniker stand in der Tür des Funkraums. Er rief ein letztes Mal: »Eine Minute Pause und wieder Alarm. Ich versteh' das nicht.«

Vierzehn Jahre zuvor war Vanni auch gerannt, durch die Via Carini bis zu der Gruppe von Schaulustigen, Feuerwehrmännern und Polizisten, zu dem von Kugeln durchlöcherten Wagen des Generals und seiner Frau und des einzigen *ragazzo*, der ihn nicht hatte schützen können. Natürlich hatte er damals, als er durch die düstere Via Carini gerannt war, gewußt, daß es zu spät war, um einzuschreiten oder irgend etwas zu tun, nicht einfach hilflos danebenzustehen. Damals hatte Vanni Crespo einen Knacks bekommen, als er keuchend und hilflos neben den Autos und den Blutlachen gestanden hatte, zu spät, um noch irgend etwas tun zu können. Er wußte nicht einmal, wie sie aussah, Codename Helena, groß, dünn, blond, klein, dick, dunkelhaarig, er hatte keine Ahnung. Als er durch den Korridor rannte, ein bißchen langsamer als damals über die Via Carini, betete er lautlos zu Gott, daß es nicht wieder zu spät sein würde, um einzuschreiten.

Kopflos platzte er in den Aufenthaltsraum. Die Männer des Bereitschaftsteams starrten ihn durch die Zigarettenrauchwolken an. Sie schauten von ihren Kartenspielen und Illustrierten auf.

»Beeilung, ihr Schlappschwänze. Höchste Alarmstufe. Wir haben – Gott, ich hoffe, daß wir ihn haben – Ruggerio. Wir wissen, wo er sich aufhält. Mondello. Bewegt euch. Wir haben Ruggerio.«

Sie rafften ihre Waffen zusammen. Wie eine wilde Meute stürmten sie aus dem Aufenthaltsraum. Mit ihren schweren Stiefeln rannten sie den Korridor entlang. Die Motoren wurden angelassen.

Vanni, auf dem Rücksitz des zweiten Autos, dahinter noch drei weitere Wagen, brüllte in sein Telefon. »Erzähl mir nicht, was ich hätte tun sollen. Ich habe Prioritäten. Ich muß auf das Signal reagieren. Wir müssen handeln. Du bist beim *duomo*? Auf der Piazza vor dem *duomo*, neben dem Fotoladen. In zwei Minuten bin ich da, eine grüne Alfetta. Wenn du nicht da bist, fahre ich weiter.«

Der Konvoi raste durch das Tor der Monreale-Polizeikaserne. Zwei junge Motorradfahrer wurden von einem uniformierten *carabiniere*-Soldat zurückgehalten. Sie zeigten wenig Interesse an dem Konvoi, denn es war kein Anstreicherbulli dabei. Mit quietschenden Reifen jagten die Autos davon.

Eigentlich hätte Vanni mit seinen zweiundvierzig Jahren abgebrühter sein müssen, aber in diesem Moment war er so aufgeregt wie ein Kind, das sich auf ein langersehntes Geschenk freut. »Die Leitung ist nicht gesichert, Dr. Tardelli. Unser gemeinsames Ziel, wir haben einen Aufenthaltsort … Sie sollten Ihren Schreibtisch leer räumen, denn ich hoffe, ich kann Ihnen heute nachmittag unseren Freund bringen. Bitte halten Sie sich bereit.«

Der Amerikaner rannte und erreichte in letzter Sekunde den Fotoladen. Der zweite Wagen bremste ab, ebenso alle nachfolgenden Wagen. Vanni hatte die Tür geöffnet, packte Axel am Arm und zerrte ihn ins Auto. Axel verfing sich in dem Kabel, das Vannis Kopfhörer mit der Funkkonsole verband.

»Es wird immer noch gesendet, ein bißchen undeutlich, aber es ist das Signal aus Mondello. Ich hab' diese Rowdys, und ein Hubschrauber ist unterwegs …«

Vanni nahm Axel in den Arm.

Von den Männern des im Capo-Distrikt stationierten *squadra-mobile*-Überwachungsteams war heute Giancarlo an der Reihe, dem ermittelnden Richter Dr. Rocco Tardelli Bericht zu erstatten. Es wurde ihm nicht einmal ein Platz angeboten. Er stand in dem Zimmer im Palazzo di Giustizia und hielt eine Plastiktüte mit Gemüse und drei Zitronen in der Hand. Er erklärte, daß das Überwachungsteam Mario Ruggerio in den vergangenen vierundzwanzig Stunden nicht gesichtet habe. Aber der Mann schien ihn kaum wahrzunehmen.

»Es tut mir leid, *Dottore,* daß wir noch immer keine Spur haben, aber noch ist Zeit, und wir müssen hoffen, daß sich morgen oder übermorgen etwas tut.«

Er hatte ein resigniertes Gesicht erwartet und die Ermahnung zu erhöhter Wachsamkeit, aber der Richter zuckte nur die Schultern. Giancarlo hatte das Gefühl, die Vorbereitungen für eine Geburtstagsfeier gestört zu haben, weil einer der *ragazzi* am Couchtisch stand und Gläser polierte und ein anderer *ragazzo* zwei Flaschen Champagner hereinbrachte.

Mit seinen schlechten Nachrichten fühlte er sich wie ein Störenfried.

Der Hubschrauber war über ihrem Kopf.

Er kam übers Meer geflogen und machte ohrenbetäubenden Lärm. Charley zog Francesca an sich und nahm sie auf den Arm. Ganz deutlich konnte sie die Gestalt in der offenen Tür des Hubschraubers erkennen, das Gesicht war mit einer Maske verdeckt, die Beine baumelten in der Luft, das Maschinengewehr war auf sie gerichtet. Sie drückte das Kind schützend an sich und bemerkte nicht, daß der Schwimmreifen durch den Luftwirbel weggetrieben wurde. Sie folgte dem Hubschrauber, der in weitem Bogen auf den Strand zuflog. Der Hubschrauber war dunkelblau. Die weiße CARABINIERE-Aufschrift wurde durch die offene Luke unterbrochen. Sie sah, wie der Hubschrauber in der Luft stehenblieb, und sie mußte an die großen Falken über den Klippen von Devon denken. Wo war die Beute des Hubschraubers?

O Gott, nein …

Übers Wasser und den nassen Sand hinweg, kurz hinter der Gezeitenlinie, wo die beiden Badelaken auf der Plastikplane lagen. Klein-Mario stand mutterseelenallein da, und um ihn herum wurde der Sand aufgewirbelt. Der Hubschrauber drehte bei und war nun dicht über den Pinien, die wie im Sturm hin und her schwankten. Mit Francesca auf dem Arm versuchte sie durchs Wasser zu rennen und geriet immer wieder ins Stolpern. Der Hubschrauber flog nun wieder auf sie zu, wie ein Raubvogel. Das Wasser spritzte, und einmal fiel sie hin und bekam Wasser in Mund und Nase, und Francesca schrie laut auf. Sie rannte auf Klein-Mario zu. Über Lautsprecher wurde etwas gerufen, aber wegen des lauten Motorenlärms konnte sie die Worte nicht verstehen. Sie sah das Pärchen, das sich geküßt hatte, die Jungs mit dem Kofferradio, das Paar, das Zeitung gelesen hatte, und alle standen sie da und hatten wie auf Kommando die Hände über den Kopf gelegt. Sie hatte ihre Uhr nicht am Handgelenk, und sie wußte nicht, wie lange sie mit Francesca im Wasser gewesen war und wie lange es her war, daß sie Klein-Mario mit seinem Fußball am Strand zurückgelassen hatte. Sie stürzte aus dem Wasser. Auf dem festen nassen Sand kam sie schneller voran. Sie konnte die Männer sehen, die im Schatten der Bäume auf der Lauer lagen.

Hinter Klein-Mario und den Paaren und den Jungs mit dem Kofferradio, das noch immer lief, standen Männer und Frauen wie erstarrt da, während sich schreiende Kinder an sie klammerten. Zwischen ihnen liefen Männer mit schwarzen Overalls, Gesichtsmasken und Maschinengewehren herum. Sie sah Axel Moen …

Sie erreichte Klein-Mario. Er hielt ihre Armbanduhr in der Hand. Verängstigt schaute der Junge zum Hubschrauber und zu den bewaffneten Männern.

Sanft nahm Charley die Uhr aus Marios Hand. Axel Moen stand im Schatten der Pinien, zwischen den bewaffneten Männern, und sah sie an.

Als wäre sie zurück im Klassenraum der 2B, sagte sie mit ruhiger Stimme: »Was hast du mit meiner Uhr gemacht?«

»Poppa ist in England«, flüsterte das Kind verstört. »Poppa hat gesagt, daß es in England eine Stunde früher ist als bei uns. Ich wollte die Zeit so stellen, wie sie bei Poppa ist.«

»Du hättest mich fragen sollen. Ich hätte dir Poppas Zeit eingestellt.«

Sie setzte Francesca ab und sagte zu dem Jungen: »Wir müssen jetzt nach Hause. Legst du bitte die Handtücher zusammen, Mario?«

Sie schaute zu Axel Moen hinüber und machte kleine Handzeichen. Ihr war ganz schwindelig vor Scham. Sie befestigte die Uhr wieder am Handgelenk. Sie war zu weit entfernt von ihm, um seinen Gesichtsausdruck zu sehen, außerdem lag sein Gesicht im Schatten, aber sie hatte das Gefühl, seine Gedanken lesen zu können. Sie deutete auf Klein-Mario, der gehorsam dahockte und die Handtücher faltete. Sie hatte Axel Moen und die Männer mit den Gewehren und die Männer im Hubschrauber enttäuscht. Sie kreuzte die Arme vor der Brust, ließ sie herunterhängen und kreuzte sie noch einmal, es war vorbei. Sie nahm das große Handtuch und fing an, Francesca trockenzurubbeln, und sie zitterte in ihrem nassen Bikini. Sie sah, wie Axel Moen etwas zu seinem Nebenmann sagte, und dann sprach der Mann in ein Funkgerät. Charley wickelte das große Badetuch um Francesca und zog sie darunter an. Der Hubschrauber hatte wieder beigedreht und flog hinaus über die Bucht in Richtung Monte Pellegrino und Palermo. Als er fort war, als sie wieder die Musik aus dem Kofferradio der Jungs hören konnte, als sie sich ein Handtuch umgewickelt und sich aus dem nassen Bikini gequält hatte, schaute sie noch einmal zu den Pinien hinter dem Strand. Sie waren fort. Sie steckte den Bikini in die Tasche. Sie konnte die Männer mit den Gewehren nicht mehr sehen. Sie zerrte den Slip hoch und knöpfte den Rock zu. Als sie ihre Bluse aus der Tasche nahm, glitt das Handtuch zu Boden. Sie konnte Axel Moen nicht sehen. Die Strahlen der Nachmittagssonne fielen auf ihre Arme und Schultern und ihre weißen Brüste ... He, Charley, hör schon auf, dich zu verkriechen. He, Charley, er war da draußen, hatte gewartet und war angerannt gekommen.

»Komm schon, Mario, Zeit, nach Haus zu gehen und was zu essen. Komm schon.«

»Was wollte der Hubschrauber?«

»Sie müssen üben und trainieren, damit sie sich nicht langweilen. Das mußt du deiner Mutter erzählen, daß du die *carabinieri* bei einer Übung gesehen hast. Aber du wirst nie schwimmen lernen, wenn du immer nur Fußball spielst.«

He, Charley, das ist Macht. Er kam angerannt.

Er legte den Hörer auf. Einen Moment lang saß er ganz still da.

Mit ihm im Zimmer waren Pasquale, der Fahrer des Begleitfahrzeugs und sein Beifahrer, und alle hatten sich von seiner Aufregung anstecken lassen. Einen Augenblick vergrub er sein Gesicht in den Händen.

Sie wußten es. Er brauchte es ihnen nicht zu sagen.

Er sagte: »Wißt ihr, als Riina festgenommen und zu den Baracken gebracht wurde, als ihm klar wurde, daß er nicht in die Hände seiner Feinde, sondern nur in die Hände des Staates geraten war, wollte er wissen, wer die Verantwortung hatte. In diesem Moment war es ihm wichtig, mit dem ranghöchsten Mann zu sprechen. Es war wichtig für seine Würde. Als man Santapaolo verhaftete, gratulierte er dem Beamten, der ihm die Handschellen anlegte, und sagte ihm, daß er ins Fernsehen kommen würde. Als Leoluca Bagarella gestellt wurde, soll er unter Schock gestanden haben, als hätte er einen Schlag auf die Nase bekommen. Ich wollte wissen, wie er sein würde, Mario Ruggerio. Eine Stunde lang habe ich mir erlaubt, davon zu träumen, wie er sein würde, wenn man ihn mir zum Verhör bringt. Eine Stunde lang habe ich diesen eitlen Traum geträumt. Pasquale, ich glaube, wir brauchen die Gläser nicht mehr, und ich glaube, wir trinken auch keinen Champagner – würdet ihr die Flaschen und Gläser bitte aus dem Zimmer bringen. Sie erinnern mich an meine eitle Träumerei. Vielleicht greifen wir wirklich nur nach den Sternen … Richtig, ich habe zu tun, ihr solltet mich jetzt allein lassen.«

Pasquale nahm das Tablett mit den unbenutzten Gläsern und verließ das Arbeitszimmer des Richters durch die Stahltür, gefolgt vom Fahrer des Begleitfahrzeugs, der die zwei Champagnerflaschen an sich genommen hatte.

Er hatte seiner Frau nichts von den Blumen erzählt, daß man sie fortgeworfen hatte, aber er würde ihr von den ungeöffneten Flaschen und den unbenutzten Gläsern erzählen. Er kam sich vor wie ein Idiot, denn er hatte feuchte Augen bekommen. Hoffentlich würde der Fahrer des Verfolgungswagens es nicht bemerken.

»Was sollen wir mit dem Champagner machen?« fragte Pasquale unverfänglich.

»Heb ihn für die Beerdigung auf«, antwortete der Fahrer des Begleitfahrzeugs ungerührt.

»Welche Beerdigung?«

»Seine, deine, unsere.« Der Fahrer lachte. Die anderen Männer des Teams saßen um den Tisch im Korridor. Sie machten sich über Pasquale lustig, machten ihn zum Opfer ihres Spottes.

»Was soll der Scheiß?«

»Weißt du denn gar nichts?« fragte der Fahrer kalt. »Hörst du kein Radio? Hast du keine Ohren? Denk nicht soviel über Blumen nach und hör besser zu. In Palermo gab es einmal einen Juwelier, der wertvolle Edelsteine, Ketten und Uhren verkaufte. Er hatte große Angst vor Dieben und ließ kugelsicheres Glas in sein Schaufenster bauen. Eines Nachts fuhr ein Auto langsam an dem Laden vorbei, und das halbe Magazin einer Kalaschnikow wurde in das Fenster geschossen. Spezialmunition. Die Scheibe ging zu Bruch, aber der Wagen hielt nicht an, nichts wurde gestohlen. Ein paar Tage später wurde ein Mafioso in seinem Auto, das mit kugelsicheren Scheiben ausgerüstet war, mit derselben Kalaschnikow und derselben Munition erschossen. Bei dem Überfall auf den Schmuckladen sollte nur getestet werden, ob die Kugeln der Kalaschnikow kugelsicheres Glas durchschlagen konnten.«

Pasquale stand mit dem Tablett in der Hand da, und die Gläser klirrten, weil seine Hände zitterten.

Sie machten sich einen Spaß mit ihm.

»Du müßtest Radio hören. Der *capo* aus Catania wurde heute nachmittag durch eine Bombe getötet. Sie war in einem parkenden Auto installiert und explodierte, als er daran vorbeifuhr. Er war Ruggerios Rivale und strebte genau wie er nach der absoluten Vormachtstellung, aber er war bereits isoliert. Das hat Tardelli gesagt. Warum eine Bombe? Warum eine riesige Explosion in aller Öffentlichkeit? Es entspricht nicht der üblichen Vorgehensweise der Cosa Nostra. Warum wurde er nicht erschossen oder erwürgt? Warum verschwand er nicht bei einer *lupara bianca* in einem Säurefaß oder in der Bucht oder einem Betonfundament? Warum dieser Juwelierladen?«

Pasquale zitterte. Er dachte an seine Frau und an sein Baby und an den Mann hinter der stahlverstärkten Tür, der allein über seiner Arbeit saß. Die anderen beobachteten ihn vom Tisch aus, offensichtlich amüsiert.

»Pasquale, er hört dir immer zu, du bringst ihm Blumen, vielleicht solltest du ihm ja raten, nach Udine zu gehen, zurück zu seiner Frau. Oder du schlägst ihm vor, jedes geparkte Auto auf den Straßen Palermos abschleppen zu lassen. Vielleicht solltest du ja schnellstens die Verhaftung Ruggerios arrangieren. Vielleicht solltest du kündigen.«

»Du redest Scheiße.«

Alle lachten sie, als Pasquale mit seinem Tablett den Korridor entlangstolperte.

»Was hast du erwartet?«

»Daß sie nicht so entsetzlich naiv wäre.«

Der Streit begann bei der Rückkehr in die Polizeikaserne. Sie hatten sich nicht vor den Männern des ROS-Teams gestritten. Die Enttäuschung über das mißglückte Unternehmen ließen sie sich erst anmerken, als sie allein waren. Vanni Crespo hatte genau gewußt, wie die Männer des Bereitschaftsteams reagieren würden. Zurück zu den Autos am Strand von Mondello, Waffen sichern, Masken abnehmen, wieder ein Tag und ein vermasselter Einsatz. Auf der Fahrt hatten sie dann über den Busen einer neuen Beamtin schwadroniert und von den neuen Stiefeln, die sie bald bekommen sollten. Wieder ein Tag und ein vermasselter Einsatz, und nichts änderte sich.

»Sie ist Amateurin.«

»Natürlich ist sie Amateurin. Billig eingekauft, keine große Belastung für das Portemonnaie der DEA. Ich weiß, daß sie eine Amateurin ist, die nicht viel gekostet hat, weil man sie dir unterstellt hat, und du, Axel Moen, bist bedeutungslos.«

»Tu doch nicht so, als würde man dich hier besonders wichtig nehmen. Du warst so naiv. Das Signal war ein einziges Durcheinander – höchste Alarmstufe, Ruhe, höchste Alarmstufe. Hast du denn nicht nachgedacht?«

»Ich dachte, sie ist Amateurin. Ich dachte, sie wäre in Panik. Sie ist nicht der wunderbare Axel Moen, Held der großen DEA. Sie ist ein junges Mädchen, sie ist nicht ausgebildet. Da war es doch nur vernünftig zu denken, daß sie in Panik war. Um Himmels willen, Axel, überleg mal, wo du sie hingeschickt hast und was du ihr gesagt hast und welche Aufgabe du ihr gegeben hast. Da kann man wohl leicht in Panik geraten.«

Sie waren im Korridor. Sie sprachen leise, denn immer wieder kamen Leute vorbei. Vanni packte den Amerikaner an den Schultern und schüttelte ihn.

»Deine Argumente klingen logisch, aber du irrst dich – warum soll sie nicht in Panik geraten?«

Aber Axel Moen hatte den Kopf gegen Vannis Brust gelehnt, und sie umarmten sich und vergaßen ihren Zorn.

Axel befreite sich. »Wir sehen uns, bis dann.«

»Du mußt was essen. Bleib in der Nähe.«

Vanni holte einen Begleiter, der Axel zum Tor brachte. Er schaute ihm nach, wie er den Korridor entlangging, die Tasche mit dem Zweikanalempfänger und den Zeichnungen von den Säulen des Kreuzgangs in der Hand, blickte ihm so lange nach, bis er am Ende des Korridors zur Treppe ging. Einmal würde man es ihm nachsehen, das Bereitschaftsteam loszuschicken, ohne einen erfolgreichen Bericht schreiben zu können, in dreifacher Ausführung, mit weißen, gelben und blauen fleddrigen Durchschriften. Mit schwerfälligen Schritten ging er in sein Zimmer. Es war lächerlich, er war Offizier, war seit zwanzig Jahren und zwei Monaten im Dienst, und ein einziger vermasselter Einsatz traf ihn wie ein Keulenschlag. Er hatte zu den wenigen Auserwählten gehört, die auf die Terroristen der Brigate Rosse angesetzt wurden, jene verrückten Kinder von wohlhabenden Mittelklassebürgern, die vorgaben, zum Wohle des Proletariats zu morden. Man hatte ihn als Verbindungsoffizier für Carlos Alberto dalla Chiesa ausgewählt. Neun Jahre lang hatte er sich im Großstadtdschungel von Genua mit Mord, Drogen und Entführungen herumgeschlagen. Seit fünf Jahren war er nun beim Reparto Operativo Speciale. Und er hatte Riina die Pistole an den Kopf gehalten. Wie viele Beschattungen, wie viele halsbrecherische Verfolgungsjagden, wie viele Überwachungen? Er hatte schon häufiger Mißerfolge erlebt, und es erschien ihm verrückt, daß ihm dieser eine Fehlschlag so zu schaffen machte. In seinem Zimmer legte er sich aufs Bett. Vor einiger Zeit hatte er sich angewöhnt, jeden Nachmittag zwanzig Minuten zu schlafen. Mit einer Zigarette in der Hand und einem Whiskyglas auf dem Bauch lag er da und döste vor sich hin. Wenn die Zigarette aufgeraucht und der Whisky ausgetrunken war, würde er seine Zeituhr auf zwanzig Minuten einstellen und schlafen. Später, am frühen Abend, würde er seine Tochter in Genua anrufen und mit ihr über die Schule reden, die er nie gesehen hatte, und über ihre Freunde, die er nicht kannte. Am späten Abend würde er mit dem Funktelefon in der Tasche und der Pistole am Gürtel zu der Frau aus Trapani fahren und sie auf dem Rücksitz ihres Wagens durchbumsen, daß ihr Hören und Sehen verging. Aber der Anruf würde ihm nicht viel bedeuten, und der Sex würde ihm noch weniger bedeuten, weil er sich verletzt fühlte.

Er blies den Zigarettenrauch zur Decke und stürzte den Whisky hinunter. Sie kamen jetzt öfter, die Zweifel. Meist überkamen sie ihn nachmittags, wenn er mit seiner Zigarette und dem Whiskyglas dalag und sich ausruhte. Keine Zweifel am endgültigen Sieg, als er die Terroristen der Brigate Rosse aufspürte, keine Zweifel, als er mit gefaßter Miene an dalla Chiesas Grab stand, keine Zweifel, als er gegen Mörder, Drogenhändler und Entführer ermittelte, keine Zweifel, als er Riina die Pistole an die Schläfe hielt. Die Zweifel beschlichen ihn nun fast jeden Nachmittag. Er hatte angefangen, an einem endgültigen Sieg über die Cosa Nostra zu zweifeln, als würde er gegen eine Mauer anstürmen, die seinen Schlägen widerstand. Wurde einer der Fangarme abgehackt, wuchs sofort ein neuer nach. Wurde das Herz durchbohrt, heilte es wieder. Wenn das sein Leben war, ein Kampf ohne Aussicht auf Sieg, was hatte sein Leben dann für einen Sinn?

Vanni drückte die Zigarette aus und leerte sein Glas. Er drehte sich auf den Bauch und preßte das Gesicht ins Kopfkissen. Er konnte ihr Bild nicht verscheuchen. Sie war am Strand. Ihr heller Körper hob sich vom dunklen Blau des Meeres ab. Als ihr das Handtuch wegrutschte, konnte er ihre helle Haut sehen. Sie war naiv und unschuldig, sie war allein. Sie wurde als Waffe benutzt in einem Krieg ohne Aussicht auf einen endgültigen Sieg. Heilige Mutter Gottes. Sie war die Wunde, die ihm weh tat.

Als das Wecksignal nach zwanzig Minuten ertönte, war er immer noch wach.

Es regnete stark.

Er hätte Verstärkung gebraucht und Unterstützung.

Keine Verstärkung, keine Unterstützung. Harry Compton hatte nichts weiter als seinen Schlagstock, ein starkes Fernglas und ein Mikrophon, das mit einem Kassettenrecorder verbunden war. Mehr hatte die Ausrüstungsstelle nicht zu bieten gehabt. Der Regen war die einzige glückliche Fügung für Harry Compton, denn so war es ziemlich unwahrscheinlich, daß die Ehefrau des Mannes mit den Hunden im Garten herumlief. Nur ein kleiner Vorteil, denn es gab mehr als genug Widrigkeiten, mit denen er zu kämpfen hatte. Mit dem Fernglas konnte er die mit Bewegungsmeldern gekoppelten Gartenscheinwerfer erkennen, und die elenden Dinger waren so plaziert, daß er durch die Büsche kriechen mußte, mit dem Bauch im Matsch und den spitzen Stacheln des Feuerdorns im Stoff seines Overalls. Er war bis zur Hausmauer gekommen, konnte sich aber nicht rühren, denn sonst wäre er in Reichweite des Bewegungsmelders geraten. Er war naß. Über seine Hände lief Regenwasser. Er konnte keine Handschuhe tragen, weil er auf seinen Tastsinn angewiesen war, aber durch seine nassen Hände war die Ansaugvorrichtung des Mikros feucht geworden und würde an der glatten Scheibe nicht haften. So mußte er sich hinstellen und das Mikro halten. Im Zimmer lief Musik, elende Popmusik, und er konnte die Stimmen von Giles Blake und Giuseppe Ruggerio nicht herausfiltern. Es war unglaublich, diese beiden erwachsenen Männer redeten nach dem Abendessen über Geschäfte und hatten nichts Besseres zu tun, als Teenymusik aufzulegen und die Anlage auf volle Lautstärke zu stellen. Bei Blake zu Hause. Natürlich hatten sie sich im Hotelrestaurant nicht vertraulich unterhalten, aber wenn sie jetzt die Anlage aufdrehten, damit ihr Gespräch übertönt wurde, konnte man Gift drauf nehmen, daß sie über ernsthafte Geschäfte redeten, und er verstand kein einziges Wort. Er war naß, ihm war kalt, er fühlte sich verflucht elend, und irgendwann würden die gottverdammten Köter rausgelassen werden. Er war eine Autostunde von zu Hause entfernt, wo ihn ein dunkles Schlafzimmer und die kalte Schulter einer beleidigten Ehefrau erwarteten.

Endlich kam seine Sternstunde. Harry Compton, durchnäßt und genervt, wäre am liebsten jubelnd in die Luft gesprungen. Die Oasis-CD war zu Ende.

»... sie geben sich alle Mühe, alles auf die Reihe zu kriegen. Ich denke, sie werden's schaffen.«

»Ist Ihnen Roberto Calvi ein Begriff?«

»Ja, natürlich.«

»Wollen sie das Geschäft?«

»Natürlich wollen sie, und sie wollen die Provision.«

»Wenn sie das Geschäft wollen und die Provision, dann sollten sie von Roberto Calvi erfahren. Sie sollten darüber informiert werden, daß Roberto Calvi Leute hintergangen hat, worauf er langsam stranguliert wurde.«

»Müssen wir uns noch mehr von dem Zeug anhören? Die Kinder müssen ja denken, daß ich auf Dope bin.«

»Mahnen Sie sie zur Vorsicht. Legen Sie bitte etwas anderes auf ...«

Und dann kam Elton John. Harry Compton würde mindestens fünfundvierzig Minuten lang nichts hören. Vielleicht sogar eine Stunde. Und jeden Moment würden sie die gottverdammten Köter in den Garten lassen, ob es nun regnete oder nicht. Er duckte sich vor dem Fenster des Hauses – eine verdammt schöne Belohnung für das Waschen, Spülen und Trocknen von Mafiageld. Auf allen vieren kroch er über den gepflasterten Weg. Dann robbte er durch die dicht stehenden Büsche, wo die Stacheln des Feuerdorns schon auf ihn warteten. Seine Frau hatte eines von diesen elenden Dingern neben ihr Gewächshaus gepflanzt, und er hatte nicht übel Lust, es am Sonntag auszugraben oder ihm mit Unkrautvernichtungsmittel den Garaus zu machen. Nach dem, was er von Giles Blake gesehen hatte und von Mrs. Giles Blake beim Aufräumen ihrer Designerküche, war er davon ausgegangen, daß sie einen Gärtner hatten und nicht selbst im Garten herumwerkelten, und das war gut, denn er konnte es nicht vermeiden, Spuren in den Beeten zu hinterlassen. Er beeilte sich. Er nahm an, daß er genug hatte für einen Haussuchungsbefehl, eine Telefonüberwachung. Vielleicht reichte es ja sogar für eine Verhaftung im Morgengrauen. Der Name Roberto Calvi war der Glückstreffer. Faule Investitionen für schlechte Leute, das Geld der schlechten Leute futsch, erwürgt und an die Blackfriars-Brücke gehängt, um aller Welt zu zeigen, was mit einem Kerl passierte, der das Geld von schlechten Leuten verlor.

Als er über die Mauer geklettert war und auf den Gehweg sprang, hörte er, wie die Frau die Hunde nach draußen ließ. Er verachtete die Sorte Menschen, die in solchen Häusern hinter solchen Mauern lebten. Er selbst hatte im vergangenen Jahr 27.380 £ (inklusive Überstunden) verdient. Durch Schiebereien, Raffgier und kriminelle Machenschaften sackte die Sorte Menschen, die er verachtete, gut und gerne 273.800 £ für einen Halbtagsjob ein. Er empfand dieselbe Erregung wie bei gutem Sex, wenn er einen von diesen Dreckskerlen im Morgengrauen aus dem Bett holen konnte, mit den Handschellen in der Tasche. Noch besser wäre es, den aalglatten sizilianischen Verbrecher vor den Untersuchungsrichter zu zerren. Er war bei seinem Wagen angekommen.

Er schälte sich aus seinem Overall, zerrte die schweren Stiefel von seinen Füßen. Ein Gedanke quälte ihn bei der Sache – welche Rolle spielte die junge Frau, die auf Druck der DEA als Kindermädchen nach Sizilien gegangen war? Wie paßte sie in das Puzzle? Er verscheuchte den Gedanken. Die Rolle der jungen Frau war hohe Politik. Seine Welt bestand aus schlammverschmierten Overalls und verdreckten Stiefeln.

Er fuhr nach Hause.

Kapitel 12

»Es spielt keine Rolle, was da drauf ist.« Der Hauptkommissar drehte seinen Schreibtischstuhl zum Fenster. Harry Compton hielt die Kassette in der Hand, zog ein Gesicht und ließ sie auf den Tisch fallen, wo schon sein ungelesener Bericht lag. »Ich war naß bis auf die Haut. Bin auf allen vieren im Garten herumgekrochen.«

»Wollen Sie einen Orden? Wir sind doch nicht bei den Pfadfindern.«

Harry Compton war überschäumend vor Stolz zur Arbeit erschienen. Hatte das matschverkrustete Abhörgerät vor die verschlossene Tür des Ausrüstungslagers gelegt. Dann die Treppe hoch zu seinem Schreibtisch im Großraumbüro. Bis auf Miss Frobisher war er der erste. Sein strahlendes Lächeln mußte ihr verraten haben, daß er ins Schwarze getroffen hatte, denn sie setzte Wasser auf und brühte ihm eine Tasse von ihrem eigenen Kaffee auf, der unvergleichlich besser war als die Brühe aus dem Automaten. Zweimal hatte er sich das Band angehört. Das Oasis-Gedröhne, die klaren Sätze, der Anfang des Elton-John-Gedudels. Er schrieb seinen Bericht, fertigte eine Niederschrift des Dialogs an, unterstrich die Andeutungen über Roberto Calvi mit rotem Filzstift, dann lehnte er sich zurück und wartete gespannt auf das Eintreffen seines Chefs.

»Der Name Roberto Calvi würde wohl kaum zur Sprache kommen, wenn zwei ganz normale Banker ein Geschäft aushandeln, oder was meinen Sie?«

»Sie lassen wohl nie locker, was?«

Der Hauptkommissar kramte in seiner Schublade herum und zog

eine Schachtel Zigaretten hervor. Angeblich versuchte er alle paar Tage, sich das Rauchen abzugewöhnen, aber er hielt sich höchstens eine Stunde lang an seinen Vorsatz, so lange, bis es zur ersten morgendlichen Krisensituation kam. Aber alle paar Tage war er wegen der Raucherei gereizt und nervös.

»Harry, ich habe Sie immer für einen cleveren Burschen gehalten. Aber im Moment führen Sie sich ziemlich idiotisch auf. Hören Sie mir jetzt genau zu. Hier geht es um Politik, das geht weit über unsere Köpfe hinweg, über die DEA und den Beauftragten in London. Für uns ist es strategisch günstig, daß wir etwas in der Hand haben, womit wir die DEA unter Druck setzen können. Wir machen ein bißchen Geschrei, auf höchster Ebene, und drohen, ihnen das Leben schwerzumachen. Um uns zum Schweigen zu bringen, bekommen wir was von ihnen – vielleicht eine bessere Ausrüstung oder gewisse Befugnisse bei Ermittlungen in ihrem Hinterhof oder Zugang zu den von ihnen angezapften Telefonleitungen, irgend etwas in der Art – das ist Politik. Politik spielt sich auf höheren Ebenen ab, Sie und ich dagegen sind unten in der Gosse. Verziehen Sie nicht das Gesicht, Harry. Während Sie gestern abend in Surrey im Garten herumgekrochen sind, auf der Jagd nach Auszeichnungen, wurde unser Chef eine halbe Stunde lang belabert. Dort oben über den Wolken sehen sie die Sache als gute Politik an, und mit Ihrem Vorschlag würden Sie diese Politik vermasseln, und die Möglichkeit, im Gegenzug etwas von ihnen zu bekommen, wäre vertan. Wir müssen uns zivilisiert verhalten. Durch Ihren Vorschlag, diesen Ruggerio auffliegen zu lassen, würde die Einschleusung dieser jungen Frau durch die DEA platzen – wie war noch gleich ihr Name?«

»Miss Charlotte Parsons. Schade, daß Sie ihn vergessen haben.«

»Hören Sie auf, den Klugscheißer zu spielen. Die Einschleusung dieser jungen Frau in eine Mafiafamilie ist jetzt Politik.«

»Sie wurde unter Druck gesetzt«, sagte Harry Compton aufbrausend.

»Sie sitzt in der Zwickmühle. Sie dient dem Ausspielen politischer

Vorteile. Als Person ist sie so unbedeutend wie der elende Giles Blake und Ruggerio.«

Zwischen ihnen wogte der Rauch ihrer Zigaretten. Der Straßenlärm drang gedämpft durch das Fenster. Er war geplättet. Harry Compton beugte sich vor und griff nach seinem Bericht und der Kassette.

»Es tut mir leid, Harry.« Der Hauptkommissar ließ den Kopf hängen. »Ich war derjenige, der das Ganze ins Rollen gebracht hat, ich hab's an die große Glocke gehängt, und ich hab's vermasselt. Sie haben Ihre Sache gut gemacht, und zwar ohne Unterstützung von mir. Wenn ich Ihnen jetzt und hier grünes Licht für Ihre zweifellos vernünftigen Forderungen gebe, kann ich mich beerdigen lassen. Glauben Sie nicht, daß ich mich dabei wohl fühle.«

»Das kann ich mir kaum vorstellen.«

»Halten Sie diesem Faulpelz in Rom die Pistole vor die Brust, und fahren Sie runter nach Devon, wie ich's Ihnen gesagt hab'.«

»Danke.«

»Diese arroganten amerikanischen Arschlöcher sollen sich bloß warm anziehen. Wir werden's ihnen schon zeigen. Bitte liefern Sie mir eine genaue Beschreibung von Miss Charlotte Parsons, aber gehen Sie so unauffällig wie möglich vor.«

»Charley? Wo bist du, Charley?«

Sie lag auf der Gartenliege und genoß die Wärme. Sie lag auf dem Rücken und hatte die Beine leicht gespreizt, damit ihre Schenkel möglichst viel Sonne abbekommen sollten. Ihre Augen waren geschlossen, aber sie konnte hören, wie der alte Spanner einen der Wege fegte. Immer wenn der Besen schwieg, nahm sie an, daß er sie anstarrte. Nachdem sie die Kinder zur Schule und zum Kindergarten gebracht hatte, war sie in ihr Zimmer gegangen und hatte im Wörterbuch herumgeblättert. Das italienische Wort für Spanner war *libertino*. Ein viel zu schönes Wort für diesen dreckigen alten Lüstling, der sich an ihrem Anblick aufgeilte …

Die Uhr war an ihrem Handgelenk. Sie würde sie nicht ablegen, weder in der Badewanne oder unter der Dusche noch im Meer. Der weiße Streifen an ihrem Handgelenk, unter der Uhr, würde keine Sonne abbekommen. Aber der Rest ihres Körpers sollte, verdammt noch mal, endlich ein bißchen Farbe kriegen …

Sie hatte Benny an diesem Morgen von einem Münztelefon an der Piazza aus angerufen, nachdem sie die Kinder in der Schule und im Kindergarten abgeliefert hatte. Seine Stimme klang zurückhaltend und unsicher. Sie dankte ihm überschwenglich für den Ausflug aufs Land und ließ ihn sein Versprechen bestätigen, ihr den *duomo*, die Quattro Canti, die Cappella Palatina und den Palazzo Sclafani zu zeigen. Sie bedrängte ihn und sagte ihm, wann sie das nächste Mal nach Palermo kommen konnte. Sie wollte ein bißchen braun werden, und zwar am ganzen Körper, bevor sie nach Palermo fuhr, um sich mit Benny zu treffen. Sicher, er war nichts Besonderes, hatte nicht viel mehr als einen Traum, aber außer ihm gab es niemanden.

Als sie mit Axel Moen auf den Klippen stand oder in Rom am Fluß, oder in Mondello, hätte sie nie gedacht, daß die Warterei so verdammt schwer sein würde. Und jetzt war das Warten noch schlimmer, denn sie hatte den Hubschrauber und die Männer mit den Gewehren gesehen, hatte Axel Moens Reaktion auf das Drücken des Alarmknopfes erlebt. Verfluchte Warterei. Sie öffnete die Augen und mußte wegen des grellen Lichts blinzeln. Der Gärtner war etwa zehn Meter von ihr entfernt und fegte planlos vor sich hin; als sie in seine Richtung schaute, senkte er den Blick. Sie drehte sich auf den Bauch und löste den Verschluß ihres Bikinioberteils. Niemals hätte sie gedacht, daß die Warterei derart an ihren Nerven zerren würde. Vielleicht würde sie ja die ganze Zeit nur warten, vielleicht würde es nie geschehen, vielleicht war es nichts weiter als Axel Moens Illusion. Mein Gott, wie satt sie diese endlose Warterei hatte.

»Hier bin ich, Angela. Hier drüben.«

Sie stützte sich auf die Ellbogen, und ihr Bikinioberteil rutschte weg. Der Gärtner war nicht mehr zu sehen, aber hinter dem Gebüsch war das Kratzen seines Besens zu hören. Angela kam von der Veranda. Sie sah Angelas Gesicht, es wirkte abwesend und angespannt. Angela hatte sie gesehen.

Sie verzog mißbilligend den Mund und runzelte die Stirn. »Charley, ich halte das für höchst unpassend.«

Charley konnte es sich nicht verkneifen zu grinsen, Teufel noch mal. »Hast du früher doch auch gemacht.«

»Das war in Civitavecchia und nicht in Palermo. Zieh das Oberteil bitte wieder an.«

Wollte sie jetzt reden? War jetzt der richtige Zeitpunkt, sie zu drängen? Würde es Tränen geben? Die Lüge hatte Vorrang. Mit jedem Tag schien Angelas Verhalten ihr gegenüber distanzierter. Es war nicht dienlich für die Lüge, Angela Ruggerios Gefühle ans Tageslicht zu zerren. Armes Ding. Charley stützte die Lüge, spielte das zurechtgewiesene Mädchen und legte das Bikinioberteil wieder an. Angela hatte einen Zettel in der Hand und fingerte nervös mit ihrem Portemonnaie herum. Eines Tages würde ohnehin alles herauskommen. Ob es nun der Lüge dienlich war oder nicht, all die Geheimnisse würden aus ihr heraussprudeln, gefolgt von heißen Tränen. Charley setzte sich auf.

»Wahrscheinlich hast du recht«, sagte sie fröhlich.

»Ich hab' hier eine Einkaufsliste.«

»Gut, ich besorge alles, wenn ich die Kinder abhole.«

»Ich möchte, daß du sofort gehst, Charley.«

Es war brütend heiß da draußen. Es war gut auszuhalten, wenn man fast nackt dalag, aber bei dieser Hitze den Hügel hinunterzulatschen war kein Spaß, und in zwei Stunden mußte sie ohnehin wieder los und die Kinder abholen. Aber sie lebte die Lüge.

»Kein Problem.«

Charley stand auf. Sanft nahm sie Angela die Einkaufsliste aus den fahrigen Händen. Eine lange Liste für ein Essen mit Gästen, nicht für eine Mahlzeit am Küchentisch, wo sie immer aßen, wenn Peppino nicht daheim war. Sie überflog die einzelnen Posten – Öle, Soßen,

Gemüse für Salat, Gemüse zum Kochen, Fleisch, Mineralwasser, Wein, Käse und Obst.

»Du darfst Peppino aber nicht sagen, daß ich es vergessen habe. Bitte sag's ihm nicht ...«, sagte Angela flehentlich.

»Natürlich nicht.« Sie lächelte ermutigend.

»Ich komm' dir sicher ziemlich jämmerlich vor.«

»Blödsinn.« Sie wollte keine Tränen, keine Geständnisse. »Also, wie viele Leute sind eingeladen?«

»Peppinos Vater hat morgen Geburtstag. Morgen ist der vierundachtzigste Geburtstag von Peppinos Vater. Peppinos Vater und seine Mutter. Hab' ich dir erzählt, daß Peppinos Eltern in der Nähe von Palermo wohnen?« Ihre Stimme klang reizbar, vernichtend. »Sie sind Bauern, sie sind primitiv, sie sind ungebildet, aber Peppino möchte, daß sie was Gutes zu essen bekommen, und ich habe es vergessen.«

»Aber Peppino ist doch im Ausland ...«

»Heute abend ist er zurück, eilt nach Haus von weiß Gott woher.« Ihr Mund bekam einen verächtlichen Zug. »Er kommt zurück, weil es der Geburtstag seines Vaters ist, den ich vergessen habe.«

Charley unterbrach sie. »Also die Kinder, nicht wahr? Du und Peppino? Seine Eltern? Ich?«

»Natürlich, du lebst doch bei uns, natürlich sollst du dabeisein.«

Charley lächelte. »Dann also vier, sechs, und mit mir sind es sieben. Ich geh' mich schnell umziehen.«

Sie nahm die Liste und das Portemonnaie und ging in Richtung Veranda.

»Nein, acht – möglicherweise kommt noch jemand«, rief Angela ihr nach. »Aber ich glaube nicht, daß man mir Bescheid sagen würde.«

Charley blieb stehen. Sie wandte sich nicht um. Sie mochte sich nicht umschauen, weil Angela Ruggerio sonst möglicherweise ein verräterisches Blitzen in ihren Augen gesehen hätte. »Na gut, dann kauf' ich für acht Leute ein. Ich ziehe mir nur schnell Rock und T-Shirt an.«

Zuvor war er jedesmal im ersten Wagen gefahren, manchmal hatte er sogar selbst am Steuer gesessen. Aber der *maresciallo* hatte ihm ja versichert, daß man ihn im Auge behielt, weil er sich noch bewähren mußte, und seine Müdigkeit war ihren prüfenden Blicken bestimmt nicht entgangen. Pasquale hatte den Befehl bekommen, das Begleitfahrzeug zu fahren. Er konnte seine Müdigkeit nicht auf das Baby schieben oder auf das leise Schnarchen seiner schlafenden Frau, seine Müdigkeit lag an dem Alptraum, der ihn die ganze Nacht nicht losgelassen hatte.

Die Route, die der *maresciallo* für den Weg vom Palazzo di Giustizia zum Ucciardone-Gefängnis geplant hatte, führte sie an der Piazza San Francesca di Paoli vorbei, über die Via Roma und dann zur Piazza Sturzo, danach immer geradeaus und schließlich rechts in die Via delle Croci zum Tor des Ucciardone-Gefängnisses. Jede Fahrt durch die Stadt wurde vom *maresciallo* sorgfältig ausgeklügelt. Jeden Morgen brütete er über dem Stadtplan, nachdem er Tardelli über seine Pläne ausgefragt hatte. Die Strecken, die der *maresciallo* auswählte, wurden keiner zentralen Schaltstelle mitgeteilt, aus Furcht vor Verrat oder Abhörung. Pasquale war es gewohnt, im ersten Wagen zu fahren, aber jetzt saß er im Begleitfahrzeug und mußte Geschwindigkeit, Beschleunigung und Bremsen auf den voranfahrenden Wagen abstimmen. Er war gestreßt. Die anderen Autos wichen ihm nicht aus, weil er weder Blaulicht noch Sirene hatte. Er hatte nichts als die Bremslichter und den Blinker des ersten Wagens, dem es zu folgen galt. Er starrte auf Tardellis Hinterkopf, und die Sonne blendete ihn.

Ihrem beißenden Spott und ihren düsteren Andeutungen hatte er es zu verdanken, daß er die ganze Nacht von Alpträumen gequält worden war.

Jede Straße, die sie hinunterfuhren, jede Piazza, an der sie vorbeikamen, war zugeparkt. Autos, Laster und Motorräder standen am Rand jeder Straße und jeder Piazza, halb auf dem Gehweg und halb auf der Fahrbahn. »Warum eine Bombe? Warum eine große Explosion? Warum der Juwelierladen?« Die ganze Nacht hatte er sich neben seiner schlafenden Frau und dem Baby hin und her gewälzt und die ganze Zeit von parkenden Autos, Lastwagen und Motorrädern geträumt. Sie könnten einen Tag, eine Woche oder einen Monat warten, dann wüßten sie, daß die beiden Wagen des Richters mit schöner Regelmäßigkeit zwischen dem Palazzo di Giustizia und dem Ucciardone-Gefängnis hin- und herfuhren. Sie könnten abwarten und sich eine bestimmte Strecke ausgucken. Die Variationsmöglichkeiten waren begrenzt. Sie könnten in aller Ruhe dasitzen mit dem Auslöser in der Hand. Und nach dem Alptraum, nachdem er geduscht und sich rasiert hatte, nachdem er am Küchentisch gesessen hatte, während seine Frau das Baby fütterte, zeigten sie im Fernsehen Bilder des mit Stahlplatten und Sicherheitsglas ausgestatteten Mercedes, der ausgebrannt auf der Seite lag, eine Todesfalle.

Die Sonne blendete ihn, er konnte kaum gegen die Müdigkeit ankämpfen. Der Fahrer des Begleitfahrzeugs mußte Geschwindigkeit, Kurven, Beschleunigen und Bremsen des ersten Wagens vorausahnen können. Pasquale sah nicht die Frau mit dem Kinderwagen, die sich anschickte, die Straße zu überqueren, als der Blaulichtwagen an ihr vorbeigerauscht war. Kreuzung Via Carini und Via Archimede, parkende Autos, Laster und Motorräder. Die Bremslichter des Führungswagens leuchteten auf. Pasquale sah, wie Tardellis Kopf nach vorn geschleudert wurde. Der Mann neben ihm fluchte, ließ sein Maschinengewehr los, um sich abzustützen. Pasquale stieg in die Bremsen. Pasquale riß das Steuer herum, denn einen kurzen Moment lang sah es aus, als würde der erste Wagen rückwärts auf ihn zufahren. Er war wie geblendet von dem grellen Sonnenlicht.

Die Frau mit dem Kinderwagen war zurück auf den Gehsteig gesprungen und brüllte wütend auf ihn ein. Der Führungswagen stob davon. Die Räder von Pasquales Wagen blockierten, und er rutschte seitlich weg. Über ihm heulte die Sirene. Er rammte den Laternenpfahl. Der Schreck machte ihn ganz benommen. Die Frau mit dem Kinderwagen schrie hysterisch auf ihn ein. Passanten drängten sich um seinen Wagen, feindselig und aggressiv. Er legte den Rückwärtsgang ein. Er knallte irgendwo gegen, machte sich nicht die Mühe nachzuschauen. Die Zuschauer machten ihm nur widerwillig Platz. Ein Mann spuckte an die Windschutzscheibe. Er beschleunigte. Die Straße vor ihm war frei. Er konnte das Blaulicht des Führungswagens nicht sehen und die Sirene nicht mehr hören.

Müde und erschöpft wie er war, die grellen Sonnenstrahlen in den Augen, hätte Pasquale am liebsten losgeheult.

Der Mann neben ihm sprach mit herablassender Ruhe ins Funkgerät.

»Nein, nein, nein, kein Überfall, kein Notfall, kein Grund zur Panik. Ja, das ist das Problem, dieser Idiot kann nicht fahren. Der Motor klingt entsetzlich, ein Laternenpfahl, wir sind gleich da. Und wenn ich dem Idioten einen Strick umbinden muß, damit er den Wagen zieht. Wir sind gleich da. Over.«

Er versuchte schneller zu fahren, aber die Stoßstange war lose und schrappte über den Boden. Als sie das Tor des Ucciardone-Gefängnisses erreicht hatten und ein Polizeibeamter sie passieren ließ, sah Pasquale zwei Männer aus dem Führungswagen, wie sie klatschten und johlten und ihn auslachten.

»Ich muß mehr wissen.«

Verzweiflung. »Mehr weiß ich nicht.«

»Dann kommen wir nicht ins Geschäft.«

Flehentlich. »Ich hab' Ihnen gesagt, was ich weiß, alles.«

»Es war sehr enttäuschend für mich, was bedeutet, daß es enttäuschend für dich wird.«

Schluchzend. »Alles was ich wußte, hab' ich Ihnen gesagt, und Sie haben mir versprochen ...«

Der Richter kratzte sich bedächtig am Kopf. Dann nahm er die Brille ab und kaute nachdenklich auf einem der Bügel herum. Das war seine Taktik. Die Taktik bestand darin, es im Unterredungszimmer ganz still werden zu lassen. Der Gefangene war ein krimineller

Killer, dennoch hatte Tardelli im Grunde ein wenig Mitleid mit dem Wurm. Der Wurm war zur anderen Seite übergelaufen, hatte versucht zu kooperieren, jedoch mit unzureichenden Informationen. Der nächste Tag war schon der zehnte, und ohne irgendwelche Informationen substanziellerer Art würde er keine Verlängerung der Überwachungsaktion beantragen können. Der Wurm nannte andere Namen, andere Verbrechen, aber der Richter war nicht daran interessiert.

»Du müßtest mir schon mehr über Mario Ruggerio und den Capo-Distrikt erzählen.«

»Mir wurde erzählt, daß er die Bar als Treffpunkt benutzt hat. Und von den Bauchschmerzen hat man mir erzählt. Das ist alles.«

»Das reicht nicht. Wo hat er gewohnt?«

»Ich weiß es nicht.«

»Die Bar wurde verkauft, hat einen neuen Besitzer. Der alte Besitzer ist praktischerweise verstorben. Ich kann niemanden fragen außer dir. Wie oft ist er hingegangen?«

»Ich weiß es nicht.«

»Was hat er angehabt?«

»Ich weiß es nicht.«

»Mit wem war er zusammen?«

»Ich weiß es nicht.«

Vorsichtig legte der Richter seine Brille wieder auf den Tisch. Die Tür öffnete sich leise und schloß sich wieder. Er klappte die Akte zu, die er studiert hatte. Dann hob er seine Aktentasche vom Boden auf und legte die Akte hinein. Der jüngste seiner *ragazzi*, Pasquale, stand an der Tür. Es gab viele Vorgehensweisen, variable Taktiken, die er benutzte, wenn er Männer der Ehre befragte. Er konnte hart sein oder sanft, verächtlich oder ehrerbietig. Er konnte sie glauben machen, sie seien der Dreh- und Angelpunkt seiner Ermittlungen oder bedeutungsloser Abschaum. Die Verschlüsse seiner Aktentasche schnappten zu.

Desinteressiert sagte er: »Weißt du, mein Freund, wenn man dich gleich in deine Zelle zurückbringt, werden deine heimlichen Ausflüge in diesen Raum beendet sein. Deine Mutter, sicherlich eine herzensgute, gottesfürchtige Frau, hat mich gebeten, mich mit dir zu treffen, und ich bin ihrer Bitte nachgekommen. Nicht noch einmal, denn ich bin ein vielbeschäftigter Mann. Laß mich erklären, welche Folgen es für dich hat, daß du mir keine detaillierteren Informationen über Mario Ruggerio liefern kannst und ich dich somit nicht für das Zeugenschutzprogramm empfehlen kann. Einer deiner Zellennachbarn wird wissen, daß du dreimal zur Krankenstation geführt wurdest. In einem der anderen Blocks wird es sicherlich jemanden geben, der mich vom Fenster aus dreimal hierherkommen gesehen hat. Irgend jemand hat deine Schritte beobachtet, und ein anderer hat meine beobachtet. Du kannst nur hoffen, daß diese beiden sich niemals über den Weg laufen, miteinander sprechen und vergleichen, was sie gesehen haben. Aber an einem Ort wie diesem gibt es viel Gerede und viele Zusammenkünfte. Ich habe gehört, deine Frau hat für heute nachmittag ihren Besuch angemeldet. Ich schlage vor, du redest mit deiner Frau, mit der Mutter deiner Kinder, und erzählst ihr von unseren Treffen, denn ich glaube, sie könnte dich möglicherweise davon überzeugen, dich an mehr zu erinnern. Gib dir Mühe, dich zu erinnern.«

Der Gefangene wurde hinausgeführt.

Der Richter sagte: »Pasquale, das Problem ist, daß ich jeden Tag mit solchen Leuten zu tun habe. Möglicherweise wird man unempfindlicher, läßt sich hinabziehen, wälzt sich mit ihnen im Sumpf. Hältst du mich für bösartig, Pasquale? Er bekommt keinen Zeugenstatus, aber nach ein paar Tagen, wenn er ausgiebig in seinen Erinnerungen gekramt hat, lasse ich ihn irgendwohin aufs Festland verlegen, wo er sicherer ist als hier. Wer sich im Dreck wälzt, wird schmutzig.«

Er kam nach dem Frühdienst nach Hause. Er legte die beiden Plastiktüten auf den Küchentisch. Seine Frau bügelte einen Rock.

Durch das offene Küchenfenster drang der Lärm des Hochhauses, Musik, Gebrüll, Kindergeschrei und der Gestank nach defekten Abwasserrohren. Noch ein Jahr … Vielleicht eine kleine Wohnung am Meer im Osten der Insel, bei Messina oder Taormina oder Riposto, wo die Cosa Nostra nicht soviel Macht hatte, vielleicht ein kleines Häuschen, und eine Rente vom Staat.

Sie haßte seine Arbeit, und sie schaute nicht von ihrem Bügelbrett auf.

Giancarlo goß sich ein Glas Saft ein. Er trank die Zitronenlimonade, die sie gemacht hatte. Er nahm die Taschen vom Tisch und ging damit zum Küchenschrank. Im untersten Fach des Schranks waren vier Pappkartons, einer für Kartoffeln, einer für Obst, einer für Gemüse und einer für Zitronen. Noch ein Kilo Kartoffeln, noch ein Kilo Äpfel und Orangen, noch ein Blumenkohl und ein halbes Kilo Spinat und drei weitere Zitronen. Er schaute auf die überquellenden Kartons.

Sie hängte den Rock auf einen Kleiderbügel. Sie nahm eine Bluse aus dem Wäschekorb.

Er machte den Küchenschrank zu.

»Es ist vorbei. Ab morgen kannst du wieder selbst einkaufen.«

Giancarlo nahm seinen Revolver aus dem Schulterholster, das er unter der Jacke trug, säuberte ihn und nahm das Magazin heraus. Sie bügelte weiter. Er ging ins Schlafzimmer, um sich auszuruhen. Nach dem morgigen Tag würde er keine Zitronen für die Vorratskiste mehr mitbringen, keine Kartoffeln, kein Gemüse, kein Obst. Er arbeitete schon zu lange in Überwachungsteams, um so etwas wie Enttäuschung zu fühlen.

Franco steuerte den Wagen. Es war ein alter Fiat 127, ein Modell, das nicht mehr produziert wurde. Die Karosserie war verrostet, aber der mit einer öligen Schmutzschicht bedeckte Motor war in Topform und schaffte spielend hundertsiebzig Kilometer die Stunde. Es war genau der richtige Wagen, um einen bescheidenen ältlichen Priester vom Lande zu einem Trauerhaus zu fahren. Nichts wurde dem Zufall überlassen, alles war sorgfältig vorbereitet worden, der Transport des bescheidenen ältlichen Priesters war Francos Aufgabe. Franco war schlecht rasiert und trug eine schlecht sitzende Jacke, eine leicht zerknautschte Krawatte und ein zu enges Hemd. Er fuhr langsam, weil Mario Ruggerio nicht gern in schnellen Autos hin und her geworfen wurde. Das Radio spielte nicht das Gerede und die Musik der RAI, sondern war auf VHF-Frequenz eingestellt, um Warnungen vor Straßenblockaden von den beiden vorausfahrenden Autos zu empfangen, während der Fahrer des hinteren Wagens sie über eine mögliche Verfolgung informieren würde.

Die Sonne war mittlerweile zwischen den Bergen im Westen untergegangen. Die Lichter Catanias schimmerten in der Dämmerung.

Die Verantwortung für den Transport Mario Ruggerios zu dem Trauerhaus des Mannes aus Catania erfüllte Franco mit Stolz. Es war mit Polizei zu rechnen. Polizisten in Zivil würden auf dem Gehweg vor dem Wohnhaus patrouillieren. Sicherlich hatten Männer mit Overalls der Telefongesellschaft rund um den Wohnblock ferngesteuerte Kameras aufgestellt. Die Nummer des Fiat 127 und die Lackfarbe würden notiert werden, aber bis zum nächsten Morgen hatten sie den Wagen umgespritzt und die Nummernschilder ausgetauscht. Ein bescheidener ältlicher Priester vom Lande würde nach einem Todesfall nicht von der Polizei schikaniert und durchsucht werden. Francos Stolz gründete sich auf seine Überzeugung, daß die Übertragung dieser äußerst schwierigen Aufgabe ihn ganz klar als Favoriten Mario Ruggerios auswies – nicht Carmine, diesen arroganten Idioten, nicht Tano, diese aufgeblasene, wichtigtuerische Kröte. Er glaubte, daß ihm immer mehr Verantwortung übertragen würde, bis er eines Tages Seite an Seite mit Mario Ruggerio stehen würde, als sein unbestrittener *consigliere*. Das Radio schwieg. Keine Straßenblockaden auf dem Weg zur Wohnung und keine Verfolger. Die Dreckskerle würden sich auf die Überwachungsteams auf der Straße und die ferngesteuerten Kameras verlassen. Er fuhr die

Straße hinunter. Als er den Wagen herunterschaltete, tippte er Mario Ruggerio respektvoll an und deutete auf den Aschenbecher. Der bescheidene ältliche Priester drückte seinen Zigarillo aus, hustete und spuckte in sein Taschentuch. Vor dem Haupteingang des Wohnhauses, mitten im hellen Licht der Straßenlaternen, fuhr er rechts ran. Als er ausgestiegen war und damit rechnen mußte, im Blickfeld der Überwachungskräfte und der Kameras zu sein, zog Franco einen Zettel aus der Tasche, den er aufmerksam studierte, als handele es sich um eine Wegbeschreibung, als sei er fremd in der Stadt, als habe er lediglich einen bescheidenen ältlichen Priester vom Dorf hierhergefahren.

Zwei junge Männer standen unauffällig neben der Tür, auf der anderen Straßenseite würden zwei weitere sein, und noch zwei etwas weiter entfernt, und sie würden Kameras haben. Der Priester ging mit einer Krankenhauskrücke, Franco war an seiner Seite, wie um ihn zu stützen, falls er ins Stolpern geriet. Der Priester murmelte einen Gruß oder vielleicht einen Segen, als sie an den Polizisten vorbeikamen. Sie schenkten ihm keine Beachtung. Zögernd betrat der Priester die Marmorplatten, die zum Eingang des Hauses führten, als sei er solchen Luxus nicht gewöhnt. Sie nahmen den Aufzug. Mario Ruggerios Gesicht zeigte keine Regung. Franco konnte seine Gedanken nicht lesen. Der Mann war einzigartig. Er hatte soviel Autorität. Klein, alt und trotzdem diese ungeheure Macht. Das Herrschaftsgebiet des Mannes erstreckte sich über die ganze Insel, über Europa und über den Atlantik, und Franco war sein Liebling. Es war typisch für diesen großartigen Mann, daß er an der Wohnungstür seines getöteten Rivalen läutete und um Einlaß bat.

Die Tür wurde geöffnet.

Franco trug eine Pistole am Schienbein. Er verspürte einen Anflug von Angst.

In der Wohnung hatten sich Angehörige und Anhänger des toten Rivalen versammelt. Eine winzige Geste. Mario Ruggerio hatte die Hand auf Francos Arm gelegt. Sein stahlharter Griff war eine Aufforderung, hinter ihm zu bleiben. Er bekam die Krücke in die Hand gedrückt. Mario Ruggerio, ein Mörder, jetzt *capo di tutti capi*, weil sein letzter Rivale beseitigt worden war, schritt durch den Raum, und die Anhänger und Angehörigen seines Rivalen traten zurück und bildeten eine Gasse für ihn. Franco sah, daß niemand ihm in die Augen schauen mochte, niemand war couragiert oder dumm genug, ihn zu denunzieren. Franco folgte ihm zum Wohnzimmer, wo er bei der Tür stehenblieb, als Mario Ruggerio auf die schwarz gekleidete Witwe zuging, die mit rotgeweinten Augen dasaß. Die Witwe erhob sich, um ihn zu begrüßen. Er ergriff beide Hände der Witwe und sprach ihr sein aufrichtiges Mitgefühl aus. Er erwies ihr Achtung. Er lehnte das alkoholische Getränk, das ihm der Sohn des Toten anbot, ab und bat statt dessen um ein Glas Saft. Er verhielt sich würdevoll. Ernsthaft dankte Mario Ruggerio dem Sohn des Toten für den Saft. Seine Anwesenheit wurde akzeptiert, weil er den Hinterbliebenen Respekt und dem Toten Achtung erwies. Franco hatte verstanden. Mario Ruggerio, als bescheidener ältlicher Priester verkleidet, hatte nun absolute Macht über die Cosa Nostra.

Über eine Stunde sprach Mario Ruggerio mit der Witwe, ihrem Sohn und ihrer Familie. Nachdem er sich verabschiedet hatte, humpelte er mit seiner Krücke unbehelligt an den Wache stehenden Polizeibeamten und den ferngesteuerten Kameras vorbei.

Mit zwei Wagen als Vorhut und einem als Nachhut saß Franco voller Stolz hinter dem Steuer und fuhr ihn durch die Dunkelheit zurück nach Palermo.

Sie starrte dem Gefangenen direkt in die Augen, und als er den Kopf senkte, packte sie ihn am Kinn und zwang ihn, sie anzuschauen.

Sie war die Tochter des *capo* im Kalsa-Distrikt der Stadt. Ihre Brüder waren in die Fußstapfen des Vaters getreten.

Mit leiser Stimme, damit sie nicht von den Wachen oder den anderen Gefangenen und ihren Familien gehört wurde, schleuderte sie ihm ihre Botschaft entgegen.

»Ich werde meinen Kindern, nicht deinen, sondern meinen Kindern, sagen, daß sie keinen Vater mehr haben. Ich werde ihnen sagen, daß sie ihren Vater vergessen sollen. Für mich, für meine Kinder bist du tot. Du hast auf deine Mutter gehört, immer nur auf deine Mutter, jetzt soll sie dir aus der Scheiße helfen und nicht ich und meine Kinder. Wenn man mir Schutz anbietet, werde ich ablehnen. Was du vorhast, wird Schande über dich und mich und deine Kinder bringen. Jetzt ekelt es mich an, daß ich mit dir geschlafen und Kinder von dir bekommen habe. Du hast denselben Eid geschworen wie mein Vater, denselben Eid wie meine Brüder, und du verrätst diesen Eid. Ich kann dir sagen, wie deine Zukunft aussieht, wenn ich erst mit meinem Vater und meinen Brüdern geredet habe. Wohin sie dich auch bringen, schau dich um, ob jemand hinter dir ist, wenn du am Abhang stehst. Wenn du auf eine Gruppe von Menschen zugehst, überleg, welcher wohl das Messer in der Tasche hat. Wenn du des Nachts Schritte hörst, frag dich, ob man dir gleich den Strick um den Hals legt. Wenn du dich an den Tisch setzt, frag dich, ob dein Essen vergiftet ist. So sieht deine Zukunft aus. Nicht meine Zukunft, nicht die Zukunft meiner Kinder, die keinen Vater mehr haben. Für mich und für sie existierst du nicht. Für uns hat es dich nie gegeben.«

Sie ließ sein Kinn los. Tränen strömten über seine Wangen. Mit hocherhobenem Kopf ging sie zur Tür, ohne sich noch einmal umzuschauen.

»Was ich sagen wollte, Bill – ist deine Leitung sicher?«

»Ja, du kannst sprechen.«

»Hier ist die Kacke am Dampfen.«

»Was soll das, Ray? Was ist los?«

»Dieses Unternehmen Codename Helena, dieses Mädchen, wegen der euer Typ hergekommen ist …«

»Das ist unser Problem.«

»Es ist auch mein Problem. Einer von den Hiesigen hat mich angeblafft. ›Ihr arroganten Dreckskerle habt ein unschuldiges Kleinstadtmädchen unter Druck gesetzt und nach Palermo geschickt, für irgendeine elende Operation, die ihr euch in euren kranken Hirnen ausgedacht habt. Von wem habt ihr die Sache absegnen lassen?‹ Zitat Ende. Und deshalb ist es genausogut mein Problem, Bill.«

»Was wird das nach sich ziehen?«

»Darüber hab' ich mir auch schon das Hirn zermartert, ich weiß es nicht. Ich bin seit drei Jahren in dieser Stadt, Bill. In drei Jahren erfährt man, wie die Leute arbeiten. Hier arbeiten sie hinterhältig. Der alte Löwe kann schlecht sehen, hat Läuse und gelbe Zähne, aber er denkt immer noch, er kann's mit den Besten der Meute aufnehmen. Ich hab' ihn provoziert. Er ist wütend, und er ist still, was bedeutet, daß er sich irgendeine Gemeinheit ausdenkt.«

»Ich glaub', ich kann dir nicht ganz folgen, Ray.«

»Ich dachte, du solltest Bescheid wissen. Möglicherweise pfuschen sie uns ins Handwerk.«

»Haben wir denn nicht alle dasselbe Ziel?«

»Wär' das nicht schön? Worauf ich hinauswill, wir würden ganz tief in der Scheiße sitzen, falls Codename Helena etwas Unangenehmes zustoßen sollte. Vielleicht werfen sie mich aus der Stadt, vielleicht geht es bis nach ganz oben. Ich halte dich auf dem laufenden. Gute Nacht, Bill. Ich habe ein schlechtes Gefühl bei der Sache.«

Er legte auf. Er schaltete den Verzerrer aus und wählte erneut, um seiner Frau zu sagen, daß er gleich Feierabend machen würde. Er nannte Namen und Adresse des Restaurants in der Fulham Road, wo er sich mit ihr treffen wollte. Als er seine Sachen zusammenräumte, merkte er, daß Dwight Smythe noch immer an seinem Schreibtisch saß. Wenn der Verzerrer eingeschaltet war, mußte man immer ein wenig lauter sprechen.

»Hast du das gehört, Dwight?«

»Tut mir leid, aber das war nicht zu vermeiden.«

»Was denkst du?«

»Dasselbe, was ich dir damals gesagt habe, dasselbe, was du in den

Wind geschlagen hast. Der Plan war verrückt. Wenn ein verrückter Plan ins Leben gerufen wird und nach ganz oben geht, wenn die großen Jungs für einen verrückten Plan geradestehen sollen, ziehen sie den Schwanz ein. Du stehst allein da, Ray, aber ich nehme doch an, daß du das bedacht hast.«

Sie lag auf dem Bett und blätterte in ihrem Buch herum.

»Wenn das alles ist, gehe ich jetzt die Kinder baden, Angela«, hatte Charley gesagt. »Ich finde, du hast dich selbst übertroffen.«

»Vielen Dank für deine Hilfe«, hatte Angela erwidert.

Und Charley ging ins Wohnzimmer, wo Peppino, der eine Stunde zuvor heimgekommen war, mit gelockerter Krawatte und einem Whisky in der Hand im Sessel saß, während die Kinder mit den Geschenken spielten, die er ihnen mitgebracht hatte. *Piccolo* Mario ließ sein neues ferngesteuertes Auto über die Fliesen rasen, und Francesca zog die neue Puppe an und aus. Für Angela gab es ein Seidentuch und für Charley eine Packung wertvoller Spitzentaschentücher. Unter Angelas Anleitung hatte sie die Pastasoße gemacht, das Fleisch in dünne Scheiben geschnitten und in den Kühlschrank gestellt, das Gemüse gewaschen, das Obst in eine Schüssel getan und den Käse auf ein Holzbrett gelegt. Wein und Mineralwasser waren gut gekühlt. Im Eßzimmer hatte Charley dann den Tisch für acht Personen gedeckt.

»Mario und Francesca, kommt jetzt, Zeit zum Baden«, sagte Charley.

»Jetzt schon? Es ist doch noch so früh«, sagte Peppino.

Charley schaute auf ihre Armbanduhr. »Ich wollte heute etwas früher anfangen, denn ich muß auch noch duschen und mich umziehen. Ich dachte, ich könnte heute die Sachen tragen, die du mir gekauft hast ...«

Und Peppino hatte ihr ganz beiläufig geantwortet: »Ich denke, du brauchst heute abend nicht dabeizusein, Charley. Angela hat dir ja gesagt, daß wir den Geburtstag meines Vaters feiern – Familiengeschwätz, sizilianisches Gerede. Ich denke, es wäre sehr langweilig für dich.«

»Mach dir keine Gedanken deswegen, ich werd' einfach dasitzen …«

Aber Peppino hatte gesagt: »Meine Eltern kommen vom Land, Charley. Ich glaube, du könntest nicht mal ihren Dialekt verstehen. Sie würden sich nicht wohl fühlen, wenn eine Fremde mit am Tisch sitzt – für uns bist du natürlich keine Fremde, aber für sie. Deshalb ist es besser, wenn du heute abend nicht dabei bist. Angela bringt die Kinder selbst ins Bett.«

»Ja, natürlich, Peppino, ich verstehe …«

Charley ging ins Eßzimmer und entfernte ein Gedeck und einen Stuhl. Sieben Plätze waren es noch, sieben Stühle. Sie ging in die Küche und erzählte Angela kommentarlos, daß Peppino meinte, das Essen mit seinen Eltern sei zu langweilig für sie. Sie beobachtete Angela und sah, wie sich ihre Gesichtszüge verhärteten, und sie fragte sich, ob Angela wohl ins Wohnzimmer gehen würde, um darauf zu bestehen, daß Charley beim Essen mit dabei war. Angela nickte jedoch nur, offensichtlich stand ihr nicht der Sinn nach einem Streit. Charley hatte dann die Kinder gebadet, ihnen ihre besten Sachen angezogen und sie zurück ins Wohnzimmer zu Peppino gebracht. In der Küche machte sie sich ein Brot und ging in ihr Zimmer.

Sie versuchte zu lesen. Sie lag angezogen auf dem Bett und schlug die Seiten um, ohne etwas von dem Gelesenen wahrzunehmen. Sie lauschte. Ein Auto kam. Sie hörte Gemurmel und die fröhlichen Rufe der Kinder. Sie hörte Schritte im Flur, hinter ihrer Tür, die sie einen Spalt offengelassen hatte. Sie hörte, wie Angela sich erneut in der Küche zu schaffen machte. Sie versuchte zu lesen …

Um Himmels willen, Charley …

Sie blätterte zurück, weil sie nichts von dem Gelesenen aufgenommen hatte.

Um Himmels willen, Charley, es ist doch nur ein Job.

Sie legte das Buch auf den Nachttisch.

Um Himmels willen, Charley, der Job besteht darin, die Lüge zu leben.

Sie stand vom Bett auf und strich sich das Haar glatt.

Es war das, weswegen sie hergekommen war, weswegen sie so weit gereist war, das, weswegen sie das Haus ihrer Eltern und die Klasse 2B verlassen hatte. Sie holte tief Luft und zauberte ein Lächeln auf ihr Gesicht. Sie verließ ihr Zimmer und ging zuerst in die Küche, wo sie die schmutzigen Teller der Pasta- und Fleischgänge sah. Neben dem Herd stand ein weiterer Teller, der mit einem Topfdeckel abgedeckt war, um eine weitere Portion warm zu halten. Sie ging durch den Flur in Richtung der Stimmen, die aus dem Eßzimmer zu hören waren. Sie betrat das Wohnzimmer und zwang sich zu lächeln. Nur die Kinder ließen sich nicht beim Spielen stören und vergnügten sich kichernd mit der neuen Puppe und dem Auto. Das Gespräch war verstummt. Der Stuhl am Kopfende des Tisches war leer. Sie riß sich zusammen und sprach mit fester Stimme.

Charley fragte Angela, ob sie ihr helfen solle, die Kinder ins Bett zu bringen.

Angela und Peppino saßen sich gegenüber, daneben die Kinder und dann die beiden alten Leute. Peppino war sichtlich verärgert, und Angela schien schmerzlich berührt. Am Ende des Tisches, auf beiden Seiten des leeren Stuhls, saßen Peppinos Eltern. Der alte Mann trug einen schlecht sitzenden Anzug aus gutem Stoff. Schlips und Kragen hingen ihm locker um den dünnen Hals. Die alte Frau war schwarz gekleidet. Ihr spärliches weißes Haar hatte sie zu einem Knoten gebunden. Charley hatte ihr Haus gesehen, ihr Radio spielen gehört und ihr Essen gerochen.

Peppino sagte: »Das ist nicht nötig, Angela bringt die Kinder selbst ins Bett. Danke für dein Angebot. Gute Nacht, Charley.«

Er stellte sie nicht vor. Der alte Mann sah sie an, seine strahlenden Augen paßten irgendwie nicht zu dem alten, faltigen Gesicht. Die alte Frau warf ihr einen mißbilligenden Blick zu, bevor sie sich wieder ihrem Apfel zuwandte.

Charley lächelte. »Also gut, ich dachte nur, ich könnte vielleicht helfen. Kann nicht schaden, mal etwas eher zu Bett zu gehen.«

Sie ging zurück in ihr Zimmer. Wieder ließ sie die Tür einen Spalt offenstehen. Sie setzte sich aufs Bett. Ihre Finger ruhten auf dem Ziffernblatt der Armbanduhr. Sie fragte sich, wo er war, fragte sich, ob Axel Moen zuhörte. Offensichtlich war sie nicht willkommen. Am Tisch war ein leerer Stuhl, und in der Küche wurde ein Teller mit Essen warm gehalten. Die verschiedenen Codes gingen ihr durch den Kopf. Wo war er? Hörte er sie? Ihr Zeigefinger wanderte zum Signalknopf der Uhr.

Sie gab das Signal. Sie wartete einen Moment. Sie wiederholte das Signal. Wo war er? Hatte er es gehört? Wieder drückte sie auf den Knopf, im selben Rhythmus.

Sie war aufgeregt. Sie hatte die Macht ...

Sie ging ins Bad, pinkelte und wusch sich. Dann zurück in ihr Zimmer, wo sie sich auszog. Der Impuls, den sie gesendet hatte, das war ihre Macht ...

Einen Augenblick lang drückte sie ihren Teddybär an sich, als wolle sie das erregende Gefühl der Macht mit ihm teilen. Sie schaltete die Nachttischlampe aus. Im Dunkeln lag sie da und versuchte wach zu bleiben, hörte die Geräusche in der Küche, hörte das Rauschen der Wasserspülung, hörte, wie die Kinder von Angela ins Bett gebracht wurden, hörte das undeutliche Murmeln der Stimmen. Sie versuchte wach zu bleiben, glitt jedoch davon, den Finger auf dem Alarmknopf der Uhr. Immer weiter glitt sie davon, als hätte die Erregung sie erschöpft. Sie träumte. Ab und an kam sie wieder zu sich. Dann riß sie die Augen auf und verscheuchte den Traum, starrte auf die Leuchtziffern der Uhr. Kurz vor zehn, dann elf, dann Mitternacht, und die Träume waren immer schwerer zu verscheuchen. Sie driftete weiter ab, immer weiter.

Sie träumte von dem jungen Mann auf dem Zeitungsfoto, dem man die Kehle durchgeschnitten hatte, von der Geschichte, die Benny ihr erzählt hatte, und von dem Hubschrauber.

Sie träumte von einem Schatten an der Tür und daß die Tür geschlossen wurde.

Sie träumte von dem über ihr schwebenden Hubschrauber und den Männern mit den Gesichtsmasken und von leisen Schritten auf dem Flur und von Axel Moen unter den Bäumen hinter dem Strand ... Charley schlief.

»Wie spät?«

»Dreißig Minuten später als bei deiner letzten Frage.«

»Wo zum Teufel steckt sie nur?«

»Soll ich hinfahren, läuten, das ganze Haus aufwecken und zu ihr gehen, damit ich sie fragen kann?«

»Sie hat ›Bereithalten‹ gesendet.«

»Sie hat ›Bereithalten‹ gesendet, nicht das Alarmsignal oder ›Aufhebung‹.«

»Es ist sieben Stunden her seit dem letzten ›Bereithalten‹.«

»Richtig, Axel, denn jetzt ist es drei, eine halbe Stunde später als bei unserer letzten Diskussion.«

»Ich versteh' das nicht.«

»Ich auch nicht, aber ich bin froh, daß ich nicht die *carabinieri*-Helden alarmiert habe, sonst hätte ich wieder einen Bericht schreiben müssen ... Ich bin wirklich froh.«

»Ich könnte ihr in den Arsch treten.«

»Der müßte mittlerweile grün und blau sein. Das hast du nämlich schon vor einer halben Stunde gesagt und vor einer Stunde ebenfalls.«

»Aber es ist so verdammt amateurhaft.«

»Ganz genau, Axel, denn sie ist Amateurin.«

Sie saßen im Auto. Die letzten Discos hatten längst geschlossen, die Bars an der Piazza waren zu, die Jugendlichen auf den Motorrädern und Rollern waren weg. Mondello war menschenleer. Die Straße, an der sie geparkt hatten, in der Nähe der Piazza nicht weit vom Strand, lag verlassen da. Axel nahm sich eine Lucky Strike und hielt Vanni die Schachtel hin, der die letzte herauszog.

»Damit ist die Sache wohl entschieden. Ohne Zigaretten werde ich hier nicht noch länger herumsitzen.«

Axel zerknüllte die Schachtel. Er warf sie auf den Boden, wo schon Vannis leere Schachtel und die Pizzakartons herumlagen. Sie rauchten, zogen so lange an den Zigaretten, bis sie sich die Finger verbrannten. Dann warfen sie die Stummel aus dem Fenster.

»Was denkst du?«

»Ich denke, wir legen uns jetzt schlafen, Axel. Bist du sauer?«

»Ich tret' ihr in den Arsch.«

»Weißt du, was ich glaube? Du willst es bestimmt nicht hören, aber ich sag's dir trotzdem.« Vanni grinste. »Ich glaube, du magst sie, und ich glaube, du hast große Angst um sie.«

»Ich tret' ihr in den Hintern.«

Nur der Beamte vom Nachtdienst leistete Harry Compton Gesellschaft.

In einer von Verbissenheit und Zorn geprägten Stimmung hatte er in Rom angerufen und von Alf Rogers erfahren, daß der Bericht kommen würde, aber erst spät am Abend, und er hatte sich entschlossen zu warten.

Von Politikern und Bürokraten nach der Hauptaufgabe des SO6 befragt, erwiderte der Leiter der Dienststelle gern: »Der Illegalität die Stirn bieten.« Der Grund für die verbissene Wut des Detective Sergeants lag vor ihm auf dem Schreibtisch. Eine Kamera in Heathrow hatte der Illegalität die Stirn geboten. Der italienische Paßinhaber Bruno Fiori hatte sieben Stunden zuvor Terminal zwei des Heathrow-Flughafens passiert. Das Foto, das von einer in der Wand installierten Kamera aufgenommen worden war, zeigte ihn, wie er seinen italienischen Paß am Ausreiseschalter vorlegte. Aber die Zollbeamten hatten ausdrückliche Order erhalten, den Paßinhaber nicht aufzuhalten oder zu befragen. Er sollte keinesfalls ahnen, daß eine Ermittlung im Gange war. Der Dreckskerl konnte also unbehelligt zu seiner Maschine durchgehen. Das Foto zeigte einen weltgewandten, gutaussehenden Mann, teuer gekleidet, ganz entspannt, wo dieser Dreckskerl doch im Verhörzimmer oder in einer Zelle sitzen sollte.

Eine Klingel läutete. Sie klang schrill. Der Nachtdienstbeamte wollte aufstehen, aber Harry Compton winkte ab. Er eilte in Miss Frobishers leeres, aufgeräumtes Büro.

Die Nachricht kam über den Drucker. Er las …

AN: Harry Compton, SO6.
VON: Alfred Rogers, DLO, Britische Botschaft, Via XX Settembre, Rom.

BETREFF: MARIO RUGGERIO

GEB. DAT: 19/8/1934
GEB.ORT: Prizzi, Westsizilien.

*ELTERN: Rosario *1912 und Agata *1913 (beide noch am Leben). Ihre weiteren Kinder – Salvatore *1936 (im Gefängnis), Carmelo *1937 (geistig behindert), Cristoforo *1939 (ermordet 1981), Maria *1945, Giuseppe *1954 (siehe unten).*

*FAMILIE: Verheiratet mit Michela Bianchini (aus LCN-Familie Trapani) seit 1975. Kinder Salvatore *1980, Domenica *1982. Wohnort Prizzi.*

BESCHREIBUNG: Größe 1,61 m. Gewicht ca. 83 Kilo. Blaue Augen. Keine Narben. Wahrscheinlich kräftiger Körperbau (letztes Foto 20 Jahre alt, seitdem nicht mehr gesichtet). Dunkelbraunes Haar, möglicherweise ergraut oder gefärbt. Möglicherweise Brillenträger.

Er nahm die Papierbögen mit an seinen Schreibtisch.

»Wollen Sie einen Kaffee, Chef? Ich mach' mir grad selber einen.« Der Nachtdienstbeamte faltete seine Zeitung zusammen.

»Nein, danke.«

LEBENSLAUF: Schulerziehung, Volksschule Prizzi, 1939–43. Begleitete seinen Vater – Lastwagenfahrer, Transport von Schmuggelwaren. 1951 angeklagt wegen versuchten Mordes (Opfer soll ihm angeblich nicht genug Respekt erwiesen haben). Im Ucciardone-Gefängnis verdächtigt, zwei Mitgefangene erdrosselt zu haben, keine Zeugen, keine Beweise. Entlassen 1960. Seitdem eingeschworener Mann der Ehre. Nie wieder verhaftet. In Abwesenheit angeklagt wegen Mordes, Drogenhandels und anderer Delikte. FBI/DEA haben wahrscheinlich genügend Beweise für Anklage in USA. Verbündeter der Corleoneser (Riina, Provenzano usw.), trotzdem unabhängig operiert. Beim Machtkampf (Postcorleoneser Verhaftungen) gibt es Hinweise, daß RUGGERIO verantwortlich ist für das Verschwinden des capo von Agrigento und die kürzliche Ermordung des Catania-capo.

»Alles in Ordnung, Chef? Wollen Sie wirklich keinen Kaffee? Hier ist auch noch ein Butterbrot. Meine Frau macht immer viel zu viele.«

»Nein, danke.«

»War ja nur 'ne Frage. Aber Sie sehen so aus, als hätte Ihnen jemand einen mächtigen Tritt in die Eier verpaßt. Wollte nicht stören ...«

BEURTEILUNG: Extrem verschlossen und auf seine persönliche Sicherheit bedacht, keinerlei erfolgreiche Abhöraktionen, keinerlei Aufzeichnungen. Hat Sicherheitsvorkehrungen getroffen für die ihm unterstehenden »Familien« der LCN. Keine aktuellen Informationen über ihn durch das pentito-*(Zeugenschutz)-Programm. Von den italienischen Behörden als kaltblütiger Killer angesehen.*

SCO-Bericht: »Ungebildet, verfügt jedoch über Intuition und Intelligenz, seine Aktionen sind äußerst schwierig vorauszusehen.«

Squadra-mobile-Bericht: »Gewalttätig, aggressiv, überdurchschnittlicher Scharfsinn und Entschlossenheit.«

DIA-Bericht: »Er hat Macht über Leben und Tod, übermächtige persönliche Ausstrahlung, leichter Hang zu gewalttätigem Sadismus. ABER (Anm. AR) fristet ein elendes Dasein, da er sich nicht offen bewegen, nicht offen bei seiner Familie leben kann. Lebt in ständiger Angst vor einem Attentat, in ständiger Anspannung, daher stark paranoide Züge.«

Richter Rocco Tardelli (leitet Ermittlungen gegen Ruggerio) in einem aktuellen Bericht beim Justizministerium: »(Ruggerio) ist ein hervorragender Stratege, glaubt, daß die Zukunft der LCN in internationalen Geschäften liegt, tritt als Broker für Triaden, Yakuza und die russische Mafia auf. Sein Ruf eilt ihm voraus, seine Stärke liegt in der Kombination von Gerissenheit und Erfahrung. Wenn er die Oberherrschaft der LCN erreicht hat, wird er versuchen, die enorme Macht der Organisation über die Grenzen Italiens hinaus zu erweitern.«

Zu einer Zeit, in der der Kampf des italienischen Staates gegen LCN an Stärke verliert, sieht es so aus, als hätte Ruggerio die Macht übernommen.

(Siehe Anhang über GIUSEPPE RUGGERIO.)

Alfred Rogers, DLO, Rom.

Er hatte einmal gedacht, daß die junge Frau von dem Examensfoto an der Wand über dem Telefon nicht seine Sorge war. Jetzt schämte er sich deswegen zutiefst. Er schloß den Bericht im Safe ein.

»Ich werd' jetzt mal nach Hause gehn. Bin ziemlich kaputt.«

»Am besten ist es zu Haus im Bett, neben dem Frauchen, Chef. Keiner dankt es Ihnen hier, wenn Sie sich kaputt arbeiten. Ich will Ihnen ja nicht auf die Nerven gehen – aber Sie sehen aus, als hätten Sie ein Gespenst gesehen. Tut mir leid, ich hab' nur einen Witz gemacht ...«

Kapitel 13

»Du kommst zu spät, Charley. Kannst du das nicht nachher machen?« rief Angela von der Küchentür.

Sie eilte über den Gartenweg, am Gastank und den Mülleimern vorbei, zur Wäscheleine. Ihre nassen Büstenhalter, Slips und T-Shirts, die sie in der Hand hielt, hinterließen eine Tropfenspur. Die Wäscheleine war auf der hinteren Seite der Villa. Hinter der Wäscheleine erhob sich die Mauer des Grundstücks. In der Mauer befand sich ein stabiles Holztor, das mit einem Vorhängeschloß verriegelt war. Die Mauer war so hoch, daß sie nicht hinüberschauen konnte. Oberhalb der Mauer erhoben sich nackte steile Felsen.

»Es geht ganz schnell, Angela – nur eine Sekunde.«

Sie klammerte die Kleidungsstücke an die Leine. Sie sah das Schwein. He, Spanner, *libertino,* geilt dich wohl auf, wenn du Slips und Büstenhalter an der Leine hängen siehst. Willst sie wohl mit deinen schmutzigen Pfoten betatschen. Er stand neben seiner Schubkarre, und als sie ihm einen herausfordernden Blick zuwarf, fing er an, den Weg zum Holztor zu fegen. Er bückte sich. Mit seiner alten, dreckigen Hand langte er auf das Beet neben dem Weg, hob etwas auf und warf es in die Schubkarre. Sie konnte sehen, was es war. Auf den trockenen Blättern sah sie den ausgetretenen Stummel eines Zigarillos liegen. Alle Wäschestücke hingen an der Leine. Sie dachte kurz nach und lief dann zur Villa zurück.

Angela wartete mit den angezogenen Kindern, Baby Mauro im Kinderwagen und der Einkaufsliste auf der vorderen Veranda.

»Du brauchst nicht abzuwaschen, Angela. Das kann ich machen, wenn ich zurück bin. Ist es dir recht, wenn ich heute nachmittag ein bißchen was für meine Bildung tue? Bis später. Kommt, Kinder.«

Als sie wach geworden war, saß Peppino bereits im Wohnzimmer über seinen Papieren. Als sie in die Küche ging, um den Kindern Frühstück zu machen, stand die Spüle voll mit schmutzigen Tellern und Töpfen, und Angela kochte gerade Kaffee. So konnte sie weder den gepolsterten Stuhl am Kopfende des Eßtisches inspizieren noch die Zahl der benutzten Teller, Messer und Gabeln überprüfen. Das Angebot, das Geschirr abzuwaschen, erschien ihr verdammt schlau. Auch daß sie gesehen hatte, wie der Spanner in der Nähe des hinteren Tores einen Zigarillo vom Boden aufhob, war verdammt clever. Der Gärtner rauchte Zigaretten, eine billige italienische Marke. Angela rauchte keine Zigarillos, und Peppino rauchte keine Zigarillos, und es war sehr unwahrscheinlich, daß sie den alten Mann am gestrigen Abend zum Rauchen in den Hinterhof geschickt hatten. Und dann war da noch die wirre Erinnerung an ihren Traum.

Daß sie geschlafen hatte, war allerdings weniger clever gewesen … Scheiße … sie hatte es nicht fertiggebracht, wach zu bleiben.

Die verschiedenen Bereiche ihres Geistes arbeiteten unabhängig. Ein Teil ihres Denkens steuerte ihren Weg den Hügel hinab, ließ sie einen Bogen um Hundehaufen und Schlaglöcher machen, die Kinder am Kindergarten und an der Schule abliefern und die Einkäufe erledigen. Ein anderer Teil war die Lüge, die Uhr an ihrem Handgelenk, schmutzige Teller in der Spüle, ein gepolsterter Stuhl, ein Zigarillostummel … Sie brachte Klein-Mario zum Schultor und Francesca zum Kindergarten. Sie stand auf der Piazza, eine Hand lässig auf den Kinderwagen gestützt, als ein lautes Hupen sie erschreckte. Sie hatte gerade die Einkaufsliste studiert. Sie wirbelte herum. Peppino winkte ihr zu und fuhr mit seinem großen Wagen davon. Sie winkte zurück. Wenn sie wirklich so verdammt clever war, clever genug, um Verdacht zu erwecken, würde es Peppino sein, der sie erwürgte, erstach, erschlug, um danach zu Abend zu essen? Sie kaufte Milch und Weißbrot und wollte dann weiter zum Obststand.

»Gehn Sie weiter, runter ans Meer, nicht umdrehen.«

Eine kalte, schroffe Stimme, eiskalt und ohne Gnade. Sie nahm die Schultern zurück, um eine trotzige Haltung zu demonstrieren, aber sie tat, was ihr befohlen wurde, und ging in Richtung Hauptstraße, wartete an der Ampel, drehte sich kein einziges Mal um und schob den Kinderwagen über die Straße. Sie lehnte sich an das Geländer. Das Baby wurde wach, und sie schaukelte sanft den Wagen.

»Wenn Sie nicht damit fertig werden, sollten Sie es sagen und aufhören.«

»Das ist nicht fair, verdammt noch mal.«

Die Stimme hinter ihr klang wie ein zorniges Knurren. »Wenn Sie nicht damit klarkommen, dann gehen Sie. Fahren Sie nach Haus.«

Sie starrte hinaus aufs Wasser. Die kleine Flotte der Fischerboote lief gerade aus und tanzte über die Wellen. Der Wind wurde frischer. »Ich tue, was ich kann.«

»Soll ich's Ihnen aufzählen? Sie geben Ihr Kommunikationsmittel einem gottverdammten Balg zum Spielen. Er spielt, wir müssen rennen. Mit Hubschrauber und Einsatzkommando – das haben Sie verbockt.«

»Es wird nicht noch einmal passieren.«

»Wird nicht passieren, wenn Sie aufhören. Dann, gestern abend, senden Sie ›Bereithaltung‹. Ich sitze bis nach drei mit meinem Begleiter im Auto und warte, habe ein Einsatzkommando bis halb vier in Bereitschaft. Haben Sie vergessen, ›Aufhebung‹ zu senden?«

»Ich tu' mein Bestes.«

»Wenn Ihr Bestes nicht besser ist, sollten Sie nach Haus fahren.«

»Es tut mir leid.«

»Das sollte es auch, verflucht noch mal. Warum haben Sie keine ›Aufhebung‹ gesendet?«

Sie holte tief Luft. Ihr Haar wehte im Wind. Mit leiser Stimme sagte sie: »Ich dachte, er würde vielleicht kommen. Es war ein kleines Familienfest. Giuseppes Vater hatte Geburtstag. Ich sollte nicht dabeisein. Es wäre zu langweilig für mich, sagte er. Ich war in meinem Zimmer und hab' versucht, wach zu bleiben. Aber ich bin eingeschlafen.«

»Das ist wirklich jämmerlich.«

»Ich hab' mich bemüht …«

»Ist er gekommen?«

»Raucht er Zigarillos?«

»Woher, zum Teufel, soll ich das wissen?«

»Dann weiß ich nicht, ob er da war.«

»Wenn Sie die Aufgabe nicht erfüllen können, sollten Sie besser nach Haus fahren.«

Sie drehte sich um. Sie brach die Regel, die er aufgestellt hatte. Sie schaute Axel Moen ins Gesicht. Sie sah die Kälte in seinen Augen, den verächtlichen Zug um seinen Mund und den Zorn in seinem Blick. Sie wollte, daß er sie berührte, sie wollte, daß er sie im Arm hielt … Sie wandte sich von ihm ab. Es würde Sturm geben, denn der Wind hatte zugenommen.

»Wenn Sie es nicht schaffen, sollten Sie aufhören.« Seine Worte klangen abgehackt.

Sie schaute den Fischerbooten nach, die über die Wellen dahinschossen. Sie ging zum Obststand.

Als sie zurück war, sah Charley, daß Angela das Geschirr vom Abendessen bereits abgewaschen und weggeräumt hatte, und der gepolsterte Stuhl im Eßzimmer war wie die anderen Stühle abgebürstet worden, so daß sie nicht feststellen konnte, ob jemand darauf gesessen hatte.

»Das Ergebnis?«

Giancarlo stand bei seinen Teamkollegen. Alle waren gekommen, bis auf diejenigen, die den letzten Nachtdienst gemacht hatten. Es war keineswegs üblich für die *squadra-mobile*-Überwachungseinheit, mit dem Richter, der die Ermittlungen leitete, am Anfang und Ende einer Überwachungsaktion zusammenzutreffen, aber der kleine traurige Mann hatte darauf bestanden. Der kleine traurige Mann saß auf seinem Schreibtisch, und seine Beine reichten nicht ganz bis zum Boden. Die Arme hatte er vor der Brust verschränkt. Es war ein lächerlicher, unpassender Gedanke, aber Giancarlo dachte, daß die Augen des Richters die trübe Mattigkeit des Todes hatten. Der abgedunkelte Raum wirkte auf ihn wie eine Todeszelle, eine *cella dei condannati a morte*. Sie hatten nichts zu sagen, nichts zu berichten, aber er hatte darauf bestanden, sie zu sehen.

Es gab kein Ergebnis. Ruggerio war nicht gesehen worden, es gab keine Spur von ihm. Aber es waren nur drei Teams mit je drei Männern gewesen, und im Labyrinth des Capo-Distrikts hätte man hundert Männer gebraucht. Es war ein schwacher Versuch gewesen, und der Versuch war gescheitert.

»Vielen Dank für eure Bemühungen.« Die Bemühungen hatten darin bestanden, herumzulaufen, sich Gesichter anzuschauen und die Gesichter von alten Männern mit einem Gesicht auf einem Foto zu vergleichen. Das Foto war zwanzig Jahre alt. Einige Computersimulationen waren gut, einige waren unbrauchbar. Vielleicht hatten sie ihn gesehen, vielleicht hatten sie neben ihm gestanden. »Danke für eure Mühe.«

»Da gibt es nichts zu danken ...« Der Leiter der Einheit schaute beschämt zu Boden.

Und Giancarlo verbarg das Geschenk hinter dem Rücken. In diesem Augenblick fragte er sich, wie oft in diesem Raum wohl gelacht wurde. Wie ein Mausoleum, dieser Raum, wie ein Ort voller Spinnweben und gedämpfter Stimmen. Ein Ort für einen Verdammten. Hatte der arme kleine Kerl jemals etwas zu lachen? Die Männer vor der Tür waren ebenfalls verdammt, so sagte man. Sie sahen nicht so aus, als würden sie den armen Kerl jemals aufmuntern. Giancarlo war der Älteste und Erfahrenste im Team, und er war dazu auserkoren worden, dem traurigen kleinen Mann das Geschenk zu überreichen, das ihn zum Lachen bringen sollte.

»Eine kleine Aufmerksamkeit für Sie, *Dottore.* Es war uns eine Ehre, für Sie arbeiten zu dürfen …«

Giancarlo überreichte dem Richter das in glänzender Folie verpackte Päckchen mit den bunten Schleifen. Sie sahen gespannt zu, wie er mit nervösen Fingern das Klebeband abknibbelte und das Papier abstreifte.

Zitronen kullerten auf den Schreibtisch, fielen vom Tisch und rollten über den Boden.

Er hatte verstanden. Er lächelte. Er kannte ihre Arbeit, wußte, wie schwierig es war, sich Tag für Tag möglichst unauffällig im Capo-Distrikt herumzudrücken. Er sprang vom Tisch, ging auf Giancarlo zu und küßte ihn auf beide Wangen, und Giancarlo war es, als seien es die Küsse eines Verdammten.

Als die Zeit des Hofgangs gekommen war, als die Glocke läutete und die Schlüssel sich in den Schlössern herumdrehten, blieb der Gefangene auf seiner Pritsche sitzen.

Seine Zellengenossen machten sich auf den Weg nach draußen. Ein *carceriere* sah ihn auf dem unteren Etagenbett hocken und fragte, warum der Gefangene nicht auf den Hof wolle, worauf dieser etwa von einer Grippe murmelte.

Als die Stimmen im Treppenhaus verhallt waren und er wußte, daß es die nächsten dreißig Minuten still bleiben würde, stand der Gefangene auf. Zu seiner Überraschung zitterten seine Hände nicht, als er seinen Gürtel löste. Mit dem Gürtel in der Hand kletterte er auf das obere Etagenbett. Durch das vergitterte kleine Fenster schaute er auf Palermo. Das Zellenfenster war offen, und ein starker Wind blies ihm ins Gesicht. Durch die Gitterstäbe konnte er die Berge oberhalb von Palermo sehen. In den Bergen war das Zuhause seiner Mutter, in der Stadt war das Zuhause seiner Frau und seiner

Kinder. Als er die Gürtelschnalle an einem der Gitterstäbe befestigte, hörte er nichts als das Heulen des Windes.

Seine Frau hatte ihm gesagt, daß er tot sei. Der Richter hatte gesagt, er würde durch einen Stoß von der Klippe, durch einen Messerstich oder Gift sterben.

Er riß an dem Gürtel, um zu überprüfen, ob er fest saß.

Suicido war ein Verbrechen gegen den Eid, den er vor vielen Jahren geschworen hatte. Wenn ein Mann sich das Leben nahm, verlor er seine Würde und seine Achtung, und das war ein Verbrechen gegen den Eid.

Der Gefangene knotete sich das Ende des Gürtels um den Hals. Das Bett war nicht hoch genug, und der Gürtel war zu kurz, um ihm beim Sprung das Genick zu brechen. Er würde langsam ersticken.

Er hatte keine Informationen mehr für den Richter, nichts mehr über Mario Ruggerio zu berichten.

Er sprach ein lautloses Gebet und versuchte sich die Gesichter seiner Kinder ins Gedächtnis zu rufen.

Um sich tretend und keuchend hing er da, und unter dem Zellenfenster zogen die Gefangenen ihre monotonen Kreise über den Hof.

»Das ist also dein Zuhause?«

»Das ist Cinisi, und hier bin ich aufgewachsen.«

»Ein schöner kleiner Ort, hat einen ganz eigenen Charakter«, sagte Charley fröhlich. Sie schaute die Hauptstraße hinauf, den Corso Vittorio Emanuele. Am Ende der Straße erhob sich eine Felswand aus Granit, und oberhalb des Berggipfels jagten weiße Wölkchen über den azurblauen Himmel dahin. Vor der Felswand stand die mächtige schlichte Kirche.

»Mein Vater hat Cinisi immer *mafiopoli* genannt, bevor sie ihn ermordet haben«, sagte Benny. Er hielt ihr die Autotür auf. Der Ort gefiel ihr tatsächlich recht gut, und sein Charakter wurde durch die schmucken Häuserreihen bestimmt, die die Hauptstraße säumten. Die Fenster der meisten Häuser waren mit Fensterläden verschlossen, aber auf den Balkonen standen Kübelpflanzen, und die ockerfarbenen und weißen Wände waren frisch gestrichen, und vor allen Häusern war ordentlich gekehrt worden. Am Rande des Gehsteiges standen blühende Kirschbäume, unter denen ein Teppich aus rosa Blütenblättern lag.

»Ich kann nichts sehen, Benny, kann es nicht fühlen. Vielleicht konnte ich in Corleone ein bißchen sehen, vielleicht konnte ich in Prizzi etwas spüren, aber nicht hier. Es scheint nichts Greifbares zu geben.«

»Sieh dir den Berg an«, sagte Benny.

Charley trug ihren besten Rock, den sie mit Peppinos Geld gekauft hatte, und ihre beste Bluse. Sie stand da und spürte die Sonne auf ihren Schenkeln. Ein frischer Wind wehte ihnen durch die Hauptstraße entgegen. Selbstbewußt stand sie da, ein wenig breitbeinig, wie um dem Wind besser zu trotzen. Am Fuße des Berges erstreckte sich ein Gebüsch, aber weiter oben war nur eine steile Felswand, auf der nichts wuchs. Dominant und drohend ragte der Berg am Ende der Hauptstraße in den Himmel.

»Es ist ein Berg, ein nutzloser Felsen.«

Er berührte sie leicht am Arm. »Du irrst dich, Charley«, sagte er mit leiser Stimme. »Natürlich hast du unrecht. Weil du nicht hier lebst, kannst du es nicht wissen. Sie besitzen den Berg, sie besitzen den Fels, sie besitzen die Steinbrüche. Bist du nicht mit dem Flugzeug nach Palermo gekommen?«

»Nein, mit dem Zug«, erwiderte Charley. Axel Moen hatte ihr erklärt, daß ein Agent in der Phase des Übergangs, kurz vor Beginn seiner Spitzeltätigkeit, am gefährdetsten sei, wenn er sein sicheres Dasein verließ und sich in Gefahr begab. Deshalb sollte sie die Reise so lange wie möglich ausdehnen, um über diese Veränderung nachzudenken. Charley log: »Ich fand es schöner mit dem Zug zu fahren, irgendwie romantischer. Mit dem Zug durch die Nacht zu fahren und einen Kontinent zu überqueren.«

»Weil sie den Berg und den Felsen und die Steinbrüche besitzen, wollten sie, daß der Flughafen von Palermo hier gebaut wurde. Hier ist es zu windig, und der Berg liegt zu nah, aber das spielte keine Rolle, denn sie besaßen den Berg, den Felsen und den Steinbruch. In Cinisi gab es Bauernhöfe, Weingärten und Olivenbäume, aber sie vertrieben die *contadini* von ihrem Land, und der Stein bildete die Grundlage für die Rollfelder, der Stein war eine gute Grundlage für Beton, und so kamen sie an ihren eigenen Flughafen. Sie besitzen alles, was du hier siehst, Charley, jeden einzelnen Menschen.«

Sie standen vor einem hübschen Häuschen mit neuen Fenstern und einer schweren Eichentür mit einem Türklopfer aus poliertem Messing.

»Ist deine Muter da drinnen?«

»Ja.«

»Und sie wartet auf deine Wäsche, nicht wahr?« sagte sie spöttisch.

»Ja.«

»Kann sie nicht noch ein bißchen länger auf deine Wäsche warten?«

»Natürlich – was hast du denn vor?«

»Ich möchte sehen, wo sie deinen Vater ermordet haben, wo du neben ihm im Auto gesessen hast, als sie ihn töteten.«

Vielleicht hatte sie ihn erschreckt. Seine Lippen wurden schmal, und seine Augen glitzerten seltsam. Seine Gesichtszüge waren gespannt. Er wandte sich von ihr ab und ließ sie stehen. Sie folgte ihm. Benny ging an kleinen Grüppchen von alten Männern vorbei, die in der Sonne standen und sich den Wind um die Ohren blasen ließen, und sie mieden seinen Blick. Eine Frau mit einer Einkaufstasche blieb stehen, als sie ihn sah, und kehrte ihm demonstrativ den Rücken zu, um in das Schaufenster einer *alimentari* zu schauen. Als er an ihnen vorbeiging, ließen die drei Jungs, die eben noch müßig auf ihren Rollern gesessen und geschwatzt hatten, ihre Maschinen aufheulen und stoben davon, so daß ihm die Auspuffgase ins Gesicht geweht wurden. Charley war dicht hinter ihm. Wie zum Trotz blieb er stehen und deutete auf eine *gelateria,* in der jede erdenkliche Eissorte angeboten wurde, aber sie schüttelte den Kopf. Am oberen Ende des Corso Vittorio Emanuele war die Piazza von Cinisi. Ein Priester kam aus der Kirche, sah Benny und eilte mit wehender Soutane davon. Auf der Piazza standen weitere Männer, und weitere müßige Jungs hockten auf ihren Motorrollern. Sie hatte ihn dazu gebracht, den Moment ein zweites Mal zu durchleben, und sie fragte sich, ob er sie dafür haßte.

Wie ein Fremdenführer im *duomo* oder im Palazzo Sclafani legte er die Chronologie eines Todes dar. Er deutete auf die Straße neben der Kirche.

»Dort wurde es getan. Ich hatte Geigenstunde und war länger in der Schule geblieben. Mein Vater war auf dem Rückweg von Terrasini und holte mich ab, denn es regnete. Sie müssen gewußt haben, an welchem Nachmittag ich wegen meiner Musikstunden länger in der Schule blieb, und sie wußten, daß er mich abholen würde, wenn es regnete. Es spielte keine Rolle für sie, daß ich im Auto saß und erst zehn Jahre alt war. Dieser Nachmittag war für sie eine günstige Gelegenheit, meinen Vater zu töten ...«

An einer Ecke der Piazza war eine Bar. Vor der geschlossenen Tür wirbelten Papierfetzen durch die Luft. Das Ganze geschah vor siebzehn, achtzehn Jahren – natürlich war nichts mehr zu sehen. Eine schmale Straße, die auf eine hübsche Piazza führte, im Schatten der San-Silvestro-Kirche, ein Mordszenario.

»Was hatte er getan? Was hat dein Vater getan?« Sie wußte, daß sie ihn mit ins Bett nehmen würde, noch an diesem Tag.

»Er sagte den *contadini,* daß sie ihr Land nicht aufgeben sollten, daß es ihr Ruin wäre, wenn sie ihr Land verkauften. Er sagte, sie wären Bauern und sie sollten weiter Oliven, Orangen und Zuckermais anbauen. Er erklärte ihnen, daß sie nach dem Verkauf und dem Bau des Flughafens nie wieder Arbeit finden würden, weil man für die Arbeit auf dem Flughafen Leute aus Palermo holen würde und keine *contadini.* Er sagte den Leuten, daß der Bau des Flughafens für die Mafiosi ein Triumph wäre und für die *contadini* eine Katastrophe. Er war nur ein kleiner Ladenbesitzer, aber er war ein ehrlicher Mann, und seine Ehrlichkeit wurde respektiert. Irgendwann fingen die Leute an, ihm zuzuhören. Mein Vater hatte eine Versammlung für alle Bürger der Stadt und die Bauern der umliegenden Orte einberufen. Die Kundgebung sollte hier stattfinden, wo wir jetzt stehen. Mein Vater wollte den Leuten sagen, daß sie sich dem Bau des Flughafens widersetzen sollten. Die Kundgebung sollte an jenem Abend stattfinden.«

»Sie haben ihn also ermordet, um ihn zum Schweigen zu bringen.« Sie würde mit ihm im Bett liegen, noch heute.

»Weil er ihnen im Weg war und weil er sich über sie lustig machte. Am Abend zuvor hatte ich gehört, wie mein Vater seine Rede probte. Die Leute sollten viele Witze zu hören bekommen. Die damalige Familie in Cinisi, mittlerweile sind sie entmachtet und durch eine andere ersetzt worden, war die Familie Badalamenti. Er sprach von dem ›Corso Badalamenti‹, wo sie lebten, und das Familienoberhaupt nannte er ›Geronimo Badalamenti‹. Er hatte viele Witze über den Reichtum, der durch den Flughafen entstehen würde, wenn sie erst den *contadini* das Land weggenommen hätten. Die Badalamenti-Familie würde von silbernen Tellern essen und sich im Badezimmer goldene Wasserhähne anbringen lassen. Er war eine Bedrohung für sie, denn er hätte über sie gelacht und andere Leute dazu gebracht, mit ihm zu lachen.«

»Was ist passiert? Erzähl mir, was passiert ist.« Ganz langsam würde sie ihn ausziehen, noch an diesem Tag.

»Wieso willst du das wissen? Warum ist es dir so wichtig?«

»Bitte erzähl es mir.«

Sein feines Haar wurde vom Wind zerzaust. Er grinste sie höhnisch an. »Du arbeitest als Kindermädchen für eine reiche Familie. Du betreust kleine Kinder, bekommst Geld dafür, daß du die Arbeit ihrer Mutter machst. Warum …«

»Ich will sehen, anfassen, fühlen, damit ich verstehen kann.«

»Bin ich nur ein Zeitvertreib für dich?«

»Nein, ich schwöre es. Hilf mir zu verstehen.« Sie würde ihn ausziehen und seinen Körper küssen, noch an diesem Tag.

»Ein Auto überquerte die Piazza und stoppte vor dem Wagen meines Vaters. Er erkannte die Leute im Auto nicht, denn er schrie sie an. Ob sie nicht Auto fahren könnten. Es war später Nachmittag, wegen des Regens brannten bereits die ersten Laternen. Auf der Piazza war schon alles vorbereitet, die Lautsprecher waren installiert, und das Podium, von dem aus mein Vater sprechen sollte, stand bereits. Er brüllte die Leute im Auto an, weil er fürchtete, zu spät zur Kundgebung zu kommen. Ein anderer Wagen kam von hinten. Ich sah nur einen Mann. Der Mann hatte eine kleine Maschinenpistole. Er kam auf uns zu, schnippte eine dünne Zigarre weg und zielte mit seiner Maschinenpistole. Es waren noch mehr Männer da, alle ebenfalls bewaffnet, aber ich sah sie nicht, weil mein Vater mich nach unten drückte. Er wollte mich schützen. Wäre er allein gewesen, hätte er vielleicht versucht zu fliehen, aber ich war bei ihm, und er hätte mich niemals allein gelassen. Achtzehn Schüsse wurden abgefeuert, dreizehn davon trafen meinen Vater. Der Priester, der noch eher zur Stelle war als die *carabinieri* und der Krankenwagen, sagte, es sei ein *miracolo*, daß das Kind nicht getroffen wurde. Ich glaube, im nachhinein hat man es den Mördern meines Vaters hoch angerechnet, daß ich verschont blieb. Ich kann mich noch an das Gewicht seines Körpers erinnern, wie er auf mich sackte, und ich kann mich noch daran erinnern, wie sein warmes Blut mir über die Hände lief. Irgend jemand hatte meine Mutter geholt. Sie kam, und die Leiche meines Vaters wurde von mir heruntergehoben. Meine Mutter brachte mich nach Haus.«

»Es ist hier geschehen?«

»Da, wo du jetzt stehst, hat der Wagen gehalten, der meinem Vater den Weg versperrte. Möchtest du noch mehr hören?«

»Ja, damit ich verstehe …« Sie würde seinen Körper küssen und mit ihren Händen berühren und seine Liebe wecken, noch an diesem Tag oder in dieser Nacht.

»Zwei Tage später war die Beerdigung meines Vaters. Damals ging ich mit meiner Mutter den ganzen Corso entlang. Auf der Piazza drängten sich die Leute, und die Kirche war bis auf den letzten Platz besetzt. Damals lebten in Cinisi und in den umliegenden Orten achttausend Menschen, und dreitausend kamen zur Beerdigung meines Vaters, und der Priester wetterte gegen die Barbarei der Mafiosi. Es war alles Schwindel. Wie das Spektakulum einer fahrenden Schauspieltruppe auf einem Burgfest. Der Flughafen wurde auf dem Land gebaut, das man den *contadini* gestohlen hatte. Die Leute, die in der Kirche saßen, die am Corso und auf der Piazza standen, sie alle beugten sich dem Willen der Badalamenti-Familie. Es gab eine kurze Ermittlung, aber die *carabinieri* sagten meiner Mutter, daß es keinen Beweis für die Schuld der Mafia gab. Ihnen gehört die Stadt, ihnen gehört der Flughafen, und ihnen gehört das Leben jedes einzelnen Menschen hier.«

»Benny, warum töten sie dich nicht?«

Er ließ den Kopf hängen. Sie wußte, sie hatte seinen Stolz verletzt. Er wandte den Blick von ihr ab und murmelte voller Bitterkeit: »Wenn der Widerstand ineffektiv ist, nehmen sie keine Notiz davon. Wenn der Widerstand nur eine leichte Irritation ist, ignorieren sie ihn. Wenn der Widerstand zur Bedrohung wird, töten sie. Willst du mich demütigen, weil ich am Leben bin und mein Vater tot ist?«

»Laß uns deine Wäsche wegbringen«, sagte Charley.

Sie gingen zurück über den Corso Vittorio Emanuele. Sie nahm seine Hand und führte ihn, sie bestimmte das Tempo. Es war nützlich für sie, warmes Blut zu berühren, das Gewicht der Leiche eines Vaters zu spüren und das Entsetzen im Gesicht eines Kindes zu sehen …

Sie sollte daran denken heimzufahren, hatte Axel Moen gesagt. Sie sollte heimfahren, wenn sie den Job nicht machen konnte, hatte Axel Moen gesagt … Benny blieb stumm. Als sie den Wagen erreicht hatten, nahm er einen mit Schmutzwäsche gefüllten Kopfkissenbezug vom Rücksitz. Eine Windböe fegte die Hauptstraße hinab. Er läutete an der Tür.

Sie wurde vorgestellt.

Sie spielte das naive Mädchen.

Ihr wurde Saft und ein Stück mächtiger Topfkuchen angeboten.

Sie war das Kindermädchen einer reichen Familie aus Palermo, und sie war ahnungslos.

Sie redete, naiv und ahnungslos, mit Bennys Mutter. Die Mutter bewegte sich flink und behende, und ihre Augen blitzten. Charley fand, daß die Frau außerordentlichen Mut bewiesen hatte. Nach dem Tod ihres Mannes hatte sie sich als Buchhalterin ausbilden lassen. Sie hätte an jedem anderen Ort Siziliens oder auf dem Festland leben und arbeiten können, aber sie war geblieben. Sie trug einen knallroten Rock und eine grasgrüne Bluse, als lehnte sie die schwarze Witwentracht als Zeichen der Niederlage ab. Der Mut der Frau gründete sich nach Charleys Ansicht darauf, jeden Tag die Leute zu sehen, die tatenlos zugeschaut hatten, als ihr Mann niedergemetzelt wurde, und Tag für Tag die Menschen vor Augen zu haben, die sich bei der Beerdigung ihres Mannes in der Kirche und auf den Straßen gedrängt hatten. Charley aß ihren Kuchen und trank ihren Saft und nahm die Stärke der Frau in sich auf. Der Mut der Frau bestand darin, Tag für Tag an dem Haus der Leute vorbeizugehen, die den Mord an ihrem Ehemann veranlaßt hatten, ihre Familienmitglieder in den Bars sitzen zu sehen und neben ihnen im Laden zu stehen und zu wissen, daß sie des Nachts ruhig schlafen konnten.

Wenn sie nicht aufgeben und nach Hause gehen wollte, brauchte sie diesen Mut.

Sie wartete, bis die Frau die Gläser und Teller weggeräumt hatte. Sie wartete, bis die Frau den Kopfkissenbezug mit der Wäsche in die Küche gebracht hatte.

Sie griff nach Bennys Hand. Seine Hand war schlaff. Sie beherrschte ihn. Sie führte ihn zu der blank polierten Holztreppe. Sie hörte das monotone Geräusch der Waschmaschine. Die Badezimmertür stand offen. Die Tür zum Elternschlafzimmer, dem Zimmer der Frau, stand offen. Sie führte Benny durch die Tür, die nicht offenstand, in sein Zimmer. Drinnen war es kühl, weil die Läden geschlossen waren und nur dünne Streifen Sonnenlicht auf das schmale Bett, den Fellteppich und das Bild über dem Bett fielen. Das Bild stammte aus einer Zeitung. Ein Auto stand allein mitten auf der Straße. Neben dem Auto lag die Leiche eines Mannes. Eine Frau stand neben dem Wagen und drückte ein kleines Kind an sich. In einigem Abstand stand eine Gruppe von Zuschauern. Charley verschlang das Bild, so wie sie zuvor den Kuchen gegessen und den Saft getrunken hatte. Sie brauchte die Stärke der Frau und des Jungen.

Sie zog ihm die Jacke von den Schultern, und er machte keine Anstalten, ihr zu helfen.

Sie kniete sich hin und zog ihm Schuhe und Strümpfe aus.

Sie nahm ihm die Krawatte ab, streifte sein Hemd ab und knöpfte seine Hose auf. Sie zog den Mann nackt aus und sah seine Knie zittern. Sie sah seinen flachen Bauch und die dicht behaarte Brust. Sie hatte das Gefühl, er würde sie anflehen. Von unten hörte sie das Klappern der Teller und Gläser, die offensichtlich gespült wurden.

Er lag auf dem Bett. Sie hockte sich auf ihn. Sie küßte Bennys Mund, seinen Hals, seine Brust und seinen Bauch, sog den Geruch seines Schweißes ein. Mit den Fingernägeln fuhr sie sanft über seine Haut und kraulte sein Haar. Erst als er anfing zu seufzen, so wie der Wind draußen vor den geschlossenen Fensterläden seufzte, streckte er die Arme nach ihr aus. Er fingerte an den Knöpfen ihrer Bluse herum, suchte den Verschluß ihres Büstenhalters und knöpfte ihren Rock auf. Sie hatte Macht über ihn. Sie zog ihm den Gummi über, wie sie es geplant hatte.

Charley ritt den Mann.

Für sie war es nicht der Lektor vom College auf dem Teppich, nicht der militante Tierschützer im Wohnwagen, nicht der Lehrer, der sie blutend vom Pflaster aufgehoben hatte.

Charley umklammerte seinen Kopf, und ihre Finger suchten verzweifelt nach dem blonden Zopf, der mit einem Gummiband zusammengehalten wurde. Charley knetete das blasse, unrasierte Gesicht. Charley zog die Arme um sich, muskulös und kraftvoll. Seine Stöße waren wild und hart, als würde er versuchen, sie abzuwerfen.

Sie murmelte den Namen des Mannes …

»Axel … fick mich … Axel …«

Er kam, sackte entkräftet in sich zusammen.

Sie kletterte von ihm herunter. Er versuchte sie zu küssen, zu umarmen, sie im Arm zu halten, aber sie stieß ihn von sich zurück aufs Bett. Sie zog ihm das Kondom herunter und marschierte wie ein eiskaltes Luder ins Badezimmer, wo sie den Gummi in die Toilette warf und wegspülte. Sie setzte sich auf die Brille. Sie fragte sich, wo er war und ob er sie beobachtet hatte. Ihre Finger ruhten auf ihrem nackten Arm, auf dem kalten Stahl der Armbanduhr. Sie ging zurück in sein Zimmer. Er lag auf dem Bett und hatte den Arm über die Augen gelegt, um sie nicht ansehen zu müssen.

Charley begann sich anzuziehen.

»Wer hat deinen Vater getötet?«

»Mein Vater gehört mir. Er geht dich nichts an.«

Zügig hob sie ihre Sachen vom Boden auf und streifte sie über. »Ist es gut, so ineffektiv zu sein, daß man nicht bemerkt wird? Wer hat ihn getötet?«

»Wenn ein Mann aus Catania getötet werden soll, lassen sie einen Mörder aus Trapani kommen, wenn ein Mann aus Agrigento sterben soll, holen sie jemanden aus Palermo«, zischte er. »Es ist ein Austausch von Gefälligkeiten. Wenn ein Mann aus Cinisi getötet werden soll …«

»Holen sie einen Killer aus Prizzi?« Ist es gut, nur ein leichtes Ärgernis zu sein und ignoriert zu werden?

»Warum interessierst du dich für all diese Dinge?« Sein Arm lag nicht länger über seinen Augen. Er setzte sich auf. Ihr war, als hätte er Angst vor ihr.

»Ich fahre mit dem Bus zurück«, sagte Charley. »Ich nehme den Bus, weil deine Mutter deine Sachen bestimmt noch nicht gewaschen und gebügelt hat. Du bist vor Mario Ruggerio sicher, Benny, weil er dich nicht einmal bemerkt hat.«

Carmine brachte den Minister zu der Wohnung.

Die Wohnung befand sich in Cefalu, und der Minister hatte gerade in Milazzo zu tun, das fast hundertfünfzig Kilometer weiter östlich lag. Carmine hatte von Mario Ruggerio den Auftrag bekommen, den Politiker von der Ölraffinerie in Milazzo zur Ferienwohnung in Cefalu zu bringen. Es war eine sehr wichtige und verantwortungsvolle Aufgabe. Der Minister war für die Industrieförderung zuständig, aber Mario Ruggerio hatte Carmine erklärt, er sei ein aufsteigender Stern mit Ambitionen, der nächste Finanzminister zu werden. Ein halbes Jahr zuvor hatte der Minister ein Signal gegeben. Bei einer Rede in Florenz pries er das vereinigte Italien und rief alle Italiener dazu auf, ihre sizilianischen Landsleute zu unterstützen. Mario Ruggerio hatte die verschlüsselte Botschaft verstanden: Öffentliche Gelder würden weiterhin auf die Insel fließen, und diese Trillionen von Lire waren das Herzblut der Cosa Nostra. Vor einem Monat hatte der Minister ein zweites Signal gegeben; in der Late-Night-Show eines Privatfernsehsenders hatte er die Justiz in Palermo vor der übermäßigen Einberufung von *pentiti* als Kronzeugen gewarnt. Zwei Zeichen, zwei codierte Botschaften, die bezeugten, daß der Minister dazu bereit war, mit Mario Ruggerio ins Geschäft zu kommen. Eine Kontaktaufnahme durch einen Mittelsmann bei einem Masonic-Treffen in Rom, und jetzt hatte Carmine die Aufgabe bekommen, den Minister heimlich von Milazzo nach Cefalu zu bringen. Keine leichte Aufgabe, nichts für einen arroganten Scheißer wie Tano, nichts für einen aufgeblasenen Trottel wie Franco. Die Verantwortung war Carmine übertragen worden, weil er die notwendige Intelligenz für das Arrangement und die Sicherheit eines solchen Treffens mitbrachte. Der Minister war mit seinen Bewachern über das Gelände der Ölraffinerie geführt worden, vorbei an kilometerlangen Pipelines zu den Kontrollstationen, wo ihm die technischen Leiter die verschiedenen Abläufe erläuterten. Nach einer Weile zog sich der Minister unter dem Vorwand bohrender Kopfschmerzen in sein Hotelzimmer zurück. Die Bodyguards des noch relativ unbedeutenden Ministers waren entspannt. Carmine hatte es arrangiert, daß ihnen am Ende des Hotelkorridors Erfrischungen gereicht wurden. In der kurzen Zeit, als die Wachen abgelenkt waren, wurde der Minister aus seinem Zimmer geholt, an dessen Tür das »Non disturbare«-Schild baumelte, und über die Feuerleiter nach draußen gebracht.

Carmine fuhr den Wagen von Milazzo nach Cefalu. Er hatte dem Minister eine flache Schirmmütze gegeben und einen Schal, den er sich halb übers Gesicht zog. Carmine war überaus stolz auf seinen Plan, denn die Wachen im Hotel würden niemals zugeben, die von ihnen bewachte Person aus den Augen verloren zu haben. Niemals würden sie zugeben, daß der Minister sein Hotelzimmer unbemerkt verlassen konnte.

Er ließ den Wagen auf dem Parkplatz vor dem Wohnungsblock stehen. Er parkte neben einem Citroën BX, dem einzigen Wagen weit und breit. Die Touristen, in der Regel hauptsächlich Deutsche, waren noch nicht nach Cefalu gekommen, um sich am Strand braten zu lassen und auf der Piazza del Duomo herumzuspazieren.

Am Fuß der Betontreppe zögerte der Minister, aber Carmine lächelte ihm aufmunternd zu. Der arme Trottel hing längst an der Angel, der arme Trottel hatte keine andere Wahl, als die Betontreppe hinaufzugehen. Er ging voran. Sie stiegen nach oben. Der Minister keuchte. Drei Klopfer an der Tür der Wohnung im zweiten Stock.

Die Tür wurde geöffnet. Die Tür hatte sich durch die feuchte Winterluft verzogen und knarrte beim Öffnen.

Die kleine Gestalt Mario Ruggerios wurde von der Türzarge eingerahmt. Er machte eine Verbeugung, wie um seinen Respekt vor dem Rang des Ministers zu zeigen, und sein Lächeln drückte Dankbarkeit aus, daß ein derart wichtiger Mann die lange Fahrt auf sich genommen hatte, um ihn zu besuchen. Er trug ausgebeulte Hosen, die von Hosenträgern gehalten wurden, und seine alte graue Lieblingsjacke. Er ergriff beide Hände des Ministers und drückte sie herzlich. Sein altes faltiges Bauerngesicht näherte sich dem Kopf des Ministers, und er hauchte ihm einen Kuß auf beide Wangen. Mit einer demütigen Geste bedeutete er dem Minister einzutreten.

Carmines Anwesenheit war nicht erwünscht. Er schloß die Tür.

Carmine wartete.

Er nahm an, daß bis zum nächsten Morgen eine größere Summe, vielleicht eine Million US-Dollar, auf ein Konto in Wien, Panama, auf die Cayman-Inseln oder nach Gibraltar überwiesen werden würde. Mario Ruggerio sagte immer, daß jeder Mensch seinen Preis hätte, und vielleicht lag der Preis eines Staatsministers ja bei einer Million US-Dollar. Mario Ruggerio würde es wissen, weil er sich bereits mit den Preisen von Richtern, Polizisten, Kardinälen usw. bestens auskannte … Das war die Macht Mario Ruggerios, und Carmine stand unter dem Schutz dieser Macht, daß Ruggerio sich jene einverleiben konnte, die an den Schalthebeln der Staatsgewalt saßen. Es gab so vieles, das man mit einer Million US-Dollar kaufen konnte – die Einstellung von Ermittlungen, die Ermöglichung neuer Vertragsabschlüsse, Empfehlungen und Kontakte im Ausland. Er stand vor der Tür und sonnte sich in der Macht Mario Ruggerios. Eines Tages, irgendwann, wenn Mario Ruggerio den Glanz der Macht satt hatte und zur Seite trat, dann würde es Carmine sein, der seinen Platz einnahm …

Eine Stunde später führte Carmine den Minister die Betonstufen hinunter. Drei Stunden später, als den Wachen wieder Erfrischungen gereicht wurden, erklomm der Minister die Feuerleiter des Hotels in Milazzo. Vier Stunden später erschien der Minister in seiner Tür und erklärte seinen Bodyguards, daß ihn die Kopfschmerzen von den Öldämpfen der Raffinerie nicht länger plagten.

Das Telefon läutete.

Es schrillte durch die abgedunkelte Wohnung. In der Küche saßen die *ragazzi* mit ihrem eigenen Telefon und ihrem Funkgerät. Jedesmal wenn das Telefon läutete, gaben sie sich gleichgültig, unterhielten sich lauter, zeigten größeres Interesse für ihr Kartenspiel. Sie taten so, als würden sie nach dem Klingeln nicht auf die leisen Schritte Tardellis lauschen. Pasquale spürte die veränderte Stimmung des Schutzteams. Der Spott war gegen ihn gerichtet gewesen, aber jetzt merkte er, daß er alle betraf. Er war die Zielscheibe ihres Spotts gewesen – »Warum ein Juweliergeschäft?« –, aber jetzt ergriff er sie alle. An den vergangenen zwei Tagen hatte es weniger rohes Geschwätz über Sexabenteuer, Überstunden und Feiertage gegeben. Statt dessen wurde mehr über eine höhere Geschwindigkeit der Autos, weniger vorhersagbare Strecken und mehr Schießübungen geredet. Jedesmal wenn das Telefon läutete, warteten sie auf Tardellis schlurfende Schritte, erstarrten, gaben sich locker, lauschten. Jede Nacht träumte Pasquale von parkenden Autos, Lastern oder Motorrädern, die in die Luft flogen, wenn sie daran vorbeifuhren, und er wußte, daß die Bomben mit einem Funkempfänger versehen waren, der mit einem Mobiltelefon angewählt wurde und die Detonation auslöste. Er wußte es, sie alle wußten es, weil der *maresciallo* ihnen die Ergebnisse der forensischen Untersuchungen mitgeteilt hatte. Er wußte, sie alle wußten, und der *maresciallo* brauchte es ihnen nicht zu sagen, daß es keinen Schutz vor einer Bombe in einem Auto oder in der Gepäckkonsole eines Motorrades gab. Sie warteten, sie lauschten, wie sie es jedesmal taten, wenn in der Wohnung das Telefon läutete.

Er kam mit schlurfenden Schritten zur Küchentür. Seine Wangen waren noch grauer als sonst. Er fingerte nervös mit einem Kugelschreiber herum. Er machte ein bedauerndes Gesicht.

»Ich muß weg.«

»Natürlich, *Dottore* – zum Palazzo, zum Schlangennest?« sagte der *maresciallo* leichthin.

»Neben dem Gefängnis ist eine Kirche …«

»Auf der Piazza Ucciardone, *Dottore* …? Wann wollen Sie dorthin?«

»Sofort, bitte.«

»Dann fahren wir gleich los, kein Problem.«

»Er hat sich das Leben genommen. Der Mann, mit dem ich das Spiel gespielt habe, dem ich angst gemacht habe, damit er sich besser erinnern sollte, er hat sich in seiner Zelle erhängt.«

Damit wandte er sich ab, schlurfte durch den Flur, um seine Jacke anzuziehen. Der *maresciallo* arbeitete eine Strecke zur Piazza Ucciardone aus, eine Strecke vorbei an endlosen Reihen parkender Autos, Lastwagen und Motorräder. Sie hoben ihre kugelsicheren Westen vom Boden auf, nahmen die Maschinenpistolen vom Tisch und von der Anrichte. Über Funk informierten sie die Truppen vor dem Wohnhaus. Sie brachten ihn nach draußen. Sie eilten mit ihm die Treppe hinunter. Die beiden Fahrer waren schon vorausgelaufen, damit die Motoren liefen, bevor er aus der Haustür trat. Sie rannten über den Bürgersteig, in das dämmrige Spätnachmittagslicht, und ein Windstoß blies ihnen Straßenstaub ins Gesicht. Pasquale saß neben dem Fahrer des Verfolgungswagens, und der *maresciallo* saß hinter ihm. Sirene und Blaulicht wurden eingeschaltet. Am Ende der Straße, wo die Soldaten den Verkehr aufgehalten hatten, schwenkten sie auf die Hauptstraße, vorbei an parkenden Autos, Lastwagen und Motorrädern. Sie fuhren schneller als üblich, in der Hoffnung, zu schnell zu sein, als daß der Mann mit dem Mobiltelefon reagieren und die letzte Zahl eintippen könnte, die den Kontakt mit dem Funkempfänger herstellen würde.

»Pasquale. Was bist du, Pasquale?«

Die Stimme des *maresciallo* war nur ein Flüstern. Sein Blick war auf den entgegenkommenden Verkehr gerichtet, auf die parkenden Fahrzeuge, an denen sie vorbeijagten. Er preßte seine Maschinenpistole an die Brust.

»Was bist du, Pasquale?«

»Ich verstehe nicht.«

»Soll ich dir sagen, was du bist, Pasquale? Du bist ein dämlicher, jammervoller Trottel. Du hast kein Magazin geladen.«

Seine Hände lagen reglos auf der Schulterstütze und dem Abzugbügel der Maschinenpistole. Er schaute nach unten. Er hatte kein Magazin eingeschoben. Er bückte sich und legte die Maschinenpistole zwischen seine Füße auf den Boden. Er nahm seine Pistole aus dem Schulterholster. Die Autos jagten mit quietschenden Reifen um die Kurve.

Der Journalist aus Berlin lehnte sich entspannt in seinem Sessel zurück. Die Botschaft war ihm ein kleines Stück Heimat. Auf dem Tisch stand eine Flasche deutsches Bier. Seine Rückkehr nach Rom erschien ihm wie die Rückkehr nach Europa. Halbwahrheiten, verschlüsselte Stellungnahmen und Dünkel der arabischen Welt lagen hinter ihm. Er hatte seinen Verleger angerufen und ihn um weitere Schecks gebeten, die am nächsten Morgen eintreffen würden. Er hatte ein paar Tage herausgeschunden … Als Veteran so vieler Kriege schreckte er vor der letzten Etappe seiner Heimreise zurück, denn er mochte nicht von jüngeren, ehrgeizigen Kollegen hören, daß er versagt hatte. Bis jetzt hatte seine Reise, die dem besseren Verständnis der Mafia dienen sollte, nicht viel ergeben, aber er hoffte, daß ein paar Tage Rom und die nötige Distanz von jenem Krieg, den er nicht sehen und fühlen konnte, ihm das Konzept für seinen Artikel liefern würden. Ein Mitarbeiter der Botschaft war für die Zusammenarbeit des Bundeskriminalamtes mit den italienischen Behörden zuständig. In Kurzschrift notierte er sich, was ihm erklärt wurde.

»… Vor fünf, sechs Jahren glaubten wir, daß die Mafia durch die Krise der Christdemokraten, der Sozialisten und Kommunisten nicht mehr in dem Maße geschützt sein würde, wie es in den vergangenen vierzig Jahren der Fall war. Wir glaubten damals an den Beginn einer sauberen politischen Ära in Italien. Das war ein Irrtum. Es folgte eine Regierung der Unternehmer. Statt die Mafia anzugreifen, schlug die neue Regierung einen gefährlichen Kurs ein. Anti-Mafia-Richter in Palermo wurden als egoistische Opportunisten denunziert, das *pentiti*-Programm wurde kritisiert. Nach den Morden an Falcone und Borsellino gab es eine winzige Chance, der Mafia ernsthaft zu schaden, als es wütende öffentliche Proteste gegen die organisierte Kriminalität gab. Aber die Chance wurde nicht genutzt. Wie ich höre, wird es immer schwieriger, Staatsanwälte und Richter zu überreden, nach Sizilien zu gehen. Die vielen verschiedenen Ermittlungsabteilungen arbeiten nicht mit-, sondern gegeneinander, sie arbeiten ineffizient und stümperhaft. Die Italiener drängen uns ständig, größeren Einsatz im Kampf gegen den gemeinsamen Feind zu zeigen. Aber sehen Sie sich doch diese Regierung aus Industriellen und Geschäftsleuten an. Im Innenministerium sitzt ein Faschist, an den Schaltstellen der Macht sitzen Männer, die nachweislich Beziehungen zur Unterwelt pflegen. Sollen wir etwa mit solchen Leuten kooperieren? Sollen sie etwa Zugang zu den Akten des BKA bekommen? Nur weil die sizilianische Mafia Drogen und schmutziges Geld nach Deutschland schleust, ist das Problem des organisierten Verbrechens in Italien für uns überhaupt von Interesse. Dasselbe gilt für Engländer, Amerikaner und Franzosen. Wir sind gezwungen, uns dafür zu interessieren, solange die Italiener sich weigern, ihre eigenen Probleme in den Griff zu bekommen. Aber Sizilien ist eine moralische Kloake, und unsere Bemühungen führen zu nichts. Ich hoffe, ich habe Sie nicht allzusehr enttäuscht.«

In der Kirche waren außer ihm nur zwei schwarzgekleidete Frauen, die ein paar Reihen vor ihm knieten und beteten.

Er hatte einen Platz im hinteren Teil der Kirche auf der Piazza Ucciardone gewählt, am anderen Ende des Mittelgangs.

Er kniete nieder. Von draußen konnte er den Verkehrslärm hören, und er hörte den Wind, der gegen die oberen Fenster der Kirche peitschte. Schweigend, mit den Knien auf den kalten Bodenplatten, betete er für die Seele des Mannes, der sich erhängt hatte …

Es war das, was er gewollt hatte. Fünfzehn Jahre zuvor war er mit seiner Frau und den Kindern nach Palermo gekommen. Ehrgeiz und die Hoffnung auf einen Karrieresprung hatten ihn dazu bewogen. Drei Jahre zuvor hatte er sich entschieden, in Palermo zu bleiben, nachdem ihn seine Frau mit den Kindern verlassen hatte, als Trost blieb ihm nur die fixe Idee, Mario Ruggerio zu fassen. Auf den Knien kauerte er da und betete für die Seele eines armen Teufels. Um in die Kirche zu kommen, um zu beten, brauchte er einen bewaffneten Wächter an der Tür des Priesterzimmers, er brauchte einen *maresciallo,* der mit einer Maschinenpistole drei Reihen hinter ihm saß, er brauchte einen jungen Wächter, der mit düsterer, gequälter Miene mit seiner Pistole an der Kirchentür stand, er brauchte zwei bewaffnete Wachen draußen auf der Kirchentreppe. Es gab keinen Ehrgeiz mehr. Der Ehrgeiz war vertrocknet, ein vergessener Lappen an einer Wäscheleine. Der Ehrgeiz war durch die Zerstörung seines Charakters erdrückt worden, durch das schleichende Gift, durch die intriganten Dolchstöße im Palazzo di Giustizia. Ihm blieb nichts weiter als seine Pflichtbesessenheit ... wofür? Ein Mann hatte sich wegen dieser Besessenheit erhängt, war langsam erstickt ... weswegen? Wegen seiner Besessenheit lebten fünf wunderbare Männer, die seine *ragazzi* waren, mit der ständigen Angst vor einem Attentat ... wozu? Die Besessenheit brachte ihn mit jedem Tag dem blumenbedeckten Sarg näher, der das enthielt, was von ihm übrig sein würde ... wozu das Ganze?

Der Priester beobachtete ihn. Der Priester war häufig im Gefängnis auf der anderen Seite der Piazza. Der Priester kannte ihn. Der Priester kam nicht zu ihm, um ihn zu trösten.

Wenn er das Zeichen geben würde, wenn er die Besessenheit aus seinem Herzen verbannen würde, hätte dies viele Annehmlichkeiten zur Folge, ein Bankkonto im Ausland, einen angesehenen Posten in Udine, die Rückkehr zu seiner Familie und ein sicheres Dasein für den Rest seines Lebens. Es wäre so einfach, das Zeichen zu geben. Innerhalb weniger Stunden würde es den kleinen, ältlichen Mann erreichen ...

Er richtete sich auf. Er blickte zum Altar und bekreuzigte sich. Er drehte sich um. Der Richter Rocco Tardelli schaute in das Gesicht seines jüngsten *ragazzo.* Seine Besessenheit aufzugeben wäre Verrat an Pasquale, der ihm Blumen von seiner Frau mitgebracht, eine Beule in das Begleitfahrzeug gefahren und das Magazin für sein Maschinengewehr vergessen hatte, Verrat an allen, die mit ihm fuhren und jeden Tag ihr Leben für ihn aufs Spiel setzten. Ihm war, als wäre die Last mit jedem Tag, mit jeder Stunde schwerer zu tragen. Also zurück in sein Büro, wo seine Besessenheit ihn beherrschte, zurück zu den Akten, zurück an den Computer.

Er lachte laut auf.

Sein Gelächter hallte durch die stille Kirche, und die beiden betenden Frauen schauten ihn strafend an, und der Priester am Altar warf ihm einen feindseligen Blick zu. Er lachte, weil er an den langhaarigen Amerikaner denken mußte, der »einen zweitrangigen Agenten« nach Palermo geschleust hatte. Wenn ein zweitrangiger Agent Ruggerio ans Messer liefern würde, während er trotz seiner Besessenheit versagt hatte ... Er senkte den Kopf.

»Das Leben ist nicht einfach, *maresciallo,* für keinen von uns. Ich möchte mich für mein ungebührliches Benehmen entschuldigen.«

Sie umringten ihn, als er die Kirche verließ. Im Laufschritt brachten sie ihn zu seinem stahlgepanzerten Wagen.

»... Hier ist Bill Hammond ... Ja, aus Rom ... Es geht so. He, Lou, wann bist du denn in die Personalabteilung gekommen? Das ist doch eine saubere Leitung, oder? ... Lou, das ist jetzt nichts Offizielles, ich brauche nur einen Rat. Keine Namen, verstanden? ... Etwas, das wir hier angeleiert haben, kann dir keine Details nennen. Die Sache könnte möglicherweise schiefgehen. Einer meiner Leute hat eine Menge Zeit investiert. Wenn's danebengehen sollte, muß ich ihn irgendwie trösten. Hättest du nicht einen Auslandseinsatz? ... Was für ein Typ er ist? ... Nein, kein Karrieretyp, nicht so einer wie du, Lou. Er ist ein Praktiker, kein Computertyp, einer von denen, die gern im Dreck wühlen. Wird's nie zu was bringen, gibt aber niemals auf, kannst du mir folgen? Wenn's schiefgeht, möchte ich ihn nicht wie einen angeschossenen Bären hier herumlaufen haben. Am liebsten würde ich ihn ... Was sagst du? Lagos? Ist das alles, was du zu bieten hast? Lagos in Nigeria? ... Ja, wir könnten ihm Lagos schmackhaft machen, so schmackhaft wie San Diego. Bitte sei doch so nett, Lou, und besetz den Posten in Lagos erst, wenn du wieder von mir gehört hast. Es sind einfach zu viele Leute in die Sache verwickelt, und es sind ziemlich fanatische Typen ... Ja, wir können zusammen essen, wenn ich das nächste Mal rüberkomme, das wär' nett ...«

Es wurde bereits Abend, als Harry Compton die schmale Straße entlangfuhr. Er sah das helle Verandalicht des Bungalows, aber er hatte nicht die Absicht, David und Flora Parsons zu besuchen. Als er etwa die Hälfte des Hügels hinter sich hatte, hielt er vor dem Tor einer Farm. Sie würden nicht gewillt sein, ihm mehr über ihre Tochter zu erzählen, als er bereits wußte. Der direkte Weg war nur selten der beste. Wenn ein Kind vermißt wurde, erfuhren die Polizeibeamten von den Nachbarn, ob das Verschwinden familiäre Gründe hatte oder ob es sich um eine richtige Entführung handelte. Wenn eine Firma krumme Geschäfte machte, erfuhr man die miesesten Sachen immer von der Konkurrenz.

Er ignorierte den bellenden Hund, der nach seinen Hosenbeinen schnappte.

Er klopfte an der Hintertür des Wohnhauses.

Daniel Bent, neunundsechzig Jahre alt, Farmer ... »Was hat sie angestellt? Wenn Sie extra von London hergekommen sind, muß sie doch irgendwas angestellt haben. Na ja, mir werden Sie's bestimmt nicht sagen. Sie wollen wissen, was ich von ihr halte? Notieren Sie. Sie ist ein eingebildetes kleines Luder. Als sie hierherkam mit ihren Eltern, die sind in Ordnung, nur ein bißchen schwächlich, war vom ersten Tag an zu merken, daß wir ihr nicht gut genug waren. Sagen tut sie das nicht, nein, aber man merkt es an ihrer ganzen blöden Art. Sie ist überheblich. Schaun Sie sie an, sie ist kalt wie Eis, ein überhebliches kleines Fräulein, hart wie Stein. Sie haben wohl nicht erwartet, so was zu hören, stimmt's?«

Er verabschiedete sich und ging weiter die Straße hinunter.

Er läutete an einem hübschen efeuberankten Häuschen.

Fanny Carthew, einundachtzig Jahre alt, Malerin … »Ich rede nicht gern schlecht über Menschen, besonders nicht über junge Menschen, aber es wäre schwierig für mich, etwas Gutes über sie zu sagen. Sie werden mich sicher für altmodisch halten. Aber diese Art Mädchen ist oft unangenehm aggressiv. Sie ist herrschsüchtig, müssen Sie wissen. Sie versucht sich Vorteile zu verschaffen, indem sie Leute benutzt, die sie manipulieren kann. Es geht mich nichts an, in welchen Schwierigkeiten sie gerade steckt, warum ein Polizist aus London wegen ihr herkommt, aber ich denke, Sie haben nichts davon, wenn ich Ihnen Lügen erzähle … Sie will Menschen kontrollieren. Wenn sie denkt, jemand könnte ihr nützlich sein, dann freundet sie sich mit ihm an, wenn sie beschließt, daß er ihr keinen Nutzen mehr bringt, ignoriert sie ihn. Fast alle haben wir ihr unsere Freundschaft angeboten, als sie vor vier Jahren herkam, aber sie hat uns längst satt, und wir zählen nicht mehr für sie. ›Zielbewußt‹ wäre wohl eine nette Umschreibung für ihren Charakter, aber ich ziehe es vor, sie als skrupellos zu bezeichnen. Nun, Sie haben mich gefragt. Vor zwei Jahren war meine Tochter mit ihrem Freund hier, Gavin, ein sehr stiller Junge, Akademiker. Das Parsons-Mädchen hat ihn mit zu den Klippen genommen und ihn überredet hinabzuklettern, hat ihn irgendwie angestachelt. Für sie war es nicht schwierig, denn sie kannte sich dort aus, aber meine Tochter wohnt in Hampstead, wo es keine Klippen gibt. Normalerweise hätte er niemals so etwas Idiotisches gemacht, aber sie hat ihn dazu getrieben. Mit anderen Worten, sie hat ein sanftes Äußeres, aber darunter ist sie eiskalt und berechnend.«

Er klopfte am nächsten Haus.

Von drinnen rief jemand, daß die Tür nicht abgeschlossen sei und er hereinkommen solle.

Zachary Jones, dreiundfünfzig Jahre alt, behindert ... »Kann sie nicht ausstehen. Sie sieht dich an und ist die Liebenswürdigkeit in Person, aber ihre Augen verraten sie, sie will nur abschätzen, inwiefern du wichtig für sie sein könntest. Wenn du ihren Erwartungen nicht entsprichst, läßt sie dich sausen. Ich dachte, sie könnte mir ab und an Gesellschaft leisten. Ich bin zwar nichts Besonderes, aber ich hab' ein paar gute Geschichten auf Lager, und ich kann Leute zum Lachen bringen. Sie kam manchmal her, hat ein Bier mit mir getrunken und eine geraucht. Ihr aufgeblasener blöder Vater hätte einen Herzinfarkt gekriegt, wenn er das gewußt hätte – hat sogar meine Zahnpasta benutzt, damit man ihre Fahne nicht roch. Jetzt grüßt sie nicht mal mehr. Und jetzt ist sie also in Schwierigkeiten, sonst wären Sie nicht hier. Geschieht ihr nur recht. Mir tut sie nicht leid. Ich muß ja zugeben, daß sie ein hübsches Ding ist – aber ansonsten kann man sie vergessen. Ich glaube, sie ist immer auf der Jagd nach Menschen, die sie ausnutzen kann, und wenn sie genug von ihnen hat, macht sie sich davon. Ich würde ihr nicht über den Weg trauen.«

Das Verandalicht des Hauses erhellte die halbe Straße.

Es wehte eine frische Brise, und er hörte, wie die Wellen sich an den Klippen brachen. Er ging weiter bis zu einem »Zimmer frei«-Schild.

Daphne Farson (Mrs.), siebenundvierzig Jahre alt ... »Du bleibst in der Küche, Bert, das hier geht dich nichts an ... Mein Bert vergöttert die kleine Parsons, er will kein böses Wort über sie hören, aber er ist dumm. Zuerst hab' ich sie auch gemocht. Als sie den ersten Sommer hier war, hab' ich ihr Arbeit gegeben, Betten machen, putzen. War ein schönes Taschengeld für ein Schulmädchen. Jetzt redet sie nicht mehr mit mir, wäre wohl unter ihrer Würde, schließlich war sie auf dem College und ich nicht. Ich habe zwar keine akademische Bildung, aber ich kenne mich aus mit Jugendlichen. Sie ging aufs College, aber sie hatte keine Freunde, kein Mensch hat sie in den Ferien besucht. Mein Neffe war auch auf dem College, der Sohn von Berts Bruder, in seinem Elternhaus geht es in den Ferien zu wie im Studentenheim. Sie hat keine Freunde, weil sie so verflucht hochnäsig ist. Ich sag' Ihnen, was ich glaube. Ich glaube, sie setzt sich selbst bestimmte Ziele, und wenn du ihr nicht helfen kannst, diese Ziele zu erreichen, existierst du nicht mehr für sie. Sie ist eine hartherzige junge Frau. Wenn man ihr nicht die Stirn bietet, wird man von ihr aufgefressen ... Bert, setz Wasser auf, es ist auch noch Kuchen da.«

Er redete mit einem Geistlichen, einem Aushilfsgärtner, einem Krabbenfischer, der Gemeindeschwester und einer pensionierten Bibliothekarin.

Er machte sich ein Bild von Charlotte Eunice Parsons.

Er hörte kein gutes Wort über sie.

Er setzte sich in seinen Wagen. Er blätterte in seinem Notizbuch herum. Harry Compton war kein Psychologe, noch verfügte er über eine überdurchschnittliche Menschenkenntnis, aber er hatte das Gefühl, sie besser zu kennen, als die Leute sie beschrieben hatten. Er notierte seine Ansicht und hatte sie dabei klar vor Augen.

> *SCHLUSSFOLGERUNG: Eine sehr willensstarke, zielbewußte junge Frau. DEA kann sich glücklich schätzen, sie aufgetan zu haben. Die Gefahr: Sie wird bis zum Äußersten gehen, sie wird sich in Gefahr bringen, um ihr Ziel zu erreichen (was auch immer das sein mag). Wahrscheinlich ist sie nicht in der Lage, die große Gefahr einer verdeckten Ermittlung (?) auf Sizilien realistisch zu beurteilen. Wegen ihrer offensichtlichen Entschlossenheit, Erfolg zu haben, fürchte ich um ihre Sicherheit.*

Kapitel 14

Sie läutete.

Sie hatte ihn nicht angerufen, um sich zu vergewissern, ob er daheim wäre. Charley drückte hartnäckig auf den Klingelknopf. Hinter der Tür war ein schrilles Läuten zu hören. Keine Reaktion von Benny, keine Schritte. Leise fluchend läutete sie weiter Sturm.

Als sich die Tür nebenan öffnete, Riegel zurückgeschoben und Schlüssel umgedreht wurden, nahm sie den Finger von der Klingel. Ein älteres, sonntäglich gekleidetes Ehepaar trat aus der Nachbarwohnung. Der Mann trug einen Anzug, und die Frau war schwarz gekleidet und hatte sich ein dunkelgraues Tuch um den Kopf gebunden. Sie warfen ihr einen mißbilligenden Blick wegen dieser sonntäglichen Ruhestörung zu und wandten sich ab. Das war Palermo. Sie fragten nicht, ob sie ihr behilflich sein könnten, keine Bemerkung, ob sie wußten, wo Benny hingegangen war. So war das in Palermo, man kümmerte sich um die eigenen Angelegenheiten, mischte sich nicht ein. Der Mann vollzog das Ritual des Abriegelns, zwei Schlüssel. Es war nicht einfach, ihren Wohlstand einzuschätzen. Sein Anzug war schlecht, die Uhr wirkte billig, und das Hemd war verwaschen. Ihr Kleid und der Mantel waren abgetragen, das Kopftuch am Saum ein wenig ausgefranst, und ihre Brosche war sehr schlicht. So war das in Palermo, die Leute machten eine Festung aus ihrer Wohnung, bewachten ihre Besitztümer, wie dürftig diese auch sein mochten, und eilten mit Bibel und Gebetbuch in die Kirche, um mit ihrem Gott zu sprechen. Sie hatte aufgehört zu läuten, das Ehepaar ging langsam und vorsichtig die Treppe hinunter, und wieder fluchte Charley. Sie verfluchte Benny, weil er nicht da war, obwohl sie zu ihm wollte. Ihr war nicht in den Sinn gekommen, daß er nicht dasein könnte und auf sie wartete.

Sonntag morgen … Peppino ging mit Angela und den Kindern zur Messe, nicht in die Kirche in der Nähe der Villa, sondern in ihre Stammkirche, neben dem Giardino Inglese. Sie hatte gefragt, ob sie mit in die Stadt fahren dürfe, um ein wenig herumzubummeln. Am Sonntag morgen sei die sicherste Zeit für einen einsamen Stadtspaziergang, hatte sie gewitzelt. Sie hatte sich von ihnen verabschiedet, als sie sich vor der Kirche unter die *professionistici* mit ihren aufgedonnerten Ehefrauen und den herausgeputzten Kindern mischten.

Jetzt verfluchte sie Benny Rizzo, weil er nicht in seiner Wohnung war, nicht verfügbar für sie. Vielleicht war er bei seiner Mutter, vielleicht lieferte er einen Kopierer aus, vielleicht war er auf irgendeinem Treffen. Wutentbrannt stampfte sie die Treppe hinunter und trat hinaus in die Sonne. Sie konnte ihn nicht sehen und fragte sich, wo er war, fragte sich, ob Axel Moen sie beobachtete.

Sonntag morgen ... Sie hatte kein Ziel. Sie stand auf dem Gehweg der Via della Libertà. Es wurde langsam heiß. Die Sonne blendete sie. Wegen eines Langstreckenlaufs war die Straße abgesperrt. Die Läufer machten sich warm, indem sie nervös auf der Stelle trabten oder sich die Schenkel massierten. Sie hatte den Gehweg für sich allein. Ein paar Leute gehorchten dem Ruf der Kirchenglocken und eilten an ihr vorbei zur Messe. Sie ging an geschlossenen Fensterläden der Restaurants und den abgedunkelten Geschäften vorüber, passierte pompöse Reiterstandbilder, ging über den verlassenen Markt des Borgo Vecchio mit den leeren Gerippen der Marktstände. Sie hatte keine Karte dabei, wußte nicht, wo sie hinging. Sie war so allein. Sie hatte einfach nicht damit gerechnet, daß Benny nicht daheim sein könnte, wartend, verfügbar. Sie starrte auf das Gefängnis, auf die ockerfarbenen, rissigen Mauern. Sie sah die schwerbewaffneten Wachen, die hohen, kleinen Fenster, an denen Socken und Unterhosen zum Trocknen hingen. Hierher würde man Peppino bringen. Hierher würde Angela mit Klein-Mario und Francesca und dem Baby zu den Besuchszeiten kommen. Sie hatte ihn gebraucht, hatte Benny gebraucht, und sie verachtete ihn.

Sonntag morgen ... Charley spazierte ohne Ziel umher. Streunende Katzen fauchten sie an und machten sich über Müllsäcke her, herrenlose Hunde liefen vor ihr davon. Sie schlenderte um das Teatro Massimo herum. Den unteren Teil des Gebäudes hatte man zum Schutz vor Vandalismus mit einem dichten Bretterzaun versehen. Die Mauern waren von Abgasen geschwärzt und voll von Taubendreck. Sie stand unter den Bäumen neben dem verlassenen Gebäude und schaute zu den Pferden vor den *carrozze,* und sie fragte sich, wie die Leute, die in Brightlingsea gegen die Tiertransporte demonstriert hatten, wohl auf den Anblick der armen angeketteten Pferde vor den leeren Touristenkutschen reagiert hätten. Unter den Pferden war eine wunderschöne braunweiß gefleckte Stute, die sich mit gesenktem Kopf in ihr Schicksal fügte. Sie war bei den Quattro Canti angelangt. Hierher hatte Benny mit ihr gehen wollen. Scheiße, was war das schon? Und darum machten sie im Reiseführer so ein Theater? Scheiße, die Standbilder waren verdreckt, schwarz von den Abgasen, rissig. So allein, so unglücklich, so verloren ... Sie fluchte wieder, weil er nicht bei ihr war, nicht verfügbar war.

Sie ging die Via Mariano Stabile entlang. Die Kirche war ein rotes Backsteingebäude. Sie hörte ein vertrautes Kirchenlied. Zu Hause ging sie nicht in die Kirche, genausowenig wie ihr Vater und ihre Mutter. Die rote Kirche wirkte so fehl am Platz zwischen all den grauen und ockerfarbenen Gebäuden von Palermo. Zu Hause ging sie nicht zur Kirche, weil sie sich dort nie allein, unglücklich und verloren fühlte. Sie überquerte die Straße und stand vor dem offenen schmiedeeisernen Tor der Kirche. Es war so verdammt ungerecht, daß sie so allein, unglücklich und verloren war.

Die Worte waren schwach zu hören. Ein quäkender Chor.

Langsam ging sie in Richtung Tür. Sie trat in das graue Dämmerlicht der Kirche. Nur durch die bunten Glasfenster drang ein wenig Sonnenlicht. Die Tür fiel hinter ihr ins Schloß, Köpfe drehten sich nach ihr um und wandten sich wieder ab. Sie blieb hinten stehen. Sie sah die Steintafeln, die der längst Verstorbenen gedachten. Die Orgelmusik schwoll an und übertönte fast die vereinzelten Stimmen.

Der Gottesdienst war zu Ende. Eine Frau kam auf sie zu und sprach sie in piepsigem Englisch an. War sie neu in Palermo? Hatte man ihr die falsche Zeit für den Sonntagsgottesdienst genannt? Sie war sehr willkommen, ob sie singen konnte oder nicht. Konnte sie singen? Würde sie gern eine Tasse Kaffee trinken? Charley wünschte sich so sehr, willkommen zu sein, geliebt zu werden, und sie nahm die Einladung dankend an. Sie ging mit den anderen Frauen, die alle wie für den Kirchgang in Exeter, Plymouth oder Kingsbridge gekleidet waren, zu dem Wohnhaus des Pfarrers neben der Kirche. Sie wollte so gern gemocht werden, willkommen sein … Die Gemeindemitglieder waren die Überbleibsel einer großen englischen Gemeinde in Palermo, erfuhr sie. Sie waren ehemalige Kindermädchen, die Sizilianer geheiratet hatten und geblieben waren, sie waren Künstler, denen es das Licht über den Bergen angetan hatte und die deshalb geblieben waren. Andere waren gekommen, um Englisch zu unterrichten, und waren geblieben … Sie war eine willkommene Abwechslung, weil sie neu war. Sie fragten nach ihrem Namen, ihrer Telefonnummer und ihrer Adresse. Sie konnte sie nicht anlügen. Sie wollten wissen, ob sie gern im Chor singen würde, ob sie zum Tanzabend kommen würde, ob sie beim Blumenschmuck helfen könnte. Sie flüchtete. Wenn sie geblieben wäre, hätte sie lügen müssen. Sie ließ sie befremdet und verwirrt stehen und floh hinaus in den grellen Sonnenschein.

Allein, unglücklich, verloren ging sie zur Bushaltestelle an der Via della Libertà, wo sie auf den Bus nach Mondello wartete, und sie verfluchte Benny, weil er nicht verfügbar war.

Im Auto, auf dem Beifahrersitz neben ihrem Ehemann, hatte sich Angela in das verworrene Netz ihrer Gedanken zurückgezogen.

Sie trug ein elegantes grünes Kleid, ausgewählt von ihrem Ehemann, und einen Fuchsmantel, ausgewählt von ihrem Ehemann. Ihr Ehemann mochte den Fuchsmantel, und sie trug ihn als Zeichen ihres Gehorsams. Die Klimaanlage blies ihr kühle Luft ins Gesicht. Ihr Gesicht war hinter einer dunklen Sonnenbrille verborgen, die ebenfalls von ihrem Ehemann ausgesucht worden war, um ihre Augen vor der gleißenden sizilianischen Sonne zu schützen. Die Kinder saßen auf dem Rücksitz, und sie waren still und wirkten bedrückt, als hätten sie sich ihrer Stimmung angepaßt. In ihrem Kopf überschlugen sich die Gedanken …

Sie verabscheute Sizilien. Nach der Messe waren sie in einer Wohnung an der Via della Libertà gewesen, in der Nähe ihrer eigenen Wohnung im Giardino Inglese. Sie hatten Cinzanoaperitifs getrunken und an raffinierten Kanapees geknabbert, und ihr Ehemann hatte ihr zugeflüstert, daß ihr Gastgeber ihm nützliche geschäftliche Kontakte verschaffen könne. Die anderen Ehefrauen hatten sie mit großer Ehrerbietung behandelt ... Sie stellte etwas dar, war von Luxus umgeben, all die großzügigen Geschenke aus dem Ausland ... Sie verabscheute die Halbwahrheiten der Leute und die Doppelzüngigkeit ihres verschlüsselten Geflüsters. Sie war eine Gefangene ... Sie hatte ihn leise gefragt, ob sie zu ihrer Wohnung im Giardino Inglese fahren könnten, nur ganz kurz, um ein paar Kleidungsstücke und Spielsachen zu holen, aber ihr Ehemann hatte den Vorschlag verworfen. Sie fragte sich, ob seine Geliebte wohl dort war ... Sie konnte ihn nicht verlassen. Ihre Erziehung, ihre Schulbildung waren darauf ausgerichtet, sie am Verlassen ihres Ehemannes zu hindern. Sie war aufgewachsen unter dem Einfluß ihres Vaters, der als konservativer Katholik für den diplomatischen Dienst des Vatikans arbeitete. Ihre Schulbildung lag in der Hand von Nonnen. Von ihrer Mutter hatte sie gelernt, daß Scheidung undenkbar war, Trennung eine Katastrophe bedeutete. Die Ehe als lebenslange Institution. Kein Gericht in Sizilien würde ihr das Sorgerecht für die Kinder geben, wenn sie ihren Mann verließ ... Wenn ihr Ehemann ihre Traurigkeit bemerkte, während er den schweren Wagen über die Schnellstraße in Richtung Mondello steuerte, wenn ihre Traurigkeit ihn berührte, so ließ er sich nichts davon anmerken. Nur ein einziges Mal hatte seine Maske einen Riß bekommen, an dem Morgen, als er vorgeladen wurde, wo er dem Richter und den Ermittlern des Servizio Centrale Operativo gegenübertreten mußte. Nur an diesem einen Morgen hatte seine Maske Risse gezeigt – aber als er zurückkam, lachte er über die Dummheit des Richters, und die Sache kam nie wieder zur Sprache. Die Details seiner Arbeit und der Grad seiner Verstrickung waren ihr nicht bekannt, sie war die typische sizilianische Ehefrau, wunderschön, mit Geschenken überhäuft und zum Schweigen verurteilt. Mittlerweile glaubte sie, daß ihr Ehemann bis über beide Ohren in den Geldgeschäften der Mafia steckte und daß es für sie kein Entrinnen gab. Die Ehefrau von Loluca Bagarella hatte versucht zu gehen und war gestorben. Im *Giornale di Sicilia* stand, daß sie sich das Leben genommen hatte, um frei zu werden … Er streichelte ihre Hand, eine kleine beiläufige Geste, als würde er den Kopf eines preisgekrönten Rassehundes tätscheln. Sein Lächeln war voller Selbstvertrauen … Angela verachtete ihren Ehemann. Ohne seinen Bruder, diese fette Schnecke von einem Mann, wäre ihr Ehemann nichts weiter als ein gewöhnlicher Krimineller auf dieser Insel, die sie haßte. Ihr wurde übel, speiübel, wenn die groben Hände des Bruders die zarte Haut ihres kleinen Marios berührten, wenn er sich in der Morgendämmerung oder spätabends durch eine Hintertür ins Haus stahl und ihren Sohn anfaßte und mit ihm spielte …

Angela lächelte ihren Ehemann an, aber er konnte ihre Augen nicht sehen.

Vanni Crespo wurde beschattet.

Zuvor hatte die Beschattung nur sporadisch funktioniert, aber Carmine hatte weitere Männer, weitere *picciotti* auf ihn angesetzt.

Die Beschatter erstatteten nun regelmäßig Bericht über Vanni Crespos tagtägliche Verhaltensmuster. Sie wußten, wie er gekleidet war, lässig oder korrekt oder mit Anstreicheroverall. Sie kannten die Autos, die er benutzte, die Alfetta, den Fiat 127, den Anstreicherbulli. Langsam hatte Carmine herausgefunden, was notwendig war, um jeden Schritt von Vanni Crespo zu verfolgen. Beide Enden der Hauptstraße, die zur Polizeikaserne von Monreale führte, wurden an diesem Sonntag morgen von einem Auto und zwei Jugendlichen auf Motorrädern überwacht.

Am Abend zuvor war Carmine berichtet worden, daß Vanni Crespo mit dem Anstreicherbulli zu einem Parkplatz an der Straße zwischen Trapani und Erice gefahren war, wo er sich mit einer Frau getroffen hatte. Am Nachmittag hatte er einem Kollegen in Altofonte einen Besuch abgestattet und war am Morgen mit der Alfetta zu den Baracken nach Bagheria gefahren.

Carmine hatte sich die Geduld Mario Ruggerios zu eigen gemacht. Jedesmal wenn er die Männer mit den Autos und die *picciotti* mit den Motorrädern traf, wiederholte er die Beschreibung des Amerikaners, der zu Tardelli gebracht worden war – Gewicht etwa achtzig Kilo, Größe circa einsfünfundachtzig, helle Haut, blondes Haar.

Zwei Autos, drei Motorräder folgten dem Fiat 127 von der Polizeikaserne in Monreale über die Schnellstraße 186 in Richtung Palermo.

»Ich sagte zu ihm: ›Ohne Vertrauen ist es ein trauriges Spiel.‹ Das sagte ich zu ihm.«

»Er hat dir gesagt, du sollst es nicht persönlich nehmen.«

»Ich teilte ihm meine Vermutung mit, daß er einen ›zweitrangigen Agenten‹ auf Mario Ruggerio angesetzt hätte.«

»Was er nicht bestätigt hat.«

»Ich sagte ihm, daß ich die Gefährdung dieses Agenten nicht mit meinem Gewissen vereinbaren könnte, es sei denn, das Leben des Agenten wäre ohnehin nichts wert.«

»*Dottore,* willst du wissen, was er mich gefragt hat, als wir aus deinem Zimmer im Palazzo kamen? Er hat gefragt, warum du ihn so fertiggemacht hast. Ich sagte zu ihm, du würdest fürchten, keinen Termin für seine Beerdigung oder die Beerdigung seines Agenten mehr frei zu haben. Diese Amerikaner sind ernsthafte Leute, und er hat die Ironie zuerst nicht verstanden.«

»Vanni, bitte, ich brauche Hilfe.«

Sie waren allein in dem abgedunkelten Zimmer der Wohnung. In der Küche spielte ein Radio, und das undeutliche Gemurmel seiner *ragazzi* war zu hören. Er hatte sich aufrichtig dafür entschuldigt, die Sonntagspläne des *carabiniere*-Offiziers zu durchkreuzen, aber nur an diesem Wochentag arbeitete er in seiner Wohnung. Er ging am Sonntag nicht zur Messe, empfing nicht Brot und Wein der Kommunion, denn er hielt es nicht für richtig, mit seinen bewaffneten Bewachern eine Kirche zu besuchen. Er ging zur Kirche, wenn jemand beerdigt wurde oder ab und an zum Nachdenken, wenn er sicher sein konnte, daß die Kirche leer war, aber niemals Sonntag morgens. Seine Frau würde mit seinen Kindern in Udine die Messe besuchen, und er redete sich ein, daß es ihm egal war, welcher Mann neben ihr saß, stand und kniete.

»Wie kann ich helfen, *Dottore?*«

»Ich muß mich an jeden Strohhalm klammern. Mario Ruggerio hat durch viel Blutvergießen den obersten Rang eingenommen.«

»Ich habe die Berichte gelesen.«

»Jeder neue Mann muß, wenn er den obersten Rang eingenommen hat, den anderen Familien seine Macht demonstrieren.«

»Ich weiß.«

»Um diese Stärke zu demonstrieren, muß er den Staat angreifen, muß beweisen, daß er den Staat nicht fürchtet. Wir stecken in einer äußerst gefährlichen Phase, Vanni.« Ohne zu fragen, hatte sich der *carabiniere*-Offizier eine Zigarette angesteckt, und der Rauch stieg dem Richter in die Augen. »Ich bin vielleicht die Nummer eins auf seiner Abschußliste, aber es gibt noch viele andere mögliche Opfer.« Der *carabiniere*-Offizier rutschte unbehaglich auf seinem Stuhl herum und zog an seiner Zigarette. »Ich weihe dich in vertrauliche Dinge ein, Vanni, und ich hoffe, du ziehst mich ebenfalls ins Vertrauen. Heute morgen fahre ich zum Obersten Staatsanwalt, der mich kritisieren und verspotten wird, was meine Bemühungen zur Ergreifung Ruggerios angeht, in aller Höflichkeit, versteht sich. Ein armseliger Wicht hat sich an mich gewandt, weil er ins Zeugenschutzprogramm aufgenommen werden wollte. Aufgrund seiner äußerst spärlichen Informationen bekam ich ein schwach besetztes Überwachungsteam für den Capo-Distrikt, ein Fehlschlag. Ich habe den Wicht bedrängt, mir weitere Informationen zu geben, ihm angst gemacht, um seinem Gedächtnis auf die Sprünge zu helfen, und er hat sich aufgehängt, wieder habe ich versagt. Vor ein paar Stunden habe ich mit dem DIA und der *squadra mobile* gesprochen, aber sie haben keinerlei Informationen für mich, wieder nichts. Um mich herum nichts als Getuschel und höhnisches Gelächter.«

»Was willst du von mir?«

»Ihr habt einen zweitrangigen Agenten eingesetzt, du arbeitest mit dem Amerikaner zusammen, letzte Woche dachtet ihr, der Agent wäre nah dran. Wir haben Champagner kalt gestellt und haben gewartet … Es war ein dumpfer Schlag in die Magengrube. Bitte gib mir etwas Hoffnung, etwas mehr als einen Strohhalm. Vanni, erzähl mir von eurem Agenten.«

»Ich bin beschämt, *Dottore*, aber darüber kann ich nicht entscheiden.«

Der *carabiniere*-Offizier stand auf. Der Richter sah, was er angerichtet hatte, und der Offizier biß sich auf die Lippe. In diesem Moment war seine totale Isolation endgültig besiegelt, das wußte er.

»Ja, natürlich. Danke, daß du mir an einem Sonntagmorgen deine Zeit geschenkt hast.«

Eine Viertelstunde nachdem sich der *carabiniere*-Offizier verabschiedet hatte, sein Freund Vanni Crespo, der ihn nicht ins Vertrauen gezogen hatte, war Rocco Tardelli unterwegs. Die *ragazzi* saßen schweigend und mißmutig in den Wagen. Sie kannten die Anzeichen für die Isolation eines Mannes. Die Anzeichen prangten auf der Titelseite der Zeitung. Dort stand, daß ein Häftling aus dem Ucciardone-Gefängnis sich dreimal mit Richter Tardelli getroffen hatte und daß gewisse übereifrige ehrgeizige Richter in ihre Schranken verwiesen werden sollten.

Sie durchquerten die Stadt …

Der Oberste Staatsanwalt schaute stirnrunzelnd auf die Uhr, um darauf hinzuweisen, daß er in Kürze Gäste erwartete. Rocco Tardelli wurde nicht gefragt, ob er zum Mittagessen bleiben wolle.

»Du bist ein Ärgernis, Rocco. Du sorgst für ein schlechtes Bild. Du störst das Gleichgewicht. Du bist ein Problem für mich. Du führst dich auf wie ein Feldherr im Krieg, du kommandierst deine Kollegen herum, forderst Mittel. Dein Feldzug, deine Kommandiererei, deine Operationen, wozu führen sie? Sie führen dazu, daß sich ein bedrohter, verängstigter Gefangener das Leben nimmt. Wie soll es jetzt weitergehen? Wann ist das nächste tragische Desaster zu erwarten? Als wahrer Freund empfehle ich dir, deine Position noch einmal gründlich zu überdenken, Rocco. Du solltest noch einmal gründlich über deine Position und vor allem deine Zukunft nachdenken.«

Es wäre so leicht zu gehen. Er könnte seine Akten an einen Kollegen übergeben, er könnte dem höhnischen Gelächter und den giftigen Sticheleien den Rücken kehren, er könnte die Insel mit der Abendfähre oder mit dem Nachmittagsflug verlassen. Er könnte sich über das erleichterte Lächeln und den Dank seiner *ragazzi* freuen. Es wäre so einfach zu gehen. »Was sagst du, Rocco? Was wäre für uns alle das Beste?« Er lächelte aufmunternd. »Ist es nicht Zeit für dich, zu neuen Horizonten aufzubrechen?«

Er fühlte sich alt und müde und verängstigt. Es läutete. Die Gäste standen mit Blumen und Geschenken vor der Tür. Alt, müde, verängstigt und nicht sonntäglich gekleidet, weil er nicht zur Messe ging und keine Gäste empfing. Sein Sonntagsstaat bestand aus zerknautschten Hosen, einem schmuddeligen Hemd und ungeputzten Schuhen. Nachdem man ihn zur Tür hinausgeschoben hatte, die Treppe hinunter, über den Gehweg und in seinen gepanzerten Wagen, nachdem sie an den parkenden Autos, Lastern und Motorrädern vorbei waren, nachdem sie in seine Wohnung zurückgekehrt waren, würde er allein in seinem Zimmer zu Mittag essen. So würde sein Sonntag aussehen, und der nächste Sonntag, isoliert ... Er hatte Informationen über die Tätigkeit des Agenten vor Ort gebraucht, es wäre ein Trost für ihn gewesen ...

Als er zur Tür ging, murmelte er: »Ich höre nicht auf.«

Benny hielt die Spraydose in der Hand.

Die Tür war geschlossen. Die Fensterläden waren zu.

Drinnen spielte ein Radio.

Er zielte. Er drückte auf den Sprühknopf. Seine Hand zitterte. Die Farbe aus der Spraydose war leuchtend rot. Die Farbe des Blutes. Das Blut aus den Wunden seines Vaters, das Blut, das auf ihn gesickert war. Das Wort entstand auf der Tür neben der schwarzen Regenrinne. Ein Hund bellte ihn an. Was sie gesagt hatte, hämmerte in seinem Kopf, als das Wort von der roten Farbe gebildet wurde ... »Ist es gut, wenn man so ineffektiv ist, daß man nicht einmal bemerkt wird?« Sie gab ihm Kraft, als ob sie neben ihm stehen und ihn anstacheln würde. »Ist es gut, nur ein Ärgernis zu sein und ignoriert zu werden?« Sie stachelte ihn an, weil er ineffektiv war und ein Ärgernis, weil er bei einem Rundschreiben half, zu Versammlungen ging und Briefumschläge zuklebte. Es war für seinen Vater. Das Wort prangte in leuchtend roten Buchstaben an der Tür von Rosario und Agata Ruggerio. Es war Wahnsinn.

ASSASSINO.

Wegen Charleys Liebe, wegen ihres nackten Körpers über ihm stand das Wort »Mörder« in blutigroten Buchstaben, für das Blut seines Vaters, an der Tür von Mario Ruggerios Eltern. Die Buchstaben waren grob und häßlich.

Der Wahnsinn war vollbracht.

Er stand auf der schmalen Straße und hörte hinter sich einen schrillen Pfiff. Ein Mann beobachtete ihn und pfiff auf den Fingern. Der Hund hatte sich die Spraydose geschnappt. Die rote Farbe lief heraus, und es sah aus, als würde seine Schnauze bluten, so wie sein Vater geblutet hatte. Ein letztes Mal schaute er sich das Werk seines Wahnsinns an. Dann wandte er sich ab und ging. Er hätte laufen sollen, aber sie wäre nicht gelaufen. Er hätte davonrennen sollen, aber sie wäre nicht davongerannt. Es war, als würde ihr nackter Körper ihm Schutz geben. Er hörte den Mann ein zweites Mal pfeifen. Er schaute sich um, und der Mann zeigte auf ihn ... Sie war nicht da, nicht bei ihm, um ihn zu schützen ... Als er losrannte, befanden sich vor ihm bereits weitere Männer auf der schmalen Straße. Als er stehenblieb, als die Angst seine Beine lähmte, als er sich umwandte, waren andere Männer bereits dicht hinter ihm. Sie hatte ihn zu diesem Wahnsinn getrieben. Die Männer kamen immer näher, von vorn und von hinten schnitten sie ihm den Weg ab ... Sie war nicht da ... Er rannte zurück, vorbei an dem blutroten Wort. Drehte sich wieder um und stolperte.

Benny fiel.

Er lag auf dem Boden und wartete darauf, daß die Männer ihn erreichten.

Mario Ruggerio war früh zur Messe gegangen. In einer Kirche an der Via Marqueda mischte er sich unter die Gläubigen, ließ sich von der Menge treiben. Er wählte fast jeden Sonntag eine andere Kirche, aber die an der Via Marqueda mit ihrem riesigen, dämmrigen Gewölbe gefiel ihm am besten. Er hatte eine Zehntausend-Lire-Note in den Klingelbeutel gelegt, um nicht aufzufallen, denn die Kirche wurde von Arbeitslosen, Armen und Gelegenheitsarbeitern aus dem Capo-Distrikt besucht, zu denen er mit seiner schäbigen Kleidung gut paßte. Niemals wäre er aus Bequemlichkeit am Sonntagmorgen der Messe ferngeblieben. Der Besuch der Messe war ihm wichtig. Mario Ruggerio bedauerte in seinem Leben nur wenige Dinge, aber es frustrierte ihn zutiefst, daß er am Sonntagmorgen nicht in der Kirche neben seiner Frau Michela und seinen Kindern Salvatore und Domenica sitzen, stehen und knien konnte. Er nahm an, daß sie beschattet wurden. Ob er nun in der Kirche an der Via Marqueda oder in irgendeinem anderen Gotteshaus war, einer der vielen unscheinbaren alten Männer auf der Suche nach Gott, dem Herrn, immer dachte er in diesen Momenten an seine Familie.

Es war Mittag geworden. Die Restaurants an der Via Volturno und der Via Cavour warteten auf die hungrigen Familien, in den Bars an der Via Roma und am Corso Tukory drängelten sich schwatzende Männer. Die Straßen waren verstopft, auf den Gehwegen herrschte reges Treiben. Vor dem Nachmittag, vor der Stunde des Sonntagsschläfchens, war eine gute Zeit für Mario Ruggerio, durch die Stadt zu laufen.

In einer Bar unterrichtete Tano ihn über die üblichen Schritte des Richters, Rocco Tardelli. Zwölf Männer überwachten nun alle verschiedenen Routen zwischen Wohnung, Justizpalast und Ucciardone-Gefängnis. Er hörte zu und stellte ein paar Fragen. Tano sagte ihm, daß es nur drei verschiedene Straßen gab, die zur Wohnung führten. Tano versorgte ihn mit Informationen. Er hustete, als er an seinem Zigarillo zog, er schwenkte den Rest in seiner Kaffeetasse hin und her, er gab den Befehl, die Bombe vorzubereiten, und sagte, wo sie plaziert werden sollte.

Er ging weiter.

Auf der Piazza Castelnuovo, zwischen den Zuschauern, die sich an der Zielgeraden des Fünfzehn-Kilometer-Laufes versammelt hatten, traf er sich unter einem Lautsprechermast mit einem Geschäftsmann. Der Geschäftsmann war nie zuvor wegen krimineller Verbindungen mit dem Gesetz in Konflikt geraten. Der Geschäftsmann erzählte ihm, daß ein Investment Broker aus Paris am vergangenen Donnerstag mit seinem Wagen in die Dünen vom Pas de Calais gefahren sei, wo er mit einem Gummischlauch Auspuffgase ins Wageninnere geleitet habe und am Freitag tot aufgefunden worden sei. Der Broker hatte empfohlen, eine Million Dollar in das Kanaltunnelprojekt zu stecken, und diese Investition hatte sich für Mario Ruggerio als Flop erwiesen. Er hörte kommentarlos zu.

Als er weiterging, folgten ihm drei junge Männer, die sich vorher in seiner Nähe aufgehalten hatten.

Auf der Piazza Vigilio setzte er sich auf eine sonnige Bank neben den Cousin eines Mannes aus Prizzi, ein alter Mann, der sich mit einem alten Freund traf. Er kannte den Mann aus Prizzi sein ganzes Leben lang. Den Cousin hatte er zuletzt als Jugendlichen gesehen, aber mittlerweile lebte er in Hamburg und hatte die lange Reise gemacht, um sich zwanzig Minuten lang auf einer sonnenbeschienenen Bank mit Mario Ruggerio zu unterhalten. Mit dem Cousin des Mannes aus Prizzi sprach er über die Investitionsmöglichkeiten beim geplanten Bau eines Industrieparks bei Leipzig, mitsamt den steuerlichen Vorteilen, und dann redeten sie über ähnliche Möglichkeiten beim Immobilienmarkt in Dresden. Er empfahl für die Investitionen in Leipzig und Dresden ein Minimum von fünf Millionen US-Dollar. Mario Ruggerio bemerkte die ehrerbietige Haltung des Cousins des Mannes aus Prizzi. Anscheinend hatte es sich herumgesprochen, daß er zum obersten Herrscher der Cosa Nostra aufgestiegen war.

Wieder unterwegs, mit eiligen Schritten, seine Begleiter vor ihm und hinter ihm. In seiner Wohnung an der Via Terrasanta wollte er mit dem Arzt, der ihn wegen seiner rheumatischen Hüftbeschwerden behandelte, zu Mittag essen, aber vor dem Essen mußte er noch mit dem *consigliere* aus Messina über die zukünftigen Möglichkeiten dieser Familie reden, die Kooperation bei Investitionen und die prozentuale Gewinnbeteiligung ... und er mußte sich auch noch mit Carmine treffen, wegen des *carabiniere*-Offiziers und eines Amerikaners ... und mit einem Chemiker aus Amsterdam, der ihm die Möglichkeiten einer neuen Generation von Benzodiazepinen und Barbituraten erläutern wollte ... und mit Franco, um die Details des *pellegrinaggio* zum Grab seines Bruders Cristoforo, des jährlichen Pilgerzuges mit seinen Eltern, zu besprechen. So sah sein Sonntag aus, wie alle Sonntage, wenn es auf den Straßen und Piazzas und in den Parks von Menschen wimmelte, es war seine *terra-terra*-Routine, nüchtern und ohne Umstände, sein Lebensrhythmus an dem Tag, an dem die Stadt sich ausruhte.

An einer Kreuzung wartete er an einer roten Ampel. Die Autos rauschten an ihm vorbei, und am Ende der Autoschlange war ein Bus. Er zündete sich einen Zigarillo an.

Wenn er keinen Dienst hatte, fuhr Giancarlo sonntags immer mit seiner Frau nach Palermo. Sie trafen sich mit dem Leiter des Teams und mit dessen Frau und besuchten gemeinsam die bombastische Messe im *duomo*. Dann aßen die vier für gewöhnlich in einem *ristorante* an der Via Vittorio Emanuele zu Mittag, und die Männer versuchten nicht von der Arbeit zu reden, und die Frauen versetzten ihnen energische Rippenstöße, wenn es ihnen nicht gelang. Es war immer recht lustig. Nach dem Mittagessen fuhren sie heim und verschliefen den Sonntagnachmittag.

Wenn Giancarlo am Sonntag mit seiner Frau nach Palermo fuhr, nahmen sie immer den Bus, weil es fast unmöglich war, einen Parkplatz zu finden.

Der Bus war voll. Giancarlo und seine Frau mußten stehen und hielten sich an der Rückenlehne eines Sitzes fest. Wenn der Busfahrer bremste, wurden sie nach vorn geschleudert, wenn er beschleunigte, wankten sie nach hinten. Auf dem Weg vom *duomo* zum *ristorante* hatte ihm der Teamleiter gesagt, daß sie einen neuen Überwachungsauftrag auf der Piazza Kalsa bekommen hätten. Nur ein winziger Hinweis … Vielleicht würde er in einem Auto sein oder in einem geschlossenen Lieferwagen oder, so Gott wollte, in einem Gebäude mit der Videokamera und dem Feldstecher und einem bequemen Sessel – vielleicht würde an ihrem Einsatzort kein Marktplatz sein und keine Zitronen. Der Bus kam mit quietschenden Reifen zum Stehen. Er rempelte seine Frau an. Der Busfahrer hatte versucht, die Ampel noch bei Grün zu erreichen, mußte aber im letzten Moment abbremsen.

Giancarlo, der im Mittelgang des Busses stand, schaute über die Schulter des Fahrers hinweg. Er sah eine Familie über die Straße gehen. Die Kinder hielten gasgefüllte Ballons an langen Bändern. Lächelnd erinnerte er sich an seine eigenen Kinder, die in diesem Alter auch immer um Ballons gebettelt hatten …

Giancarlo sah den Mann.

Die Kinder mit den Ballons waren vor dem Mann. Ein Ehepaar mit Kinderwagen war hinter dem Mann. Eine Frau im Pelzmantel mit einem Blumenstrauß in der Hand war neben dem Mann.

Giancarlo sah einen alten Mann. Der Mann schaute zum Bus, als würde es ihn freuen, daß er anhalten mußte. Giancarlo sah einen alten Mann, ein aufgeschwemmtes, wettergegerbtes Gesicht unter einer flachen Mütze, ein Doppelkinn und ein kurzer Hals über einer groben Stoffjacke.

Giancarlo sah einen alten Mann, der ganz entspannt über die Straße ging. Das Gesicht des alten Mannes löste bei Giancarlo einen Erinnerungsblitz aus. Da war ein Gesicht vor der Windschutzscheibe des Busses. Da war ein Gesicht auf einem Foto, das durch Computersimulation um zwanzig Jahre älter gemacht worden war.

Das Gesicht war nun hinter der Schulter des Fahrers verschwunden. Giancarlo verrenkte sich den Hals, um an der Schulter vorbeizuschauen. Er sah das Gesicht des alten Mannes ein letztes Mal, und der Mann lächelte den Kindern mit den Ballons zu. Giancarlo verglich das lächelnde Gesicht mit dem lächelnden Gesicht auf dem Foto bei einer Hochzeitsfeier.

Seine Frau zurückgelassen, andere Fahrgäste zur Seite geschubst, die Kennmarke dem Busfahrer vors Gesicht gehalten, durch die sich langsam öffnende Tür, der Mann schon auf dem gegenüberliegenden Bürgersteig …

Giancarlo sprang aus dem Bus. Er rempelte ein verliebtes Pärchen an. Er schaute sich nicht nach seiner Frau um, sah nicht das Entsetzen in ihrem Blick. Die Ampel schaltete von Rot auf Grün. Der Bus fuhr an. Giancarlo schoß hinter dem Bus hervor. Ein empörtes Hupkonzert, quietschende Reifen. Der Mann schon ein gutes Stück weiter auf dem Gehweg. Giancarlo hatte kein Telefon. Der Leiter des *squadra-mobile*-Überwachungsteams hatte ständig ein Mobiltelefon dabei, aber leistungsstarke Mobiltelefone waren teuer, ein rationierter Ausrüstungsgegenstand. Sein Funkgerät befand sich in der Questura, weil er nicht im Dienst war, und seine Pistole war im Waffenschrank. Er hatte lediglich einen Pieper dabei, mit dem er eingehende Nachrichten empfangen konnte. Er rannte los, erreichte den Gehweg. Wegen des wütenden Hupkonzertes und der quietschenden Reifen, wegen der lautstarken Beschimpfungstiraden rückte Giancarlo einen kritischen Moment lang in den Mittelpunkt der allgemeinen Aufmerksamkeit.

In diesem Moment blieb der Mann stehen und schaute interessiert in ein Schaufenster.

Giancarlo galt unter seinen Kollegen als überaus erfahren und professionell. Häufig unterwies er die neuen Rekruten in Überwachungstechniken. Wäre ein junger Rekrut durch den fahrenden Verkehr über die Straße gelaufen, hätte ein Hupkonzert und Schimpftiraden ausgelöst und wäre so zum Mittelpunkt der allgemeinen Aufmerksamkeit geworden, dann hätte Giancarlo ihn geduldig auf seine Fehler hingewiesen. Er hätte dem jungen Rekruten erklärt, daß es notwendig war, sich unter die Leute zu mischen und nicht aufzufallen. Er wußte nicht, ob er aufgeflogen war, und er sah nicht den *picciotto,* einen untersetzten jungen Mann mit dunklem Teint, der Mario Ruggerio den Rücken freihielt. Im Augenblick der Erregung waren Erfahrung und Pofessionalität vergessen, und er hatte sich genauso unbesonnen verhalten wie ein unerfahrener Rekrut. Er stand stocksteif da. Er beobachtete den alten Mann, sah, wie er langsam die Via Sammartino hinaufging und dann in die Via Turrisi Colonna abbog. Er wußte nicht, ob er aufgeflogen war.

Da war eine Bar.

Giancarlo rannte hinein. Neben der Theke war ein Münztelefon. Eine Frau telefonierte gerade.

Vielleicht redete sie mit ihrer Schwester in Agrigento, vielleicht mit ihrer Mutter in Misilmeri, vielleicht mit ihrer Tochter in Partinico … Giancarlo riß ihr den Hörer aus der Hand und setzte ihrem Anruf ein abruptes Ende. Als sie lautstark protestierte, hielt er ihr seinen Ausweis unter die Nase. Er wühlte in seiner Jackentasche nach einer Münze. Er blaffte sie an, endlich still zu sein, steckte das Geldstück in den Schlitz und wählte die Nummer seiner Dienststelle. Er sah, wie der untersetzte junge Mann mit dem dunklen Teint durch die Bar auf ihn zukam. Wieder stand Giancarlo einen kritischen Moment lang im Mittelpunkt. Die Barbesucher, die Kellner, die Matrone hinter der Kasse sympathisierten alle mit der Frau und redeten lautstark auf ihn ein. Nur mühsam gelang es ihm, sie vom Telefon fernzuhalten.

Seine Dienststelle meldete sich.

Name, Standort, Name der Zielperson.

Der Schmerz durchfuhr ihn. Zuerst spürte Giancarlo den Schmerz im Rücken, dann im Magen. Er wiederholte seinen Namen und seinen Standort und den Namen der Zielperson. Die Fragen seiner Dienststelle hämmerten auf ihn ein, aber seine Konzentration und seine Fähigkeit zu antworten wurden durch den Schmerz zerstört. In welche Richtung bewegte sich die Zielperson? Welche Kleidung trug die Zielperson? Befand sich die Zielperson in einem Auto, oder ging sie zu Fuß? Wieder sagte er seinen Namen, seinen Standort und den Namen seiner Zielperson, und seine Stimme klang noch schwächer, und der Schmerz war heftiger. Er ließ den Hörer fallen, der am Kabel hin und her schaukelte. Er drehte sich um. Er schaute in die Augen eines untersetzten jungen Mannes mit dunklem Teint.

Giancarlo schwankte. Der Schmerz zwang ihn, die Augen zu schließen. Er griff nach hinten, wo der Schmerz herkam. Am Rücken ertastete er den harten Griff des Messers und die warme Nässe. Als seine Knie nachgaben, als er den untersetzten jungen Mann mit dem dunklen Teint nicht mehr sehen konnte, als die Schreie aus grotesk verzerrten Mündern an sein Ohr drangen, stellte Giancarlo verwirrt fest, daß er sich nicht mehr an die Fragen seiner Dienststelle erinnern konnte.

Der Schmerz zuckte durch seinen Körper.

Eine quadratische Fläche war abgesperrt worden.

Die Bar bildete den Mittelpunkt des Quadrats. Im Norden des Quadrats war die Via Giacomo Cusmano, im Süden die Via Principe di Villafranca, im Westen die Via Dante und im Osten die Anlagen der Villa Trabia.

Hundert Männer mit Gewehren und schußsicheren Westen bildeten die Seitenlinien des Quadrats. Es waren Beamte von ROS, DIA und *squadra mobile* sowie ein Bereitschaftsteam der Guardia Finanze. An den Absperrungen stand Militär, an den Straßenecken waren Jeeps und Soldaten mit NATO-Gewehren. Sie wußten nicht, wie der Mann, Giancarlos Zielperson, aussah, sie wußten nicht, wie er gekleidet war, sie wußten nicht, in welche Richtung er gegangen war, sie wußten nicht, ob er zu Fuß war oder im Auto fuhr.

Die Bar war leer bis auf den Besitzer und die Frau hinter der Kasse.

Die Leiche lag auf dem Boden. Im Rücken der Leiche steckte ein kurzes Messer mit doppelter Schneide. Der Besitzer der Bar war mit Handschellen gefesselt und stand mit dem Gesicht zur Wand. Er hatte nichts gesehen. Vielleicht hatten die anderen Gäste etwas gesehen? Die Matrone hatte nichts gesehen. Die Gäste waren alles Fremde gewesen, und sie hatte keinen von ihnen gekannt.

Mit einem Auto wurde Giancarlos Ehefrau zur Bar gebracht, und ein junger Priester war von der Kirche an der Via Terrasanta hergerannt. Die Fotografen der Zeitungen und die Kameramänner der RAI-Sender drängelten sich auf dem Gehweg.

Der *maresciallo* schob die Leute zur Seite, damit der Richter passieren konnte, und Pasquale schob ihn in die Bar zu den Menschen, die um die Leiche herumstanden. Einige waren von Familienfeiern gekommen und trugen ihren besten Anzug, einige kamen vom Tennisplatz, einige kamen aus dem Fußballstadion, einige waren aus dem Schlaf geschreckt worden. Neben ihren Schuhen, Sandalen und Tennisschuhen waren die Leiche und das Blut. Der Richter sah das bleiche Gesicht Vanni Crespos und drängte sich in seine Richtung.

»Es war ein gottverfluchtes Pech«, sagte Vanni Crespo. »Wir waren so nah dran …«

Die Beschatter hatten Vanni Crespos Alfetta von den Baracken in Monreale zu der Bar an der Via Sammartino verfolgt. Sie ließen ihn keinen Moment lang aus den Augen.

»Er hat mir Zitronen mitgebracht, Vanni. Am Freitag habe ich Fisch gegessen. Sie sollen nicht für mich einkaufen, meine Jungs, aber sie kaufen lieber selbst ein, als mich zum Markt zu fahren. Sie haben mir frischen Schwertfisch gekauft. Er hatte mir Zitronen gebracht und einen Witz darüber gemacht. Ich habe eine von seinen Zitronen zu meinem Schwertfisch gegessen. Es gab keinen besseren Mann als ihn.«

»Es war verdammtes Pech«, grummelte Vanni. »Er war mit seiner Frau im Bus. Er sah Ruggerio. Er stieg aus dem Bus. Rannte durch den Verkehr. Man muß sich entscheiden. Wenn du abwartest, verlierst du die Zielperson. Wenn du rennst, erweckst du Aufmerksamkeit. Du hast zehn Sekunden, fünf Sekunden, die Entscheidung zu fällen, dann mußt du damit leben oder damit sterben.«

»Die Zitrone war sehr sauer.«

»Er ist aufgefallen, als er gerannt ist. Ruggerio hatte Rückendeckung. Er ist zum Telefonieren in die Bar. Ruggerios Hintermann muß ihm gefolgt sein. Man braucht Glück, und statt dessen passiert nichts als Scheiße.«

»In meinem Küchenschrank liegen noch sechs Zitronen von ihm ... Glaubst du an das Glück, Vanni?«

Er sah die Tränen in den Augen des Richters. Er zog sein Taschentuch aus der Hosentasche. Es war ihm einerlei, wer ihn sah. Mitten im Gedränge wischte er dem Richter die Tränen von der Wange. »Ich glaube an nichts.«

»Glaubst du, euer zweitrangiger Agent wird Glück haben?«

Er erinnerte sich an sie, wie er ihr vom Straßenrand aus einen letzten Blick zugeworfen hatte, bevor er in den Wagen stieg. Der letzte Blick, über den Gehweg, durch die Bäume hindurch und über den Sand hinweg. Vor dem leuchtenden Türkis des Wassers hatte sie gestanden, und die Sonne hatte auf ihren weißen Körper geschienen, als ihr das Handtuch wegrutschte. Neben der Leiche und der leise weinenden Witwe, umgeben von all den Leuten, in der nach Zigaretten und Kaffee riechenden Bar, dachte er an sie.

»Es tut mir leid, *Dottore*, aber ich bin nicht befugt, dich ins Vertrauen zu ziehen.«

Er drängelte sich zur Tür und bahnte sich seinen Weg durch die Menge auf dem Gehweg. Ein guter Mann hatte zehn Sekunden, fünf

Sekunden Zeit gehabt, um eine Entscheidung zu treffen, und die Folge seines Fehlers war, daß er tot auf dem schmutzigen Fußboden einer Bar lag. Mit schweren Schritten ging er durch die Abenddämmerung zu seinem Auto.

Die Verfolger blieben Vanni Crespos Alfetta auf den Fersen. Sie waren von den Militärs an der Absperrung kurz aufgehalten worden, während die Alfetta unbehelligt weiterfahren konnte, aber das machte nichts. Der Fahrer des Wagens war über Funk mit einem zweiten Wagen und zwei Motorradfahrern verbunden, die außerhalb der Absperrung warteten. Es war, als wären die Verfolger durch eine unsichtbare Kette mit der Alfetta verbunden ...

Als er das Hupkonzert und die lauten Beschimpfungen gehört hatte, war Mario Ruggerio vor einem Schaufenster stehengeblieben. Er tat, als würde er sich die Auslagen anschauen. Ein alter Trick, bei dem man das Schaufenster als Spiegel benutzen konnte. Er sah einen Mann durch den laufenden Verkehr rennen. Als er den Gehweg erreicht hatte, blieb er stehen. Der Mann starrte die Straße hinauf in seine Richtung. Hätte der Mann ein Funkgerät dabeigehabt, dann hätte er es schon längst benutzt, hätte der Mann ein Mobiltelefon dabeigehabt, wäre er nicht über die Straße gerannt, hätte der Mann eine Waffe dabeigehabt, wäre er nicht stehengeblieben. In der Fensterscheibe hatte er das Spiegelbild des *picciotto* hinter dem Mann gesehen. Er wußte, daß er erkannt worden war, und er wußte, daß der Mann panisch reagiert hatte. Der Mann mußte ihn folglicherweise zufällig wiedererkannt haben, nicht im Zuge einer Überwachungsmaßnahme. Er machte eine kleine Geste, eine schnelle Bewegung mit dem Zeigefinger, die einen Schnitt andeutete. Er ging davon, um die Ecke ...

Zwei Stunden später saß Mario Ruggerio in dem dunklen Zimmer im ersten Stock im Capo-Distrikt. Die Füße taten ihm weh, sein Atem ging schwer, der Aschenbecher quoll über. Die zwei *picciotti*, die vor ihm auf der Via Sammartino gewesen waren, hatten ihn erbarmungslos gescheucht, zuerst hinauf zur Piazza Lolli, über die Via Vito la Mancia, vorbei am Mercato delle Pulci. Der eine hatte schnell seine Mütze eingesteckt, der andere hatte ihm die Jacke abgenommen und so gefaltet, daß Material und Muster nicht zu erkennen waren. Es war, als wäre er mit zwei ungeduldigen Neffen unterwegs, die ihren alten Onkel gar nicht schnell genug durch die Straßen treiben konnten. Hinter dem *duomo* entschwand er unbemerkt in einer Seitengasse. Wenn er auch vor Erschöpfung keuchte, so hätte er es niemals zugelassen, daß seine *picciotti* ihn zu seinem Unterschlupf brachten. Der Schweiß lief ihm übers Gesicht und den Rücken hinunter. Er rauchte. Er hielt das Foto des Kindes, das er liebte, in der Hand.

Charley saß auf der Veranda.

Die Sonne war untergegangen, und die Bucht lag fast im Dunkeln. Die Familie war hinunter in die Stadt gefahren. Sie spürte nicht mehr die Einsamkeit, die sie in Palermo gequält hatte. Während sie auf dem bequemen Stuhl auf der Veranda saß, fühlte sie ein außerordentliches Selbstvertrauen. Sie hatte die Villa für sich allein. Die Familie schlenderte wahrscheinlich unter den Bäumen der Promenade herum, um gesehen zu werden, hin und her wie gefangene Tiere im Zoo … Es war die Zeit des Wartens. Sie spürte ihre Macht. Die Macht war die Uhr an ihrem Handgelenk. Sie hatte die Beine leicht gespreizt, und die kühle Abendluft strich ihr sanft über die Schenkel. Sie befand sich im Mittelpunkt der Welt von Axel Moen und den Leuten, denen er unterstand. Sie hatte Macht über Giuseppe Ruggerio und über den Bruder. Sie sah das letzte Licht über dem Meer dahinschwinden. Weil sie die Kontrolle hatte und die Macht, war es ihre Geschichte, die man erzählen würde, die Geschichte von Codename Helena.

Im grauen Licht auf der Veranda beschlich Charley ein leichtes Gefühl der Überheblichkeit.

Die Verfolger klebten an Vanni Crespo. Drei Bars in Monreale. Die Verfolger sahen ihn in einer Bar in der Nähe des *duomo* allein trinken, in einer zweiten Bar bei den verlassenen Marktständen und in einer dritten Bar oben in der Altstadt. Die Verfolger beobachteten alle Schritte Vanni Crespos und blieben ihm dicht auf den Fersen.

Durch das Fenster der Pizzeria sah er Vanni. Vanni ging langsam, wirkte verwirrt. Im Schein der Laterne konnte er sehen, daß sein Gesicht gerötet war. Das Haar hing ihm in unordentlichen Strähnen in die Stirn. Neben dem Fenster blieb er schwankend stehen und durchwühlte seine Tasche nach der Zigarettenschachtel. Axel wandte sich ab. In der Pizzeria gab es kein Versteck. Er wandte sich ab und hoffte, daß sein Gesicht nicht zu sehen war, aber er hörte schon, wie sich die Tür öffnete und wieder ins Schloß fiel, und er hörte die schlurfenden Schritte, die sich ihm näherten.

Vanni ließ sich gegenüber von Axel auf einen Stuhl fallen, sackte seitlich weg, fing sich wieder und stützte sich mit den Ellbogen auf den Tisch.

»Da ist er ja, der amerikanische Held …«

»Was soll der Scheiß?«

»Der amerikanische Held, der nach Sizilien kommt und das vollbringt, was wir nicht schaffen.«

»Du bist besoffen.«

»Wir Italiener sind Jammerlappen, wir kriegen unseren Kram nicht geregelt, aber der amerikanische Held kommt her und regelt alles für uns.«

»Leck mich doch am Arsch.«

»Weißt du, was heute passiert ist, weil wir mal wieder gottverfluchtes Pech hatten, weißt du, was passiert ist?«

»Denk an unsere Abmachung«, zischte Axel.

Zwei junge Männer mit Motorradhelmen standen an der Theke der Pizzeria und fragten nach der Speisekarte.

Vanni umklammerte Axels Hand, mit der er die Gabel hielt. »Wir hatten ein Überwachungsteam im Capo-Distrikt, ein Scheißviertel. Sie sollten die Zielperson aufspüren. Das Überwachungsteam wurde abberufen, sie hatten nichts gesehen … Einer aus dem Team sitzt im Bus und sieht den Schweinehund. Außer Dienst, ohne Kommunikationsmittel. Wir jämmerlichen Italiener haben kein Geld für Luxusartikel wie Mobiltelefone und Funkgeräte. Der Schweinehund hatte einen Kerl hinter sich, zum Schutz. Die Nachricht war unvollständig, das ist unser gottverdammtes Pech. Keine Personenbeschreibung, keine Beschreibung der Kleidung, bevor man ihn erstochen hat. Der Schweinehund ist weg. Eine kalte Fährte.«

An der Theke standen die Jungs mit den Sturzhelmen und studierten die Speisekarte.

»Mach, daß du hier rauskommst, verdammt noch mal.«

»Wir hatten ihn in der Hand, haben versucht, ihn zu schnappen. Wir haben seine Spur verloren. Ist das nicht ein gottverdammtes Pech?«

»Hau ab und schlaf mit deiner Freundin.«

»Ich trinke, ich weine nicht. Der Mann lag tot auf dem Boden, zwischen Müll, Zigarettenkippen und Rotz lag er in seinem Blut. Tardelli kam herein, er hat geweint, er trinkt nicht. Er bat mich …«

»Trink ein Glas Wasser, nimm ein paar Aspirin und leg dich ins Bett.«

»Er ist isoliert, was er anfaßt, geht schief. Er hat nichts, keine Hoffnung. Er hat mich angefleht …«

Die Jungs mit den Sturzhelmen hatten auf der Speisekarte nichts gefunden, was sie essen wollten. Sie gingen zur Tür und verließen die Pizzeria.

»Worum hat er dich gebeten?«

»Gib ihm etwas, woran er sich festhalten kann. Ich hab' ihm gesagt, daß ich ihm nichts sagen kann. Er ist in einer Sackgasse, zuviel Arbeit, zu müde. Er hat keinen Blick mehr für das Offensichtliche, ist nicht der Linie der Familie gefolgt, so wie wir es getan haben. Er wollte, daß ich ihn über deinen Agenten informiere.«

»Unsinn.«

»Dein zweitrangiger Agent. Er wollte die Krümel von deinem Teller. ›Alles, was ich will, ist jemand, der meinen Arm nimmt und mit mir geht.‹ Aber das ist nur das übliche dumme Gerede in Palermo, wenn ein Mann isoliert ist, von solchem Gerede läßt sich ein amerikanischer Held natürlich nicht beeindrucken.«

»Ich ziehe niemanden ins Vertrauen.«

»Und Italiener schon gar nicht, was? Ich sag' dir, was ich gesehen habe, Axel. Ich hab' eine Leiche auf dem Boden gesehen, ich sah das Blut, ich sah all die verfluchten Leute. Ich sah sie, Codename Helena, ich sah ihre Leiche und ihr Blut. Ich trinke, ich weine nicht. Ich wünsch' dir guten Appetit.«

Vanni ließ Axels Hand los. Der Tisch geriet ins Schwanken, als Vanni sich hochrappelte. Axel sah ihm nach ... Er sah sie nicht auf dem Boden der Bar, aber er hatte sie deutlich vor sich, und sie hing an der Schuppentür beim *estancia*-Rollfeld ... Er schob den Teller weg. Er zündete sich eine Zigarette an und warf das Streichholz auf den Teller, in die Pizzasoße.

Die Verfolger erfuhren den Namen der Hausbesitzerin, und spätnachts sahen die Verfolger in einem der oberen Räume Licht brennen.

»Welche Alternativen habe ich, Ray? Worüber soll ich mir den Kopf zerbrechen?«

Der Lautsprecher gab der Stimme einen metallischen Widerhall. Dwight Smythe beugte sich über den Schreibtisch des Country Chiefs und drehte am Lautstärkeregler herum. Der Country Chief machte sich Notizen.

»Könntest du's bitte abwarten, Herb? Gibst du mir eine Minute?«

»Meinetwegen auch zwei – es ist wohl besser, wir klären die Sache so schnell wie möglich.«

Für Ray war es ein gräßlicher Montag gewesen. Er hatte eine telefonische Aufforderung erhalten, sich binnen zwei Stunden zu einem Treffen bei Kaffee und Keksen im New Scotland Yard einzufinden. Er hatte neben Dwight gesessen, gegenüber vom Leiter des SO6, dem stellvertretenden Polizeichef (Sonderdezernat SO) und dem selbstzufrieden grinsenden Detective Superintendent. Außerdem war noch ein junger Bursche dabeigewesen, der nichts sagte. Ihm war sehr unbehaglich zumute, und offensichtlich hatten sie ihre Hausaufgaben sehr gründlich gemacht und vieles über Mario Ruggerio in Erfahrung gebracht, und sie konnten eine detaillierte Beschreibung von Charlotte Parsons (Codename Helena) vorweisen. Er war vorzeitig gegangen und hatte gesagt, er müsse sich mit seinem Headquarter in Verbindung setzen, und als er wieder an seinem Schreibtisch in der Botschaft saß, wartete er voller Ungeduld darauf, daß Herb sich endlich durch den Stau auf dem Washington Beltway gequält hatte und in seinem Büro aufgetaucht war. Er mußte mit Herb sprechen, weil Herb die Operation abgesegnet hatte.

»Das wär's, Herb ... mir ist nicht wohl bei der Sache, Herb. Ich will Bill nicht ins Gehege kommen.«

»Vergiß Bill. Er soll, verdammt noch mal, machen, was wir ihm sagen. Wir können es uns im Moment, glaube ich, nicht leisten, auf Zuständigkeitsproblemen herumzureiten. Verdammt, ich hab' vierzehn Operationen in Kolumbien, acht in Peru. Weitere in Bangkok, Moskau, Jamaika. Da lass' ich mir doch wegen einer Operation in Sizilien keine grauen Haare wachsen. Welche Alternativen gibt es?«

Wieder hielt Ray inne. Die großen Tiere in Washington, die es in die Etage mit den dicken Teppichen und den Barschränken geschafft hatten, mit direktem Zugang zu Gott, diese großen Tiere haßten es, am frühen Montag morgen zu Entscheidungen gedrängt zu werden. Es war ein Zeitpunkt, an dem seine eigene Karriere den Bach hinuntergehen konnte und damit seine Hoffnungen, jenen Teppich unter die Füße und die Barschrankschlüssel in die Finger zu bekommen, aber er wußte, daß er keine Ausflüchte mehr machen konnte. Er sprang ins kalte Wasser.

»Die Briten haben Angst. Sie sagen, ich zitiere: ›Es ist nicht zu tolerieren, daß eine junge Frau von der DEA unter Druck gesetzt und überredet wird, als zentrale Person einer von Amerika finanzierten Anti-Mafia-Operation nach Sizilien zu reisen‹, Zitat Ende. Meiner Meinung nach ist dies aber nicht der Hauptgrund für ihre Befürchtungen. Was ihnen am meisten gegen den Strich geht ist, Zitat: ›Alle DEA-Aktivitäten innerhalb Großbritanniens geschehen in Absprache mit den örtlichen Behörden, und wir wurden nicht informiert, bevor Miss Parsons von Ihnen überredet und rekrutiert wurde‹, Zitat Ende. Und das schlimmste ist, daß sie sich wegen der Sache in die Hosen scheißen. Sie fürchten, sie könnte draufgehen und von Paparazzi fotografiert werden. Sie fürchten, daß hinterfragt wird, warum ein unausgebildetes, naives Mädchen eine zentrale Rolle bei Ermittlungen in einer derart heiklen Untersuchung gespielt hat. Sie haben Angst, daß man ihnen die Schuld in die Schuhe schiebt …«

»Ich habe nach den Alternativen gefragt.«

»Es gibt zwei, Herb. Du kannst ihnen sagen, sie sollen dich gern haben. Du kannst ihnen sagen, daß die Angelegenheit ein paar Nummern zu groß für sie ist und sie die Finger davon lassen sollen.«

»Wir haben doch immer ganz gut mit den Briten zusammengearbeitet. Sag mir die zweite Alternative.«

»Du kannst deinen Segen zurückziehen, Herb. Setz' der Operation ein Ende, zieh' sie raus. Du kannst es beenden.«

»Ray, wir kennen uns schon lange, zu lange vielleicht. Bill Hammonds Empfindsamkeit interessiert mich nicht. Es war ohnehin nicht Bills Plan. Es war der Plan von diesem Axel Moen, und es ist mir egal, ob ich seinem Ego schmeichle oder ihm einen Tritt gebe. Auf welcher Seite stehst du? Ich will wissen, wo ich dran bin.«

Er schaute auf den Lautsprecher an der Wand, neben dem Foto der Green Ice Operation. Herb, der lächelnd in der ersten Reihe stand, kam immer erst in letzter Sekunde und heimste den Ruhm ein und sprang ab, bevor er getadelt werden konnte. Dwight Smythe, der ihm gegenübersaß, verdrehte die Augen und fuhr sich mit dem Zeigefinger über die Kehle. Er sprach ins Mikrophon und fühlte sich schmutzig.

»Hör zu, Herb, die Empfindsamkeiten der Briten sind mir egal. Sie werden sich eine Woche lang beklagen, und dann sind sie wieder brav und freuen sich auf eine Belohnung. Ich persönlich würde sie ignorieren.«

»Ich verstehe. Alles klar, ich ruf' Bill Hammond an und sag's ihm.«

»Tut mir leid, Herb, ich bin noch nicht fertig. Dieses Mädchen ist in Gefahr, sie hat keinerlei Ausbildung. Sie wurde behandelt wie eine Topagentin. Man hätte sie nie bitten sollen, dorthin zu fahren. Wenn sie draufgehen sollte, werde ich mit dem Medienrummel und den Untersuchungen schon fertig. Aber ich würde es nicht gern auf meine Kappe nehmen. Meine Selbstachtung ist ein kostbares Gut. Aber wenn die Sache schiefgeht, landet das Verfahren natürlich auf deinem Tisch, Herb, weil du die Operation autorisiert hast.«

Ihm war, als hätte er eine Handgranate über den dicken Teppich gerollt, vorbei am Barschrank bis vor den Schreibtisch im oberen Stockwerk des Headquarters. Mit grimmiger Miene kniff er Dwight Smythe ein Auge zu.

Die Stimme aus dem Lautsprecher donnerte: »Abbrechen.«

»Ich denke, das ist eine gute Entscheidung, Herb.«

Regen fiel auf die Rasenfläche vor der Botschaft. Die Narzissen und Krokusse lagen flach. Dwight Smythe saß schweigend am Steuer. Ray dachte nach. Er hatte seine Gewissensnöte über die Telefonleitung auf einen anderen abgewälzt. Vielleicht war er zu alt, zu müde und zu kaputt für den Job. Vielleicht war er zu weich für seine Arbeit geworden. Wenn die Arbeit bedeutsam war, und das war sie, verdammt noch mal, dann war es vielleicht gerechtfertigt, irgendein unerfahrenes Ding ohne jede Ausbildung von der Straße zu holen, dann war vielleicht auch der Druck gerechtfertigt, wenn die Arbeit bedeutsam war … Axel Moen war in seinem Büro gewesen, Axel Moen hatte Dwight Smythe wie eine Aushilfskraft behandelt, Axel Moen hatte sich über Gewissensbisse hinweggesetzt, Axel Moen war ein kalter Dreckskerl, Axel Moen war mit Sicherheit von der Bedeutsamkeit seiner Mission überzeugt ... Sie durchquerten die Londoner Innenstadt, und Dwight Smythe blieb vor dem Haupteingang des New Scotland Yard stehen und warf einem Constable die Wagenschlüssel zu ... Vielleicht sollte er erleichtert sein, weil er die Verantwortung los war und Herb auch und weil die Männer, die im oberen Stockwerk des Gebäudes auf ihn warteten, sich nicht mehr sorgen mußten. Vielleicht würde man ihm einen Drink anbieten, weil all die großen Jungs jetzt gedeckt waren und nichts mehr zu fürchten hatten, und das war es, was in dieser gräßlichen Welt von Bedeutung war. Wäre es um das Mädchen gegangen, um ihren Schutz und ihre Rettung, dann hätte er ein gutes Gefühl gehabt, aber darum ging es nicht ... Sie traten aus dem Aufzug und folgten dem Constable über den Flur. Es war ein gottverfluchter Montag.

»Ich habe mit Washington gesprochen. Washington sagt, wir sollen die Aktion abbrechen.«

Der stellvertretende Polizeichef (Sonderdezernat) sagte: »Nicht erst nächste Woche oder nächsten Monat. Wir schicken einen von unseren eigenen Männern.«

Der Leiter des SO6 sagte: »Die Operation wird augenblicklich beendet. Für den Bericht, verstehen Sie?«

Der Detective Superintendent sagte: »Wir möchten sichergehen, daß die Sache mit einer gewissen Dringlichkeit angegangen wird. Wir lassen uns nämlich nicht gern verschaukeln.«

Man stellte ihm Harry Compton vor, der noch nichts gesagt hatte und vor dem eine dicke Akte lag. Er sagte, da es sich um eine Operation der DEA handele, bei der es nun eine britische Beteiligung gebe, er vermied das Wort »Einmischung«, würde er seinen Verwaltungs-Officer Dwight Smythe nach Sizilien schicken, um Harry Compton zu begleiten, »ihm das Händchen zu halten«, hätte er am liebsten gesagt.

Der stellvertretende Polizeichef sagte: »Sehr zufriedenstellend, gute Zusammenarbeit.«

Der Leiter des SO6 fragte: »Wie wär's jetzt mit was Härterem, Ray? Und Sie, Mr. Smythe? Nehmen Sie Eis und Wasser?«

»Sie wissen über die Sache Bescheid, Mr. Compton? Scotch, bitte.«

»Ja.«

»Sie haben eine Beurteilung über Charlotte Parsons geschrieben, diese kleine Unschuld vom Lande?«

Es hatte spöttisch klingen sollen, aber Sarkasmus gehörte nicht zu seinen Stärken.

»Ja, das habe ich. Ich denke, sie ist ziemlich gut. Hartnäckig und unbeugsam. Deshalb fürchte ich um ihre Sicherheit. Nach dem, was ich über sie erfahren habe, gibt sie nicht so leicht auf. Und wenn eine so starke Persönlichkeit in eine solche Position gebracht wird, würde ich auch um die Sicherheit derer in ihrer Nähe fürchten.«

»Tatsächlich? Verdammt schade, daß sie nach Haus geholt wird, finden Sie nicht auch, Gentlemen? Zu schade, daß wir alle unsere Nasen da reinstecken mußten ...«

Kapitel 15

Um ihn herum waren die Gerüche. Seine Augen waren verbunden. Er konnte nichts sehen, nicht einmal schwache Lichtstreifen am oberen und am unteren Rand des Tuches. Das Tuch war stramm um seinen Kopf gewunden, mindestens dreimal, und die Ränder waren mit breitem Klebeband abgeklebt. Er wußte nicht, wie viele Stunden, wie viele Tage und Nächte er schon hier war.

Die Gerüche stachen Benny in die Nase, sie widerten ihn an. Die Gerüche kamen von Tieren und von seinem eigenen Körper. Es roch nach den Exkrementen und dem schmutzigen Fell von Tieren und nach der Scheiße in seiner Hose und der warmen Pisse an seinem Bein, nach seinem Angstschweiß in den Achseln und in der Leiste.

Sie hatten ihm die Arme auf den Rücken gedreht, als sie ihn aus dem Wagen zerrten und in den Kuhstall brachten. Jede noch so kleine Bewegung war mit stechenden Schmerzen verbunden, weil sie seine Arme um einen groben Holzpfeiler gelegt und seine Handgelenke stramm zusammengebunden hatten. Wenn er versuchte, sich zu bewegen, kugelte er sich fast die Arme aus. Er wußte nicht, wie viele Stunden er schon hier war, aber wenn das nächste Mal jemand kam, würden sie ihn töten, davon war er überzeugt. Er wollte sie nicht kommen hören, wollte nicht hören, wie der Wagen vor der Scheune hielt, wollte nicht ihre Stimmen hören, denn dann würden sie kommen, um ihn zu töten. Aber in seiner Angst lauschte Benny auf jedes noch so leise Geräusch. Er hörte die plumpen Bewegungen der Tiere, ihren schnaufenden Atem, das Mahlen ihrer Zähne, wenn sie kauten. Manchmal berührten sie ihn, riesenhaft schienen sie in der pechschwarzen Dunkelheit über ihm aufzuragen, aber ihre Berührungen waren immer sanft. Manchmal schnüffelten sie an seinem Gesicht, und er spürte ihren feuchten, heißen Atem. Manchmal leckten sie mit ihren großen nassen Zungen über seine Hände hinter dem Pfosten. Weil er auf das Geräusch des Wagens und die Stimmen wartete, registrierte er alle Bewegungen der Tiere. Er wußte nicht, vor wie vielen Stunden sein Schließmuskel nachgegeben hatte und er sich in die Hosen gemacht hatte, aber die weiche Masse war jetzt kalt. Es war noch nicht so lange her, daß er sich in die Hosen gepißt hatte, denn seine Schenkel waren noch naß. Es war wegen des Mädchens.

Die Tiere hörten den Wagen vor Benny. Die Tiere brüllten. Er hörte den Wagen. Es war wegen des Mädchens, und er haßte das Mädchen für das, was sie ihn hatte tun lassen. Der Wagen kam zum Stehen, und er hörte das Knirschen der Reifen auf dem Kies. Wäre das Mädchen nicht gewesen, wäre er morgen oder gestern nachmittag – er hatte kein Zeitgefühl mehr – nach der Schule nach Corleone gefahren, hätte den Kopierer abgeholt und ihn zurück nach San Giuseppe Jato gebracht, hätte sich engagiert, verantwortungsvoll und wichtig gefühlt, aber das Mädchen hatte ihn zerstört. Das Mädchen hatte ihn dazu gebracht, von seinem Vater zu erzählen. Er hörte, wie das Vorhängeschloß geöffnet wurde. Das Mädchen hatte Schuld. Hysterische Angst stieg in ihm auf, und er versuchte, sich noch fester vor den Pfosten zu pressen. Sein Vater hatte Schuld. Er hörte das schleifende Geräusch der Tür. Er hörte, wie gehustet und gespuckt wurde und wie jemand den Rücken eines Tieres tätschelte, und er hörte das Stampfen der Tiere, die von den Männern zur Seite geschoben wurden. Benny wollte schreien, sie anflehen, ihnen sagen, daß sein Vater Schuld hatte und das Mädchen. Er hatte keine Stimme.

Seine Hände wurden nach hinten gerissen, und ein unerträglicher Schmerz durchzuckte seine Schultern. Am Handgelenk spürte er die scharfe Schneide eines Messers, und die Schnur, die ihn an den Pfosten gefesselt hatte, wurde durchtrennt. Er wurde hochgezogen. Sie lachten. Drei verschiedene Arten Gelächter, rauh, schrill und leise. Er stand da, und sie mußten die feuchten Flecken auf seinen Hosenbeinen und den stinkenden Klumpen in seiner Hose sehen. Sie führten ihn über den unebenen Boden des Kuhstalls.

Sonne schien auf sein Gesicht, auf seine Wangen unterhalb der Augenbinde. Er stolperte über den Kies. Ohne Vorwarnung packten sie ihn am Schopf und preßten seinen Kopf nach unten. Seine Stirn stieß gegen eine Metallkante. Sein Körper wurde in den Kofferraum eines Wagens gehievt, knallend fiel die Kofferraumklappe über ihm zu. Zusammengerollt lag er da, in Embryohaltung, so wie er als Kind zwischen seinen Eltern im Bett gelegen hatte. Das Fahrzeug holperte davon, und ein Metallgegenstand bohrte sich in Bennys Körper, ein Wagenheber, nahm er an, oder ein schwerer Schraubenschlüssel. Sie brachten ihn weg, um ihn zu töten. Der Benzingeruch stach ihm in die Nase. Sie würden ihn nicht hören, wenn er rief, daß das Mädchen Schuld hätte oder sein Vater. Er haßte das Mädchen. Er verabscheute seinen Vater. Er hatte furchtbare Angst. Er könnte ins Säurefaß gesteckt werden, in den nassen Beton, er könnte in einer der tiefen Rinnen landen, wo ihn nicht einmal die Krähen finden würden, wie einst Placido Rizzotto. Niemand wußte, wo man nach ihm suchen sollte. Er hatte seiner Mutter nicht gesagt, daß er nach Prizzi wollte, auch nicht seinen Freunden in Palermo oder dem Mann, dem der Kopierer in San Giuseppe Jato gehörte, oder der Frau, die den Rundbrief in Corleone schrieb. Das Fahrzeug fuhr nun auf Asphalt und beschleunigte. Er weinte, und die Tränen durchfeuchteten seine Augenbinde. Zusammengerollt lag er im Kofferraum eines Autos, die Abgase in der Nase, schrie um Gnade, aber sie konnten ihn nicht hören. Er fragte sich, ob sie alle um Gnade schrien, bevor man sie ins Säurefaß, in den Beton oder in eine Rinne warf, ob sie alle ihre Väter und ihre Mädchen verabscheuten. Das Fahrzeug hielt abrupt an, und wieder lief ihm die heiße Pisse über die Oberschenkel.

Luft kam an sein Gesicht. Er hörte andere Autos und ein Motorrad vorbeifahren. Ein Hund bellte, und Radios spielten.

»Bitte ..., vergebt mir ..., bitte ...« Seine Stimme war ein Krächzen.

Er wurde aus dem Kofferraum des Wagens gezerrt. Ein heißer Urinstrahl lief ihm die Beine hinunter. Hände griffen nach seinen Armen. Er wurde einen leicht abfallenden Hügel hinabgeführt und spürte Kopfsteinpflaster unter den Füßen. Er konnte sich nicht losreißen, konnte nicht wegrennen, er war zerbrochen. Die Hände rissen ihn zurück und zwangen ihn stehenzubleiben. Das Klebeband wurde von der Augenbinde gezogen. Die Binde wurde abgenommen.

ASSASSINO.

Das Wort stand in Farbe an der Tür. Die Tür war neben einer schwarzen Regenrinne. Vor der Tür stand ein Plastikeimer mit dampfend heißem Seifenwasser, in dem eine alte Bürste schwamm. Er nahm die Bürste aus dem Wasser und fing an, das Wort abzuschrubben, das er mit roter Farbe an die Tür gesprüht hatte. Der Hund, der mit der Spraydose weggerannt war, schnupperte an ihm und knurrte. Kinder kamen heran und hielten sich lachend die Nase zu, weil er so stank. Das Haus hinter der Tür schien leer zu sein, denn von drinnen war nichts zu hören, kein Radio, keine Schritte. Das

Mädchen hatte ihn zerstört. Er schrubbte an den gesprühten Buchstaben herum, bis ihm Finger, Arme und Schultern weh taten, so lange, bis er die letzte Spur seines Protestes getilgt hatte. Das Mädchen hatte ihn die Geschichte seines Vaters erzählen lassen. Er schrubbte, bis die Tür sauber war, als hätte das Wort nie dort gestanden. Er war zerbrochen.

Er richtete sich auf. Das Wasser war aufgebraucht, der Eimer war leer. Er legte die Bürste in den Eimer und stellte ihn auf die Türschwelle. Die Straße lag verlassen im Schatten. Die Kinder waren fort, genau wie der Hund und die Männer, die ihn hergebracht hatten. Auf den Pflastersteinen hinter ihm lag seine Brieftasche unter einem Stein. Es gab keine Spur mehr von dem Wort, wie es von seinem Leben keine Spur gab. Er ging davon. Sein Auto war dort, wo er es stehengelassen hatte.

Später würde er in seine Wohnung in Palermo zurückkehren, und bevor er sich auszog und wusch, würde er die Poster von den Wänden reißen.

»Ich sollte mich entschuldigen, nicht wahr? Ich sollte dich um Verzeihung bitten?«

Charley hielt die Plastikwanne mit den nassen Sachen. Angela klammerte die Kleidungsstücke methodisch an die Leine. Es war unvermeidbar gewesen. Charley fand es lediglich überraschend, daß es so lange gedauert hatte. Angela sah sie nicht an und sprach mit ausdrucksloser, monotoner Stimme.

»Als ich Peppino sagte, daß ich dich hier haben wollte, dachte ich, daß es anders werden würde, wenn du hier wärst. Ich dachte, es würde wieder so sein wie in Rom. Aber hier ist nicht Rom, hier ist Palermo. Palermo ist nicht unser Zuhause, wie Rom unser Zuhause war. Bringe ich dich durcheinander? Du bist nicht dumm, Charley, du mußt doch merken, daß wir uns verändert haben. Palermo ist Peppinos wahre Heimat, Palermo ist die Heimat der Bauern, es ist der Ort der Familie. In Rom wußte ich nichts über den wahren Peppino, ich habe mein eigenes Leben gelebt und war glücklich, und du kamst zu uns und warst ein Teil dieses Glücks. Wenn du dich umsiehst, Charley, fragst du dich nicht, was sich geändert hat?«

Charley reichte Angela die Kleidungsstücke der Kinder und die Klammern. Sie schwieg, sie konnte Angela nicht trösten. Hätte sie ihr Trost zugesprochen, hätte sie sich in Gefahr gebracht.

»Es ging uns gut in Rom, wir hatten eine wundervolle Wohnung und ein angenehmes Leben. Du hast es gesehen, und dann bist du weggefahren. Vier Jahre später kommst du zurück – und was findest du? Wir stellen eine neue Generation von Sizilianern dar, wir leben wie bourbonische Prinzen, wie maurische Kalifen, wie normannische Adlige. Eine Wohnung wie ein Palast, eine Villa, Geld ohne Ende, Juwelen, die neuesten Wagen, und ständig die gottverdammten Geschenke. Wenn du allein in deinem Zimmer bist, fragst du dich dann, wo das alles herkommt, Charley? Fragst du dich, wie es kommt, daß Peppino, der in Rom ein ganz normaler Geschäftsmann war, hier in Sizilien zu einem Geschäftsmann der absoluten Superklasse aufgestiegen ist? Ich würde mich das fragen, wenn ich du wäre. Aber hier in Sizilien ist das Netz der *famiglia* – an materiellem Besitz habe ich alles, was ich mir wünschen könnte – vielleicht hältst du mich ja auch für undankbar –, und ich habe Peppinos Familie …«

Die Stimme redete weiter. Die Rede wurde nur dann unterbrochen, wenn ein Wäschestück von der Leine fiel, weil die Klammer nicht gehalten hatte. Sie lebte mit der Lüge, sie hatte die Uhr am Handgelenk, sie hatte Zugang und sie wartete auf eine Gelegenheit. Sie blieb stumm.

»… Während du am Sonntag in der Stadt warst und Peppino und ich mit den Kindern in der Messe, sind Männer in unser Haus gekommen, in mein Haus, um zu überprüfen, ob wir von der Polizei abgehört werden, ob es Wanzen in unserem Haus gibt, in meinem Haus. Hast du das gewußt, Charley? Jeden zweiten Sonntag kommen sie. Warum? Hast du Peppino hier jemals über vertrauliche Geschäftsangelegenheiten reden hören? Niemals. Sie befürchten nicht Industriesabotage, sondern Polizeimikrophone. Peppino muß sich ganz sicher sein können, daß Gespräche über die *famiglia* von niemandem gehört werden. Zähl eins und eins zusammen, Charley, das Vermögen und die Familie, den Reichtum und die Familie. Woher kommt der Reichtum? Von der Familie …«

Charley schaute auf das stabile Holztor in der Mauer. Neben ihr war der Weg, von dem der Gärtner den Zigarillostummel aufgehoben hatte. Sie hielt Peppinos tropfnasse Hemden in der Hand. Sie spielte ihre Rolle, spielte das naive Haus- und Kindermädchen, lebte die Lüge.

»… Er ist ein groteskes Trugbild. Mein Peppino ist ein Wesen, das von seiner Familie geschaffen wurde. Er erfüllt ein Bedürfnis der Familie. Was würde er sein, wenn es dieses Bedürfnis nicht geben würde? Ein Krimineller? Ein Erpresser? Ein Mörder? Bist du schockiert, Charley? Von dieser Sorte gibt es genug in der Familie, mehr brauchen sie nicht. Sie brauchen das Trugbild der *rispettabilità,* verstehst du, Charley? Die Familie hat das Vermögen, aber sie brauchen das Trugbild der Ehrbarkeit. Auch ich gehöre zu diesem Trugbild. Ich stamme aus einer angesehenen Familie aus dem Vatikan, ich verkörpere Ehrbarkeit. Er ist ein Krimineller, mein Ehemann und der Vater meiner Kinder, wie seine Familie. Deshalb bin ich hier so allein, Charley, so isoliert, so verzweifelt, deshalb brauche ich dich, Charley. Er wird von seinem Bruder kontrolliert, er hat dieselbe kriminelle Schuld wie sein Bruder …«

Ihre Stimme erstarb. Einen Moment lang schaute sie an Charley vorbei, dann wieder auf die Klammern und Wäschestücke an der Leine. Sie sitzt in der Falle, dachte Charley, es gibt kein Entrinnen für sie. Charley wandte sich ab. Der Gärtner kam mit einer Schubkarre auf sie zu. Sie reichte Angela das letzte von Peppinos Hemden.

Als sie zurück in die Küche kamen, hörten sie das Baby schreien. Die Offenbarung war beendet. Angela hantierte mit fahrigen Bewegungen in ihrer Küche herum und machte dem Baby etwas zu essen.

Harry Compton und Dwight Smythe trafen sich in Heathrow. Auf getrennten Wegen hatten sie die Stadt in westlicher Richtung verlassen, keiner von beiden hatte es für notwendig gehalten, gemeinsam zu fahren. Sie trafen sich beim Einchecken. Spürten sie so etwas wie gegenseitige Achtung, so verbargen sie dieses Gefühl. Der Detective Sergeant des SO6 und der Verwaltungsbeamte der DEA begrüßten sich knapp und ohne besondere Höflichkeit. Harry Compton hätte gesagt, daß er allein durchaus in der Lage sei, Miss Parsons abzuziehen. Dwight Smythe hätte gesagt, daß er allein durchaus in der Lage sei, Axel Moen abzuberufen. Sie passierten den Abflugschalter, und kein Mensch wäre darauf gekommen, daß sie Kollegen waren, die zusammen unterwegs waren. Auf getrennten Wegen gingen sie zum Duty Free Shop, wo der Brite Scotch und der Amerikaner Jack Daniels kaufte. Sie setzten sich auf eine Bank und lasen Zeitung. Beide empfanden die Anwesenheit des anderen als eine Einmischung. Nach einer Weile wurde ihr Flug aufgerufen.

Vorsichtig klopfte Pasquale an der Tür. Als er die Antwort hörte, brachte er die Tasse Kaffee ins Zimmer. Er ging zum Schreibtisch des Richters und stellte die Tasse neben den Bildschirm des Computers.

»Danke, das ist sehr nett von dir. Sehr aufmerksam. Wie geht es dir, Pasquale?«

Er verzog das Gesicht. »Heute morgen hat der *maresciallo* meine Beurteilung geschrieben.«

»Hat er sie dir vorgelesen?«

»Dazu ist er verpflichtet.« Er war um fünf Uhr morgens zur Arbeit gekommen. Da hatte die Schlafzimmertür des Richters offengestanden, und die Wohnzimmertür war geschlossen, aber durch den schmalen Spalt unter der Tür war Licht gedrungen. Das bleiche Gesicht des Richters wirkte noch müder als sonst.

»Der Kaffee ist gut. Danke. Was hat er über dich geschrieben? Wenn du nicht darüber reden willst …«

»Daß ich ungeeignet bin, daß ich ineffizient bin, daß mein Arbeitseifer meine Fehler nicht wettmacht, daß ich versucht habe, mich mit Ihnen anzufreunden, daß ich einen Wagen zu Schrott gefahren habe, daß ich zu spät zum Dienst gekommen bin, daß ich vergessen habe, ein Magazin zu laden …«

»Du bist noch sehr jung, du hast eine Frau und ein Baby, du hast dein Leben noch vor dir. Vielleicht ist es ja so am besten?«

»Ich möchte meine Stelle behalten. Aber der *maresciallo* sagt, daß ich Sie und meine Kollegen durch meine Inkompetenz gefährde.«

»Soll ich mich für dich einsetzen?«

»Es wäre für mich beschämend, wenn ich durch Ihre Fürsprache meine Stelle behalten könnte.«

»So ist es also für uns beide ein schlechter Tag, Pasquale.«

Das Gesicht des Richters wirkte unendlich traurig, und er versuchte nicht, seine Gefühle zu verbergen. Der Mann tat ihm unendlich leid. Er konnte den Richter nicht bitten, ein gutes Wort für ihn einzulegen. Diese Arbeit bedeutete ihm mehr als alles andere in seiner bisherigen Polizeilaufbahn. Es wäre eine entsetzliche Demütigung, aus Rocco Tardellis Bewachungsteam abgezogen zu werden, zurück zur Uniform. Er zögerte. Er war ein einfacher Polizist, ohne Rang und mit wenig Berufserfahrung, und er wollte dem älteren, unglücklichen Mann so gern etwas Tröstliches sagen. Aber er wußte nicht, was er sagen sollte. Er zögerte und ging dann in Richtung Tür.

»Pasquale, bleib doch bitte noch einen Moment – manchmal braucht man einen jüngeren, frischeren Geist. Ich habe keine Spur, ich habe nichts, ich muß ganz von vorn anfangen. Bitte. Wohin geht Ruggerio? Was braucht Ruggerio?«

»Einen Zahnarzt?« platzte Pasquale heraus.

»Wie viele Zahnärzte gibt es in Palermo? Wie viele Zahnärzte gibt es in Catania, Agrigento, Messina und Trapani? Hat er ein künstliches Gebiß? Braucht er überhaupt einen Zahnarzt? Ich kann nicht jeden Zahnarzt auf der Insel überwachen lassen, nur für den Fall, daß Mario Ruggerio eines Tages bei ihm auftaucht.«

»Ein Optiker vielleicht?«

»Ich weiß nicht, ob er eine Brille trägt, und selbst wenn. Hast du eine Ahnung, wie viele Optiker Mario Ruggerio hier auf der Insel zur Auswahl hat? Hilf mir mit deinem jungen, frischen Geist.«

Pasquale runzelte die Stirn – und dachte nach. »Die Familie haben Sie überprüft?«

»Ich wollte junge, frische Hinweise hören, nicht das Naheliegendste. Die Familie ist der absolute Mittelpunkt unserer Ermittlungen. Wir haben eine Kamera vor dem Haus seines Vaters. Das müßtest du eigentlich wissen. Und du müßtest wissen, daß wir eine Kamera und eine Abhöranlage im Haus seiner Ehefrau haben. Sein Bruder, ein brutaler Killer, sitzt auf Asinara im Gefängnis, und wir lassen seine Zelle überwachen. Sein anderer Bruder ist geistesbehindert, den können wir vergessen. Die Schwester, Alkoholikerin, zählt auch nicht. Bitte, mein Junge, verschon mich mit dem Naheliegendsten.«

Er hatte die Entschuldigung schon auf der Zunge ... Mit offenem Mund starrte er Rocco Tardelli an. Eine Schockwelle schien über das Gesicht des Richters zu laufen. Tardelli sprang von seinem Stuhl, kniete sich auf den Teppich. Pasquale stand wie angewurzelt da. Auf allen vieren kroch er zum Schlafzimmerschrank, der sich in dem Wohn- und Arbeitszimmer ziemlich seltsam ausnahm. Er riß die Tür auf. Aktenordner fielen ihm auf den Kopf. Geschlossene Ordner und offene Ordner, Akten, die mit Bindfaden zusammengeschnürt waren. Pasquale schaute gebannt zu. Er schob die Akten hin und her, studierte die Titel, riß weitere Akten aus dem Schrank. Während der Aktenberg immer höher wurde, pfiff er eine Arie. Papiere flogen herum und wurden unter weiteren Akten begraben. Er fand etwas. Er riß das Klebeband ab. Jetzt pfiff er nicht mehr, sondern gurrte wie eine Taube. Die Papiere flatterten ihm aus der Hand. Er stieß einen Begeisterungsschrei aus. Er hielt zwei Bögen in der Hand.

»Es gibt noch einen Bruder, Pasquale, ich habe ihn selbst verhört. Vor vier Jahren in Rom. Ein Banker. Es klang ja so plausibel. Angeblich hatte er jeden Kontakt zu seiner kriminellen Familie abgebrochen. Ich habe ihm geglaubt. Keine Überwachung, keine Telefonabhöranlage. Ich vergaß ihn. Die Erinnerung an ihn wurde begraben unter Bergen neuer Informationen. Ich schäme mich, ich habe ihn ganz einfach vergessen ... Man muß dort suchen, wo man vergessen hat zu suchen, dort, wo es keine Verbindung zu geben schien, nicht wahr, Pasquale?«

Er stand auf. In seinem Gesicht spiegelte sich ein manisches Glücksgefühl.

Er umarmte Pasquale.

Er ging zum Schreibtisch und ergriff den Telefonhörer. Er wählte. Er wartete, und die Arie bewegte sich auf den Höhepunkt zu.

»Gianni? Tardelli hier, ›der wandelnde Leichnam von Palermo‹. Gianni, vor vier Jahren habe ich Giuseppe Ruggerio verhört. Ja, es gab keine Verbindung. Was macht er heute? Ruf mich an, Gianni.«

Zwischen der Ankunft der Londoner Maschine und dem Abflug nach Palermo lagen zweieinviertel Stunden Zeit. Auf Förmlichkeiten wurde verzichtet. Sie saßen in Bill Hammonds Auto, Dwight Smythe vorn auf dem Beifahrersitz neben dem Country Chief und Harry Compton auf der Rückbank. Bill Hammond hatte am Kiosk Kaffee gekauft.

»Ein verdammt trauriger Tag ...«

»Unserer Auffassung nach hätte es nie soweit kommen dürfen«, sagte Harry Compton. »Hätte von Anfang an der vorgeschriebene Austausch stattgefunden, hätte es diese Schwierigkeiten nie gegeben. Ich glaube, keiner von uns fühlt sich jetzt wohl in seiner Haut.«

»Um deine treffende Bemerkung von vorhin aufzunehmen, Bill, es ist wirklich ein ›verdammt trauriger Tag‹, weil es von Anfang an ein unverantwortlicher Plan war«, sagte Dwight Smythe mürrisch. »Und jetzt haben wir diesen Haufen Scheiße am Hals.«

Es war eine neue Welt für Harry Compton. Er war noch nie zuvor für das SO6 im Ausland gewesen. Zu Hause in London hatte er einen gut funktionierenden Apparat im Rücken, außerdem eine ansehnliche Zahl von Dienstjahren als Polster. Er saß im Auto mit dem Kaffeebecher in der Hand. Er nahm einen Schluck und fand ihn widerwärtig. Er hatte gedacht, daß die eiskalte Atmosphäre, die durch das Zuständigkeitsgerangel entstanden war, sich während des gemeinsamen Fluges vielleicht ein wenig erwärmen würde, aber das war nicht geschehen. Wie zwei Soldaten aus feindlichen Lagern hatten sie sich angeschwiegen. Er hatte gehofft, daß man ihnen in Rom vielleicht einen netten Empfang bereiten würde. Bei einem guten Essen und einem Hauch von Kultur hätte sich doch alles viel besser besprechen lassen. Statt dessen saß er jetzt auf dem unbequemen Rücksitz eines Autos am Rande eines schäbigen Parkplatzes.

»Habe ich dich richtig verstanden? Ein Haufen Scheiße?«

»Ja, das waren meine Worte«, bestätigte Dwight Smythe.

»Und Sie, wie haben Sie es bezeichnet? Als ›Schwierigkeiten‹?«

»Das ist unsere Meinung«, sagte Harry Compton.

»Mir war nicht wohl dabei, ich hatte kalte Füße. Glauben Sie mir – der Plan war einfach brillant. Es war ein Plan, der sich plötzlich aus einer zufälligen Wendung ergibt, ein Plan, der gelingen könnte. Er könnte gelingen, weil Axel Moen ein verflucht guter Koordinator ist. Er ist nicht wie du, Smythe, oder wie Sie, Compton, nicht so ein aufgeblasener Klugscheißer, der herkommt und glaubt, er kennt das verdammte Spiel. Axel Moen ist einsame Spitze. Und was bekommt er dafür? Eine Scheißversetzung nach Lagos, und ein Dreckskerl wie ich muß ihm dieses Hurenloch auch noch schmackhaft machen.«

»Ich glaube, mit Obszönitäten kommen wir auch nicht weiter«, sagte Harry Compton. »Unser Ziel ist, Charlotte Parsons da rauszuholen.«

»Wo habt ihr den denn aufgetan? In der Krippe? Im Kindergarten? In der Polizeischule? Sie nennen keine Namen, unter gar keinen Umständen. Sie ist Codename Helena. In Sizilien wirft man nicht mit Namen um sich. Für Einsätze in Sizilien braucht man Profis und keine Amateure. Es ist ein verdammt trauriger Tag, wenn Leute wie Sie und wie du, Smythe, da unten mitmischen dürfen.«

»Hat man Ihrem Agenten schon gesagt, daß wir Codename Helena nach Hause holen?«

Der Country Chief lächelte bitter. »Sie sind ein richtiger Witzbold, Compton, Sie bringen mich zum Lachen. Sie denken, ich nehme Ihnen die Dreckarbeit ab. Ich habe ihn wissen lassen, daß er sich mit Ihnen treffen soll. Dann können Sie ihm persönlich sagen, daß sein Plan Scheiße war und ›Schwierigkeiten‹ gebracht hat. Sagen Sie's ihm selbst.«

Er hatte das Gefühl, verfolgt zu werden, aber er war sich nicht sicher. Als er den *duomo* in Monreale verließ, sah er auf der anderen Straßenseite einen hageren Mann mittleren Alters, der seine Mütze abnahm und sie in die Hosentasche steckte. Hundert Meter weiter, am Rande der Piazza, trug der Mann eine andersfarbige Mütze. Nach weiteren hundert Metern, bei den Marktständen, stand der Mann vor einem Schaufenster und schaute sich Damenwäsche an. Axel ging an ihm vorbei und sah ihn danach nicht wieder. Er konnte nicht mit Bestimmtheit sagen, daß er beschattet wurde. Vielleicht hatte der etwa vierzigjährige, hagere Mann eine neue Mütze gekauft, die ihm nicht gefiel, worauf er wieder seine alte Mütze aufsetzte, und vielleicht fand er es erregend, sich Damenwäsche anzuschauen, oder er suchte ein Geburtstagsgeschenk für seine Frau, oder er hatte den Auftrag, ihn zu beschatten. Axels Puls beschleunigte sich. In La Paz war er verfolgt worden, ein einziges Mal. Damals hatte er sein Mobiltelefon gezückt und das Bereitschaftsteam angefordert, und zwei Straßen weiter wimmelte es plötzlich von seinen eigenen Leuten und bolivianischen Sicherheitskräften, und die Verfolger gaben auf. In Monreale hatte er kein Bereitschaftsteam im Rücken. Er war in allen Beschattungstechniken unterwiesen worden, aber über effektive Gegenmaßnahmen wußte er wenig. Er holte ein paarmal tief Luft. Wenn er tatsächlich beschattet wurde, gingen seine Verfolger wahrscheinlich nach dem Prinzip der »schwimmenden Kiste« vor. Vor ihm würden Männer sein, hinter ihm, auf beiden Straßenseiten.

Aber es war früher Nachmittag, die Stunde der Siesta war noch nicht gekommen, und auf den Gehwegen herrschte viel Betrieb. Würde er plötzlich losrennen und versuchen auszubrechen, würde er ihnen klar und deutlich signalisieren, daß er seine Verfolger bemerkt hatte. Fieberhaft überlegte er, wie er sich verhalten sollte … Auf den geschäftigen Straßen war es für ihn schier unmöglich, die einzelnen Beschatter oder den Kapitän der »schwimmenden Kiste« auszumachen. Er beschleunigte seine Schritte und ging dann wieder langsamer, er schlenderte zwischen Ständen und Läden herum, er ging an einem *tabaccaio* vorbei, kehrte dann abrupt um, betrat den Laden und kaufte ein Einwegfeuerzeug. Er fand keinen Beweis dafür, daß er der Mittelpunkt einer »schwimmenden Kiste« war, aber er fand auch keinen Beweis dafür, daß seine Phantasie ihm einen Streich gespielt hatte. Er ging weiter. Er wußte es nicht. Er machte einen weiten Schlenker und ging zurück zur Gartenterrasse hinter dem *duomo*. Er setzte sich auf eine Bank. Von der schattigen Terrasse aus konnte er hinunter auf Palermo und aufs Meer schauen, wo er sie gesehen hatte. Axel wußte nicht, ob er beobachtet wurde …

»Es ist die dreizehnte.«

»Nein, die neunte.«

»Ich will nicht mit dir streiten, Mama, aber es ist die dreizehnte.«

»Vor fünfzehn Jahren hast du mir gesagt, daß es die neunte war. Als Mutter werd' ich mich doch wohl daran erinnern können.«

»Mama, ich versichere dir, es ist die dreizehnte.«

Sein Vater sagte mit seinem breiten Bauerndialekt: »Letztes Jahr hast du gesagt, es sei die elfte, das Jahr davor war es die vierzehnte, und davor war es …«

»Papa, ich versichere dir, du irrst dich.«

»Nein, du irrst dich, Mario. Jedes Jahr nennst du eine andere Zahl und streitest mit deiner Mutter.«

Am Anfang der Brücke, die, von mächtigen Betonpfeilern gestützt, über das Flußtal zwischen Monreale und Partinico führte, stand der Wagen am Straßenrand. Jedes Jahr hatten sie denselben Streit, weil Mario jedes Jahr die Zahl vergaß, die er 1981 genannt hatte. Das Problem war, daß Mario Ruggerio nicht wußte, welche der Betonsäulen die sterblichen Reste seines Bruders enthielt.

Franco saß am Steuer des parkenden Wagens und starrte angestrengt in seine Zeitung. Niemals hätte er gewagt, sich über den jährlichen Streit um die Säule, in der sich Cristoforos Leiche befand, lustig zu machen. Ein weiterer Wagen parkte weiter hinten, und ein drittes Fahrzeug stand am anderen Ende der Brücke, in der Nähe der sechzigsten oder einundsechzigsten Säule.

Seine Mutter hielt den üppigen Blumenstrauß in der Hand. Er konnte seiner Mutter nicht sagen, daß er jedes Jahr ein ungeheures Risiko einging, wenn er zu der Brücke kam und sich mit ihr darüber stritt, in welcher Säule sich Cristoforos Leiche befand. Er konnte seine Mutter nicht einschüchtern, denn seine Mutter hatte keine Angst vor ihm. Er konnte seiner Mutter nicht sagen, daß er nicht wußte, in welcher Betonsäule ... Sein Vater hielt immer zu seiner Mutter, als wolle er ihn in seine Grenzen verweisen. Was wollten sie denn nur von ihm? Sollte er etwa die Brücke sprengen lassen und mit dem Preßlufthammer auf jede einzelne Säule losgehen? Mußte sie denn so dringend wissen, in welcher Säule sich sein Bruder, Cristoforo, befand?

»Ich glaube, du hast recht, Mama. Es ist die neunte.«

Seine Mutter nickte zufrieden. Er liebte zwei Menschen auf dieser Welt. Er liebte seinen kleinen Neffen, der nach ihm benannt worden war, und er liebte seine Mutter, liebte die beiden mehr als seine Frau und seine eigenen Kinder. Und er konnte nicht den ganzen Tag vor aller Augen auf der Brücke herumstehen und sich streiten. Sein Vater mochte die Sache noch nicht auf sich beruhen lassen. Sein Vater hatte drei Gründe, schlechter Laune zu sein.

»Dann hast du dich also geirrt, Mario? Du gibst zu, daß du dich geirrt hast?«

»Ja, Papa, ich habe mich geirrt.«

»Cristoforo ist also in der neunten Säule?«

»In der neunten, Papa.«

Der erste Grund für die schlechte Laune seines Vaters: Ein junger Mann, der Sohn eines lästigen Feindes, hatte das Haus seines Vaters mit roter Farbe beschmiert. Der junge Mann konnte nicht angemessen bestraft werden, weil die Tür des Hauses in Prizzi von einer automatischen Kamera gefilmt wurde. Würde der junge Mann verschwinden oder würde man ihn nach seiner angemessenen Bestrafung finden, würden die *carabinieri* und die *squadra mobile* das Haus von Rosario und Agata Ruggerio auf den Kopf stellen. Die Sache war abgeschlossen, die Kamera würde die Tat zeigen und die reuevolle Beseitigung der Tat. Schnell waren sie dahintergekommen, daß man jeden vierten Tag den Film aus der Kamera entfernte. Am liebsten hätte sein Vater dem jungen Mann höchstpersönlich die Kehle durchgeschnitten.

Der zweite Grund für die üble Laune: Die Pilgerfahrt zur Brücke war um vierundzwanzig Stunden verschoben worden, und somit war der eigentliche Jahrestag der Einbetonierung bereits verstrichen. Nachdem man ihn auf der Via Sammartino fast gestellt hatte, mußte Mario Ruggerio zunächst völlig untertauchen und die Sicherheitsvorkehrungen verstärken. Über diese Dinge sprach er nicht mit seinem Vater. Mit vierundachtzig Jahren konnte sein Vater sich kein Bild mehr vom Leben seines Sohnes machen.

Der dritte Grund für die Verstimmung: Es war eine lange Reise für seine Eltern gewesen. Er hatte keine Garantie dafür, daß sie nicht überwacht wurden. Mit dem Bus nach Caltanisetta, durch das Menschengewühl auf dem Marktplatz von Caltanisetta zum Bahnhof, in Carmines Begleitung. Im Bummelzug nach Palermo. Abgeholt von ihm und Franco an der Stazione Centrale in Palermo, dann weiter mit dem Wagen zur Brücke.

Er ging zurück zum Anfang der Brücke. Er zählte. Er ging auf seine Eltern und den geparkten Wagen zu. Es war unter seiner Würde, sich zu beeilen. Er kam zur neunten Betonsäule. Sein Bruder hatte für Riinas Corleoneser gearbeitet. Sein Bruder war von Inzerillos Männern getötet worden, und Inzerillo war in seinem Auto erschossen worden, mit Spezialmunition, die zuvor am Panzerglas eines Juwelierschaufensters getestet worden war. Die Männer, die Inzerillos Befehle ausgeführt hatten, lagen als Futter für die Fische in der Bucht. Dann hatte er von Riinas Corleonesern gehört, daß sein Bruder beim Bau der Brücke im feuchten Beton beerdigt worden war. Die Corleoneser töteten Inzerillo. Mario Ruggerio strangulierte die vier Männer, die Inzerillos Befehle ausgeführt hatten, mit eigenen Händen, wobei er mehrere Pausen einlegen mußte, um neue Kraft zu schöpfen. Er hatte nichts als das Wort des Corleonesers, der behauptet hatte, daß Cristoforos Körper sich in einem der Brückenpfeiler befand. In Wahrheit konnte Cristoforos Kadaver überall sein … Es würde seine geliebte Mutter betrüben, wenn er Zweifel an dem Ort der letzten Ruhestätte ihres Lieblingssohnes äußern würde.

»Hier, Mama, die neunte Säule …«

Er beugte sich weit über die Brüstung, um die verwitterte Betonsäule zu sehen. Er hatte es seinen Eltern nie gesagt, aber er hatte Cristoforo für idiotisch gehalten, sich mit Riinas Corleonesern zu verbünden.

»Aber es gibt zwei Säulen, eine auf jeder Seite«, grummelte sein Vater. »Ist es die neunte Säule auf der linken Seite oder die neunte Säule auf der rechten Seite?«

»Die rechte, Papa, die neunte Säule auf der rechten Seite.«

Seine Mutter hielt die Blumen über die Brüstung. Sie hatte dafür fünfzigtausend Lire am Blumenstand neben dem Hauptbahnhof bezahlt. Er nahm den Arm seiner Mutter. Sie bekreuzigte sich. Sie ließ die Blumen aus der Hand gleiten. Der Strauß flog hinab und fiel auseinander, als er am Sockel der Säule aufschlug.

Er hielt noch immer den Arm seiner Mutter, um sie zurück zum Wagen zu führen, wo Franco wartete. Sein Vater schlurfte mißmutig hinterher, ohne sich hetzen zu lassen. Das Ritual war vollzogen. Er hielt seiner Mutter die Wagentür auf, und Franco ließ den Motor an.

Zuerst half er seiner Mutter und dann seinem Vater in den Wagen. Obwohl Hast und Hektik unter seiner Würde waren, eilte Mario Ruggerio zur Beifahrertür und warf sich auf den Sitz. Sie rasten davon. Er wandte sich um und sah seine Mutter an. Er mußte ihr eine Frage stellen, die in Anbetracht ihrer Trauer um den toten Cristoforo ziemlich unpassend war.

»Hat man dich benachrichtigt, wann Salvatore ins Ucciardone gebracht wird und wann die Gerichtsverhandlung stattfindet? Ich möchte dich bitten, Salvatore eine persönliche Nachricht zu überbringen …«

»Gianni, ich hätte dich nicht angerufen, wenn es nicht wichtig wäre … Das reicht mir nicht, mein Freund, bitte … Bitte speis mich nicht mit der Information ab, daß er nicht mehr in der Collina Fleming wohnt. Wo wohnt er jetzt? Irgendwo anders in Rom oder in Mailand, Frankfurt oder Zürich? Wo? Ich glaube, ich hab' nicht mehr viel Zeit, Gianni, aber wie solltest du das verstehen, du bist ja nicht in Palermo. Ich weiß, ich weiß, wir haben gesagt, es gibt keine Verbindung … Ich weiß, ich weiß, er hat uns angegriffen, weil wir ihn wegen seiner Blutsverwandtschaft mit Mario Ruggerio beschuldigt haben. Ich tappe im dunkeln, Gianni, ich suche nach einem Lichtstrahl, und wenn er noch so schwach ist. Bitte finde heraus, wo Giuseppe Ruggerio jetzt ist.«

Axel saß in seinem Zimmer.

Er hörte die Witwe, Signora Nasello, im unteren Stockwerk hin und her gehen, und er hörte ihren Fernseher. Der Geruch ihres Essens drang bis in sein Zimmer.

Axel saß auf dem Bett.

Es war lange her, daß er wahre Angst gefühlt hatte, aber er konnte sich noch gut daran erinnern. Er war damals fünfzehn. Zusammen mit seinem Großvater war er zwischen Eagle Harbour, Ephraim und Chambers Island auf dem Wasser gewesen. Ein Sturm kam auf. Mit einer Schleppangel waren sie auf Muskiefang gegangen. Die Küste des Peninsula State Park und der Leuchtturm am Eagle Bluff verschwanden aus ihrem Blickfeld. Weit und breit kein Land zu sehen, nichts als weiße Schaumkronen auf den grauen, eiskalten Wellen … Das Boot wurde hin und her geworfen, der Kielraum füllte sich mit Wasser, der Motor gab seinen Geist auf. Damals, mit fünfzehn Jahren, hatte er wahre Angst gespürt. Sein Großvater brauchte eine halbe Stunde, um den Außenbordmotor wieder in Gang zu bringen. Es erschien ihm wie eine Ewigkeit. Klatschnaß, frierend und verängstigt brachte sein Großvater ihn zurück zum Landungssteg in Ephraim, ohne ein einziges Wort über den Zwischenfall zu verlieren … In La Paz hatte er keine Angst, auch nicht, als er bei der Schießerei auf dem *estancia*-Rollfeld getroffen wurde. Er hatte auch keine Angst, als ihn die obersten Chefs in Washington vorluden und ihm mit ernsten Gesichtern mitteilten, daß man bei einer Hausdurchsuchung in der kolumbianischen Stadt Cali ein Video gefunden hatte, auf dem er bei seiner Zeugenaussage vor der Grand Jury zu sehen war …

Axel saß auf dem Bett in seinem Zimmer und reinigte alle beweglichen Teile seiner Pistole, die er zuvor auseinandergenommen hatte.

Er spürte die Angst, weil er allein war. Die Jungs in La Paz, in New York und Washington wären wahrscheinlich jede Wette eingegangen, daß Axel Moen keine wahre Angst kannte – davon war er überzeugt. Die Dreckskerle hatten ja keine Ahnung … Er konnte Vanni nicht anrufen, weil er ihn beschimpft hatte. Er konnte Vanni nicht anrufen, um ihm zu sagen, daß er die Geschichte des Generals verstand, der wollte, daß jemand seinen Arm nahm, weil er auf die Geschichte geschissen hatte. Er konnte Vanni nicht anrufen und ihm sagen, daß er möglicherweise beschattet wurde. Konnte ihm nichts von seiner beschissenen Angst erzählen, weil ein Mann mittleren Alters seine Mütze gewechselt und sich dann Damenunterwäsche angeschaut hatte. Er war zu verdammt stolz, um sich auslachen zu lassen, und Vanni hätte ihn bestimmt ausgelacht. Die Angst ließ ihn nicht los …

Als er die Pistole wieder zusammengesetzt hatte, leerte er das Magazin und ließ die Patronenhülsen auf der Bettdecke liegen, dann machte er sich gewissenhaft daran, das Magazin neu zu laden.

Sie hätte ihn verstanden. Wenn sie an seiner Seite wäre, wenn sie neben ihm auf dem Bett sitzen würde, hätte er es ihr sagen können. Er hätte sich entschuldigen können für all den Blödsinn, den er ihr erzählt hatte, über die Notwendigkeit, stark zu sein. Er hätte ihr sagen können, daß er nur aus taktischen Gründen so zynisch war, um sie hart zu machen. Er hätte ihre Hand halten und ihr von seiner Angst erzählen können. Er hätte sie auf die Stirn küssen und ihr von seiner Angst und seiner Einsamkeit erzählen können. Sie würde die Qual der Angst kennen. Sie würde jetzt in der Villa sein, vielleicht saß sie auch auf ihrem Bett, und vielleicht strich sie gerade mit den Fingern über das Zifferblatt der Armbanduhr. Die Welt schien ihn zu umfangen, so wie die Dunkelheit ihn umfangen hatte, als er von der Terrasse hinter dem *duomo* zurückgekehrt war und all die cleveren Winkelzüge benutzt hatte, die seine Ausbilder den Zielpersonen einer »schwimmenden Kiste« zugeschrieben hatten, und es ihm nicht gelungen war, einen Beweis für seine Beschattung zu finden … Er sah ihr Gesicht vor sich. Im Garten hinter dem Bungalow und auf den Klippen in der Nähe ihres Elternhauses. Am Fluß in Rom. Auf dem Gehweg in Palermo, blutend. Sie war am Strand und zog sich an. Er sah die verschreckte Tapferkeit ihres Gesichts. Übelkeit stieg in ihm hoch. Niemals zuvor hatte er sich selbst verachtet. Sie hätte nie gefragt werden sollen … Vielleicht saß sie auf der dunklen Veranda, oder sie war allein in ihrem Zimmer. Vielleicht war sie mit der Familie zusammen und spielte ihre Rolle. Sie würde die Angst spüren, so wie er sie spürte. Er zitterte.

Er lud die Pistole mit dem aufgefüllten Magazin und steckte die anderen Magazine in die Tasche. Die Jungs waren jetzt am Flughafen. Er konnte nicht am Flughafen sein, wie man ihn angewiesen hatte, weil er vielleicht unter Beobachtung stand. Er glaubte zu wissen, warum sie gekommen waren.

»Läuft das immer so bei euch?«

»Machen Sie mich nicht an.«

»Euer Mann hat gesagt, wir würden abgeholt.«

»Das habe ich gehört.«

»Und, wo ist das Empfangskomitee? Wo ist er?«

»Ich weiß es nicht.«

Und Dwight Smythe schaute sich wieder um. Es war der letzte Abendflug vom Punta-Raisi-Flughafen in Rom. Die Passagiere waren mit ihrem Gepäck verschwunden. Polizisten und Kofferträger beobachteten sie argwöhnisch. Sie standen in der Mitte der leeren Ankunftshalle. Harry Compton hätte es nicht zugegeben, nicht freiwillig, keine zehn Pferde hätten ihn dazu gebracht, aber er hatte Angst. Weil er sich tatsächlich fürchtete, bedachte er den Amerikaner mit höhnischen Bemerkungen.

Dwight Smythe war ehrlicher und sagte: »Es ist irgendwie bedrohlich, stimmt's? Es ist nur ein Flughafen, ein Flughafen wie jeder andere, aber man kriegt ein komisches Gefühl im Bauch. Man hat so viel über diesen Ort gehört und gelesen und im Fernsehen gesehen. Dann ist man hier, und der Typ, der einen abholen soll, kommt nicht, und es wird einem mulmig ... Damals in Quantico, wo wir ausgebildet wurden, schon ewig her, da war ein Staatskunde-Professor, und der sagte zu uns: ›Da unten tobt ein Krieg ums Überleben, wie seit eh und je, ein schlechter Ort für Verlierer, es ist ein Kampf auf Leben und Tod.‹ Ich bin nur ein Bürohengst, mich hat es noch nie auf die Schlachtfelder gezogen, und deshalb habe ich Angst.«

»Danke.«

»Noch etwas. Sie haben dieses Mädchen als ›willensstark und zielbewußt‹ eingestuft – aber das rechtfertigt nicht, daß man sie hierhergeschickt hat. Dieser Krieg führt nirgendwohin, er kann nicht gewonnen werden. Sie zu schicken war ein gefährlicher Schachzug, der zu nichts führt. Haben Sie Angst?«

Er zögerte. Dann nickte er.

Harry Compton fürchtete sich, weil er am Abend zuvor sechs

Stunden damit verbracht hatte, in der Bibliothek des SO6 zu stöbern. Er hatte alles ausgeschlachtet, was in der Bibliothek zu finden war, alle Akten mit der Aufschrift »Mafia/Sizilien«, und dann war er zum New Scotland Yard gefahren und hatte den Nachtdienst der Abteilung für Internationales Organisiertes Verbrechen aus dem Schlummer gerissen und noch mehr gelesen. Er hatte sich die Statistiken über Umsatz, Umfang und Profit der Cosa Nostra angesehen – sowie die Zahlen der Morde, der Bombenanschläge und Entführungen – und die Fotos der Meistgesuchten – die Einschätzungen und Prognosen.

Der Beamte des Nachtdienstes freute sich offenbar über ein wenig Gesellschaft und hatte Lust zu reden. Nach und nach erfuhr er dessen ganze Lebensgeschichte. In Nordirland als Verbindungsmann für die örtliche Anti-Terrorismus-Abteilung, Zusammenarbeit mit Informanten, zwielichtigen Gestalten aus den Reihen der Provos, dann streßbedingter Zusammenbruch und Schreibtischjob. »Sie werden von dir abhängig, du freundest dich mit ihnen an, obwohl das nicht erwünscht ist, du setzt sie ein und manipulierst sie, sie führen ein verdammt langweiliges Dasein. Alles ist nur auf diesen einen wichtigen Augenblick ausgerichtet, und wenn sie im entscheidenden Moment versagen, sind sie tot.«

Er hielt sich für schlau, er hatte Abendkurse belegt und hoffte, das Betriebswirtschaftsexamen zu schaffen, und nachdem er die Akten durchgesehen hatte, wurde ihm klar, daß er sich in sehr unsichere Gewässer begab ... Diese elende, neugierige Miss Mavis Finch, Schalterbeamtin in der Bank an der Fulham Road, hatte die Bareinzahlung auf das Konto von Giles Blake gemeldet und ihn in die Sache hineingezogen ... Es war irrsinnig spät, als er heim zu Fliss fuhr, sie schmollte und beklagte sich, weil er die Geburtstagsfeier ihrer Mutter versäumen würde ...

Dwight Smythe grinste. »Vielleicht können wir heut nacht ja ein Doppelzimmer nehmen und das Licht anlassen ...«

Wieder zog der Amerikaner sein Mobiltelefon aus der Tasche und wählte zum vierten Mal seit ihrer Landung die Nummer von Axel Moen, und zum vierten Mal meldete sich niemand.

»Also was jetzt?«

Dwight Smythe grinste und zeigte seine weißen Zähne. »Wir fahren jetzt in die Stadt, suchen uns ein großes Zimmer mit heller Lampe und warten. Oder haben Sie einen anderen Vorschlag?«

Der Journalist aus Berlin winkte dem Kellner mit einem Zwanzigtausend-Lire-Schein. Die Bar der *La Stampa Estera* war die elendste Saufhöhle, die er je gesehen hatte, ein bedrückender, düsterer Raum, und die Gäste paßten zum Interieur. Aber die Journalisten, die in Rom arbeiteten, mußten über die wahre Macht der Cosa Nostra Bescheid wissen. Er bestellte schon die zweite Runde Getränke, und keiner der Anwesenden machte Einwände und bestand darauf zu bezahlen. Er kam nur sehr ungern an einen solchen Ort, wo er sich Rat von anderen Schreiberlingen erhoffte, aber seine Story hakte an allen Enden und gab noch nicht viel her. Er brauchte ihre Einschätzung. Wie weit ging die Korruption der Regierung? Gab es tatsächlich zahlreiche Politiker, Bankiers, Generäle und Geheimdienstleute, die die Interessen der Organisation wahrten? War ein Sieg in Sizilien überhaupt möglich? Wie lebten die *capi di tutti capi* und wie entgingen sie einer Verhaftung? Sie machten sich über ihn lustig und tranken seinen Scotch und sein Bier.

Ein Zeitschriftenredakteur aus Rotterdam sagte: »Es ist sinnlos, da runterzufahren. Hinterher weiß man noch weniger als vorher. Meine Leser interessieren sich für den schiefen Turm von Pisa. Sie machen sich Sorgen, daß er nach dem letzten Erdbeben auf einen Bus mit holländischen Touristen fallen könnte.«

Ein freier Journalist aus Lissabon sagte: »Ich kriege kein Wort über Sizilien in die Zeitung. War schon neun Monate nicht mehr da. Das Essen war gräßlich. Es ändert sich nichts. Die langweiligste Story Europas. Dieser Brasilianer, der jetzt für Juventus spielt, der macht Schlagzeilen …«

Eine Agenturfrau aus Paris sagte: »Die Mafia? Die Mafia ist todlangweilig für meine Leute. Wenn ich irgend etwas in die Zeitung kriegen will, und das muß ich, denn ich werde nach Zeilen bezahlt, dann muß ich über Mode und über das neue Ferrarigetriebe schreiben.«

Ein alter Hase von einer Londoner Tageszeitung sagte: »Kein Mensch hat Interesse, niemanden kümmert es, als wäre Sizilien auf einem anderen Planeten. Die Leute dort beherrschen die Kunst der Täuschung und der Fehlinformationen. Meinen Sie, man wird Ihre Story drucken? Das wage ich zu bezweifeln, ich glaube, Sie jagen einer Illusion hinterher.«

Eine Italienerin, die bei neun japanischen Abendzeitungen unter Vertrag stand, sagte: »Es gibt kein Interesse, weil es bei der Mafia nicht um reale Menschen geht. Die Richter, die Polizisten, die Kriminellen, sie alle sind wie Zeichentrickfiguren. Leute, die wir verstehen können, Leute, denen wir glauben können, gibt es in Sizilien nicht ...«

Das Telefon läutete. Sie lauschten. Wenn die Leitung gesichert war, wodurch sich die Lautstärke verringerte, brüllte der Richter immer ziemlich laut. Es war nach Mitternacht, und in der Küche war es still. Aus Rücksicht auf den Richter schalteten sie spätabends das Radio aus. Wenn das Radio spätabends noch lief, würde sich die alte Kuh aus der Nachbarwohnung am nächsten Morgen beim Richter beschweren, weil sie nicht schlafen konnte. Die *ragazzi* fanden, daß der Richter auch ohne die zänkische Kuh schon genug Sorgen hatte. Sie lauschten.

»... ich glaub's einfach nicht, Gianni ... Wie ist das nur möglich? Warum hat man mir nichts gesagt? Wir stehen alle unter Druck, Gianni, und wissen vor Arbeit nicht, wohin ... Ja, ich hab's, ich hab's notiert. Natürlich bin ich dir dankbar ... ich hab' dir gesagt, ich suche nach einem kleinen winzigen Lichtfunken, ich weiß bloß noch nicht, wo ich ihn finde ...«

Einen Moment lang war es still, und dann hörten sie schlurfende Schritte.

Er kam zur Küchentür. Er trug Hausschuhe und einen Bademantel. Sein Gesicht war grau und müde, und das Haar hing ihm wirr in die Stirn. Der *maresciallo* schnippte mit den Fingern und warf Pasquale einen gereizten Blick zu.

Pasquale fragte: »Würden Sie gern einen Saft trinken oder lieber Kaffee oder Tee?«

Kopfschütteln. Pasquale fragte sich, ob der Richter eine Schlaftablette genommen hatte. Eine gute Stunde zuvor hatte er sich hingelegt. Vielleicht hatte er eine Tablette genommen und tief geschlafen. Zu viert saßen sie um den Tisch, mit ihren Zeitungen, den Karten und den überquellenden Aschenbechern.

»Ich möchte nichts trinken, vielen Dank. *Maresciallo,* ich möchte Sie um einen Gefallen bitten. Es ist nur eine Bitte, denn das, worum ich Sie bitten möchte, gehört nicht zu Ihren Pflichten und ist eigentlich nicht gestattet. Sie hätten also das Recht, meine Bitte abzuschlagen.«

Pasquale betrachtete das Gesicht des *maresciallo,* aber seine Miene war ausdruckslos und verriet nichts. Es war ihnen nicht erlaubt, für den Richter einzukaufen, und sie taten es trotzdem. Sie durften nicht für ihn kochen oder putzen.

»Es ist immer die Familie, nicht wahr? Ich verfolge Ruggerios Familie und komme nicht weiter. Es gibt ein Familienmitglied, das ich außer acht gelassen habe, seinen jüngsten Bruder – ein unverzeihlicher Fehler. Vor vier Jahren habe ich ihn in Rom verhört. Der jüngste Bruder heißt Giuseppe Ruggerio, Geschäftsmann. Er wehrte meine Verdächtigungen ab. War es etwa seine Schuld, daß sein Bruder *mafioso* war? Er hatte Sizilien verlassen und sich eine Existenz auf dem Festland aufgebaut, was sollte er denn noch tun? Seine Blutsverwandtschaft mit Mario Ruggerio würde mir noch lange nicht das Recht geben, ihn zu schikanieren. Ich glaubte ihm und strich ihn aus meinem Gedächtnis. Ich könnte Ausflüchte machen.

Ich könnte erklären, warum ich ihn aus den Augen verloren habe. Aber in Wahrheit bin ich zutiefst beschämt. Nun erfahre ich, daß der jüngste Bruder in Palermo ist. Ich habe seine Adresse. *Maresciallo*, ich möchte Sie bitten, zu überprüfen, ob Giuseppe Ruggerio tatsächlich in Palermo lebt. Es ist immer die Familie. Bitte …«

Die *ragazzi* durften für den Mann, den sie beschützten, weder einkaufen noch kochen noch saubermachen. Darüber hinaus war es ihnen strengstens verboten, sich aktiv an den Ermittlungen zu beteiligen. Mit grimmigem Gesicht nahm der *maresciallo* den Zettel entgegen, den Tardelli in der Hand hielt. Pasquale sah eine mit Bleistift geschriebene Adresse. Sie waren derselben Gefahr ausgesetzt wie ihr Schützling. Weil sie mit ihm fuhren und gingen, trugen sie dasselbe Risiko wie er. Pasquale verstand, warum der *maresciallo* den Zettel einsteckte, seine Jacke von der Anrichte nahm, nach seiner Pistole schaute und die Küche verließ. Zusammen wurden sie auf Schritt und Tritt vom Tod begleitet.

Kapitel 16

Das große Holzpferd wurde von modern gekleideten Männern auf einen Hof gezogen, und die Männer trugen Feuerwaffen und hatten dunkle, wettergegerbte Gesichter. Aus den Taschen ihrer Hosen, Jacken und Anoraks quollen Dollarnoten, auch auf der Erde, im Matsch lagen Dollarnoten. Sie kletterten durch die Bauchklappe des Pferdes und fingen an, das Innere zu durchsuchen. Sie hatte sich ganz nach hinten verkrochen, aber die Männer hatten Fackeln und fanden sie bald, und sie schrie, und er hörte die Sirene …

Die erste Polizeisirene des Tages hatte Harry Compton aufgeweckt.

Er hatte furchtbar schlecht geschlafen. Trotz des komfortablen Hotelbettes hatte er sich die halbe Nacht hin und her gewälzt. Irgendwann schaltete er das Licht an, nahm sich seine Akte über Charlotte Parsons, Codename Helena, vor und hoffte, beim Lesen müde zu werden, und dann waren die Träume gekommen.

Er mochte etwa drei Stunden geschlafen haben. Er wälzte sich aus dem Bett, stieg über das heruntergefallene Bettzeug, ging zum Fenster und zog die Vorhänge zurück. Er sah die beiden Autos mit Blaulicht und heulender Sirene vorbeijagen. Er sah die Gewehre, er sah die Wächter, er sah die zusammengesunkene Gestalt auf dem Rücksitz des ersten Wagens.

Sie trafen sich zum Frühstück.

Zu Hause ließ Fliss ihn immer allein frühstücken. Wenn sie mit am Tisch saß, stritten sie sich. Zu Hause frühstückte er allein am Küchentisch. Meist begnügte er sich mit einem Apfel, Toast und einer Tasse Kaffee. Der Amerikaner wollte offensichtlich nicht reden, was Harry Compton nur recht war. Der Amerikaner aß Eier, Würstchen und halbverbrannten Speck. Sie würden nach dem Frühstück reden. Es war das Problem des Amerikaners, daß sie nicht abgeholt wurden. Der Amerikaner mußte sehen, wie es weiterging, und seine Aufgabe war es, die Operation Codename Helena abzublasen ... Im Frühstücksraum saßen fast ausschließlich Touristen, ältere Ehepaare aus England und Deutschland, viel zu bunt gekleidet. Sie konzentrierten sich aufs Essen und ihre Reiseführer. Das Frühstück war wohl inklusive, und deshalb langten sie kräftig zu, wie der Amerikaner, und sie studierten ihre Reiseführer, damit sie intelligente Bemerkungen machen konnten, wenn der Bus sie vor einer der zahlreichen Sehenswürdigkeiten ablud. Er betrachtete die Touristen mit Geringschätzigkeit, weil er eine Hypothek von siebenundsechzigtausend Pfund abzubezahlen hatte, dreihundertfünfzig Pfund monatlich, und wenn das Baby erst da war, würden sie bald eine größere Bleibe brauchen, also noch höhere Schulden und noch höhere monatliche Abzahlungsraten. Meist verbrachten sie die Sommerferien bei einer Tante von Fliss im Lake-Distrikt. Und meist hatte er nach einer Woche genug und sehnte sich nach seiner Arbeit beim SO6.

Harry Compton hatte seiner Frau gesagt, daß er achtundvierzig Stunden lang fort sein würde und nichts zu sehen bekäme ... Er kaute an dem zähen Brötchen herum und ärgerte sich über den kalten Kaffee.

Der Mann kam von hinten.

Der Mann langte über den Tisch und schob den Brotkorb zur Seite.

Er saß mit dem Rücken zur Tür und hatte den Mann nicht kommen sehen.

Die Hand des Mannes war gebräunt und mit blondem Flaum bedeckt. Mit einer schnellen Bewegung schnappte sich der Mann Dwights Zimmerschlüssel, der neben dem Brotkorb gelegen hatte.

Er war schon halb aufgestanden und wollte protestieren, aber dann sah er das ausdruckslose Gesicht des Amerikaners, dessen dicke Lippen nervös zuckten.

»Schon gut, Harry«, sagte der Amerikaner mit rauher Stimme. Dwight Smythe legte seine Hand auf Harry Comptons Arm.

Zögernd nahm er wieder Platz. Der Mann ging weiter und ließ Dwight Smythes Zimmerschlüssel in seine Hosentasche gleiten. Er war lässig gekleidet, kariertes Hemd und Jeans. Er hatte eine Plastiktüte dabei, die einen Skizzenblock enthielt. Sein langes blondes Haar wurde im Nacken von einem roten Gummiband zusammengehalten. Der Mann wirkte auf Harry Compton wie ein Aussteiger oder ein Junkie. Jetzt hatte er das andere Ende des Frühstücksraumes erreicht und schaute sich suchend um, als sei er mit jemandem verabredet. Dann wandte er sich um, als hätte er seinen Freund nicht entdeckt, und ging wieder an ihrem Tisch vorbei. Harry Compton sah das Gesicht des Mannes. Es wirkte angespannt und nervös. Er sah die Wölbung unter seinem Gürtel. Der Mann war schon an der Tür.

»Bestellen Sie uns bitte frischen Kaffee«, sagte Dwight Smythe und fuhr sich mit der Zunge über die Lippen, »diese lauwarme Brühe kann man ja nicht trinken.«

Harry Compton rief nach der Kellnerin, und es dauerte zehn Minuten, bis sie mit dem Kaffee kam, und während sie darauf warteten, aß der Amerikaner zwei Brötchen mit Marmelade und sagte kein Wort ... Er war Detective Sergeant bei einer Eliteeinheit, er sollte zugleich Polizist, Buchhalter und Jurist sein, und er hatte das Gefühl, als ob er von nichts eine Ahnung hätte ... Sie tranken die zweite Kanne Kaffee leer, und Dwight Smythe wischte sich die Krümel vom Kinn ... Er hatte keine Schußwaffenausbildung. Die gefährlichste Waffe, die er je bei sich hatte, war ein Schlagstock, er hatte keine Ahnung ...

Sie verließen den Frühstücksraum und durchquerten die Hotelhalle. Die englischen Touristen stiegen lärmend in ihren Bus, und die Deutschen drängten sich um ihren Reiseleiter. Sie gingen die breite Treppe hinauf und dann den Korridor hinunter. Im Korridor war nur das Zimmermädchen, das einen Wagen mit Handtüchern, Bettwäsche, Seife und Shampoo vor sich herschob. Unwillkürlich warf Harry Compton ihr einen mißtrauischen Blick zu, als könne von einem Zimmermädchen eine Bedrohung ausgehen. An Dwight Smythes Zimmertür hing das »*Non Disturbare*«-Schild. Er machte sich auf einen Streit gefaßt, aber der Streit war das Problem des Amerikaners. Das Zimmermädchen war in einem der Zimmer verschwunden. Der Amerikaner klopfte leise an seiner eigenen Tür. Gemurmel mit amerikanischem Akzent – die Tür war nicht abgeschlossen.

Der Mann saß auf Dwight Smythes ungemachtem Bett. Auf dem zerknautschten Kopfkissen stand ein Aschenbecher. Der Mann rauchte seine zweite Zigarette. Als sie hereinkamen, schaute er auf. Er ließ seine Hand sinken, die an der Wölbung unter seinem Gürtel gewesen war. Die Anspannung stand dem Mann im Gesicht geschrieben. Es war das Problem des Amerikaners, seine Aufgabe war es, die unangenehme Nachricht zu überbringen.

»Hallo, Axel, schön dich zu sehen.«

»Tut mir leid wegen gestern abend.«

»Macht nichts. Axel, das ist Harry Compton aus London, ein Detective vom ...«

Axel sprang auf und streifte dabei den Aschenbecher, worauf

Asche und Zigarettenkippen auf dem Kopfkissen landeten. Er nahm die Fernbedienung und schaltete so lange hin und her, bis er einen Sender mit Rockmusik gefunden hatte, und stellte den Ton lauter.

Dwight Smythe sagte leise: »Wir wurden zusammen hergeschickt, es hat hochgradigen Zoff zwischen Washington und London gegeben.«

Ein tiefer Lungenzug, dann wieder ein Murmeln, das klang, als hätte er einen Schlag ins Gesicht bekommen. »Ich bin Axel Moen. Nett, Sie kennenzulernen, Harry. Tut mir leid, daß ich's nicht zum Flughafen geschafft hab'.«

»War nicht so schlimm, haben uns auch so ganz gut zurechtgefunden«, sagte Harry Compton unsicher. Es war nicht sein Problem, die beschissene Botschaft war Sache des Amerikaners.

»Ich habe schlechte Nachrichten, Axel«, platzte Dwight Smythe heraus. »Tut mir leid, ich bin nur der Scheißbote.«

»Wie lautet die Nachricht?«

»Zuerst muß ich dir noch was sagen. Als wir uns in London kennengelernt haben, als wir zusammen unterwegs waren, ist es vielleicht nicht besonders gelaufen. Hab' dich wohl ein bißchen runtergemacht. Fand dich arrogant – und du mich ziemlich naiv. Das ist Vergangenheit, aus und vorbei.«

»Spuck's aus.«

Dwight Smythe fuhr sich durch das kurze krause Haar, als wolle er Zeit gewinnen. »Es ist nicht leicht, für mich nicht und nicht für Harry … Ganz da oben, in Washington und London – sie haben's abgeblasen, Axel.«

Harry Compton wartete auf Protest, wartete auf den Zorn, wartete auf die Schimpftirade über die feigen Hosenscheißer.

»Sie wollen's abbrechen. Sie haben kalte Füße gekriegt. Sie haben Schiß. Sie wollen deine Codename Helena hier weghaben. Sie wollen sie nach Hause holen.«

Er sah, wie Axel Moen die Schultern hängen ließ, als würde die Anspannung von ihm abfallen.

»Sie wollen sie augenblicklich aus der Gefahrenzone raus haben. Deshalb sind Harry und ich hergekommen.«

Er sah, wie Axel Moen blinzelte, als würde ihm nach langer Dunkelheit plötzlich ein greller Lichtschein ins Auge fallen.

Axel Moen sagte: »Ein guter Gedanke, ein richtiger Gedanke, zu derselben Überzeugung bin ich mittlerweile selbst gekommen. Ich bin mir zwar nicht sicher, aber ich glaube, ich werde beschattet.«

Axel Moen lächelte kurz, und seine kalte Fassade bekam einen Sprung.

»Ich kann es nicht mit Bestimmtheit sagen, dafür sind sie zu gut. Aber ich habe das Gefühl, daß man mich verfolgt. Keine Ahnung, wie oder wo sie die Verbindung hergestellt haben. Deshalb bin ich nicht zum Flughafen gekommen. Deshalb habe ich mein Telefon nicht auf Empfang gestellt, als ihr angerufen habt. Wenn sie mich beschatten, können sie auch Wanzen installieren. Wenn man das Gefühl hat, beschattet zu werden, wird man leicht neurotisch, weil man sich einfach nicht sicher ist. Wißt ihr, was ich jeden Morgen mache? Ich gehe dahin, wo sie ist, ich beobachte sie, ich sehe, wie sie die Kinder in die Schule bringt. Ich bin nicht neben ihr. Ich bin zwei-, dreihundert Meter von ihr entfernt, aber ich sehe sie. Ich sehe sie die Kinder wegbringen, und ich sehe sie einkaufen. Manchmal, wenn sie in die Stadt kommt, folge ich ihr, ich sehe, wohin sie geht und wen sie trifft. Ich bin da, wie ihr gottverdammter Schatten … Sie ist allein, versteht ihr? Es ist, als wäre sie mit ihnen in einem Käfig … Gestern abend und heute morgen bin ich nicht hingegangen. Vielleicht haben sie mich schon in ihrer Nähe gesehen, vielleicht liefere ich ihnen ein Muster. Wenn ich jeden Tag dort bin, gebe ich ihnen vielleicht die Möglichkeit, das Verhaltensmuster zu durchschauen … mein Kontakt zu ihr ist jetzt abgeschnitten. Ich kann sie nicht beobachten, ich kann sie nicht schützen.«

Er sah, wie Axel Moen die Schultern zuckte, als sei ein Traum zu Ende. Die Musik war sehr laut.

»Ich habe die Anweisung, die Operation augenblicklich zu beenden und sie so schnell wie möglich heimzubringen«, sagte Harry Compton brüsk.

Die Zigarette wurde ausgedrückt. Der Mann zog einen Block aus der Tasche und schrieb hastig ein paar Zeilen. Harry Compton wartete. Er hatte erwartet, daß der Mann aufbegehren würde, statt dessen hatte er nachgegeben. Er hatte bemerkt, wie gestreßt Axel Moen war, und jetzt wirkte er nur wenig erleichtert. Axel Moen riß das oberste Blatt vom Block ab und reichte es ihm. Axel Moen nahm den Hörer vom Telefon neben dem Bett und fing an zu wählen. Er las die Botschaft. Er verstand. Er nahm den Hörer entgegen. Er zitterte, als würde er einen tiefen Abgrund überqueren.

»Hallo ... leider spreche ich kein Italienisch ... bitte entschuldigen Sie die Störung ... ich bin der Kaplan der anglikanischen Kirche an der Via Mariano Stabile, ich bin nur für ein paar Wochen aus England hergekommen. Miss Charlotte Parsons hat letzten Sonntag unseren Gottesdienst besucht ... Ach, sie ist im Moment nicht da? Würden Sie ihr bitte etwas ausrichten? Ich wollte ihr mitteilen, daß wir heute eine Führung in der Kathedrale anbieten. Sie schien so interessiert an der Kirchengeschichte Palermos. Wir treffen uns um drei vor der Kathedrale. Wir würden uns freuen, sie dort begrüßen zu können, wenn ihre Pflichten es erlauben. Ich danke Ihnen vielmals ...«

Als der *maresciallo* in die Wohnung zurückkehrte, mochte er den Richter nicht stören, sondern gönnte dem armen Kerl ein bißchen Schlaf. Auf Zehenspitzen schlich er durch den Flur und hörte das dumpfe Schnarchen des Richters. Sein Bericht über die Wohnung im Giardino Inglese mußte warten. Sein Dienst war längst vorbei, und er hätte heimgehen und ein paar Stunden schlafen sollen. Er blieb. Beim Eintreffen der Morgenschicht saß er still in der Küche und nippte an dem kalten Kaffee. Alle Männer waren bei ihrer Ankunft stumm, der Fahrer des Begleitfahrzeugs, sein Beifahrer Pasquale, alle waren bedrückt und still.

Sie machten gerade Frühstück und legten Brötchen in den Backofen, als der Wecker im Schlafzimmer piepte. Es war gut, daß er geschlafen hatte, der arme Kerl, dachte der *maresciallo* und fragte sich, ob er noch eine Tablette genommen hatte. Er war noch nicht rasiert, als er zur Küchentür kam. Er sah aus wie ein Wrack.

»Ich habe auf Ihren Wunsch mit dem *portiere* gesprochen, der sich weigerte, mir behilflich zu sein. Ich habe telefoniert. Mein Freund, der in der Questura Nachtdienst hatte, gab mir, was ich brauchte ... Der *portiere* ist vor Jahren wegen Diebstahls verurteilt worden. Würde es bekannt, daß der *portiere* eines solchen Gebäudes vorbestraft ist, wäre er seinen Job sofort los ... Nachdem ich ihm das eröffnet habe, war er mir behilflich. Giuseppe Ruggerio ist Banker und überaus vermögend. Er besitzt nicht nur die Luxuswohnung im Giardino Inglese, sondern auch eine Sommervilla am Meer. Seine Frau, seine drei Kinder und ein ausländisches Mädchen, das der *signora* mit den Kindern hilft, sind seit einiger Zeit in der Villa. Die Villa ist in Mondello. Manchmal ist Giuseppe Ruggerio in der Villa und manchmal im Giardino Inglese. Im Moment ist er in Mondello, ich habe die Adresse der Villa. *Dottore,* ich muß Ihnen sagen, daß ich nicht besonders freundlich zu dem *portiere* war. Er faßte den weisen Entschluß, sich kooperativer zu verhalten. Vor drei Wochen, vielleicht ist es auch ein bißchen länger her, ist Giuseppe Ruggerio mit seiner Familie übers Wochenende weggefahren, und in der Zeit haben fremde Männer die Wohnung benutzt. Er weiß das, weil sie ihm einen Müllsack dagelassen hatten. In dem Sack waren viele Zigarettenkippen sowie Essensreste und leere Flaschen, aber der *portiere* war so vernünftig, sich keinen der Männer anzusehen. Alles deutet darauf hin, daß die Wohnung als *covo* benutzt wurde, meinen Sie nicht auch, *Dottore*? Mehr habe ich nicht zu berichten.« Der *maresciallo* zuckte die Achseln, als wäre das Erzählte nicht von Bedeutung, und er sah, wie sich die Miene des Richters ein wenig aufhellte.

Der Richter schlurfte über den Flur in sein Zimmer. Am Tisch aßen sie die Brötchen und tranken den Kaffee und lasen die Zeitungen. Er behielt sein Geheimnis für sich, aber Pasquale ließ ihn nicht aus den Augen. Er hörte die Stimme des Richters aus dem Arbeitszimmer.

Der *maresciallo* kaute auf seinem Brötchen herum … War der Hauptmann, Vanni Crespo, zu sprechen?

Er trank seinen Kaffee … Wann wurde der Hauptmann, Vanni Crespo, zurückerwartet?

Er überflog die Zeitungsüberschriften … Würde der Hauptmann, Vanni Crespo, um fünf Uhr nachmittags zum *posto di polizia* in Mondello kommen, um sich mit Dr. Rocco Tardelli zu treffen?

Während er dasaß und aß und trank und Zeitung las, mied er den Blick des jungen Pasquale. Sein Name wurde gerufen. Er hörte die quäkende Stimme des Richters. Er war ein strenger und harter Mann, der bei seinen Untergebenen nicht beliebt war, aber er war auch nicht darauf aus, gemocht zu werden. Für das Team wählte er Männer, die seinen schwarzen resignativen Humor teilten. Sie waren etwas Besonderes und unterschieden sich von den anderen *ragazzi*-Teams, denn sie bewachten den Richter, der als »lebender Leichnam« galt. Bei der Auswahl konnten ihm Fehler unterlaufen, und wenn er einen Fehler bemerkte, wurde er sofort korrigiert. Wieder hörte er seinen Namen. Betont langsam kaute er den letzten Bissen zu Ende, spülte ihn mit Kaffee hinunter und faltete seine Zeitung zusammen. Er ging ins Arbeitszimmer und machte die Tür hinter sich zu. Er liebte den Mann, er liebte Rocco Tardelli wie einen Bruder, er liebte den armen Kerl, der mit seinem alten Schlafanzug und dem zerschlissenen Bademantel am Schreibtisch saß. Er hatte das Gefühl, die Augen des Richters zum Leuchten gebracht zu haben.

»Sie haben gerufen, *Dottore?*« sagte er in vorwurfsvollem Ton.

»Ich habe Vanni Crespo vom ROS gebeten, sich heute nachmittag mit mir in Mondello zu treffen. Ich muß die Villa von Giuseppe Ruggerio mit eigenen Augen sehen.«

»Wenn wir nach Mondello fahren, gehen wir ein unnötiges Risiko ein.«

»Ich muß hinfahren, bitte, ich muß es sehen. Ich habe eine Chance verpaßt, und die Schuld liegt ganz allein bei mir.«

»Dann fahren wir eben nach Mondello«, sagte der *maresciallo* unwirsch. »Und nehmen ein unnötiges Risiko in Kauf.«

Es war nicht seine Art, dem Mann, den er liebte, Freundlichkeit zu schenken.

»Danke.«

»Was den Jungen angeht, *Dottore,* ich habe meine Beurteilung geschrieben und eingereicht. Ich habe die Antwort auf meine Empfehlung erhalten. Ich soll ihn aus dem Team entlassen. Wenn Sie es wünschen, können Sie ein gutes Wort für ihn einlegen, sie könnten die Anordnung rückgängig machen.«

Der Richter tippte mit seinem Bleistift auf die Schreibtischplatte. »Wenn er ineffizient ist, gefährdet er uns; wenn er uns in Gefahr bringt, sollten wir ihn loswerden. Bis wir nach Mondello fahren, werde ich hier arbeiten.«

Charley trottete mit den schweren Einkaufstaschen den Hügel hinauf ... Ihre Mutter würde an diesem Wochentag um diese Zeit mit ihrem Vater in den Supermarkt nach Kingsbridge fahren, wie eine Schlafwandlerin durch die Gänge gehen, nach denselben langweiligen abgepackten Lebensmitteln greifen und sich über die Preise ärgern. Auf dem Schulhof würde die Glocke läuten und ihre 2B zurück ins Schulgebäude rufen. An diesem Wochenende hätten sie jetzt Zeichnen, danach Lesen, dann Rechnen. Danny Bent würde mit seinen Kühen vom Melkstand über die Straße zu seinem 15-Morgen-Feld ziehen, und Fanny Carthew würde ihre Bilder abstauben und glauben, sie hätte Talent, und Zach Jones würde schon am Fenster sitzen und seinen Feldstecher polieren, um fremden Leuten nachzuspionieren, und Mrs. Farson würde vor ihrem Haus stehen und jedem, der es hören wollte, vorjammern, daß das Fremdenverkehrsamt nichts für sie tat und der Grafschaftsrat mit den Zuschüssen geizte. Der Vogel würde auf dem Felsvorsprung in den Klippen sein, an diesem Morgen und an jedem anderen Morgen der Woche, hoch über der Brandung. Sie vermißte den Vogel, sie vermißte nur den Falken, der seine Beute im Sturzflug tötete … Sie läutete am Tor. Der »Spanner« machte ihr auf. Sie ging die Einfahrt zur Villa hoch. Auf halbem Wege blieb sie stehen und zeigte gebieterisch auf ein paar welke Blätter, die der dreckige »Spanner« entfernen sollte.

Angela war in der Küche. Peppino war zur Arbeit gefahren. Das Baby schlief in der Babytrage auf dem Küchentisch.

»Da war ein Anruf für dich.«

»Für mich? Wer war's denn?«

»Du hast mir gar nicht gesagt, daß du letzten Sonntag in der Kirche warst.«

»Tut mir leid, hab' ich vergessen.«

»Charley, du mußt dich doch nicht entschuldigen, weil du in der Kirche warst. Sie wollten mit dir sprechen.«

»Warum denn?«

»Der Priester rief an, der Kaplan. Du hättest ihnen gesagt, du wärst an den historischen Bauten von Palermo interessiert.«

»Das soll ich gesagt haben?«

»Anscheinend, denn er rief an, um dich zu einer Führung durch die Kathedrale einzuladen – sie hoffen, daß du kommst. Um drei.«

Ohne nachzudenken sagte Charley: »Da kann ich nicht. Die Kinder müssen abgeholt werden.«

Sie sah, wie Angela verwirrt die Stirn runzelte. Angela hatte kein Make-up aufgelegt, sie schminkte sich immer erst abends, wenn Peppino nach Hause kam. Ohne Schminke war Angelas Miene leichter zu deuten, weil die Sorgenfalten deutlicher hervortraten. Das Geständnis an der Wäscheleine war nicht mehr erwähnt worden, als wäre es nie geschehen. Angela starrte sie an.

»Ich finde, du solltest hingehen. Ich hole die Kinder selbst ab. Es wär' schön, wenn du Freunde finden würdest. Als du nach Rom gekommen bist, warst du noch ein Kind, gerade aus der Schule. Du bist zurückgekommen als erwachsene Frau, und du hast eine Stelle aufgegeben. Ich mache mir Sorgen um dich, Charley. Ich meine, ich verstehe es nicht. Warum kommt eine junge Frau hierher, gibt ihre Stelle auf und verläßt ihr Zuhause, um einen Aupair-Job zu machen? Wieso? Du bist doch nicht dumm, du hast doch Augen und Ohren, du weißt, was wir für eine Familie sind. Wir führen kein glückliches Leben. Seit du hier bist, warte ich jeden Tag darauf, daß du zu mir kommst und mir sagst, daß du nach Hause willst. Warum bist du hier? Was haben wir dir zu bieten, Charley?«

Charley versuchte zu lachen. »Na gut, ich werde dem Ruf der Kultur folgen. Am besten, ich schaue vorher noch mal in meinen Reiseführer. Sehr nett von dir, Angela, daß du die Kinder abholst.«

Sie flüchtete zu den Schlafzimmern. Er hatte ihr eingeschärft, sich nie gehenzulassen und sich niemals in Sicherheit zu wiegen. Als sie das Bett in Klein-Marios Zimmer gemacht hatte, setzte sie sich auf die Bettdecke. Sie umfaßte ihr Handgelenk, so daß die Uhr von ihrer Faust eingeschlossen wurde ... Nach dem Gottesdienst in der anglikanischen Kirche an der Via Mariano Stabile hatte der Kaplan einige Ankündigungen verlesen – ein Basar, Chorprobe, ein Ausflug zum Valle dei Templi in Agrigento –, aber eine Führung durch die Kathedrale von Palermo war nicht erwähnt worden. Sie hatte verstanden. Methodisch machte sie sich daran, Klein-Marios Zimmer auszufegen.

Der Wind kam vom Land her. Die warme Luft wehte durch die Stacheldrahtspiralen über den Mauern, heulte zwischen den Wachtürmen und wirbelte über den Hof, wo der Hubschrauber wartete. Salvatore Ruggerio trug Gefangenenkleidung und war mit Handschellen an einen *carabiniere*-Soldaten gekettet worden, bevor ein Wächter das vergitterte Tor zum Hof aufschloß. Nach Artikel 11 (1992) stand er unter »scharfer Bewachung«. Während des Flugs mußte er Gefangenenuniform und Handschellen tragen. Er hatte herumgealbert, als man ihm die Handschellen anlegte. Dachten sie, er würde davonlaufen? Dachten sie, er würde die Hubschrauberklappe öffnen und rausspringen? Dachten sie, er wollte ins Meer springen und übers Wasser gehen? Sie hatten alle mit ihm gelacht, die *carabinieri* und das Gefängnispersonal, denn es war nur klug, über die Witze eines »unter scharfer Bewachung stehenden« Gefangenen zu lachen. Sie gefährdeten ihre eigene Sicherheit und die ihrer Familie und Freunde, wenn sie sich einen unter scharfer Bewachung stehenden Gefangenen wie Salvatore Ruggerio zum Feind machten. Und er alberte noch weiter mit ihnen herum. Er sei sich ganz sicher, die Richter würden ihn für unschuldig befinden und ihn von den gegen ihn vorliegenden Klagen wegen Mordes, Erpressung und Nötigung freisprechen. Er sei sich ganz sicher, entlassen zu werden. Auch alle anderen Klagen gegen ihn würden sicher fallengelassen werden. Es täte ihm leid, daß er sie wohl nie wiedersehen werde. Alle lachten sie über seinen Scherz ... Er ging langsam, bestimmte selbst das Tempo, und der junge *carabiniere*, an den er mit Handschellen gefesselt war, trieb Mario Ruggerios Bruder nicht zur Eile. Nach acht Jahren Zellenluft war er bleich und käsig. Ein Justizbeamter folgte ihm und trug seinen Koffer, in dem sich seine Kleidung für die Gerichtsverhandlung befand. Er hatte schon einmal lebenslänglich bekommen, und bei einer erneuten Verhandlung hatte er nur weitere lebenslange Strafen zu erwarten. Wie es sich bei einem Mann seines Alters gehörte, half man ihm in den Hubschrauber. Die Handschellen wurden nun an den Stahlrahmen seines Sitzes gekettet. Desinteressiert hörte er sich die Belehrungen des Piloten über die Flugsicherheit und die Sicherheitsvorkehrungen im Falle einer Notlandung oder eines Absturzes über dem Wasser an. Vorsichtig legte man ihm Ohrenschützer an. Sie flogen vom Inselgefängnis auf Asinara über Sardinien zum Luftwaffenstützpunkt auf Cagliari. Dort würden sie auftanken und die dreihundert Kilometer lange Strecke übers Meer nach Palermo fliegen, er würde den Flug verschlafen.

Sie kamen aus der Garage. In der Garage stand der Wagen, der vor einem Wohnblock in Sciacca gestohlen worden war. Der Wagen hatte neue Nummernschilder bekommen, und die Bombe lag auf dem Rücksitz, unter einem kleinen Teppich versteckt.

Sie kamen aus der Garage und standen nun an der Kreuzung Via delle Croci und Via Ventura. Es war wichtig für Mario Ruggerio, die Stelle persönlich in Augenschein zu nehmen. Er ging um den Auslieferungswagen, der den Parkplatz an der Via delle Croci freihalten sollte.

Er sah sich alles mit eigenen Augen an und war zufrieden. Tano erklärte ihm, daß der Richter nach dem Verlassen des Ucciardone-Gefängnisses in der Regel durch die Via delle Croci gefahren wurde. Er hörte kommentarlos zu. Von seinem Standort hinter dem Lieferwagen konnte er die Straße hinab bis zu den Gefängnismauern sehen ... Eine Woche lang würde es heftigste Denunziationen und Demonstrationen geben. Eine Woche lang würden die Politiker vor den Fernsehstudios Schlange stehen, und dann würde es still werden. Eine Woche lang konnte er das Geschrei ertragen ... Es würde ein Signal sein für Sizilien und Italien. Das Signal würde auch von seinen Leuten in Deutschland und Frankreich verstanden werden. Das Signal würde auch New York und London erreichen und weitergeleitet werden bis nach Cali, Medellín, Tokyo und Hongkong und weiter nach Moskau und Grozny. Das Signal mußte weltweit zu verstehen geben, daß in Palermo eine neue Macht regierte.

Er fragte Franco, wo die Feier für seine Familie stattfinden sollte – in Palermo, auf dem Land, in einem Hotel, einem Restaurant oder in einer Villa ...?

Das Telefon in der Innentasche von Carmines Jackett fing an zu piepsen.

»Es wird dein Tod sein, dieses Ding, so wie es der Tod für viele andere war«, sagte er trocken.

Carmine hörte zu. Der Anruf dauerte nur wenige Sekunden und war codiert. Die Stadt war in numerierte Quadrate aufgeteilt, und die wichtigsten Gebäude oder Wahrzeichen innerhalb der Quadrate hatten alle eine Nummer für sich, und der Name des Amerikaners war ein einzelner Buchstabe innerhalb des Codes.

»Oder mein Leben oder dein Leben«, sagte Carmine.

Mario Ruggerio besprach ein zweites Mal mit Tano, zu welcher Nachtstunde der Lieferwagen weggefahren würde, um durch den Wagen in der Garage, der in Sciacca gestohlen worden war, ersetzt zu werden.

Carmine beeilte sich. Bei dem sekundenlangen codierten Anruf hatte es sich um eine dringende Nachricht der Beschatter gehandelt. Mit seinen kurzen dicken Beinen watschelte er so schnell wie möglich zu seinem Auto.

Draußen im Garten hatte er geschwitzt. Im Inneren der Kathedrale schien der Schweiß ihm auf dem Rücken zu gefrieren. Dwight war dem Engländer durch die niedrige Tür gefolgt, und in den letzten fünf Minuten hatte er mindestens sechsmal auf die Uhr gesehen. Sie standen im hinteren Teil der Kathedrale, und der Engländer blätterte in dem Reiseführer herum, den er gekauft hatte, um wie ein ganz normaler Tourist auszusehen.

Er konnte Axel Moen sehen. Er war vor ihnen dort. Dwight Smythe konnte Axel Moens Rücken sehen. Auf seine Schultern und sein blondes Haar fiel Licht. Die Stimme des Engländers klang zittrig, als hätte er Angst, als hätten sie beide …

»Wußten Sie, daß dieser Bau von einem Engländer begonnen wurde? Er war Erzbischof hier. Er hieß Gualtiero Offamiglio, was soviel bedeutet wie Walter von der Mühle. Wußten Sie, daß er vor genau achthundertzehn Jahren den Grundstein gelegt hat? Wenn man sich das vorstellt, ich meine, schon allein die Reise von England hierher, vor achthundertzehn Jahren! Abgesehen von dem Gebäude, war es ein unglaubliches Unternehmen, hierher zu reisen …«

»Würden Sie damit aufhören?«

»Ich wollte doch nur sagen …«

»Und ich wollte sagen, Sie sollen die Klappe halten.«

Er war für den Papierkram, das Budget und die Urlaubslisten zuständig. Es gehörte nicht zu seinen Aufgaben, schweißnaß und frierend in einer Kirche herumzustehen und darauf zu warten, daß sich ein Agent mit einer Informantin traf. Dwight Smythe ging gern zur Kirche, aber er mochte einfache, schlichte Kirchen. Mit seiner Frau besuchte er jeden Sonntag den Gottesdienst einer Baptistenkirche in Highgate, wo sich die mittleren Einkommensschichten der angloafrikanischen Gemeinde versammelten und wo so laut gesungen wurde, daß sich die Balken bogen. Die Kathedrale war nicht nach seinem Geschmack. Die Baptistenkirche war ein heller, sicherer Ort – und hier herrschte graues Dämmerlicht und Gefahr. Er beobachtete Axel Moens Rücken. Ein gutes Stück vor Axel Moen, wo das Licht durch die bunten Scheiben fiel, war eine Gruppe von Touristen. In einem Seitenschiff probten junge Stimmen einen Choral.

Der Engländer flüsterte: »Ich glaube, das ist sie.« Er deutete nach vorn. Dwight Smythe folgte seinem Blick und sah eine junge Frau langsam durch den Mittelgang schlendern. Ab und an fiel das Licht aus den hohen Kirchenfenstern auf sie, und ihr helles Haar leuchtete grün, blau und rot, aber die meiste Zeit war sie in dem grauen Dämmerlicht der Kirche nur undeutlich auszumachen. Langsam ging sie durch den Mittelgang und schaute sich um. Er fand, sie spielte ihre Rolle gut, eine Ausländerin, die sich ehrfürchtig die Kunstschätze der Kathedrale anschaut, als würde an diesem Ort keinerlei Gefahr lauern. Sie trug eine weiße Bluse, die ihre Schultern frei ließ. Ihre Schultern waren rot von der Sonne, wie nach einem Sonnenbrand. Sie trug alte verwaschene Jeans. Sie ging den Mittelgang entlang, auf den Platz zu, wo Axel Moen saß. Wahrscheinlich hatte er sie noch nicht gesehen.

»Sind Sie sicher, daß sie das ist?«

»Bei ihren Eltern hab' ich ein Foto von ihr gesehen.« Die Stimme des Engländers klang heiser. »Wie wird sie's aufnehmen, wenn sie's erfährt?«

»Sie wollen sie heute abend schon wegbringen?«

»Aber sicher, nichts wie ab in die Freiheit.«

»Ist sie dumm?«

»Nicht daß ich wüßte.«

»Wenn sie nicht dumm ist, gibt sie Ihnen vielleicht einen Kuß, weil's vorbei ist.«

Sie beobachteten sie. Sie ging durch den Mittelgang. Sie ging an der Bankreihe vorbei, in der Axel Moen saß. Sie war gut. Sie ließ sich nicht anmerken, daß sie ihn erkannte, aber sie mußte den blonden Zopf gesehen haben. Sie schaute zum Altar, kniete kurz nieder und bekreuzigte sich. Dann schlüpfte sie in die Bankreihe vor Axel Moen. Vielleicht sagte er etwas zu ihr, aber sie ließ sich nichts anmerken. Eine ganze Minute lang saß sie da, als wäre sie tief in Gedanken versunken. Er fragte sich, wie Axel Moens Zukunft aussehen würde. Konnte der Job in Lagos sein, konnte sein, daß es keine Zukunft gab – konnte sein, daß er zurück nach Wisconsin ging und Köderfische auf Angelhaken spießte … Sie stand auf. Sie ging nach vorn und mischte sich unter die Touristengruppe. Sie war verdammt gut.

Der *maresciallo* beugte sich über den Küchentisch, auf dem der ausgebreitete Stadtplan lag. Unter dem Plan waren noch die schmutzigen Teller vom Mittagessen, ihre Tassen und ihre Pistolen. Der Fahrer des Begleitfahrzeugs lag vor dem Herd auf dem Boden und schlief, und sein Beifahrer saß mit geschlossenen Augen auf einem Küchenstuhl und döste vor sich hin. Pasquale studierte die Gebrauchsanweisung der Beretta und versuchte, sich die Namen der einzelnen Teile einzuprägen, aber die Worte und Zeichnungen verschwammen vor seinen müden Augen.

Er schaute unverwandt auf die Karte. Die Stimme des *maresciallo* klang grausam und kalt, als er plötzlich sagte: »Tut mir leid, Pasquale, nach meiner Beurteilung hält man dich für diese Arbeit nicht geeignet.«

Der Junge starrte ihn erschrocken an. »Warum? Warum?«

»Weil du ineffizient arbeitest.«

Der Junge schaute ihn an und blinzelte. »Wann? Wann muß ich gehen?«

»Morgen bekommen wir Ersatz. Wenn der Ersatzmann da ist, kannst du gehen.«

Der Junge hatte Mühe, nicht loszuweinen. »Hat Dr. Tardelli denn kein gutes Wort für mich eingelegt?«

»Dr. Tardelli hat selbst gesagt, daß du für die Arbeit nicht geeignet bist.«

Er hätte den Jungen Pasquale boxen und treten können. Der *maresciallo* notierte sich den Namen jeder Straße, die sie auf dem Weg nach Mondello benutzen würden.

Carmine war auf dem Corso Vittorio Emanuele. Er stand im Stau. Die Stadt bereitete sich auf die Siesta vor. Die Beschatter riefen ihn ein zweites Mal an und nannten ihm die Codeziffern und den Codebuchstaben. Carmine stand im Stau und kam nicht vorwärts.

Axel ging nach vorn. Gut fünf Minuten zuvor hatte er sie zu der Touristengruppe geschickt. Er hatte gewartet, bis der Führer einer Frau untersagte, Blitzlichtaufnahmen zu machen. Als alle abgelenkt waren, ging er nach vorn und umfaßte ihren Arm, am Ellbogen unterhalb des Ärmelsaums, und sie drehte sich nicht um. Er stand hinter Charley.

Die Touristen waren Deutsche. Der Fremdenführer sprach deutsch.

»Wie Sie sehen, sind noch einige eindrucksvolle originale normannische Schnitzereien erhalten – leider sind viele der Kunstwerke von den Barbaren des gotischen Zeitalters zerstört worden ...«

Axel murmelte in ihr Haar: »Am besten, wir sprechen italienisch, diese Leute verstehen wahrscheinlich kein Italienisch.«

»Okay.«

Sie blieben bei der Gruppe. »... Beide Portale, die Sie sehen, und die Türen stammen aus dem fünfzehnten Jahrhundert. In Anbetracht der Entweihung des Innenraums ist es ein Wunder, daß sie erhalten wurden. Das Gebäude ist eine bunte Mischung, jeder neue Herrscher versuchte hier, seinen Wunsch nach Unsterblichkeit zu befriedigen, und das Ergebnis ist historischer Vandalismus.« Die Touristen kicherten.

»Ich mach' Ihnen nichts vor, Kindchen. Ich spiele nicht mit Ihnen. Ich hab' Ihnen immer gesagt, was Sache ist.«

»Was wollen Sie sagen?«

»Es fällt mir nicht leicht ... Ich habe große Achtung vor Ihnen ...«

»Sagen Sie, was Sie sagen wollen.«

In Quantico hatte es einen Ausbilder gegeben. Er arbeitete nicht mit den Rekruten, sondern mit den Jungs, die für gefährliche Operationen eingesetzt wurden. Der Ausbilder galt als Spezialist, was den Einsatz von Agenten und geheimen Informanten anging. Axel Moen hatte einen einwöchigen Kurs bei ihm absolviert, bevor er nach La Paz ging. Der Ausbilder sagte, daß jeder, der Agenten einsetzt, seine moralische Jungfräulichkeit verliert. Ein Agent sei ein Gegenstand ohne menschlichen Wert, der Agent war lediglich ein Mittel zum Zweck, eine Codenummer, der Agent durfte niemals als Person gesehen werden ... Eine Informantin war gestorben, an einer Tür gekreuzigt worden ... Eine Informantin stand im düsteren Innenraum der Kathedrale von Palermo ... Gott noch mal, der verfluchte Ausbilder in Quantico hatte wahrscheinlich nie selbst einen Agenten eingesetzt, nie die Abhängigkeit und das Vertrauen gespürt und sich nie so schmutzig gefühlt.

Axel sagte schnell: »Es ist zu Ende, aus und vorbei. Die hohen Tiere haben die Sache abgeblasen und Befehl gegeben, Sie abzuziehen.«

Ihre Stimme war ausdruckslos, ruhig. »Es läuft gut, es klappt bestimmt, wir müssen nur Geduld haben.«

»Es liegt nicht an mir. Sie waren einmalig. Die großen Tiere wollen Sie weg haben. Sie wollen Sie mit der Abendmaschine rausfliegen.«

»Warum?«

»Es hätte nie dazu kommen dürfen. Sie wurden unter Druck gesetzt. Man hätte Sie nicht bitten dürfen, Sie hätten nicht herkommen sollen.«

»Das ist keine Antwort.«

»Kurz gesagt, das Risiko für Ihre Sicherheit, die Gefahr für Ihr Leben ist zu hoch.«

»Sie haben mich also für nichts und wieder nichts in diese Hölle geschickt?«

»Es ist nicht Ihre Schuld, niemand wirft Ihnen etwas vor. Ganz im Gegenteil ... Es ist vorbei, weil die hohen Tiere einen Befehl gegeben haben, aber die Sache wäre ohnehin unhaltbar. Ich habe Sie jeden Tag beobachtet, ich folge Ihnen, bin Ihr Schatten. Aber jetzt geht das nicht mehr. Ich stehe unter Bewachung, ich glaube, man beschattet mich. Ich bin eine Gefahr für Sie, genau wie die anderen.«

»Dann verpissen Sie sich.«

Sie hatte sich umgedreht. Sie schaute ihm ins Gesicht. Er sah ihren Zorn.

Axel sagte leise: »Am Hauptportal stehen ein Afroamerikaner und ein Engländer. Gehen Sie zu ihnen, sie werden Sie nach Hause bringen.«

»Und Sie?« sagte sie verächtlich.

»Ich gehe fort. Die Regeln stammen nicht von mir. Ich bin nur ein Diener der Regierung.« Sie hatte ihm weh getan. Er konnte sich nicht erinnern, jemals so verletzt worden zu sein. Es war, als hätte sie ihn nackt ausgezogen und ausgelacht. Jetzt schien sie dem Reiseführer zuzuhören, wie um ihm ihre Verachtung zu zeigen ... Der Führer erwähnte das Grab Rogers II., gekrönt im Jahre 1130 nach Christi, begraben in Cefalu, gefolgt von Wilhelm dem Schlechten, auf den Wilhelm der Gute folgte, der Erzbischof Walter of the Mill die Mittel zum Bau der Kathedrale zur Verfügung stellte und der die Überreste Rogers II. zurückholte ... Sie hörte zu. Ließ ihn links liegen.

»Die Jungs da an der Tür, gehen Sie zu ihnen.«

Sie hatte ihr süßes Lächeln aufgesetzt. Es war das übermütige Lächeln von dem Foto im Haus ihrer Eltern, das Lächeln, das er auf der Klippe gesehen hatte, wo sie sich mit ihm verabredet hatte, es war ein Lächeln, vor dem ihn der Ausbilder in Quantico gewarnt hatte. Es war das Lächeln, das er liebte.

»Warten Sie auf meine Nachricht. Wenn Sie Schluß machen, geben Sie den Empfänger einem anderen, der zuhört. Sehen Sie zu, daß jemand das Signal empfängt, wenn Sie aufhören.«

Sie ließ ihn stehen. Sie mischte sich unter die Reisegruppe, sie stand neben dem Reiseleiter.

Der Hubschrauber flog über die Stadt. Salvatore war wach geworden. Die neuen Wohngebiete Palermos breiteten sich schachbrettartig unter ihnen aus, während die alten Stadtteile an einem ungeordneten Gewirr von schmalen Gassen zu erkennen waren. Er bezweifelte, daß er jemals wieder einen Fuß auf die alten und neuen Straßen Palermos setzen konnte. Dazu würde die Macht seines Bruders nicht ausreichen. Die guten alten Zeiten vor Riina, die Zeiten, als Luciano Liggio noch das Berufungsgericht unter Kontrolle hatte und dafür sorgen konnte, daß Strafen ausgesetzt wurden, sie waren vorbei. Flucht verstieß gegen die ethischen Grundsätze der Cosa Nostra, ein Fluchtversuch zerstörte die Würde eines Mannes. Der Hubschrauber legte sich in die Kurve. Er fragte sich, wo sein Bruder war. Irgendwo in einem der neuen Wohngebiete oder einem der alten Viertel mußte er sein. Im Gefängnis auf Asinara hieß es, sein Bruder sei der neue *capo di tutti capi,* und er hatte eine neue Ehrfurcht bemerkt, die ihm von Männern entgegengebracht wurde, die zuvor vor seinen Mitgefangenen Riina, Bagarella und Santapaola gekrochen waren. Er empfand keine Liebe für seinen Bruder, aber wenn sein Bruder die oberste Machtposition erreicht hatte, würde sein Leben im Gefängnis von Asinara bedeutend angenehmer werden. Er sah die vertrauten ockerfarbenen Wände des Ucciardone-Gefängnisses.

Carmine betrat die Kathedrale. Er hatte seinen Wagen in zweiter Reihe parken müssen. Die letzten zweihundert Meter war er gerannt, so schnell er konnte. Der Verfolger stand im Schatten der Wand. Blinzelnd schaute er den Mittelgang hinunter. Er sah die Touristengruppe, er sah ein Mädchen, das jünger war als die anderen

Frauen der Gruppe, er sah den Reiseleiter, er sah, wie die Gruppe sich weiter von ihm entfernte, er sah das lange blonde Haar des Amerikaners. Das Mädchen verließ die Gruppe, in ihrem Gesicht war ein Strahlen, und sie wirkte auf ihn wie eines von den vielen Flittchen, die ihren Herrgott gefunden hatten … Der langhaarige Amerikaner redete eindringlich auf einen Touristen ein. Der Tourist hatte eine Kamera und ein Fernglas. Er sah den Amerikaner neben dem Touristen stehen und reden.

»Ist das die Kontaktperson?«

Der Beschatter räumte stammelnd ein, daß dies möglich sei. Aber er hätte nach draußen gehen müssen, um anzurufen, er konnte nicht aus der Kathedrale anrufen. Sie beobachteten den Amerikaner.

Das letzte, was sie hörte, als sie sich von der Reisegruppe trennte, war Axels Stimme. Axel sprach hart klingendes Umgangsdeutsch. Wahrscheinlich sprach er deutsch, hatte sich einen aus der Gruppe zum Reden ausgesucht, um die Aufmerksamkeit eventueller Beschatter von ihr abzulenken. Sie lernte. Sie ging durch den Mittelgang auf die niedrige Tür zu, durch deren Ritzen und Spalten grelles Sonnenlicht in das trübe Dämmerlicht der Kirche fiel. Sie waren neben der Tür – mein Gott, auffälliger hätten sie nicht sein können –, der schwarze Amerikaner und der Engländer. Der Amerikaner wollte einen Schritt auf sie zumachen, aber der Engländer hielt ihn am Arm fest. Sie sah sie an und ging an ihnen vorbei.

Was sie gewollt hatte, mehr als alles andere, was sie sich je gewünscht hatte, war, von Axel Moen im Arm gehalten und geliebt zu werden … und der Mistkerl ließ sie im Stich. Sie war allein. Es würde ein Traum bleiben, daß er sie in die Arme nahm und liebte, daß er ihr die Hose aufknöpfte und den Reißverschluß öffnete, nur ein Traum. Der Mistkerl …

Die Sonne schien Charley ins Gesicht. Er hielt sie wohl für ein dummes kleines Ding, das man zurechtweisen konnte. Schob sie nach Belieben hin und her. Änderte die Pläne. Wollte sie abziehen.

Die grelle Sonne tat ihren Augen weh. Charley ging los. Sie fühlte nichts als Zorn. Die Hauptzielscheibe ihres Zorns war Axel Moen, der sie im Stich gelassen hatte, und der Afroamerikaner und der Engländer, die sich vor lauter Schiß fast in die Hosen gemacht hatten …

Charley eilte den Corso Vittorio Emanuele entlang.

Sie waren jämmerlich.

Sie bog in die Via Marqueda ein, überquerte die Piazza Verdi und ging weiter zur Via Ruggero Settima. Sie war auf dem Weg in Benny Rizzos Zimmer. Sie würde ihn benutzen, weil er verfügbar war. Sie war auf dem Weg in sein Zimmer, um seine Hose aufzuknöpfen und den Reißverschluß zu öffnen, wollte ihn als Ersatz benutzen, weil er verfügbar war. Sie bog in die Straße hinter der Piazza Castelnuovo ein, vorbei an dem geschlossenen Tor seiner Schule. Sie riß die Haustür auf und stapfte die Treppe hinauf. Auf dem Treppenabsatz, vor seiner Tür, standen zwei volle schwarze Müllsäcke. Sie drückte auf den Klingelknopf. Von drinnen war kein Laut zu hören. Sie läutete Sturm. Sie brauchte ihn. Sein Leben war nicht bedroht, weil er ineffektiv war. Er wurde nicht getötet, wie sein Vater getötet worden war, weil keiner Notiz von ihm nahm. Die Klingel schrillte hinter der geschlossenen Tür.

»Er ist nicht da.«

Eine alte Frau kam die Treppe herauf. Es war die Frau, die sie am Sonntag gesehen hatte.

»Ist er noch nicht aus der Schule zurück?«

»Er kommt nicht zurück, er ist weg.« Die Frau setzte ihre Einkaufstasche ab und suchte in ihrer Handtasche nach dem Wohnungsschlüssel.

»Wie meinen Sie das?«

»Hat er Ihnen nichts davon gesagt?« Die Stimme der Alten klang hinterhältig. »Hat er Ihnen nicht gesagt, daß er die Fähre nach Neapel genommen hat? Sie glauben mir nicht?«

Die alte Frau bückte sich und machte sich mit klauenartigen Nägeln an den Plastiktüten zu schaffen. Der Müll kam zum Vorschein, die Flugblätter, die kopierten Zettel und die Bücher. Charley sah das zerknitterte Poster von der Blutlache auf der Straße mit der Aufschrift »*Basta!*«... Sie war allein ... Sie hörte die alte Frau lachen ... Es würde ihre Geschichte sein, ganz allein ihre, die man erzählen würde ... Sie rannte die Treppe hinunter.

Sie fuhren auf den Hof hinter der Polizeistation. Der Richter schaute sich die parkenden Wagen an. Der Junge, Pasquale, war schlecht gefahren, und der *maresciallo* hatte ihn gescholten. Er hielt Ausschau nach dem vertrauten Gesicht. Der Junge hatte es erfahren, und er würde glauben, man hätte ihn verraten, der Junge würde nicht verstehen, daß er gerettet war. Nur noch einen einzigen Tag lang mußte der Junge an den endlosen Reihen parkender Autos, Lieferwagen und Motorräder vorbeifahren. Er erwartete keinen Dank von dem Jungen, weil man dem Jungen nie sagen würde, daß man ihn schonen wollte. Am anderen Ende des Parkplatzes stand ein Fleischereiauslieferungswagen. Er sah Vanni. Vanni sprang aus dem Wagen und kam schnell über den Hof. Er war wie ein Fleischer gekleidet und stank auch wie ein Fleischer. Vanni schlüpfte in den Wagen und setzte sich neben den Richter.

»Danke, daß du gekommen bist, Vanni. Laß uns beim Fahren reden.«

»Wie du willst ...«

Ohne Blaulicht fuhren sie langsam die Straße entlang. Das Begleitfahrzeug hielt Abstand. Vielleicht wußte der Junge nicht mehr, wie man sich als normaler Verkehrsteilnehmer verhält, jedenfalls raste er über eine Kreuzung, wo er hätte warten sollen, und zweimal würgte er den Motor ab und handelte sich den Tadel des *maresciallo* ein. Vielleicht würde der liebe gute Junge ja eines Tages verstehen, was man für ihn getan hatte ... Sie fuhren am Strand entlang.

»Man kann intelligent sein und sich dennoch wie ein Narr aufführen. Man kann alles im Auge behalten und trotzdem blind sein.

Man kann die kompliziertesten Analysen erstellen und das Offensichtlichste übersehen. Ich jage Mario Ruggerio, ich war dumm und blind und habe das Naheliegendste übersehen. Die Familie ist wahrscheinlich der Mittelpunkt seines Lebens.«

Sie erreichten die Altstadt und kamen am Sarazenerturm vorbei.

»Fremden und Rivalen gegenüber wird er sich mit psychopathischer Grausamkeit verhalten, aber seine Familie wird er über alles lieben ... Vor vier Jahren habe ich in Rom seinen jüngsten Bruder kennengelernt. Er heißt Giuseppe, ein kluger, wacher Geschäftsmann, ein Aushängeschild des modernen Italiens – lach nicht, ich hab' alles überprüft, er bezahlte sogar seine Steuern in voller Höhe. Es war kaum zu glauben, daß er aus derselben Bauernfamilie wie sein ältester Bruder stammt.«

Der *maresciallo* flüsterte dem Jungen die Wegbeschreibung zu. Sie bogen ab in Richtung Zentrum. Langsam fuhren sie über eine schmale Kopfsteinpflasterstraße den Hügel hinauf.

»Er hat mich angegriffen und sich beschwert, weil ich ihn rufen ließ. Er sagte, daß man ihn nicht wegen seiner Blutsverwandtschaft verurteilen dürfe. Ich entschuldigte mich. Ich vergaß ihn. Die Erinnerung an ihn liegt in einer ungelesenen Akte begraben. Heute morgen erfahre ich, daß er vor drei Jahren nach Palermo zurückgekehrt ist. Ich höre, daß er äußerst wohlhabend ist. Er hat eine Luxuswohnung im Giardino Inglese, und er hat eine Villa hier.«

Sie wichen einem Loch in der Straße aus, in dem Arbeiter die Leitungen reparierten. Sie fuhren vorbei an den hohen Mauern und großen Toren und den bellenden Hunden.

»Er pflegt geschäftliche Verbindungen zu den reichsten Bürgern der Stadt. Er ist ständig im Ausland und hat Erfolg. Ich könnte zu meinen Kameraden gehen, Vanni, ich könnte um Gelder und Mittel flehen, und ich würde wieder kritisiert, weil ich unschuldigen Menschen hinterherjage. Ich kann auch zu dir kommen und dich an eine alte Freundschaft erinnern.«

Der *maresciallo* drehte sich um. Er nahm den Finger vom Auslöser seines Maschinengewehrs und deutete auf die Tore der Villa. Er stieß einen kurzen Pfiff aus, und der Junge bremste. Durch Gebüsch und Bäume waren oberhalb der Mauer das Dach und die oberen Fenster der Villa zu sehen.

»Ich könnte darum bitten, ein Team des Reparto Operativo Speciale auf die Villa anzusetzen, von meiner Einmischung braucht ja niemand etwas zu erfahren. Ich kann dich darum bitten ... Nie haben wir Mario Ruggerios Banker gefunden, und nie wußten wir, wie seine Verbindung zur internationalen Szene aussieht. Vielleicht hab' ich es vor der Nase gehabt ... Wirst du mir helfen?«

»Nein.«

»Aus Freundschaft, Vanni, für unser gegenseitiges Vertrauen.«

»Nein, ich kann nicht.«

»Laß die Villa durchsuchen, stell alles auf den Kopf, such nach einem Notizbuch, einem Adreßbuch, Bankanweisungen. Ich tappe im dunkeln. Bitte.«

Er packte den Kragen der Fleischerjacke, und Vanni sah ihm nicht ins Gesicht. Vanni starrte auf den Boden. »Ich kann nicht«, sagte er tonlos. »Ich würde eine Operation gefährden.«

»Was für eine Operation?«

Der *maresciallo* hörte die Schritte als erster. Er wandte sich um. Er hielt das Maschinengewehr kurz unterhalb des Fensters.

»Ich hab' dir gesagt, daß ich darüber nicht reden darf ...«

Der Junge hörte die Schritte und hielt Lenkrad und Schalthebel fest umklammert.

»... Es tut mir leid. Ich kann nichts darüber sagen.«

Tardelli wandte sich um. Sie ging am Wagen vorbei. Sie schaute nicht ins Innere des Wagens. Sie trug eine schulterfreie Bluse und saubere Jeans. Mit hocherhobenem Kopf schritt sie zielbewußt dahin. Er sah die Kraft in ihrem Gesicht und die mutige Entschlossenheit ihres Gangs. Vor dem Tor blieb sie stehen und läutete. Er sah nichts Ängstliches an ihr. Sie kratzte sich am Rücken. Sie war nichts Besonderes. Sie war eine »zweitrangige Agentin«. Er schlug Pasquale auf die Schulter und gab ihm ein Zeichen. Er wandte seinen Blick von ihr ab. Als sich das Tor öffnete, als ein Diener einen Schritt zurücktrat und ihr Platz machte, raste der Wagen davon.

»Weißt du, warum wir nicht gewinnen, Vanni? Du weißt es, und du hast mir keinen Hinweis gegeben, mir kein Vertrauen geschenkt. Wir können nicht gewinnen, wenn wir uns untereinander stärker bekämpfen, als wir gegen sie kämpfen.«

Er ließ sich zurücksinken. Um ihn herum wurde es dunkel.

Am Abend erhielt Salvatore Besuch von seiner Mutter.

Sie kam allein und sagte ihm, daß sein Vater heute Atembeschwerden hatte. Er fand, sie sehe schwächer aus als bei ihrem letzten Besuch, aber seitdem waren auch schon wieder zwei Jahre vergangen, denn die lange Reise nach Asinara war sehr beschwerlich. Er konnte seine Mutter nicht küssen, denn er stand unter scharfer Bewachung. Sie waren durch eine dicke Glasscheibe voneinander getrennt. Er erkundigte sich nach der Gesundheit seines Vaters, nach der Gesundheit seines Bruders Carmelo und der Gesundheit seiner Schwester. Er sprach den Namen seines älteren Bruders nicht in das Mikrophon, durch das sie sich verständigen konnten, ebensowenig nannte er den Namen seines jüngsten Bruders. Er sagte seiner Mutter, daß sein eigener Gesundheitszustand zufriedenstellend sei. Er zeigte keinerlei Gefühl, keine Traurigkeit – Jammern und Klagen in Gegenwart des Gefängnispersonals wäre seiner Ehre nicht zuträglich gewesen. Seine Mutter zog ein Taschentuch aus der Handtasche. Sie wischte sich die Nase. Sie behielt das Taschentuch in der Hand, und ihre verkrümmten alten Finger entfalteten ein dünnes Zigarettenpapierchen. Einen kurzen Moment lang hielt sie das Zigarettenblättchen vor die dicke Glasscheibe. Er las die Botschaft. Seine Mutter knautschte das Papierchen ins Taschentuch und steckte es zurück in die Tasche. Er sagte seiner Mutter, daß er sich auf einen weiteren Besuch freuen würde, dann hoffentlich in Begleitung seines Vaters. Mit neun Jahren war Salvatore zum ersten Mal mit seiner Mutter in die feuchten, dunklen Besuchsräume des Ucciardone-Gefängnisses gekommen, um seinen Vater zu besuchen. Mit sechzehn kam er mit seiner Mutter in dieselben Räume, um seinen älteren Bruder zu besuchen. Als er neunzehn war, wurde er selbst zum ersten Mal von seiner Mutter hier besucht. Er kannte das Gefängnis wie seine Westentasche, es war eine Art Zuhause für ihn. Als man ihn nach Ende des Besuchs zurück in seine Zelle brachte, bat Salvatore Ruggerio, beim Gefängnisdirektor vorsprechen zu dürfen. Würdevoll schritt er durch die Flure. Männer traten zur Seite und erwiesen ihm Respekt. Bei jedem Schritt über die Eisentreppen und die gemauerten Treppenabsätze fühlte er, wie die Macht seines Bruders ihn wie eine Aura umgab. An seiner Zellentür wiederholte er seine Bitte um ein Treffen mit dem Gefängnisdirektor. Die Zellentür wurde hinter ihm verschlossen. Schwerfällig stellte er sich aufs Bett und schaute durch die Gitterstäbe des Fensters. Er blickte auf die Lichter der Stadt und erinnerte sich an die Nachricht seines Bruders, die ihm überbracht worden war.

Kapitel 17

Ein Lieferwagen fuhr davon. Wo er gestanden hatte, an der Kreuzung Via delle Croci und Via Ventura, wurde ein Wagen geparkt. Auf dem Rücksitz des Wagens, unter einem Stück Teerpappe verborgen, war eine hölzerne Teekiste.

Die Stadt erwachte unter dem Dunstschleier der Nacht, der sich im Schein der aufsteigenden Sonne bald auflösen würde. Bald würden die Abgase zahlloser Autos und Motorräder der Stadt den Atem nehmen. Ein neuer Tag in der grausamen Geschichte der Stadt hatte begonnen …

Salvatore, der Bruder von Mario Ruggerio, stand ehrerbietig vor dem Direktor des Ucciardone-Gefängnisses und sagte, daß er an diesem Tag ein vertrauliches Gespräch mit dem Richter Dottore Rocco Tardelli wünsche.

Im Laufe dieser grausamen Geschichte hatten die Bewohner Palermos gelernt vorauszuahnen, wann eine Katastrophe bevorstand. Es war nichts Greifbares, nichts, was sie sehen konnten, aber dank eines besonderen Spürsinns, der den Bürgern dieser Stadt eigen war, ahnten sie, wann mit einer Katastrophe zu rechnen war …

Mario Ruggerios Männer waren auf ihren Posten. Tano beobachtete den geparkten Wagen und hielt das Mobiltelefon in der Hand. Franco saß mit einer Zeitung auf einer sonnenbeschienenen Bank und behielt die Soldaten im Auge, die die Wohnung und die beiden am Straßenrand geparkten Wagen bewachten. Carmine stand vor einer Bar, von wo aus er das Seitentor des Ucciardone-Gefängnisses beobachten konnte, das von Richtern benutzt wurde, wenn sie das Gefängnis besuchten.

… Die Männer der Stadt eilten an ihre Arbeitsplätze, oder sie lungerten an den Straßenecken herum und warteten. Die Frauen der Stadt wuschen die Nachtwäsche oder machten Einkäufe, aber sie hatten es eilig heimzukommen, wo sie warten konnten. Es lag eine Stille über der Stadt, wie immer, wenn ein Mann völlig isoliert war, wie immer im Lauf der Geschichte, wenn ein Unglück bevorstand …

Mario Ruggerio stand am Waschbecken in dem kleinen Zimmer im ersten Stock im Capo-Distrikt und rasierte sich mit einer alten Klinge, um sich nicht ins Doppelkinn zu schneiden, dann wusch er sich aus alter Gewohnheit mit kaltem Wasser.

… Die Normalität der Stadt war oberflächlich. Tief in ihrem Innern wußten die Einwohner der Stadt, daß eine Katastrophe bevorstand, ein Unglück nahe war, und sie warteten. Es war eine Stadt des Mordens und des gewaltsamen Sterbens, wie seit den Zeiten der Römer und Vandalen, der Normannen, der Mauren und Spanier und der Faschisten und jetzt zur Zeit der Cosa Nostra. Eine zitternde Erregung hielt die Stadt an diesem Morgen in Atem …

Der Direktor des Ucciardone-Gefängnisses übermittelte Salvatore

Ruggerios Bitte um einen Besuch des Richters Dottore Rocco Tardelli für den heutigen Tag.

… Die Bewohner der Stadt kannten weder Zeit noch Ort noch Ziel, aber sie hatten den Instinkt der Geschichte in sich und spürten das Unausweichliche. Sie verstanden, was es hieß, wenn ein Staatsdiener lächerlich gemacht und isoliert wurde. Sie warteten …

Der Junge, Pasquale, fuhr an seinem letzten Arbeitstag als Leibwächter des »wandelnden Leichnams« mit dem Bus zur Arbeit.

… Die Faszination des Todes, die Majestät des Tötens ergriff die Lebensadern der Stadt. Ein Fremder würde es nicht bemerken. Aber die Bewohner der Stadt wußten es und hielten die Augen offen, warteten …

»Also was liegt an?«

»Dasselbe wie gestern abend«, sagte Harry Compton.

»Können wir's rekapitulieren? Könnten Sie's noch mal für mich zusammenfassen?«

Harry Compton fand, daß Dwight Smythe wie ein Bürokrat redete, als wären sie auf einer Sitzung im oberen Stockwerk der Botschaft oder im fünften Stock des SO6. Alle Bürokraten rekapitulieren gern, so gewannen sie Zeit zum Nachdenken. Ihm taten noch immer die Füße weh. Am Abend zuvor hatte er einen ziemlichen Gewaltmarsch hinter sich gebracht, und seine Schuhe waren zu leicht für den harten Asphalt und das unebene Kopfsteinpflaster der Stadt. Er war verärgert. Er stand am Fenster, und Dwight Smythe lag auf dem Bett. Sie hatten noch nicht gefrühstückt.

»Ein Beschattungsteam ist ihm auf den Fersen. Sehr professionell. Wäre ich nicht schon mal selbst bei einer ›schwimmenden Kiste‹ dabeigewesen, wäre es mir nicht aufgefallen. So eine Beschattungsformation kann man nur von ganz weit hinten sehen. Man muß hinter dem Hintermann sein, nur so hat man eine Chance, es zu sehen. Das Team bestand aus vier Männern und einem Kontrollposten. Sie benutzen keine Funkgeräte – sie verständigen sich mit Handzeichen. Er tat so, als sei er sich nicht sicher, ob er beschattet wurde, und er vermied es aufzufallen. Er machte die reinste Ochsentour mit ihnen, schleifte uns durch die halbe Stadt und wieder zurück. Er ging schnell, blieb stehen, setzte sich. Vier Stunden lang hatte er die Männer an den Fersen. Dann gab er auf und ging zu seinem Wagen. Sie hatten ebenfalls Transportmittel, das habe ich gesehen. Nach vier Stunden … wer könnte es ihm verdenken? Er sah ziemlich fertig aus, aber das hab' ich Ihnen gestern abend schon gesagt.«

»Ja, das haben Sie.«

»Ich hab' heute morgen schon zweimal angerufen. Unsere Leute in Rom, sie reden von einem Typen namens Vanni Crespo. Ich kann ihn nicht erreichen.«

»Auch das haben Sie gestern abend schon gesagt.«

»Ihre ewigen Spötteleien hängen mir zum Hals raus. Außerdem habe ich letzte Nacht kaum geschlafen, also lassen Sie den Scheiß. Ich hab' die ganze Nacht an sie gedacht. Mein Gott, sie sieht aus wie ein ganz normales Mädchen …«

Harry Compton sagte ernsthaft: »Sie erschien mir unsagbar verletzlich. Haben Sie ihre Körpersprache gesehen? Ich schon, sie hat ihm einen Tritt gegeben. In ihrer Lage, mein Gott, das ist mutig.«

»Geht an uns vorbei, als wären wir Luft. Ich weiß nicht, was wir tun sollen.«

»Nichts können wir tun – weil das Ganze ein gottverdammtes, hoffnungsloses Schlamassel ist.«

»Wie überaus treffend bemerkt.«

»Sie ist ein Luder.«

»Ein halsstarriges dummes Ding.«

»Sie ist uns außer Kontrolle geraten.«

»Wenn du die Kontrolle über einen Agenten verlierst, steckst du in der Scheiße.«

»Was sollen wir machen?«

»Ich bin abberufen worden«, sagte Axel Moen.

»Was soll ich machen?«

»Sie gehört dir, bitte schön.«

»Macht dir ganz schön zu schaffen?«

»Was, zum Teufel, hast du denn gedacht?«

»Willst du wissen, was ich denke, Mr. America?« sagte Vanni Crespo. »Ich denke, du hast eine der wichtigsten Regeln gebrochen.«

»Und die wäre, du Besserwisser?«

»Es gibt eine grundlegende Regel bei einer verdeckten Operation.«

»Willst du eins in die Fresse?«

»Die oberste Regel lautet, sich niemals emotional zu engagieren.«

»Ich warne dich.«

»Keine Sympathie für einen Agenten, die oberste Regel – du benutzt sie und dann läßt du sie fallen. Wir leben in einer Wegwerfgesellschaft. Keine zärtlichen Gefühle für Agenten und Informanten.«

Axel schlug seinen Freund. Mit geballter Faust schlug er Vanni Crespo ins Gesicht. Er traf ihn rechts am Mund und verpaßte ihm eine blutende Wunde an der Lippe. Er bearbeitete Vannis Gesicht mit seiner Linken, wie er es als Junge in der Turnhalle von Ephraim gelernt hatte. Vanni Crespo versuchte, sich auf ihn zu stürzen. Er trat fest zu, wie er es als Kind auf dem Schulhof in Ephraim gelernt hatte, und sein Freund ging zu Boden. Er fiel auf seinen Freund und drosch auf sein Gesicht ein. Er wurde gehalten, er schluchzte, er wurde umarmt. Er lag auf dem steinigen Boden unter den Orangenbäumen, und Vanni Crespo, sein Freund, hielt ihn im Arm. Er bebte und schluchzte in Vanni Crespos Armen.

Vanni Crespo sagte: »Ich hab's verdient. Ich bin schuld, ich hab' die Sache angefangen. Ich hatte den Brief, ich hab' ihn geöffnet, ich hab' ihn dir gebracht. Ich sah als erster die Chance. Du hast mich geschlagen und getreten, das ist nichts, ich müßte in der Hölle schmoren für das, was ich getan hab' ...«

Undeutliche Worte gegen den Stoff von Vanni Crespos Hemd. »Es ist ein Spiel, hart und unerbittlich – unbedarfte, naive Menschen zu manipulieren – es ist ein gottverdammtes Spiel.«

»Ich bin gestern abend mit Tardelli unterwegs gewesen. Er ist verzweifelt, er ist allein, er fleht darum, daß jemand seinen Arm nimmt. Er hat Giuseppe Ruggerio gefunden. Er hat sie gesehen. Er wollte die Villa durchsuchen lassen, um irgendwelche Verbindungen mit Mario Ruggerio zu finden. Ich hab' ihn zurückgewiesen, ich hab' ihm gesagt, es würde eine Operation gefährden, über die ich nichts sagen dürfte. Er hat sie gesehen, deine Charley, und er hat verstanden. Ich hab' ihn isoliert, und er hat sich nicht beklagt – und auch deswegen sollte ich in der Hölle schmoren ...«

»Habe ich das Recht, dich um Verzeihung zu bitten?«

Vanni hielt ihn im Arm. Er fürchtete, sein Atem könnte immer noch nach dem Whisky riechen, den er am Abend zuvor heruntergestürzt hatte. Er fürchtete, sein Körper würde noch nach dem Schweiß riechen, in den er am Abend zuvor mit der Frau aus Trapani auf dem Rücksitz ihres Wagens geraten war.

»Das machen sie aus uns. Das passiert mit uns, wenn wir Krieg gegen den Abschaum führen. So werden wir, wenn wir hinunter in die Gosse steigen, um sie zu jagen. Wenn du kämpfst und du nicht daran glaubst, daß du gewinnen kannst ...«

»Wirst du auch fortgehen, Vanni, so wie ich?«

»Wenn ich könnte, ja. Aber ich kann nicht. Ich bin ebensosehr für sie zuständig wie du. Und ich muß bleiben, solange sie noch an Ort und Stelle ist.«

Vanni stand auf. Sein Freund nahm seine Plastiktüte und zog seinen Zeichenblock heraus. Vanni sah die Zeichnungen von Kirchensäulen, aber dann riß Axel die Papierbögen auch schon in kleine Fetzen. Vanni sah die Zerstörung von Axel Moens Tarnung. Sein Freund war aus dem Badezimmerfenster der kleinen Wohnung geklettert und über das Schieferdach gekrochen. Er hatte seine Verfolger abgehängt, und er hatte ihn heute nacht gebraucht, aber er war bei seiner Geliebten gewesen. Sein Freund hatte die ganze Nacht in dem Orangenhain unterhalb von Monreale gesessen, sein Freund hatte ihn gebraucht und hatte ihn nicht angerufen, und er hatte sich mit seiner Geliebten auf dem Rücksitz gewälzt … Er dachte an Axel Moen, allein in dem Orangenhain, in den langen Nachtstunden, mit der Pistole in der Hand, wie er bis zum Morgen gewartet hatte, bevor er ihn anrief, und er dachte an die elende Verfassung seines Freundes. Er half seinem Freund vom Boden auf. Sie gingen durch die Baumreihen. Die Orangen reiften. Sie ließen die zerrissenen Seiten des Zeichenblocks hinter sich liegen. Es war ein Ort der Schönheit und der Ruhe, wo Axel Moen die ganze Nacht gewartet hatte. Sie gingen zu den Autos. Die Männer bei den Autos trugen die dunkelblauen Jacken des ROS-Teams über ihren kugelsicheren Westen und die Gesichtsmasken, die nur Mund und Augen frei ließen.

»Du paßt auf, daß ihr nichts passiert?«

»Wenn nicht, soll ich in der Hölle schmoren.«

Charley machte die Kinder für die Schule und den Kindergarten fertig.

Es wurde zwar nichts gesagt, und es gab keine direkten Anhaltspunkte, aber an diesem Tag herrschte eine angespannte Atmosphäre in der Villa. Sie kannte diese Atmosphäre nur allzugut. Wenn ihre Eltern sich stritten, trugen sie ihren Konflikt immer außer Hörweite ihres ach so kostbaren Töchterchens aus, um ihr den Grund ihres Gerangels zu ersparen. Sie wußte nicht, ob die Atmosphäre eine wichtige Ursache hatte oder ob es um etwas Banales ging. Den Streitereien ihrer Eltern hatte immer etwas jämmerlich Unwichtiges zugrunde gelegen – ob sie am Wochenende ins Grüne fahren oder jemanden besuchen sollten, was sie zu Abend essen sollten, welche Tapete am besten ins Gästezimmer paßte. Zu Hause hatte die kostbare Tochter die Zankereien ihrer Eltern immer als jämmerlich empfunden und sich herausgehalten. Es war nur eine schlechte Stimmung, den Grund ihres Streits behielten sie für sich.

Sie zog die Kinder an. Sie wusch ihnen das Gesicht. Die Kinder waren mürrisch. Peppino saß über irgendwelche Papiere gebeugt auf der Veranda, wo das Baby im Kinderwagen lag und schlief. Angela war in der Küche. Sie suchte die Sachen der Kinder zusammen und packte sie in die Taschen.

Sie ging in die Küche. Sie sagte Angela, daß sie gleich mit den Kindern losgehen würde. Sie lächelte und stellte sich dumm, als würde sie die angespannte Atmosphäre gar nicht bemerken. Angela nickte abwesend, als wären ihr Kinder und Schule einerlei.

»Angela, entschuldige bitte … aber du hast mir keinen Einkaufszettel hingelegt«, sagte sie unschuldig.

»Ich habe den Einkaufszettel vergessen? Was für ein unverzeihlicher Fehler!« Angelas Worte klangen kalt und spöttisch. »Kannst du nicht allein entscheiden, was du kaufen sollst? Du lebst mit uns, du ißt mit uns, geht es über deinen Horizont, zu entscheiden, was es zum Mittagessen geben soll?«

Wieder lächelte Charley. Doch ihr zauberhaftes Lächeln war verschwendet, denn Angela hatte ihr den Rücken zugedreht. »Ich denke, ich weiß, was wir brauchen. Bis später.«

Die Kinder gaben ihrer Mutter keinen Abschiedskuß. Francesca schniefte. Klein-Mario trat wütend gegen sein neues ferngesteuertes Spielzeugauto, so daß es über den Marmorboden geschleudert wurde. Charley fragte sich, ob es noch funktionieren würde. Das Auto kostete wahrscheinlich mehr, als sie in der Woche verdiente – verwöhnter kleiner Mistkerl. Sie nahm Francescas Hand. Sie kümmerte sich nicht darum, daß das Mädchen widerspenstig war und herumplärrte. Sie zerrte Francesca hinter sich her, und Klein-Mario trottete mit. Es brauchte mehr als plärrende, mürrische Kinder, um Charley aus der Bahn zu werfen. Immer wieder kamen ihr die herausfordernden Worte in den Sinn, die sie zu Axel Moen gesagt hatte. »Warten Sie auf meine Nachricht. Wenn Sie Schluß machen, geben Sie den Empfänger einem anderen, der zuhört. Sehen Sie zu, daß jemand das Signal empfängt, wenn Sie aufhören.« Die Worte waren zu einem Leitspruch für sie geworden.

Sie trat auf die Veranda. »Wir gehen jetzt los«, sagte Charley munter. »Ich nehm' das Baby mit.«

Peppino wandte den Blick von seinen Bilanzen, Hochrechnungen und Rechenschaftsberichten. »Hat Angela schon wegen heute abend mit dir gesprochen?«

»Nein, sie hat noch nichts gesagt.«

»Wir gehen heute abend aus. Francesca und Mario nehmen wir mit. Könntest du heute abend bitte auf Mauro aufpassen?«

»Aber sicher.«

Sie ging den Weg zum Tor. Der schmierige Spanner öffnete es für sie. Sie fand es seltsam, daß Angela ihr nicht gesagt hatte, daß die Familie heute ausgehen wollte. Sie ging hinunter in die Stadt. Sie fragte sich, ob Axel Moen schon aufgehört hatte, und sie fragte sich, wer sie beobachtete. Sie war ganz ruhig, weil es jetzt ganz allein ihr Spiel war, das gespielt wurde.

Der *maresciallo* war ins Arbeitszimmer des Richters gerufen worden.

Er kam zurück in die Küche.

Sie sahen, wie der *maresciallo* die Straßenkarte vom Tisch nahm. Er spürte nicht den Blick der ernsten dunklen Augen, der die ganze Zeit auf ihn gerichtet war, während er die Straßenkarte studierte.

Pasquale stand an der Spüle und wusch die Kaffeetassen und die Teller, von denen sie gerade gegessen hatten. Am Abend zuvor war das Spülmittel zur Neige gegangen, und keiner hatte es auf die Einkaufsliste geschrieben, die am Kühlschrank hing. Pasquale sagte nichts über das fehlende Spülmittel. Er würde zum letzten Mal hier abwaschen, und sie sollten selbst dahinterkommen, daß kein Spülmittel mehr da war. Am Abend zuvor, als das Baby endlich eingeschlafen war, hatte er all seinen Mut zusammengenommen und seiner Frau gesagt, was geschehen war. Sie hatte hinter ihm gestanden und seinen Kopf gestreichelt. Er hielt eine Flasche Bier in der Hand und sagte mit ruhiger monotoner Stimme, daß man ihn abgelehnt hatte. Sie drückte seinen Kopf an ihre Brüste, mit denen sie das Baby stillte. Er hielt die Bierflasche fest, ohne etwas zu trinken, und er erzählte ihr, daß er verraten worden war, von dem Richter, dem sie Blumen geschickt hatte. Er hatte erwartet, daß sie ihn erleichtert in die Arme schließen würde, aber das tat sie nicht.

Er gehörte schon nicht mehr zum Team der älteren *ragazzi.* Sie bezogen ihn nicht mehr in ihren typischen schwarzen Humor ein. Sie lachten ihn nicht einmal mehr aus. Pasquale hätte die Tassen und Teller und das Besteck nicht zu spülen brauchen, denn sie ignorierten ihn und hätten ihn nicht dazu aufgefordert.

Der *maresciallo* sagte, sie würden zum Ucciardone-Gefängnis fahren, und teilte ihnen die Route mit. Pasquale stellte das abgewaschene Geschirr ordentlich auf das Ablaufbrett neben der Spüle. Er haßte sie alle, er haßte den *maresciallo,* der ihn ablehnte, und den Richter, der ihn verraten hatte, und die älteren Männer, die ihn ignorierten. Er haßte sie. Eine Tasse glitt vom Ablaufbrett, und Pasquale versuchte vergeblich, sie aufzufangen. Sie fiel auf den Boden. Der Henkel brach ab, und die Tasse bekam einen Sprung, und eine Ecke brach heraus. Der *maresciallo* schien nichts zu sehen und fuhr mit der Beschreibung der Route fort. Die Männer schauten ihn nicht an. Er kniete auf dem Linoleumboden, sammelte die Scherben auf und warf sie in den Mülleimer unter der Spüle. Er wurde abgelehnt, verraten und ignoriert.

Er stand an der Spüle. Er unterbrach die Litanei der Straßennamen. »Wann kommt er?«

Er sah den messerscharfen Blick des *maresciallo.* »Wer soll kommen?«

»Wann kommt mein Ersatzmann?«

»Er kommt heute.«

»Und wann? Habe ich nicht das Recht, es zu erfahren?«

»Wenn er verfügbar ist, dann wirst du abgelöst. Es tut mir leid, daß ich dich nicht über den genauen Zeitpunkt seiner Ankunft informieren kann.«

Der Richter stand in der Küchentür. Er preßte seine Aktentasche vor den Bauch und hatte sich den Mantel lose über die Schultern gehängt. Einen Moment lang wurde er vom *maresciallo* ignoriert.

Die Details der Strecke wurden festgelegt. Pasquale fiel es so schwer, den Mann an der Küchentür zu hassen, aber der Mann hatte sich nicht für ihn eingesetzt, und das war Verrat. Das Gesicht des Mannes war unsagbar müde, die Augen trübe und glanzlos. Der Mann wich seinem Blick aus. Die Route stand fest. Waffen und kugelsichere Westen wurden angelegt. Sie polterten eilig durchs Treppenhaus. Eine Frau mit Einkaufstaschen und einem bunten Blumenstrauß kam ihnen entgegen und warf ihnen einen verächtlichen Blick zu.

Sie traten hinaus auf den sonnigen Bürgersteig. Die Soldaten hatten ihre Gewehre im Anschlag.

Der Konvoi setzte sich in Bewegung und bog mit heulender Sirene und quietschenden Reifen um die Kurve. Sie fuhren durch die Straßen, an denen auf beiden Seiten Autos, Lieferwagen und Motorräder parkten. Es war der Tag, an dem Pasquales Ersatzmann verfügbar sein würde. Der *maresciallo* saß am Steuer, und Pasquale war auf dem Beifahrersitz und hielt sein Maschinengewehr fest umklammert.

Das Gefängnis gehörte zu den historischen Bauten der Stadt.

Das Gefängnis war ein Ort der Schmerzen, der Folter und des Todes.

Die Wände des Ucciardone-Gefängnisses, einst von den Bourbonen zur Bekräftigung ihrer Herrschaft erbaut, waren heute mit blühenden Kletterpflanzen überwuchert, und der Mörtel zerbröselte zwischen den Steinen. Auf den Mauern hockten schwerbewaffnete Wachmänner und starrten auf die Sportplätze. Hinter den Sportplätzen lagen die Zellenblocks. Die Zellenblöcke hatten die Macht der Cosa Nostra nicht brechen können. Männer der Ehre waren von Vollzugsbeamten des Königs, des faschistischen Duce und der heutigen demokratischen Regierung hierhergeschafft worden – und all die Staatsdiener hatten es im Laufe der Geschichte nicht geschafft, den Willen der Cosa Nostra zu brechen. Das Gefängnis war der Ort der

Männer der Ehre. Hier regierten sie, hier folterten, hier mordeten sie.

An diesem Tag schmorten die Zellenblöcke im gleißenden Sonnenlicht.

Stille lag an diesem Tag über dem Ucciardone-Gefängnis. Durch die langen Flure, die eisernen Treppen und die geschlossenen Zellentüren hatte sich das Gerücht verbreitet, daß Salvatore Ruggerio um den Besuch des Richters Rocco Tardelli gebeten hatte, des Mannes, der hinter seinem Bruder her war.

Die Männer saßen in ihren Zellen und warteten.

Das Flugzeug hob ab. Der Journalist aus Berlin saß reglos auf seinem Sitz. Das Flugzeug machte einen Schlenker über den Strand von Ostia und nahm Kurs nach Norden. Für ihn war es, als würde er in die zivilisierte Welt zurückkehren ... Champagner, ja, gern. Er dankte der Lufthansa-Stewardeß ... Er konnte sich nicht erinnern, wann er nach Beendigung eines Auftrags eine derartige Erleichterung verspürt hatte. Es war ein ruhiger Flug ohne Fallwinde oder Turbulenzen, und er versuchte sich zu entspannen. Das Problem war nur, daß er nicht an die Geschichte glaubte, die er geschrieben hatte. Dieses Gefühl, versagt zu haben, verletzte ihn in seinem Stolz. Als ihm der Champagner serviert wurde, klappte er seinen Tisch herunter und holte seine Kopie aus der Aktentasche, um seine Story noch einmal zu überfliegen.

»Auf dem sizilianischen Eiland scheint Krieg zu herrschen. Es gibt militärische Straßenblockaden, bewaffnete Männer, die Politiker und Juristen bewachen, es wird von einem Krieg geredet. Aber wenn dort unten eine Schlacht tobt, habe ich sie nicht gesehen.

An der Realität des Konfliktes hege ich weiterhin Zweifel. Es ist möglich, daß es sich nur um eine Wahnvorstellung des Krieges handelt. Ich bin verwirrt, weil ich keine Fronten und kein typisches Niemandsland entdecken konnte. Es gibt hochrangige Militärs und Polizeichefs, die von Krieg reden, aber ich konnte ihren angeblichen Feind weder sehen noch berühren oder fühlen.

Ich habe aus vielen dunkleren Gegenden der Welt berichtet. In Saigon traf ich mich mit General William Westmoreland; in Hanoi hatte ich die Ehre, General Vo Nguyen Giap kennenzulernen. Ich habe Saddam Hussein in Bagdad gesehen und General Norman Schwartzkopf in Rhiad. Yassir Arafat und George Habbasch in Beirut. Ich trank mit dem Sezessionistenführer in Grozny in seinem Bunker Kaffee, während wir von russischen Panzern beschossen wurden.

Wo ist der Feind in Sizilien? Gibt es ihn überhaupt? Ist er ein sizilianisches Phantasieprodukt, um den einzigartigen Charakter der Insel zu unterstreichen? Der Führer der sizilianischen Cosa Nostra, wenn eine solche Person tatsächlich existiert, gibt keine Pressekonferenzen oder Fernsehinterviews, noch liefert er Kriegsberichte. Drei Wochen lang habe ich Schatten gejagt. Meine Verwirrung bleibt.

Es heißt, daß diese schäbige, ärmliche Insel die gefürchtetsten Kriminellen unserer Zeit ausspuckt …«

Weiter las er nicht. Er legte die Kopie zurück in die Aktentasche und nippte an seinem Champagner.

Sie saßen sich am Tisch gegenüber.

»Geht es Ihnen gut, *Signore*?«

»Danke, ja. Und Ihnen, *Dottore*, wie geht es Ihnen?«

»Danke der Nachfrage. Mir geht es gut.«

Der Richter schob eine Zigarettenschachtel über den Tisch. Salvatore Ruggerio würde sowohl auf Asinara als auch im Ucciardone-Gefängnis so viele Zigaretten bekommen, wie er rauchen wollte, aber es war eine höfliche Geste. Der Richter hatte in seiner Jackentasche eine offene Zigarettenschachtel, in der drei Zigaretten fehlten. Salvatore Ruggerio eine ganze, ungeöffnete Zigarettenschachtel zu reichen wäre ein Angriff auf dessen Ehre gewesen, als würde man denken, er hätte nicht genug Zigaretten. Es war notwendig, die Ehre des Mannes zu wahren. Salvatore Ruggerio zündete sich eine Zigarette an, und der Rauch wogte über dem Tisch. Er schob die Schachtel zurück.

»Ihr Vater und Ihre Mutter, es geht ihnen gut?«

Es faszinierte den Richter immer wieder, wie ruhig und höflich diese Männer waren. Er war ihnen gegenüber niemals aggressiv und gab sich alle Mühe, sie nicht herablassend zu behandeln. Sie lechzten nach Respekt, und er erfüllte ihr Bedürfnis. Und er handelte streng nach dem Grundsatz, nur solche Fragen zu stellen, deren Antwort er bereits kannte. Er wußte, daß es Salvatore Ruggerios Eltern ihrem hohen Alter entsprechend gutging.

»Gestern abend habe ich meine Mutter gesehen, es schien ihr recht gutzugehen.«

Sie waren allein im Zimmer. Der *maresciallo* war unmittelbar vor der Tür mit einem Vollzugsbeamten. In den Tischbeinen befanden sich Mikrophone, und ihre Unterhaltung wurde aufgezeichnet. Weil er die Antwort nicht kannte, fragte er Salvatore Ruggerio nicht, warum er das Treffen gewünscht hatte.

»Und in zwei Tagen müssen Sie wieder vor Gericht?«

»Sie lügen das Blaue vom Himmel. Immer neue Anklagen. Was kann ein armer Mann tun, *Dottore*, ein unschuldiger Mann? Sie berufen sich auf die Lügen der *pentiti*, um einem armen, alten, unschuldigen Mann das Leben schwerzumachen.«

Es gab ein paar Leute, die ihn bedrohten. Manchmal wurde er gewarnt. Nahm er seinen Wächter mit zur Toilette? Das sollte er. War er um seine Gesundheit besorgt? Das sollte er. Einige ließen ihm von ihren Freunden und Familien Trauerkränze und Fotos von Särgen schicken. Er erwartete nicht, von einem Mann wie Salvatore Ruggerio bedroht zu werden, weil eine offene Drohung unter der Würde eines Mannes vom Format eines Salvatore Ruggerio gewesen wäre. Häufig fragte er sich, warum derart intelligente Männer kriminell werden mußten, um sich die ersehnte Würde zu verschaffen.

»Waren Sie in letzter Zeit in Prizzi, *Dottore*?«

»Nein, in letzter Zeit nicht.«

»Sie hatten also keine Gelegenheit, das Haus meiner Eltern zu sehen?«

»Nein.«

»Es ist ein bescheidenes Heim, wo die beiden alten Leute in Armut leben.«

Er wußte noch nicht, welche Richtung die Unterhaltung nehmen würde. Er rutschte auf seinem Stuhl herum. Es fiel ihm sehr schwer, seine Ungeduld zu verbergen. Er nahm eine andere Sitzhaltung ein und spürte, wie seine Haare ihn im Nacken kitzelten. Sein Haar war zu lang. Es hätte längst geschnitten werden müssen, aber ein Besuch beim Friseur glich einer militärischen Aktion, und der *maresciallo* war strikt dagegen, einem *parrucchiere* Zugang zur Wohnung zu gewähren. Im Gebäude der *squadra mobile* arbeitete eine Frau, die ihm gelegentlich die Haare schnitt, aber sie war nicht sonderlich geschickt ... Er hielt das Gespräch mit Mario Ruggerios Bruder für sehr wichtig. Die Körpersprache war wichtig und die Haltung. Er mußte jeden Informationskrümel zusammenkratzen.

Zwischen dem Anruf des Gefängnisdirektors und der Abfahrt zum Gefängnis war der Richter noch einmal alle Akten über Mario Ruggerio und seine Familie durchgegangen. Er kannte das Material auswendig, aber er hatte die Akten nochmals studiert. Der Vater von Mario und Salvatore Ruggerio war ein Dollarmillionär, der Mann litt unter rheumatischen Verkrüppelungen, die er sich bei seinen langen Gefängnisaufenthalten zugezogen hatte, und er konnte sich die beste Behandlung leisten, die auf der Insel zu bekommen war. Der Vater von Salvatore und Mario Ruggerio war weder bescheiden, noch lebte er seine letzten Tage in Armut. Der Richter hatte keine Lust, Salvatore durch einen dahingehenden Hinweis zu korrigieren.

»Es gibt viele bescheidene, arme Leute in Prizzi. Und materieller Besitz zählt doch längst nicht soviel wie die Familie.«

»Ich glaube, Sie haben recht, *Dottore.*« Salvatore lächelte vielsagend. »Wie ich höre, sind Sie nicht mit einer liebevollen Familie gesegnet, *Dottore.*«

Eine typische spitzfindige Bemerkung. Sie blieben zwar stets überaus höflich, versuchten jedoch immer, ihn lächerlich zu machen.

Das Lächeln war kriecherisch. Wahrscheinlich wußten sie ganz genau, wann seine Frau ihn verlassen hatte. Wahrscheinlich wußten sie ganz genau, wie der Mann hieß, mit dem seine Frau ins Bett ging. Wahrscheinlich wußten sie auch, welche Schulen seine Kinder besuchten.

»Wir können uns unsere Familien und Lebensumstände nicht aussuchen. Es muß für Ihre Eltern sehr enttäuschend sein, daß Giuseppe nicht näher bei ihnen wohnt.« Er hatte eine Karte ausgespielt und wartete.

Keinerlei Regung. Salvatore drückte die Zigarette aus. »In jeder Herde gibt es ein Schaf, das nach grüneren Weiden sucht. Die anderen Schafe vergessen es. *Dottore,* ich habe eine kleine Bitte.«

»Und die wäre?«

»Meine Eltern sind alt.«

»Ja.«

»Mein Vater hat Rheuma. Meine Mutter ist schwächlich. Die Reise nach Asinara ist weit und teuer. Sie sind alt und haben kein Geld. Sollte man mich nicht freilassen? Es wäre eine ungeheure Erleichterung für sie, wenn man mich von Asinara nach Palermo verlegen könnte. Es würde ihre letzten Jahre ein wenig versüßen.«

Das Justizministerium müßte darüber entscheiden. Die Entscheidung lag nicht beim Richter. Da war noch das Komitee. Salvatore Ruggerio, ein Gefangener unter scharfer Bewachung, ein Mörder mit mehrfachen lebenslangen Haftstrafen, würde die Abläufe kennen.

»Wenn Sie ein gutes Wort für mich einlegen könnten, *Dottore* – für meine Eltern …«

»Ich will sehen, was sich machen läßt.«

Mario Ruggerios Bruder stand auf. Er machte eine respektvolle Verbeugung. Er ging zur Tür. Er schaute sich noch einmal um. Sein Gesicht war ausdruckslos. Er wurde durch die Tür geführt. Man würde ihn zurück in seine Zelle führen.

Der Richter blieb allein am Tisch sitzen. Er verstand es nicht. Er hatte nicht gewußt, um was man ihn bitten würde oder ob man ihn warnen wollte. Es war lächerlich, daß Salvatore Ruggerio ihn hierher bestellt hatte, um ihn um die Verlegung in ein anderes Gefängnis zu bitten. Wie ein gehorsamer Hund war er gleich hergekommen. Vielleicht hätte der *maresciallo* mit seinem scharfen Spürsinn geahnt, warum er zu einem inhaltslosen Gespräch hergebeten worden war. Er hatte nicht den Spürsinn des *maresciallo*. Er verstand es nicht.

Auf dem Parkplatz fand ein Fußballspiel statt. Ein Tor bestand aus den übereinanderliegenden Jacken von Tardellis *ragazzi*, das andere Tor wurde aus den Jacken der Männer gebildet, die den Gefängnisdirektor bewachten. Es war ein verrücktes Spiel, Tardellis *ragazzi* wollten um jeden Preis gewinnen. Zwischen den parkenden Wagen, in der Nähe des Bunkers, am Fuße der alten Gefängnismauern des Ucciardone, dribbelten, schubsten und schossen sich Tardellis *ragazzi* den Weg zum Sieg frei, als wäre ihnen alles andere vollkommen unwichtig. Pasquale spielte nicht mit. Kein einziges Mal wurde ihm der Ball zugespielt. Pasquale war Zuschauer.

Vom Tor her erklang ein Ruf. Das Spiel wurde unterbrochen. Der Ball rollte weg.

Ein Mann ging vom Tor zu den Wagen und den übereinanderliegenden Jacken. Er hatte schütteres graues Haar. Seine Schultern waren leicht gebückt, und an seinem Körper war kein Gramm Fett. Tardellis *ragazzi* gingen ihm entgegen. Er hatte eine kleine Tasche in der Hand und lächelte. Der Fahrer des Begleitfahrzeuges umarmte ihn, sein Beifahrer klopfte ihm auf die Schulter. Pasquale beobachtete die Begrüßung seines Ersatzmannes. Pasquale wurde ignoriert. Er hörte den Mann sagen, daß er früher kommen konnte als erwartet, und deshalb sei er jetzt schon hier. Er gehörte zur Schutztruppe des Bürgermeisters, und der Bürgermeister war nach Rom geflogen. Jetzt war es wieder ein geschlossenes Team, dachte Pasquale, anders als zu der Zeit, als er noch dazugehört hatte. Der *maresciallo* stand an der äußeren Tür des Hofs, und der Ersatzmann ging zu ihm, hielt seine rechte Hand hoch, damit der *maresciallo* draufschlagen konnte. Eine alte enge Freundschaft wurde besiegelt.

»Braucht ihr mich noch?« Pasquale spürte den quälenden Schmerz der Demütigung.

Der *maresciallo* schaute über die Schulter des Eratzmannes. »Ich glaube, die Wagen sind voll. Am besten, du fährst mit dem Bus zur Questura, Pasquale. Dort geben sie dir etwas anderes zu tun.«

Pasquale biß sich auf die Lippen. Er ging zum Frontwagen und nahm seine Maschinenpistole mit den Magazinen und seine Weste heraus. Er überreichte seine Sachen dem Ersatzmann. Er hörte kein Dankeswort. Dem Ersatzmann hatten sie bestimmt gesagt, daß er durch seine Ineffizienz eine Gefahr für das gesamte Team sei. Der Ersatzmann hatte harte Züge. Ein Gesicht ohne Angst. Pasquale fragte sich, ob der Ersatzmann Frau und Kinder hatte, fragte sich, ob er sich freiwillig zur Bewachung des »lebenden Leichnams« gemeldet hatte.

Er ging davon. Hinter ihm wurde gelacht, als würde eine alte Geschichte aus früheren Zeiten erzählt.

Er ging durch das Tor des Hofs, vorbei an den Polizisten und Soldaten, die die Tore des Ucciardone-Gefängnisses bewachten. Er ging am Fuße der Gefängnismauern entlang. Auf der anderen Straßenseite sah er neben einer Bar einen untersetzten Mann mit fettiger Pomadefrisur, der in ein Mobiltelefon sprach.

Er bog in die Via delle Croci. Er kam an einer jungen Frau vorbei. Sie trug einen formlosen grauen Rock und stand neben ihrer Mutter. Sie winkte mit einem Taschentuch. Sie rief etwas in Richtung Mauer und den dahinterliegenden Zellenblöcken. Er fragte sich, ob es ihr Geliebter, ihr Ehemann oder ihr Bruder war, der hinter der Mauer eingesperrt war. Er kam an einer Katze vorbei, die ein paar Knochen aus einem Mülleimer ergattert hatte. Eine Frau mit zwei schweren Einkaufstaschen kam ihm entgegen, und zwei Geschäftsmänner, die sich untergehakt hatten und unablässig redeten, ohne einander zuzuhören. Er kam an einem Blumenstand vorbei. Weit hinter sich hörte er das Aufheulen der Sirene. Er ging über den Gehweg der Via delle Croci, vorbei an parkenden Autos, Lieferwagen und Motorrädern.

Er drehte sich nicht um. Er wollte den Wagen des Richters und den Verfolgungswagen nicht sehen. Das Heulen der Sirene konnte er jedoch nicht ignorieren.

Er hörte hinter sich, wie die Autos mit quietschenden Reifen in die Via delle Croci bogen.

Er kam an einem Mann vorbei. Der Mann hatte ein grobes Bauerngesicht und war gekleidet wie ein Geschäftsmann. Der Mann tippte eine Nummer in ein Mobiltelefon.

Die Autos fuhren an Pasquale vorbei. Der Ersatzmann saß im Auto des Richters auf dem Beifahrersitz, auf Pasquales Platz, daneben der Hinterkopf des *maresciallo,* die heruntergezogene Jalousie am Heckfenster. Dann kam das Begleitfahrzeug, und er sah die angespannten alten Gesichter des Fahrers und des Beifahrers. Die Wagen beschleunigten und fuhren an ihm vorbei. Sie mußten ihn auf dem Gehweg gesehen haben, jeder von den Kerlen mußte ihn gesehen haben, und keiner winkte oder lächelte ihm zu, nichts.

Pasquale sah den Blitz.

In der Sekunde nach dem Blitz flogen die Wrackteile umher.

Pasquale sah die fliegenden Wrackteile vor den Wagen des Richters knallen.

Der Wagen des Richters wurde hochgerissen. Er wurde über die Straße, die parkenden Autos, Lieferwagen und Motorräder und den Gehweg geschleudert. Der Wagen des Richters donnerte gegen eine Mauer.

Das Donnern der Explosion, riesige Staubwolken, zu Boden knallende Wrackteile, zersplitterndes Glas. Das Begleitfahrzeug blieb mitten auf der Straße stehen und verschwand in einer Staubwolke.

Er hatte kein Handy. Seine Gedanken überschlugen sich. Er mußte telefonieren.

Er war an einem Mann mit Mobiltelefon vorbeigekommen.

Er drehte sich um. Der Mann mit dem groben Bauerngesicht und dem Busineßanzug war verschwunden.

Er hatte verstanden. Seine Pistole war im Holster an seiner Brust. Er war an dem Mann vorbeigegangen, der die Bombe gezündet hatte. Er hatte den Mann gesehen, er hatte die Möglichkeit gehabt, den Mann aufzuhalten, und jetzt war der Mann verschwunden. Er zitterte. Aus seiner Kehle drang ein trockenes Schluchzen. Um ihn herum war es still. Er hatte versagt und hätte das Eingeständnis seiner Schuld am liebsten laut herausgeschrien. Er zitterte am ganzen Körper.

Pasquale ging weiter.

Er passierte das Begleitfahrzeug und hörte, wie der Fahrer ins Funkgerät brüllte.

Er kletterte über die Trümmer des explodierten Wagens. Er ging an dem Auto des Richters vorbei, das zerfetzt und verbeult auf dem Dach lag, und suchte nicht nach dem Richter noch nach der Leiche des *maresciallo* oder dem Gesicht des Ersatzmannes. Er ließ das Feuer und den Rauch hinter sich. Er war kein Teil davon. Er gehörte nicht zum Team. Er glaubte zu wissen, warum man ihn aus dem Team entlassen hatte. Tränen liefen über Pasquales Gesicht. Er war auf dem Heimweg. Er ging schnell, machte sich nicht die Mühe, seine Tränen abzuwischen, und entschuldigte sich nicht, als er einen alten untersetzten Mann anrempelte, der stehengeblieben war, um sich einen Zigarillo anzuzünden. Er eilte heim zu seiner Frau und seinem Baby, denn er wußte, warum er aus dem Team entlassen worden war.

Einige sahen den weißen Blitz, und einige hörten den donnernden Knall der Detonation, und einige sahen den Rauch über den Dächern der Stadt aufsteigen, und einige hörten von den Morden, als das Mittagsprogramm des RAI unterbrochen wurde.

Die Stadt erfuhr von der Bombe.

Es würde einen schockierten Aufschrei der Verzweiflung in der

Stadt geben, und eine Welle der Erregung würde durch die Stadt gehen. Wie immer würde die Erregung größer sein als der Schock und die Verzweiflung.

Die Stadt kannte die Story. Ein Mann war isoliert und zerstört worden. Die Story war in der Geschichte Palermos immer wieder neu geschrieben worden.

Vor dem Zeitungsstand, wo die Via delle Croci in die Piazza Crispi mündet, hatte Mario Ruggerio mit Franco gestanden. Er hatte zugeschaut. Er hatte das Blaulicht gesehen und die Sirenen gehört. Er hatte den Blitz gesehen und das Donnern der Explosion gehört. Er hatte so lange hingeschaut, bis die graugelbe Staubwolke sich über die Straße senkte. Er hatte keinerlei Kommentar gegeben. Er war seiner Wege gegangen. Auf der Via Constantino Nigra hatte ihn ein junger weinender Mann angerempelt und war achtlos weitergegangen. Ein lärmender Konvoi aus Löschfahrzeugen, Krankenwagen und den Autos von *carabiniere, squadra mobile, vigili urbani* und *polizia municipale* war an ihm vorbeigerauscht, und wenn er es bemerkt hatte, so ließ er sich nichts anmerken. Franco hatte ihm von den Arrangements für den Abend erzählt, für die Feier ... In der Nähe der Villa Trabia suchte er nach einer freien Bank und setzte sich. Er schickte Franco zum Kiosk und ließ ihn einen Kaffee holen.

Seine Macht war absolut. Seine Autorität war bestätigt. Er war der neue *capo di tutti capi.* In allen Ländern der Welt würden die Menschen am heutigen Abend auf ihren Fernsehschirmen den Beweis seiner Macht und seiner Autorität sehen können ...

Tano kam. Er sagte Tano, daß er zufrieden sei. Er lächelte Tano zu und nahm seine Hand, und er sah die Freude in Tanos Gesicht.

Carmine kam und flüsterte ihm Glückwünsche ins Ohr. Carmine sagte ihm, daß der Amerikaner nun in der Polizeikaserne von Monreale versteckt würde. Er fühlte sich unbesiegbar. Er gab seine Anweisungen.

Franco, Tano und Carmine standen dicht um den kleinen alten

Mann, der in der Sonne saß. Er sagte ihnen, was passieren würde. Eine Woche lang würde es Denunzierungen und Demonstrationen geben, einen Monat lang würde man nach härteren Gesetzen gegen die Organisation schreien, dann würde die Normalität wiederhergestellt sein. Sie überboten sich gegenseitig, ihm zuzustimmen.

Er sagte, er sei müde. Er sagte, er wünsche vor der Feier am heutigen Abend zu ruhen. Ausgeruht und erfrischt wollte er die Glückwünsche seiner Familie entgegennehmen. Seine Familie war die Quelle seiner Kraft. Er fühlte sich unverwundbar.

»Bringt ihn heute abend raus.«

»Setzt ihn in die Abendmaschine.«

»Wir müssen noch seine Wohnung räumen und seine Sachen holen«, sagte Vanni. »Aber den späten Flug müßten wir noch schaffen.«

Axel schlief. Er lag auf dem Bett in Vanni Crespos Zimmer in der Polizeikaserne. Über ihm hing das Bild des Generals und neben ihm war das Foto des jungen Mädchens. Er lag lang ausgestreckt auf dem Bett. Um ihn herum redeten sie und tranken Vanni Crespos Whisky.

»Würd' was drum geben, wenn ich mit ihm fliegen könnte, aber es geht nicht«, sagte Dwight.

»Sie ist nicht Ihre Verantwortung, sondern meine. Ich bin es, der bleiben muß«, sagte Harry Compton.

»Sie sind erst spät dazugekommen. Es ist unsere Show. Ich bleibe.«

»Ich räume unter gar keinen Umständen das Feld. Nicht, solange sie noch da ist.«

»Dann fliegt er also allein.«

»Ich begleite ihn jedenfalls nicht.«

Vanni Crespo schenkte nach.

Axel schlief, als hätte er seinen Frieden gefunden. Sein Atem ging ruhig und regelmäßig. Er lag ganz still da, als würde er nicht träumen, als hätte man ihm das Gewicht von den Schultern genommen. Sein Gesicht sah wieder jung aus.

Dwight Smythe sagte leise: »Man mag ihn gar nicht aufwecken.«

»Als ich gesehen habe, wie er versucht hat, seine Beschatter abzuschütteln, tat er mir unsagbar leid«, sagte Harry Compton.

»Aber er ist wie ein Dinosaurier, seine Zeit ist vorbei. Solche Dinge sollten vom Computer erledigt werden.«

»Jedenfalls nicht von Menschen, nicht von wirklichen Menschen wie diesem Mädchen.«

»Die Sache ist außer Kontrolle geraten.«

»Es war eure Truppe ...«

»Es ist nicht der richtige Augenblick zu streiten«, zischte Vanni. »In der Via delle Croci suchen sie nach Leichenteilen. Es ist wichtig, Leichenteile zu finden, damit man etwas hat, was man in die Särge legen kann. Aber schließlich sind es ja nur italienische Leichen. Ich habe nie einen Ausländer getroffen, der sich mehr bemüht hätte, uns zu helfen. Kein anderer Ausländer hat so deutlich erkannt, wie wichtig es ist, zu kooperieren. Aber Sie haben nichts Besseres zu tun, als zu streiten und zu kritisieren. Sie mußten sich unbedingt einmischen. Und jetzt haben Sie Angst, weil Sie verstanden haben, wie groß die Verantwortung ist, die Sie Axel Moen aus der Hand genommen haben.«

Axel schlief.

»Sie kommt nicht mit.«

»Wenn sie nicht mitkommt, bleibe ich auch zu Hause.«

In der Villa herrschte Streit.

»Entweder sie kommt mit, oder ich bleibe zu Haus.«

Charley saß im Wohnzimmer und schaute fern. Ein Livebericht aus der Via delle Croci, verwackelte Kamerabilder. Der Streit fand auf der Veranda, in der Küche und im Schlafzimmer statt. Angela verließ die Veranda oder die Küche oder das Schlafzimmer und durchquerte das Wohnzimmer, und Peppino blieb ihr auf den Fersen. Der Streit ging weiter, wenn sie sich außer Hörweite glaubten. Die aufgebrachten Worte der beiden mischten sich mit dem Schreckensbericht im Fernsehen.

»Sie kann nicht mitkommen – du weißt, daß sie nicht mitkommen kann.«

»Dann kommen die Kinder auch nicht mit.«

»Die Kinder müssen dabeisein, es ist eine Familienfeier.«

»Ich komme nicht mit, und die Kinder ebenfalls nicht.«

Angela weinte nicht. Als Charley vom Einkaufen nach Hause kam, hatten Angela und Peppino vor dem Fernseher gesessen. Charley wollte Angela sagen, was sie gekauft hatte, aber Angela hatte nur stumm auf den Fernsehschirm gedeutet ... Sie erinnerte sich an jenen Nachmittag in Rom, als sie sich schockiert die Fernsehberichte über die Ermordung Borsellinos angeschaut hatten. Nach einer Weile fragte Peppino, was die Kinder auf der Familienfeier anziehen sollten, damit fing der Streit an. Angela war kalt und entschlossen. Daß sie Peppino auf der Veranda, in der Küche und im Schlafzimmer stehenließ und er ihr folgen mußte, hielt Charley für einen cleveren Schachzug. Offensichtlich hatte Angela das Schlachtfeld mit Bedacht ausgesucht.

»Du kannst hinfahren. Allein. Du kannst allein zu deiner Familie fahren.«

»Du mußt dabeisein, die Kinder müssen dabeisein.«

»Und was würde er sagen? Wenn ich nicht da wäre und wenn meine Kinder nicht da wären? Was würde er dann sagen?«

»Es ist eine Feier für die ganze Familie.«

»Hast du Angst vor ihm? Hast du Angst vor dem, was er sagen würde?«

Sie saß vor dem Fernseher. *Piccolo* Mario kniete auf dem Boden, und der ferngesteuerte Wagen funktionierte noch, trotz der unsanften Behandlung. Francesca saß auf ihrem Schoß und hatte ihre Puppen aufgereiht. Die Fernsehbilder waren verschwommen, mit gelegentlichen Nahaufnahmen und ruckartigen Schwenks. Es waren gewohnte Bilder. Die Szene war austauschbar. Der kaputte Wagen auf dem Dach liegend, das Begleitfahrzeug mitten auf der Straße, die Wrackteile anderer parkender Wagen am Straßenrand und die zahllosen uniformierten Männer … Angela mußte ihren Ehemann hassen, aus tiefstem Herzen, wenn sie ihn derart reizte.

»Sie ist fehl am Platz bei meiner Familie.«

»Dann fahre ich nicht mit, und die Kinder fahren auch nicht mit, und du mußt den Mut aufbringen, ihm zu sagen, daß du deine Frau nicht zur Räson bringen kannst … und was wird er dir wohl sagen? Knall ihr eine, Peppino. Verpaß ihr ein paar Ohrfeigen, Peppino. Hast du Angst vor ihr, Peppino? Sie kommt mit, dann komme ich mit und meine Kinder kommen mit, und dann kann diese Kreatur unseren Sohn anfassen.«

»Warum?«

»Es ist doch eine normale Familienfeier, nicht wahr, Peppino? Eine ganz gewöhnliche Familienfeier?« Ihre schneidenden sarkastischen Worte wurden immer lauter, als ob sie wüßte, daß Charley sie hörte. »Aus Hochachtung vor Rocco Tardelli sollte man annehmen, daß manche andere Familienfeier verschoben wird. Es ist ganz natürlich, daß eine *bambinaia* die Kinder zu einer normalen Familienfeier begleitet … und so hätte ich jemanden zum Reden, damit ich mich am Tisch nicht übergeben muß.«

Er kam an die Tür.

Peppino sagte: »Charley, Angela möchte gern, daß du uns heute abend zu unserer Familienfeier begleitest. Bitte, wirst du mitkommen?«

»Bist du sicher?«

»Ja.«

»Ich würde mich freuen.« Sie wußte zu dieser Stunde noch nicht, warum Angela Ruggerio sie in ihre Schlachtpläne einbeziehen wollte. Sie fragte sich, ob er schon fort war, ob er aufgehört hatte. Sie fragte sich, wer auf ihr Signal hören würde.

»Danke.«

Kapitel 18

Sie schüttelten ihn.

Er war weit fort gewesen. Er war bei seinem Großvater. Er pflückte Kirschen mit seinem Großvater, und er spürte die Wärme des Sommers. Er brachte die Kirschen zu seiner Großmutter. Er saß an dem großen blankgescheuerten Küchentisch. Seine Großmutter hatte mehrere große Flaschen bereitgestellt, in die sie jeweils zwei Handvoll Kirschen tat. Dazu kam eine halbe Tasse Zucker, die er sorgfältig abmaß. Dann wurde das Ganze mit Wodka aufgefüllt. Die Norweger auf der Door-Halbinsel nannten es »beschwipste Kirschen«, und zu Weihnachten bekam er immer einen kleinen Schluck davon. Sie schüttelten ihn, um ihn aufzuwecken. Er war noch ein Kind und bekam nur einen winzigen Schluck von dem Gebräu. In der Küche auf dem Herd war der Eintopf. Er hatte den Geruch in der Nase. Der Eintopf bestand aus Weißfisch, Kartoffeln, Möhren und Zwiebeln, manchmal auch Kohl.

Er wachte auf, aber seine Augen blieben geschlossen. Um ihn herum war Gemurmel, hauptsächlich Vannis Stimme.

»Wenn man verstehen will, warum er derart pflichtbesessen ist, muß man wissen, was ihn treibt. Er trinkt nicht, Gott helfe ihm, und so war es kein alkoholisiertes Geschwafel, was er mir einmal erzählt hat ... Als Kind wurde er herumgestoßen. Seine Mutter starb. Ihre Eltern kamen nicht mit ihm zurecht, und sein Vater war auf Montage. So landete er bei den Eltern seines Vaters. Das muß ein traumatisches Erlebnis gewesen sein, und die beiden wurden für ihn zum Fels in der Brandung und gaben ihm Sicherheit. Als er siebzehn war, nahmen sie ihn mit nach Sizilien. Sie brachten ihn hierher. Sein Großvater hatte seinerzeit für die Militärregierung der Alliierten gearbeitet. 1945 ging er nach Hause und nahm ein sizilianisches Bauernmädchen als seine neue Ehefrau mit. *Isolato,* dieses Wort benutzt man hier in Sizilien häufig. Seine Stiefgroßmutter war in der geschlossenen norwegischen Gemeinde vollkommen isoliert. Es muß eine entsetzlich einsame Kindheit gewesen sein. Sie kamen hierher zurück, um Verwandte zu besuchen. Sie zeigten ihm das Büro seines Großvaters, wo er wie ein König über die Region um Prizzi und Corleone geherrscht hatte. Kurz vor dem Heimflug legte sein Großvater auf dem Flughafen von Catania sein Geständnis ab. Er war ein Teenager, er war kein Priester im Beichtstuhl, er war fast noch ein Kind. Das Geständnis beinhaltete Korruption. Sein Großvater hatte sich kaufen lassen, er kassierte Geld für Benzingutscheine, Essensmarken und Transportgenehmigungen. Was zu Hause war, in Wisconsin, die Farm, das Land, das Haus, die Obstgärten, war mit Bestechungsgeldern finanziert worden. Alles, woran er geglaubt und gehangen hatte, beruhte auf Korruption. Er schaute sich nach einem anderen Fels um. Der neue Fels war die DEA, aber es hätte genausogut der Geheimdienst oder die Zollfahndung sein können. Er suchte nach einem Felsen, von dem er nicht weggespült werden würde. Für die meisten Leute, mich selbst eingeschlossen, ist es ein Scheißjob, der manchmal Spaß macht. Ich reiße meine Stunden ab, betrinke mich ab und an und hure herum. Für ihn ist es ein Fels. Wenn er diesen Fels verlieren würde, wenn er sich nicht mehr daran festhalten könnte, würde er das nicht überleben, glaube ich. Er hat mir seine Geschichte erzählt, und ich konnte seine Besessenheit verstehen. Ich verstand noch mehr. Als er den Befehl erhielt aufzuhören, seine Informantin vor Ort im Stich zu lassen, hätte man erwartet, daß er protestiert und um sich schlägt. Aber das tat er nicht, er fügte sich dem Befehl seines Felsens. Es gibt nichts anderes in seiner Welt. Wie Sie sagen, soll er in Lagos eingesetzt werden – ein absolut gräßlicher Ort –, aber Sie werden keine Klage von ihm hören, er wird gehen, so fest ist er mit seinem Felsen verwachsen. Alles, was ich über ihn weiß, ist sehr traurig.«

»Mir scheint es eher pervers«, sagte Dwight Smythe.

»Tut mir leid, das sagen zu müssen, aber eine derart besessene Kämpfernatur ist ein Privileg der Jugend, von der man sich irgendwann trennen muß«, sagte Harry Compton.

»Wenn Sie es so sehen wollen …«

Seine Schulter wurde geschüttelt. Axel Moen öffnete die Augen. Die verlogenen Dreckskerle, Dwight Smythe und Harry Compton, taten freundlich und besorgt. Ja, er hatte gut geschlafen. Er hielt ihre Freundlichkeit und Besorgnis für hohles Getue.

Er ging zum Waschbecken und wusch sich Gesicht und Hände mit kaltem Wasser. Vanni Crespos sanftes Mitgefühl schien ihm aufrichtig und echt. Vanni erzählte ihm, daß der Richter getötet worden war, während er geschlafen hatte. Eine Bombe hatte ihn zerfetzt. Der Richter, den er nicht ins Vertrauen über Codename Helena gezogen hatte, war tot. Er nahm einen Schluck Wasser und spülte sich den Mund aus. Er schaute sich ein letztes Mal um, prägte sich alle Einzelheiten des spartanischen Raumes ein und wußte, daß er das Zimmer seines Freundes nie wiedersehen würde.

Zeit aufzubrechen.

Sie gingen den Flur entlang und verließen die Quartiere der Polizeikaserne.

Vor dem Funkraum blieben sie sehen. Er sah, wie Vanni Crespo sich hinter den Techniker stellte und mit Nachdruck auf den Arbeitstisch schlug. Vor dem Techniker stand der zweite der beiden CSS-900-Zweikanaltonempfänger. Er dachte an sie. Er dachte an seine Liebe zu ihr. Der Engländer hatte seinen eigenen Empfänger, aber er empfand keine Liebe für sie.

Sie gingen hinaus in die letzten Sonnenstrahlen des Spätnachmittags und machten sich auf den Weg zu den Autos.

Sie brach die Regel. Die Regel war von Axel Moen aufgestellt worden. Axel Moen hatte Schluß gemacht.

»Angela, warum …«

»Warum was?«

»Warum ist es dir so wichtig?«

»Was soll mir wichtig sein?«

»Angela, warum hast du darauf bestanden …«

Axel Moens Regel lautete, daß sie niemals fragen oder nachhaken sollte. Sie standen neben der Wäscheleine, und Charley reichte Angela die nassen Kleidungsstücke.

»Worauf soll ich bestanden haben?«

»Angela, warum wolltest du, daß ich heute abend mitkomme?«

»Ich habe kleine Kinder.«

»Ja.«

»Ich habe ein Kindermädchen.«

»Ja.«

»Ich bin zu einer Familienfeier eingeladen, und mein Ehemann wünscht, daß unsere Kinder mitkommen. Wenn die Kinder bei uns sind, dann sollte ihr Kindermädchen auch dabeisein.«

»Ja.«

Die Anspannung war aus Angela Ruggerios Gesicht verschwunden. Ihr Lächeln war liebenswürdig. Angela Ruggerios Gesicht strahlte eine gewisse Stärke aus, fand Charley. Aber das liebenswürdige Lächeln kam nicht von Herzen. Das Lächeln war rätselhaft, das Lächeln war trügerisch.

»Du verwirrst mich, Charley.«

»Tut mir leid, das war nicht meine Absicht.«

»Als ich deprimiert und verzweifelt war, Charley, habe ich Peppino gebeten, dich zurückzuholen. Ich bekomme alles von Peppino, worum ich ihn bitte. Aber für dich ist das hier doch kein Leben, du bist nicht glücklich, du bist eine Bedienstete. Aber du beklagst dich nicht. Das verwirrt mich.«

»Es war eine gute Gelegenheit für mich, die richtige Chance zur richtigen Zeit.«

»Ich nahm einen Telefonanruf für dich entgegen. Der Anrufer sagte, er sei Kaplan der anglikanischen Kirche. Du kamst später zurück, als ich dachte. Und du mußtest den Bus nach Palermo nehmen, und von der Haltestelle zur Kathedrale ist es noch ein gutes Stück zu laufen. Ich habe mir Sorgen gemacht, daß du zu spät zu der Führung kommen würdest.«

»Nein, nein, ich war noch pünktlich dort.«

»Weil wir dir so wenig bieten, dachte ich, es sei gut für dich, Freunde zu finden. Im Telefonbuch fand ich die Nummer der anglikanischen Kirche. Ich wollte sichergehen, daß sie auf dich warten würden. Ich sprach mit dem Kaplan und habe ihm gesagt, daß du kommen würdest und daß sie auf dich warten sollten. Ich bin froh, daß du nicht zu spät zur Führung gekommen bist, Charley.«

Sie hatte gegen die Regel verstoßen. Sie hatte gedrängt, nachgehakt und auf einer Erklärung beharrt. Sie reichte Angela die letzten Hemden aus dem Korb. Sie konnte nicht sehen, was in Angela Ruggerio vorging. Sie gingen zurück in die Küche.

Der Oberst sagte, daß binnen achtundvierzig Stunden eine weitere Einheit in Palermo sein würde, wahrscheinlich eine Fallschirmtruppe.

»Und was sollen sie tun? Den Verkehr regeln?« Der Oberste Staatsanwalt würde bald in Rente gehen. Bei seiner Ernennung war mit einer alten Gepflogenheit gebrochen worden. Zuvor hatte man das Amt jahrelang einem Außenseiter übertragen. Es hatte ihn mit Stolz erfüllt, daß er als Palermer ernannt worden war.

Der *squadra-mobile*-Oberst sagte, daß vier neue Teams von ausgebildeten Überwachungsoffizieren innerhalb einer Woche vom Festland nach Sizilien verlegt würden.

»Ausgezeichnet. Dann werden wir endlich wissen, welche Hunde auf welche Gehwege scheißen.« Er fühlte Überdruß, Ungeduld und Scham. Er hatte Rocco Tardelli keine Wärme gezeigt und ihn nicht unterstützt. Er hatte hinter seinem Rücken gelacht und ihn verspottet.

Der stellvertretende Bürgermeister sagte, daß der Justizminister zur Beerdigung kommen würde und angeordnet hatte, alle notwendigen Mittel für die Untersuchung bereitzustellen.

»Mehr Mittel. Wie großzügig. Wir können noch mehr Blumen und einen größeren Chor in die Kathedrale bestellen.« Der Oberste

Staatsanwalt ließ seinen Stift auf die vor ihm liegenden Papiere fallen. »Und wir müssen etwas tun. Man erwartet von uns, daß wir etwas tun.«

Der stellvertretende Bürgermeister sagte, er werde in einer Stunde eine Fernseherklärung geben, eine schonungslose Anklage der Organisation.

»Die großen Eindruck auf die Männer der Ehre machen wird. Wahrscheinlich scheißen sie auf das, was Sie zu sagen haben.«

Der Oberst der *squadra mobile* sagte, daß alle mutmaßlichen Partner Mario Ruggerios an diesem Abend unter scharfer Überwachung stehen würden.

»Aber wir wissen nicht, mit wem er zusammenarbeitet. Hätten wir's gewußt, wäre er dieses Jahr oder letztes Jahr oder vor zehn Jahren verhaftet worden.«

Der Armee-Oberst sagte, daß alle seine Männer auf den Beinen wären, um jedes einzelne Stadtviertel zu überwachen.

»Ihre Soldaten sind unwissende und schlecht ausgebildete Rekruten, und wir können ihnen nicht einmal sagen, wie Mario Ruggerio aussieht. Wahrscheinlich würden sie den Verkehr anhalten und ihm über die Straße helfen.«

»Ich denke, Sie haben eine sehr negative Einstellung«, sagte der stellvertretende Bürgermeister. Er war zu diesem Treffen in den dritten Stock des Palazzo di Giustizia gekommen. Er war an Rocco Tardellis Büro vorbeigegangen. Er erkannte den Wächter. Er war staubbedeckt, und sein Gesicht war blutverschmiert. Der Wächter wirkte auf ihn wie eine Frau, die ihr totgeborenes Kind nicht allein lassen mag. Hinter der Tür war zu hören, wie Rocco Tardellis Büro auf den Kopf gestellt wurde. Er war zu dem Treffen gekommen, um sich über die weiteren Maßnahmen zu informieren.

»Wissen Sie, was in diesem Moment geschieht? Sind Sie sich über die Vorgehensweise im klaren? In der Wohnung meines toten Kollegen und im Büro meines toten Kollegen sind Handwerker mit Schweißbrennern am Werk, damit seine persönlichen Safes geöffnet werden können. Für jeden Safe hatte er nur einen einzigen Schlüssel, und die Schlüssel trug er am Körper, und sein Körper ist zerfetzt worden. Wir haben seine Schlüssel nicht in der Via delle Croci gefunden. Er hatte nur einen Schlüsselsatz, weil er denen nicht traute, mit denen er zusammenarbeitete. Er hatte keine Sekretärin, keine Schreibkraft, kein Personal. Er hat uns nicht getraut. Das ist der Kern meines Problems, daß ein tapferer Mann seinen Kollegen nicht trauen konnte. Vielleicht findet sich in einem seiner Safes ein Hinweis auf seine Ermittlungen, die er für sich behielt, weil er niemandem traute. Und Mario Ruggerio wird über unsere vergeblichen Versuche lachen, seinen Sieg feiern und ein freier Mann bleiben. Ja, ich habe eine negative Einstellung.«

Aus der Ferne beobachteten die Beschatter das Haus, die abgesperrte Straße und die *carabinieri* mit ihren Gewehren, schußsicheren Westen und Masken. Die Ankunft am Haus wurde mitgeteilt.

»Wieviel Zeit haben wir?« Harry Compton fingerte nervös herum.

»Zeit genug«, sagte der Italiener.

In London gab es natürlich verdeckte Ermittler, zum Beispiel beim Dezernat gegen das organisierte Verbrechen oder beim Drogendezernat. Harry Compton kannte keinen von ihnen. Sie konnten mit voller Unterstützung rechnen, und der Chief Superintendent setzte sich persönlich für ihren Schutz ein. Er stand in der Wohnung.

Der Mann schien kein Interesse daran zu haben, seine wenigen Habseligkeiten zusammenzusuchen. Seine Tasche wurde von dem Italiener und dem Afroamerikaner gepackt. Der Mann, Axel Moen, ließ sie gewähren, als sei es ihm egal, daß sie in seinem Privatleben herumwühlten. Er hatte sich an den Tisch gesetzt, der gegenüber vom Fenster an der Wand stand. Das Licht war schlecht. Die kleine Deckenleuchte hing ihm im Rücken, und so saß er im Schatten und schrieb. Harry Compton stand bei der Tür neben dem großen Polizisten, der den blauen Anorak der *carabinieri* trug und ein Maschinengewehr im Anschlag hatte. Er schaute zu. Er war ein Eindringling, am Ende eines Traums war er verantwortlich für das Erwachen.

Der Italiener suchte die Bücher über Archäologie, über römische, karthagische und griechische Kunstschätze zusammen, und der Afroamerikaner nahm die Kleidungsstücke aus dem Schrank und aus der Kommode, faltete sie und legte sie ordentlich in die Tasche, und der Mann saß im Schatten und schrieb emsig auf einen großen Notizblock.

Auf der Fahrt von der Polizeikaserne zur Wohnung hatte der Mann kein Wort gesagt. Sie hatten drei Autos dabei, und sie hatten die Straße abgesperrt. Harry Compton konnte sich beim besten Willen nicht vorstellen, wie es war, als verdeckter Ermittler, ohne Rückendeckung, zu arbeiten. Die Tasche war gepackt, der Reißverschluß geschlossen. Im Raum blieb keine Spur von Axel Moens Anwesenheit. Der Afroamerikaner wollte etwas sagen, wahrscheinlich eine dumme Bemerkung über Flugzeuge, die nicht warteten, aber der Italiener legte ihm die Hand auf den Arm. Axel Moen saß im Schatten und schrieb seinen Brief, und der Italiener wachte über ihn wie eine Wölfin über ihr Junges.

Sie würden ihn von der Insel schaffen, dachte Harry Compton. Sie würden ihn ins Flugzeug setzen und die Verantwortung für ihn los sein, und dann würde er sich das Mädchen schnappen. Draußen tobte ein Hupkonzert, weil die Straße von drei Autos und bewaffneten Männern blockiert war. Harry Compton plante, vom Flughafen auf direktem Wege zur Villa zu fahren, wo immer die sich befand, und das Mädchen rauszuholen. Wenn sie schreien würde, bitte schön, wenn sie um sich treten wollte, bitte schön. Notfalls würde er ihr Handschellen anlegen und sie in eine Zwangsjacke stecken. Falls sie ihn beschimpfen sollte, würde er ihr den Mund zukleben. Er merkte, daß er Angst hatte. Er war so verflucht aggressiv. Sie sollten den Mann so schnell wie möglich zum Flughafen schaffen, sie sollten das Mädchen aus der Villa holen und so schnell wie möglich aus diesem

Dreckloch verschwinden. Die Aggressionen kamen von der Angst. Die Angst kam von der zunehmenden Dunkelheit und den schwerbewaffneten Männern, von denen sie bewacht wurden. Und der Mann schrieb ungerührt weiter, als wäre er nicht in Eile, als würde der Flieger auf ihn warten. Sie würde ihn umbringen, Fliss würde ihn umbringen, wenn er ohne Geschenk zurückkam, und sie würde es nicht verstehen, und er würde ihr nicht sagen, warum er nicht einkaufen gegangen war und warum er auch für Miss Frobisher nichts gekauft hatte, würde ihr nichts von seiner Angst erzählen …

Das Briefpapier, drei Bögen, wurde gefaltet. Im Treppenhaus gab es Geschrei. Er hörte eine schrille Frauenstimme. Ohne Hast nahm der Mann, Axel Moen, einen Briefumschlag aus der Tischschublade und steckte das Briefpapier hinein. Aus der Brusttasche seines Hemdes zog er eine kleine goldene Armbanduhr, eine Damenuhr, die er ebenfalls in den Briefumschlag gleiten ließ. Er leckte über die Gummierung des Umschlags und klebte ihn zu. Er schrieb einen Namen auf den Umschlag, aber wegen des schlechten Lichts konnte Harry Compton den Namen nicht lesen. Schließlich überreichte Axel Moen den Umschlag Dwight Smythe.

Sie gingen durch die Tür. Sie hatten das Zimmer geräumt und es seiner Identität beraubt. Der Traum war vorbei. Harry Compton hatte den Traum zerstört … Die Frau stand am Fuße der Treppe und beschimpfte den Polizisten, der ihr den Weg versperrte, und als sie die Treppe herunterkamen, wurden sie zur Zielscheibe ihres Zorns. Er verstand in groben Zügen, worum es ging. Sie schrie sie in einem Gemisch aus Englisch und Italienisch an. Sie hatte einen Spion beherbergt. Was würde aus ihr werden? Sie hatten sie in Gefahr gebracht. Die ganze Straße wußte, daß ein Spion in ihrem Haus gewohnt hatte. Wer würde sie schützen? Sie bekam keine Antwort. Sie spuckte Axel Moen ins Gesicht.

Die Autotüren wurden zugeschlagen. Sie fuhren in die Abenddämmerung davon. Der Traum war zu Ende.

Aus einiger Entfernung sahen die Beschatter, wie die Männer das Haus verließen. Eine Beschreibung des langhaarigen Amerikaners wurde durchgegeben. Es wurde gemeldet, daß er eine Reisetasche dabeihatte.

»Was soll ich anziehen?« fragte Charley.

Peppino saß im Wohnzimmer. Auf dem Couchtisch hatte er Papiere ausgebreitet. Er schaute auf und wirkte im ersten Moment verärgert über die Störung, aber dann erschien wieder das alte Lächeln auf seinem Gesicht.

»Zieh einfach etwas an, worin du dich wohl fühlst.«

Sie hatte alles unter Kontrolle. Sie spürte keinerlei Angst. Draußen vor den Wohnzimmerfenstern wurde es langsam dunkel, und sie sah die schattenhafte Gestalt des Gärtners vorbeischleichen.

»Ich möchte das Richtige anziehen, ich will nichts falsch machen.«

»Wenn du möchtest, helfe ich dir, etwas Passendes auszuwählen.«

»Gut.«

Sie hatte Macht über ihn. Er stand auf. Verstohlen schaute er zur Küche. Angela war in der Küche, wo die Kinder mit ihren Malbüchern und Wachsmalkreiden beschäftigt waren. Sie hatte Macht über alle im Haus. Das Gefühl der Macht wogte durch ihren Körper ... Axel Moen hätte geflucht und sie gewarnt ... Das Gefühl der Macht war wie eine Droge für sie. Sie führte ihn in ihr Zimmer. Er folgte ihr gehorsam. An der Tür blieb er stehen. Sie zog die Vorhänge zu, dann hockte sie sich vor die Kommode und holte die Bluse heraus, die er bezahlt hatte, und die Schublade blieb offen, damit er ihre sorgfältig verstaute Unterwäsche betrachten konnte ... Es kümmerte sie nicht, daß Angela von der Lüge wußte, und es kümmerte sie nicht, daß Axel Moen geflucht und sie gewarnt hätte ... Sie trat ihm gegenüber und hielt sich die königsblaue Bluse an, damit er Schnitt und Material in Augenschein nehmen konnte. Dann tanzte sie mit der Bluse durchs Zimmer und warf sie aufs Bett. Sie wollte Herr der Lage bleiben. Sie ging zum Schrank, und er schlich hinter ihr her. Sie nahm den flaschengrünen Rock vom Bügel und hielt ihn sich vor Hüften, Bauch und Schenkel. Sie spürte seinen warmen Atem auf der Haut ihrer Schultern, und sie nahm seinen Geruch wahr. Seine Finger berührten sie, glitten nach vorn zu ihren Brüsten. Sie übernahm wieder die Kontrolle. Sie hatte ihn heiß gemacht und ließ ihn abblitzen.

»Tut mir leid, Peppino, die gewissen Tage, du weißt schon – so ein Pech.«

Das Beschattungsteam hatte ein Motorrad und einen PKW zur Verfügung. Das Motorrad fuhr voran, und der Wagen folgte. Der Soziusfahrer auf dem Motorrad zog sein Mobiltelefon heraus und meldete, daß der Konvoi in Richtung Punta-Raisi-Flughafen fuhr.

Sie fuhren über die Umgehungsstraße im Westen der Stadt. An der *autostrada*-Kreuzung mußte der Konvoi an einer Straßenblockade anhalten. Der Fahrer des ersten Wagens hielt den Soldaten seine Kennmarke hin und deutete auf die beiden nachfolgenden Fahrzeuge. Als sie abbremsten, sah Axel die beleuchtete Abfahrt nach Mondello. Er saß eingeklemmt zwischen Vanni Crespo und dem Engländer, zu dessen Füßen sich die Plastiktüte befand. Dwight Smythe saß vorn neben dem Fahrer. Im Wagen wurde nicht geredet, und so hörten sie jedes Wort, das ihr Fahrer und der Fahrer des Begleitfahrzeugs wechselten. Nach der Straßenblockade beschleunigten sie, ließen die Ausfahrt nach Mondello hinter sich und fuhren in den langen Tunnel. Axel fragte sich, wo sie war, was sie gerade tat … Er dachte an sie, wie sie in der Nähe ihres Elternhauses in den Klippen gestanden hatte, und er sah sie vor sich, wie sie den Kinderwagen zum Sarazenerturm geschoben hatte, und er dachte an ihren Spott in der Kathedrale, als das bunte Licht aus den hohen Kirchenfenstern auf ihr blondes Haar fiel … Sie hatten gesagt, sie würden sie holen, sobald er im Flugzeug saß, und Vanni hatte nicht widersprochen. Sie würden sie holen und sie heimschaffen, und Vanni hatte nicht widersprochen. In wenigen

Stunden würde er in Rom landen, und alles würde hinter ihm liegen, genau wie La Paz hinter ihm lag. Scheiße …

Vor ihnen zuckelte ein LKW gemächlich dahin, und sie mußten abbremsen. Axel wußte, warum der Lastwagen so langsam über das Viadukt der *autostrada* fuhr. Die Leute fuhren langsam, weil es das Viadukt von Capaci war. Hier war Falcone durch ein Bombenattentat ums Leben kommen. Man fuhr langsam, um sich zu erinnern und sich die Stelle anzuschauen. Eine Sekunde lang sah Axel einen verwitterten Kranz am Geländer des Viadukts liegen. In einem Jahr würde in der Via delle Croci ein vom Regen durchweichter und von der Sonne gebleichter Kranz liegen, und die Menschen würden langsam daran vorbeigehen, und nichts, aber auch nichts würde sich verändert haben. Es blieb noch dieser Abend, bevor sie kommen und sie holen würden, und Axel Moen besann sich auf sein sprichwörtliches Pflichtbewußtsein.

Vorsichtig zog er sich den drahtlosen Empfänger aus dem Ohr und wischte ihn mit seinem Taschentuch ab. Er reichte ihn dem Engländer. Er konnte sich nicht auf den Namen des Engländers besinnen, aber er hatte verstanden, daß der Engländer seinen Plan durch Herumschnüffeln und Einmischen zu Fall gebracht hatte.

»Was soll ich damit?«

»Sie stecken sich's ins Ohr und lauschen. Wenn Sie sich's nicht ins Ohr stecken wollen, hätten Sie nicht herkommen sollen. Sie sind es ihr schuldig.«

Er langte nach unten in den dunklen Raum zwischen den Füßen des Engländers und tastete den Boden ab. Bald hatte er den Schalter gefunden. Das Licht ging an. Zögernd steckte sich der Mann den Empfänger ins Ohr und schnitt eine Grimasse.

»Vanni wird Ihnen die Codes erklären.«

»Ich dachte, es wäre vorbei«, sagte der Engländer unsicher.

»Wenn die Lady aufhört zu singen, wenn ihr sie im Flugzeug habt, dann ist es vorbei.«

Er rutschte nervös herum, dann wurde er gegen den Engländer geschleudert, und der Konvoi jagte an einem langsam fahrenden Laster vorbei. Über der Schulter des Fahrers konnte er die Signalleuchten der Rollfelder aufblitzen sehen. Er beugte sich vor und schnallte sich das Holster von der Brust. Kommentarlos gab er Vanni das Holster mit der 9-mm-Beretta. Vanni nahm die Pistole in Augenschein, hielt die Mündung nach unten und entlud die Pistole. Er reichte Vanni auch das Reservemagazin. Schnell fuhren die Wagen auf den Flughafen zu.

Es widersprach den Grundsätzen der Cosa Nostra, einen Mord ohne sorgfältigste und genaueste Planung durchzuführen, aber Carmine fehlte die Zeit für sorgfältige und genaue Planung.

In der Hierarchie der Cosa Nostra, wo man Geheimnisse austauschte, brüstete man sich, daß noch keiner von Mario Ruggerios Mafiosi nach einem Mord am Tatort festgenommen worden war, aber Carmine handelte auf direkten Befehl des *capo di tutti capi* und war gezwungen zu improvisieren.

Er trug seinen besten Anzug aus Paris, weil er an diesem Abend noch zu einer Feier der Familie eingeladen war. Neben der Tür zur Abflughalle traf er sich mit den Beschattern. Durch die Glastüren konnte er sie sehen. Sie checkten gerade ein. Durch das Glas sah er den Hinterkopf der Zielperson, das lange Haar wurde von einem Gummiband zusammengehalten, und er sah die Männer bei ihm und die Gewehre. Ihn schauderte. Er wußte nicht, wie es möglich sein sollte, den Anweisungen Mario Ruggerios Folge zu leisten.

Nachdem Charley die Kinder nach dem Bad abgetrocknet hatte, zog sie sie an.

Angela hatte alle Kleidungsstücke zurechtgelegt und war ins Schlafzimmer gegangen.

Ein geblümtes Kleid für Francesca, das lange pechschwarze Haar besonders gründlich bürsten und eine Schleife hineinbinden. Ein weißes Hemd und eine seidene Kinderkrawatte für Klein-Mario, dazu schwarze Hosen, die Charley gebügelt hatte, und Lederschuhe, die Charley poliert hatte. Sie war übertrieben streng mit den Kindern und brachte sie zum Lachen. Gekonnt gewann sie die beiden für sich, kein Geschniefe und Gemaule, und sie sagte ihnen, wie wütend sie werden würde, Feuer würde sie speien, richtiges Feuer, wenn sie sich schmutzig machen würden, bevor sie die Villa verließen. Sie badete das Baby, kitzelte es unter Wasser, bis es vor Glückseligkeit anfing zu glucksen. Dann trocknete sie das Baby ab, puderte und wickelte es. Zuletzt zog sie ihm einen weinroten Strampelanzug an.

Charley ging duschen.

Als sie aus der Dusche kam, nahm sie ihr Handtuch und rieb die Uhr an ihrem Handgelenk trocken.

Sie ging über den Flur in ihr Zimmer, nur mit dem Bademantel bekleidet. Sie mußte an Peppino vorbei, senkte ihren Blick und glaubte, eine gewisse Wölbung an seinem Hosenschlitz zu sehen, und sie hatte das Gefühl, ihn zu beherrschen. Sie besprühte sich mit Eau de Cologne. Sie zog sich an. Die königsblaue Bluse und den kurzen flaschengrünen Rock. Sie bürstete ihr Haar. Sie ging in die Küche.

Angela war wunderschön. Angela trug ein eng anliegendes, türkisfarbenes Kleid, und an ihrem Hals funkelte eine Brillantkette. Angela packte Ersatzwindeln und eine volle Flasche in eine Tasche ... Sie dachte an die alten Leute, die zum Essen gekommen waren, Peppinos Eltern, Bauern. Charley glaubte, daß Angela sich so schön gemacht hatte, um sich von diesen Menschen, diesen Bauern, zu distanzieren, um sich von Peppinos Bruder zu distanzieren ... In der Tasche waren auch Bücher für Francesca und Klein-Mario.

Angela schaute auf und sah sie. »Du siehst sehr hübsch aus.«

»Danke.«

»So jung und sexy und vital.«

»Findest du?«

»Aber du verdirbst alles ...«

»Tatsächlich? Wieso?«

»Du trägst diese Uhr. Du bist so feminin, so *gamine*, aber die Uhr sieht aus, als würde sie einem Bauarbeiter oder einem Soldaten gehören oder einem Taucher.«

»Ich habe keine andere«, sagte Charley.

»Möchtest du eine Uhr? Ich habe vier Uhren, alles Geschenke von Peppino. Ich geh' dir eine holen …«

»Danke, aber ich will keine andere Uhr.«

»Sie sieht so grobschlächtig aus, du brauchst unbedingt eine andere Uhr.«

»Sie ist ein Geschenk von jemandem, den ich gern hatte«, platzte Charley heraus. »Ich will keine andere Uhr.«

Sie fühlte das Gewicht der Uhr an ihrem Handgelenk, plump und unhandlich, matter Stahl auf ihrer Haut. Angela schaute sie mit strahlenden Augen an, aber ihr Gesicht war eine Maske.

»Ich wollte nur behilflich sein, Charley. Du kannst natürlich tragen, was du willst.«

»Ich will nur noch schnell Lippenstift auflegen. Entschuldige mich bitte.«

Sie ging zur Küchentür.

»Es war ein schlimmer Tag für uns alle, Charley. Ein tapferer, guter Mann wurde umgebracht. Er wird einen Fehler gemacht haben. Ich weiß natürlich nicht, was er falsch gemacht hat. Vielleicht hat er den Fehler gemacht, allein arbeiten zu wollen. Vielleicht hat er den Fehler gemacht, gegen den Strom zu schwimmen. Vielleicht hat er den Fehler gemacht, zu weit zu gehen … Bei deinem Teint, Charley, würde dir ein sanfter Roséton für die Lippen sicher gut stehen … Hier ist es äußerst gefährlich, Fehler zu machen. Das hat der arme Mann erfahren.«

Sie sagte, daß sie einen roséfarbenen Lippenstift hätte. Sie bemühte sich zu lächeln. Sie hatte ein Gefühl, als hätte sie einen schweren Klumpen im Magen. Sie ging zurück in ihr Zimmer. Sie setzte sich aufs Bett und versuchte sich auf den Code zu besinnen. Sie saß ganz still da, bis sie sich ganz sicher war. Ihr Finger war auf dem Signalknopf. Sie fragte sich, wer zuhören würde, wenn Axel schon fort war. Sie fragte sich, wie schnell er kommen würde, ob er genauso gerannt kommen würde wie Axel. Sie würde ihn finden, eines Tages, wenn alles vorbei war, sie würde ihn finden, und er würde ihr ihre eigene Uhr zurückgeben, die goldene Uhr, die sie von ihrem Vater bekommen hatte, aber sie würde diese Uhr nie wieder tragen. Sie würde Axel Moen finden, irgendwo, und er konnte ihr die goldene Uhr zurückgeben. Sie würde sie nicht tragen. Bis zu ihrem Tod würde sie, so wahr ihr Gott helfe, die klobige, glanzlose Edelstahluhr tragen, die kühl auf ihrem Handgelenk lag.

Sie drückte auf den Knopf. Sie gab das Signal.

Seine Beine zuckten.

Es war, als würde ein Elektroschock durch seinen Körper gejagt. Der Schock kam von dem schrillen, wechselnden Ton in Harry Comptons Ohr. Weil der Empfänger tief in seinem Ohr saß, schienen die Signaltöne in jedem Winkel seines Schädels widerzuhallen.

Er schluckte. Er bemühte sich krampfhaft um Konzentration. Gleichzeitig ertönte eine Lautsprecherdurchsage, der Aufruf für die letzten Flugpassagiere nach Mailand. Die Geräusche vermischten sich ... Sie saßen in der Abflughalle. Sie hatten die Paßkontrolle hinter sich. Vanni Crespos Kennmarke verschaffte ihnen freien Durchgang, und die maskierte Truppe war hinter ihnen. Die Läden und Bars waren auf der anderen Seite der Tür, und sie hatten sich auf die Wartebänke verteilt. Zwei leere Sitze waren zwischen Harry Compton und Axel Moen, der dicht neben dem Italiener saß, und Dwight Smythe stand am Panoramafenster und starrte hinaus aufs Rollfeld.

»Das Signal, ich habe ein Signal bekommen«, stammelte er.

Der Italiener sprang auf und kam zu ihm.

»Welches Signal?«

Er war ein gut ausgebildeter Detective. Er hielt sich selbst für eine der besten jungen Kräfte des SO6. Er hielt sich für einen überaus cleveren Überwacher und Bilanzenprüfer. Er kniff die Augen zu und versuchte sich zu konzentrieren. Er hätte sagen können, wann und von welchem Flugsteig die Maschine nach Mailand abflog, auch die Ankunftszeit in Mailand wußte er …

»Ich versuche …«

»Welches Signal?«

Der Italiener war ihm auf die Pelle gerückt, sein Atem stank nach Knoblauch, Whisky und Zigaretten. »Es tut mir leid«, stotterte Harry Compton. »Ich konnte die Reihenfolge nicht erkennen, da war zuviel anderer Lärm …«

Dwight Smythe war herübergekommen und stand unschlüssig da, als wüßte er nicht, wie er sich einmischen sollte, was er sagen sollte. Axel Moen saß mit ausdruckslosem Gesicht da und starrte an die Decke. Der Italiener hatte Harry Comptons Kopf gepackt und riß an seinem Ohr, mit dem Fingernagel versuchte er, das verdammte Ding aus Harry Comptons Ohr zu pulen. Das Signal ertönte noch einmal.

Harry Compton riß den Kopf zurück und stieß den Italiener weg. Er legte sich die Hand aufs Ohr und ließ den Kopf zwischen die Knie sinken. Er hörte die Wiederholung des Signals. Er beschrieb den Rhythmus, die Pausen, die kurzen und langen Töne, die durch seinen Schädel heulten. Der Italiener hockte neben ihm.

»Es ist der Bereithaltungs-Alarm. Heiliger Bimbam, sie sendet ›Bereithaltung‹«, murmelte Vanni Crespo.

Es piepte nochmals, und Vanni durchwühlte seine Taschen.

Axel Moen sagte in ruhigem Tonfall: »Heute hat er den Mann getötet, der gegen ihn ermittelte. Er hat eine Bedrohung eliminiert. Vielleicht ist heute die Zeit der Krönung, die gottverdammte Salbung mit Öl. Vielleicht hält er heute abend Hof, sammelt seine gottverdammte Familie um sich …«

Vanni Crespo hatte sein Mobiltelefon gefunden. Schnell tippte er eine Nummer ein und preßte sich den Hörer ans Ohr. Er lauschte.

»… Wenn sie die Villa verläßt, wenn sie den Sendebereich verläßt, wenn sie nicht weiß, wohin sie gebracht wird, dann hat sie Anweisung, Stand-by zu senden. Sie ist angewiesen, uns genug Zeit zu geben, um nach Mondello zu kommen, damit wir ihr folgen können.«

Vanni beendete seinen Anruf. »Es kommt aus der Villa – in der Zentrale sagen sie, das Signal kommt aus der Villa. Vielleicht haben wir nur wenig Zeit.«

»Ich bin dabei«, sagte Dwight Smythe. »Sie ist meine Verantwortung.«

»Zum Teufel mit Ihnen«, zischte Harry Compton. »Ich habe Anweisung, sie heimzubringen. Wenn sie den Kopf in der Schlinge hat, bin ich da.«

»Wenn sie ruft, antworte ich. Ich fahre mit euch«, sagte Axel Moen trotzig und stand auf.

»Auf gar keinen Fall«, schnauzte Dwight Smythe.

»Sie sind raus aus dem Fall«, knurrte Harry Compton.

»Sie gehörte mir. Sie weiß nicht mal, wie ihr heißt. Sie ruft nach mir.«

»Wir haben keine Zeit«, sagte Vanni Crespo. »Während ihr euch hier herumstreitet, kommt sie in Teufels Küche.«

»Ihr existiert nicht für sie, für sie gibt es euch nicht.«

Harry Compton stellte sich direkt vor Axel Moen und fragte sich, ob er sich eine Tracht Prügel einhandeln würde. »Sie gehen nirgendwohin. Wir brauchen Sie nicht.«

Dwight Smythe nahm all seinen Mut zusammen, versetzte Axel Moen einen kräftigen Stoß vor die Brust, so daß er zurück auf seinen Sitz plumpste. »Ihr Fels ist die DEA, entweder Sie gehorchen dem Befehl, oder Sie werden von der nächsten Welle heruntergespült.«

»Ich bin ihr verpflichtet, ich schulde es ihr.«

»Es ist nur ›Bereithaltung‹. Ich verspreche dir, bei höchster Alarmstufe bin ich da. Ich kümmere mich um sie, als würde sie mir gehören. Vertrau mir.«

Axel Moen saß einigermaßen still da. Er wirkte gefaßt, nur seine Finger waren ständig in Bewegung.

Dwight Smythe zischte: »Sie sind aufgeflogen. Für Sie ist kein Platz mehr bei dieser Operation.«

»Von dem Moment an, als Sie sich in ihr Leben gedrängt haben, waren Sie nichts als eine Verpflichtung für sie«, sagte Harry Compton in schneidendem Tonfall.

Axel Moen senkte den Kopf. Das Feuer war gelöscht.

»Ich brauche die Typen«, sagte Vanni Crespo hastig. »Ich kann sie nicht bei dir lassen. Ich muß handeln. Ich hab' mir ein Bein ausgerissen, um sie herzuschaffen. Wenn ich sie hierlasse, muß ich herumtelefonieren, muß irgendwelche Blödmänner über die Operation aufklären ... ›Wer hat die Sache autorisiert? Wem machen Sie Meldung? Moment, ich muß erst fragen ...‹ Soviel Zeit habe ich einfach nicht.«

»Hier ist ein öffentliches Gebäude«, sagte Axel Moen. »Ich fühl' mich wohl. Ich bleib' hier einfach sitzen und warte, bis mein Flug aufgerufen wird. Also macht endlich, daß ihr wegkommt.«

Vanni Crespo umschloß Axels Gesicht mit den Händen und küßte ihn auf beide Wangen. Harry Compton nickte ihm zu – er würde sich den Anweisungen beugen. Dwight Smythe zuckte die Schultern – er würde sich seinen Pflichten fügen.

Sie waren fort. Seit dem ersten Signal waren fünfundachtzig Sekunden vergangen, einundsechzig seit dem zweiten. Sie verließen die Abflughalle. Harry Compton schaute sich einmal um. Durch die Glasscheibe sah er den Hinterkopf des Mannes, seinen blonden Zopf. Er hatte das Gefühl, daß der Mann der Vergangenheit angehörte, und beeilte sich, um mit dem Italiener Schritt zu halten.

Durch die Dunkelheit rannten sie zu den Wagen.

Peppino hatte den Motor angelassen. Angela saß neben ihm und strich sich das Kleid glatt, um es nicht zu zerknautschen. Charley schnallte die Kinder an. Der Gärtner öffnete ihnen das Tor.

Sie wußte nicht, wer dasein würde, ob überhaupt jemand da war. Und sie wußte nicht, ob jemand zuhörte ...

»Tut mir leid, ich hab' was vergessen.«

Peppino bemühte sich nicht, seine Verärgerung zu verbergen. »Muß das sein, Charley. Wir sind schon spät dran.«

»Es dauert nur eine Minute. Kann ich bitte die Schlüssel haben?«

»Ich bin sicher, es muß etwas Wichtiges sein. Sonst würdest du sicher nicht fragen, Charley«, sagte Angela.

Sie erhielt die Schlüssel. Sie lief zurück auf die Veranda und schloß die Eingangstür auf. Sie war außer Sichtweite. Sie konnte es hier machen … Verdammt noch mal, sie mußte doch etwas zurück zum Auto bringen … Sie rannte in ihr Zimmer. Sie riß eine Schublade auf. Auf ihrer Unterwäsche lag ein kleines Taschentuch. Sie steckte es ein. Sie richtete sich auf und atmete schwer.

Sie erinnerte sich. Nicht höchste Alarmstufe und nicht ›Aufhebung‹. Sie erinnerte sich an den Code. Sie wußte nicht, wo sie ihr zuhörten oder ob überhaupt jemand zuhörte. Ihr Zeigefinger schwebte wieder über dem Knopf. Sie drückte fest zu und preßte die Uhr gegen ihr Handgelenk, so daß es weh tat. Sie gab das »Bereithalten«-Signal.

Sie holte noch einmal tief Luft, um das Zittern ihrer Hände unter Kontrolle zu bringen. Sie löschte das Licht, schloß die Eingangstür hinter sich zu und ging zum Auto. Kaum saß sie im Auto, fuhr Peppino auch schon los. Sie lehnte sich zurück und hievte sich die Babytragetasche auf den Schoß. Sie fuhren durch das offene Tor. Sie schaute nicht zurück, um zu sehen, ob man ihnen folgte, ob jemand ihren Ruf gehört hatte. Sie beugte sich vor und reichte Peppino die Schlüssel zur Villa. Sie verließen die schmale Straße, die zur Piazza führte, und bogen in die Strandallee ein. Sie kamen am Sarazenerturm vorbei …

»Nun, Charley«, fragte Peppino in schneidendem Tonfall. »Was hattest du denn vergessen?«

»Ich hatte mein Taschentuch vergessen.« Sie spürte, wie jämmerlich ihre Ausrede klang.

Angela lachte amüsiert. »Siehst du, ich hatte recht. Ich hab' gesagt, es würde etwas Wichtiges sein.«

»Herb? Hier spricht Bill Hammond ... Ja, ich bin im Büro, ich bin in Rom. Herb, würdest du bitte auf eine sichere Leitung gehen? ... Alles klar? ... Codename Helena hat das ›Bereithalten‹-Signal gesendet ... Ja, die Situation da unten ist furchtbar. Er war ein guter Mann, Tardelli, er war der beste. Sie verdienen keine Männer wie ihn da unten. Sie ließen ihn am langen Arm verschmachten – aber daran ist nichts mehr zu ändern ... Wir haben ›Bereithalten‹ empfangen, das nächste wäre bereits höchste Alarmstufe. Ich dachte, du würdest es gern wissen ... Wie bitte? ... Ja, die Sache läuft. Wenn wir den großen Fisch schnappen, lass' ich den Jet aus Neapel einfliegen, ich sorge dafür, daß er ausgeliefert wird, so schnell wie möglich – wenn ... Ja, ja, Axel Moen leistet deinem Befehl Folge. Er sitzt am Flughafen von Palermo und wartet auf seinen Flug ... Nein, nein, er hat's anscheinend nicht allzuschwer genommen, klang ganz vernünftig. Dwight und so'n englischer Schnösel haben mit einer Truppe von Italienern die Verfolgung aufgenommen ... Ich bin ziemlich aufgeregt, Herb, und wollte es dir schnell mitteilen ... Ja, natürlich, ich halte dich auf dem laufenden. Und du hast wieder den ganzen Nachmittag Sitzungen? Ihr Typen in Washington überanstrengt euch auch nicht gerade – war nur ein Witz ... Ich informiere dich, sobald ich was höre, aber im Moment sieht es recht gut aus ... Wenn ich das nächste Mal anrufe, hab' ich vielleicht keine sichere Leitung. Ich fahre jetzt zum Flughafen und hole Axel Moen ab ...«

Kapitel 19

Kein hastiges Überholen, kein ungeduldiges Gehupe, wenn ein langsamer Laster vor ihm war. Peppino fuhr vorsichtig. Mit dem großen Wagen hätte er viel schneller fahren können, aber selbst hinter einem klapperigen Traktor benutzte er keine Lichthupe. Peppino schwieg. Charley glaubte zu wissen, was in ihm vorging.

An einem Kontrollpunkt auf der Umgehungsstraße standen Soldaten, und an einem weiteren Kontrollpunkt vor der kleinen Ortschaft Altofonte waren noch mehr Soldaten, und nachdem man sie durchgewinkt hatte und sie über das unebene Pflaster der schmalen Gassen gefahren waren, kamen sie an einen dritten Kontrollpunkt. Jedesmal wenn er mit der Signalleuchte rechts rangewunken wurde, ließ Peppino die Scheibe herunter und zeigte mit mustergültiger Höflichkeit seine Papiere. An allen Kontrollpunkten sah sie die jungen Soldaten mit ihren Gewehren und den schäbigen, schlechtsitzenden Uniformen. Umständlich überprüften sie die Papiere und leuchteten ins Innere des Wagens. Sie hielten ihre Taschenlampen auf Angelas Gesicht, auf die Gesichter der Kinder und auf Charley mit der Babytasche. Sie nahm an, daß die meisten von ihnen nicht von der Insel kamen und genau wie sie Fremde waren. Peppino fuhr wahrscheinlich so verhalten, um keine Aufmerksamkeit zu erregen. Er bedankte sich jedesmal mit ausgesuchter Höflichkeit, wenn die Soldaten ihn durchwinkten.

Nach dem dritten Kontrollpunkt wandte sich Charley um und schaute durchs Heckfenster, und sie konnte die Scheinwerfer der nachfolgenden Fahrzeuge sehen. In weiter Ferne erstreckten sich unter ihnen die Lichter der Stadt. Peppino hatte das Radio eingeschaltet. Der RAI-Sender spielte ernste, klassische Musik. So wollte man wohl das Mitgefühl für den ermordeten Richter ausdrücken. Sie wußte nicht, ob ihnen jemand folgte, und sie wußte nicht, wer ihnen folgen würde. Sie konnte nicht den Knopf betätigen und das »Bereithalten«-Signal geben, weil sie fürchtete, eine Störung im Radio hervorzurufen, die sie möglicherweise verraten würde. Sie mußte einfach darauf vertrauen, daß sie ihr folgten, daß jemand in der Nähe war.

Sie umklammerte die Babytragetasche, und Francescas Hand lag auf ihrem Ellbogen.

Sie erinnerte sich an die Straße.

Es war die Straße, auf der sie mit Benny gefahren war. Sie umfuhren die erleuchteten Häuser von Piana degli Albanesi, wo sich fünfhundert Jahre zuvor eine Gruppe von umherziehenden Griechen niedergelassen hatte, wie Benny ihr erklärt hatte. So viele Dinge gingen ihr durch den Kopf, und sie erinnerte sich ausgerechnet an diese völlig unwichtige Einzelheit. Die Scheinwerfer von Peppinos Wagen und die Scheinwerfer der nachfolgenden Fahrzeuge fielen an den Kurven auf gepflegte Felder und auf dieselben Blumen und dieselben Pferde. Er bedeutete ihr nichts, sie hatte ihn benutzt, weil er verfügbar war. In ihrer Vorstellung saß er in einem kleinen Zimmer und schrieb Traktate für Flugblätter, oder er war bei einem Treffen und würgte Geschwätz hervor. Er bedeutete ihr nichts, weil er ineffektiv war. Sie saß mit den Kindern auf der Rückbank des Wagens und dachte, daß Benny Rizzo ein Verlierer war. Sie war es, Codename Helena, die die Macht hatte. Sie fuhren bergauf. An manchen Stellen ragten die schroffen Felsen direkt am Straßenrand auf. Es war das, weswegen sie hergekommen war, sie war da, wo sie sein wollte, es war ihre Story. Einmal wurden sie von einem dahinjagenden Wagen überholt, und sie sah die Hinterköpfe von mehreren Männern im Auto … Sie vertraute darauf, daß man ihr folgte, daß sie in der Nähe waren, daß Männer da waren, die auf ihr Signal warteten.

Und Angela wußte Bescheid. Angela, die aufrecht und reglos dasaß und starr geradeaus schaute, sie wußte es … Charley sah das Hinweisschild nach Corleone. Peppino bremste ab, und die Scheinwerfer fielen auf eine Ziegenherde am Straßenrand. Axel Moen hatte ihr gesagt, daß man sie töten würde, sobald man sie ernsthaft in Verdacht hätte. Anschließend würden ihre Mörder zum Abendessen gehen und sich nicht das geringste dabei denken. Sie spürte, wie sie von einem Gefühl von Macht durchströmt wurde.

Am Flughafen von Punta Raisi …

Eine Tür, die verschlossen sein sollte, wurde aufgeschlossen.

In einem Flur, der beleuchtet sein sollte, wurde das Licht gelöscht.

Vor der Tür zur Abflughalle reichte ein Beamter der Guardia di Finanze einem Mann seinen Ausweis und erhielt das Versprechen, daß man sich für seine Kooperation erkenntlich zeigen würde.

Im Cockpit eines abflugbereiten Flugzeugs meldete ein Techniker eine Funktionsstörung der Flugelektronik, die erst behoben werden müsse, bevor die Maschine starten könne.

Axel Moen saß ein gutes Stück von den anderen Passagieren entfernt allein auf einer der Wartebänke und wartete.

Ein Auto war vor dem verfolgten Wagen und eines war direkt dahinter, ein drittes Fahrzeug blieb ein gutes Stück hinter den anderen.

Harry Compton hatte das Gefühl, daß die Sache recht gut lief. Insgesamt dreimal hatten der Wagen vor dem verfolgten Fahrzeug und der Wagen dahinter schon die Positionen gewechselt. Er saß im dritten Wagen. Vor vielen Meilen hatte er das verfolgte Fahrzeug zum letzten Mal deutlich gesehen, war nah genug dran gewesen, um das Nummernschild zu entziffern. Es war viele Minuten her, daß er das Rücklicht des verfolgten Wagens gesehen hatte. Vanni Crespo saß vorn auf dem Beifahrersitz und hatte den Funkempfänger im Ohr. Harry Compton saß mit dem Amerikaner im Fond.

Es war ganz still im Auto, unwirklich.

Es war wie eine Übung, wie Routine. Es war die Stille im Auto, die ihn nervös machte. Zu Hause hatte es geheißen, daß er gut mit Streßsituationen fertig würde, es stand seines Wissens sogar in seiner Beurteilungsakte. Teufel noch mal, in Wahrheit hatte er gar nicht gewußt, was Streß überhaupt war. Es wäre einfacher, wenn der Ton des Funkgerätes eingeschaltet wäre, wenn jedes schrille Piepen und jede aufgeregte Meldung zu hören wäre. Aber Vanni Crespo hatte den Empfänger im Ohr. Ab und an flüsterte er dem Fahrer etwas zu, und manchmal bremsten sie ab, um kurz darauf wieder zu beschleunigen, aber er nahm keinen Anteil daran, und alles erschien ihm unwirklich. Der Amerikaner an seiner Seite fing an zu zittern. Die Streßsituation machte ihm zu schaffen. Der Amerikaner nahm Harry Compton das unwirkliche Gefühl.

Nichts, kein weiteres Signal, kein Piepton hallte in seinem Schädel wider. Alle zwei Kilometer oder so drehte sich Vanni Crespo regelmäßig um und schaute ihn fragend an, und jedesmal schüttelte er den Kopf, nichts, kein Signal, und alle zwei Kilometer oder so fluchte der Amerikaner, weil der Streß ihm zu schaffen machte. Sie mußten schon wieder zwei Kilometer hinter sich gebracht haben, weil Vanni Crespo sich wieder umdrehte und er wieder den Kopf schüttelte und der Amerikaner wieder fluchte. Er nahm die Hand des Amerikaners und spürte, wie er zitterte.

»Meinen Sie, es war ein Flop?« murmelte der Amerikaner.

»Sie ist da, wir folgen ihr, man kann nicht sagen, daß …«

»Sie hat kein Signal mehr gesendet?«

»Nein.«

»Warum wohl nicht?«

»Weiß nicht, vielleicht ist es ihr unmöglich. Wie, zum Teufel, soll ich das wissen?«

»Ich glaube, das Ganze ist ein Flop.«

»Wenn Sie das glauben wollen, bitte schön.«

»Was ich will, ist eine Pinkelpause.«

»Wehe, Sie machen sich in die Hose.«

In jedem Überwachungsteam und bei jeder Verfolgung gab es immer einen, der den Streß nicht verkraften konnte und anfing, dummes Zeug zu quatschen, dachte Harry Compton. Sie waren knapp drei Minuten schwitzend und angespannt an Ort und Stelle gewesen, als sich das große Tor der Villa geöffnet hatte und der Wagen herausgefahren kam. Er hatte sie gesehen, im Licht der Straßenlaterne. Sie saß auf dem Rücksitz des großen Wagens und schaute starr geradeaus. Sie hielt sich sehr gerade, und ihr kleines spitzes Kinn ließ sie entschlossen und trotzig wirken. Drei, vier Sekunden lang konnte er sie sehen. Er fand, sie sah schlicht und einfach umwerfend aus. Vorn auf dem Beifahrersitz saß eine elegant gekleidete Frau. Der Mann saß am Steuer. Es war scin besonderes Talent, Leute wiederzuerkennen, und das vorbeihuschende Profil erinnerte ihn sofort an jenen

Mann, den er seinerzeit im Hotelrestaurant am Portman Square gesehen hatte ... Er hatte die Frau und den Mann am Steuer gesehen, aber es war das entschlossene Kinn des Mädchens, das ihn beeindruckt hatte. Sie waren gerade noch rechtzeitig gekommen, und seitdem hatte sich die Anspannung immer mehr gesteigert.

»Mein Gott, ich würde einen Batzen meiner Pension für eine Pinkelpause geben.«

Am schlimmsten war die Stille in seinem Ohr. Das Ohrstück hatte eine schlechte Paßform. Es drückte die ganze Zeit, und er konnte es keine Sekunde vergessen. Harry Compton wartete auf den Piepton, konnte an nichts anderes mehr denken, aber es blieb still. Er mußte ständig an sie denken, an das, was Vanni Crespo über sie gesagt hatte. Wie langweilig ihr Leben war, wie öde. Ihr Leben in der Villa, hinter dem großen Tor, wurde von nervtötender Routine bestimmt: Kinder anziehen, Kinder füttern, Kinder zur Schule bringen, Kindern etwas vorlesen, Kinderzimmer saubermachen, Kinder baden, Kinder ins Bett bringen und warten ... Wenn er jemals zu einer Schulung für verdeckte Ermittlung geschickt werden sollte, würde er aufstehen und dem Lehrer sagen, was er für einen Unsinn redete. Er würde von einer Amateuragentin erzählen, die mehrere Wochen ödester Langeweile durchgestanden hatte.

»Wo sind wir jetzt?« fragte Dwight Smythe atemlos.

Sie standen in einer Autoschlange. Vor ihnen war eine Straßenblockade, und dahinter erstreckten sich die Lichter einer Ortschaft.

Vanni Crespo drehte sich um. Sein Gesicht war angespannt, als hätte er Mühe, sich auf die Funksprüche der beiden vorausfahrenden Fahrzeuge zu konzentrieren »Das ist Corleone.«

»Was heißt das, Vanni?« fragte Harry Compton. »Was bedeutet das?«

»Es ist ihre Schlangengrube, ihre Brutstätte. Hier töten sie, hier fühlen sie sich sicher. Es ist ...«

Dwight Smythe zitterte. »Ich würd' meine ganze Pension für eine Pinkelpause geben.«

»Würden Sie bitte still sein? Ich muß mich konzentrieren. Sie befindet sich in höchster Gefahr, wenn sie ihnen in ihre Schlangengrube folgt …«

Sie fuhren durch die beleuchtete Stadt.

Es war derselbe Weg, den sie mit Benny Rizzo gegangen war.

Sie fuhren über die Piazza und dann die Hauptstraße hinauf. Die Läden waren geschlossen, die Bars leer und die Marktstände abgebaut. Sie erinnerte sich an das, was Benny Rizzo ihr erzählt hatte. Corleone war die Hochburg von Navarra, Liggio und Riina, und jetzt war es Mario Ruggerios Hochburg. Sie fuhren denselben Weg entlang, den sie damals zu Fuß gegangen war und den einst ein Gewerkschafter gegangen war, aber dann hatte der Gewerkschafter einen Gewehrlauf im Rücken gespürt, aber die Männer der Stadt waren heim in ihre Häuser geeilt, hatten die Türen verriegelt und die Fensterläden geschlossen. Sie fuhren an denselben Türen und denselben geschlossenen Fensterläden vorbei, vorbei an der Kirche und über die Brücke, unter der der reißende Gebirgsbach in die Schlucht stürzte, in die man die Leiche des Gewerkschafters geworfen hatte, so tief, daß die Krähen sie nicht fanden … »Er war unser Held, und wir haben ihn ziehen lassen. Wir hätten nur eines tun müssen, wir alle, jeder von uns hätte nur einen einzigen Stein von der Straße aufheben müssen, dann hätten wir den Mann mit der Pistole leicht überwältigen können. Wir haben keinen Stein aufgehoben, wir sind nach Hause gegangen.« … Ihre Arroganz wurde ihr bewußt. Es war, als würde sie denken, daß nur sie allein den Stein von der Straße aufheben konnte. Axel Moen hatte sie die arrogante Haltung gelehrt … Der Junge, *piccolo* Mario, war aufgeregt, und sein Vater beruhigte ihn und versicherte ihm, daß sie bald am Ziel seien. Sie hatten die Stadt hinter sich gelassen und fuhren weiter bergauf.

An einer Kreuzung stand ein Wegweiser nach Prizzi, und dahinter lag die Einfahrt zu einem Hotel.

Vor dem Hotel stand ein Bus. Es war ein englischer Reisebus aus

Oxford, mit Fernseher und Toilette. Einige der Passagiere saßen noch auf ihren Plätzen und blinzelten mit müden Augen in das Scheinwerferlicht von Peppinos Wagen. Ein paar Touristen mit etwas mehr Kampfgeist standen neben dem Reiseleiter und dem Fahrer am Fuße der Eingangstreppe und stritten sich mit dem Hotelmanager. Charley hörte den Protest der Touristen und die bedauernden Antworten des Hotelmanagers, der oben auf der Treppe stehengeblieben war und die Tür bewachte.

»Warum können Sie uns nicht helfen?«

Das Hotel war geschlossen.

»Wir möchten doch nur eine einfache Mahlzeit. Warum ...«

Der Speisesaal des Hotels war geschlossen.

»Ist es etwa unsere Schuld, daß wir ausgerechnet in diesem gottverlassenen Ort eine Panne haben?«

Sie sollten sich ein anderes Hotel suchen.

»Ist das die Art und Weise, wie man in Sizilien Touristen behandelt? Ihr seid doch auf uns angewiesen. Ohne unsere Devisen wäre eure gottverdammte marode Wirtschaft doch längst am Ende! Und ihr verweigert uns ein einfaches Essen!«

Das Hotel war wegen einer privaten Veranstaltung geschlossen.

»Wo gibt es denn ein anderes Hotel, in dem wir auf ein gewisses Maß an Gastfreundschaft hoffen können?«

Es gab viele Hotels in Palermo.

Für Charley war es die Bestätigung. Das Hotel war wegen einer privaten Feier geschlossen. Peppino hielt seiner Frau die Wagentür auf, einstudierte Ritterlichkeit. Klein-Mario war aus dem Wagen gesprungen und rannte über den Parkplatz. Francesca jagte ihm nach. Charley nahm den Babykorb und die Tasche vom Rücksitz. Mürrisch trotteten die Touristen zurück zu ihrem Bus. Sie war der Packesel. Charley folgte der Familie und schleppte sich mit Tasche und Babykörbchen ab. Sie war der Kuli, aber sie spürte das Gewicht der Uhr an ihrem Handgelenk. Sie blickte nicht zurück, um nach Autoscheinwerfern Ausschau zu halten. Der Manager machte eine ehrerbietige

Verbeugung vor Angela und schüttelte Peppinos Hand mit warmer Herzlichkeit. Er wuschelte Klein-Mario durchs Haar und kniff Francesca in die Wange. Er ignorierte die junge Frau, die Laststute, die Babykorb und Tasche die Treppe hinaufschleppte. Er würde schon erfahren, wen er vor sich hatte. Sie alle würden es erfahren, bevor der Abend zu Ende war … Er ignorierte Charley, aber er machte eine Bemerkung über das Baby, lobte die Schönheit des schlafenden Kindes.

Sie durchquerten die Empfangshalle des Hotels.

In der Halle waren drei Männer. Sie waren jung und trugen gute Anzüge und ordentlich geschnittenes Haar. Sie hielten die Hände vor der Leiste gefaltet. Sie beobachteten. Sie traten nicht vor, um ihr etwas abzunehmen, sondern standen einfach da und beobachteten sie. Niemand saß an der Rezeption. Charley sah die ordentlichen Reihen der Zimmerschlüssel, etwa fünfzig Stück. Das Hotel war ja wegen eines privaten Anlasses geschlossen … Sie war das hölzerne Pferd, sie wurde auf Rollen durch das Tor geschoben, sie war Codename Helena, sie bot den nötigen Zugang … Der Manager geleitete Angela, Peppino und die Kinder unter ständigen Verbeugungen zur Tür des Speisesaals. Er klopfte. Ein älterer Mann öffnete die Tür und hieß Peppino lächelnd willkommen. Plötzlich kam Charley in den Sinn, was Axel Moen ihr gesagt hatte. Der ältere Mann hatte harte, unerbittliche Gesichtszüge, die durch das Lächeln nicht weicher wurden, und sobald er sie gesehen hatte, hörte er auf zu lächeln. »Wenn man Sie ernsthaft verdächtigt, wird man Sie töten. Und Ihre Mörder werden anschließend zu Abend essen und sich keine Gedanken darüber machen …« Sie hörte zu.

»Wer ist sie?«

»Sie ist die *bambinaia* unserer Kinder, Franco.«

Sie hörte den Streit zwischen Peppino und dem Mann, Zorn auf der einen und Feindseligkeit auf der anderen Seite.

»Mir wurde nicht gesagt, daß sie kommt.«

»Es ist eine Familienfeier, vielleicht hat man es dir deshalb nicht gesagt.«

»Ich habe die Verantwortung. Es ist nicht für sie gedeckt.«

»Dann laß ein Gedeck für sie auflegen. Sie ist sauber. Sie wurde zur Zufriedenheit meines Bruders überprüft.«

Wilde Gedanken schossen ihr durch den Kopf. Zusammengeschlagen auf der Straße. Ein Foto, ein toter Junge neben einem Motorrad. Ihre Handtasche weggerissen. Ein Junge aus einer Wohnsiedlung, daneben seine verzweifelte Mutter. Ihre Handtasche, zurückerhalten von Peppino. Sie stand da, sie wartete, sie stellte sich unwissend und naiv. Der Mann, Franco, schaute sie an, dann trat er zur Seite, und sie folgte der Familie in den Speisesaal.

Es war ein langer, schmaler Raum. In der Mitte stand ein großer Tisch. Man hatte fünfzehn Gedecke aufgelegt, die besten Gläser, das beste Geschirr, das beste Besteck, und der Tisch war mit Blumen geschmückt. An der Wand stand ein langer schmaler Tisch, mit warmen Gerichten und Salaten.

Sie stand in der Tür. Hier war kein Platz für sie. Sie war nur hier, weil Angela darauf bestanden hatte. Angela wußte Bescheid ... was für ein Abgrund an Bösartigkeit, Rache und Haß. Angela wußte Bescheid ... Angela ging am Tisch entlang, mit gemessenen Schritten, wie eine Königin. Charley stellte den Babykorb auf den Boden und zupfte die Zudecke zurecht. Sie konnte sehen, wie Angela zur Familie ans andere Ende des Speisesaals ging. Sie verstand, warum Angela ihr bestes Kleid trug, warum sie ihren wertvollsten Schmuck angelegt hatte. Die Familie waren Bauern. Angela hauchte ihrer Schwiegermutter einen Kuß auf die Wange, nichts weiter als eine flüchtige Geste. Sie ließ sich nur einmal von ihrem Schwiegervater küssen. Da war der grinsende Carmelo, den man trotz seiner Leibesfülle in einen viel zu engen, alten Anzug gezwängt hatte, und Angela begrüßte und küßte ihn überschwenglich. Daneben saß die hagere Schwester, deren Kleid über den mageren Schulterknochen schlotterte. Eine andere Frau stand hinter Mario Ruggerios Eltern. Angela ging auf sie zu und bedachte sie mit einer kurzen Umarmung. Die Frau hatte einen Jungen und ein Mädchen im Teenageralter dabei. Die Frau blickte nervös von einem zum anderen und zupfte an ihrem Kleid herum, als würde sie sich nicht wohl darin fühlen. Der Junge machte ein mürrisches Gesicht, und das Mädchen hatte Babyspeck. Charley beobachtete alles. Sie machte sich noch ein wenig am Babykörbchen zu schaffen und schaute zu, wie Angela jeden einzelnen begrüßte. Und sie sah, daß jeder auf sie deutete oder sie anschaute, als würde man sich über ihre Anwesenheit wundern oder sich fragen, wer sie war.

Peppino war neben sie getreten.

»Hast du alles, was du brauchst?« fragte er aufmerksam.

»Ich muß gleich das Fläschchen warm machen für Mauros Abendmahlzeit.«

»Spielst du ein bißchen mit den Kindern, wenn sie sich langweilen?«

»Im Moment sind sie ziemlich aufgedreht«, sagte Charley.

»Es ist eine Familienfeier, Charley.«

»Ihr werdet mich nicht bemerken.«

»Möchtest du was zu trinken?«

Charley schnitt eine Grimasse. »Nicht im Dienst. Mach dir keine Sorgen um mich, genieß den Abend.«

Sie wurde bemerkt. Alle bemerkten sie, als wäre sie eine Wespe am Kaffeetisch, als wäre sie eine Mücke im Schlafzimmer. Der Mann, Franco, sah sie an, und seine Augen waren kalt und argwöhnisch. Sie legte das Baby bequem hin. Sie wußte nicht, wo sie waren, noch ob man sie hören würde …

Hinter sich hörte er eine Stimme.

»Entschuldigen Sie, *Signore*, ich belästige Sie nur sehr ungern …«

Er drehte sich um, Reflex. Einen kurzen Augenblick lang wurde ihm die Karte entgegengehalten. Er konnte nur einen flüchtigen Blick auf das Foto werfen und las die fettgedruckte Aufschrift »Guardia di Finanze«, und er sah das Siegel.

»Da ist ein Telefonanruf für Sie. Ich wurde um Diskretion gebeten. Sie sollten den Anruf in einem Privatbüro entgegennehmen. Wenn Sie mir bitte folgen würden?«

Er stand auf. Er folgte dem Mann. Der Mann war kräftig gebaut. Sein schwarzes zurückgekämmtes Haar glänzte von Pomade. Eilig watschelte er voraus. Axel Moen wurde zu einer Tür am anderen Ende der Abflughalle geführt. Auf der Tür stand »Kein Durchgang«. Über Lautsprecher wurde der Flug nach Rom aufgerufen.

»Ich bin sicher, daß es nicht lange dauert – Sie werden Ihren Flug bestimmt nicht verpassen.«

Der Mann lächelte. Seine Hand lag auf der Türklinke. Er trat zur Seite und ließ Axel den Vortritt. Er öffnete die Tür. Dunkelheit umfing Axel Moen, und der kräftig gebaute Mann drängte ihn vorwärts in einen Flur. Die Tür fiel hinter ihm ins Schloß, und um ihn herum war schwarze Nacht. Ein entsetzter Ruf: »O Gott, Scheiße.« Er wirbelte herum und versuchte, den Mann zu fassen zu kriegen. Ein Schlag traf ihn auf den Kopf. Er sackte zusammen. Er kämpfte um sein Leben. Er hatte keine Waffe, keine Pistole und kein Messer und keinen Schlagstock. In der Dunkelheit prasselten Schläge und Tritte auf ihn nieder, Hände und Fäuste bearbeiteten ihn. Er schätzte, daß es vier Männer waren. Um sein Leben zu schützen, biß er um sich, kratzte und rammte sie mit dem Knie ... Sie hatten ihm einen Knebel in den Mund gestopft, und er konnte nicht schreien. Es würde keine Hilfe kommen, kein Licht würde die Finsternis des Korridors erhellen. Ganz allein kämpfte Axel Moen mit aller Kraft um sein Leben, und es waren vier Männer, die es ihm nehmen wollten.

Dwight Smythe urinierte geräuschvoll ins Gebüsch.

Harry Compton biß sich auf die Lippe.

Vanni Crespo hatte seine Männer um sich versammelt. Es versetzte Harry Compton zurück in seine Jugend, als er Fußball gespielt hatte. Vor dem Anpfiff hatten sich die Spieler seiner Mannschaft immer im Kreis aufgestellt, um sich gegenseitig Kraft zu geben. Vanni Crespo erschien ihm wie ein Mannschaftskapitän, der die einzelnen

Spielzüge noch einmal durchging ... Sie parkten in der Nähe des Hotels. In der Dunkelheit war es schwer zu sagen, aber er schätzte, daß sie etwa vierhundert Meter von den Lichtern des Hotels entfernt waren. Dwight Smythe schloß seinen Hosenschlitz und stolperte auf Harry Compton zu.

»Und was machen wir jetzt?«

»Wir halten die Schnauze. Wir warten, bis man uns sagt, was wir tun sollen«, schnauzte Harry Compton.

»Wo ist sie?«

»Das wird man uns schon sagen.«

»An Ihnen ist wirklich ein Psychologe verlorengegangen. Sie haben so eine verständnisvolle Art.«

Harry Compton beobachtete die Szene. Vanni Crespos Männer machten sich auf den Weg, bezogen ihre Positionen und warteten auf den Anpfiff ... Sie überprüften Funkgeräte, legten ihre Waffen an, zogen sich die Masken übers Gesicht, packten die Tränengaspatronen in ihre Rucksäcke. Sie standen nicht auf der Straße, sondern auf einem Seitenweg. Unter ihnen erstreckte sich die Stadt Corleone, und das Hotel lag oberhalb von ihnen. Er mußte es sagen ... Sechs Männer hatten sich aus dem Gedränge um Vanni Crespo gelöst. Zwei von ihnen bewegten sich auf der linken Straßenseite durch die Dunkelheit in Richtung Hotel, und zwei hatten gewartet, bis die Scheinwerfer eines vorbeifahrenden Wagens verschwunden waren, und hatten dann die Straße überquert, um sich dem Hotel von rechts zu nähern. Die letzten beiden gingen zu einem der Wagen, öffneten geräuschlos die Tür und setzten sich hinein. Er konnte ihre glimmenden Zigaretten sehen ... Er mußte es sagen, er wollte versuchen, sich irgendwie reinzuwaschen.

»Vanni, es gibt etwas, das ich Ihnen sagen muß.«

»Ist es wichtig?«

»Es ist für niemanden wichtig außer für mich.«

»Kann es nicht warten?«

»Was ich sagen muß ... Ich bin ein langweiliger kleiner Mistkerl.

Ich bin ein Provinzpolizist. Ich habe mich zu weit vorgewagt. Ich hab' mich eingemischt, ohne zu wissen, in was ich meine Nase gesteckt habe. Ich hielt mich für clever. Damals hielt ich es für richtig, und ich habe den glatten Verlauf eurer Operation gestört. Ich dachte, man hätte sie unter Druck gesetzt, hielt sie für naiv und unschuldig und habe eine Lawine ins Rollen gebracht. Als ich wußte, was auf dem Spiel stand, und mehr über sie erfuhr, konnte ich die Lawine nicht mehr aufhalten. Ich fühle mich schuldig. Ich möchte mich entschuldigen.«

In der Dunkelheit konnte er Vanni Crespos Gesicht nicht erkennen. Dann hörte er seine Stimme, sie klang kalt und verächtlich. »Entschuldigen Sie sich nicht bei mir. Heben Sie sich Ihre Entschuldigung für ihn auf. Er hat sich gefügt, statt mit Ihnen zu streiten. Hätte er mit Ihnen gestritten, wäre noch mehr Zeit verlorengegangen. Sie haben an Ihre Position gedacht, er dachte an seine Informantin. Wenn das hier vorbei ist, machen Sie sich auf die Suche nach Axel Moen und entschuldigen sich bei ihm.«

Sie war am Buffet gewesen.

Sie hielt die Teller für Klein Mario und Francesca und ließ sie auswählen. Sie legte Tintenfisch, Salat, Krabben, Salami und Oliven auf ihre Teller. Sie ging mit ihnen zurück zum Tisch, schnitt die Tintenfischstückchen einmal durch und schnippelte den Salat für Klein-Mario in mundgerechte Stücke, fauler kleiner Mistkerl. Dann schnitt sie das Essen für Francesca klein und schenkte den Kindern Wasser ein. Sie hatte den letzten Platz am Tisch.

Am anderen Ende des Tisches, am Kopfende, stand der leere Stuhl.

Am anderen Ende des Tisches, neben dem Kopfende, war die Frau mit dem nervösen Blick und dem schlecht sitzenden Kleid. Charley war nicht vorgestellt worden, niemandem, aber schließlich war sie nur das Arbeitstier. Neben dem leeren Stuhl war ein Ehrenplatz – wahrscheinlich war sie seine Frau. Sie hatte breite, abgearbeitete Hände, das Kleid spannte über ihrem vorstehenden Bauch. Sie mühte sich mit dem Tintenfisch ab und steckte sich die Garnelen samt Schalen in den Mund, um sie hinterher auszuspucken.

Agata Ruggerio, die Matriarchin der Familie, machte ein unwirsches Gesicht, und Charley ahnte, daß sie sich ärgerte, weil die Ehefrau ihr den Platz neben ihrem ältesten Sohn weggenommen hatte. Peppino redete beschwichtigend auf seine Mutter ein.

Die nächste auf dieser Seite war die Schwester. Als man Wein einschenkte, wurde die Schwester demonstrativ übergangen. Ihr Teint war gelblich, ihre Hände zitterten, und das Essen fiel ihr von der Gabel. Neben der Schwester stand ein leerer Stuhl. Dann kam der halbwüchsige Junge, dann Francesca. Der Junge sagte etwas zu ihr, aber Charley tat so, als würde sie ihn nicht verstehen. Er redete in der Sprache der sizilianischen Bauern. Sie wußte, daß er das Salatöl haben wollte, aber sie tat, als würde sie nichts verstehen. Sie ließ dem Flegel das Öl von Klein-Mario reichen, der neben ihr saß. Sie fragte sich, wie seine Zukunft aussehen würde, die Zukunft des Jungen, dessen Vater ihre Zielperson war. Sie fragte sich, ob er schon süchtig nach der Macht seines Vaters war oder ob er sich aus dem Dunstkreis dieser Macht befreien und sein eigenes Leben leben würde. Sie fragte sich, ob er jemals die Hände der Kinder ergreifen und um seinen Vater herumtanzen würde ...

Neben Klein-Mario, auf Charleys Tischseite, saß das junge Mädchen, das sich bestimmt um sein Gewicht sorgte und sich dennoch mit Essen vollstopfte, dann ein leerer Platz, dann Franco ... Franco beobachtete sie. Alles, was sie tat, wurde von Franco beobachtet. Er hatte zierliche Hände mit ordentlich geschnittenen Nägeln. Sie hätte eine Gänsehaut bekommen, wenn Francos Hände sie berührt hätten ... Daneben saß Carmelo, der schwachsinnige Bruder, der bei seinen alten Eltern lebte, und dann kam Angela ... Angela war die Höflichkeit in Person. Angela war wunderschön. Angela war die ungekrönte Königin. Angela spielte genausosehr eine Rolle, wie Charley eine Rolle spielte. Angela erkundigte sich nach Rosarios Gesundheit, sprach mit dem alten *contadino* an ihrer Seite, als wäre ihr tatsächlich an seinem Gesundheitszustand gelegen, fragte ihn nach seinen Kaninchen, als ob sie an seinen Kaninchen Interesse hätte. Neben Rosario, am Kopfende des Tisches, war der leere Stuhl ... Sie hatte Zugang gewonnen, sie war der kleine Kuli, und sie hatte Macht über sie alle ...

»Willst du nichts essen, Charley?«

Sie war weit fort gewesen. Sie hatte Zugang gewonnen, hatte die Macht ergriffen, sie war mit Axel Moen auf den Klippen, am Fluß und in der Kathedrale ...

»Wie bitte? Entschuldigung ...«

Klein-Mario schnitt eine Grimasse, als wäre sie ein bißchen dumm. »Willst du nichts essen?«

Franco beobachtete sie. Seine Blicke durchbohrten sie. Sie hatte sich zu tief in ihre Gedanken fallen lassen. An Axel Moen zu denken war ein Fehler. Wer Fehler machte, erregte Argwohn. Sie stand auf. Am Tisch herrschte allgemeines Gemurmel. Sie ging zum Buffet. Mein Gott, warum dauerte es nur so lange, so verdammt lange ... Sie mußte essen, nichts zu essen wäre ein weiterer Fehler gewesen. Hinter ihr erhob sich plötzlich Applaus. Sie drehte sich nicht um. Sie hatte einen schwachen Zigarrengeruch in der Nase. Hinter ihr wurden Glückwünsche ausgerufen, dann wurde mit dem Besteck auf den Tisch getrommelt. Sie drehte sich nicht um. Ein erfreutes Grummeln war zu hören, das war Rosario. Sie legte Tintenfisch auf den Teller, Salat und ein paar Scheiben Schinken. Sie drehte sich um und ging zurück zu ihrem Platz. Der Teller zitterte in ihrer Hand. Sie konnte das Zittern ihrer Hände nicht unter Kontrolle bringen. Ihr Teller knallte auf den Tisch, und er schaute zu ihr herüber, als hätte er sie erst in diesem Moment bemerkt.

Er war am anderen Ende des Tisches.

Er stand hinter seiner Mutter. Seine Hand ruhte auf der Schulter seiner Mutter, und er schaute zu ihr herüber. Ein kurzes Stirnrunzeln. Sie sah, wie Peppinos Lippen sich bewegten, hörte aber nicht, was er sagte. Charley setzte sich. Ein weiterer Mann war gekommen, und sie hörte, wie Franco den Namen Tano benutzte, und sah, wie die beiden irritierte Blicke tauschten. Hinter sich am Buffet spürte sie Tanos Anwesenheit und konnte sein Rasierwasser riechen. Vor ihr stand der gefüllte Teller, aber sie traute sich nicht, etwas zu essen, weil sie fürchtete, das Besteck fallen zu lassen. Er verließ seine Mutter und ging zu seiner Frau. Im Gesicht seiner Frau lag verkniffene Traurigkeit und Standhaftigkeit. Sie bot ihm ihre Wange. Er küßte seine Frau auf die Wange. Er ging zu dem jungen Mädchen und dem halbwüchsigen Jungen, und beide küßten ihn auf formelle Art und Weise, als würden sie einen Fremden küssen. Er ging zu seinem Platz am Kopfende des Tisches, und während der Stille stellte Tano einen gefüllten Teller vor ihm hin. Er schaute in die Runde. Stille lag über dem Raum. Tano füllte ihm das Glas. Er nahm einen Schluck aus dem Glas, er knallte das Glas auf die Tischplatte. Er rief …

»*Piccolo* Mario, komm zu deinem Onkel.«

Ein breites Grinsen lag auf seinem Gesicht. Lautes Gelächter erfüllte den Raum. Der kleine Junge hüpfte von seinem Stuhl, rannte am Tisch entlang und sprang auf Mario Ruggerios Schoß. Er fing an zu essen, spießte die Bissen mit der Gabel auf und spielte gleichzeitig mit dem Kind. Tano sprach mit Franco, deutete auf sie, und Franco zuckte die Schultern und gestikulierte in Richtung Peppino. Sie sah, wie Angela gequält lächelte, als ihr Kind berührt wurde. Das Gerede am Tisch schwoll immer mehr an.

Die Augen des Mannes hatten etwas Magnetisches an sich.

Das gesamte Wesen des Mannes schien in seinen Augen zu liegen.

Es waren große, tiefliegende Augen von klarer blauer Farbe. Die Tränensäcke wirkten müde, aber die Augen glitzerten vor Vitalität.

Er ließ seinen Blick über den Tisch wandern, und sein Blick fiel auf Charley. Hätte sie ein Messer in der Hand gehabt, hätte sie es fallen lassen. Sie war wie ein Reh im Scheinwerferlicht. Sie war wie eine Maus, die von einem Wiesel fixiert wird. Als sich ihre Blicke trafen, schaute Charley weg.

Er jagte ihr Angst ein.

Solch ein kleiner Mann, bis auf die Augen. Solch ein gewöhnlicher Mann, bis auf die Augen …

Das Baby fing an zu weinen.

Er trug einen gutgeschnittenen Anzug, ein weißes Hemd und eine schlichte, dunkelgrüne Krawatte.

Das Baby schrie lauter.

Mit einer Hand aß er, mit der anderen machte er einen kleinen Boxkampf mit Klein-Mario, und das Kind quiekte vor Vergnügen. Da war ein weicher Zug um Mario Ruggerios Mund, aber nicht in seinen stahlharten Augen …

Das Baby heulte laut auf.

Charley wußte nicht, ob sie aufstehen konnte, ob sie gehen konnte. Die Angst hielt sie zurück. Angela schaute sie an und deutete auf das Babykörbchen. Peppino warf ihr einen strafenden Blick zu und zeigte auf das Baby. Sie rappelte sich hoch. Sie mußte sich kurz am Tisch festhalten, um nicht zu schwanken … Sie wußte nicht, ob man sie hören würde, wußte nicht, ob sie in der Nähe waren … Er war so klein, so gewöhnlich, und sein Gesicht war bleich, langweilig, und seine Hände, die mit dem Kind spielten, waren rauh und grob. Sie stolperte zum Babykörbchen. Sie nahm das Baby heraus. Sie hielt es auf dem Arm. Sie ergriff die Tasche mit dem Fläschchen. Wie eine Schlafwandlerin wankte sie zur Küchentür.

»Bitte …«

Sie blieb stehen.

Die Stimme klang wie aneinander reibende Kieselsteine. »Darf ich bitte meinen Neffen sehen?«

Er flüsterte dem kleinen Jungen etwas ins Ohr. Klein-Mario rutschte von seinem Schoß und machte ein beleidigtes Gesicht. Wie ein vernachlässigtes Schoßhündchen, dachte Charley.

Die Stimme klang wie das Rauschen der Brandung an der Steilküste von Devon. »Bitte, bringen Sie meinen Neffen zu mir.«

Sie ging auf ihn zu. Sie war benommen. Ihre Schritte waren wie die eines Roboters. Er ließ sie keine Sekunde aus den Augen. Sie fing an zu zittern, als sie in seine Nähe kam. Sie ging an Francesca vorbei, an Maria, an Peppino und Agata Ruggerio. Die ganze Zeit hielt er den Blick auf sie gerichtet. Sie war wie hypnotisiert von seinen strahlend blauen Augen. Sie hatte ihn fast erreicht. Sie bekam den abgestandenen Geruch von kaltem Zigarrenrauch in die Nase. Er streckte die Arme aus, und sie ging an seiner Frau vorbei. Er streckte ihr die Arme entgegen. Seine großen Hände streiften sie am Arm, als er ihr Baby Mauro abnahm. Er lächelte. Am Tisch erhob sich wohlwollendes Geflüster. Er lächelte mit der Zärtlichkeit eines alten Mannes. Die Züge des alten, faltigen Gesichts wurden sanft. Aber während er das Baby im Arm hielt, schaute er sie unverwandt an.

»Und Sie sind also die englische *bambinaia*? Sie sind Carlotta?«

»Alle nennen mich Charley, das ist mein englischer Name.«

»Sie sind herzlich willkommen bei unserer kleinen Feier. In unserer Familie sind wir an jemanden wie Sie nicht gewöhnt, aber Angela eröffnet unserer Familie neue Horizonte. Angela ist die erste Frau in unserer Familie, die eine *bambinaia* forderte. Wir sind einfache Leute, und meine Mutter hatte kein Geld, um sich eine Frau ins Haus zu holen, damit sie sich um ihre Kinder kümmerte. Meine Frau hat unseren Sohn und unsere Tochter aufgezogen, sie hat das geschafft, ohne sich bezahlte Hilfe ins Haus zu holen. Aber Peppino ist sehr erfolgreich, und wir alle sind stolz auf seinen Erfolg. Für uns ist es ein Zeichen seines Erfolgs, daß er sich eine *bambinaia* leisten kann, die Angela bei ihren Kindern hilft.«

Das Baby warf den Kopf zurück und fing an zu schreien.

»Warum schreit das Baby?«

»Es ist Zeit für sein Essen«, sagte Charley. Vorsichtig strich die große Hand über das feine Babyhaar. Charley wagte nicht, Angela anzusehen. Die dicken Finger zeichneten zärtliche Kreise auf dem Kopf des Babys.

»Dann sollten Sie jetzt Ihre Arbeit machen und meinen Neffen füttern.«

Sie sah die Kraft in seinen Händen und Fingern. Er hielt damit das Baby und überreichte es Charley. Mit seinen blauen Augen schaute er ihr ins Gesicht, als würde er sie ausziehen, als würde er nach der Lüge suchen. Wenn sie gekonnt hätte, wäre sie gerannt. Sie war wie betäubt. Wie im Traum ging sie auf die Schwingtüren der Küche zu. Er hatte Benny Rizzos Vater getötet, und er hatte *piccolo* Mario auf den Knien geschaukelt. Um seine Macht auszubauen, hatte er einen Mann aus Agrigento umgebracht, und für *piccolo* Mario spielte er den liebevollen Onkel. Er hatte sie niederschlagen und ausrauben lassen, damit ihre Handtasche durchsucht werden konnte, anschließend hatte er den Dieb getötet, und eben streckte er liebevoll die Arme nach Baby Mauro aus … Mit der Schulter stieß sie die Schwingtür auf … Er hatte an diesem Morgen ein Auto in die Luft gejagt und einen Richter und zwei seiner Bodyguards getötet, und eben strich er liebevoll über Baby Mauros weiches Babyhaar … Sie stand in der Küche und schnappte nach Luft … Er war ein bösartiger, herzloser Schweinehund, Axel Moen hatte es gesagt. Er hatte um die Macht gekämpft wie eine Ratte um einen Kadaver. Axel Moen hatte es gesagt. Er nahm ein Kind auf den Schoß und streichelte einem Säugling übers Haar … Wo, zum Teufel, war Axel Moen? … Bevor die Männer aufstanden, hatte sie gedacht, die Küche sei leer. Sie waren bei der anderen Küchentür, einer von ihnen hatte auf einem Hocker gesessen, der andere auf einem Stuhl. Sie ging auf die Männer zu.

»Bitte halten Sie das Baby«, sagte Charley. »Und würden Sie bitte einen Topf mit Wasser warm machen?«

Sie waren jung und trugen anthrazitfarbene Anzüge. Sie sahen sauber und gepflegt aus. Sie stellte die Tasche ans andere Ende des glänzenden Edelstahlküchenblocks. Mit entschlossenen Schritten ging sie um den Küchenblock – Gott, es war alles Lüge. Der kleinere der beiden Männer, der offensichtlich mehr Autorität hatte, legte seine Maschinenpistole nach kurzem Zögern auf den Stuhl. Er wirkte unbeholfen, wie ein Mann, der es nicht gewohnt ist, ein Baby zu halten. Sie ging auf ihn zu und legte ihm Baby Mauro in die Arme. Sie wandte sich an den zweiten Mann.

»Ein Topf mit heißem Wasser bitte. Für seinen Neffen.« Der zweite Mann steckte seine Pistole in den Hosenbund. Er schaute sich um und suchte nach einem Topf.

Sie ging zurück zur Tasche. Kein Küchenpersonal, natürlich. Das Essen hatten die Frauen der Familie zubereitet und aufs Buffet gestellt, es sollte keine Zeugen bei der Familienfeier der Ruggerios geben. Sie verstand jetzt, warum Angela ihre Anwesenheit fordern konnte. Vor dem schwachsinnigen Carmelo und der alkoholsüchtigen Maria würde man ohnehin kein offenes Wort sagen können. Der kleinere Mann schäkerte mit dem Baby herum, der andere Mann suchte in den Schränken nach einem kleinen Topf. Sie kniete sich hin. Sie stellte die Babyflasche auf die Arbeitsfläche, wo die Männer sie sehen würden. Ihre Ruhe war wiederhergestellt. Sie hatte den Rhythmus des Codes im Kopf. Sie hörte, wie ein Topf mit Wasser gefüllt wurde. Der Mann mit dem Baby war ein wenig näher gekommen, wie um sie zu beobachten. Ihre Hände waren in der Tasche. Sie ertastete den Signalknopf der Uhr. Sie drückte den Rhythmus des Codes. Sie hörte, wie der zweite Mann den Topf auf den Herd stellte, und der kleinere Mann stand noch näher bei ihr. Hinter der Schwingtür ertönte Gelächter. Sie wiederholte das Alarmsignal. Der kleinere Mann schaute über den Küchenblock, und Charley nahm eine saubere Windel aus der Tasche …

Sie wußte nicht, ob jemand zuhörte, ob jemand in der Nähe war.

»Sind Sie sicher?«

»Beim ersten Mal waren es drei lange und drei kurze Töne, das ist …«

»Höchste Alarmstufe.«

»Dann noch mal, dreimal lang, dreimal kurz …«

»Dann nichts wie los.«

Sie rannten zu den Autos. Die *carabinieri* zogen sich die Wollmasken übers Gesicht. Vanni Crespo wechselte noch ein paar eilige Worte mit ihnen. Er keuchte. Er drehte den Autoschlüssel um, trat auf die Kupplung und dann aufs Gas.

Vanni Crespo fuhr langsam. Er hielt sich dicht hinter der Stoßstange des anderen Wagens, keine Scheinwerfer. Harry Compton saß neben ihm. Er spürte eine verzweifelte, krank machende Einsamkeit. Er hatte sein Geständnis abgelegt und sich reinzuwaschen versucht, und er hatte versagt. Er mußte würgen. Sie war das Mädchen mit dem übermütigen Gesicht, das Mädchen mit der Examensrobe. Vanni Crespo hatte gesagt, sie sei in der Schlangengrube. Eine Pistole wurde ihm in die Hand gedrückt, Axel Moens Waffe. Er hätte wahrheitsgemäß sagen können, daß er keine Schußwaffenausbildung hatte. Er hätte sagen können, daß es eine Katastrophe wäre, wenn er in Sizilien in eine Schießerei verwickelt würde. Er nahm die Waffe an sich. Der Amerikaner hinter ihm fing an zu jammern ... Zwei Männer würden durch die Küche gehen, und zwei würden das Hotel durch den Notausgang im Erdgeschoß betreten, alles wurde von Vanni Crespo per Funk koordiniert. Sie selbst würden durch den gottverfluchten Haupteingang gehen ... Das Gewimmere des Amerikaners war wenigstens ehrlich. Auch er hatte Angst, aber er hatte die Verantwortung für sie, er mußte durch den Haupteingang gehen und konnte sich nicht vor seiner Verantwortung drücken.

Ohne Licht fuhren sie die Straße zum Hotel hoch.

Vanni Crespo murmelte: »Sie dürfen sie nicht ansehen. Geben Sie kein Zeichen, daß Sie sie erkennen, Sie würden sie dadurch töten ... wenn wir nicht ohnehin schon zu spät dran sind.«

Harry Compton erbrach sich über seine Hose und auf die Pistole.

Mit dem Hinterteil schob Charley die Schwingtür auf. Das Baby war still. Sie preßte das Baby an sich. Ein Stuhl war zuvor noch leer gewesen, jetzt war er besetzt. Er hatte schwarzes, zurückgekämmtes Haar, das von Pomade glänzte. Er mußte sich kurz zuvor gewaschen haben, dachte sie, denn sein dickes Gesicht war gerötet. Das Auge, das sie sehen konnte, war gerötet und halb geschlossen. Er hielt sich ein Taschentuch an die ihr abgewandte Wange. Hinter ihr schwang die Tür zu. Angela sah sie an, und die Ehefrau, Maria und Franco warfen ihr ebenfalls einen kurzen Blick zu. Mario Ruggerio hielt Hof. Sie waren gefesselt von seiner Geschichte. Sie verstand die Geschichte nicht, weil sie den Anfang versäumt hatte, aber immer wenn er eine Pause machte, wenn er wegen des Zigarrenrauchs husten mußte, wenn er in sein Taschentuch spuckte, ertönte wie auf Kommando lautes Gelächter. Rosario und Agata, Carmelo, Franco und Peppino schauten sie nicht an, sondern hingen an Mario Ruggerios Lippen. Ruhig ging sie hinter ihnen am Tisch entlang. Der Mann mit dem pomadigen Haar, der Mann, der gerade erst gekommen war, starrte sie an. Sein Blick folgte ihr, er drehte den Kopf, zuerst sah sie Verwirrung, dann Erstaunen und dann – Charley konnte es genau sehen – beginnendes Wiedererkennen. Er schob seinen Stuhl über den Fliesenboden zurück, er erhob sich. Watschelnd ging er an Maria und Peppino vorbei, an Agata und der Ehefrau …

Charley legte das Baby in das Tragekörbchen.

Mario Ruggerios Geschichte hatte ihren Höhepunkt erreicht. Alle saßen da und lauschten gespannt. Sein Abend, seine Zusammenkunft, seine Familienfeier. Seine Augen blitzten zornig, und sie hatte das Gefühl, der Mann mit der Pomadefrisur würde zusammenschrecken. Er war unterbrochen worden, die Geschichte war verdorben. Mario Ruggerios Augen, die einen samtigen Glanz hatten, als das Kind auf seinen Knien saß und als er das Baby im Arm hielt, funkelten voller Zorn. Sie sah, wie der Mann zitterte.

»Carmine? Was ist, Carmine?«

Die Hand, mit der er das Taschentuch gehalten hatte, glitt nach unten. Seine Wange war mit geschwollenen Kratzern übersät. Das weiße Taschentuch war blutrot gesprenkelt. Die Hand, die das Taschentuch hielt, deutete auf sie. Er stammelte: »In der Kathedrale, als der Amerikaner in der Kathedrale war, sie war dort … ich hab' sie gesehen … Sie war in der Kathedrale, sie war dicht neben dem Amerikaner … ich hab' sie gesehen …«

Es war wie ein kleiner Tod. Sie hörte die Denunzierung. In diesem Moment stand sie unter ernsthaftem Verdacht. Sie hatten ihre Mahlzeit noch nicht beendet. Sie hatten Salat und Fisch gegessen. Sie hatten sich die Pasta von den Warmhalteplatten genommen. Da waren noch Fleischplatten und Obstschüsseln. Axel Moen hatte gesagt, sie würden sie töten und dann ihre Mahlzeit essen, als sei nichts gewesen. Er schaute über den Tisch hinweg zu ihr herüber und blinzelte mit seinen leuchtend blauen Augen, und sie sah den wachsenden Argwohn darin.

»Kommen Sie her.« Sein Befehl klang wie ein Knurren. »Kommen Sie.«

Nur die Kinder hatten nicht verstanden. Langsam ging sie an den Gesichtern der Anwesenden vorbei, in den Gesichtern spiegelten sich Feindseligkeit und Haß. Angela schaute starr geradeaus, Angela wirkte als einzige gleichgültig. Sie würde sagen, daß der Amerikaner sie angesprochen hätte. Sie würde sagen, daß sie sich einer Führung durch die Kathedrale angeschlossen hätte und daß der Amerikaner neben ihr gewesen wäre. Sie würde sagen, daß der Amerikaner sie belästigt hätte …

Sie würden merken, daß sie log. Sie würde die Lüge im Angesicht der klaren blauen Augen nicht aufrechterhalten können.

Sie ging vorbei an den Fleischtellern und Obstschalen. Sie wurde zu ihm hingezogen. Sie konnte nicht anders, als zu ihm zu gehen, wie eine Motte zum Licht. Seine Hand griff nach ihr. Er umfaßte ihr Handgelenk. Seine starke Hand schloß sich um ihr Handgelenk und die Uhr aus mattem Stahl.

Sie würde die Lüge nicht aufrechterhalten können.

Die beiden Männer in der Empfangshalle wurden mit Waffen bedroht. Der Manager stand mit dem Gesicht zur Wand und hielt die Hände über den Kopf.

»Sollen wir mitkommen?« murmelte der Amerikaner.

»Nicht nötig«, sagte Vanni.

Er hatte einen Funkspruch aus der Küche erhalten, wo man zwei Männer entwaffnet hatte. Auf dem Parkplatz lag ein Fahrer auf dem Bauch, die Hände auf dem Rücken mit Handschellen zusammengefesselt. Er würde selbst gehen, es war seine Sache. Er hätte Axel Moen mitgenommen ... Plötzlich fühlte er eine große Müdigkeit, da war kein Hochgefühl, und da war auch kein Stolz. Er zog seinen Ausweis aus der Tasche und steckte die Pistole in den Halfter. Er öffnete die Tür zum Speisesaal.

Er hörte ihre Stimme, sie klang fest. »Da war ein Amerikaner, ja, er hat mich belästigt, ja, ich hab' ihm gesagt, er soll verschwinden, ja ...«

Mit schnellem Schritt ging er am Tisch entlang und präsentierte seinen Ausweis.

Es würde keinen Widerstand geben, nicht auf einer Familienfeier, denn sich zur Wehr zu setzen wäre einem Ehrverlust gleichgekommen, und die Ehre ging ihnen über alles. Die Ähnlichkeit war erstaunlich groß, die Computersimulation von Mario Ruggerios Foto glich tatsächlich dem Mann, der jetzt das Handgelenk der jungen Frau fallen ließ ... Sie waren alle gleich, wenn sie gestellt wurden. Alle verhielten sie sich passiv. Wenn der Dreckskerl von seinem Stuhl aufgesprungen und zur Küchentür gestürmt wäre, hätte dies einen Moment lang für Spannung gesorgt. Keiner der Dreckskerle tat so etwas, niemals. Er war so gewöhnlich, alt, müde und gewöhnlich. An diesem Abend hatten siebentausend Soldaten den Auftrag, ihn zu finden, fünftausend Polizisten machten Jagd auf ihn, Agenten von ROS und DEA, Guardia di Finanze und *squadra mobile* waren auf der Suche nach ihm, und er sah so verflucht normal aus. Er würde Respekt fordern, er würde mit Würde gehen wollen, wie alle diese Kerle es wollten. Keine Handschellen, um ihn nicht vor den Augen seiner Familie zu demütigen. Keine Waffen, um ihn nicht vor den Kindern zu erniedrigen. Er hatte die Hand der jungen Frau losgelassen, und sie trat ein paar Schritte zurück. Er würde um etwas Zeit mit seiner Frau und seinen Kindern bitten, und Vanni würde der Bitte nachkommen. Auf dem Parkplatz, wo ihn diejenigen, die er liebte, nicht mehr sehen konnten, würde er seine Hände ausstrecken und sich die Handschellen anlegen lassen, so wie all die anderen Schweine es auch machten.

Nichts weiter als ein gewöhnlicher alter Mann, ein Bauer. Er schaute auf den Dienstausweis, der ihm vorgehalten wurde.

Vanni sah die junge Frau nicht an. Sie wiederzuerkennen hieß, sie zu töten.

»Herb, ich bin's, Bill Hammond. Ich hab' keine sichere Leitung. Wir haben's geschafft, Herb. Wir haben den dicken Fisch, das Mädchen hat uns hingeführt. Eigentlich ist es dein Verdienst, Herb. Schließlich hast du die Operation autorisiert ... Nett von dir, das zu sagen, Herb. Nein, ich bin am Flughafen. Ganz recht, ich gehe sofort zu den Justizleuten, hol' sie einfach aus den Betten ... Ja, Dwight war bei der Aktion dabei, er hat mich angerufen, er hatte eine wesentliche Funktion bei der Zusammenarbeit, er hat seine Sache gut gemacht ... Nein, das ist mein Problem, Axel Moen ist nicht bei mir ... Ich weiß nicht, was passiert ist, aber er war nicht an Bord ... Bist du jemals hier gewesen, Herb? Hast du je versucht, in Palermo eine vernünftige Auskunft zu bekommen, wann die letzte Maschine gestartet ist? ... O.K., er ist ein erwachsener Mensch, aber ich verstehe einfach nicht, warum er nicht in der Maschine saß ... Ja, so ist es, Herb, sein Mädchen hat die Sache geschaukelt.«

Epilog

Als sie mit ihrem Roller den Hügel hinabfuhr, sah sie den Jeep, der vor dem Bungalow parkte.

Alle würden sie ihn gesehen haben. Charley konnte sich lebhaft vorstellen, wie sie hinter ihren Gardinen hockten oder durch halb geöffnete Türen spähten. Zumindest brauchten sie sich nicht mehr das Maul über die Polizisten zu zerfetzen, zumindest waren die Polizisten mit ihren Waffen aus der Garage des Bungalows verschwunden. Es fing an zu dämmern. Am kommenden Wochenende wurden die Uhren umgestellt, und dann würde sie im Dunkeln nach Haus fahren müssen. Sie kam später heim als üblich, denn in der Nacht hatte es Sturm und Regen gegeben und die schmale Straße war mit nassem Laub bedeckt, auf dem der Roller leicht ins Rutschen kam. Sie war langsam gefahren. Vorsichtig bog sie in die Einfahrt und stellte den Roller vor das geschlossene Garagentor. Drei Monate lang hatten die Polizisten den Bungalow bewacht und die Garage in Beschlag genommen, aber seit fünf Wochen waren sie fort, und ihr Vater hatte seine Garage wieder für sich. Sie nahm den Helm ab und schüttelte ihr Haar aus, dann nahm sie die Schulbücher aus den Satteltaschen. Sie erkannte ihn wieder. Der große, dunkelhäutige Amerikaner war in der Empfangshalle des Hotels gewesen, als sie mit Angela und den Kindern gegangen war, aber das war lange her, und jetzt war es Herbst.

Er knallte die Autotür zu und kam auf sie zu. Er hielt einen Briefumschlag in der Hand.

»Miss Parsons? Ich bin Dwight Smythe von der Botschaft.«

Sie sagte, daß sie wüßte, wer er sei.

»Ich bin ein wenig beschämt. Es ist ziemlich ärgerlich, wenn man etwas verlegt. Man hat so viele andere Dinge im Kopf. Er landete in meiner Schreibtischschublade, ich hatte vor, mich darum zu kümmern, und tat es nicht. Morgen gehe ich zurück nach Washington. Ich habe meinen Schreibtisch aufgeräumt und ihn gefunden. Nun ...«

Was hatte er gefunden?

Er biß sich auf die Lippe. Er reichte ihr den Umschlag. Ihr Name stand darauf. Sie riß ihn auf, und die Uhr fiel heraus. Sie hatte sich gefragt, wo die Uhr geblieben war und warum man sie ihr nicht zurückgegeben hatte. Ihrem Vater sagte sie, daß sie die goldene Uhr verloren hätte. Er trat von einem Fuß auf den anderen. Die Uhr war stehengeblieben, aber es war mehr als sechs Monate her, seit er sie von ihrem Handgelenk genommen hatte. Sie legte sie um. Sie mußte das Armband weiter stellen, damit sie hinter die große Uhr paßte.

»Er hat mir den Brief gegeben. Den sollte ich Ihnen bringen. Ich fühle mich ziemlich unzulänglich ...«

Sie nahm den Brief aus dem Umschlag. Unten über dem Kieselstrand schrien die Möwen. Sie las.

Liebe Miss Parsons,
spät nehme ich die Gelegenheit wahr, Ihnen meine Dankbarkeit auszusprechen für das, was Sie für uns getan haben.
Mir bleibt nicht viel Zeit, und in wenigen Minuten bringt man mich zum Flughafen, damit ich Sie im Stich lasse, und ich fürchte, daß ich auch unter günstigeren Umständen kein guter Briefschreiber bin.
Ich habe nie die Möglichkeit gehabt, Ihnen zu sagen, wie sehr ich Ihre Reaktion auf meine Bitte um Hilfe bewundert habe. Ich entschuldige mich nicht für diese Bitte.

»Es ist bedauerlich, daß man Sie nicht informiert hat. Ich denke, man wollte Sie in Ruhe lassen. Zu Ihrer eigenen Sicherheit. Auf Befehl von ganz oben sollten wir nicht mit Ihnen sprechen, es war schon schlimm genug für Sie, Polizei im Haus zu haben. Wie ich höre, sind die Beamten abberufen worden. Ich kann es nicht rechtfertigen, daß man Ihnen nichts gesagt hat, aber man hatte entschieden, Sie in Ihr normales Leben zurückkehren zu lassen.«

Was war bedauerlich?

Offensichtlich fühlte er sich unbehaglich, und trotz seines warmen Mantels fing er an zu zittern. Sie hatte nie Fragen gestellt, sie war heimgekommen, sie hatte um ihren Job gekämpft und gewonnen. Sie hatte niemandem von dem Frühling in Palermo erzählt, nicht einmal ihrer Mutter. Sie hatte kein einziges Wort zu den Polizeibeamten gesagt, die jeden Abend in der Garage ihres Vaters Stellung bezogen hatten.

»Wir waren am Flughafen, als Ihr erster Ruf kam. Wir haben ihn dort zurückgelassen. Ich meine, er war nicht unser Problem. Sie waren unser Problem und hatten Priorität. Er kam erst an zweiter Stelle.«

Wo war er jetzt? Wo war sein Einsatzort?

Sie las weiter.

Daß ich grob und rüde zu Ihnen war und Sie herumkommandiert habe, tut mir nicht leid. Nach meiner Einschätzung war dies notwendig, damit Sie genug Kraft hatten, als Spionin bei dieser Familie zu leben. Daß die Stärke und die Tapferkeit, die Sie bewiesen haben, umsonst waren, erfüllt mich persönlich mit großer Enttäuschung, Sie hätten etwas Besseres von uns verdient.

»Er ist nie abgeflogen. Wie wir später herausfanden, hat ihn am Flughafen ein Mann angesprochen. Er saß schon in der Abflughalle. Ein anderer Passagier hörte etwas von einem Telefonanruf. Er folgte dem Typen und verließ die Abflughalle, um den Anruf entgegenzunehmen. Danach hat ihn niemand mehr gesehen. Glauben Sie nicht, daß wir nicht alles versucht haben. Wir haben uns ein Bein ausgerissen, um herauszufinden, was mit ihm geschehen ist. Er ist wie vom

Erdboden verschluckt. Es tut uns allen sehr leid. Bei der Bundesdrogenbehörde sind wir stolz darauf, daß wir uns um unsere Leute kümmern. Aber so geht es da unten in Sizilien, Menschen verschwinden, als hätte es sie nie gegeben, und man rennt gegen eine Mauer aus Schweigen.«

Gab es denn keinerlei Hinweise auf Axel Moens Schicksal?

Weil Sie in Kürze zu Hause und in Sicherheit sein werden, sollten Sie die Hintergründe Ihres Auftrags erfahren. Die Bundesdrogenbehörde kämpft seit langem um eine Etaterhöhung. Aus diesem Grund wurde es für nötig befunden, einen spektakulären Fahndungserfolg anzustreben, der eine Etaterhöhung rechtfertigen sollte. So läuft das eben. Fahndungserfolge ziehen Etaterhöhungen nach sich. In dieser Hinsicht wurden Sie benutzt, aber das ist nun mal der Lauf der Welt. Wäre es gelungen, Mario Ruggerio festzunehmen, ihn in die Staaten zu fliegen, ihn anzuklagen, zu verurteilen und hinter Gitter zu bringen, dann hätte der Etat der DEA davon profitiert. Ich will mich nicht entschuldigen.

»Soweit wir wissen, hat es in einem abgeschlossenen Flur des Flughafens eine fürchterliche Schlägerei gegeben. Am selben Abend wurden zwei Typen bei einer Straßenblockade gestoppt, sie hatten am Flughafen ein Taxi genommen und waren auf dem Weg zum Krankenhaus. Einer hatte eine ziemlich schwere Prellung an den Hoden, und der andere hatte einen bösen Bluterguß in der Magengegend. Dann war da noch einer von Ruggerios Männern, der zu spät zum Essen kam, mit zugeschwollenem Auge und zerkratztem Gesicht. Sie alle wurden in die Mangel genommen. Sie schauen zu Boden oder an die Decke und sagen nichts. Wir glauben, daß er um sein Leben kämpfte und verloren hat. Ein *carabiniere*-Offizier, derjenige, der auf Ihr Signal reagiert hat und der auch mit ihm zusammengearbeitet hat, nahm die Sache sehr persönlich. Er hat sie ein bißchen in den

Zellen herumgeschubst, wohl ein bißchen zuviel, aber auch er konnte das Schweigen nicht brechen.

Vor etwa einem Monat haben sie den Offizier abgezogen und nach Norden geschickt, und jetzt ist die Luft raus aus der Sache. Wir wissen's einfach nicht.«

Was war aus Mario Ruggerio geworden?

Genausowenig entschuldige ich mich dafür, Sie benutzt zu haben, jemanden ohne entsprechende Ausbildung. Ich will Ihnen keine Predigt halten, und ich möchte nicht wie ein Weltverbesserer klingen. Dies ist keine Aufgabe, die ausschließlich von bezahlten Helfern gelöst werden kann. Das Problem des organisierten Verbrechens stellt eine existenzielle Bedrohung für unsere Gesellschaft dar. Die Verfolgung des organisierten Verbrechens kann nicht allein bezahlten Sicherheitskräften überlassen werden. Das gesamte Volk muß dagegen aufstehen. Einfache Leute, Leute von der Straße, Leute von nebenan, sie müssen aufstehen und etwas bewegen. Leute wie Sie, Miss Parsons.

»Es hat nicht so geklappt, wie wir gehofft hatten. Man hätte Sie informieren sollen, natürlich hätten Sie es erfahren müssen. Ich glaube, es hat hier nicht mal in der Zeitung gestanden, aber irgendwie war es wohl auch Routine, nicht wahr? Weil der Richter getötet wurde, wollten die Italiener ihn nicht hergeben. Wir drängten auf Auslieferung, aber unsere Anklagen waren nicht so spektakulär wie die Ermordung eines Richters. Wir gaben nach. Für uns war es ein gutes Ergebnis, nur das Sahnehäubchen fehlte ... Der einzige Wermutstropfen ist, daß die Italiener den Bruder nicht angeklagt haben, den Banker. Sie mußten ihn laufenlassen. Mal gewinnt man, mal verliert man. Aber auch die Briten haben verloren, habe ich später gehört – der Bruder hatte hier einen Gauner, der für ihn Geld wusch, aber die Beweise gegen ihn reichten nicht aus. Weil Ruggerios Bruder in Freiheit war, wurde entschieden, jeden Kontakt zu Ihnen abzubrechen. Wir haben noch etwas ziemlich Cleveres gemacht. Es war übrigens mein Einfall. Wir brachten das Gerücht in Umlauf, daß einer von Mario Ruggerios engsten Vertrauten die Schwachstelle war, wir brauchten nur ein paar Andeutungen fallenzulassen, und der Kerl hatte einen Unfall im Gefängnis, fiel eine Treppe runter, eine besonders lange und steile Treppe. Da unten gibt es immer Wege, Botschaften auszusenden. Wenn ein Mann von Mario Ruggerios Kaliber geschnappt wird, kommt es innerhalb der Organisation zu unerbittlichen Verhören, und wenn die Verhöre zu einem Ergebnis führen, will die Organisation Blut sehen. Wir haben die Botschaft ausgesandt, daß einer der Vertrauten, den wir namentlich genannt haben, den *carabinieri* Ruggerios Aufenthaltsort gesteckt hätte. Das war zwar nicht ganz koscher, aber wir haben deshalb keine schlaflosen Nächte, es war einfach zweckdienlich. Wir haben einen Schutzschild für Sie errichtet, weil wir uns verantwortlich fühlten.« Würde er weiter nach Axel Moen suchen?

Ich muß Ihnen etwas sagen, was mich besonders schmerzt. Die Verhaftung von Mario Ruggerio wäre an sich kein entscheidender Faktor in diesem Krieg. Wenn wir ihn geschnappt hätten, wäre er bald ersetzt worden, wenn wir ihn hinter Gitter gebracht hätten, wäre ein anderer an seinen Platz getreten. Aber es ist notwendig, sie zu bekämpfen. Wenn die einfachen Leute sich nicht gegen sie zur Wehr setzen, haben sie gewonnen. Wenn sie gewinnen, haben wir eine Generation verraten, die noch nicht geboren wurde.

»Ich nicht – das fällt nicht in mein Ressort. Ich gehe zurück nach Washington und erstelle Etatanalysen. Man hat uns leistungsstarke neue Software in Aussicht gestellt, und meine Aufgabe ist es, die Kosten zu berechnen. Ich will nicht unhöflich sein, aber das ist die Zukunft. Das, worum Sie gebeten wurden, waren steinzeitliche Methoden. Auf lange Sicht wird der Computer diesen Leuten den Garaus machen.

Tut mir leid, Moen ist nicht vergessen, aber die Ermittlungen wurden weitgehend auf Eis gelegt. Er hat Sie schlecht behandelt. Sie sollten ihn vergessen. Wir haben natürlich eine Studie über die Operation erstellt. Vielleicht wurde er einbetoniert, vielleicht wurde er ins Säurefaß gesteckt und durch den Abfluß gespült, vielleicht hat man ihm einen Stein an die Füße gebunden und ihn in der Bucht versenkt, aber er hat gewußt, auf was er sich einließ. Er kannte die Gefahren. Aber er hätte Sie nicht da reinziehen dürfen, das war nicht richtig. In Rom herrscht jetzt ein strengeres Regiment. Wissen Sie, wie alles angefangen hat? Natürlich wissen Sie es nicht. Aber Sie sollten es wissen. Letztes Jahr im Dezember, eine Woche vor Weihnachten, passierte in Palermo ein Verkehrsunfall, ein harmloser Auffahrunfall. Ein kleiner Verkehrspolizist nahm die Daten auf. In der Schlange hinter der Unfallstelle stand ein *carabiniere*-Offizier, ein verdeckter Ermittler. Bei dem Auffahrunfall wurde ein BMW der Siebener-Serie beschädigt – es ist immer lustig, wenn ein dicker BMW eine Beule kriegt. Der Offizier hörte den Namen Giuseppe Ruggerio, und er kannte ihn. Es war eine Chance. Er grübelte und zog die richtigen Schlüsse. Es gab zig Dienststellen, die es interessiert hätte, daß Giuseppe Ruggerio in Palermo wohnte, aber er ließ nichts durchsickern. Er entschied sich für einen Weg, er kam zu uns, zu Axel Moen. Der *carabiniere*-Offizier hätte die anderen Stellen über Sie informieren müssen, tat es aber nicht. Wir hätten die italienischen und britischen Stellen über Sie informieren müssen, taten es aber nicht. Sie waren nur Teil eines kleinen egoistischen Spiels, Sie wurden wie eine Schachfigur hin und her geschoben. Man hätte Sie nicht darum bitten sollen. Vielleicht wollen Sie dies alles auch gar nicht wissen, es ist ja nicht Ihr Problem. Aber Sie sollten sich zumindest das gute Ergebnis vor Augen halten.«

Würde er jetzt bitte gehen? Würde er bitte machen, daß er wegkommt?

Es ist nicht leicht, dies alles zu schreiben, Miss Parsons, aber es ist das, was ich glaube. Ich danke Ihnen für Ihren Mut. Was Sie

mir gegeben haben, bedeutet mir mehr, als Sie sich vorstellen können. Ich wünsche Ihnen alles Gute für Ihre Zukunft.
Möge Ihr Gott über Sie wachen.
Ihr Axel Moen

»Ich verstehe, daß Sie verärgert sind, weil wir Ihren Brief verlegt hatten. Das ist eine hübsche Uhr. Sie sollten die andere wegschmeißen und alles hinter sich lassen. Haben Sie den Scheck bekommen?«

Der Scheck war bei ihr eingetroffen, und das Geld war auf ihrem Konto.

»Sie dürfen sich nicht daran stören, daß es so lange gedauert hat. Sie waren sehr geduldig. Es ist immer problematisch, wenn man Geld aus Bundestöpfen haben will, das wird hier auch nicht anders sein. Unzählige Komitees müssen ihre Zustimmung geben, und in jedem gibt es einen Wichtigtuer, der alles anzweifelt. Ich hoffe, Sie finden es nicht impertinent, wenn ich frage, was Sie mit dem Geld anfangen wollen.«

In der kommenden Woche wollte sie ihr Studium an der Universität von Edinburgh aufnehmen. Sie hatte sich für Jura eingeschrieben. Mit dem Job an der Grundschule wollte sie nur die Wartezeit überbrücken. Sie hatte sich für Edinburgh entschieden, weil sie so weit wie möglich von Devon fort wollte. Das Studium würde vier Jahre dauern, Wirtschaftsrecht. Nein, sie fand seine Frage nicht impertinent – sie glaubte, daß sie mit einem Abschluß in Wirtschaftsrecht gute Chancen haben würde. Würde er den Komitees, die die Zahlung an sie abgesegnet hatten, bitte in ihrem Namen danken?

»Das ist, wenn ich das sagen darf, ein sehr positiver Entschluß. Ich glaube nicht, daß es noch mehr zu sagen gibt. Guten Abend, Miss.«

Sie sah ihm nach, wie er durch die Dunkelheit davonfuhr.

Sie ließ ihre Schulbücher auf der Veranda liegen.

Sie nahm ihren Roller und fuhr los. Sie bog in den Küstenweg ein. Um sie herum war es finster.

Sie ging zu dem Platz über den Klippen. In der Dunkelheit konnte sie nicht sehen, ob der Falke auf seinem Felsen saß. Unter sich hörte sie, wie die Wellen gegen die Steilküste klatschten ... Er war zu ihr zurückgekommen. Die Kinder hielten sich an den Händen und bildeten einen Kreis. Sie tanzten um einen alten Mann mit klaren blauen Augen. Er war bei ihr. Die Kinder tanzten schneller, und der alte Mann drehte sich mit ihnen, bis er umfiel. Sie brauchte nicht länger die Macht, die er ihr gegeben hatte, genausowenig wie die Legende, die er für sie entworfen hatte, oder die Lüge, die er für sie ersonnen hatte. Er beobachtete sie und brachte sie dazu, es zu tun. Charley nahm die Uhr vom Handgelenk, fühlte ihr kaltes Gewicht in ihrer Hand ...

Er war da, er lauschte, er wartete.

Sie warf die Uhr, mit ihrer Liebe, in die Nacht, in den leeren, schwarzen Raum unterhalb der Klippen, in die tosende Brandung.